U0596538

云梦泽

㊤

冯知明
著

中国出版集团
東方出版中心

图书在版编目（CIP）数据

云梦泽 / 冯知明著. —上海: 东方出版中心, 2024.2

ISBN 978-7-5473-2277-2

Ⅰ. ①云… Ⅱ. ①冯… Ⅲ. ①长篇小说–中国–当代 Ⅳ. ①I247.5

中国国家版本馆 CIP 数据核字(2023)第 194808 号

云梦泽

著　　者　冯知明
策　　划　李　旭　刘　军
责任编辑　荣玉洁　刘　军
封面设计　@Mlimt _ Design

出 版 人　陈义望
出版发行　东方出版中心
地　　址　上海市仙霞路 345 号
邮政编码　200336
电　　话　021-62417400
印 刷 者　昆山市亭林印刷有限责任公司

开　　本　890mm × 1240mm　1/32
印　　张　21.625
字　　数　468 千字
版　　次　2024 年 2 月第 1 版
印　　次　2024 年 2 月第 1 次印刷
定　　价　88.00 元

题　记

此心安处是吾乡

——苏轼《定风波·南海归赠王定国侍人寓娘》

目　录

第一章　考察欧洲，一次放松的旅行

1. 此行是考察而非旅游，说漏嘴者自掏腰包

对于世世代代生活在云梦泽的李如寄来说，他做梦都没想到自己有一天会站在柏林的广场，与一位洋人来探讨自己的身世和对那片故土的怀念。

他们先到了巴黎。

李如寄随着旅行团，从德国法兰克福过来。到这个世界名都，你只要随便一站，让人拍下来，背后肯定就是一道风景。但在法国时，天空总是灰蒙蒙的，雨欲下而不得，就像怨妇带着哭腔的脸憋着变了形的模样。这半阴半阳的天气，硬不作美，让人压抑，实在大煞风景。有些著名景观，如埃菲尔铁塔，远远望去，在雾气掩映下，呈现出不规则形状，像是被这个天空巨兽活生生地吞了半截去。

地陪是阿拉伯小伙子，他显然是个职场老手，技法娴熟。他带着大巴来，等客人上了大巴，便开始铆足气力，尽职尽责完成自己的任务——讲得一套一套的，尽管中文很蹩脚，并不影响他的即兴发挥。

李如寄一行到欧洲已经快三天了，法兰克福的大型会展开幕式也观摩了。出来玩，图的就是个新鲜，然而世界名都就在眼前，他们却依然打不起精神。上大巴时，地陪守在车门边，赔着笑脸等团员们上了车后，以导游特有的方式，卖力地为大家打气。也许因为

时差尚未倒换过来，或者水土不服难以适应，车里人依然是一副困倦的样子。面对旅行者这副德行，阿拉伯小伙子似乎也见怪不怪，依然眉飞色舞地调动大家的旅游兴趣，这是他作为地陪的责任。车缓缓而行，正好遇上红灯停了下来。他指指窗外的拿破仑墓。“咳咳咳，好汉们——你们是长城的主人，就是好汉。我去过你们的长城，我也是好汉。你们醒一醒，看看拿破仑墓。他是最早预言中国醒来的伟大人物。”大巴内，有几位女士听到后探了探头。

比起男士来她们显然适应能力要强一些，抑或是为了对这位伟人表达崇敬——扭头往窗外看了看，其实只是找寻一下拿破仑墓的方位而已。

李如寄的精气神也好不到哪里去。他正好坐在窗边，拿破仑墓一掠而过，他只看到拿破仑墓的金顶。尽管天气不给力，可象征拿破仑雄强的金顶，于阴霾中透射着金光，还是有种逼人的气势。

地陪依然在吼：“东方雄狮，中国好汉，终于醒来了吧！”车里发出一些不连贯的笑声，算是对地陪的热情做了一点回应。

梦幻般的法国，梦游一般，就这么一晃而过了。

待转到了柏林，天气晴朗，团员们精神为之一振。

李如寄的旅行团，是公司统一组织的。这些旅行团成员，基本上都是公司中层以上的领导，约有十五人——人数上看副总心情，也许多出一两个，或者说有谁被穿小鞋，刷掉了，便会减掉一两人。

今年的欧洲十日行，则是公司打了个大大的擦边球。法兰克福书展，被誉为全球最大的书展，一年一度，主要是新闻出版机构参加。副总希望借此机会，到巴黎、罗马、柏林三个著名城市的图书市场实地考察，收集国内作家的图书翻译、出版和发行情况，回国后成立一个版权代理公司。副总指示，加上服务人员，旅行团二十人以上，二十五人封顶。

李如寄级别尚不够，按理说，没资格加入这个团队。但领导考虑到他的英语不错，到时买个免税商品什么的，找导游和地陪，担心他们与当地商店暗通款曲，把免税商品从豆腐价搞成了肉价。李如寄的这点优势，促成了他的欧洲行。

这次欧洲行是带有实际任务的。副总让办公室主任对赴欧考察人员反复强调，不要与旅游挂上钩。

本市一家知名的国际旅行社，近几年来与公司合作过多次，建立了紧密的联系。本次带队的全陪由旅行社副总经理担当，这是个精明的中年女性，带队经验丰富，什么都见识过，善于左右逢源，话说得很好听，利益则要分厘必争。她总能急客户之所急，想客户之所想，自己却也绝不少赚，客户还挺满意。她察言观色的能力强，能及时发现客户的潜在需求，总能把附加费用往上涨一点儿，或一点点儿地涨上来。本次正好有个同往欧洲的旅游团，不足二十人。她以为又抓住了一个机会，建议办公室主任与这个团队合并，扩大一倍，组建一个中型团，至少四十人规模。这样两个团队合并，旅游、交通工具等共用，费用会适当降低一点。全陪副总劝道："反正都是出去玩，多点人还热闹些。"

办公室主任召集大家开会讨论了一下，有两种意见，一种是认为外出旅游本来就是为了放松，两个团队加一起，难免会比较紧张，使游玩失去了现实意义；另一种则是以插科打诨来表达意见，说对方是美女团队，可以考虑——如果这样，就是一次浪漫之旅。办公室主任笑骂："尽想好事。"公司财务总监很不喜欢一谈正事就以说笑的方式，她说："这会把整个氛围搞得乌烟瘴气的。"办公室主任早已明白副总的想法，她只是需要时时刻刻强调和维护副总的权威。

大家各自民主讨论一番后，让副总做指示。副总这时摆出一副痛心疾首的样子，说："你们这些人，没有一点觉悟，思想总是停留在超低层次，心中净想一些歪心混账的事情。这次是有任务的，你们知不知道?"他发问时总是喜欢在后边加个"嗯"，用手擦擦下巴的胡茬。告诫一番后，副总又说："每个人都有考察任务，回来都要写报告，这个版权代理公司是这次书展重中之重的任务哩。"副总最后加重语气说："在座的各位都是本公司的精英，大家要显示出我们公司的水准来。"这就是了，这是政治任务，公司多开支一些费用也是值得的。

他似又想起什么："本人反复强调，这次不是旅游，是考察。你们这些猪脑子，听懂了吗?"他转头对办公室主任说："你记住一个原则，如果谁再出口讲这次是旅游，他自己的开销，剔出来全部由自己承担。"

办公室主任响应一声，加大声量："大家听见了吗？苕[①]们!"

会场里的人齐应："晓得啦!"副总露出一丝笑意，表达对团队执行力的满意。

2. 考察书店之事取消了

开馆仪式结束后，李如寄团队从法兰克福出发，先到世界名都

① 苕（sháo），湖北方言，傻子的意思。

巴黎，这是大家向往已久的地方。有几个著名的景点总是要去的。李如寄出发前，通过网络搜寻的方法，联系了几家欧洲的出版机构，请求参观这几家出版机构并洽谈版权方面的合作。哪知外国人脑袋是方形的，不知道转弯，认为涉及不到具体合作，没有必要参观，出版流程全世界都一样，也没什么好看的。副总先批评李如寄执行力缺乏，再骂了该死的帝国主义者们，什么都习惯于搞封锁。他就不信这个邪，对办公室主任作出指示，要求她去找全陪，让全陪联系地陪，直接到书店去考察。这里有如此多的出版物，难道还看不出海外版权的端倪来。全陪非常配合，执行力很强，在一个越洋电话里叽里呱啦地说了一通，便定下了，改成去一家大型超市里的书店参观。全陪还在行动线路图上标示出位置。大家叫苦说，这里全是外文书，谁也看不懂，去了只是浪费时间。副总下了命令：我们是来干什么的？转悠一下也得去！果真到了，领导们连样子也不想装了，这考察书店之事就在共同默契之中被取消掉了。

副总觉得必须坚持他的原则底线，最后找到李如寄："如寄，你懂英语，你去看看，总得有人去，这个环节是我们考察团的核心和重点，否则，我们不成旅游团了？嗯！买几本书，特别注意中国作家的外文版作品，弄回来研究，看我们的图书怎么样才能走向世界。"李如寄领命而去。书店在超市中的一层，规模倒不小，中国作家的外文版作品，不知放在哪个角落里。这书店自然不是以英文为主，他李如寄当然也是两眼一抹黑。他想了想，我们的封面版式做得特别死板，还不如买一些杂志回去，让美编作为参考的好，便买了十几种，有名车、名品和著名时装杂志。与团队会合后，因为没有找到中国作家外文版作品，李如寄比较内疚，对副总做了检讨。副总挥挥手："小伙子不错，灵活，这些杂志有实用性，拿回去作个参考也行。"随手一翻，有几幅半裸的俊男靓女，自然是老外，洋气十足："哈哈，小子，你买这些杂志，我就看出你的几根花花肠子了。这是《花花公子》。"把李如寄闹了个大红脸。团员们听说李如寄买了《花花公子》杂志，纷纷来借阅，看了之后，都把李如寄夸奖一番，说他时尚，来到西方这花花世界，先闻点洋骚味。李如寄急忙申辩："这不是《花花公子》，是什么……"大家哈哈一笑，出来玩么，算是凑个趣逗个乐。这些杂志让李如寄叫苦不迭，买了叫人打趣不说，还得自己背着上车下车。

正经事情就这样办完了。

3. 公司领导其实是语言的巨人，行动的矮子

卢浮宫是一定要看的。蒙娜丽莎的微笑到底何等神秘，只有看到原作才会有感觉。来展馆的人，都是冲着名气而来的，涌进来的多是中国人。国人有共同的特点，无论遇到什么世界级的瑰宝，看也不看，先往旁边一站，拍个照留作纪念。见了原作，大家心里"格登"一下，原以为是个巨幅画作，谁承想实物竟这么小。老外骗起人来也真是不要脸呵。大家口里都不说，怕被人说是无知，不会欣赏咧。

李如寄第一次跟公司的领导出来玩，心里着实有点紧张。他觉得要给领导留点好印象，但具体要怎么做，他也实在不懂。只知道在领导面前，要规规矩矩的，领导如果有要求，在这人生地不熟之

处，他要尽快设法解决。他被定性为内部翻译，所以是为团队做服务工作的。他多与全陪、办公室主任、全体团员护照集中保管者财务总监在一块儿，以便随时听候调遣。可李如寄毕竟职场经验太少了。领导们说话，他不会反过来听。有些重要的事，领导强调的、要牢牢抓的，未必是重要的事。他与这些领导在一块，被搞得糊里糊涂的，总是犯浑，搞不清楚这些弯弯绕。

这次副总强调要好好考察。可是，一旦出来了，领导们都很放得开，讲出一个个黄段子，唱得比谁都要响。只要有一点响动，旁征博引、生拉硬扯，都往这些低级趣味上靠。一个个如此重口味，让李如寄实在有点受不住。他一向信任办公室主任，有些小心思会向她表露。办公室主任是个热心快肠的大姐，任何场合她都提得起放得下，与这些领导们一套一套地来，你笑得开心，她笑得更开心。李如寄实在忍不住了："这实在是太庸俗了。"

办公室主任好心好意劝他："哎呀，我的个小老弟耶，你是小心肝受不住了呀。哈哈，你还没习惯，这习惯了就好!"她认真地说："你看，领导们在办公室里，整天有那么多公文要批，会要开，指示要发。可领导们是人，他们也有七情六欲，都憋坏了。既然是出来玩，就是要放松的。"

李如寄像是明白了，他仍不甘心，说："这也放得太开了吧?"办公室主任大姐说："这个你就不懂了，小老弟，讲真话领导不高兴，讲假话群众不高兴，讲黄段子没有人不高兴，一起乐。"

李如寄一时无话可说。办公室主任说他还是太嫩一点，磨砺不够。

转个身，办公室主任便又与几位领导讲起了荤笑话。这次，估计她没搞到赢头，只好把李如寄的评论搬出来做挡箭牌。"你们这些人咧，连李如寄这样纯洁的小老弟都说你们很庸俗，低级趣味。

你们这是毒害祖国的青少年，污染环境。”李如寄一听，慌忙辩解说：“我不是这个意思呀。”他马上有种被人要卖了的感觉。尽管他很生气，却不敢看办公室主任，倒是觉得自己做了亏心事似的。

大家听了，“轰”地一笑。不知是对李如寄的评论不以为然，还是认为李如寄是个闷骚男。领导中有人接话说：“我们承认有点毒害李如寄小朋友，但污染的却是西方资本主义世界的环境，所以只犯了一半的错误。”

李如寄心中暗暗叫苦，这次只玩了一站地，却为大家发明了一个口头禅，现在只要谁一开口讲黄段子，便被众人七嘴八舌地打击：“庸俗。”这些人找到了话题，拿起李如寄开涮，嘻嘻哈哈，好不开心。有的说：“李如寄，我们只图个嘴快活，你咧，行动派，实力派，要你去个书店，你就买了《花花公子》。先预热，等到了红磨坊，就好一试身手。”李如寄觉得有人的地方就有江湖，这里是公司领导集中在一起，更是江湖险恶。他只要一开口就得罪了大家，一行动，就被人揪起了小尾巴，弄得他叫苦不迭。这些人哄哄然，这完全是对他“斗地主”。

大家出来玩，全陪劳神费力耗损了许多心机，白天晚上都要安排，特别是有些临时安排的节目，是要加收费用的。这红磨坊是个好去处，但不大宜写到考察项目中。在白天，那是一条再普通不过的平常街道，甚至有人走过，还能感到它的寂静。如果说有什么特殊的，就是那个风车和磨坊的标志。到了晚上六点之后，或者更晚点，你来看看。这位，有过风月体验的半老徐娘，见多识广，撩起领导们来那是一套套的，让人心急火燎欲罢不能。

她说：“这个时候，才慢慢显露出它的真容，这对我们棒小伙来说是非常新奇的。你们到时看看，那些店门悄无声息打开了，那些突然闪亮起来的霓虹灯……街上越来越多踩着恨天高，浓妆艳抹，穿短裤网袜的欧洲女人来找我们这些棒小伙们搭讪，真是激动人心；还有几家店门口居然站了一排裸露上身的肌肉小伙子，遇见我们团的美女们就大大方方地主动合照留影，抖抖胸肌，这些秀肌肉的美男，抱一抱真的是很爽的……”全陪眉飞色舞地介绍着。她有意把团里的领导讲成是棒小伙子，把团里的几位涂脂抹粉的女领导称为美女。这是个全民装嫩的时代，这么讲，全体团员都舒服。

全陪确实在行，不愧是导游出身，练嘴皮子起家的，立马就眉飞色舞介绍起来：“你想了解巴黎吗？你想真正深入世界名都吗？请到红磨坊来。这是欧洲的精华地带咧！千万不要看这些卖肉的姑娘、小伙子，兴许他们就是在读的博士生，有的白天还是高级白领。”她介绍起来如数家珍，这家店比较“真诚”，那家店的卖酒女会用一杯啤酒坑到你身无分文。当然有她帮忙保驾护航，代为讲好价钱，就不会有事了。

大家都是自家人，尽管都是一方“诸侯”，到了游玩之地，领导们彻底放开了，现在是检验棒小伙子们勇气的时候了。他们像打了鸡血一样无比兴奋起来。全陪说，上次一个团，有一半人体验过了。外国洋妞的味儿，真是特别，用中国话准确地说是风情万种。见大家一个个摩拳擦掌口水直流的样子，全陪扬了扬手中的平板，说：“我这里有好洋妞，一个比一个水灵。”

红磨坊来了一趟，不能白来吧。现场的嬉笑声小了许多，领导们开始盘算起来，是不是可以一试身手。显然，谁也不敢冒这个险。平常开点黄腔，打个黄荤，真要到红磨坊来试一下子，影响太大了。逞一时之快，搞不好饭票子丢了，官票子丢了，那就损失大了。然而到了红磨坊，不能就这么空手而归，得有人干，有人看，有了素材好过过嘴巴瘾。不知有谁说了声“庸俗”，这下好了，大家哄笑一阵，把目光全部集中到李如寄身上来了。

公司领导们很快达成共识，大家不能以身试法，但也不能到了世界名都，并且是核心地带，什么也没留下，就此退却，也太不甘心了。大家推举李如寄去一试身手。一是他英语尚可，和洋妞调点情，还是要讲几句口语；二是他有几分外国面孔，至少会让洋妞有几分似曾相识感；三是他在公司里尚无级别，负担轻，不怕竞争者告阴状、打黑枪。最最重要的是，这小子本来就是个偷腥的猫，让他去书店，他第一眼就盯上了《花花公子》。进入红磨坊后，大家开了临时现场会，很快达成了共识，全体通过，这叫皆大欢喜。大家越想越觉得这个创意甚好。

有位领导好心提醒，既然是我们派遣李如寄去的，这个费用，应该让大伙分摊。一则不能让李如寄舍了身子还赔上资金，二则这个事项可不敢公费报销，作为领导这点觉悟还是要有的。于是现场再次发动起来一致决定，实践后有兴趣听李如寄报告者，请凑份子钱。一时间，众人纷纷掏钱，唯恐落后。全陪摇了摇头，这些人全是他妈的银样镴枪头，到了真场合，一个个都阳痿。这里她每次来，从来没有空手而归的。她哀叹自己真是看走了眼，现在只好把这个愣头青推一把，不能让自己失手，一无所得。

哪知李如寄是个荷包蛋，不捏也是软的。他吓得满脸通红，连连摇手："领导们千万别拿我开涮。"但不由他分说，立即上来两人，一人提一只手，把他往前拖。这一举动，让大家笑得直不起腰来。

李如寄死活不肯去，索性一屁股坐在地上。又有人叫了，李如寄要有辛苦钱，有钱能使鬼推磨。大家再次掏钱，凑足双倍份子钱。见了双倍资金，全陪心情好了许多，脸色由阴转晴，干劲儿大了许多。她把钱接过来，一副气定神闲的样子，仿佛说，我来搞定。她拍开了两位拖李如寄的人，把李如寄一拽，挽着他的胳膊，嘴凑到他的耳朵边，柔情蜜意地说："保证不亏你，让你快活得死去活来，还不花你的钱。"她指了指"真诚"房子门口，说道："这家我多次带朋友和领导去体验过，非常好。"李如寄真发恼了，他不管不顾，对全陪大声吼道："这里有这么多肌肉男，这份子钱给你，你试了给领导们来讲。"

本来出来玩，大家是来寻开心的，弄成这样就不好玩了。

副总出来打圆场了，他只好笑骂李如寄："这些王八羔子，真正用时就是上不了台面，银样镴枪头的东西。甚是无趣得紧！"

这出戏唱不下去了，只能尴尬收场。大家纷纷学着副总的口吻说："甚是无趣得紧！"算是闹剧戛然而止。李如寄本想说一句"庸俗"，却也知道这话不能说，只好大叫一声："无趣得很。"

办公室主任很不客气地批评他："闹着玩的，你发这么大的火，至于吗？"又以大姐的身份小声对他责怪道："你么个像个苕样，领导们这么看重你，别人求也求不到的，你还发脾气冒火。"

李如寄不服气地说："都拿我开涮，这是看重？那就要真去干？"

办公室主任说："说你是个苕，你还不认，难不成没有别的法子赖掉？"说得李如寄有点后悔了，但事已至此，也没有法子补救了。

余下的行程，大家对李如寄十分冷淡。他确实惹了众怒。好在全陪不计前嫌，不时说些无关痛痒的话。但她还是忍不住，对李如寄说了真心思："你们这个团，是我带的蛮差火的团，银样镴枪头。"李如寄知道他更算一个，只好不辩驳，不吭声。他心里觉得这种玩法确实无趣得紧，明年就是天大的好事，也让他们另请高明，不来了。

保管所有人护照的财务总监，倒是安慰了李如寄，有几分世故地说："你呀，还算是个干干净净的人儿，他们就拼命拿脏水往你身上浇，浇到你与他们一样为止。"

李如寄说："我不会的。"

"那就等着瞧好了。"财务总监洞穿世事般说。

4. 财务总监抬杠，要试下法国的水性

李如寄确实嫩了一些，见的世面少。每次外出游玩，先去看看旅行社提供的景区，看起来景点安排着实不少，真正玩起来，有些去处顶多也就是给你拍个照的时间。因为大多数旅行社都是以多取胜，用华而不实的招数吸引参加者。全陪、导游和地陪，都是要靠外水赚点钱，不然谁愿意这么满世界地跑，这可是挣的一点辛苦钱啦。

国人这些年兴起旅游热。可到了著名的景点，就是你要拍我要拍，找个取景最佳处，专门有人"咔嚓"一声两分钟完事。为了这两分钟，不仅要每个人都排队，如果有别的团队占住取景点，还要抢位插队，弄不好就惹纷争。为了这两分钟，旅行社安排景点时，则要规划出一小时。下车找车位泊车，徒步去景点，排队等待，拍照两分钟，过后一想，却也真是毫无意义。

现在出行交通方便，欧洲面积不大，一天甚至可以到三个国家去转一转。有些旅行社安排，白天游玩，夜晚赶路。到了景点，每

日早晨五点起床，回来休息都已是晚上十点左右，多是走马观花，一天下来，满身疲乏。到欧洲还有时差问题，每到一个地界，又行程满满，多被大巴拖着走。这种玩法，自然所有人都会昏昏欲睡。随团出去游玩，由旅行社安排，办理签证，集体有序行动，办手续不用自己操心，这自然是优点。但规划景点，限制时间使游玩无法尽兴，还有必须去的购物商店，让人不胜其烦——如果有人不肯下车购物，还要遭导游羞辱，导游为此常常与游客发生冲突。国内在强行购物这方面风气很坏，此风还传到东南亚一带，如同国内一样逼游客购物。欧洲离国内远点，也推销一些小东西，强迫购物尚不多见。然而导游上车下车不厌其烦地清点人头，把人数字化，也让人憋闷。这样随团游玩，诸多限制，极影响心情。有人抱怨说，明年不再参加。可过了一年，却又唯恐失去机会。当然李如寄也说明年不再来了。他不知道，他这种搞法，显然太不合群，明年肯定是没这个机会了。今年能来，并非因为他英语尚可，这是他自以为是。英语本来是个普及语言，公司姑娘小伙子花一两个月把口语练习一下，谁说不了几句呢？是办公室主任觉得他“模子正”，半老徐娘们挂点眼角图个心里头舒服。这次大家拿他打趣，是看得起他，他如能温和待之，便会是很受欢迎的。只是这红磨坊的一出戏，把大伙全得罪了。

不过这次要参加书展活动、进行项目考察，还有欧洲旅行，几项加在一起，时间很紧，要用小时掐算。罗马要不要去，还要打个大问号，但巴黎和柏林是必须去的。法兰克福是欧洲的中转站和会展中心，还有金融中心。这里是目的地，今后还会有机会来，可以做备选，如果有时间，当然值得去看看——特别是歌德故居，还有市政广场，莱茵河畔各种式样的桥梁也是自成一景，美得炫目。

法国留这两日，众人眼睛看了不少，心里却没装下什么，急忙去机场，两小时后，便到了德国的首都柏林。

李如寄有点感慨，这个世界就是个浮光掠影的天地，我们过的就是一种走马观花的人生。于是他感到自己有了收获，境界有所上升，思想有点深刻了。这么一想，他禁不住还是感谢这次旅游，想到副总的叮嘱，忙把“旅游”改成“考察”，以免被抓把柄，自掏腰包。

这群人来自水乡泽国，却热衷于在巴黎乘小游艇，游过塞纳河，外国河水那是别有一番情趣。这河是法国北部大河，途经巴黎。两边景致自然是异域欧洲风情，与故乡“楚河汉街”河沿那几个装点别扭的欧式建筑有天壤之别。财务总监一语双关，说道：“试下法国的水性。”

副总抓住了他这个漏洞不放，同样是双关一语地说：“你试呀？你敢吗？”

财务总监在这方面绝不是个善茬：“愿陪领导一试这世界名都的水性。”

副总一时被这个请客者噎得不知如何回复。

游塞纳河时，李如寄戴着墨镜。他憋了一肚子火，晚上差点被人推进了红磨坊，倒不是怕他的真儿知道了，让他吃不了兜着走，他觉得这些人就是拿他寻开心。大家见他上了火，也就不再理他，他也落得个清闲。此刻，他手捏着旅行社发的人头帽。河风一吹，一个多月没有理过的头发，正好可以大派用场，随风任意飘扬。办公室主任见他如此风度翩翩，悄无声息地拿起相机给他随手一拍，并给他看：“很有几分风度。”公司的几位女士，当然见证了红磨坊一幕，觉得他还不曾油腻，人还是个正派人，便对他亲近了几分。

办公室主任温柔地挽了一下他的臂膀：“真有点小费翔模样，来一张。”财务总监会意，帮他俩拍了一张合影。他经常被女人拉去做灯泡，却也习以为常。公司女性很不喜欢他动不动称她们为女人，一直让他改口为“女生”，他觉得去争这个叫法，甚是无聊得紧。本来改口也没什么的，但说出口时，还是称她们为女人，弄得她们好不恼火。

李如寄发现团队中的男人们对他冷淡些，而女士们对他亲近了一点，扯平了。办公室主任带有几分爱怜地说：“这个苕货要学的东西还蛮多，够一学的。这么多领导在，换了别人，挖空心思也要与领导搞好关系，他还装正派人。”

李如寄听了心里有气，他也知道这位大姐这是关心他，却又不知该如何作答。

“在公司与领导搞好了关系，说你行，不行也行；说你不行，行也不行。晓得啵?”

在公司里，他确实受女士欢迎——她们会撩撩李如寄，说他这个名字起得好，左看右看，都不像中国人的种。如果算是，也是个混血种。你看他那双眼睛，迷人的不只是眼睛，还有那长长的眼睫毛，男人有这种眼睫毛，确实迷得死一群女人。还有他的发色，黑得泛金，结合了黄种人和白种人的发色特征。公司女同事说他的长相端正，轮廓有点高鼻深目，一脸络腮胡茬，身上体毛也浓密。尽管这都是老外的体征，但他却是个地道的中国人。只有一点不像外国人——身材并不高大，约一米七二的样子。他人颇有几分讲究，每天打理得干净。公司的女性们，把他比成唱《冬天里的一把火》的歌星费翔，他与费翔确有几分神似。办公室主任得知李如寄姆妈是个地道的家乡妇人，她们惊讶于一个乡下妇人怎么能生出这等儿子来，便笑称：“小李，你到欧洲来，确实与老外有的一拼。”

平时，公司女人们会对男性同事评头论足一番，她们大都断定，李如寄这种长相，怕是返祖现象。据说，上溯多少代，家族中有外来血统，这个基因顽强地潜伏下来，遇到合适的土壤便会脱颖而出，产生这种返祖现象。她们后来也偶遇了李如寄的弟弟妹妹，与他长相差别尽管不大，但估计是他们太阳晒得多，皮肤黑里透红，粗一看就是一副中国人样子。

5. 柏林广场的彩虹桥站着上帝还是菩萨

想不到柏林城的阳光如此明媚。

据说到了柏林，也要游条河，名叫施普雷河，横穿这个国家的首都。这条河，实在是名不见经传，至少李如寄第一次听说。他认为旅行社如此安排实在不合理。全陪见了昨天发恼的李如寄，像没事人一样，对他依然嘻嘻哈哈的，亲切地摸了他一下。办公室主任眼尖，打趣道："又在揩油哩。"两个老女人，哈哈一笑，算是心照不宣。李如寄有点忍不住的毛病，怎么安排，领导都规划好了，定下的事就不再讨论，他偏要发点牢骚。旁边是全陪，她正好听见，解释说，这样安排，主要是为了游得紧凑，走捷径，不浪费时间。还有几处河岸之景不容错过，比如中国驻德大使馆，就在河边上。从游船上走，还不用堵车，直接就可以到总理府。财务总监不失时机地说："试试德国的水性又何如？"

副总终于找到报复的机会，提高声调："总监这次来欧洲考察，到处试水性呢！"

大家到一个码头上游船。游船有三层高，与在巴黎时乘坐的大有不同，那只是个小游艇，几个人上一条。大游船定时开启，发了几声鸣响，便起航了。他们的团队，自然一起扎堆在游船的夹板上。不一会儿，有人高声说："五星红旗。"众人皆顺他手指望去，中国驻德大使馆就在河边上，国旗在风中飘动，十分显目。中国国旗在国内司空见惯，但到了国外，作为中国的标志，格外引人注目。

地陪女孩一字一句地介绍说："这是中国大使馆，你们的。"施普雷河比起塞纳河要宽阔一些，水流也就平缓一些，但这两岸景致多少显得单调一点。他们这条大游船，船上多是中国人。尽管机器发出隆隆声响，依然压不住国人的大嗓门。有人打趣，分辨彼国人和中国人，尽管两国人都喜欢扎堆，你只要看到哪堆悄无声息的，定是彼国人了。这点还真是说对了。在国外乘火车时，整车人都拿着书或报纸看着。中国旅行团上来，见了这阵势，一时被镇住。但过一会儿，他们依然随心所欲起来，有人一碰打斗地主就下不来桌，随后而来的便是观众扎堆上场。他们车厢里争来吵去，大呼小闹，说话声、玩笑声，输了气馁，赢了兴奋，拥挤的空间里就形成了一个小舞台。外国人对此直皱眉头，不过出于礼貌也不来干预。在国人看来，出来玩，就不要装腔作势看什么书了——何况他们整天都是和书打交道的人。

负责接洽的柏林地陪是位土耳其女孩。有些发胖，粗见还以为是中国人。她脑门放光，看上去很结实，给人沉稳之感，移步时有时汗如雨下，却一点也不喘。只是她身上散发的香味难闻，应该是汗臭与香水混合起来的味道，多少有点刺鼻。中国人也不会指出外国人有汗臭难闻的毛病。她的汉语讲得比巴黎的小伙子还要差，有时为了表达准确一点，从腰包里拿出词典快速翻起来。她不苟言笑，说话做事大体受德国人影响，显得严谨认真。这个团每到一处，为求原汁原味的介绍，找地陪还是找当地人。大家过去出国玩了几次，如果是中国导游，尽管能说会道，却多是满口“用起来方便没有副作用”这样的套话，景点还没介绍，就从左口袋掏出一盒美容剂，从右口袋掏出一个养肾宝，背包里还有洋式金枪不倒膏，最要命的是，一天下来，至少要去几个免税商场，把真正游玩的时间都挤兑没有了。这次来欧洲，大家依旧愿意请外国导游当地陪。全陪解释说：“欧洲不比东南亚，要规矩一些。考虑为公司节约一点，找华人当地陪比较好。”办公室主任听了说：“我们要玩得舒服点，不在乎这几个小钱。”全陪便笑纳了，她只好多收一倍的地陪费。

柏林墙在行程规划中，是个重要的景点，土耳其女孩给大家介绍柏林墙，先用书面语言介绍了一大通，它的产生，它的推倒，以及中间发生了诸多逃亡之事，东德西德的制度之争，说来说去，社会主义制度在理论上优于资本主义制度，在实践上则是另一回事，事实是人从社会主义的东德往资本主义的西德跑。副总严肃地对全陪说：“这个地陪，中文都讲不好几句，拿什么制度说事，我们是来考察的，不是来接受资本主义思想教育的。”办公室主任很有同感：“这种话，让人听了不舒服。”全陪听了，对土耳其女孩叽里呱啦地说了一通。地陪点点头。她继续自己的介绍，便卖关子似的大声说：“请注意我们正在柏林墙下——”她用手往下一指，“这个，它很长久，就是你们要找的柏林墙。”人群中一阵哄笑。到了柏林城，已经没墙可看了。土耳其女孩介绍说：“本来有些残墙碎渣，因为游人来多了，都要带点回去作纪念，后来精明的中国人，便用这些碎石块，搞一个包装，雕刻成纪念章，不需要成本就在别人国家大大地赚了全世界游人的钱，赚了一大笔。”她伸出大拇指，一字一顿地说：“我爱中国，我要到中国去，学你们做生意。”大家很是自豪，便议论说，应该是德国的华人华侨干的吧。但人家德国人也不输中国人。德国人做事很精致。他们把柏林墙脚刻成砖印，涂成鸦黑，用这种别致的方式让人记住这段历史。地陪说的“很长久”，应是柏林墙所涉之处，皆做成这种标识，延伸了大半个城区。大家赶紧留影，这是少不得的。李如寄跨在墙痕中间，叉着两腿，做了V字手势，算是到此一游了。没人注意他，估计对他红磨坊的表现，依然有点不舒服。有人做了一个怪异的爬墙姿势，显得滑稽。大家便是一阵夸张的哄笑，与对李如寄的冷漠，形成鲜明的对照。

柏林这个城市，市标是熊，满城是各种各样的熊。柏林熊与俄国熊在气质上是不一样的。柏林熊憨态可掬，北极熊则是强悍凶狠的。李如寄踏上德国土地时，甚至作了一些对比，试图为它的历史文化作一些辩解。现在他对这种自作多情，忍不住又暗自嘲弄一番。

李如寄走了这个城市几个景点，特别是断头教堂——被炸成一个尖顶，经过几十年的风吹雨打矗立不倒，让人尤为敬佩。可见德国产品和德国质量，随便拿个事例，便可证明。这个城市被炸成废墟，能够做到基本恢复原状，这更体现了一种德国精神。特别是战后的恢复，多以女性主导，更让人肃然起敬。

德国人对一些历史遗存，不管是正面的反面的，都严格加以保留。苏联红军打到国会大厦时，在国会大厦的墙上，留下了一些“到此一游”的笔迹。德国人对这个昔日宿敌的印迹，同样精心地加以保护。几十年后，他们居然找到了过去签名留言的红军，并请到柏林来再次留影。为了不忘记这段惨痛的历史，他们在马路上钉了许多铜牌，皆注明了是犹太人的受害处。这让李如寄大为震惊。一个民族有如此反思能力，就有了立身之本。他对德国人的许多做法，多少还是了解的。因为国内往往会把彼国人比照德国人，德国人对待历史的态度，是彼国人一个重要的参照体系。但真正踏上德国土地，依然受到了巨大震撼。他告诉自己，德国这样的国家值得尊重，无法不怀有好感。

在李如寄想象中，德国是个工业国家，摩天大楼林立，国土窄小，人潮汹涌，有享誉世界的品牌，应该像个地球工厂才是——机器声轰鸣不绝，空气污染严重。现实却颠覆了他的看法。德国是个高纬度的国家，晚上九、十点才近黄昏。他们是晚上九点多钟到的，能见度极好。飞机下降前后，他看到舷窗下的德国，森林密布，目之所及并无高楼鳞次栉比，甚至给他几分土气的印象。

最让李如寄惊讶的是，他见到了童年时的那种蓝天、白云、阳光以及太阳雨和彩虹。那是一种让人心醉的蓝天，蓝得纯粹。巨大的天幕和地面上的森林、草坪，浑然一体。朵朵白云在半空中飘移时，阳光照耀下来，白云像绣上了金边。他在施普雷河上游览之时，仰望天空，这时阳光透过云层，万道金光散射下来，神奇而庄重。

他们一行到了总理府，堂堂首都心脏，却并无庄严之感。他们可以随意穿堂入室，没见到什么哨兵和门卫把守，少了严格检查，多了亲和力。德国的市政广场，绿草茵茵，天地无边，显得广阔、深远。当然，你只要看过天安门广场，其他各国首都的广场便不值一看了。俄国人喜欢搞大型活动，红场从电视上看，极其辽阔；走近一看，也只是几条巷子组成的。更不用说越南广场——只能说精致小巧。对比下来，李如寄难免生出几分自豪感来。到了国外，总是不禁拿眼前的一切与本国对比，比一比，才觉得他乡哪有故乡好，还是自己国家好。“毕竟还是咱们天安门广场雄伟。”他小声像是对自己说，也像是发点感慨。

晴朗的天空，不知从什么时候任凭几片乌云飘过来。蓝天照蓝，白云依旧，乌云驮着云雾雨水，多少还是沉重的，被阳光照耀，雨珠洒落下来，使大家见了一场难得的太阳雨。见到这种雨，团员们不由得欢天喜地起来。大家也知道，这雨短暂，男士们双手捂头，女士们本来带有防晒的太阳伞，但也一并笑嘻嘻跑到玻璃幕墙走廊下躲这难遇的太阳雨。半空中的乌云尚未散去，阳光被逼进云层里。这时天空划出一道彩虹来。彩虹从天边划起，在天幕下划了一个巨型半圆形。这一刻，有人惊呼："啊，彩虹。"李如寄大脑一片空白。彩虹已经很多年没有见过，那还是童年的印象。天空中的彩虹到底是怎么消失的，他一下难以厘清。生活和成长让他把彩虹遗忘了，当欧洲的这道彩虹出现时，他感觉恍若隔世一般。幼年里常有这一道亮丽风景，曾让他为之浮想联翩。李如寄在视频里看到过，彩虹是一个巨大圆形体，有两种方式可以获得，一种是平躺在地面上拍摄，再一个就是在云层的上空拍照。他一时兴起，随即在幕墙旁仰卧在地面上，对着彩虹，慢慢移动手机拍了一组。可惜没拍到圆形彩虹。他躺在这个国家的土地上，一时不想起来，看看这蓝天白云，还有这么难得的太阳雨和彩虹。

一切慢慢过去了。有微风从草坪上徐徐吹来。微风拂面，快慰感由心底升起。

他正对着彩虹拍摄时，突然听到掌管大家护照的财务总监说："看看，观音菩萨正在彩虹上。"他睁大眼睛仰视，隐约的云影中有个如菩萨的幻象在缓缓地移动，在阳光背景下呈现出许多金光。只听副总说："哈哈，菩萨是咱们家的，应该在东方，这里的彩虹，估计是上帝之桥。"

李如寄再看时，确实又像是上帝在云端彩桥上缓行。

办公室主任见了李如寄如此，高声喊道："如寄，你又在发什么痴呀?"四周传来一些笑声，算是与他和解了。

第二章　犹太人墓地的平地风云

6. 老子拜托儿子，拜见一个有血缘关系的老外

其实，进入德国地界后，李如寄的心里一直是沉甸甸的，有一种情绪让他堵得发慌。同时，他的心情又是十分复杂的。他似乎总在找一切理由来热爱这个国家，尽管这个国家他是第一次来，第一次见。从前一直听他父亲喋喋不休谈着，他亦没有产生任何向往感。现在终于来了，他却发现自己已经深深受到了影响。

李如寄还有一种更奇怪的心理作祟，总感到他被人盯梢。好像有人在随时注意他的一言一行，要抓他一个现行似的。在法国大家拿他开涮，到了德国，大家都与他保持着一种说不清道不明的距离。这似乎也证实了他的判断，他并非完全出于敏感。现在大家对他漠然，更是令他心中堵得发慌，以至于背部发麻。行走时，动作也不协调。平时走路都是自然而然的，现在他突然发现自己不知该先提左脚还是右脚好了。

这一切都是拜他那个死老子所赐。

他的父亲李来恩，反复嘱咐他一定要见见八竿子打不着的德国人穆勒。据说这个德国人与他们家族有生死攸关的联系。父亲总有一种讲故事的超级能力、杜撰故事的想象力，让他常常感到一种不可思议的怪异。李如寄评价他的父亲时，常常找不到合适的词来形容。他只会用老家的话说："老洋人，我信了你的邪！"老家人早就

忘记了李如寄父亲的大名，都称呼他为“老洋人”。李如寄气急败坏时，也在背后这样叫他。

李来恩尽管出身低微，却心比天高，总能异想天开，并将自己的这种意念付诸行动——不死不罢休的那种。他自己折腾也就罢了，还要想办法套住李如寄，让儿子一起来与他追根寻梦。这次他们来欧洲，李如寄压根不想告诉他。不知他从哪里得来的消息。也许是从姆妈那里，或者是弟弟妹妹无意间告诉他的，更有可能是妻子梁一真有意透露的。老洋人就像抓住了一根救命稻草，多次缠住他，要他无论如何都要见那个德国人。

李来恩出生在中国一个偏远的乡村，一个叫良湾李家台的地方。尽管与他们这座巨大的城市直线距离不足两百公里，但二十世纪五十年代以前，这里依然是水乡泽国，要想去大城市，可比登天还难。他没读过几天书，只是赶上了区公所组织扫盲的工作组，为一些适龄儿童扫盲，帮助他们识字。也不能不说李来恩聪明过人，他折腾的最大收获，就是能写一手字，写出许多与自己有关的事情来。他从未出过国，也鲜少与外国人打交道，只凭着自己长得有几分异样——小时候被同伴称呼“小洋人”，长大后被乡人称呼“老洋人”——坚决认定自己的根在别处，并花足了工夫，耗费大量的时间精力，挖空心思寻自己的根——临行前，他还不放心，再次找李如寄。父子俩进行了一次让李如寄头疼的对话。

老洋人说：“不管你信不信，我要让事实对你说话。”

“问题是，我根本不相信这个假设。如果相信的话，我就应该相信有些科学家说的地球本也不产生生命，我们人类是从火星上飘落下来的元素形成的。我们本来就是外星人。”李如寄不无嘲讽地如是说。

每次他们父子俩一谈到这类话题，都会闹得不欢而散。这次，是老洋人要求儿子办事，他不便发恼，只能忍住怒火，耐着性子说："这个德国人穆勒是我费了千辛万苦联系上的，我希望你把他伯父的资料交给他，并问他一些问题。"

李如寄干脆不接茬："我不懂德语，英语基本上还给老师了。"

老洋人好脾气地说："这个我已经考虑到了。此人在台湾待了很多年，汉语很好。你们对话完全没有问题。"

李如寄一时语塞，他顿了顿再次反问："我心里总有个疙瘩，你出生在这里，我也在老家长大，就算如你所说的，我们的根不在这儿，那么找到了根又能怎么样？我们难道移民到那儿不成。"

老洋人说："我确实无任何移民的打算，我们在这个国家活得很好，也无这个必要。我只是感到这是一个巨大的谜团，搞不清我的心永远难安。"

李如寄说："我们父子应该倒过来，你的好奇心给我，我的务实心给你。你想过没有。现在总有媒体报道，婴儿出生时带出一条尾巴。这只是一种返祖现象。还有如白化病，一出生就怕阳光晒，眼珠泛绿，全身发白，这种人也有证据可确认自己具有外国血统。"他又自言自语地说："为了这个寻根，耗费了半辈子的心血，值得吗？"

父子俩的谈话，基本上又打成了死结。假如在过去，老洋人又要发一通脾气，然后甩手而去。但这次不行，他必须做出妥协："我也没用大半辈子的心血，是从你上大学才开始的。从你的实用主义的观点来看，我们也没有损失，你说我找根，我同样也为你找来媳妇，为我这个大字不识的杀猪佬找来了大学名教授做老师，难道这还不值吗？"

李如寄听了，一时无话，便心想："你收获当然大，还找了个年轻的小富婆。"他忍住了，没有呛回去。

老洋人吐了口气，尽量放下身段。“放下一切争论的话题，你就算帮我一个忙，”他拿出一张字条，“这是我列出的十几个问题，你问问他，再用手机录音。其中最要紧的是请他把自己的头发给你几根，你回来后，我来做下DNA的比对。”

李如寄一时不语。这事不难办，他到德国，约一个景点，让那人来一下，他把父亲的资料给那人，再攀谈几句即可。但他心里是抵触的，认为这样做，只会助长父亲追根溯源的决心，让父亲越陷越深，这其实是完全无意义的。父亲在有生之年做点现实的事不好吗？看着面前的父亲已生出老态，脸上刻着沧桑，他忍不住生出几分同情心来。父亲一辈子都在折腾中，坏就坏在一个起点上。父亲总是喜欢为自己设置一个虚无缥缈的前提，然后便为这个异想天开的假想而努力，自己的钱财和光阴都这样消耗掉了。李如寄同时又是怨恨父亲的。在自己成长的过程中，父亲几乎对他视而不见，一心一意地沉浸在自己想象的世界里。就是说，在李如寄的成长中，父爱是缺失的，连他的弟妹也同样怨恨父亲。多亏了姆妈，费尽周折把他们拉扯大。他考上大学，有个人便来“摘桃子”了，来陪他上大学，搞陪读。这倒也罢了。老洋人竟然制造出一连串让人大跌眼镜的花边之事，甚至连他们的这个家也不要了，去和一只“流莺”混在一起。

老洋人真能折腾，他陪读儿子这几年下来，让自己完全变了一个样。生而为农人，原本一身土气，现在却硬要西装革履，虚荣心不知怎么这么强的，甚至试图把自己与外教混为一谈。他为了以假乱真，还上外语补习班，力求讲出一口流利的外语。只是他在乡下长大，口语实在是难以改造了。他喜欢拉着外国人搭讪，但只要一开口，便露馅了。据妻子梁一真说，英语已经无比难为他了，他现在居然又在自学德语。想想这些，李如寄实在禁不住叹气。他看到了一则确切的消息：河南洛阳有两千犹太人，于唐代进入中国，在这块土地上生殖繁衍。前不久，以色列人搞了基因比对，承认他们是犹太人的后裔。得知他们要回以色列定居，政府表示了强烈的支持。可是他们的祖宗之家，却并无欢迎之意，最后只是象征性地选了两位女性。

在这个纷乱的世界，哪有什么根可寻？听说俄罗斯还出生了一位火星男孩，他的根就在外星球。而与这些八竿子打不着的老洋人，听说后也要寻根。他的干劲之大，让人难以想象。

李如寄想想他的父亲，不知这个老洋人，不撞南墙不回头是为的哪般。

7. 娇美儿媳是个热心人

老洋人也在沉默中。他一直以来，总认为自己在儿子这里是有苦说不出。他生生觉得，在这个世界上，不被儿子理解，是第一痛苦之事。他认为自己一直在追赶时代，有很强的与时俱进的能力。而他生的这个儿子，读书不错，是个学霸，上了名校，给他长了脸，找了个媳妇，家庭背景不错，人很优秀；只是这个儿子没有理想，是个彻头彻尾的现实主义者，把他毕生的追求，当作瞎折腾和异想天开。这两代人的鸿沟，确实太大了。

他来之前，已料到儿子的不配合，特别电话请求过儿媳支持。

这事在梁一真这里得到支持并不难。她一听，亲热地说："老爸别纠结了，包在我身上。"

他确实与这个儿媳有缘。梁一真与李如寄见了几次之后，对她的男朋友发表评论说："你爸气质不错。"还当着老洋人的面称赞他，真心实意，不会有假。古怪的是，儿媳特别欣赏他的穿着，认为有大学教授的派头。这些话说得他心花怒放。但儿子听了，总哼哼的，鼻孔冒出冷气。儿子太了解他的过去，一个乡下杀猪匠，徒手捉猪，且杀猪技法精湛，是一刀准的杀猪佬。他随手抓肉，只用手捏即可做到分寸不差，猪肉堆在案板上，就能分辨出是坐腿肉还是前腿肉，左肋子还是左条子，不会有误。他就是一个屠夫罢了。这种身份在儿子眼里，确实太难"洗白"了。自从寻根以来，老洋人认为自己天生就应该穿着一身西装的——舒服、有派、有价，还能让他自信满满。他本来就是一个老外，是被人遗落在这水乡泽国、穷乡僻壤的一粒珠玉。最让他开心的是，他走在陌生人群中，有人随口就对着他叫"嘿，老外"。他听了无比舒坦，这表明群众的眼睛还是雪亮的，于无声处为他正名。

他不发掘出自己的身世来，怎会甘心？

父子俩对话时，梁一真正在厨房做饭。她是一个小巧娇气的女孩。五官极为精致，肤色如雪。特别是一双眼睛，像是镶嵌的宝石那般闪耀着美的光芒。她开心时，仰头一笑，露出两排牙齿，细碎整齐，闪着米色光泽。李如寄看到妻子这样笑，就容易动心。这是李如寄的小小秘密，不会告诉妻子的。此刻她围着围裙，把披在肩上的头发绾在脑后，素面朝天，力求把自己扮成厨娘的模样。如果老洋人不在，她肯定在把饭菜端上桌后，一跷腿坐在丈夫的膝上，扒拉他的头发："怎么样，我这个小厨娘还够份儿？"梁一真做事虽然认真，但并不执着。比如，有一段时间爱上做菜肴，便对照菜谱，每天花样翻新地做出一连串菜来。她竟然靠自学做成了印度飞饼，与视频上的动作分毫不差。可过段时间，她做烦了，便与李如寄吵上一架——找个理由，当然免不了要砸几个碗，以此为借口转移兴趣。

“我的夫人扮什么像什么。”李如寄不管自己的心情如何，此时都要热情地应和。不然，她一定会让他有好受的。此刻，真儿见父子俩默不作声，都拿着手机在摆弄，便快速摆好碗筷，给他们放了两个小酒杯，自己面前放了一只玻璃杯。给父子俩釃（shāi）上白酒，给自己倒了小半杯红葡萄酒。

她举起杯来，与父子俩碰了碰。

她要捅破这层尴尬的窗户纸，说道：“你们讲什么，我都听到啦。老爸托你带个话就有这么难?”她为了缓和一下气氛，用土话对自己丈夫说：“你这种样子，莫佮（gé）不得老爸咧!”李如寄听了，呵呵一笑：“老婆大人啊，你喜欢说老家土话，也要搞清白含义哕，难不成我还眼浅眼热老头子了?”真儿听了，回击道：“你这人就是喜欢蟉（liú）筋𣪘（jiù）筋，夹死犟，是个歪脑壳。”

老洋人听真儿说了一堆老家话，感到面前这个儿媳又亲近许多，忘了自己的烦恼，忍不住打了个哈哈。而李如寄见到妻子用一连串的老家话回击自己，很是开心，对她竖了个拇指，说：“老婆大人真是不得了，这些话我都快忘光了，你却用得这么活泛。”

李如寄似乎找到了回击的办法，便说：“你说带个话，是不难呀。泰山老大人让你留学彼国，你学的也是日语专业，为什么要舍近求远，硬要去德国留学呢?”

8. 彼国人证明黄色人种与白色人种同等优秀

这像是踩了梁一真的猫尾巴，她似喵地叫了一声：“这是两码事，别给我混淆概念。”说真的，这确是梁一真对梁教授的一种叛逆行为。她学日语，且成绩优异，在校时，是所谓的校花，身上有一种天然的彼国女性的气质，被同学们称为纯粹的彼国美女，自然有不少崇拜者。但她很不喜欢别人把自己与彼国联系起来。因为学的日语专业，所以必须有个彼国名字。她为了应付一下，起了个生造的彼国女性名字“美和静子”。在李如寄看来，真儿的父亲一直希望她毕业后顺理成章地留学彼国，她本也是按这个目标努力的。后来，梁教授名声越来越响，被媒体和网友列为“第一日吹”，她因此改变了态度。她父亲的著作被人断章取义引用，拿出来咒骂，当然也会慢慢影响到她，她觉得自己不能成为别人眼中的“精日分子”。真儿多次对李如寄和梁教授愤愤地说：“一个岛国，一年四季台风、地震不断，有两个臭钱，就自以为了不起，有什么好去的。”留学彼国之事，梁教授本已帮她做好了一切准备，她却坚决不从。估计是老子逼得次数多了，更激起女儿的逆反心，她才拼命要改赴德国留学。这德语难学，而且要从字母学起，她居然觉得是对自己的一次挑战。真儿现在学习起来还十分认真，亦如幼年时一样，列出了详细的学习时间表。李如寄忍不住偷偷地笑了，他认为梁一真性子一去，这事就会知难而退的。只是这次，李如寄似乎看错了妻子。梁一真学了半年有余，仍毫无退缩之意，且学德语进步很大。

人与人之间，最大的成本就是沟通。就算是日日相处的夫妻之间，也未必能够互相理解。梁一真自己知道改学德语，并非一时心血来潮。她本来是学比较文学的，觉得德国文学和彼国文学有许多相似之处。她用女性的敏感，体味到这两个国家，尽管文字语言完全不同，但灵魂深处相通。到底是什么相通，她一时难以说清。深入了解两国历史后，她更有惊人发现。当然，这也多亏了父亲的一场讲座，让她受了很大启发。

亲人之间自以为亲密，其实多数时候隔膜很深。梁教授学问做得好，影响甚广。女儿并不关心这个，或许就是因为父亲离她太近，反而没有新奇感和神秘感了。父亲的讲座她本也无意去听，是被同学带去的。父亲那场讲座她忘了是什么主题，只是他讲着讲着，突然拿出德国和彼国来比较。教授讲起来口若悬河，这两个国家有许多相似之处，从久远的历史来看，一个是军国主义起家，就是说，德意志民族是先有军，后有国。而彼国呢？诸侯遍地，各自为政，什么叫幕府，就是军队宿营的帐篷。这两个民族，如出一辙。它们在起源和发迹上的差距并不大。到了百年之前，这两个国家，都是统一了几百个诸侯，然后强大，再行扩张。两国都是在武人统治下取得成功，观念、思想上也是一致的，都认为真理在自己炮弹的射程之内。更重要的一点，彼国人先从德国人这里受到启发，再发奋追赶，成为二战前的世界霸主之一。明治维新之时，彼国人派遣了二百五十位留学生做大型学习考察，考察了欧洲后，认为只有德国的国家架构、宪章、军事、制度值得借鉴。教授讲到这里，竖起一个手指来，劲头十足地说：“我插一句话，强调一下。把中德日三个国家拿出来对比，更能说明问题。百年之前，我们经历了各自的拐点，彼国的拐点是黑船事件，被人打趴了就服气的大和民族；而中华民族是鸦片战争，国门洞开，防无所防，真是金玉其外，败絮其中；而德意志则是把诸侯小国串起来搞了关税同盟，是‘和平演变’。中日两国打开国门是被迫行为，而德意志则是主动的。我这么一讲，高下立见，同学们已经明白了吧。”

教授讲道：“我认为还有一个很难讲出高下之分者，彼国、德国经历了漫长的封建主义时代，而我们的国家，只有夏商周才是封建时代，夏还无法确定，商半确定，只有周才是分封的封建主义。楚人在湖北沙洋县来了一次政体改革尝试，即当时的权县搞的第一个郡县制。这种政体被秦人所效仿，故从秦始皇起，我们就是帝制时代。”教授加重一些语气：“同学们要记住，今后把旧的提法修正过来。”

梁教授是个刻板的人。校园里有个传说，是专门针对他讲的。说有人打过赌，如果让梁教授笑一次，可以摆个十人以上的酒席。应赌的一方认为“这有何难哉?”，便向梁教授讲了一个笑话，这个笑话还设有夹层。如果梁教授当时不笑，他琢磨一下就会笑。如果当天不笑，这个笑话便会像生了根一样地在他心里发芽，第二天将会在讲座上与学生分享时大笑不止。事实上自信能赢得酒席者输了个干干净净。因为梁教授在三天后，以这个笑话为主题，查了诸多资料做论据，证明论点是胡说，论据根本是不存在的，就是一个屁。他甚至模仿那种尴尬的放屁声。在场的人都笑了，唯独他不曾露过一丝笑容，还认为别人的笑更是莫名其妙。

输者实在是弄不明白，梁教授不笑是生理上还是心理上的。他辗转打听，找到当时还在读大学一年级的梁一真，认真探讨了一会儿。梁一真同学告知，他是着了别人的道。梁教授至少在青年时代不是这样的。他同样长在阳光下，是一个阳光满满的人，整天乐哈哈的。只是前妻有一次让他笑岔了气，他被送到医院开刀，把人生最重要的快乐之源“笑筋”拿掉了。输者第一次听说人身体里有个重要器官——笑筋，便问：“长在何处呢?”梁一真认真地回答：“是长在笑笑肉上。”输者才明白这个赌，一开始就是个骗局。他刚一转身，梁一真同学就愤愤地说：“哼！想调戏我老爸，连门都没有。”

当时梁教授的讲座，讲到了德国和彼国的对比，自然少不了把中国拉扯进去。他特别说，德国的铁血宰相俾斯麦，有两个人都见过，一个是清国的李鸿章，一个是彼国人伊藤博文。所谈的都是同样的问题，回答也是同样回答，但清国和彼国的做法完全不一样。事实上的惨败和强大，说明了一切。教授说，这些对比，就是为了证明彼国这个民族是个复杂的民族。教授说，近现代以来，白人至上，欧洲中心主义盛行，彼国的崛起，证明了黄种人与白种人同等优秀。这是彼国人证明给全世界看的，我们中国不管承认与否，这是客观存在的事实。难道不是吗?

提到这类问题，往往会产生一些争论。到了提问环节，梁一真本来没想到自己会提什么问题，好像她从未向父亲提过学术类的问题吧。在提问环节中，教室只有一个话筒，问者发问后，会再转给一位同学。传到梁一真的手上，是要她再转给下一位举手提问的同学。可是刚才梁教授讲的这些，让女儿受到了启发，使她有了提问的冲动。梁一真不知是哪根筋错位了，她忽地站了起来。因为是第一次对父亲提问，她忽视了这个大众场合。她站起来说：“老爸，我有个问题。”站在台上的梁教授一时弄不清楚是自己女儿还是有人在搞恶作剧，大声说：“请称呼我为教授。”

教室里同学们一阵哄笑。梁一真问题没问出来，却狼狈逃离教室。从此以后，女儿无论在家里还是在公共场合，都称他为

“教授”。

梁一真要问父亲的这个问题，她后来反复查了许多资料，自己找到了答案。有人说，抗战初期，在中国战场，德国人指导中国人与彼国人作战。为什么会这样？这里涉及国家与国家之间的利益之争，还有民族性方面的问题。比如说，彼国与德国太相近了，会不会互相有排斥性，就像正负极那样，因为他们少有互补性。而德国与中国之间的互补性很强。

9. 成为朋友后，怎么称呼后母是个问题

关于学德语这件事，李如寄已经认定真儿这一决定应该是受了老洋人的影响。他一向觉得父亲就是这种狡黠者，为了达到自己的目的，不管是什么人，都会为他所用。他总有办法让对方就范。老洋人有句过去常挂嘴边的座右铭：“猴子不上树，多打几遍锣。”梁一真见丈夫如此认为，等于说她没有主心骨，常会被人唆使，被人牵着鼻子走。她很是生气，与李如寄乱吵了一通，直到他讨饶为止。

其实这次李如寄是用错了力，结果成了反作用力，或者说，他的猜疑造成了适得其反的效果，更加让梁一真坚定了学德语的决心。她报考硕士研究生，课题就是搞中德日对比研究。他的真儿认为父亲学问虽然做得好，却有一个致命的缺陷，就是过于偏狭，给

学术界或者同学们造成一种印象，他只会美化彼国，远不止国民性和民族性这一点。但有一点也颇奇怪，他至今都不肯去彼国访问。教授的解释是，他一旦去了，就会让人们认定他成了彼国的代言人，那是他长十八张嘴也难以说清的事情。他却力主其女留学彼国，教授或许是打算通过女儿的视角，来完成他对彼国的一些判断，亦未可知。这种想法是李如寄的猜测，他不敢对妻子言明，怕惹来纷争。

对妻子坚持要学德语，李如寄其实一直在找寻其内在的动机，却只能停留在胡乱猜想的层面上。有一点他还是相当自信的，就是对梁教授的判断。教授在彼国名气很大，彼国友人也十分欢迎教授的女儿来彼国留学，并已代为联系了彼国几所大学，研究方向、奖学金等一切事宜也供梁一真挑选。但到关键的时候，梁一真改变了主意，让这一切打了水漂。李如寄其实从心里愿意妻子到彼岸去镀几年金，故他有几次试图与岳父大人展开这个话题，结果均被教授回避掉了，显然教授也矛盾得很。一家四口人，就一个留学的话题也难以敞开谈谈，各怀心事，这便是知识分子的家庭特性吧。李如寄又想，如果教授不是认定老洋人起了作用，他就会与女婿大大方方地来讨论这个问题，共同想办法，让真儿前往彼国。看来，姜是老的辣，梁教授就是不说破。

梁一真看出父亲和丈夫的心态，同样也不想说破。她一向古怪精灵，就算自己任性起来，也未到如此执着的地步。对这事她心里明镜似的，并不是老洋人唆使她的。如果真的有，那也只能是第三方，老洋人通过第三方，间接地给她造成一些影响。如果是这样，可能吗？她对父亲和丈夫无一例外地把矛头指向老洋人，也是惊讶的。话说回来，万一算起来，梁一真知道，就算有点影响，也是与老洋人的第二任妻子尹志红或多或少有点关联。就是说，老洋人影响妻子，再让妻子影响她。

梁一真要向他们和盘托出吗？凭什么？也没有必要呀。就让这大小两个男人去蒙圈吧，让他们觉得她的这个脑筋急转弯来得太没有理由了吧！嘻嘻。

人经不住琢磨，一琢磨就复杂，就看不甚清楚。

梁一真本来是个十分单纯的人，与她相处时，如以简单待之，双方也就变得简单了。梁一真和尹志红建立的关系，就相当简单——也不排除她们是同性、好沟通一些的可能。她们相识后，可以用一见如故来形容，很快就成了无话不说的好朋友。

梁一真对这位后母的称呼，多少是有点犯难的。叫名字比较随意，表示她们是朋友，但她的辈分在，实在不好如此随意。两人就这个称呼研究了一下，尹志红说："我小时候就想当个幼师，你就叫我尹师好啦。"称呼解决了后，她们更贴近了一些。梁一真曾劝李如寄这样叫。李如寄说，八百年也不会打个照面的，还要搞个什么专门称呼？

尹志红真正开怀大笑时，样子很迷人的。她的声音稍有点沙哑，嗓门忒亮。那是一种没心没肺的笑，每遇开心事时，她就"哈哈哈哈哈哈"，一连串六个"哈"，就像在宣示她不屈不挠的人生观。梁一真有段时间没与她联系了，不禁有点想念。她便打电话过去说："尹师，还好吗？好久没听到你的笑声了。"

这时的尹志红便说："真的吗？那——哈哈哈哈哈哈。"梁一真听了，心里由衷地说，真是很提精神。

梁一真与这位后母相熟之后，见她是个豁达之人，便开始追问她的情爱经历。尹志红是怎么和老洋人对上眼子的，她太好奇这个了。这是不是小孩心性咧？自然是这样的。

"你说这个么？怎么与老洋人对上眼子？"那个时候，学校外教是不多的。李来恩从后门进出时，她便主动说："喂，老外!"她会举一个水果，或是苹果，或是梨子，对他摇一摇说："送你一个，免费。"李来恩笑嘻嘻走过来，接过水果，一副天经地义的派头。起先几天来过一次后门，几个来回后，他每天都来一次，脸皮比墙厚的那种。当然，尹志红诚实地说，应该是她勾引他的。真实的接触未必是这样的，但尹师有时与真儿说话，总想逗她一逗，因为她什么都相信，一点也不怀疑的。这类单纯的女生，活得很自在。

至于尹志红因为遇到了李来恩，或者说这个老洋人给她带来好运，不出几年便发家之说，李如寄是全然不信的。父亲的折腾劲儿，只会败家，怎么会帮助家庭发财呢?

梁一真肯定地说，这是尹志红亲口对她说的。"爱情使人变得愚蠢。"李如寄毫不客气地打断了她。

梁一真为何与尹志红建立了良好的关系?尹志红的家庭背景不弱，也确实为她加了分。梁一真认为，尹志红性格之中，因为苦难的磨炼，有一种决绝成分在。她认定，尹志红是可以成大事的那一类人。

过去尹志红时常在晚上或空闲时间，到教室去看书，不管她是装腔作势也罢，还是为了物色自己的猎物也罢，这点也是得到梁一真认可的。她认为尹志红的文化素养是不低的。她善于发现问题的核心所在，这也是她做生意得以成功的诀窍吧。

"千万不要小看了人家。不要听那些流言蜚语、污人清白的东西。"梁一真对李如寄陈述后总结道。

"也许你的判断不错，各吃各饭，各端各碗，我们没什么要求她的。"

"庸俗!"梁一真笑骂道，"你还有个同父异母的弟弟在，这是血缘关系，你至少无法忽视吧?"

“算了，这是老洋人的事情。”想到老洋人抛弃姆妈，另组新家，李如寄气就不打一处来。他没好气地回答。

关于学德语之事，怎么会与尹志红扯上关系呢？是她给梁一真讲了两个女人认为了不得的惊天秘密？包括这些年来李来恩不屈不挠追寻的过程？是不是着实把真儿给震撼到了，抑或是把梁一真的好奇心大大地激发起来了——促使真儿觉得她有责任和义务，更有权利去见见远在异国他乡、一时难以定位的关系人？

那个什么德国人穆勒。

如果她不能用德语交流，那算什么呢？她是这个家族的堂客。你看，真儿居然把他老家土话学得很地道——要做人家媳妇就要做到位。

关于学德语的问题，其实一家人各怀心事。梁一真这种性格，李如寄已经能够把握了，遇事缓一缓，或保持沉默，真儿自己会改变。何况有了这样学识的人，智商情商都是旗鼓相当的，都是聪明人，话就点到为止吧。

见父亲和妻子一时陷入沉默，李如寄这时不敢再扯下去，他惧怕承担后果，当然也就要敷衍一下：“我说的意思咧，我们都是在逆父命啦。”

梁一真顽皮地说：“我与你不一样的。我嫁人了，现在听老爸的话，不是逆父命。”

老洋人听了，心头一热，低头喝酒，似呛了一口，咳嗽两声。

“如寄已经同意帮我办了。”他用低沉的声音有几分沉重地说。

李如寄不知怎么心头也一热，举起酒杯对父亲一碰：“也许我对你有偏见。就让事实来说话吧。”

10. 考察时抽空见老外，警察要做个笔录

他与德国人穆勒在总理府旁的被害犹太人纪念碑入口处相约。这个景区有几个景点相连，停留的时间要长一些。他们在这里相见，如果谈得投机，会展开来谈谈，这里自然是个不错的选择。事后他又想，时间是个理由，但未必要选择在犹太人纪念碑见吧？按中国人的思维，初见安排在这里还是不合适的。

有些事，一旦错失，就会永远错失。就像一个人越想解释自己行为越解释不清一样。他觉得自己要莫名其妙去见一个德国人，特别是随考察团出行时，这样做，是不是会遭人质疑。他自己倒没什么的，主要怕对公司和整个团体造成什么影响。他觉得有必要向副总报告一下，这样至少说明自己心底无私。但绝不能把父亲那套说辞上报，这样会遭人大大地嘲笑。

他找到副总，说明了来意。“怎么，还搞个接头的活儿呀，”副总打趣说，“现在中德关系有点微妙，你又长着一副老外的脸，小心被人当成间谍捉了去。”李如寄自从走进领导办公室，就感到他一直在拿这事打趣。

“这事没什么，你们要约好时间地点，到时不要误了车才对。”待李如寄要离开他的办公室时，他突然想到什么似的问了一句，“是什么关系呢?”

“哎呀，说来有点滑稽，是我那大字不识几个的老头子，他现在热衷学外语，找了个笔友，死活要我见上一面。”

“这样呀，那就更没什么了。”副总摸了摸自己的胡茬，发出沙沙作响声，“这事，估计还是要和旅行社的全陪讲一下。她有经验，现在出国留学的人不少，带个东西什么的，总会帮忙。怕个万一，你弄错了时间什么的。”

李如寄认为副总讲得在理。分发给他们每个人的旅行单子上有全陪的姓名和联系电话。他便干脆给全陪打了个电话：“导游，我有个私事要报告下……”他把与德国人相约的事情讲了。

对方也很爽快地说：“这没大问题，到时不要耽误了时间。”同样是要放下电话时，对方似忍不住地问了句：“你们是什么关系。”

李如寄听了，有点为当时搪塞副总的借口后悔。他们公司很多人都听他讲过父亲大字不识几个。他不让父亲到公司来，就怕老洋人玩出什么新乌龙。见对方问，他顺便说：“其实，就是我那老婆，要留学德国，希望我给相关学校提交一点书面材料而已。”

他觉得这个借口不错。因为现在留学是普遍现象，带点材料之类的，是自然而然之事。寄发航空太贵，走海路又太慢。副总刚才也是这样理解的。

这本来是出发前两天的事，但在出发前一天下午，派出所民警通过办公室主任说有事要询问他，请他配合一下调查。李如寄大感奇怪，他从未与派出所的警察有过任何关联，怎么会被请到派出所呢？

公司离派出所并不远，走上十几分钟就到了。

有位青年民警接待了他。

青年民警对他很客气，叫他“李老师”，但也是单刀直入：“听说李老师这次考察，约见了外国人？”

李如寄一听，心里“格登”一下，怎么这么快就让警察来过问了？

“这事，主要是公司领导拿不定主意，要我们帮忙把把关。”他好心地说，“你不要多心。这事我们事先都知晓了，对你有好处。”又说：“现在国际形势复杂，我们都小心点为妙。俗话说，小心驶得万年船嘛。”

李如寄不知怎的，对警察有种天生的恐惧。他强装镇静，很谦逊地说：“谢谢！也请您给指导。”

青年民警说：“你们是什么关系呢？”

李如寄把对旅行社的说辞讲了一遍。青年民警说：“你对你们领导说是你父亲的笔友之类的话，又怎么解释。”青年民警表情变得严肃起来。

李如寄涨红了脸。

他急中生智：“哎呀，他们都知道我父亲大字不识几个。我告诉他这个约会时，他们和我开玩笑，我也和他开了玩笑。”

青年民警看了看：“既然你来这里了，我们还是做个简单的笔录，对大家都有好处。”他低头写了几句话，抬起头来，“你和你领导讲的，应该不成立。”

李如寄只好用肯定的语气回答：“是的。”

青年民警做好了笔录之后：“这事不是什么大事，当然如果不出事，自然是小事，但我们还是要谨慎。我建议你见面时，最好有个人陪同一下，这样对你自己也好有个见证和交代。”

也许青年民警是出于对他的关心。他听了之后，感到自己这人为制造的莫名其妙的隐私要被抖搂出来了。但事已至此，也没办法了。他只好说：“好的，听警察同志的。”幸好青年民警没说要指派谁，只让他看看笔录，并签了字。告别民警后，他到派出所旁的林荫路上转悠一阵，心里说不出是什么滋味，有一种被人算计之感。

到了晚上，李如寄回到家里，实在忍不住，对梁一真说："你知道我今天去哪儿了?"梁一真见他一脸沉重，无心打趣："我还真猜不出，有什么不爽的事吗?"

"拜老头子所赐，被派出所叫去了。"

梁一真听后也十分吃惊："有这么严重?"

"以我的经验教训，如果被老洋人套住了，事儿永远断不了头。"李如寄抱怨道，"你又不是不知道，老头子做事不仅说大话、没谱、发奤（pào），还会闯祸的。"

梁一真不知是说派出所还是指他们公司领导，只很不高兴地说："真是小题大做。"

11. 穆勒先生的形象不可被损害

他的脚刚踏上德国这块土地时，身心沉重感就陡然袭来，很难摆脱。这当儿，又传来老洋人的短信："一定好好见见，肯定大有收获。"看来父亲一直跟进着，无比上心。

他不明白，父亲怎么会如此执着于这种虚无缥缈的幻觉，而不愿自拔。他一路上与全陪接触，想多了解一些与外国人接触的经验，以掩饰他的虚惶。全陪是一个健谈之人，谈起她的一些国外的见闻劲头十足。这位中年女性，做的职业需要满世界跑，也很会化妆和打扮，给人一种优雅感，还有亲和力。当然，不排除这位全陪对他有天然的好感。他们就会有意克制住在红磨坊对对方的不快，没事一样凑到一起，正常交流。旅途表面热闹，其实也相当寂寞。两种不同职业之间的交流，多少也充满了好奇，不失为一种打发旅途时光的方式。

全陪见多识广，最乐意发表看法的，是一些外国人对我们的偏见。她说："我们国家这些年发展得很快，好像国人也愿意睁眼看世界，纷纷涌出国门来，却给外国人留下了很多不好的印象。"她微皱眉头，补充道："这也怪不了别人，我们整体素质实在太那个了。"当然这也不是什么新闻，这类消息在国内总是不绝于耳的，只是她更感同身受一些。他最关心的还是德国和这次见面给他带来的惶恐感——尽管他从骨子里难以把这个德国人与自己联系在一起。

全陪有段对德国人的描述，他听进去了："德国是个值得尊重的民族，二战中被炸得稀巴烂，男人们很多死在战场上了，靠一批女人把这个国家重建起来，再次成为世界强国。"李如寄说："听说，外国人很难融入德国人之中。"

"可不是嘛？他们与彼国人差不多的。我有个叔叔，几十年前就到德国来了，交了一批德国朋友，大家来往密切。在中国人看来，他们应该是好朋友了。他终于加入了德国籍，成为他们中的一员，他把这个好消息告诉走得最近的德国朋友。"全陪卖了一下关子，"你知道怎么着？"她叹口气接着说："这样比喻吧，农民工进城，买了房子，上了城市户口，就是城里人了吗？"李如寄点头称是，马上想到父亲一副西装革履的样子来，他以为自己这样包装就是老外了。"农人是农人，外乡人就是外乡人，国人是国人，老外是老外，鸿沟大着咧，装不像的。"全陪老到地发表议论。李如寄深以为然。

全陪接着说：“你说怎么着，他把喜讯告诉人家，还以为会得到别人祝贺，哪知交了几十年的朋友，面无表情，转身离去。他为此十分震惊，这种反应始料未及呀。”全陪说：“你在德国住上十年二十年，人家把你当客人，对你客客气气，因为你是客人嘛。可你一旦定居，就会占用他们的资源，就会与他们同一个锅子吃饭，他们就要给你分一份子，你就成了他们的竞争对手。我这位叔叔算是大彻大悟了，从此再不愿意对任何人提及入籍之事。”

李如寄心想，这个话，应该讲给老洋人听，让他清醒清醒。

他正伙同全陪往犹太人纪念碑方向走过去，这时办公室主任快步跑过来，拍拍他的肩，说道：“听说你在这里与外国美女有个约会。”

李如寄知道陪他去见外国人的人出现了，只好说：“大姐正好陪我去做个见证吧。”

三人同行。

全陪有点感慨：“只有德国人才会这么伟大，把犹太人墓地搬到自己国家的心脏地带来。”她接着说：“你不要以为德国人为了赎罪，做的只是表面工作。在全德国犹太人居住和遇害的场地，他们在马路上制作了‘绊脚石’，用铜板写上犹太人的名字、出生日期、居住地以及被害时间，就是将故事场景化，让后人牢牢记住惨痛历史。”

办公室主任说：“比彼国人强到不知多少倍，他们死不认罪。”

全陪说：“彼国人么？他们当时以东亚救星自居。除德国人外，别的民族很难做到这种程度。”

全陪这么一说，确实说到了点子上。

待走近一些，本来晴好的天空，明显灰暗起来。那些墓碑高矮不一。从上空望去，错落有致的碑林，似有几分动感，像是在对这个世界集体发声。办公室主任说：“哎呀，跑到这里来看个么家，好像有鬼气一样。”

李如寄若有所思地说：“几百万冤魂集中在这里，无论怎样都是阴森恐怖的。”

全陪说：“设计者有意把顶层设计成大海的波涛，是让犹太人永远地呐喊下去，让世人牢记历史。”

李如寄这时有几分期盼，希望父亲约见的人就在墓碑林的入口处。他看了看，有几个进出的人，但似乎都不是他要找的人。当然，他只是凭感觉，对这个人没有半点判断力。他又冒出一个滑稽的想法：用老洋人的思维来想这个人，既然与他会有几分血缘关系，那么他们的长相总有几分相似吧。中国人看外国人，如同外国人看中国人那样，都是类似的面孔，实在是难以分辨，更别说找出多少差别。

德国人穆勒会不会来？李如寄心里充满了矛盾，很希望他出现，又不愿意他出现。因为他一到来，就会把老洋人搞得这套虚无缥缈的把戏坐实，公司的人将来不知怎么看他。到时不知会传出多少话头来。如果不来呢？父亲肯定失望。而他也希望对此做个了结，不然这桩公案依然悬在他们一家的头顶上。

这时，李如寄手机“滴”地一响。有个短信过来了。

是个他没存储的陌生号码发来的。他猜应该是德国人穆勒的。

显然这个人很懂中文，老洋人说得不假。只见短信上这样显示：“穆勒先生是中华殉道圣者，任何有损于他名誉的行为和言辞都是不被允许的。”

见到这句话，李如寄把憋了的一口长气，吐了出来：“好呀！”他像个泄了气的皮球那般，仿佛要瘫软下去。

过了一会儿，他对办公室主任说："大姐，这个德国人有事，不会来了。"

办公室主任特别问道："你说是改了时间，还是不会来了？"

"应该是不会来了。"

办公室主任听了，也就放下心来："犹太人墓有什么好玩的，鬼气森森，我不去了。"全陪去过多次，她陪办公室主任在入口处说话。李如寄已被折腾得身体发软，心情沮丧到了极点。这个德国人折腾他和老洋人已经很久，如今却临阵脱逃。在德国时，他大肆称赞的德国人的反思精神，勇于面对历史，是不是与此人无关呢？何况，老洋人从未污蔑这位"中华殉道圣人"什么的，只是因为他在中国留下了血脉，就有损于他的圣人形象吗？如果这样说，大卫、所罗门这些《圣经》中的伟大人物，都不应该有缺陷了，都不应被记录在《圣经》之中了。他看了看犹太人的墓地，觉得这个位于德国心脏位置的墓地，代表着一种德国精神，更是一种德国智慧，他应该去看看。

他对德国人拒绝与他见面一事，依然有种说不出来的滋味，那就暂且放在一边吧。

12. 被抓！在犹太墓地行"纳粹礼"违法

李如寄走进墓地，就像陷入了一个迷宫之中，是一种碑的迷宫。他转悠了一会儿，心情依然没有平静下来，脑子里像塞了一堆乱麻线。

这时有个电话不失时机地让他的手机鸣响起来。他看都不用看，就知道是谁的。他不想接。显然打这个电话的人也带有几分胆怯，响了几下便没了声响。

他突然变得烦躁不堪，想大声呐喊一下，便举起右手臂，往前方直直伸出来，大叫一声，“啊——”跺了跺脚。

他这声呐喊刚落下，突然出现了两个德国警察，一左一右架着他。对方对他讲什么，他听不懂，只是本能地大声用中文喊道：“你们干啥?”对方是两个彪形大汉，不由分说地把他带进一个地下室。这是一个警察值班室，里边有监控设备。室内还有一名女警察在值班。

室内靠墙处有个单独的椅子，他被带到这里后，警察对他做了个坐下的手势，并用德语说道：“请出示你的身份证明。”

这时，李如寄知道他遇到了麻烦，至于为什么被抓，他无法明白。他好像知道对方是要找他要身份证明。护照在出国期间统一交由财务总监保管，他手上没有。身份证也不能随便交出来。

一路上，全陪导游讲了一个保护自己的方法，如果在外遇到麻烦，不管对方讲什么，你只需要用中文回答。李如寄这时只好采用这种办法对付了：“你们凭什么抓我？我犯了什么罪?”为了表示自己的愤怒，还回指了自己的鼻子。

抓他的两名警察互相看了看，改用英语发问：“你从哪里来？请出示你的身份证明。”这次他听懂了，但只好假装听不懂。

他依然回答：“你们凭什么抓我？我犯了什么罪?”

警察有点无可奈何，便与女性警察交谈了几句。女警察温和地向他点点头，用日语发问：“你从哪里来？请出示你的身份证明。”

他依然回答："你们凭什么抓我？我犯了什么罪？"

三位警察见他只能用中文作答，便知道他只懂中文。室内沉默了一会儿，为了打破僵局，李如寄摊了摊手，做了一个手势，意思是他外边有同行者，他需要找他们。两个警察中的高个子拍拍他的肩，表示同意。他走出室外，来到碑林中。他看到了同事，叫了一声："我遇到麻烦。让地陪过来。"

过了一会儿，土耳其女孩急匆匆过来，财务总监一同过来。见了他，忙问："出了什么事吗？"

李如寄确实不知道为什么被抓，只好说："我也不知道。你要问警察。"

土耳其女孩和警察交流了。警察显然不相信他是中国人。这时财务总监拿出了李如寄的护照。警察看了看李如寄，又看了看护照上的照片，反复两次，直至确认无误。

他微微摇摇头，似还有点疑惑。

土耳其女孩再次与警察交流，并对李如寄做了翻译："你做了'纳粹'式的敬礼，这在德国是违法行为。而在这里边，犹太人自然是最不高兴的了。"土耳其女孩的意思是说，在这个墓地行"纳粹礼"，就更加敏感了。

李如寄有点哭笑不得，申辩说："我当时要伸展一下腰身，因为包在左肩，只好伸了右手。警察误会了。"

土耳其女孩说："你是中国人，他们不会认定你有其他意图。"过了一会儿，土耳其女孩又说："警察要我认真告诉你，行'纳粹礼'违法，要交罚金，还会被关上一周。"

财务总监明白是怎么回事了，笑了。对他说："你的脸有点'纳粹'样。"

还好，警察没有继续为难他们，只是用疑惑的眼神再次看了看他。

回到车上。车上的人见李如寄遭遇了德国警察，那个兴奋劲别提有多大了。有的开始比画：“‘纳粹礼’是不是这样的。”并举起了手。

有人“嘘”一声：“小心被警察逮去了。”

车里的人们，又找到了放松的好办法，车上笑的闹的吵成了一锅粥。

李如寄充耳不闻，暗自叹息，自认倒霉。沾上了老洋人的事，本国警察盘问不算，外国警察也要来凑这个热闹。

第三章　苏式小飞机，如树叶在狂风中飘落长江滩头

13. 安检人员好奇地问，你是在我们这儿土生土长的？

李来恩出事了。

老洋人出事前，无任何征兆。他和平常一样，与妻子一同吃了早餐：两片夹着火腿肉的烤面包，一杯牛奶，加上两个煎鸡蛋。尹志红喝的是汇源果汁。儿子喜欢炸火腿肠，但尹志红嫌这种食物里添加剂太多，不常给他吃。老洋人对食物多有抱怨之辞："这牛奶不知怎的，没有奶味，不如外国的好。"尹志红笑道："你又不是喝奶长大的，怎么对比呢？"他说："你先前买的大洋洲农场主的什么牌子，口感蛮好，怎么没有了？"

尹志红听了，似乎认为他是在对她间接称赞，便感叹道："什么呀，断货了。他们这些人，吃咱们的饭，砸自己的锅，与我们做生意，要赚钱，又要说我们的闲话，管我们的闲事，这不，他们的牛奶进不来了。"

老洋人听了，叹口气："这些马大哈们，害我们。"

李来恩不大理会家务事。但有一件事他是不会马虎的：饭前睡前感恩祷告，那是不可免的。此时他合起双掌，掌尖在鼻下，微闭眼睛，开始祷告。尹志红也如丈夫一样，但她更愿意默默祷告。尹志红对这个祷告还有点不同心得，她觉得这样做，帮她逐渐克服了从前的毛糙，变得平和从容了许多。小保姆初来他们家时，很不习惯这样。李来恩鼓励了她几次后，现在也习惯这样祷告了。对儿子李亦德，李来恩也一直试着让他养成习惯。但孩子太小，没有常性。现在他合了一下小手，便被桌下一个什么东西吸引住了。桌子下有一大一小的两只波斯猫，尹志红十分喜爱，只要回家就把它们抱在怀里，两只猫的眼睛一只像橙色的玻璃珠子，一只像湛蓝色的宝石，都非常纯净。它们最可贵的一点是悄无声息。德儿与它们关系更好，他总是躺在两只猫的中间睡觉。此时见它们来，他跳下凳子，钻到桌子底下玩儿去了，还双手抱着爸爸的腿，说爸爸的腿上毛毛多。

生活照常。保姆送孩子上大班去了。尹志红要赶着去谈一笔什么生意，现在文旅开发热，她要蹭这个热点。她对丈夫叽里呱啦说一通，老洋人貌似听得认真，其实全然听不进去。这时孩子要随保姆离开，用脆脆的童声叫道："老爸老妈再见！"老洋人起身爱怜地揉了揉他一头柔软的头发，跟妻儿齐声回复"再见"，尹志红还侧身向儿子招招手。孩子似乎更像尹志红一些，特别是那双眼睛。老洋人笑谈，长大了不知会迷死多少女孩子。

此时，老洋人脑袋里塞满了他自己那一套东西。

他忍不住和尹志红交流几句。妻子不错，对他一向关心。每当他说他的事时，她本来在咀嚼食物，也会停下。一双大眼睛含情脉脉地看着他。这时李来恩便感到一股暖流涌遍全身。

他这次要去鄂西一个地级市的档案馆查资料。二十世纪初期，外国传教士往往在这些僻远之地扎下根来。当时这一带至少有大小教堂十座。传道者分别来自意大利、法国、英国，还有荷兰、比利时等地。这批人不是同一个教会所派，有的是天主教，有的是基督新教。但在当地人看来，却无甚差别，他们都信奉上帝，都属洋菩萨管，上帝就是洋佛陀。

这些传教士与德国人穆勒属于前后抵达中国的同一批教会人士。通过追寻他们的足迹、查找当时的交往记录，以及追寻其后代等，对他们活动的基本情况进行梳理，就会找出与德国人穆勒有关的一些有价值的信息来。老洋人遇到他的亲家兼好朋友梁教授后，梁教授鼓励他来做这个大课题。国内对这个领域尚未开始认真研究，这是个敏感、有争议又值得一干的大课题。想到自己会成为这个领域的权威人士，他便信心满满。他认定此行意义重大，一定会大有收获。更重要的是，梁教授很是高看他，这点是他建立自信心最重要的基石。

梁教授最了不得的方面，便是世间万事万物在他眼里都是课题，他可以很快列出提纲，找准方向，建立系统，进行分析研究。

现在老洋人每做一件事前，梁教授都会强调一下意义，这是典型的中国式思维。就像老洋人听到小儿子长大立志要做个面包师，老大不高兴，认为德儿太没出息。他反复向自己的小儿子灌输，至少要立志当个科学家才对。他们的故乡在西方，长大了，要“荣归故里”——光宗耀祖，荣耀门庭，因此立志要赶早。过去，老洋人每每与李如寄弟兄俩有冲突时，便后悔忽视了对他们的基础教育。他又自我解脱地想，过去没这个条件，现在对德儿的教育，要从娃娃抓起。有时尹志红会说娃儿还小，不要太着急，他赶忙纠正她这错误的观念。“如寄、如皋的教训深刻。”他沉痛地说。儿子本来会几个英语单词，是他妈妈随意教他的。老洋人由此受到了启发，要求孩子报德语班。这个城市尚难找到幼儿德语班，他便想法把孩子塞进赴德学前班去学习。学了几次，孩子注意力不集中，还干扰其他同学上课，后被劝退。老洋人坚持学了一阵子德语，还给孩子教过一些单词，但因发音不准，怕误导了孩子，就作罢了。现在他通过梁一真联系到了德语学前班的学生，来给德儿当家教。

做事一定要讲意义，从理论上建立制高点。每次他强调自己所干的事的重要性时，尹志红像个贤妻良母，非常真诚地表示认同。

过去的李来恩是那种做事缺少定性之人，很多事情大都半途而废。每中止一件事情，他就会为自己找一次冠冕堂皇的借口，就像个大烟鬼那样，整天叫嚷戒烟，多则三月，少则三天就复抽回来。

这点让李如寄对父亲很是反感和不屑。

这是从前的老洋人，现在他完全脱胎换骨重新做人了。自从做了李如寄的陪读生，他认识了新欢尹志红，加上这些年深入了解了来中国的传教士的事迹之后，还有在他心中一直默认的导师梁教授的指引下，他完全改变了自己。特别是传教士那种不屈不挠的精神深深打动了他，使他坚信信仰的力量是无比强大的。他现在寻根态度之坚决、信念之坚定，连准备看笑话的李如寄都有些肯定了。

当然，老洋人谈起自己的过去时，是个鸭子死了嘴壳子硬的角色——他从不承认自己半途而废的行事风格，只说他运气不好。李如寄上了大学，他借了儿子的东风，一下时来运转了，才有了突破，熬出了头。

这次出差，是因为他从一本外国人写的对中国人观感的书中，注意到了鄂西小城那个法国传教士，其事迹令他大为震撼。这是一名真正的殉道者。这位法国人在鄂西少数民族地区传教，那里瘴气甚重，当地人普遍生有一种佝偻病。为了根除这一顽疾，他不仅回国募捐，还亲自学医为人治病。他身体力行，数十年如一日，被当地人称为活着的洋菩萨，信众蜂拥追随。从传教的立场来看，他的传教很有一套。据说德国人穆勒曾到那里取经。二十世纪，山坳中建起过许多大小教堂，这些传教士事迹不同，但有一点是相同的，就是用尽一切办法与当地人打成一片。

这次去鄂西小城，李来恩也是颇费了一番周折。去档案馆查资料，要有州政府宣传部门的审批手续。他通过省城的朋友，转了几个弯，当地宣传部门才勉强同意。理由是，这批人士尽管有的值得尊重，然而他们跟随着洋枪洋炮进入中国，在中华民族饱受屈辱的背景下，进行文化侵略。而且这些人成分复杂，其中暗藏着一些诸如特务、间谍、帝国主义买办、投机分子等。为了说服地方政府，他强调说，当代正在进行一次具有深远意义的改革开放，我们需要这些传教士先辈的感人事迹，来鼓励他们国家的后代给我们投资。这一番巧言，打动了当地政府审批部门。现阶段引资、融资是各级政府的头等大事，各个单位都分摊有任务和需要完成的指标。档案馆特别叮嘱，如果这批传教士的后人来当地投资，应该算到档案馆承接的任务。老洋人满口答应，与他们达成了共识后，自己被接待时就会安排得周到和热情一些。

李来恩一家很快结束了早餐。分手时，李来恩与尹志红来了个贴面礼。他们这幢别墅有两个车库，李来恩开了一辆宝马 5 系，车内自加了不少设置，让 4S 店来了一个顶层装修，显得舒适而不张扬。现在他有条件了，直接开车到机场。把车泊在机场地下车库，每天费用不超过五十元。他估计往返不超过三天。

他这次去鄂西小城乘坐的飞机，是二十世纪从苏联进口的伊尔 14 型飞机，约有二十九个座位。这类飞机，就是在过去，也只是跑较短距离和偏远的航线。老洋人曾坐过，对它的冷气系统印象很深。飞机到了半空中时，空调打开，从头顶上方的行李架下冒出浓浓的雾气。现在这种机型正逐渐被淘汰。因为赴鄂西途中多山地，乘坐者不多，隔一天往返一次，据说年底这条航线就会结束使命了。

因为路上堵车，李来恩来到机场时，上机的时间有点紧。他赶紧通过绿色通道过安检。国人对老外总有些特殊心理，李来恩这副长相让他占了不少便宜。他进绿色通道，也没人阻止他。当他来到核对身份的空姐面前时，女安检盯了他一眼，用英语说："请出示护照。"他用家乡土话幽默地说："我只有身份证。"他把身份证和登机牌递给空姐。那女孩瞪大眼睛看了看他，吐出两个字："真的?"他依然用老家土话回答："是的，如假包换。"

女安检说："你在我们这儿土生土长的?"

他不失时机地卖了一个关子："说来话长，下次请你喝咖啡时讲故事给你听哈。"

这是李来恩在这个城市留下的最后的话。

14. 白沙洲长江沙滩头上插进一只机尾

两天后，尹志红接到李来恩的短信："收获不少，晚上返家。"

晚上的尹志红，看到窗外的瓢泼大雨，兼有电闪雷鸣，依然没见到李来恩的影子。她觉得丈夫之所以开车去机场，是因为可以随时随地去浪。也许他下了飞机，有人打电话给他，或者事先他约了人，去放荡豪饮了。她一向不太限制他。自从李来恩和她在一起后，这个骚公狐便大大地收敛了。尹志红不是没见过世面的人，不能说她看破红尘了，但在一些人和事的处理方面，尚有收放自如的能力。她夜里睡得很沉，夜半听到些响动，就下意识以为老洋人回来了。她本想睁开眼，眼皮却沉重得抬不起来。她感觉自己的脸颊被亲了一下，隐隐约约中，以为丈夫不愿意多惊动她，已睡在自己的身边。

第二天一早醒来，她为自己的幻觉自嘲了。尹志红有个躺在床上用手机看信息和新闻的习惯。她突然大睁着眼睛，大脑一片空白。手机上有个快讯，昨日本市长江边上有架飞机坠毁。惨！估计是抢救人员随手拍下了照片，现场只有半截飞机残骸，一只机翼指向天空，另一只机翼则插进长江污泥滩头上。四周散落着行李箱，还有一些残肢断臂。飞机解体时着火，许多尸身难以辨认。她使劲敲了一下自己的脑袋，猛抓一把头发，试图让自己清醒一点。此时，尹志红大脑混沌一片，她本能地操起手机，拨打李来恩的电话号码，听到的只是关机的提示音。床头柜上有一杯水，她拿起来，仰头猛地“咕噜咕噜”灌进喉咙里。然后跳起身，来到卧室的卫生间，用脚一踢关上门，坐在马桶上，两眼“刷”地冒出两行泪。她咬牙切齿地急放了一大摊尿液。

她恶狠狠地对自己说：“难道我就这么倒霉吗！”

她又火速跳将起来。“关机，上飞机时就要关机的吧？”她试图告诉自己。她从不曾注意李来恩手机的开关信息，似乎他的手机不曾关过。她的身体禁不住发起抖来。她起身，踮了踮脚，觉得不能再等了。她注意到长江边上有个白沙洲的地名，这里水浅时，会露出半月形的沙滩头来。她曾和朋友在秋天时到那里游玩过。

坐等着是万分难受的，她要去出事的地点找结果。

从她住的玉龙岛转上三环到白沙洲路途并不遥远。她打定主意，一下清醒了许多，赶紧打开车库，调出车来，一阵狂奔往长江边上驶去。约莫一个小时后，她到了白沙洲一带，按导航找个出口就下了三环，她听凭直觉行事，寻找出事的滩头。也许是一种心灵感应，或者因为通往长江沙滩头的道只此一条，她恍恍惚惚来到了一条警戒线外，那里已经有了一群人。

尹志红慌乱停好车，跌跌撞撞地挤过去。这里围着一圈人，差不多都是出事者的亲属，许多人在低头哭泣。“警察同志，救救我们吧！”他们发出的都是一些无力的请求。人们多在议论。她耳朵嗡嗡鸣响，一时听不清楚。待她稳住心神，才从这些杂乱的议论之中，多少听出了一些端倪来。有人说：“坏就坏在昨天那场大雨。起飞时好好的，快进入机场了，雷电暴雨像瓢泼桶倒那样嘛，这还没完，又起了狂风。飞机又小设施又陈旧，像片树叶随风摇摆，开飞机的人根本就无法把控了。飞机经过长江上空，江面无遮挡，就像遇到一个大风口，飞机便摔了下去。”

这么一摔，怎么还会有人活着呢？

这时警戒线内的警察走了过来。“你们在这里等是没用的，”他劝这些等消息的人们，“大家都到公安局或殡仪馆去吧。这里不会让你们认领遗体的。”尹志红清醒了许多。现在她仍不能接受现实，老洋人怎么可能会死，就算从天上摔下来，他也不可能死的。也许他根本没上飞机，或者这飞机并不是从鄂西过来的。现在她与他连接的唯一通道，就是那串数字。她又拨打了一遍，提示音依然是关机。

这个通道不行，她只能眼巴巴看着抢救的现场。早上依然是阴雨天气，江风阵阵，雾气袭来，能见度很差，再加上距离尚远，看不太清楚。她勾着身子，往远处张望。早上的冷加上身体深处的寒往头顶上冒，她的身体一阵阵发抖。她依然全神贯注用双眼搜寻，希望看到李来恩向她迎面走来。隐隐约约间，有人像在解说：“人都摔烂了。”她似看见那些执行抢救任务的人，把一些肢体往黑色塑料袋里塞，然后两人一组往江边的快艇上抬。滩头泥泞，弄得搜寻者摔倒了，然后又爬起来。这下子，那些抢救的人和摔坏的尸身，皆裹满了泥浆。死的人是一种说不出的惨状，活着的搜寻者是一种说不出的狼狈。

一股悲痛从尹志红心底升起，她感到孤立无援，本能地觉得应该有人来帮她一把。她想到了梁一真，感到只有真儿是可以信赖的人。这个时候已经没什么好顾虑了。拨通了电话，响了一声，她却又掐断了。“难道我说他死了吗？这怎么可能呢？”她自问道。她现在可以把李来恩与这个世界上任何事情联系起来，但绝对不能与“死”联系起来，因为这是不可能的。他对这个世界有的是激情，有的是理想，有的是干劲，他的事只是开了一个头，他的事未了，怎么会死呢？不可能！尹志红从心底呐喊。

警察又在催促这些心存侥幸的人们到殡仪馆去等：“不要耽误你们的事。”他又说，到殡仪馆还要比对、拼接、化妆、整理、办手续什么的。这小子好像经常做这类工作，表达得如此清晰准确，却又无比冷漠。

半小时后真儿电话回拨过来了。“尹师，好久不见，真想听听你的笑声。”她依然是那个小女子性情，她不知道此时的尹志红正经历千辛万苦的煎熬。

尹志红有气无力，她想调动情绪，身心却像被一根无形的绳索捆着，声音一下沙哑得讲不出话来，最后只能用极低沉的声音吐出几个字：“恐怕出了大事，老爸出事了。你们去殡仪馆吧。”

15. 殡仪馆应是人的生死驿站

真儿“啊”了一声，她从未听过尹志红用这种声音说话，这仿佛是一种濒死者嘴里发出来的求救之声。她希望唤醒尹志红，对着电话大叫：“你在哪儿？是什么事呀？”手机传来的已经是“滴滴”声音。

此刻李如寄正半躺在床上翻看一本书，他掀开被子，火急火燎地跳了起来。这时梁一真对李如寄大叫：“快查下飞机出事信息。”

李如寄不用查，手机里的各种信息已铺天盖地而来，最直观的是有许多令人伤感的照片。信息里明确讲到机上还有个外国人，李如寄心底像打翻了五味瓶，他一副笑比哭还难看的样子：“这下好了，不用折腾了，干净了，消停了……”他未想到吐出了这些话来。

梁一真“哇”的一声号啕大哭起来：“不准你这样说老爸……”

现场混乱，等不出结果的人们皆是雷击过后的样子，连悲伤的气力也提不起来了。他们心里明白，已经无法挽回亲人的性命了，带着巨大的克制，三三两两又醉酒般跌跌撞撞地退去，用各种方式转道殡仪馆。尹志红跟随大家机械地走了一阵子，才想到自己开车过来的。她好不容易撑到车里，整个身体瘫软下来，再也没有半点气力。

李如寄和梁一真先去了殡仪馆，没见到尹志红。反复打电话，尹志红也没有接听。查找到出事的地点后，他俩便找了过来。转悠了半天，终于找到了她的车。

两个女人抱在一起哭成一团。李如寄这时很冷静，反复催促：“我们赶紧处理后事。”

梁一真听了，像只小母豹子，对李如寄大声吼叫：“不准你说后事，老爸肯定不会死。”她说完又一个劲地呜咽起来。

尹志红因为真儿到来后的一通发泄，身体轻松了许多。她理了理凌乱的头发，擦了擦泪痕，看了看李如寄。她很清楚，这父子俩关系一向紧张，而李如寄对自己并无半点好感。尹志红强打精神，对真儿莫名其妙地说：“就算他命大吧。”意思是说，十条命从飞机上摔下也没了，除非他不在飞机上。

真儿要帮尹志红开车，她说：“现在我好了。”便坐上前位，发动了车。梁一真与她并排而坐，扶着她的胳膊：“慢点开呀。”李如寄开自家的车跟在后边。他们一同去殡仪馆。

梁一真心里依然堵得慌，很想大哭一场，却又怕影响到尹志红，只能默默地流泪。现在说什么也没有用，飞机失事，不比火车和汽车，那是百分之一百地没有指望了。她们车开得很慢。尹志红盯着前方，一副注意力高度集中的样子。

尹志红好像是自语，又好像是对真儿说：“昨天还雄赳赳的人，今天就没了。这人真禁不住死呀。”其实她还是无法反应过来，自然无法接受这样的现实。

梁一真在此之前从未来过殡仪馆。尹志红开进一个广场，她知道殡仪馆已经到了。这里场地够大，空车位却并不好找。他们驾着两辆车转悠着找车位，好不容易泊下了。这个世界太过拥挤，想不到这个生死驿站也是如此。梁一真抬头看看。这里是个白色的世界，白色的墙体，贴着白底黑字的对联，大大小小的纪念堂一字形地排列开，每个纪念堂正上方都挂着巨大的花圈，有一个横幅写上自己亲人名字，再加上“永垂不朽”。纪念堂正中布置着青松和鲜花，当然都是塑料制作的，可反复使用。中间放着一口玻璃罩，展示逝者最后的遗容，供亲人们凭吊和做最后的告别。后一排则是十几个并排的大烟囱。殡仪馆的空气中，弥漫着一种燃烧后的尸体烟尘味。火炉工作时嗡嗡作响——那种塞满耳朵的怪异鸣声。这里是死后的人在人世间最后的驿站，通过这个大烟囱的青烟，进入一个到现在依然未经证实，只是传说的高维空间。

这里也来了一批警察，在李如寄眼里，警察三三两两地在站岗、巡查，处理一些棘手之事。女性警察来了不少，估计警局把办公地点与殡仪馆合二为一了。一个大纪念堂门边各有两名警察把门，一些人急急忙忙地进进出出，他们判断这里就是处理出事飞机的地点，便朝那边走过去。李如寄远远看到，有一个妇人被两位女警拉着双臂，她仰着头，双脚跺着地，一副绝望的样子在嘶号着：“我不活了啊！我要跟他走啊！”女警费力地把她拖进小屋子里去。另有一男子激动地和警察说着什么，口沫横飞。警察似听非听，一副司空见惯的态度。现场一片混乱，警察们忙成一团，吆喝着试图建立秩序。

人世间最不能承受之重应该是祸从天降，随着“轰隆”一声巨响，落到谁的身上，谁都不可能有这种承受能力的。李如寄尽管多少有点怨恨父亲，那只是一种观念差别，父子争斗，或者说，他排斥父亲的只是一些做法而已。当父亲真正不在时，他突然感到自己的头顶就此洞开，再也没人罩着他了。父亲的全部意义，在失去他时，就显示出来了。他听到父亲失事的消息时，竟然脱口而出“消停”之类的话，甚至让梁一真听出幸灾乐祸的味道。其实虽然他和父亲有很多冲突和矛盾，但还不至于希望父亲去死。他只是想说，父亲走了，那些虚无缥缈的东西便可以随风而逝。他未必是那么满足现状的人，只是不至于像父亲这样要为自己设计一些原本不存在的现实，并为之付出不懈的努力。

李如寄很少见尹志红。很多次，梁一真请尹志红来家里玩，尹志红找各种借口推脱，总是把梁一真想方设法叫过去。起先梁一真有意拉李如寄一同去，李如寄平时对梁一真言听计从，但在这个事上，他就成了一头犟驴子，是绝对不会屈从的。这样也好，两人相安无事。但这次出的事，他俩却都必须面对。其实他俩都似在回避见面，这次碰在一起也多少有点尴尬，但是巨大的悲痛掩盖了这些，现在他们不能不在一起了。

李如寄忍不住打量尹志红。她今天没有梳洗，头发蓬乱，脸颊上挂着两条泪痕。刚才见面，两个女人拥抱哭泣时，他就看到尹志红因为压抑，身子像打摆子似的发抖。这个女人有超强的承受能力，幸好梁一真让她哭出来了。从脸型来看，尹志红当属美女。从身材来看，尹志红尽管与梁一真高矮差不多，却显得消瘦，两胸平缓，没有腰肢，是不耐看的那种类型。这个时候居然还有心对父亲的第二任妻子品头论足，李如寄感叹，人性真是可恶。

李如寄绝不怀疑她对父亲的爱，这个事件对她的打击应该是毁灭性的。人其实就靠一点精气神来支撑自己的思想意识和行为方式，此刻的她就像泄了气的皮球。她的形象，如同一只突然被洗刷掉鲜艳颜色的玩偶那般，不只是苍老可以形容的了。

他们穿过广场，脚步缓慢地来到了一个大纪念堂。这一段路，三人走了许久。这里是大型告别场所，空间很大。后边有许多排折叠椅。他们向一群人走过去，那些都是出事的家属们在等候着。这群特殊的人群，动作机械，不知不觉地被工作人员引导着。现场竟没有哭泣声，这种安静显得极不正常，是一种让人欲哭无泪的寂静。想想也是，这个时候，费任何口舌都已无用。

梁一真好心地对尹志红劝道："这里的一切手续，都让如寄来办好了，你就不用操心了。"

尹志红听了，没来由地生出几分恼怒："这是我男人的事，肯定由我来打理。"梁一真听她这样说，觉得确也在理，就不好再说了。

失事飞机上乘客的名单和证件号码，在显示屏上滚动公布，要亲友核对。名单后留有信息，届时核对尸身时，需办理一个认领的手续。这个告别场地的最里边，靠着"奠"字的左边，摆了一张桌子，航空公司专门派了一名工作人员为家属解决一些疑难问题。这是个很机灵的小伙子，你问他什么问题，他很快可以给你解答。显然他是天生做思想政治工作的材料，处置这种突发性事件，也算是为他打基础，练基本功。

他利用这个机会，对亲属们做的工作可谓尽心尽力了。他对大家说，因为亲人们走的方式特别，全飞机的人有同一个忌日，也算是一个缘分。航空公司决定为大家举行一个集体追悼会，请法师来为逝者超度。这个办法很得人心，是真正的人文关怀，比什么假模假样的追思会来得都要实在，因此得到家属们的认可。他接着发问："是请和尚还是道士来做超度？如死者安然离开人世，由和尚超度接引，到达西方极乐世界，就相对容易些。而死法不祥，如现在这种飞机失事，还是由道长超度合适些。为什么呢？因为道教法器强大。"他特意指指现场的太极图，解释道，这代表阴阳两极，它一旦旋转起来，任何孤魂野鬼，都可以转入法器之中，能尽快超度。李如寄对这种说法不仅闻所未闻，还很有荒唐之感，但在此他只能客随主便。而其他乘客的亲人们听了，却深以为然。

遗容已经整理好了。屏幕上显示着，让亲属们认领遗体。这是一个万分悲痛的时刻，梁一真挽着尹志红——其实是互相搀扶着，走进遗体辨认间。工作人员说，一旦确认，遗体旁有两个同一数字的牌子，要拿走一个，以便到时认领骨灰。走近遗体辨认间，李如寄看到失事者皆统一着装——一套乳白色绸缎衣裤。航空公司想得十分周到，衣服前胸上印有一个大大的太极图案，许是配合道长做超度之用。这时不知是谁的亲属，哭了第一声，在她的带动下，全场的哭声此起彼伏，遗体辨认间陷入了一种深深的悲痛之中。有一位工作人员领着李如寄一行缓慢地走着，尹志红和梁一真并行，李如寄随后，顺着排号，来到李来恩的遗体前。

李如寄注意到父亲死相惨烈，他试图冷静地仔细分辨一下。父亲的头颅凹了一大块，遗容师用一种类似冬瓜的材料拼接了，算是修复成了一个完整的头颅。他当时只联想到冬瓜，其实应该是一种修补头部的材料。腰身处也缺了一块，因为衣服上显示出有个断接处。一条胳膊是接上去的。弄不好李来恩摔下来变成了三截。他的面容化过妆了，仍无法掩盖他最后的惨状，嘴巴硬是无法合拢，歪斜着，似向他的亲人们诉说着什么。此刻这三个人皆明了老洋人无法讲出的心事。

当他们出现在李来恩遗体前时，李如寄怕尹志红有过激反应，就与梁一真一左一右把她夹在中间，他们生怕她扑到遗体上号哭。但这时尹志红却相当冷静，只是无声地抽泣和流泪。倒是梁一真的反应更失态一些，她捂着嘴，哭得身子痉挛。李如寄照顾着两个女人，暂时忘了悲痛。这时尹志红闭上眼睛，很是愤怒地控诉李来恩：“你凭什么，把我们娘俩丢下呀？”

尹志红这样的反应，倒是出乎李如寄的意料。旁边的工作人员，把一只牌子拿上，一只牌子给李如寄，说道：“三位节哀顺变吧。大厅马上要开追悼会，希望配合道长做法事，这样更让走的人心安。”

16. 道长举行唤魂仪式

三人踉跄走出遗体间。有些遗体已烧得不成形，一时难以辨认，要与亲人比对 DNA。看到一些家属茫然不知所措，李如寄多少找到一点安慰：他父亲虽然摔得惨，还算有个形状可认。

回到大厅，尹志红似乎平静下来了——见到死者，便接受了现实。她用双手拢了一下头发，身体站直，似乎精气神又回来了。

过了一会儿来了一位道长，年纪不大，道貌岸然，两撇八字胡，下巴长须垂胸。特别是两耳旁，还有一绺胡须垂下，很有几分庄严。但这绺胡须太罕见了，让人觉得是贴上去的。他穿着一身做法事的道士服，道服后有个太极图，亲人们见了深感安慰。李如寄见了，心道：“这服饰像个香火道人，不好。”道长面向逝者的亲人，抱拳环行了一个道礼。李如寄认得道礼，和一般抱拳礼是不同的，便对他的身份有了一些认同感。道长从道服里拿出字条，对大家说：“我马上唱诵逝者的名录，唱诵到一个人名，家属请目视大门方位，回应一下：‘魂兮归来呀!’如果大家不习惯，也可以回应：‘回来呀。’”

他开始唱念。一个人如是三个字的姓名，姓与名之间，拖腔要长些。姓名诵毕，会加一个“呐”。因拿着话筒，显得声音很是洪亮。他念道："李——来——恩——呐!"李如寄和尹志红马上跟上："回来呀。"梁一真的嗓子则像卡了壳，发不出声来。他们目视大门的半空中，似李来恩快速飘飞过来。梁一真再次被这种气氛感染了，弯下腰来，尽量克制着，却还是哭得像个泪人儿。在场的大部分人都不习惯喊"魂兮归来呀"，"回来呀"更上口和直白些。

把亡魂"招"回来后，道长开始念诵经文，尽管是用话筒，大家皆听不清。这些经文应该是超度亡魂的，与另一个维度或阴间的灵魂对话用的。

往往一件事悬着，就会让人恍恍惚惚，六神无主，但真正逼近眼前时，经过风雨磨炼的人，很快就会顺势而为。尹志红应该就是这种类型的人。

等候领骨灰时，尹志红像变了一个人似的。她先是给保姆打电话，要她尽快拿一张李来恩最喜欢的演讲时的照片，洗个全身照，真人大小，尽快制作玻璃相框，加急。要保姆巧妙地告诉德儿，说他爸得到上帝奖的小红花，上帝召见他，要到天堂去了。要德儿这几天不上幼儿园，来一起送送他。再让保姆请灵堂布置师，把一楼客厅布置好，采用简洁一些的西式风格为好。她告诉完保姆诸事后，闭上眼睛歇了一下，又拿起手机来，给一位道友打电话："兄弟呀，老洋人走了。"对方显然很惊讶，她平静地回复："昨日的事情，人要在家停三天吧，这是我们老家的规矩。就不按洋规矩来了，中西结合吧。想麻烦你请几位兄弟姐妹，这几天为他唱唱圣歌诵诵经……对对对，不要多，房子小，六个兄弟姐妹就可以了。"

尹志红又给闺蜜打了电话，电话那头自然很惊讶，她反倒越发镇静。"反正人都是要死的。死了就死了。"她说，"帮我通知下本城的核心圈朋友，外围的和生意伙伴就不用了。总要有几个人送送他。花圈千万不用了。要表达意思，就送几束鲜花吧，显得雅致，也是洋教的规矩。你知道的，我们家信的那个洋教，不用烧香燃表叩头之类的事。”她再次叮嘱：“我应付不来，这一堆事交由你打理吧。”

得到最大信任的闺蜜爽快答应了她。

李如寄也觉得死者为大，要尽快向亲人报丧。他转到门外边，给弟弟李如皋打了电话。兄妹三人自从李来恩离家再婚，不再叫他“老爸”或“老头子”，而是和乡亲一样管他叫“老洋人”。电话打过去，李如寄觉得这时不应叫“老洋人”，便对弟弟说：“老爸出事了。”李如皋一下未反应过来：“你说什么老爸？”李如寄只好说：“告诉姆妈一声，老洋人坐飞机摔了。”说完挂了电话。

过一会儿李如寄电话响了：“大哥，姆妈哭得要死要活的。她说这两天会接老洋人回家。”李如寄听了恨声恨气地说：“叫姆妈冷静一哈，当心身子。不要过来接什么了。这是搅局，婚都离了，还讲个么事？搞得到时候不好收场。”

李如皋说：“姆妈的脾气你不是不晓得的。我劝不好她。”

“你让姆妈来听个电话。”

“你电话里听不见吗？她正哭得呼天抢地，要死要活的。”

李如寄冒了一身冷汗，觉得自己闯了大祸。

李如寄一下急了，马上给妹妹李如鹤打电话：“老洋人坐飞机摔了，姆妈说要接他回去安葬。这是不得了的事，你一定要阻止。”

李如鹤听了，很震惊。她打着哭腔问到底是怎么回事，李如寄很不耐烦地和她讲了几句：“千万不要让姆妈来搅局，这万分要紧。”

李如寄后悔极了，自责道：“我这真是不嫌事多。”这个突发的状况不知怎么告诉梁一真。她如果知道了，会不会认为是自己有意在搅局。

这时，尹志红继续打电话，她已经订了七辆宝马，皆是5系的黑色车型，还有一个加长车型，加上李来恩自己的一辆，正好是九辆。她对朋友说："帮我规划一下路线，特别是老洋人喜欢玩的，去得多的地方，要收下他的脚印，做个告别。"电话一会儿便回复了。对方报了价格，说还有十八辆组成的和二十八辆组成的，这样更气派一点。尹志红没有半点改变主意的意思："不是钱的问题，要低调一点好，不要太张扬了。"

停顿一会儿，尹志红对梁一真说："真儿，老洋人很喜欢龙泉山。他有次和我参加朋友的葬礼，说那里是风水宝地，前面是龙泉山，后边是大湖，靠山近水，他死了就埋在那里好了。"她这话明着是讲给梁一真听，其实是讲给李如寄听的。她见李如寄没反对，也就认为他默认了。

尹志红又找了一位朋友，托他去墓地看看，找一个差不多是做好的半成品墓。墓园通常会预备一批这样的墓地，有人急用时，找工匠刻字刷漆就好了。对方便及时回了话，有六万、九万和十九万的。尹志红说："二十万以内吧。如方便尽快帮我去看看，拍几张照片给我。"这是急事，对方说已经与墓地管理处联系了，马上就去看。

这当儿，还是那个领他们去看遗体的工作人员找过来，商量道："李先生没买保险，但航空公司按照有关条款，付抚恤金二十万。"

那人见三人一时没反应，便说："这个是给直系亲属的。有些亲人不忍要这笔钱，便捐给希望小学，是可以用逝者的名义的。"

尹志红毫不犹豫地决定："这钱我们不要，可以把它捐给我老公的老家良湾李家台，帮当地建个希望小学吧。"涉及金钱问题的事情容易引起纷争，这当儿就有几家人，正为抚恤金的问题发生争吵。这一家人如此爽快，实在让工作人员意外，赶忙拿来表格。工作人员边填边问，一式两份，很快就填好，让尹志红签字。签字后，一份给了尹志红。尹志红迟疑了一下，梁一真伸手接下，代为收好。

墓地方面马上回了话，说可以去看，还可以烧制一个标准相。“真儿，老爸一辈子不喜欢这种假正经，给他烧制一座活泼一些的半身像吧。”梁一真赶紧同意了。但她见丈夫半天没作声，主动说：“如寄，你说是不是可以？”

李如寄简短地说：“听尹师安排。”其实此刻，他心里急，不知怎么应付老娘来砸丧葬的场子。

安排好这一切，尹志红好像彻底接受了现实一样，“吁”地吐了口气，闭上眼睛。“人都是要死的，谁也跑不脱。”她带着几分幽怨，“只是他费了大半生心血，也没有把自己的身世搞出个结果——他到底是中国人还是外国人？”她又自语道：“可是搞清楚又能怎么样呢？”

不速之客来了。

梁教授算一个。他这些年从不参加任何聚会，更谈不上去参加婚丧之类的红白喜事。梁一真认为，一定要告诉她父亲。毕竟父亲先认识李来恩，由他俩牵出李如寄和她的姻缘。

真儿电话打过去。她从懂事起，就怵着父亲的威严，觉得他像教授更多一些，特别是上了大学后，她一直称他父亲为教授。“教授，”她走到室外，往家里打电话告诉父亲，“如寄的爸爸出事了，已经走了。”

电话那头只是“嗯”了一声，至少过了两分钟没有反应。待梁一真要挂电话时，梁教授才回复：“请你确认，走了的确切含义。”

“就是逝去了，故去了，就是死了。”

梁教授又沉默了一会儿，这次稍短些。

“他是怎么走的?”

“你注意到新闻了没?昨天飞机失事的事，他在那架飞机上。”

梁教授显然没有注意到飞机失事的情况。他又说：“请你再次确认下，他上了这架飞机吗?”

梁一真有几分不快，可如果不是这样，就不是梁教授了。她深吸一口气：“我正在殡仪馆，已经见到了他的遗体。”

“明白了。”梁教授简短地说，主动挂掉了电话。

17. 按西教仪式安葬，引来教授反常的号啕大哭

李来恩在本市玉龙岛的家，是个带院子的三层别墅，一楼由客厅、车库、储藏间组成，还有个小小的保姆房间。客厅左边设计了一个小咖啡间，很别致的那种。二楼是他们的卧室和活动室，孩子也有个小房间，与他们的卧室相通。三楼归尹志红父母居住。她的父母不常来，尽管他们一同打拼，开过“云梦泽公社”餐馆，那时一家人是零距离接触。在尹家父母看来，当时的老洋人，是夹着尾巴做人，现在则是从奴隶到了将军，对他们爱理不理。而尹志红被他搞得无比服帖，什么都由着他。可想而知的是，在丈人丈母娘看来，老洋人就由此滋生出更多坏毛病来。这个洋不洋、土不土的女婿现在搞饭前祷告就是其中一例。用本地话说，那是鬼作！连自己

也没搞清是哪里人，便搬些洋玩意来怵人。

当初他们买这幢楼时价格并不太贵，是后来才就地起价的。当时差点作为投资，让尹志红卖了。真实的原因是尹志红听了一位高士说，这个别墅犯煞气，楼房与龙泉山的龙气对冲，怕有灾祸从天而降。老洋人其实知道缘由，便笑说："这人不能有俩钱，有俩钱了咧，就怕死得紧。"在这件事上，他是坚定的唯物主义者。尹志红见他这样说，心想：过去自己也不过是条贱命罢了，有什么好怕的，她就是要反叛这个命，怕个鸟！

楼房前后都带着个院子，前院子大一些，从园林处移植了一些珍贵树种，铺上草坪，右边有个小凉亭，夏天蚊虫多，用处不是太大。后院小些，李来恩本来也有规划，但尹志红的父母来了闲不住，改种瓜果蔬菜，搭上藤架，满满的绿色，随手一掐，一篮子瓜菜，在锅里翻炒几下便熟了。种的菜他们吃不完，还要送给左邻右舍。他们一走，起先尹志红也管管的，但忙着生意，有时顾不上，便交给老洋人管。老洋人口里应着，但其实是只管吃不管种。没有人打理了，后边的院子就搞得不伦不类的。李来恩有时下决心搞些盆栽，又怕引来家庭矛盾，毕竟是少妻的父母，他不好说太多的话。

果有灾祸从天而降。这些事信不得，但又疑不得。

总之，这一切都远离他而去了。

李来恩的灵堂布置得十分简约。本来请了灵堂布置师，但那人满脑子的中国思维，说了一大通，尹志红怎么扭都扭不过来。其实，不是他没听懂，是他无钱可赚。尹志红只好让保姆给他一百元跑腿费，把他打发走了。让几位兄弟姐妹来布置了一下，正好合她的心意，也应该合李来恩的心意。与李来恩同等比例的照片，框在玻璃相框中。家里本来有一个铜制十字架，李来恩说是一件文物，至少是二十世纪三十年代的物件，是老家小县城外国人教堂里放置的物件，被一位县里搞收藏的人收藏着。几年前被李来恩发现，他费了千辛万苦，花了不小的代价拿了回来。这尊有耶稣肖像的铜十字架就放在照片后边的桌子上，替代中国那个大大的“奠”字。本来尹志红也想贴上一副“壮志未酬”之类的对联，但此时她豁然开朗了：死则死矣，何必搞得那么悲悲惨惨的呢！当然在夜深人静时，她大睁双眼看着空洞的黑夜就是另一回事了。

小小咖啡间里，把几个桌子一拼，便坐上六个兄弟姐妹，一起祈祷和研读《圣经》，唱诵圣诗，很有氛围。这一切都是李来恩希望的。儿子德儿回来了，见到家里如此热闹，大家按照尹志红的说辞，告诉他爸被上帝召唤去了。德儿知道这事是要大大庆贺的。他背着一个小小书包，兴冲冲地进了家门，跑到巨幅照片前用小脚踢了一脚，玻璃发出“咣”的一声响，大声说：“老爸，你到上帝那里去，为什么不带我?”小孩子的举动，让大人们纷纷转过身去，暗自垂泪。

随着德儿回来，两只波斯猫不知从何处钻了出来，它们在离李来恩半米远的地方，冲着他的画像，“喵喵”地叫了几声，似明白这个重大变故。它们进行了猫们的仪式后，从楼梯上回到了尹家父母那里。尹家父母这几天住在别墅里，原因是尹父在下放的地方，见一只野兔突然蹿上马路，他一时兴起，便要追来煮了喝汤，但毕竟上了年龄，有心力无腿力，还不幸闪了腰。这几日每天有中药保健师上门为他理疗和按摩。尹父被按摩时，总喜欢叫唤，让尹母一顿好骂。尹父解释说：“这样哼哼舒服。”尹母又好气又好笑：“这是哼哼？这是在杀猪。”说得理疗师也笑了。不想出了这等事，尹父说：“我看那兔子就是个通风报信的，就是它把我们引到城里来，面对这场灾祸的。”又说：“人老了，就迷信了。”

两位老人，听了这个惊天的消息后，一时无语，你看我，我看你，并无太大的悲痛，心里头说不出是何种滋味来。

保姆随后进来，抱着孩子，德儿兴奋地告诉阿姨：“我今个儿排排坐，得了小红花。”他甩手蹬脚、摇晃身子，不肯上楼去，要在一楼玩。保姆哪管他哭闹，抱他上楼找外公外婆去了，想办法阻止他下楼来。

梁教授很快就过来了。他的表现让所有人都大吃一惊，更是让她的女儿大跌眼镜，一时不知如何反应。

他进得门来，先对着李来恩的照片三鞠躬。这是李来恩一组艺术照中的一张，是与尹志红结婚前，在正规的大照相馆拍摄制作的。这张是他很生动、志得意满的一幅，像是在千人大讲坛上发表演讲，双手做着有力的手势，满脸挂着春风得意的笑，那笑无比灿烂。实在说，这张照片显然与这里的氛围不太搭配。但既然是其妻亲自选的这一张，大家就没什么话说了。也许是这张照片触动了梁教授悲痛的神经，他在鞠躬完毕后，突然一屁股坐下来——全然不顾教授的斯文和体面，咧开大嘴，发出那种铜锣被敲破了还要继续敲打的声响。

“哎呀，我不活了啊!”他双手拍地，眼镜摔落在地上，鼻涕泪水溅射而出。这般哭号，让在场的人大吃一惊，大家全然不知该如何反应。特别是几位兄弟姐妹，禁不住站起来，窃窃私语了一会儿，待搞清了教授的身份，更是感动。当时梁一真不在场，她正陪着躺在卧室的尹志红说些宽慰的话。

李如寄对教授一直有点惧怕，到了教授家里，总是脱了鞋，光着脚，轻手轻脚，生怕惊动了老丈人。哪里想得到他会有这番光景。情急之下，李如寄慌忙去拉他起来。他却边哭边摇手：“你们不要管我，不要管我啊——”哭得大雨滂沱，一副要死要活的样子。

一个老男人的哭声，确实够撕心裂肺的，何况是一个全国知名、从不肯参加任何活动的教授，实在让大家不知所措。李如寄见无法劝阻，便想到梁一真，他上楼推开尹志红卧室门，着急地说：“真儿，教授失控了，失控了。”

梁一真与父亲相处了这么多年，从未见过他如此失控。他从来就是一个上了发条的机器人，按照设定的程序准确无误地推进着自己的生命。这天他却深受刺激，大反常态。梁一真赶忙冲到灵堂来，只见一个花白的头颅在一起一伏，双掌还连连拍打着地面，眼泪鼻涕横飞。“我不杀来恩，来恩因我而死啊!”梁教授竟如此哭诉。李如寄大感奇怪，一时不明就里。女儿见父亲这样，深受感染，也想要号啕一番。但她知道现在最要紧的是劝阻父亲，千万不要哭坏了身体。

她动情地叫父亲：“爸！你千万别这样了。”

梁教授见女儿来了，又是一阵摆手：“我不哭来恩，死了就算了，没什么好哭的。我是哭我自己，我要哭一哭啊，我太难了，要哭一哭!”他说出缘由，有点让人哭笑不得。

从这声说辞里，女儿再次感到震惊。她确实不了解父亲。父亲这副瘦弱的躯体，承受的东西太多了。他从来就是默默忍受，这次因为公公出事，他的悲痛才如大江大堤决口一般，汹涌而出。

梁一真这时也不知该如何劝阻了。她顿时觉得很内疚，她一向和父亲拧着来，肯定伤透了他的心。

李如寄若有所思，他似乎多少理解了一点。这里当然指的是他与李来恩之间那种对立情绪，其实那也是会伤害父亲的。他对梁一真说：“难得有这个机会，让他哭一哭吧。”梁一真听了，心疼地看着父亲。他的号哭，极感染人。

此刻真儿出来劝父亲，让尹志红的房间门虚掩着。尹志红听得真切，她躺在床上，触发了自己的情绪开关，恨不能狠狠地跳将而起，把头颅撞到天花板上去——这样才得痛快一死。她在梁父的号叫声中，紧闭起房门，双手擂打床板大哭起来。真儿似听到房顶上有“咚咚”之声，知道是尹志红失控了，便丢下父亲，冲上楼去，拍打房门，要尹志红冷静。她扭开房门时，尹志红又号哭了几声，泪水如闸门泄洪，靠在床头，垂着头，双肩依然在抽搐。不过这时，她一顿迅猛地发泄，压抑的身心才感到一阵轻松。

几位唱诵着圣诗念诵《圣经》的兄弟姐妹围过来。他们平静的心被搅乱了，纷纷洒下泪珠。“上帝呀，上帝”地连声呼唤，似要上帝来拯救他们这些迷失的羔羊。不过此时他们觉得，教授才是那只真正迷失的羊。

兄弟姐妹便翻开《圣经》，找到《路加福音》15：1－24处，读诵起来：“……许多税吏和罪人都来听耶稣讲道，法利赛人和律法教师埋怨说：‘这个人竟和罪人来往，还跟他们一起吃饭。’耶稣给他们讲了一个比喻：如果你们有人有一百只羊，走失了一只，难道他不暂时把那九十九只留在草场上，去找那只迷失的羊，一直到找着为止吗？他找到后，会欢欢喜喜地把那只羊扛回家，并邀来朋友邻居，说：‘我走失的羊找到了，来和我一同庆祝吧！’我告诉你们，同样，一个罪人悔改，在天上也要这样为他欢喜，甚至比有九十九个不用悔改的义人还欢喜……”

几位兄弟姐妹认定，教授应该皈依上帝。待送完李来恩到了天堂后，一定要去为教授布道。

渐渐地，梁教授哭得没了声音，头往下垂，可嘴里依然喃喃地说：“我不杀来恩，来恩因我而死。”李如寄听到教授受如此刺激后说出这句含义复杂之语，疑问像个钉子一样钻进心房里。他觉得还是救人要紧，一看教授不对劲，慌忙拦腰把教授抱起来，说："老爸千万别哭了。"过去他曾注意到，老洋人定期去教授的家或去办公室，每次他们交流起来，总要花很长时间，不知是在讨论什么事。这两个人学识完全不对等，一个是学富五车的大教授，一个是大字不识几个的乡下老农；一个是不喜社交，整天两耳不闻窗外事，只知埋头做学问、著作等身的专家学者，另一个是到处钻天打洞，惹是生非，爱穷折腾的异想天开之人。这两个人，几乎没有一个共同点，以梁教授的性情，也许看在老洋人是亲家的分上，与他客气应酬一下尚有可能，这样一分析，他们的交往显得极不正常。现在梁教授居然反复说这种话，李如寄前后联想，觉得这两位长辈之间，肯定有个共同的秘密话题，把他们拴得很紧。

梁教授稍稍平复了一点。"把我扶起来，我要睡一会儿。"他用嘶哑的声音说。李如寄把他扶到一间客房躺下后，不一会儿，他这排解了不良情绪的身体，彻底放松了，便打起鼾来。

李如寄一直惦记那件悬着的事儿，他给李如皋、李如鹤打了多次电话，均没人接听。他也知道，他们阻止不了，只好在心里说："该来就来吧。"还好有他在，场面总不至于太过失控的。

他计算时间，如果要来，三个多小时路程，乡下人喜欢赶早，五六点出发，中午时间可到。只是他无法预料的是，这次李如寄的姆妈确实来者不善，也做了充分的准备。这乡下人不太懂城市的规矩，百密一疏，带来的两个带拖斗的小卡车进不了城。幸好有市道可走，有个城中村可以绕进来。最终还是碰上了两名巡查警察，警察说要限行，不让过。姆妈急得直哭，说自己的男人死了，要把他迎回去，甚至要下跪来求。丧葬队伍中一位老人忙拿了一条香烟奉上，其实那烟档次上不去，城里人瞧不上。警察退了两步，摆了摆手，连声说："不来这套，不要。"一脸严肃的样子，不过口气上显得平和下来。只见一个警察看了另一个警察一眼，那被看的警察微点下头。这看的警察，把一只手上的白手套脱了，在手上扬了一下：“走吧，这是特殊情况，下不为例。”姆妈和老者连说谢谢，便如获大赦一般过去了。

李如寄盘算他们进城的时间，是不可能把这耽误的时间包括在内的，姆妈过来就耽误了一个多小时。

第四章　一个葬礼的五种仪式

18. 来了一群抢尸的乡下人

李如寄的姆妈来了，带着弟妹俩一起。弟妹俩头缠草绳，披着长长的孝布，意为披麻戴孝，跟随姆妈。

姆妈一进门，就大声喊了起来：“大妹子，大妹子咧！我来哭个丧。”平时万不得已之时，其妈称尹志红是那个“小婆娘”。“小婆娘”的称呼，也并非只是发泄不满，还有大小的分属。她自然是大房、正房，而尹志红只是个小老婆，她的地位高，这是不用质疑的。今天上门，用比较亲热的口吻，称“大妹子”，是讲个客气话。

楼下一阵闹哄哄的，尹志红惊了一下，她想不到还会有其他人来奔丧。见一伙乡下人把大门前填得满满，白色的孝布，白色的纸扎物，还有挂在竿子上的白色幌子等。尹志红一惊，直觉告诉她这应是李如寄的老家来了人，心道“不好”，一时忘了悲痛。

她下到楼梯一半，见了那个有过一面之缘的妇人怎么预想也难以想到会出现这位不速之客。她顾不了那么多，从楼梯下来，稳住心神迎了上去。她不能不管，她必须迎上来。

李如寄姆妈姓綦，这个姓在本地极少。成年后，李如寄查过母亲的姓氏。此姓的人多居北地，远古时是一个小国名，也代表青黑色。上一辈子的人传说，他这个姆妈是顺着大水漂过来的，被李如寄的祖母三娘用个耙子抓上岸。三娘本来以为是旧衣物，哪知是个被水喂饱了只剩半条命的苕货女，她给自己的儿子捞了个媳妇。李如寄姆妈本也不识字，却会写自己的姓。过去乡下人记工分，图个简单，常会把她的姓氏写成“其”字——乡人也就常叫她“其嫂”“其妈”“其婶”之类。如有人问其姓氏，她必认真地说：“綦，上面一个‘其’字，下面一个‘系’。现在的人兴简单，把下面‘系’字不用了。”幼时他问过姆妈，也想有外公外婆。姆妈会恶声恶气地说，他们全死光了。自从漂到良湾李家台，她从没回过娘家。

尹志红此刻不知怎的，还能安静打量这位老洋人的前任。她完全一副乡下妇人的装扮，头发全白，脸上光亮，并不见多少皱纹，属于经老之人；肤色黑里透红，尽管写满了生活的辛劳，但精神气十足。她只要一开口，还是会露出远道嫁来的小尾巴，因为这口音与当地人还是小有差别，话语中多少还是有点呔[①]。她一生一世，对婆婆无比崇敬。她的头饰，在她这一辈人中亦不常见，头发扎在脑后，绾成一个圆髻，用发网套上，再插上簪子——这是婆婆三娘最常戴的头饰。尽管衣服穿得普通，却收拾得干净爽利。人显得清瘦高大，一双眼睛颇有神采。

其妈先前对这楼房的女主人充满了仇恨，这是夺夫之恨；现在老洋人早早地没了，这个仇就化解了。

她这次不是来吵架的，当然也无须讲和了。她是来办事的，她和这个夺夫的女人，有一样的悲痛，一样的亲情，这叫打断骨头连着筋。过去有多少怨，现在都算过去了，没必要吵翻脸。只要对方同意，她连一句重话也不会说。

屋子里的人听说李如寄姆妈来了，皆大大震惊。先是梁一真万分紧张，她见识过这位姆妈，也就是她的婆婆。婆婆说话慢声慢

---

① 呔（tǎi），说话带外地口音。——编辑注

气，为人沉稳，每日早上五点起床，忙完家里活，再忙地里活，每天要到晚上十点才肯歇息，精力永远使不完似的。她极有主见，不会受人左右的。她曾当着大儿媳数落过李来恩，称他“这个野人，从来没有消停过，离婚不离婚，都是一年见不到人影那样的管总”。婆婆现在来了，有一千条一万条理由，都是来者不善。她忙拽着李如寄：“赶快去阻止你妈，千万不要有事。”李如寄露出一张哭笑不得的脸，心里一点底也没有，但只好点点头。梁一真从一堆披麻戴孝的乡下人中找自己的小姑子。不用细辨，李如寄的小妹李如鹤披着孝布，头上缠着麻绳。她其实只有一米六五，可站在人群中间很是醒目，特别是一双扑闪着的大眼睛，眼睫毛又密又长，煞是好看。记得这个小姑说她自己，小时被乡下人称作“瓷坛子”，意思是说她皮薄肉嫩，一碰就破的。这是自然，老洋人生的，当然是个洋娃娃。同湾的妇人，见她的眼睫毛又长又密，就骗她把睫毛剪下，安到女红活上的童男童女眼睛上做睫毛。乡下人迷信，据说这样做，那童男童女会趁家中没人时，下地来照顾小宝宝。其妈当然也会注意自己女儿的眼睫毛，见被人骗剪去了，心里万分不爽。其实她不用烦闷，过一阵子睫毛又长了出来。梁一真想到丈夫老家有一句话：“要得俏，一身孝。”小姑子这样穿着，更见风韵。见梁一真打量自己，小姑子忙跑了过来，亲热地抓住大嫂的手说：“真嫂，你也在的。”梁一真总是认为这个小姑子一副永远长不大的样子，一开口就显得稚嫩，又有几分可爱。小姑子在小镇初级中学教音乐，兼教作文课，很有几分浪漫气质。因为长相出众，李如寄一直担忧小妹的安危——当地追她的小伙子排了好长的队。甚至每当她回良湾李家台时，便有一群小小中学生来做护花使者，往来护送，害得其妈每次都要准备许多零食，给这些小朋友当酬劳。梁一真小声地说：“劝姆妈冷静些。”李如鹤庄重地点点头：“我晓得的。”

梁一真又看李如皋，只见小叔子发福了不少，脸上有横肉，浑身酒膘。他的身体似乎遗传姆妈的基因多一些，比起李如寄来显得健壮许多。湾里和镇上的人见他精明又霸气，怎么好怎么来，他便如鱼得水一般。加之过度沉溺于酒色，长得一身肥膘，一副脑满肠肥的样子，人们称他为“二鬼子”。他对此诨名毫不在意，甚至认为只有亲近的人才叫他“二鬼子”。乡人看他不仅鬼里鬼气的，还太接地气，觉得可爱又可恨。这“二鬼子”的叫法倒也形象，他排行老二，其父又诨名老洋人，早年得过白化病，遗传给他，他的长相多少还是与本地人有点不同。

从李如皋的眼神看得出来，他对嫂子很是敬仰，还曾托梁一真给他介绍对象。真儿想到他那副暴发户的样子就好笑，便说：“我这水缸里头，没有你想要的鱼儿。”李如皋听了，十分沮丧。他不服气说：“不行，我就到东洋人那里去找。”梁一真听了，大为吃惊，又颇好奇。哪知这小子说他的嫂子像《血疑》里的女主角——小小巧巧的，给人感觉是捧在手里怕飞了，衔在口里怕化了的那种。这种恭维话，梁一真倒是第一次听到，形象又生动，让人心里舒服极了，便说：“你这甜言蜜语，给你哥十分之一我就满足了。”哪知小妹李如鹤在一旁，对二哥这一套大不买账，还斥责二哥说：“你别把对付那些破烂货的东西，搬到真嫂这里来。”这倒是大实话，也有保护她嫂子的意思，不过却让梁一真大为扫兴。李如皋见真嫂在看他，毕竟是这种庄严的场合，疑似各自代表一方，弄不好会惹起纷争。在敌我难分的状态下，他不方便对嫂子表达亲热，只是带有几分沉稳地点点头，算是做了回礼。

梁一真见李如皋一本正经的样子，多少感到有些滑稽。她想到如鹤讲二哥，有九个字的概括：“阴倒吃，躲倒玩，偷倒乐。”真儿特别请教过“倒”字是什么意思，当老师的如鹤说，这个字在他们老家用得多，只是一个虚词。就是说，只需六字真言，就可以概括这位小叔子。想到他在乡下小镇上称王称霸，被婆婆骂作“种猪”。她忘记了刚才的悲伤，忍不住想露出个笑脸，念头一起，忙硬生生地收了回去。真儿想到她第一次到婆家去，其妈便介绍起她的两个儿子一个女儿，对李如皋却用了特别的称呼。“如皋这个短寿的”“如皋这个发瘟的”，因为这是口语，其妈又习惯这样叫唤，因为又急又快，她听得不真切，听成了“如皋难受”“如皋发昏”，心想怎么会像彼国人那样叫四个字，便偷问妹妹如鹤。如鹤忍住笑：“二哥是姆妈的心头肉，不骂着叫唤就难以表达她的爱意。”这种表达方式太怪异了。真儿不解，骂人发瘟和短寿怎么可能是爱得不行呢？她便与李如寄讨论。李如寄一时间无法回答，因为他们生长在这种环境中，已经习惯了。听了妻子发问，他想了一会儿：“这源于一种风俗，骂自己孩子，就是一种贱称，这能让他受得住折腾，不会短寿也不会发瘟的。”这种解释真儿听了依然是在云里雾里一般的。只要见到如皋，她就把他与发瘟和短寿联系起来，便总觉得这风俗实在太搞笑了。于是她请求二弟让她像姆妈那样叫唤他一声呵，真儿慢慢吐出这几个字时，李如皋听了，一下沉下脸来。他很有几分不悦地说：“真嫂一叫就把我叫短寿了。不好。今后别这样叫我咧。”

尹志红的父母，因为新丧了女婿，有一种难以诉说的痛，本来一直不肯下楼，连吃饭也要保姆送上楼。他们原想待在房里，有人操心料理，他们就不去掺和了。这时，保姆急忙跑上来告知：“尹工、王医生啦，不知是什么地方的乡下来了一串人，看样子要来抢尸，不得了的。”

这保姆也是个人精，不知怎么她就能看出乡下人来抢尸，估计保姆也是乡下来的，见了楼下如此民俗装扮的队伍，料定主家一定摊上了麻烦事。

“抢尸?”尹工和王医生同时发问。他们脑子一下转不过弯来。

保姆依然有把握地判断:“肯定是不得了的事情,有了。”为了突出强调,她说了倒装语句。两人探头往楼下一望,那场面,什么也不用说,肯定出了大事。

李来恩前妻突然出现,这不用多说,肯定是要闹出事来。他们怕女儿承受不住,这时要冲下楼来给女儿挡一挡。

李如寄见到姆妈,没好气地说:“我让你们不要来的,你们来干什么呢?”他转身看看披重孝的弟弟妹妹:“你们来这里有什么用?连个烧香的地方都没有。”弟妹俩只是看看他,不说话。

弟弟李如皋左看看右看看,确实连个烧纸的火盆都没有,心想:“这怎么叫死人上路呀?老爸老洋人一辈子作孽太多,摔死也就罢了,还要做一个孤魂野鬼,没有烧香烧表,没有纸钱,没人超度。后果就是魂魄不得安生,将在阴阳两界到处飘游,永远不得超生,更是无法托生。”弟妹俩碍于哥哥的威严,起先也认为不应该来,现在看来,他们认为姆妈的决定是对的。弟弟李如皋,很是不满,大声斥责道:“搞的个么鬼哦,连个火盆香碗都冇得,这叫死人怎么上路。”他先行跪下,对着李来恩的巨照行了大礼,叩了三个响头,对父亲的遗像说:“老头子,你走了,我和你就可以消停了,再也不用闹了。父子关系是打断骨头连着筋哩。你不要怪我,我也不再怪你。你到了那边,见到老爷子告诉他,我永远都是他嫡本的孙娃子。你如见到你说的洋老头子,去求个证,不求也行,反正我们都是眼不见心不烦的了。阴阳两界呀,我们的一切都化解了。我们来送送你,也算尽点人子之心。”妹妹见哥哥这样行礼,也依礼行事。她嘴里念念有词,保佑她顺利出国,找到自己的如意郎君。李如皋似在对着屋子里的人说:“世界上哪有这么办丧事的?

再为了节省钱，连点香表纸钱也买不起么?”李如寄想不到他率先发难了。

李如寄见弟妹如此行礼，想起他从殡仪馆回来，还不曾给父亲行过礼。现在更是不方便了，多少起了点内疚心。

这事无法对他们解释。梁一真是大嫂，这时只能由她出面作调解:“老爸信的洋教，走的时候是按洋教的规矩来。”她怕他不信，着重说:“这也是老爸的意思。”

李如皋平时对嫂子毕恭毕敬的，这次见她出来化解，却依然不信:“我不管洋教土教，死人要上路，难道不点炷香，撒点买路钱吗?到时神鬼都不依的哩。”

李如寄刚想再说点什么，其妈恶狠狠地瞪了李如寄一眼，一字一顿地说:“我的事不用你来管。”

这时尹志红深吸一口气，下楼来了。

她们俩互相平视对方。尹志红知道，二人有过匆匆一面之缘，想必对方不会记得。尽管尹志红一向忽视这个女人的存在，但这毕竟是客观存在的，自己无法回避，还有意无意中总能听到关于她的事情。现在其妈一出现，就成了中心，屋子里的人把她围在中间。尹志红见到她，有点暗自吃惊，她在自己心中是个怨妇形象，但显然，对方刚强得很。这一见，对方背不驼腰杆直，就是在这种敌视和充满疑虑的环境中，也依然平心静气，保持着强大气场。

其妈是个精明妇人，见到这个下楼的女子，她有点疑惑，有似曾相识之感，好像与新堰镇那个搞计生工作的女同志很像。这只是念头一闪，没容多想，她已经知道是谁了。她便微倾身子，大叫一声:“大妹子，我们命苦呀!”她紧走两步，抱住尹志红大哭起来。

19. 生前铁一般的约定，此时却大讲骨灰分葬之情理

乡下人绝对来不得半点做作的。她的苦楚，比汈汊湖的湖水要深，比汉江、襄河还要长，比云梦泽要广大。这个男人对她作了孽，害了她不说，又把别人一个好生生的大姑娘给害惨了，留下了孤儿寡母，今后的日子怎么过。其妈这么为小婆娘设身处地地一想，便觉万分对不住她了。她一时悲从中来，大雨滂沱般哭将起来。尹志红起先还有几分提防心理，因为有梁一真夫妻在，她也认为这个乡下老妇不敢闹出什么事来。这还是在她的地盘上，真有闹的，关键时候，她也不是什么善类，翻起脸来肯定比翻书要快。她多少是有底气的。

现在，她们俩一见面，其妈把她一揽，她的心便融化了，身子也软了，一同哭将起来。尹志红觉得这个女人有一种魔力，很会感化人。她这两天根本无法畅快悲痛地号哭一回，刚唤起一点悲痛感，总被硬生生地收了回去，难让她有一泄而尽的爽快。因为所有人都难得懂她心里的那份苦楚。只有这个女人，她们尽管是一对情敌，条件、环境、经历、见识都不对等，却只有她能懂自己的苦楚。

两个女人就这样紧趴在一起，同病相怜地哭了起来。见到两人

如此环抱一哭，一屋子心提到嗓门口的人，皆放下心来。

兄弟姐妹们即刻翻查《圣经》找她们的对应处。

她们放声大哭一顿。十几分钟后，李如寄姆妈抽噎地说："大妹子，他活着是你的人，死了是我的鬼。我是来把他接回去的。"

大家刚放下的心，又提了起来。这是乡下女人的底牌，她已经翻了出来。

尹志红的妈妈王医生，尽管下放几十年，岁月留在她身上的痕迹却并不多。她皮肤白皙，有些微胖，戴着深度近视镜，更显示出她知识分子的气质来。她已知此人来意，忍不住说："老姐姐，我们花几十万买了墓地，预订了送葬车队，您这是唱的哪一出咧？"

这本是尹志红要讲的话，她妈代替她讲了。她只好拿一双询问的目光看着其妈。

其妈直接开始否定她们这种丧事办法："你们这样办丧事，恐神鬼不安咧，死鬼也无法上路啊。他一辈子都是在异想天开，东一榔头西一棒槌也就算了，连死了，也要花样翻新，把外国的规矩拿到中国来用，这不是蹊跷么？他又冇死在外国，外国的菩萨怎会管他上路？"

几位兄弟姐妹见乡下人居然抵制上帝，这是大大的罪过，愣愣地盯着她，一时竟忘了翻看《圣经》。

其妈接连发问："中国的地界儿，还是要讲中国规矩的，这纸钱开路，吹吹打打的，是少不得的。"

她的斥责，更使屋子里的人一时无语，因为没有对话的基础。众人知道，谁也无法说服这个乡下女人。

其妈显然认识到自己初战告捷。她认定已经狠狠地抓住了对方的破绽，便把话锋一转，继续批评："听这个死鬼的话，他一辈子就是瞎闹腾，从没个正经主张。你们把钱也没花到点子上，该花钱的地方不用，买个墓地却要用钱堆。”其妈就是其妈，任何时候任何情况下，往那一站，就是不会输人半点凿眼的。

想想李来恩一辈子，都在逃避这个其妈，她还是真有几把刷子的，那狠劲从这几句话里就冒了出来。

尹志红一向伶牙俐齿，她觉得面前这个和她抱头痛哭的女人，尽管可以达到心意相通，但如此理论起来，却已经让她无话可说了。“我管了他大半辈子了，这一次也就留了一点后手。”其妈继续说。她抓住了破绽，便乘胜追击，为的是把老洋人请回家去安葬。她的目的十分明确。

兄弟姐妹们小声讨论着《圣经》里关于不祥女人的问题。他们认为，寡妇应该是沉默的，显然这个作为不速之客的乡下妇人，就从她如此话多来看，也是有罪的。她本来有两个儿子可以依靠，却像个怨妇般跑来搅局，这也是不可容忍的。他们即刻祷告上帝，让她住口。

尹志红一时无话可说，便拿眼神求人。李如寄梁一真夫妻与她面面相觑。李如寄不得不出面阻止：“姆妈，你的这个要求完全没有道理。”他下狠心，用狠话来揭姆妈的伤疤，唯有如此，否则其妈是难得消停的。他便说：“你们本已解除婚约，难不成还要管到他的生死安葬?!”

这话尹志红和她的父母自然是说得出口，但大丧期间，一切要以和为贵，只怕一时伤了亲戚们的和气。李如寄一说，众人微微点头，大家觉得这个乡下人来砸场子，也太没谱了。万一不行，就要请警察来了。

其妈往儿子面前一倾，在她看来，现在最不好对付的，是她这个大儿子。她说：“你说我来搅浑水的吵？你说我是闲着冇事干了吵?”她拿出了一张折叠的纸，对尹志红说：“大妹子，看来这个死鬼瞒了你，他这辈子都是东扯西孽，我们是画好了押的。”她把纸条往尹志红面前一送，很快转递到李如寄面前，她留足心眼，怕尹志红没收了去。“你自己好好看。”

她又对着尹志红说：“死鬼不和我画这个押，他休离得了这个婚。”其妈果有杀手锏。

李如寄展开一看，第一行写着“离婚画押书”，而正文内容，一看便知是其妈口述别人记录下来的：“李来恩多次吵闹寻死上吊，逼迫綦巧枝同意离婚之事。綦巧枝提出，李来恩死后必须葬回李家祖坟，夫妻共生两男一女，生可分开过，死后两人必须合埋。李来恩发了毒誓，不可悔改。如綦巧枝先死，李来恩倘若反悔，他的毒誓就会应验：天打五雷轰，打进十八层地狱，永世不得托生为人。”

下边有三个人签名。李来恩在前，綦巧枝在后，还有一个中人李光宗。这人是李家最有威望之人，家族中的大小事，都会请他拿主意。三人同时按了手印。李如寄也是第一次见到这个特殊的离婚协议书。当时其妈同意离婚，这应该是一个先决条件。这个画押反映出其妈的最高智慧了：活不要人，因为李来恩一年上头难归家；死了要尸，从此他挺了尸，也就消停了。在其妈看来，埋在地下的岁月更漫长，必须合葬一起，她可以一心一意管住这个野人。

尹志红见了这张纸条，一阵苦笑，对着真儿，像在下决心似的咬咬嘴唇。她自己今后还不知会怎么样呢。罢了，何必与人去争尸。心里更是冒出许多苦涩。

她清了清嗓子：“见了这个条子，我没什么话说，你们把骨灰拿走吧。”尹志红不再想纠缠了，这个实在是太过无趣。她就这样没有半点挣扎地败下阵来。

其妈稍有点迟疑，在她的想象中，这一仗不会这么容易就达到目的，没想到轻易就得胜了。她只好安慰地说：“大妹子，我来帮你安置死鬼，省你儿多心。”

这时尹工说话了：“老姐姐，尽管你们画了押，也听我一句劝，是不是可以把骨灰一分为两，葬两处呢。我们都折中一点。”

“使不得，使不得，死鬼一辈子不学好，死了还要分尸，这就太作践他了。”其妈怕拖长生变，忙唤小儿子，“你去叫车来呀。”

尹工显然静观多时，一直作声不得。他至少得有所思考和准备，见对方如此，继续劝说：“这个不碍事的。老姐姐相信老革命家，很多老革命家百年之后，骨灰都被放到两三处不等，老家一处，干革命的地方一处，八宝山一处。”他特别强调他们这一带出了大人物，这样更有分量一些。

其妈听了：“这个也在点理。”她望着这个年轻的新丧女，心肠软了下来：“大妹子，你也是个苦命人，你和他守了一场，也不容易，就给你留一点吧。”

尹工见她妥协了，问题得以解决，进一步说：“老姐姐，你就一半对一半吧。”

其妈正色说：“我和他过得长，我得七成，大妹子留三成吧。”其妈这人尽管刚强，也是见不得别人受苦的。她看到泪痕满面、楚楚动人又似无甚依靠的小婆娘就这样没了男人，尽管是从她这里抢去的，心又大不忍了。话要说到堂，事要做得利索。她便又对尹工补充道：“我心里头有杆秤的咧。”

尹志红突然更感无趣：“他摔得个七零八落，这骨灰不知有多少是他的哩。”

李如寄听了，似也无话可说了。他听出尹志红的意思——全部拿走吧。他对真儿说：“你也劝劝姆妈吧。”真儿小声说：“这好像是她俩的事儿，我们不敢多掺和，你不是常说，你妈是个撩浆人吗？这次看她么个撩浆法。”真儿突然想到，李如寄有一次对真儿发了好气，便顺溜了一句称赞她的土语："你是我的撩浆堂客。"堂客这词她是晓得的，而"撩浆"是个什么意思，一时搞不清楚。这是称赞自己的，想必不是什么坏词。她便故意说："你使坏用土话骂我。"李如寄便认真解释了这词的意思："你就是一个了不得的缝缝补补的老婆啊。"说得真儿一阵大笑，觉得这词是很贴切，可缝补的高手，用在自己身上，就不妥当了。因为她从未做过女红，连针线也不会拿。此刻她冒出一句土话，似是在与婆婆套近乎，让不远处的婆婆听到，似在说婆婆能不能干，就看她是不是一个大楷人，一个得理又饶人的撩浆人了。用土话讲出，还有份私密，就是不让尹师明白这个意思。她却忘了老洋人是哪里人了。尹师听了，自然也懂，知道真儿暗中帮衬她，挂着泪痕的脸上眼中又闪出泪光来，看得真儿心酸得不行。

大媳妇用土话与自己的婆婆沟通，似乎意犹未尽，又补充道："姆妈是个蛮有谱的人，这样爊（āo）倒有好一会儿，也就讲个退一步海阔天空了，两家人日后也好见面。"这劝解的话，让李如寄听得哭笑不得，自己堂客把"爊"用到这儿来，这个"爊"原本是在老家，将一个装鸡汤的罐子放到灶膛里用余火煨着，被真儿在这里引申了一下，成了摆谱，虽说她用得牵强，但好像也能过得去。他只好微微摇摇头，心想，他的姆妈从来不会退一步海阔天空，还有两家人见面之类，纯粹是真儿的心态。真儿这么一说，显得她自己书生气十足。

其妈耳聪目明，自是听得真切。这个媳妇，在其妈看来，是大户人家的孩子——她把大教授看成高高在上的富贵之家，起初她怕李如寄吃亏。婚后，她感到这女孩没有什么心腕子，只是不太亲热人。其妈想，只要他们俩好就行了。今个儿，见这媳妇用老家的话对自己劝说，特别是说她"爊"得够了，谱摆得足了，应该见好就收，感到自己的媳妇还是个机灵人儿。她感到自己在媳妇面前挣了几分面子，心里舒坦多了。其妈环视一周，就多了几分心软，再斜了一眼过来，正好与真儿四目相对。她又见媳妇一脸恳求的样子，觉得这次让小婆娘看到了自己的狠气，又收服了媳妇的芳心，一举两得的事，这个算盘打得过来。

主意就定了。

20. 纸人纸马，锣鼓开道，一路回收脚趾印

这时，李如皋带着车进来了。前面两辆小货车倒开进来的，后面有辆白色长安面包车，坐着几位中老年妇女，还有两辆国产小轿车，其中一辆是李如皋的桑塔纳。这车可是李如皋的底气，花了十几万，连砌个二层楼房的钱都够了。他今天没有自己开车，是让厂里的转业军人当司机。

丧事用具一般要单数，正好与婚事相反。最先倒开进来的小货车，拖着一个玻璃制作的水晶棺，四周用铝合金条镶嵌着。车上有八人围坐。第一辆车上的人有两个作用，一是抬棺，二是每人配有响器，两对喇叭，一大一小两只铜锣，一面不大的鼓，还有两管铳——这个只装火药不填弹丸，路上偶尔放一管——阻吓游魂欺负新鬼，以助亡魂上路声威。还有一人须一路撒印子钱，作为买路用。另一人拿竹枝扎成的用来招魂和引魂上路的幌子，作开路用。

第二辆小货车装有两只欲腾飞的白纸马，还有一幢用家乡细芦苇秆扎成的三层豪华居舍——最下一层配有田园、平房，田园里有两个美女佣人。随车装来的纸扎别墅，与尹家别墅有异曲同工之妙，这样让老洋人住在那边，也不至于陌生。李如寄心想，应该过了七七四十九日再将房子烧给亡人，现在拖过来，难不成是向尹家示威的？按老家的说法，老洋人死了，要用铁链拉走，阎王派人查访他一生的劣迹，还要会审，下不下滚油锅受刑，还要两说。先把个三层楼房带在老洋人身后，这不是向阎王和阴曹地府显摆么？这样下来，可真够老洋人去了阴间也喝一壶的。

李如寄收回眼光，觉得乡下纸扎是难得的传统工艺，确实精致，他曾听说已经申报了省一级非物质文化遗产。这车上装了几十沓的冥币，还有一路上撒的买路钱，这种钱币是用更粗糙的黄糙纸制作的，凿刻上印子，亦叫“印子钱”。

后三辆车里下来一些人，其中有那位画押老者李光宗。老人已经八十多岁了，但步履沉稳，脸色依然红润。他是良湾李家台的灵魂人物。有这位老人在，双方都不会闹出过火的事情来。李如寄对老人尤为尊重，慌忙迎上，与他互相拱了拱手。老人对他讲了几句宽慰的话，环视了一下四周，却在李来恩费了千辛万苦谋回来的铜十字架上停留了几秒，收回眼光，然后缓慢地吐出一句话：“这不是几十年前闹的玩意儿？想不到老洋人信上了这个，不知什么时候又像秋风扫了落叶那般……”李如寄此刻心思好乱，自然没在意老人说的话。估计他从不曾与洋教打过交道，自然想不出老人会与洋教有什么瓜葛。

另一些人，多是李氏家族远亲近戚和湾台中人，因与尹志红无瓜葛，只是远远站在一边，并不打招呼。当然，其妈母子一行如遇不测，他们上来扯个内手架，还是可以做个帮手。这毕竟是前妻后妻之争，弄得不好，要流血出人命的，这点其妈她们也充分考虑了。

这事对乡下来说是抢尸，是大事情。但到了城里，却发现这个二婚女不懂章法，或者被其妈发的狠气给镇住了。

见到如此大的丧葬阵势，李如寄暗中惊讶。从他通知家里起，姆妈除了大哭一场外，估计没一刻是闲着的。她做了充分的准备。

待车停稳，李如皋先点燃一把香，对着别墅大门作了揖，趴在地上又叩了三个头。他这次有意无意，要把这套传统的功夫做足，让这些不懂事的城里人看看。他按乡下的规矩来，大声说："老头子、老爸，我们请您郎回家。"便三根一扎，分插在两边大门上。那个水晶棺已经被抬下来放到正门口。棺里有一个瓮。李如寄记得这是奶奶用来盛米的瓮。上了黑釉，有个荷叶边的盖子，掉了漆，缺了一块。李如寄大感没面子，对李如皋说："连个骨灰盒也买不起。"其妈见不费吹灰之力就已经达到了目的，心情大好，便和颜悦色地说："这是你奶奶用过的，什么骨灰盒都不如它金贵哩。这是马口龙窑的看家宝瓮，前一阵子，有人花一千元要购去，我硬是舍不得卖掉。现在装你老子，他的魂会固得住便不会消散，是个难谋到的好瓮。"看来很有讲究。其妈把这瓮值一千元钱，说得让在场的城里人都听到，在她看来，绝不能让城里人看低了他们。何况骨灰盒八十元一只也有的，他们乡下殡仪馆里最贵的也不到三百元。

这时李如皋双手抱着米瓮放在地上。他用双手从骨灰盒里捧出部分骨灰，放进瓮中。其妈盯着看，见捧了一半，不忍心再捧了，便说："皋儿，遇事留一线，日后好见面。"

李如皋听了说："晓得的，大哥真嫂是这人家的座上客哩，哪能把个事做老了呢？老爸这灰，你们俩一人分一半也算公平的。"

其妈多少有点释然："骨灰多少是要争的，我过的岁月多，收这个孤魂野鬼的魂魄就会多，用的法子也是传了几千年上万年的老法子。不像小婆娘，搞的是八竿子打不着的洋法，洋菩萨难不成借道来管？等他借道过来，七魂八魄弄不好全被我拽着走了。"她心身放松了，便脱口而出叫尹志红为"小婆娘"来。当然，她怎么叫，大家也不在意。

尹工很现实，他见只拿走一半骨灰，有些感叹，对李如寄说："乡里人还是朴实的。"

李光宗在现场指导。据说让后人用身体与死者骨灰相接，最为吉利。李如皋像被培训过了，一套葬礼做得十分到位。他尽量跪下来接请老洋人的骨灰，郑重地将瓮放进水晶棺材里。

这时八人围起水晶棺，有一人拿着手柄绑有红布的斧子。李光宗仰头看天，大叫着："来恩哪！"八人齐声："吼！"这是模仿往棺木板上擂打钉子的声音。稍后，又齐声一吼"消钉"。八人齐喊后，一手搭着棺木，另一只手作肩扛状，齐声喊："起！"轻易便抬进小货车厢里。这时老家有人拿了一挂大炮仗出来。李如寄赶忙阻止："使不得。"那人从炮仗上掐下半寸长短："意思意思一哈哈。"鞭炮如锅里炸豆子，零零碎碎响了几声，这时两对唢呐首先吹起，声音高亢，似无多少悲伤。锣鼓家业也有节奏地敲起来。

其妈扬着嗓子，哭道："我的个娘亲啦——我的亲人哪——"她现在是哭丧的唱法，是一种仪式。见她开了头，几位中老年妇人围到棺材四周，作讨死觅活状，这在老家是在死者上路前"捡过"，意思是如实对亡者数落一番，盖棺论定。现在老家有专门哭丧的妇人，这也是件不容易的活计，要了解亡人的基本事迹，会编哭辞。如果掌握了诀窍，如哭声的节奏，编词则大同小异，尚也不难。哭丧妇从一个人出生哭唱起："你——来恩哪，生在良湾李家台呀/大湖小湖水几深哪/十月怀胎不容易/生出一个金猴胎/吓坏乡亲吓娘亲——”先这样起首，再一段一段编唱下来。每句字数基本一致。老家有个状元哭丧妇，可以编出一百六十段。她故去之前，县文化馆曾把她算作文化遗产的一部分，制作过录音和视频。新一代的哭丧妇断代了一阵子，现在这个营生收入颇丰，便又开始兴盛起来。

尹志红请来的兄弟姐妹们不知乡下人这是唱的哪一出，全然无心念诵《圣经》了，瞅着窗口往外看，低声讨论着。

李如皋这时才想到，还没有和他崇拜的漂亮大嫂打个招呼，却一时找不到讲什么方便，只好对大嫂梁一真说：“送人上山，还是要燃香烧纸钱的好，不然魂魄接引不过去。”

正在领哭的其妈听了，不失时机地训斥他一句：“不许多嘴，魂都被我们接引走了，这块儿再烧多少香又有何用?”

其妈完胜，一刻不会停留，返乡了。

21. 故乡有个著名的诨名：三结市

老家一行人发动了车，缓慢而行。

尹志红转身回房去了，她的精力耗竭了。尹家父母自然也觉得没必要送他们，随后返回楼上了。李如寄和梁一真目送其妈他们一行离去。可稍过一会儿，其妈对李如皋说了几句什么话，如皋便从车上下来，拿着一块孝布和草绳，向李如寄走来：“姆妈说你是长子，要搬灵牌子的。你应该回去送葬。还有这引魂幌子也归你举着。”

李如寄看了一眼梁一真。梁一真想了想说：“你在这里一直心神不定，还是回去的好。”他们一同去向尹志红告别。尹志红只是默默点点头。李如寄把弟弟给的草绳和孝布往头上一扎，孝布往身后一拖——他想还是回去的好。

李如寄正上车时，只见姆妈横乜了他一眼，对旁人说：“你不叫他回，他可找不到回的路，他不知这个世上，大的是要搬灵牌子的。”显然，其妈感到大儿子今个儿泼了她的面，依然余怒未消，便抓住机会对他发泄。李如寄一副哭笑不得的表情，算是回敬了姆妈。李如鹤把引魂幌子往大哥手上一推：“这是你要举的。老头子的魂要大哥收拢才灵。”李如寄接过来，好像弟妹俩在配合姆妈整自己，便苦着脸说：“这一路举着回去，怕手臂都会折断了。要不我们三人分下工，一人举一段路，谁也不吃亏。”如鹤讽刺二哥：“人家是大老板，会到这敞篷车后边来么？”其妈听了便沉下脸：“谁也别想搞特殊化。”如皋一副无所谓的样子：“我肯定陪哥哥的。”他接过如寄手中的引魂幌子，往车厢挡板的插销上一插，便说：“这不是让车举着了吗？大哥在旁候着，就是举着了。”其妈见了也无可奈何：“就是这个小短寿的会找空子钻。”

抽个空儿，李如皋给他哥哥扮了个鬼脸儿，李如寄知他有话说，忙把脸凑过去。李如皋根本不顾及什么，便大声说：“哥哥你今天运气好，没走霉运，不然闹成一河水的。”李如寄似乎也知道姆妈带人来，是暗藏杀机的，但不知有什么动作，只听如皋继续说：“真闹起来，你的一点面子全部泼在这儿了。”如寄斜看了一眼姆妈，问道：“此话怎讲？”如皋说：“你别看姆妈抱着小婆娘哭，以为是讲亲热，如果她不肯给骨灰，姆妈肯定行蛮，会把她掌

（chēng）倒地下，让我快些去抢灰。这都是姆妈在来的路上定好的计谋。”

显然，其妈知道她两个儿子在议论她，便大着嗓门说：“不是他运气好，是小婆娘会看眼头。”

这是中国中部的一个超级大城市。他们从玉龙岛出发，往西行进，上三环，在这座城市中穿过至少有七十公里。送葬车队，选择走西边的出口出城，一路上吹吹打打，不断撒些印子钱。他们的小县城在这座城市西边，县城与这座大城市只有不足三十公里的距离，多次传言要合并到这座大城里，成为它的市辖区。但因为先天的区位优势，发展太快，经济体量大，上级主管市咬紧不放。这个县级市便意欲退而求其次，转成省直管，努力一阵，也挨不着边，直至现在，合并依然还是个传说。这真是一锅好米，烧成了夹生饭。李如寄本已离开故乡到省城去安居多年，但这里毕竟是故乡，他总会情不自禁地关注。关于故乡的发展动向——合并或省直管，时常会流传出一些流言蜚语来，让上级主管市同样受到不小的伤害。在这么多年拉锯战的博弈中，上级主管市的领导们对这个难剃的刺头儿时常冷嘲热讽，说这地儿难以管理，不是他们水平不行，是因为有类似何三麻子这样的人，此是明末清初该县的名人，好打抱不平，行侠仗义，亦正亦邪，成为刁民里的灵魂人物，又奸又狡，总是上有政策下有对策，小琢磨小坏小动作不断，领导他们至少要折寿十年。据传有位市级领导，受够了上级主管市的偏狭之气，退下后便发出“无官一身轻”的自嘲。他举例说，如果省里给县里一个项目，或一笔资金，必须得“戴帽”下达，不这样就无法到手。每位上位主管市的领导，皆要防火防盗，再防备这个县级市与他们平起平坐、称兄道弟。

李如寄了解得很真切，他的故乡从二十世纪五十年代起就流传着并入这个大城市的风言风语，可都要跨世纪了，依然连个影儿也没有，使得这个小城市便有了情结，一结也；被逼窄地管了这么多年，一肚子郁闷之气，就有了心结，二结也；全城的市民百姓，一次次期盼，又一次次落空，便十分纠结，此为三结也。这三结一出，这城市便有了个响亮的诨名——三结市。

李家兄弟俩也讨论过这个问题，许是李如寄眼界高，他认为合并是早晚之事。李如皋说他属于站着说话不腰疼派，一向以盲目乐观著称。李如寄某次看了本县的航拍图，发现那汉水，呈一个巨大“S”形穿越全市而过，完全就像一条巨龙头西尾东，一副冲天而上的气势。他便止不住自叹起来，难怪这湖泊水乡，如此有灵性并盛产龙的传说，河道走向原来如此呀。李如寄煞有介事地说：“汉水正好在本地区拐了个弯，而九这个数字是《周易》中的至阳之数，即代表龙。所以，汉水在我们这里就是一个完整的龙形象。”李如寄突发灵感，随即说：“我们这里底份高，学楚武王的，自封为‘九曲龙隐之地（城）’，格局就大。”

围绕本市的发展，他拍拍自己弟弟肩膀说：“你遇到了好机会，等着瞧，不飞起来，那才有怪嘞。”他这么有一句没一句地与李如皋闲扯，显然是为了化解姆妈对他的不满。

从上大学后，李家三兄妹便各奔东西，很难聚在一起。现在因为老洋人的死，才坐在一辆车上。从姆妈得知老洋人摔死到现在抢尸灰回家，李如皋和李如鹤便知哥哥大大得罪了姆妈。李如寄心知得罪了她，不好主动找她搭讪。两弟妹知兄长的尴尬，便有意化解，由天空讲到地上，由死人讲到举办什么仪式，再讲寺庙、道观和洋教堂。李如皋一副见怪不怪的样子，因为他有一门建筑手艺。他便告知兄长，前些年，他做屋子不多，倒是造了不少寺庙之类。说现如今政府提倡信教自由，但有个条件，建庙必须是要有传承的。比如，这刘家隔和麻河镇一带，是离大城市最近之地，便兴建了一座天主教堂，一座基督教堂，一座武当山属下的三清观。还有一座明代洪武年间便兴建过的规模宏大的太平寺，据说也在规划，要恢复建造哩。还有那个仙女山也有个庙，在建造之中。李如寄说："记得还有个什么女神庙吧，修还是没修?"李如皋说不太晓得。老家一带，曾山湾牛尾巴张家有人兴造庙寺，就被推土机推了，被告知这里过去是湖地，没有兴起过，现在要建，没有历史根据。而马港河堤周家大湾前的丰神堡，有位老居士发了宏愿，要修复一间民间小庙，因为手续不到堂，同样不行。那个老居士，把身子横在推土机前，呼天抢地的，死活不让，还不是硬生生被推掉了。现又跑着去办审批的手续呢。

李如皋前些年建筑没白做，对小县城神神道道的事弄得一清二楚。他笑了笑："从前不信这些，什么都听不到，现在一放开，我们这地儿怪得很，各种神灵都冒了出来。这汈汊湖就有个高人，被龙王爷托了梦，梦见龙陷入干涸的淤泥中，因为湖没了，它们没了出处，想顺着长江走蛟去东海。但这江已被严重污染，于是请求为它赶快修个龙王庙，要安妥龙魂，不然它翻了身，叫鳌鱼翻身，这地方会发地震，居民就要遭殃的。"据说高人连续三夜，做了同样的梦。民间高人上报政府，政府斥为迷信，不予理睬。哪知这梦像会传染一般，连三河工程的一个副总指挥也做了同样的梦。这三河工程就是云梦泽改造工程——南支河、中支河和汉北河，是挂了号的大工程。李如寄听了弟弟的话，便突然想起，从前还有个纪录片，高度赞扬了云梦泽的人民"战天斗地、人定胜天"的精神。有科学家计算过，这三条人工河挖出的土方，可以绕地球三周，将成为仅次于京杭大运河的历史上的又一巨大运河工程，可见这工程之浩大。

三河工程完工后，还搞了个开闸放水的典礼，数十万民工都参加了。哪知典礼上还没在大炮筒子前吼几句赞美之词出来，天上下来倾盆大雨，地下就传来鬼哭狼嚎声。这场雨落在人身上，黏黏糊糊，说是天龙同情云梦泽潜龙的眼泪；而地上的人们从未听过如此让人恐吓纠结之声，都认定是失去了安居修炼之所的潜龙的号哭之声。这个典礼只好匆匆结束了。

“不久，你们的大城市来了一个酒店老板，他用房车拖来一车票子，那后车厢板门打开，钱滚落一地，堆得像座小山，说只要这个龙王庙能造起来，不要政府一分钱，这拖来的钱只是预付款……可是来了一个有底份的市长，又与三河工程扯不上关联，龙侵害不了他。这领导说话硬气，要这老板找上面审批，只要批得下来，他马上就造。”

李如皋讲得自己哈哈大笑，“现在鬼里鬼气的事多着哩。”完全忘记了这是在父亲的丧礼车上。李如鹤白了二哥一眼：“你死了老子喂!”李如皋慌忙收住了笑。“这事也是够奇的，后又有人说，龙王怪可怜的，滩干水浅受虾戏呀，求人无门，天龙见了，便给它先下了三天豪雨，保住龙的命脉，让它有水腾挪，不至于在这盛世成为祸害一方的孽龙。”

李如寄答非所问地说：“我们这地儿是楚地，楚文化特质就是浪漫。”

李如皋最怕他哥来这一套，没好气地说：“又来你的这些‘马尾巴功能’的学问，我们不懂文化，这都是听来的，也没什么文和化的。”

李如寄若有所思地说：“这种文化，形成了我们的一种生活形态。你讲的事其他地方的人恐怕不信，我们这地方的人可是坚信不疑的。”

李如皋听了，便问哥哥："你也相信?"李如寄诚恳地点点头。

忽然李如皋灵光一闪，又对哥讲："那酒店大老板拖一车票子可不是假的。这个龙庙修得成，我愿意还做我的小小包工头，现钱现赚，捅在荷包里暖和。当个乡镇企业的小小厂长，这劳什子活计烦死人，钱赚得不多，倒是把个'二鬼子'的名头打得蛮响亮了，名声混得很臭。你在外边这么多年，又是在文化单位工作，呼一下、吁一下，这事兴许有戏哩。"

李如寄不再继续这个话题，笑问："你这几年赚得可不少银子吧？我们镇上第一个有私车的老板，你排场大哩。"李如皋多少有点沮丧地说："算了，一言难尽的，这都是死要面子活受罪，装点门面，还不是为了谈个像真嫂这样高档的女朋友么?"

李如鹤听了，很是不屑地说："你别听他瞎说八说的，他买车就是炫富，想当个万人迷，镇上有专门对他的传言了：'二鬼子长长短短，车跑得快快慢慢，人走得高高低低，村村都有丈母娘，夜夜欢喜做新郎。'他不搞到犯了流氓罪，也会像老头子一样，丢到号子里关上几年。"

李如寄听弟弟如此称赞自己的妻子，有几分受用，便打趣："高档？你读不了几天书，就出来混社会，怎么有高档之人看得上你。刚看你连对洋神搞的这套把戏还很不受用哩。"

"那还不是为了配合姆妈找这家人的岔巴子，不动脚也就罢了，既然来了，一定要搞点赢头的。"李如寄听了弟弟的话，看出他这些年来，身上多出了农民式的精明。李如皋继续解释道："我也是走四方之人，见得多了，现在死了个人，信教不同，五花八门的超生何曾没有？只是当时要顺姆妈的意思。"他又对李如寄眨眨眼："不过我还是对洋庙搞的死人仪式看不惯，没一点香火味，那叫祭祀死人吗?"

李如寄不吭声，心里也是赞同的。

22. 汈汉湖的“汈”字是专属词，只用于此

李如寄随着母亲的车队回老家。一路上，他渐渐地被这种仪式和氛围感染了。在尹志红的别墅里，整个哀思的气氛根本提不上来。在他看来，所有事情因环境变化而变化，这套外国丧礼仪式，在国外进行应是自然而然的，在这个地界就显得不伦不类。如实说，像这套洋式丧礼，他还是不习惯，感觉触摸不着，提不起劲。当时封棺之前，他看到弟弟把骨灰捧进米瓮时，就恍惚看到有股青烟徐徐进入瓮中。在姆妈带来的这套仪式中，如此一对比，他甚至看到父亲的灵魂随着姆妈的仪式被接引而出，一路跟着飘行。这也许是他的错觉，然而对那种洋丧礼他就是无法有一种灵魂被触动的感觉。

丧葬之车走了一段路，李光宗让停车。他来与李如寄商量接下来的路线，当时谈到怎样出城，大家要听李如寄的意见。李如寄以为是自己路熟，其实李光宗问他，是认为他作为李家长子，要为这件事做个决断。这时其妈本来张了张口，却没吐一个字，她知道，有大儿子在，决定权应该在他身上。李如寄用商量的口吻说，上省道，从南边进入老家县城，再从马口镇到南河古渡落下脚。马口镇被誉为云梦泽龙须之地，很有历史典故，原名“系马口”，据说是关公带领大军，在这里稍作停留，系过赤兔马的地方。此马是云梦

泽龙马的化身，故马口镇又为“龙吟之地”。此地由此兴旺发达而成为集市。特别是明清时代，被称为“金马镇”，极为繁华，名气极大。“马口窑”也是至今叫得响的品牌。辛亥革命时，有个小脚女人就从这里出发，带着一支队伍赶赴武昌首义门支持起义部队。李如寄之所以选择从这里入城，是因为想到了尹志红说出行时，要收下老洋人在这座大城市的“脚印”的话。从南边入城关，还有个考虑，民国时代有外国传教士在这里传教，建过教堂。李来恩多次到这里来过，选择从马口回家，便有收“脚印”之意。

李如寄想想老头子也不容易，过去，他把老洋人做的一些事当成华而不实、满足虚荣之心的无聊之举。老洋人没了之后，他多少又有点可怜父亲“心比天高，命比纸薄”啊！老洋人要经过南河古渡口，这里亦有历史的厚重感。南宋时期，金兵大将完颜璟从北方挥军南下，打下安陆破天门，直逼南河古渡，却栽在古渡的一批渔民手中。现有个浙江台州的生意人，要把这块地势低洼处，建成浙江式的江南水乡。这个生意人找到李来恩做国际形象代言人，给他制作过广告，让他上过电视，意在向世界推广。这是李来恩第一次作为洋人出镜，让他得意了许久，这里对他大有意义。

从古渡过后还要到这个城市的城关镇环绕一圈，老洋人曾一度是这个城市的风云人物，几乎达到了家喻户晓的地步。这几年李来恩来得相对少了，但他谈生意时还开展过一些寻访工作。城关镇对他来说，是风光地亦是伤痛处。

过城关后从西门出去。这个城市以水著称，闻名于世，它是云梦泽的腹地。故乡的汉水，是长江最大的支流。汉水发源地在陕西宁强县境内，从安康至丹江口段古称“沧浪水”——这沧浪之水满载着厚重的历史文化滚滚而来。待进入襄阳之后，被称为襄江、襄水。还有个奇特之处，那蜿蜒的河道，有个高出地面的河堤，这垒坝似的一道汉水，不知费了多少朝代的人力物力，从航空的视角看，却更有盘龙气势。这也难怪，这里本是湖泊之地，它不曾有固定的河道。为了疏通湖泊的水源，在几十年的时间里，政府要求人民战天斗地，开挖了三条人工长河——一条在南，谓之“南支河”；一条在中，谓之“中支河”；一条于北，谓之“汉北河”——皆与汉江相连，故称汉江的支流河。这样便使湖泊之地成为千里良亩田，成为一个大的江汉平原。不幸的是，在这云梦泽的腹地，龙蛋多是在沼泽之地繁育，此时水源枯竭，便毁了龙潭虎穴的风水。历史多有记载和民间多有传说，龙生九子，皆与这个云梦泽有关。

路边汉水过桥往西，紧邻县城便是云梦泽的唯一湖泊腹地了。入湖路口是两条河道相叉之处，当地人称之为“四汊河口”，两边有两块巨型竖立的广告牌，上面写着“云梦泽龙渊之湖，汈汊湖龙兴之泊”，颇有几分气势。此湖名字独特——汈汊湖，“汈”字是专属词，只用于此。一般人对这个湖名并不解其深意，认为类似过去农家生了男丁，越珍贵越要起一个并不起眼的名字，以掩盖其宝贵。这是古人的智慧，永远保持低调，绝不张扬。李如寄后来查过资料，关于这个湖名如此解释，实属大谬也。过去的湖泽之地不仅广阔，而且乃是云梦泽深渊之处，所以才专门造字而用之。从明代县志查考这个城市，有四百多个湖名，现在只剩下这点可怜的湖泊之域了。这些年改成给当地渔民养鱼、养龙虾，养殖大闸蟹，因为湖泊名气没有打出来，便被一些知名品牌收购，打上它们的名头，贱价卖给批发商，高价卖给食用者。这块水域属于云梦泽最后的腹地，被渔民和租用者切割得支离破碎之后，湖便不能称湖了，只能改作汈汊养殖总厂这样的名头。现在政府搞水源倒灌工程改造，试图恢复湖泊之貌，所谓生态还原，用于开拓旅游景点。为了还原过去的地形地貌，还会找民俗学家、历史学家、人文学者对其进行文化发掘。政府尤为重视民俗学家，在考察后的座谈会上，民俗学家严肃地指出，汈汊湖应该属于整个云梦泽，因为湖泊缩小，水源流失，能够留存下来的湖地，乃是云梦泽最深之处。他特别把最深之处，话音讲得很重。这就是云梦泽精华所在了，再不加以保护，这里也许会发生重大灾变。在政府面前，要讲得含糊一点好。在湖地考察之时，民俗学家看到龙气升腾，提出当地人无休止的侵扰，将会彻底摧毁龙的最后归宿处——龙兴之地。

为了保持这个地域的原有风貌，政府决定牺牲一些眼前利益，照顾长远利益，计划迁出渔民，遣散租用者，改成城市的湿地公园，增加四季特色，春天花草鱼虫，夏日荷花莲藕，秋日肥蟹龙虾，冬日湖上成为溜冰场地，更主要的是吸引大城市的人来居住和游玩。这个宏大计划要先上报最高行政机构批准。

湖堤外就是人工开辟出来的南支河，从湖堤上继续往西三十多公里，再过两个乡镇，便可到李来恩的老家良湾李家台。

李来恩大半辈子都在这里游荡，焉能有不过之理呢。李如寄觉得姆妈尽管大字不识几个，但每逢大事不糊涂。如果老洋人要入土为安，还是回老家的好。

车行桥头，转弯要进入汈汊湖路。这是原来进入城关镇的必经之处。李光宗对李如寄说："这是老洋人当时做造反'司令'时，进城关镇入县城的第一个口子。"他望着李如寄笑了笑："在这里，是我暗中把汈汊渔业总厂的渔民工人队伍煽动起来，加入了你老子拉的工人阶级杆子队伍。"刚说完，他们坐的这辆载有老洋人骨灰瓮的车熄火了。开车的人说："撞了鬼吧。"他随口一说，似提醒了族叔。族叔对如皋说："老洋人对这个地段最有感情哩，赶紧让大家下来转一圈，拜上一拜，收收脚印子。"

所有人等都下了车，吹吹打打，烧钱烧纸，燃放爆竹，撒纸钱的撒纸钱。李光宗向东南西北拜了几拜，口中喃喃自语。李如寄下来，学着李光宗的样子拜了拜。其妈带领几个妇人，哭唱了一番。待哭唱妇住嘴时，其妈这时嘤嘤地哭骂着："你这个老发瘟的，你这个老短寿的，现在还晓得归家了，现在还晓得回来的呀。"她显然相信，是老洋人的魂魄被接引过来了，要一行人等在这里稍作停留。李如寄看了看姆妈，心想现在她才是自然流露出来的真哭。

李如寄看看汉水，转到两个大广告牌下，见牌柱子上有人写着："龙本天上之物，误入云梦沼泽，湖浅水枯，上不着天，下无渊可潜，困龙矣。"在另一个柱子，亦有人用粗黑笔写着："还原龙兴之地，痴人说梦。"还有人歪歪斜斜写着："龙呀，快点走蛟而去吧，这是你唯一的活路。"这显然不是与时俱进者的思考。李如寄不这样想，他认为这一带龙的传说很多，现在时兴旅游，龙牌是张好牌，应该打出来。他又想，我们复古，怎么和与时俱进联系上？李光宗悄无声息地过来，轻声地唤他："寄儿，过去我们这旮旯最穷，是'穷山恶水出刁民'的地方，每发大水，就流离失所，邻里的几个县都富得流油。现在它们比我们一支也不如，应了那话，风水轮流转，现在到我们家。"老人讲得很是自豪。

族叔扬了扬手，示意让李如寄上车："从汈汉回去的路，都是泥巴土路，很不好走，坐在车子上蛮蹬（dèng）人的。"车走走停停，七个多小时。路上有的人家与老洋人相熟，得知是他回来了，有多处放了鞭炮。见到人家讲礼数，要泊车，李如皋下车发香烟给人回礼。李如皋多少有点自豪，称赞他老子还是会来事，说明他过去的人缘不差。这样走走停停，耽误了一些时间。

待他们返回良湾李家台，已经到了黄昏，天色渐暗下来。湾台土路上，用鼓风机吹起一个气垫，吹鼓成牌坊的模样。这是这几年时兴的时尚装饰，每逢人家有婚丧嫁娶事，就会用它装饰一下。牌坊的样式自然有历史传承感。两边是白底黑字对联：哀乐惊天痛心伤永逝，悲歌恸地挥泪忆深情。在李如寄看来，这对联更具嘲讽意味。横批应该是“沉痛悼念”之类的才是，这里拟成了“李来恩回家”，应是其妈拿的主意。

良湾李家台是个老村子，原是湖中的一块高地。台中有棵几人合抱的大榆树或是皂角树——李如寄一时记不清——大炼钢铁时做了炼钢的原料。与大多数中国农村一样，现在这个湾台尽显破败之相，许多有条件的人家搬到了新堰镇上居住，镇上有条件的搬到了县城，县城有条件的搬到省城了。当然，更有条件者，就到了东南沿海、江浙一带落户定居了。几年前，其妈执意要在湾台里起一座三层楼房，还与李来恩起过冲突。老洋人希望把家搬到县城，至少也要在镇上住。其妈坚定地认为，农人离开了土地，总有一天会饿死掉，守着土地，心里踏实。湾台里空出的场地不少，在李如寄老家旁就有一块空场地，已经亮起了几百瓦大白炽灯，用建筑工地钢管架子扎起了舞台。

23. 艳舞与艳曲同台，陈世美与《天仙配》同唱，道与佛共法场

一般来说，人死三天要下葬，这样才能入土为安。这样一来，李来恩过一天就要下葬。但其妈决定，从接回来的日子算起。反正

他的魂魄在瓮里，不在乎多出一天或少出一天。小镇离良湾李家台只有五里多地，这些年的发展速度，可用“膨胀”一词来形容，俨然是个小县城的规模了。这戏班子就是小镇上来的，他们已经在小镇上张贴了广告：流动舞台在良湾李家台演出，欢迎艺术爱好者前来观赏。在怎样选节目上，剧团与其妈小有冲突。有汉剧、楚戏，还有艳舞，流行歌曲，几个人围着其妈商量讨论。她已经放得很开了，这个艳舞凡有婚丧嫁娶都是保留的节目，不然难以吸引镇上的人观看。主办方也说了，老洋人来恩叔一辈子喜欢热闹和美女，走时请几个美女给他跳几支艳舞在情理之中。其妈有点不放心，她问：“上次严家湾也跳这个，引来了警察。”主办方忙一阵解释：“他们玩得有点不像话，到了最后几乎一丝不挂，办事的人家又结了仇家，被举报了。”在这些人看来，责任在办事的人家没有上下打理好。其妈问：“我们这次露得多不多?”主办方说：“关键几秒钟松一下，活跃一哈气氛。”

这个节目其妈算是默认了，因为现在村民兴这名堂。

说到戏曲，都是老戏。主办方选的是《天仙配》，这董永是当地的名人，这也是当下比较流行的。其妈说了：“现在都兴这个风俗，这个冇意见。这穷人作欢，必有大乱的。有冇有《陈世美》，这个要安排下。”

主办方听了有点为难：“现如今遍地都是陈世美，反倒是陈世美的戏没人听了。”

其妈听了，果断地说：“别的节目你们怎么安排，我也不管了，一连三个晚上包了场，但这个《铡美案》的陈世美一定要唱的。”

主办方的几个人低声商量了一阵，就说今天赶紧排练，明天唱个片段倒也拿得出手。

李光宗劳累了一天，他是整个丧事的总操办人，叫执笔先生——老人精神依然不错。他身后跟着两个人，一个是道士打扮，一位是和尚打扮。老人来了，姆妈特别客气。李光宗开口道："这个来恩死法不祥，相当于五马分尸了。这个超度亡魂之事，恐怕一时难以奏效，不如和尚和道人一齐上，打开几个通道好接引他的魂魄，让他的亡魂多点选择。"

姆妈爽快地说："听您郎安排。"

见女主人同意了，李光宗回头对两位说："道长们做道场动静大，就在一楼，要唱念做打，和尚们要安静地念诵佛经，就在二楼。一楼有六个师父，一日管两顿饭，连做三天法事。上午半天做一场法事，下午超度亡灵。二楼师父四人，管二顿饭，也是三天法事。二楼师父念经就自己安排。价格不要优惠，与往日一视同仁就好。"他仿佛记下了什么："二楼有师父吃斋冇？"和尚打扮的忙说："上个月吃斋的人去了，现在不用安排斋饭了。"

李如寄这次真是开足了眼，见识了乡村的变化。他昨天认定，其妈接老洋人回家，是对的，过了一天他便怀疑起来了。就说这台戏。楚剧、汉戏、艳舞、流行歌曲，还上了复古的艳曲小调《十八摸》。一男一女，一唱一和。李如寄在幼年时，偶尔听到一些成年男人哼唱过，记得第一段多是过渡，第一句"伸哪咿呀手"，第二句是"摸呀咿呀姊"，一整段唱完，只是触摸了姐呀妹呀的头发，嗅到了一点桂花香而已。摸了几十句，到了最关键的部位，还被省略掉了，只是给异性展开一些想象的空间。比起当下的艳舞来，此曲显得文雅含蓄很多。

家里人是不会给李如寄安排活计的。在故乡人看来，他显然是个人物头了。李如寄对一些变化多有不适，主要参照自然是来自他童幼年的记忆。这请厨子做流水酒席，也是从镇上请来的一条龙服务。他原本以为在自家厨屋里进行，不承想却是在外边搭了棚子，锅碗瓢盆烧炒煤气一应俱全。更让他不爽的是，好端端的一桌酒席，用纸杯纸碗一次性的筷子，用过之后，用铺下的塑料膜一包，便扔到垃圾堆去了。把好端端一桌酒席的档次拉了下来，还显得很是不雅。

幼年时，李如寄如碰到良湾李家台做事的人家，便欢天喜地像过节一样。像这类吃酒席的事，多是奶奶三娘参加，她会带上幼年的李如寄。他大了，便会拉扯上弟弟妹妹。他们不好意思随身带只碗装菜回家，便把奶奶对襟上系的手帕解下来，铺在桌子上，奶奶吃一筷子，快速给李如寄一筷子，再夹一筷子放到这个手帕里。上酒席之人大都如此。席毕后，一桌酒席吃得连汤汁都不剩。

李如寄对这农家酒席的十碗大菜，闭上眼睛就想得出来。首先叫他流口水的是三丸菜：鱼氽丸子、生氽丸子、蓑衣丸子。鱼氽丸子是鱼做的。生氽丸子，便是把五花肉剁细碎了，团成小球，下到滚水中做成的。那蓑衣丸子，核也是肉丸，只是做好后往湿糯米里一滚，粘了满满的米，蒸好后，熟糯米炸开，好似穿了蓑衣那般。再是三蒸，通常是蒸大鱼块、鸡仔块、鸭子块，吃得满口流油。用小碗碟装好，放在蒸笼里蒸上，再反扣进大碗中，碗面上就是一个圆拱形了，淋上酱油、醋、大蒜苗、香菜等作佐。还有一碗蒸菜，就是蛋糕，一口气打几十只蛋到一个瓷盆中，用一双筷子搅拌匀，佐上葱花生姜等料，蒸成一大盆，用刀切成小块的菱形，放至小碗中蒸上，那蛋会蒸出蜂窝来，用齿轻轻地一咬，流出汁来，美死个人。这蛋糕也是三蒸之一，有的人家把蒸鱼块改成蛋糕，乡人同样认可，不会讲小气话。三蒸上桌，用茶盘子端，热气腾腾，下筷往口里送，谁也管不得烫的。再就是一碗糊菜，黄花菜加肉丝打糊。一碗滑鱼片。一碗用白木耳做的甜菜汤。最后一碗是大狠菜——肥膘大扣肉，八人同坐用餐，一人一块，那是少不得的。若谋到板栗，可稍垫几只，水乡不长这个，这是稀罕物，多数人家不在下面垫诸如红苕、洋芋之类食品，惧人议论自家请酒小气。

后来光景好了些，不兴带小娃做脚划子，或者说小娃们零食多了，不太愿意随大人去做脚划子了。毕竟做脚划子，通常有被人嘲笑的风险，吃得十分不自在。这时大人吃，请酒的人家还备有塑料盒，吃完后，建议大家把剩菜带点回去，不至于浪费。

这次回家李如寄见了一桌酒席，有的只吃一半，有的吃了不足三分之一。他那姆妈天生一条劳碌命，现在主事做收拾残桌剩菜的事。只见她拿一个旧式盛水的木桶，一碗碗地倒进去，然后沤到屋后的茅厕里。李如寄见一筷子不曾动过的肥膘肉，眼睁睁地倒进桶里去了。他十分心疼起来："这太糟蹋了，浪费太大了。"

李如寄见姆妈不搭理他，便走近一点，又说："浪费太大了，这样可不好。"

其妈也许是对李如寄阻碍他搬老洋人的尸灰这事心里依然存着气，还没有发泄出来，还有无名之火，便头也不抬，不看儿子一眼："我说你读书读苕了，冇得向，鬼向都找不到，你还不承认。"李如寄听了哭笑不得，姆妈说他没方向，这从何说起呀，估计还是在为昨天的事生他的气。他与姆妈讲话，自然顺溜地来了家乡话："这浪费与冇得向扯得上关系吗？"

旁边和其妈一起收拾的老姨婆细声说："现在光景可得了，都兴这个风俗。"

李如寄有点恼了："这是浪费，不是风俗。"

其妈对老姨婆说："莫跟他扯，读书读成糊涂蛋了。"

老姨婆依然解释道："这些菜，每一桌都是讲了价钱的。你收回去了，亲戚里道还说闲话，他们赶了情送了礼，给人家吃剩菜。而下厨的人，那个钱是照收不误，一桌是一桌的钱，是不得少的，浪费也要扔。”

“过去上席之人，吃了带点回家，现也不兴这个了?”

“现在生活条件好了，带了还怕人笑哩。”

“哎哟，四乡八邻的都这样，这也是公共资源啊，损失了就不会再有了。”李如寄听懂了，他更是有种说不出的心痛来。

老姨婆说：“先前的东西金贵，又不遭污染，不敢糟蹋了。现如今几个月长口猪，大棚菜打了激素长得快，也就不怕什么了。”

见李如寄和他姆妈话不投机，老姨婆便扯了个由头：“快帮忙去灶上望一下，怕汤锅烧久了，潽（pū）锅了。”其实，李如寄也知道老姨婆有意把他支走。只听她小声对他说：“你姆妈对你的气还冇消，她说在那个小堂客楼里，你一直护着那个小婆娘，她说一句，你就撴（duǐ）过来一句。护着后娘忘了亲娘。”

李如寄听了，很是沮丧，又很无奈，忙去灶膛看看，厨师在锅边守着吸烟。他甚觉无趣，知说也无用，便回到堂屋里去了。

李如寄家里一楼做了灵堂，正中墙上贴了个大大的“奠”字，两边是对联。祖宗和菩萨的牌位暂时被移走了。靠墙的长条桌上，放了李来恩早年的人头像，像是登记照放大的。那个上过釉的米瓮，放在照片背后。请来哭丧的几个妇人，一天哭唱两场，要与道士作法岔开。六位道士打扮的人拿来不少的法器，放在一个四方桌上。其中有一个宝塔形状的法器，放在桌子中间。一个领唱，其他人跟唱，过一会儿几人围绕桌子走上一圈。步伐由慢渐快，诵经声亦然。其中领队的一位老者走上一会儿，会大声吼叫一下，并跳动双腿。每日快收场之时，直系亲属会跟着走几圈，跟念几段经文。

楼上四位老者要相对安静一些，坐在蒲团上，盘着腿，每人手执一个木鱼，念诵佛经。第一天上午尚还正常，下午他们便开始闲聊，放着佛经的录音。李如寄见了，对弟弟说，他们为什么不能亲口念诵。弟弟不以为然地说："日哄鬼嘛，现在都是这个调调。"

李如寄不好意思斥责他们。他盘腿坐在蒲团上，听到《千手千眼无碍大悲心陀罗尼》，便跟着诵读起来："南无，喝啰怛那，哆啰夜耶，南无，阿唎耶，婆卢羯帝，烁钵啰耶……"他有意把咒诵完。四位老者见这家人居然有懂佛教经文的，忙露出笑脸来："你郎是个内行人。"于是不敢马虎，认真念诵起来。

小妹李如鹤正好在楼上房里收拾东西，见哥哥会诵读佛经，很是兴奋："大哥，你是文化人，连这个也会呀？"李如寄说："现在讲究养身，单位会定期组织禅修班，一来二去就会了。"小妹依然好奇地说："这不叫迷信么？"李如寄回答："这是宗教。"她显然无法把这两个概念搞清楚，只好不再问了。

李如寄和妻子保持联系。他问了教授的情况，得知梁教授下午晚些时已经离开回家，是妻子派人送回去的。他们依然按三天之期安葬了李来恩，把李来恩余存的骨灰，带到墓地放入墓中，加上一些日常用品一把火烧了，并把那些灰尘扫进墓地之中一并埋葬。

有个突发事故。李来恩的坐骑，那辆他非常喜欢的宝马 5 系，在送葬的人们返回不久，突然自燃起火，还惊动了警察。大家议论说，看来是老洋人太喜欢这辆车，带到那边去了。

这次变故，给每个人都留下了大小不一的伤痛。

第五章　基因问题，我是爷爷的孙子吗

24. 曾受洋教损害的良湾李家台的头面人物

“光宗叔，你说我是爷爷的孙子吗?”

李如寄办完父亲丧事的晚上，想找李光宗聊聊。吃过“老米饭”，亲友陆续离去。这丧事的米饭，要做得生硬一些，故谓“老米饭”。有些传统丧葬习俗，被顽强地保留下来了。

现在丧葬，随着强制火葬兴起，仪式简化了很多。随着流行文化的传播，丧葬领域自是加了许多流行元素。李如寄早有所耳闻，但真正自家办事，还是多少有点不习惯。

他在二楼做过佛堂的地方，泡了两杯茶，等着李光宗。

他们家房子是东西朝向，谓“紫气东来”之意。二楼的阳台开在大门上方，做成一个半圆形凸出处，栏杆半人高，从楼下看阳台轮廓是保龄球式。大门两边的设计，李如皋作为这幢楼房的总设计师，可谓煞费苦心，修改了多次。先前本打算装两尊狮子，以凸显庄严富贵。其妈说：“这不搞成了个庙门么?”这个方案被姆妈一句话否定了。李如皋无法反驳，再说把个家搞成了庙堂，是个犯大忌讳的事。他只好把两尊订制的石狮子挡（cōu）回去。石匠见他反悔，自是不肯退钱。他不得不拖曳而回，挡到祖坟边上，象征性做上一个狮守门。老洋人出了事儿，这石狮子像是给他预备着的，派上了用场。

李如皋觉得自家造屋，要出点新意才好，才有了现在的造型。用四个罗马柱立于门楣之旁，顶上一层做个可支撑阳台，确实在湾台的房子里别具一格。这西式风格是有了，中式风格也不能少，李如皋将两层之间设计出四个龙形垛子。龙乃湖地之物，随处可见，以显威严和吉祥。

三楼向东屋顶砌成黄色琉璃瓦。李如皋原本不是读书的料，初中就辍学，因为长得牛高马大的，身壮力不亏，人也勤快，很讨师傅喜欢。他从小学习做瓦匠，长大了东奔西走，小小年纪，就练成了个小小包工头，前几年在这个城市和小镇，为别人起过一些房子，或整包下来，或者分包一两个项目。李如皋最为自豪的经历，是一次省城招聘驻外工程人员，他以到省城玩一次的心态，去应聘一次，哪知几门手艺他都拿得出手，被选中跟随国家工程公司，去阿拉伯某个国家做工程，有两年多的时间。有人叫他“二鬼子”，他便笑称：“你不晓得吧，我做了二年多的‘大鬼子’咧。还被允许和洋妞泡了一夜，魂魄都给吸走了。”说完后，还万般留恋地吸了一口涎水。他还喜欢开口便说：“我在国外做工程的时候……”大有成就感，一副无比留恋，像他当时是总工程师的样子。他不敢说别的多么行，但在自己这一行当，自认为是个专家。他自家的房子，自然要做出一个样式来。他的用心得到回报，房子砌好不久，附近一带湾台便有人来观摩、效仿。李如皋甚是得意。

可在李如寄看来，这房子中不中西不西，不伦不类。李如皋觉得这是他专业内的事，由不得他人说个“不”字，就是兄长也不宜对此评头论足的。现在他的猴屁股尾巴被人掀了去，很不舒服。他克制了这个不爽，辩解道：“现在时兴罗马柱，洋气。”新房起好后，李来恩还没回来过。其妈坚持要给他送上一串钥匙，她是没有“离婚”这个概念的。她说老洋人是个贪玩的大男孩，总有回家的时候。后在如皋如鹤的劝说下，由如鹤改为拍几张照片让他过目。老洋人大感欣慰，认为这个西洋式元素和罗马柱，表明这些年他的辛苦没白费，孩子们多少潜移默化地接受了一些西洋文化。

家乡在时代的突飞猛进中全变了。

首先最要紧的是水被严重污染了。从前，家乡的取水用水，就在水塘，小沟小渠的水双手一掬，便可喝。慢慢地这些水无法饮用了，沟渠中连个浮游生物都看不到了。改由每家每户在自家门前打上一口井，用铁柄往下压水用。但没用几年，地下水查出了超标的污染物。社会是发展进步了，政府关心人民生活，很快从新堰镇水厂上牵来了水管，用上自来水厂的净化水。当然，除政府补贴外，是要交点水费的。这水煮饭尚可，但用于泡茶时，总有一种难闻的类似硫黄和漂白粉的味儿。

空气呢？也好不到哪里去。这个城市周边不知何时立起了六个大烟囱，像六个仰头朝天吹的喇叭，不停歇地吹奏，从此空气中总有一股煤烟味。这味道已经让老家人习惯了。带来的好处也有，连小镇上和大村落也装上了路灯，城镇化成了一种趋势。电是很少停了，可这是用空气污染作为代价换来的。

李如寄等着族叔李光宗。他闻了闻水味，加了不少茶叶，试图盖住这股水污味道。

族叔还有些账目正在和其妈、李如皋在一楼堂屋里做着交接。有意思的是，李光宗拿着一把老旧算盘，李如皋则用电子计算器核对。

李如寄在二楼罗马柱顶着的阳台上发呆。他看着昏沉的天空，见不到密布的繁星了。最为可叹的是，湾台的晚上，鸟也许归窝了，不出声就罢了，那些此起彼伏的虫鸣声，蝉叫声，也完全听不到了。这种寂静让人有难以适应的窒息之感。李如寄不禁感慨，这些年污染受损最严重之处，还是这些乡村。没有任何防护措施，更谈不上乡人的公共卫生意识了。

李光宗是本家族叔，是个和善的老人。早先——说起来已是几十年前光景了，他有个叔父在县城当铺当学徒，慢慢积点钱财，自立门户做起小本生意。叔父结婚多年一直无子，按老家规矩，就把他过继给叔父作为继子。李光宗便在县城待了几年，幼年上过几天私塾。族叔是通点文墨的人。在那个时代，敬惜字纸，有一张写字的纸都不可随便扔掉，可见乡人对他的尊重。老家人起的男丁名字多为狗儿、草儿、宝贝，一些独种儿子起的名字更是污秽，如粪草、茅坑类。而族叔一直被人称"光宗"大名，这是莫大的尊重。老家人说起他叔父的公案时，总与洋菩萨联系起来。他那婶婶几年无生育，急得快疯了，见药方就抓，见药就吃，试遍了各种民间偏方，依然不得要领。兴洋庙之时，乡人唯恐避之不及，她也敢以身试险，哪知来了个歪打正着，肚子不自觉间鼓胀起来了。他们家对洋菩萨感激不尽，在家里避嫌处供了一尊洋神，不习惯不烧香就祈祷，初一、十五对洋神烧香作揖。

据说他的婶婶自从拜了洋神吃了洋药，便有了身孕，生了他的堂弟。从此他在叔叔家地位一落千丈，以致后来不得不回到良湾李家台以打鱼为生。这洋和尚的恩惠成了李光宗一辈子的痛点，或说他一向对洋教不以为然。接老洋人回家之时，他见到一些洋教的设置，便说，几十年前玩过的，也不是什么新鲜名堂，说不定什么时候不时兴了，就像秋风扫了落叶那样。当时李如寄见这个老人如此说，还有几分犯迷糊。这次开头闲扯，话题也转到这儿来。只听族叔说："我看这洋东西没有什么作用的，过去旧社会城关镇什么没有安置？比如，要升官求功名的上儒学馆，求子孙兴旺的到桃花夫人的娘娘庙，求赚钱发财的到关帝庙，要禳病除灾的到三清观，求鬼神不欺的到城隍庙，求修炼来生的往尼姑庵去……你说什么不齐备？那个洋宗教硬是要闯进来，顶不上什么用处的。现如今又来了，还大发大旺，年轻人一时好个奇，赶个时髦，凑个热闹，总是有的。我看也是兔儿的尾巴——长不了的。”显然他心里头依然对洋教连累他被打回乡下而悻悻然。

新社会时，李光宗暗自庆幸没被过继给叔叔，否则成分肯定是小业主。这个成分比地主分量轻，可一比富农这个成分，定是管教的对象。古话说，“祸兮福所倚，福兮祸所伏”，细细追究因缘，人这一生一世确实一环套一环的。闹土改，分浮财那时节，他的大爹是良湾李家台最富有的人，在良湾李家台里是最有威信的人，说什么话，族人都不敢反对的。这个人守着自己的一点财，舍不得吃、舍不得穿、舍不得用，七老八十，每日起午更捡粪，却被打成了恶霸地主，连自己的房子也被贫雇农当作浮财分掉了。这个人因支持族斗，抢人湖泊、地盘，双方死了人，又在族中动用家法，阻碍过年轻人自由恋爱，被政府认定背有血债。幸亏他及时与大爹划清了界线，否则，后来一个运动接一个运动，他同样会像大爹那样。

他年轻时当过贫协主席，这职位是在一个大队里，多个自然村中，除大队书记、大队长后的第三号人物。那时常常开万人大会，书记、大队长、贫协主席三个人必须讲话、作指示、传达上级精神。有几次，一挺书记谦让，还让他首先做报告发指示。

新中国成立以后的时节，李光宗对被划成漏网坏分子的三娘，也就是李如寄的奶奶有过诸多关照。这两家人因为这些关联，自然要亲近一些。“人这辈子，从城里到乡村，到处奔波、游走，生在民国，跑过东洋人的灾，当过基干队，进入新中国，我什么没见过？见过了，就心静了，心安了。”这是族叔的原话，明显看破了世态和红尘。族叔到了晚年喜欢戴上老花镜，一字一顿唱诵一些经书古籍。有时道士作法事差个角，要他填个眼儿，他也拿得起；有时和尚做个超度，要他领信众读诵经文，他亦朗朗上口，诵得绘声绘色。李如寄从心底敬重这位族叔哩。每次回家，也会带点副食点心之类看望他。族叔常会讲些二五点子的话，听得人以为他懂几分禅机，更让李如寄这个当代的状元，琢磨好一阵。他觉得这个老人是睿智的。最要紧的是，老人的心里还有把钥匙，是能打开他们家秘密的。

只是许多事，老人与他都有意回避。

族叔晚年闲不住，热衷于带上他的那把算盘，帮衬族中人料理婚丧嫁娶之事。其实，他心里明亮得很哩，这是沾了大爹的余荫。现在不兴叫族长了，但他除了名头外，什么都继承了大爹的衣钵。新中国成立以来，族中停止修族谱了，通常来说，一般要每十年续修一次。这族谱还有续辈分的词句，已经用完了，要重新往下续。可我们新社会不讲这个，反对宗族和房头，这个可不好。他搁在心里，不硬杠，但每逢族人有婚丧嫁娶之事，他便要仔细叮嘱，一定要记住老人故去的年月日，也要记住子孙后辈的生辰八字。这社会纵有万般变化，祖宗不会丢的。他料定，大政方针搞顺畅以后，还是要人们把族谱续起来的，不然怎么悠根。各家各族悠的是小根，这小根悠好了，国家的大根就有了。这不，打族谱之事，不是兴旺起来了吗？良湾李家台因为族叔留了预备手，打起族谱来最为利索。这事让李如寄尤为敬重，他觉得族叔有远见哩。

李光宗不只受如寄一家的敬爱，就是外出打工的娃们回来了，也要给他带上一份礼物的，人们皆念出各种各样的好来。人这一辈子，活得活泛一点，看得长远一点，确实要紧。他练就一身收份子钱算账的本事，心思细密，能把每一笔都快速记下。这个记账簿万不能有半点闪失，今后主人家要笔笔对照还人情的。现在交接时，他把收入和支出弄得明明白白。李如寄家尚未做过大事。李如寄婚事在城里办的，因为老洋人离婚事闹得不可开交，李如寄不想回乡操办。这次收的份子钱，办完丧事，还略有盈余。其妈小有安慰地骂道："这个没良心的死鬼，算扯个平手了。"其实，其妈为人热心，平时搭人情多，这时还情的人也多，扯平是自然现象，不存在老洋人为家里做贡献。李如皋不以为然地跟他姆妈辩解。其妈听了，冲他翻了白眼。"你老子是个死人，人死为大，不许说他坏话。"其妈已经开始试图恢复老洋人在家里的地位。因为这个贪玩的大男孩，再也不会远行了，只会永远守在家里，与她在一起了。

族叔年纪大，这几天投入其中，劳动强度大。其妈和李如皋双双感谢他，要他早点回家歇息。李如寄在楼上听了笑说，光宗叔身子骨硬朗着哩。接老洋人回家那日，他劳累一天，熬到转钟，依然不觉疲乏，可见他的精力尚能支撑得住身子的消耗。李如寄亲眼见到族叔每餐都会吃上一块大肥膘肉，这不仅抵住饿，还抗得住年老之人身体的消耗。现如今出了五花八门的养生学，他想到族叔的吃相，便大不以为然。

李光宗对其妈摇摇手："难得和寄儿说点话。"他慢慢上楼来。光宗叔见到刚才说话的李如寄和现在面前这个年轻人，好像是两回事。他只见李如寄两眼空洞地望着大门外，也不开灯，便轻声唤起："寄儿，在玄想么家吵?"他只顾望李如寄，一脚踏空，一个趔趄，差点摔倒。李如寄一惊，忙跑过去扶住了他，并说："光宗叔，莫跶（dá）倒了。"见族叔上楼来，李如寄扶着对面的一把竹椅子，慢慢地托着他坐下。族叔随他摆布，一副自得其乐的样子。他感叹道："一把年纪了，骨头都酥了，随便用手把个劲，这骨头一搣（miè），恐怕就断了吧。"李如寄应和道："人老了，骨头脆，缺钙。"

待坐定，族叔吐了口气："皋儿说了几次，要你去他厂里看看，你硬是不答应?"如寄笑笑："他的那点小九九我还不晓得的，这小子，从小不好好读书，受了我的打骂，现如今有车有钱，成了个暴发户，就想把我拉到他的厂里炫耀一哈子。"

族叔显然也是了解李如皋的，连连笑说："你听他的闲话多，怕沾惹吧。人说这李家台有个活宝，会阴倒吃、躲倒玩、偷倒乐。我倒不这样看如皋，他是敢作敢为，提得起，放得下，受了气，把脸一摸，就过去了，真有两下子，还可看长远的。"

李光宗见李如寄还是没表态，又劝道："做兄长的，去去，又不少块肉，成人之美。"

25. 爷爷当年在云梦泽是帝王般的存在

李如寄轻轻地吐口长气，单刀直入地问自己的族叔："光宗叔，本来想和您郎一块儿渳（mǐ）儿口满湖春，说点闲事古话的，见您郎这几日的忙，就少了这个心情。有个事儿搁在心里，不揭不痛快的哩，您郎说我们是不是爷爷的孙子?"

李光宗了解李如寄，是个内秀的孩子，很有几分斯文气。他突然提出这个问题，这是李光宗没有料到的。

老人发了会儿愣，但他很快反应过来，反问："寄儿，你姓么家?"

这有点明知故问了。“我当然姓李呀。”

“这就对了。你肯定是爷爷的孙子。”老人一语双关地笑说，“你在李家托生，吃李家饭，喝云梦老泽的湖水，在良湾李家台长大，能不是李家的后代?”

族叔笑眯眯地打量他一会儿。“你爷爷可是云梦老泽的江洋大盗，在这块湖地上是一言九鼎，帝王一般的存在，难道你作为他的子孙，辱没了你的名声?”他对李如寄这个问法，稍有不满，接着这个话题说，“你那爷老子，就是消失几十年，他的阴魂还是在这块湖地上游荡着哩。我举个例子，你爸拉杆子做红会‘司令’时，要我暗中帮他去汈汊湖总厂发动，我就是打了你爷老子的旗号，告诉他们李来恩是他的后人，参加的人陡然多出一倍。”老人把话题一转，“就说是现在，你那老妹子出脱得水灵灵的一个美人胚子，又是中学老师，几多人打主意。冯家湾上原来当镇长的小儿子看中了她，死活要追，追不到手，硬守在校门口，要行蛮。这鹤儿还是有点狠气，身上有江湖大盗的血脉，拿把砍刀出门，正好有个仔猪路过，她劈将下去，硬是把猪头剁了下来，对那男娃说：‘你再赌狠，这就是下场。’男娃还不死心，后来他老子晓得了，知你们一家是李钩胡子李屠户家的后人，上门赔了万分的小心。”

“我不是这个意思咧。”李如寄忙摆摆手，其实有一肚子话要问，族叔这么一堵，很轻易地把他的心事化解了。他一时不知如何进行了，尽管有点不甘心，还是先转移一下话题：“老家变化太大了。”

族叔同样感叹开了。“现在老家里头，光是些失去了劳动力的老头老太，年轻人都跑到外边去了。”他扳着手指头在那里计算开了，“不几年的工夫，不敢说十湾九空，确是人往高处走，水往低处流，拿我们这一带来说，往南去深圳、东莞、汕头，东边到厦门、福州一带；主要流向还是江浙那边，在扬州、镇江、常州、无锡、杭州、绍兴、宁波一带。只要有一个人搞出点名堂，走出点路子，大家就跟上走，都是亲戚里道互相帮衬，抱成团，滚的雪球越来越大，把老家年轻人都滚了个干净。上海那一带以昆山为最。第一批冲出去的人，许多人都在当地安了家、娶了亲、买了房的。”他看着李如寄说，“你们这一代在老家长大，还是恋这片土地，下一代人在外地出生，今后填写表格就是另一个籍贯了。”

李如寄回复道：“这第一批走出去的是老家的精英，有出国定居的人吗?”

李光宗说：“邻县天门一带不也是有出国的传统吗？那时节学点手艺便可走天下——挑蚜虫的、镶牙齿的不也有下南洋的传统么？还有打三盘鼓、莲花落、唱花鼓戏的，不都是吃远门饭的么?”

李如寄点点头，他想到这是十年九水的云梦泽，一代代人总是在逃荒之中度过。族叔却是大有几分遗憾地说：“从前旧社会自是不同的，出去了，又回来了，过去以血亲和宗族为主的湾子都还在。而现如今，几千年的传统习惯被打破了。都远走他乡，家族就走散了，人心跟着散了，你看，现在稍有点能耐的人，到新堰河小镇上落窝，湾子的人哪能不走空呢。我们这个新堰镇比原先扩大了好几倍，像发面团似的。同住一起的人，都是不来往的，对门对户是谁家也是不认得的，算是各掏各钱、各买各房，我们这里的小镇，与大城市的习惯已经并无二致了。”

李光宗继续扯这个话题，突然大声、有几分豪迈地说道：“要说，我们也是有资本回想的。这个新堰河，过去只是个高一点的台子，四周一望，一片白茫茫。有一天，在这里开了个“战天斗地，改造山河”万人动员大会。有个领导，我还记得就是那个盘得头，给你爷爷提过草鞋耳子，湖匪出身，后来参加革命，修得了正果，还是一身匪气——不过这人干脆利索，总能成事。他又自恃是老革命，与在这块儿打游击的中央大领导有牵扯。他往这里一站，就说要在这里建个繁华的小城市，楼上楼下，电灯电话，出门四个轮子，回来上电梯，我们的最终目标是实现共产主义，现如今这不都实现了么?”族叔回忆着说，“人冇长后眼睛的，那盘得头是个区长，眼界宽，经他这么一讲，全场闹哄哄地大笑。他见大伙哄笑，就说，人要活点指望，就有奔头。这不，早就奔出来了。”

故乡的这个诨名“三结市”也在发面团，省城更在大发面团。许多城镇像一个个巨无霸，没有止境地扩张下去。过去一姓一湾台，完全是血亲、宗亲住在一起，现在全散了，乱了，连对门对户住的某人也不会认得的。

末了，族叔又有几分困惑，关心地问：“这个变化你是懂的，这是好事吗?”李如寄摇摇头：“现在连血亲也不来互相照应，宗亲散了，族长没了，时代应时而变的吧。错也好，对也罢，不管怎么走，人都只能往前走，是无法倒退的。”族叔被这个话题撩起情绪来了，他说：“人也就这么几十年光景，你看，我大半截身子进了土。寿命说短又很长久。我还记得我们这个良湾李家台，开门就见水，我们这块儿名叫金鸡湖。白茫茫的水和秏草麻梗野花围着湾台长，展眼一望柴山芦苇蒿草深。各种野物鸟兽，与人共生共长，我们台子上就是几个野鸡窝棚。自家船一开头，台上的屋子要空上半年。在望不到头的湖水讨生活，虽苦虽难但饿不死人，各种病痨灾害多，人丁难得兴旺，光这个血吸虫害死几多人。这湾台在新中国成立以前的几十年，也是沾了你爷老子的光，他做了水帮的帮主，外地的人们就到他的老家搞开发，求个受保护的。新中国成立后的一阵子，互助组、合作社、小队、大队、人民公社，一时兴一个；医学也发达了，人丁确实兴旺起来。热火朝天，战天斗地……良湾李家台有三变，都是我亲眼见过的。”

“我的老子老洋人是不是一直把自己当外人呢?”李如寄把话题又绕回来了。

族叔摇了摇头：“他不是这样的，他当屠宰厂厂长时，都生怕被李家人看外了。因为他长了一副洋人的嘴脸。如果是，应该是陪你读了大学才变化的。”

李如寄听了这个说法，略微有点惊讶：“这个我不曾想过。”

“你们家几个娃儿长出了个洋不洋、土不土的身板来，这也不是稀罕事。古话早有定论，祖宗从胳肢窝里生出，我们祖先还是个蛇身人首的样子，也不耽误我们对他的供养。那时是人神不分的，有些男人不能人事，神就来帮忙，这古书上都有记载。那个十字架上的洋和尚的姆妈，不也是上帝送了一颗种子，在马槽里生出来洋神的吗?”族叔讲起盘古开天地的事情来。

李如寄觉得老人还是在和他绕弯子，难不成他想把过去的事带进棺材去？或者说不希望激起他对过去无意义的追忆？

“听说我奶奶是大户人家出生的?”李如寄再次试图打开话题。

“你奶奶三娘倒也不是什么富贵命，好像只是落了个虚名。真正大户人家出生的，闯到芦苇荡去干吗? 我确定地概括下，你奶奶是个折腾人，闹腾鬼，听不得一点响动的。就是新中国成立后了，她也跳了几次丈把高，人民政府不接她的茬，才消停的。现在想来，她对盘得头有恨心，恐怕还是这盘老爹在暗中保护她哩。这事只是不能说破。”

老人说话喜欢扳着指头数：“要说她有富贵命，还不如说是因为落到你爷爷的土匪窝，做了压寨夫人。她长得秀气，加上人又活泛，沾了识几个字的光，帮你爷爷管了家。那是她过得最红火的光景。倒是后来，生养了你老子之后，受了你老子的牵连，被大运动重新定了身份，才吃了些苦，遭了些罪。”

“您郎见过我爷爷吗?”

“听说的多，良湾李家台出了个好汉，湾台的人就硬气了，谁也不敢惹，谁都怕咱三分。印象中他回来过一回。那时我还小，我还是那种满湾子跑、溜溜滑滑的毛小子。踮上脚尖在人堆里瞅，也看不清楚，全然没印象的。”

他话锋一转：“良湾李家台对他的传言太多了，弄到最后不知哪是真的，哪是假的。东洋人最喜欢干的事，就是把整个湾台烧个精光，一间不留。就是对咱老家没动一个指头。人说，你爷爷活泛得很，东洋人给洋枪洋炮，他也笑纳，给个‘救国军’的官也照做，就是不离开他的芦苇荡。有人见东洋人送他大洋马，湖里骑不开，就拉回良湾李家台养着。我大爹为了讨好他，还为他专门修了个马棚喂马。官府给人给物给财，给个什么少将中将他也做，他就是不离自己的老贼窝。鄂豫皖边区司令部和他打平伙[①]，称都是穷弟兄出身，一起躲蒿草、钻芦苇荡，不给钱给物只给个空名头，他也认。但就是不肯把地盘割出来给他们。他是个人精哩。”

族叔的话匣子终于打开来了。

“听说文化馆找过您郎来着?”

“嘿，几年前的事。搞活经济那阵子，他们说现在政府为了旅游快速发展。要重提‘龙兴之地’的说法。”李如寄想到从城市出来进入汈汊湖口时，就有大广告牌写的“龙兴之地”。他对此颇有兴趣问道：“咱们这湖泊果真养龙?”

“这不算什么稀奇事。要说稀奇事，是你奶奶水上漂的飞飞板，这个早年间写到书里去过了。对湖地有龙修行一说，说是会背上封

① 打平伙是一种传统民间交际习俗，作用是巩固友谊、增进了解，以及解决纠纷。——编辑注

建迷信的名声，不给收集。到了现在，又热衷来收集，懂的人见的人都死得差不多了，再来找，怕有点晚。所以三番五次来找我。”族叔这样说。水上漂飞飞板，有一阵搞得挺热闹，李如寄曾参与其间，满世界乱找，却忘了直接找当事人。文化馆里没资料，这点他了解，他现在对龙的兴趣更大。

族叔说：“千里云梦泽，我们这块儿叫‘统水袋子’，是湖中之湖，渊中之渊。后三条人工河一开，水葫芦被割开了，到了现如今，全部干涸了。只剩下汈汊湖这块腹地，湖里有龙，你说会藏哪里？”

李如寄说：“龙藏深渊咧。我爷爷养过龙？”

族叔说：“龙本是天上之物，落到这湖地，千难万险也要上天。真正上天的少，多的是遭雷劫，被雷公劈得粉碎稀烂。再就是‘走蛟’一说，从万里长江走到东海，现在这条龙路也被堵死了。养地龙不难，你爷爷有这个条件。可一只龙蛋，被人养成一条地龙，那才更惨呢。”他又扳着手指说：“养个土龙，一要敌人的血来豢养，二要培养蛊虫控制龙。”又说：“这是最悲惨的龙。你说龙不能上天，还算龙么？只是土龙一条，还要被人控制。”李如寄听奶奶讲过养地龙的事，与族叔讲得差不多。

26. 云梦泽腹地，有人提供了龙行分布图

李如寄对问题没得到答复略感失望，却又觉得他对故乡有了更

深一层的理解。李光宗像在闲扯着，对老洋人回来经过的路程，便七扯八拉讲了不少。他有兴趣讲这些龙事的古话，便缓缓强调故乡的“泽中泽渊中渊”，说老家在古时候是个千里大泽，而这块儿便是泽底。现在湖泊之水都干了，可这块水域依然水源充足，说明这就是泽底。故乡就是龙最后的生存之地。他沉痛地说：“也许就是龙兴之地，但也许更是龙亡之处；前者是造福于子孙后代，后者则是让自己陷入万劫不复之境。”

族叔说了，千万不敢轻看这个泽底，这可是龙的最后守望处。

时代已经变迁，过去是无法复原的。李如寄不以为然地想到。

族叔说：“人老了，就喜欢说古怀旧，自己从哪来的，又到哪里去，便会来寻根问底。”李光宗叹口气：“时光过去了，就是再苦，想来都是好的，现在总觉得过去是好的。”叔侄俩似要从盘古到如今说个分明。

纵深看去，这块古地可谓古也。城市的北邻有个云梦县，这个地名够古老的，就来自云梦泽。前些年在睡虎地，挖掘出几千枚秦代竹简，是一位名叫喜的官员收藏的关于法律、医学等的文书。最为称奇的是《日书》，其甲种中有《诘咎》一节，记载了各类鬼怪的名称以及奇奇怪怪的驱鬼方法。远古的云梦泽从这里往北至大洪山为起始，往南延伸到岳阳的八百里洞庭湖畔，东由大别山麓阻挡成为洼地，西抵鄂西山地，成了万里长江上的一个巨大的统水葫芦，一个消水化瘀的地球大胃场。而这个城市，则处在云梦泽的腹部地带。别看这个蛮荒之地水量丰富，早先它并不多水，乃是山川丛林河道沼泽之地貌。有位虎娘，喂养过楚国最伟大的宰相斗谷於菟。在这个云梦泽腹地县城的西南，还有一座小小仙山，名为仙女山。因为泽国多水，有山就显得十分珍贵了。围绕仙女山有多个版本的传说，据说八仙女选这里作为采摘芙蓉之处。她们将荷叶化成船，用荷秆作撑篙，每年必会下凡尘采莲摘菱。这云梦泽的水产很受天神的欢迎，天上禁烟火，要以水乡的水产供神仙来享用。这些仙女是季节性下凡，她们来去自由，皆由上天指派，她们不敢违反天条。

当然，传说中总有仙女动了凡心，有位仙女与仙女山的一个渔民的儿子成就了一段美妙的姻缘，她有违天条，因此仙女修为被废除了。邻市孝感，同样也有董永和仙女的故事。还有一个传说，与湖泽的联系更为紧密一些。每到月圆之时，有个巨大的蚌壳，先悄悄地爬到仙女山脚下，对着圆月张开它那巨大的蚌衣来。有位红衣仙子，名珍珠仙子，一步一莲花，舞上山顶，她看上了一位当地打鱼的青年男子。她让男孩收集蜘蛛丝结成丝绳，到仙女山下一个蜘蛛洞请求老蜘蛛精来撮合这段姻缘。到了月圆之夜，将丝绳一头套上蚌壳，一头套在蜘蛛第二只脚的背上。小伙子遵照珍珠仙子要求行事。可当那蜘蛛奋力拉着这个巨大的蚌时，它的两眼充血，小伙子于心不忍，施以援手，那根丝绳因此断裂，山体“轰隆”炸掉一块，巨蚌永远滑入湖底。

水乡泽国的妇人们，对本地天上仙女下凡的故事，怀有两种心情，她们对董永和七仙女爱情圆满颇有微词，有几句歇后语为证，认为七仙女是“神仙不做思凡——生得贱”“神仙不做思凡——自毁前程”，或是“神仙不做思凡——掉价”；而对仙女山脚下的珍珠仙子追求爱情却以悲剧收场，则多报之以同情。她们认定珍珠仙子是上了蚌壳精的当，妇人们甚至有理由怀疑这个蚌壳精是个“搅局者”，也许同样看上了这个英俊的穷小伙，只是小伙子不会把它放在心上，这促使蚌壳精使坏，害了珍珠仙子。城关镇毕竟不大，传来传去，传到把“月老”这一行当做得风生水起的张媒婆耳中去了，她是妇人们的中心人物、镇里的“百晓生”，城关镇的事没有她不了解的。万一有事不晓得，她还是个“包打听”。只是这张媒婆整天忙着说媒串媒，哪有这等闲工夫管这不着边际的传说。

偏偏她与大姑娘小媳妇有些缘分，在一个春雨连绵的雨季，姑娘们手拈花线，做着女红，心怀春梦，偏偏议论起了七仙女和珍珠仙子的事情。如此，珍珠仙子成了姑娘们的一道心结，她们一同来找张媒婆，把心中的疑惑和盘托出。张媒婆一听，顿时傻了眼，她上知天文，下知地理，熟知左右街坊邻里，却从未面对过这类问题，她一时脸上发烧，结巴得说不出话来。见张媒婆也被问住了，大姑娘小媳妇才感到这个问题很是高深莫测。殊不知，张媒婆毕竟是个“包打听”，她让大姑娘小媳妇在她家里做女红，她去去就来。她撑起一把油布伞，过了几条街，让人等了半个日眼，才回转来。

张媒婆带着一些欣慰的神情，说她刚才去见了兰巫婆，便把这个问题甩给了兰巫婆。“你们看怎么着，通神灵的人物也被难住了。”张媒婆如是说。当然这类事，只有兰巫婆才晓得的。她双腿一盘，闭上眼睛，口中念念有词，当场就入定了。过了小半天，她才醒转过来，说了句：“是劫躲不过。”告知这珍珠仙子是仙女山上庙中桃花夫人的法身。云梦古泽的第一美女，因为耐不住寂寞，在月圆之夜纳天地之灵气时，对尘世间的俊小子动了凡心。七仙女下凡之事，把个天上人间闹得沸沸扬扬，使玉帝震怒。这时桃花夫人接着犯戒，自然被抓了个正着。她是地仙，要修炼成天仙，这条路就这样前功尽弃，她被打回了原形。大姑娘小媳妇们听了，便收敛了自己蠢蠢欲动的春心。但张媒婆最后发表评论说：“我们这水乡泽国女人有灵气、有仙气，迷死男人不抵命，与这两位天仙、地仙有关联。”大姑娘小媳妇听了，刚收敛的春心，再次蠢蠢欲动起来。

从这几则传说，我们可以看出当地人的生活状态，看出鱼米之乡金不换之地的自恋情结。据说战国时代当地出过诸多与此紧密相连的名人，如百步穿杨的养由基。“养一箭”是怎么练成的？他脚踏荷莲，把身体练得轻飘飘的，才成就了如此准头和神功。

与这个城市相邻的云梦泽的西边，有个称“天门”的地方，是不是从云梦泽西出，直抵云天，故而谓之天门，尚需考证。这里有两个对应的小镇，一为这个城市的田二河，一为邻县的干驿镇，这里是文曲星下凡之地。有俗语为证：“干驿田二河，文才大死我；一巷两尚书，对面一天官；座后一祭酒，挂角一都堂。”这个田二河，是金马银河中的“银河”。它因称“界牌河”，又称“皂港河”，二溪分支，因田姓居此，故得此名。可见当时商贾云集，生意兴隆。那个时候，繁华的集镇都是有大码头的。这里灵气勃勃，人才辈出，一直被认为是龙眼之地，与马口镇龙吟之地遥遥相对。

到了三国时代，这里又成了主战场，风云人物都逐鹿此地。相传曹操乌林之败后逃至此处，筑城驻兵，忽闻外兵追逐，伪作鸡鸣而遁，故此地亦称“鸡鸣城”。世人皆晓东坡赤壁、蒲沂赤壁，还有一处赤壁，是在本城市以内。李光宗认为因为古河道改道，这个古战场成了传说。大兴水利时，挖出如山的兵器和累累白骨。他从古书中查到江河改道的确凿证据。其实也不存在改道之说，就拿现在的汉水说，从陕西一路南下，到了这个城市南边，通过几个朝代不懈的努力，平地起了一个河堤，湖水与城市齐平，而河堤则成了一条卧龙。更值得一说的是，从中支河的新堰大桥往北，行上十多公里，有个垌冢古镇，同样流传着三国风云人物的故事。如魏武曹孟德，在此处设了百个疑冢，让人永远找不到他的葬身之处。曹操懂天文地理，选此地为百年之后的葬身之地，谓“龙潜之处”。那时这里湖泽长年云山雾罩，似入迷魂阵中。故而李屠户幼年时能在此见识李钩胡子是十分幸运的了。

这个城市地势是东高西凹，以一个叫“分水”的重镇为界。这个名字，确实是个界名。这个被誉为云梦泽巨龙脖颈的七寸之处，龙头龙口在此，如若发怒，龙口喷出水来，就是滔天大灾。这个重镇旁边，有个叫蚌埠的地方，确也是个古时的大码头，集中停靠大驳子船，可多达十余艘。蚌埠，还是珍珠仙女传说的发源地。她后移驾于仙女山，两地距离二十余公里，从半空来看，咫尺之间，蚌仙借仙女山升天，更令人信服。但蚌埠的人们，直至现在依然于每年八月十五月圆时遥望东方，有人看到巨蚌慢慢张开吐出女神的那一刻，真是神乎其神。

过蚌埠，到里潭，指湖比作洋，此处谓之内海，有个辽阔而寸草不生的水域，深不见底。渔民不敢前往打鱼，有人看到有条金色之龙在这里遨游守护，当地人知道，这是龙宫出入口。往西行，过横堤，往韩集，这又是一个湖中的大集镇。此地有个乌龙潭，每到阴雨天，有条乌龙，名为右乌龙，会从湖底一跃而起，伸出它巨大的乌龙爪，搜罗妖魔鬼怪，张开血盆大口吞食。凶狠的乌龙每年中元节必出乌龙潭，巡视四方。乌龙是幼龙的守护神，天龙在这里产下龙蛋之后，体质虚弱，会有妖魔鬼怪孽物来偷食龙蛋。这里有个熊家湾，湾里出了一个苏维埃主席，后来做了这个城市第一任最高行政长官。过韩集，行上二十余里地，便是左乌龙藏身之地。如双龙齐出于苍穹之际，便是龙兴之时。这个名为新堰的新兴小镇勃然兴起，被看成龙兴的预兆。何也？新堰往东五六里地，原本有个叫杨业基的小小古镇，麻雀虽小，五脏俱全，这里各行各业兴盛繁荣。据县志记载，此处乃是战国时期养由基的封地，几千年叫下来，便误称为杨业基了，再后来，连“基”也改成了“集”，与养由基没半点相干了。但这养由基却成了本地人的一种精神存在，这地方的门神就是以他的形象雕刻成板，拓印于大红纸上，家家张贴。

云梦古泽腹地的人们，对这个千年古镇怀有特别的感情，他们对这位家乡的神箭手的看法，与史料中所描述的大不相同。直至现在，当地人一直认为，养由基就是这条乌龙的化身，这是一头保护云梦古泽行善积德的好龙，只是这一绝佳风水之地毁在盘得头手上。古泽的人们不明白，盘得头是个懂龙事讲风水之人，他如此行事的内在动机是什么。盘得头为何废杨业基而兴新堰小镇，也是顺应这一古预兆。后来批斗他时，指出他私心过重，是个人英雄主义作祟，他要亲手创建一个新兴小镇，显示自己豪侠之士的壮怀满天，为自己立威扬名。这一揭发不无道理，他很快在新兴小镇四周建了几条土路，填平了两个水塘，还强令把杨业基的各行各业全部搬迁过来。

从分水往西走，在这茫茫大泽之中，远古至近代的二十世纪中期，这里湖汊荡沟没有尽头，只有一些零星的高地高坡作为栖息之处。从里潭过来的横堤，被誉为云梦泽的屠龙之地。当时这个城关城，同样有左右两派力量。左派谓大学，右派谓小学，坚定者上大学，彷徨者上小学。这两派人马本也同出一门，后因为高举的主义不同而翻脸。因为这屠龙的天然属性，这里便是闹革命的天然场所。闹苏区时，选中这块水域做根据地，创立左军鄂豫皖根据地。左军认定自己是真革命，右军同样自认是真革命。右军自视正统，左军弱小。右军为了把左军扑杀在摇篮里，便来湖荡中疯狂“围剿”。右军在一个叫横堤的小镇建了大型屠杀场，当时的情形，在后来县志上有过完整的记录。许多左军苏区妇救会成员，被称为“匪婆”，拉到这里砍杀。为对付那些不屈不挠的左军壮士，防其逃跑，还要穿连着锁骨，推到横堤上砍头。有位烈士头被砍下，身体向前跨出几步，不肯倒下，吓坏了刽子手。在这片无边无际的水域里，除左右两股势力外，还有打着各色旗号的湖霸、匪帮、水匪，以及一些以水为生的帮会组织等盘踞在自己区域里，占着河泊湖荡为王。这些人皆是见风倒，他们今天投靠左边，明天投靠右边，或不左不右自立一阵子。这些人大多亦是出身贫苦之人，被逼无奈，在这样环境里练出了一身杀人越货的狠本领。

那个时候，势力相对弱小的左军，多在蛮荒之地建立苏区，在芦苇荡钻来钻去，尚可得个安稳。而占据城市的右军只能在城里骑着高头大马，可到了水域，却无法显出神威之能。他们后来将马队换成当地人所称的“屁屁艇”，三人一组，跨上小艇，几声屁响，冒出青烟，驶得飞快，也只有进进出出地晃荡着。其他帮派多是散兵游勇，趁局势混乱，只顾眼前捞个温饱，成不了大气候。在一段时间里，最大的水帮杆子队应是李如寄的爷爷李屠户的。后来，东洋人进入了这个区域，引来各派势力，打着更多自立的旗号，分布得更为复杂，更是纠缠不清。他们打着“救国会”和“维持会”的名义，行帮匪湖霸之实。

当地更是民不聊生。

27. 水灾去了，龙卷风把各种洋货带来了

“这块儿盛产龙的传说，”族叔感叹道，“湖嘛，水泊之地，就是龙的生养之地，这话儿就会多的。”他侧过头，看看李如寄，“皋儿没和你说，你们那里有个饭店大老板要修龙庙之事?”

李如寄回复说："说是封建迷信，不给修。"族叔听了："嘀嘀，你只听来上半节，后来有领导想要截留他的资金，便给他出了主意，说他想怎么修都允许，只是要变通个说法——叫'龙的博物馆'，我们县政府就可以批。这么一说，启发了这位大老板，他马上拍板同意，很快就把云梦泽的龙藏之地的分布图给描绘出来了。"

"这老板是云梦泽的人？"

"按说应该是，但所有人都说不出他的来历吧。有钱就行。"

李如寄说："叫'龙的博物馆'倒真是个好的变通办法。"

"您郎刚讲的这些龙的传说，都是从哪里来的？"李如寄有点好奇地问。

族叔说："我从前四离五散地听到一些，没如此集中。是皋儿从文化馆专家那里摸来的，还告知说这人是饭店大老板。他研究龙有几十年了，捣鼓出了一个'云梦泽龙文化研究会'，要求市长兼任会长，他做龙顾问。反正他钱多，每年由他出钱。"他又顺口评论李如皋："皋儿和你奶奶一个德性，都是闹腾鬼，折腾人。"

李如寄便略有沉思地说："这大老板有些来历，他怎么能准确指出龙骨的位置，让人挖出来，放在龙博里？"

族叔说："他确实能得很，还找出许多龙蛋，都成了化石。总之，他要做的是安妥龙魂，保留龙脉，不让它们消散。"

叔侄俩有一句没一句议论着。

云梦泽的居民们，在这天高皇帝远、龙可腾挪之地，不屈不挠生存下来，延续了几千年。危机不利之时，他们潜伏保存自己，待稍有喘息，便可发展和壮大。这个城市东边除了城关这个大镇外，还有送老洋人经过的马口镇，它离省城近，得地利之先，有榨坊二十家，搜罗了当地所有的油料。二十世纪八十年代老洋人来到这里时，还有许多榨坊的遗存。它还是一个把"龙事"做得最足的特色小镇。紧挨城关镇的城隍镇，本也是这个城市后来西扩供奉关帝之处，自然够得着繁华。越往东行，越靠近大城市，来往商贾，生意买卖，大船小船穿梭往来，好不热闹。但在这种地方，谁也不能做长远的打算，先不说十年九水的天灾，说起人祸，就算贫苦的渔民也有几件作防身之用的铁器在手。讲得文雅一点，民风剽悍骁勇善斗。讲得实在点，那就是穷山恶水出刁民。说不定不知何时何处就冒出一个李屠户式的人物来。水乡这个大舞台，叫你方唱罢我登场，一样遵循着弱肉强食原则。

二十世纪三十年代，这个城市的城关镇，可谓极其繁荣。有东、西、南、北和欢乐五条街道，现在除了北街和欢乐街这两个地名还保留着，其他早已没有半点遗存。老洋人每次上县城，住在一个叫“北街旅社”的旅馆，八角钱一晚。这几条街道，集中了当时民众最需要的产品。手工作坊——榨坊、磨坊、碾米坊、糟坊、染坊、糖坊等十余家；二十余家店铺——篾铺、铁铺、银铺、帽铺、靴铺、油漆铺、蜡烛铺、纸马铺等。这个纸马铺现在早已不存在，传承的手艺却留下来了。其妈接老洋人回家时载的纸人纸马便是过去那个时代地道的产品。这里最有生气的行当，当数二十余家市行了，即粮行、鱼行、菜行，每天一睁开眼便有需求。最有活力的地方，各色人等都离不开的江湖，就是水乡特色最重要的码头，县城周边有三大码头——当码头、官码头、轮船码头。在码头不远处，是从山西过来的两家票行，还有安徽来的一家，这里进进出出都是大手笔，当票都是大宗货物的银票，随便一笔就过千上万。当然本地的小小当铺，就不值一谈。与票行遥遥相对的是两家行武镖局，漆黑的大门，从那一过，就感到它的神秘和煞气。行武镖局与帮会湖匪有千丝万缕的联系，如果没有他们监守自盗式的保护，不给足银钱，货物想离开这云梦泽，那比登天还难的。总之，码头的水最深，镖局的水更深，码头自然成为内购外销的商用集散地。三大码头中，属当码头最为热闹，也最为繁杂。其次就是轮船码头了，从这里出发，各色人等将自己的使命传达到每个水域。

不过繁华敌不过天灾。有地方志记载，二十世纪三十年代，这块腹地，也就是汈汊湖这一带，突起一股龙卷风，直抵天边，城关居民认定这是修行者化为巨龙升天与雷神斗法。龙卷风住后，水重重砸回地面，暴雨下了三天三夜，全城就陷入了白茫茫的一片，一座城池消失得干干净净。大水退去没几年，当地正要恢复往日生机之时，就到了三十年代末，东洋人来了，当地人习惯称“鬼子来了”。和他们一起涌来的，还有大量的洋货。一时间，各种货物均被冠以“洋”字，洋布、洋糖、洋染料、洋针、洋线、洋蜡、洋火、洋油等。美国人的、英国人的、法国人的、德国人的、意大利人的，东洋人的就不必多提了，连荷兰、比利时这种巴掌小国也同时涌来。

如果天灾难敌，人祸更惨痛。

在这些洋货汹涌而至之前，城关镇就出现了一座洋庙一个洋和尚，洋庙建起来颇费了一些周折；发展到后来，每个繁华小镇都有大小洋庙。在当地人看来，洋庙洋菩萨，比本地的和尚道士更可怕。和尚给人念经，什么都要搜刮；道士给人做了法事，如人家没钱，连一只骚公鸡也不放过，背在后背带走。洋和尚则不同，他们不仅不要钱，还白给洋药，治起病来往往药到病除。但是，据传他们要小儿的心肝五脏做药引，要孩童的精血供奉洋神，把男娃子装进大驳子船贩到洋人国里做一辈子苦工奴隶。

围绕着洋庙的不利传说远远不止这些。在这样的水乡泽国之地，引出了不远万里而来的一名德意志洋和尚的事情来。

李如寄觉得光宗叔不愧为云梦泽“口述历史”者，从前之事，他掌握的信息量格外多，这个晚上，随意由他谈了谈，便把他脑袋充塞得满满的，膨胀得快要爆炸了。尽管有些他已经了解，但是过于支离破碎。他又想，过去因为老洋人过于热衷寻根问祖，他产生过抵触情绪，极力地排斥这些，恐怕这也是一个原因。今后，他需要好好了解这些历史，更应该说是自己的家族史。

李如寄与族叔慢慢下楼，把他送回家。他家离李如皋造的房子并不远，是李家台的一个制高点，就是台中的高地，是个老台子，是原来族长他的大爹老房子地基上重建的。这也暗示了他在李姓家族的传承和地位。

28. 如皋成为族谱副主委，要为爷爷立传

当时，时兴的交通工具已经是烧汽油的东西了，来李家参加丧事的各路亲朋好友中，档次比较高的，应该算是李如皋的朋友、生意伙伴。他们知道李如皋爱热闹，纷纷前来捧场，甚至惊动了邻县和外省的。李如皋打开了他们产品的市场销路，这些人从中赚了钱，故对他不敢马虎。还有些客户想进他的原材料而不得，趁老洋人故去来套个近乎。如皋交往的这些狐朋狗友，自然是先富起来的一批乡镇企业家和有手艺能折腾的人。所以，湾台旁空地上歇满了摩托、麻木、电动自行车，还有人别出心裁，拿到残疾人使用的名额，将小货车改装成客货两用，三天一过，便纷纷趁夜启动走

光了。

本来没有多少生机的湾台，通过几天几夜的大闹腾后，人走湾空，更显得死寂一片。

次日，起得最早的人是妹妹如鹤。早自习前来了几位中学生，把如鹤接到了学校。李如寄知道妹妹总有中学生接送回家，家离初级中学就四五里地，小孩子们接送，有点夸张。小妹的学校，尽管是个初级中学，却是这方圆几十里最老的学校，原来是在杨业集的刘家台，是个学堂。区长盘得头创建了这个新堰河小镇，娃们没学上，他便大手一挥，把刘家台学堂全部搬迁过来，这一手已经够损的了。

过了一阵子，他打起了另外的主意，自己管辖的姓陈湾、冯家的河那边，紧靠高坡湾头旁，有个芦古市地方，这是一块较大的平整地，它应在百余年之前做过集市，衰败之后成了芦林草深的荒坡地。城关镇流落到这里的一对邓姓夫妻老师，把六七个自然湾的娃们集中到这里，建了一个小学校。盘老爹把刘家学堂搞定了，便打这个芦古市的主意，不久他自然得手了。再就是段家的、方家台、湛家湾集中建的六合小学，一样硬生生地被盘得头挖走了。三个中学集中一并，就成了这个千余人的初级中学。李如鹤除了人样子有几分打眼外，还是靠她自己的本领，考到了地区师范学院，分配回她的母校，到这个初级中学来做教师。

当年，盘得头把这个初级中学安顿在小镇的另一边，四周还是一片水稻田地，搬迁到这里的老师们多有微词，认为把他们贬到乡下来了。盘得头在水田边集中老师们，一说是他用水浇了一块湿地，另一说则是他掏自己的雀雀，撒了一摊尿，再用手抹了抹地面，使其平整，折了一根树枝，便画出他的规划来。以新堰桥闸为中心，这就像个裤带钩子，两边是裤带街，这个杨业中学，便是裤带的东头。今后他会把粮油店、副食品供销社、手工业匠人，还有豆腐坊、渔业社、包子铺等集中在这个街道上，先让娃们认几个狗鸡鸡，再让他们抽工夫学做工学农，长大了有个吃饭的手艺。盘得头的主意打定了，这是谁也改变不了的。过了若干年，盘得头早已不当政了，但在这个小镇的西头，也就是盘老爹设计的裤带的那头，建了新堰高中。这似乎把这个小镇弄得平衡了。知道这段经历的人，暗底下依然认为，盘老爹对这个小镇有一种灵魂上的影响。小镇的人们为此为盘老爹发明了一个歇后语：盘老爹一摊尿——两所学堂一条街。

妹妹是他们哥俩从小看着长大的，发飙、撒泼，偷懒、耍赖，白话谎说得一套套的，从不会在哥哥这里讲半点形象，他们怎么也看不出妹妹有多么好看。李如寄估计是这些小鬼头们馋其妈做的零食，以接老师的名义，讨点嘴快乐也未可知。

妹妹如鹤已经用塑料袋分装了一些炒米麻叶子、芝麻麻叶子、饴糖、花生壳子、沙炸豌豆米，加上圆鼓鼓的炒米，每个孩子一大袋。这些本来是李家孩子最喜欢吃的乡下零食，每年春节时，其妈要忙活半个月，先让麦芽生好，再熬饴糖，要把饴糖挽到磨架上拉扯得雪白，用刀背敲成“叮当”块，放到紧口坛子里，用炒米酥好，一年吃到头也不会化掉。而制作炒米麻叶子，就是用饴糖加热，裹上炒米，再切成片；芝麻麻叶子，便是把芝麻除皮，与饴糖搅拌，再切成小薄片。李家三个孩子不知从什么时候开始就不吃这些东西了，其妈过年不做这些，心里空闹得慌，可做了没人享用，也让其妈着实不爽。幸好如鹤引来这一群来来往往的小鬼头，帮着搬得差不多了。其妈舍了气力，舍了材料和本领，白送人吃，只是想落得个十足欢喜。

如鹤去学校后，家里安静极了。李如寄这些年没养成睡懒觉的习惯。昨晚与族叔谈到夜半，睡时脑中跑马，千头万绪，难以入眠，到凌晨才能浅睡一会儿，后来就被如鹤和几个小孩子的叽叽喳喳弄醒了。他迷迷糊糊想再睡一会儿，怎么也睡不着，只好起来。如皋弟早早起来，把中堂条桌板上老洋人的照片取下，放回了三神牌位。财神关公是一尊白瓷像，很威武，提着大刀，捋着长髯，要正对大门，除作招财进宝之用外还要辟邪挡灾，守护一家人的安宁；中间的观音菩萨是一件涂金粉的木雕，双唇涂有口红，她慈眉善目，永远一副大慈大悲的面容；最里边则是家神，就是在李光宗主导下，修订的竖版线装书族谱，共有三十册之多，用长方形的红漆盒装好。李如皋是家乡的企业家，也是李氏宗族委员会族谱筹备副主任委员，他出资五千元。这是一笔不菲的资金，表达了他对祖宗家神的重视。

他出资这么多，是花了一番心思的。他的爷爷李屠户，在外人眼中是江洋大盗，是一个渔霸土匪，可在族人看来，却是做了重大贡献的。就是因为他爷爷罩住这块土地，东洋人才不敢来搞“三光政策”，更不说其他任何外来势力了。李大爹借他爷老子的势，策划了几次族斗，在方圆百里内，这个家族的湖泊和土地面积最大，相当于一个管理区的规模。它北到了丁家集与垌冢挨边，东过了牛尾巴张家，到了曾山湾一带，与汈汉湖遥遥相对。为了一处芦苇柴山，李家与张、曾两家进行了两次族斗，大胜而归。南边与冯氏家族发生了多次械斗，拉锯战似的，各有输赢，总体讲来，尚能占些湖地回来。到了二十世纪四十年代，李家台便形成一个不大不小的集镇，还有可停靠小型驳子船的码头。有了榨房、染房、糟房、票房，还有脚力行，行武镖局，虽规模不大，尚未成气候，却可与十余里开外的杨业集镇有一比。这杨业集多是小商品汇聚之地，而李家台，因为李屠户罩得住，多停泊一些长途贩运的货物，有城关镇的票房和走镖局，是件很值得炫耀之事。俗话说得好，兔子不吃窝边草。这些大小驳子船，愿意来往停靠李家台，知晓李屠户奈何不了面子，是不会打劫到自己家中来的。不知何时，这李家台湾名前面加了“良湾”两个字，表示这里是安全、可靠还有诚信之地的意思。

一个对李家台做出如此贡献之人，不应该给他作个传，让他的事迹和光辉形象流传世世代代吗？李如皋的提议，得到族人广泛赞同。谁来执笔写这个传呢？自然落到李光宗身上，他上过私学，旧学底子好，后来一直做良湾李家台的贫协主席，也是良湾李家台的默认族长。过去，这里有风俗，如果要做重大的事情，请重要的人物，那是要整几桌酒席的，这样才能充分表达对被请者的尊重。李光宗有这个威望，有这个资格接受这样的盛情。

为了表示对光宗叔的尊重，李如皋特意从镇上请回来个厨师，决定办上五桌酒席。一桌请族中上年纪之人；还有一桌请族谱委员会的全体人员；镇里的领导请一桌；乡镇企业厂办领导一个不落都请到了，也算一桌；再有一桌，就要李如皋把自己的聪明才智发挥到极致了。他请了丁氏、张氏、曾氏、倪氏、方氏、段氏、湛氏与良湾李家台相邻的几个大姓的默认族长一同赴宴。冯氏在本地姓氏中为最大，冯氏家族的默认族长则是新堰镇及韩集、垌冢三个片区的乡镇企业站站长，辈分大，是国家干部，威信高，人称冯老爹，李如皋是他的嫡本徒弟，他自然也是李如皋的顶头上司。

李如皋觉得从镇上请两个厨师来掌厨，是天经地义之事。本来，其妈听说要请一次这样的客，便开始忙着筹划，可这个如皋小短寿的不知哪根筋扭了弯，硬是把自己的娘亲放到一边，惹得其妈大为不高兴。她说，以她的手艺，整十桌酒席都拿得下来，请镇上的厨师掌勺，就是看不起她的手艺。李如皋说了，这不是比厨子手艺高低，请了镇上的厨师，让人有个说口，表示我们家做事的隆重。千说万说，其妈就是想不通，她说："你请镇上掌勺的人那天，我就到镇上晃荡一天，随你怎么干，我是眼不见心不烦，别想让我帮人打下手。"

其妈对二儿子不请她掌勺越想越气，甚至把自己气哭了。她自己哭了一阵，觉得光会哭，一点用也没有。她便想个法子，这世界上独独管得住他的人，就是站长冯老爹了。她心里发狠道，老娘去告他一个刁状，看这个小短寿的还敢不敢跟娘亲扭着来。她打定主意，便往镇上去。这冯老爹十分热衷冯家祖上的事情，比如冯家是周文王八子所出，历史上的名人冯道是他家族的多少世祖，记得分外清楚，有时在企业开大会，做指示时讲着讲着，便把自己祖宗的事情讲出来了。民国时期冯家还出了大总统，那是堪比皇帝的身份；还有大将军冯玉祥，亲自把清代末帝赶下台，成了仅次于蒋介石的第二号副委员长，那也是称得上宰相一般的不得了的人物。冯老爹有一套《古文观止》，是民国时期的老版，用绸缎面子做的锦盒装好，经过了几十年的洗涤，依然完好如初。他不时拿出来，戴上那花边的老花眼镜，唱读一番，唱诵得有滋有味，当然别人是难解其中味的。他听说冯大将军规定自己每日读书，为了不被人打扰，便在门上贴个条子，谓曰："冯玉祥死了。"便如法炮制，也规定自己每日一读《古文观止》。这镇上大大小小的人物都知道，冯老爹读书，是打搅不得的。

其妈打定告状的主意后，便径直往小镇西边的一排房子走来，从院门进去，没人阻拦，因为别人一眼认出，那个清清瘦瘦的干练女人是李如皋他妈。她进去了，便问见到的第一个人："冯老爹在哪块儿?"那人用手一指："那块儿。"又说："站长在读书哩。"其妈说："读书，我有三个儿，两个读过书，一个还教书哩。"估计人家没听懂，也不和她解释。这日下午，西晒的阳光正好晒到站长的办公间来，只见冯老爹办公室的门没关，冯老爹穿着一套灰色中山装，戴着老花镜，一字一句唱诵他的《古文观止》。一个人影把他的书染成了黑色。谁这么大胆，在他读书时进来遮了他的光亮？他有几分纳闷地抬起头来，犯了一些迷糊——这事从未遇到过，他读书时有人敢来搅和的。这妇人把他的雅兴打掉了。他一时又感到有几分面善，便问："老人家，我在读书哩，有什么紧要事么？我在读书。"他着重强调了两遍，说明他读书的神圣不可侵犯性。

"读书？我有三个儿，两个读过书，一个还教书哩。"其妈重复着说。站长见跟她说不通，只好站起来，用手掸掸阳光下衣服上的灰尘，只看她，不再说话。

其妈见了，便开口说："我是如皋小短寿的姆妈，如皋是你郎嫡本徒弟，我来告他一状。"冯老爹听了，沉默一会儿，也不叫其妈落座。他也站着，便缓缓开了口："老人家，你家的情况我是晓得的。你有三个孩儿，大的读出去了，说不定给你娶个洋婆子进来，靠不住。姑娘老小，长得绿油油、水灵灵的，心气又高，说不定就飞到无远巴远去了，不得靠。只有如皋这个王八羔子陪你养老。我说的是这个理么？"

其妈一听，老实地回答："是这个理。"

"我一辈子很少相中什么人，我看好如皋这个王八羔子，肯定个扳沙的命，他不扳点鬼名堂出来，就不是他了。我都事事顺着他，你这个掌勺之事，还跑到我这里告他一状，是不是好没道理？我讲的是这个理吧？"

其妈听了，脸上红一阵白一阵，只好说："是这个理。"

冯老爹随即把脸挂下来了。"我读书时，没人敢来搅扰的。"他紧走几步，把桌上电话摇了几下，"总机，给我接李如皋！"

其妈听到电话听筒里传来了如皋快乐的声音："站长大人，有什么最新指示吗——"

站长大骂道："如皋，你这个王八蛋，我操你鬼姆妈。你现在起给我到新堰大桥去罚站，晒四小时太阳，你别要滑头，我让万助理去监督你。"

如皋大叫："站长大人，凭什么罚我？我又犯了么错误？"

"你给老子听好，你的姆妈把我读书给搅黄了。"

如皋在电话里传出惶恐的声音："我的个乖乖，我知罪了。只有我的娘亲才敢这样无法无天。我即刻去领罚晒太阳。"

冯老爹安排好了，便对进不进、出不出的其妈说："都怪你儿子，不告诉你我读书挨都挨不得的。"其妈后悔极了，也不答话，赶紧去新堰大桥看罚站晒太阳的儿子。

到了第二日，其妈棉条了许多，不声不响地帮镇上的两个厨师打了一天的下手。到了晚上，如皋见办得相当成功，便笑嘻嘻地对娘亲说："怎么样？怕了吧？碰到狠人了吧？"

冯老爹如约而来，与小镇的副镇长谦让了几句，便落座在最上首。他吃得不多，喝酒也是象征性的，当然谁也不敢向他灌酒。他在席中间，起身转到有名大姓氏席间，亲热地与他们同坐，一个个挨着敬酒，说了一些云梦泽的古话，大体与李屠户有关。大家见冯老爹如此为李如皋抬桩，便把李屠户从上到下夸了几百年，还说到了是什么天龙转世的。冯老爹最后邀请各族有名望的老人说："身上留的一点旧社会的东西，不知丢光了冇，等找个机会比画比画。"几位默认族长万分谦虚地说："我们都还给师傅了，只有你冯老爹还保留着……"大家又是一番客气。冯老爹已经离开了外姓这一桌，不知想到什么了，又返回，走到段家的头面人物这里，弯下腰很是谦逊地问："段老人家，那网上公布的段八式，是真凯货么？"

段家的头面人物忙站起来："如果这么公开，闹得四海遍知，就不是秘籍了。"冯老爹点点头，认同这个观点。

酒席正热闹之时，冯老爹很客气地对李光宗说："他李叔呀，听说你写了如皋爷爷的四八句的传略，拿出来让我们欣赏哈子。"

李光宗一直等这句话，便从口袋里掏出来了，戴上老花镜，念诵起来。这李屠户，辈分为"山"，名高，字俊峰。先是念诵生辰八字，母怀儿时的奇异光景，出怀后的满室生辉，还有想要争相传看的邻里，以显示良湾李家台必有贵人出也。因为是四八句式，李如皋读书浅，多听不懂，但这在云梦泽里龙腾虎跃的话，让他听得舒服。总之，都是溢美之词。他见冯老爹在听时，不时微微颔首，嘴中嚅嚅有声，知道这是上好之文，满心欢喜。

李光宗见他写的传得到了镇领导和冯老爹的一致赞扬，心里无比畅快，像中了状元。他还即兴发表讲话，在座的酒客们一个个洗耳恭听，李如皋倒没听得仔细。到了讲话的末尾，他讲了一些感言，说人固有一死，他也活够了，良湾李家台的这个族棒还得往下传："我一直注意到一个好苗子，就是我的皋儿，能干，脑袋灵光，又有冯老爹贵人相助，今后会成点气候。只是这书读得少了，今后要多补一补。"

他说得语重心长，声音哽咽。

第六章　穷算命，富烧香，李如皋进入烧香时代

29. 出门没看皇历，遇到对头了

自这次造了家谱后，因为谱上写着造谱“副主任委员李如皋”的名号，李如皋很是得意了一阵子。还有这次请酒，显示了他的实力，更有一个意外的收获，就是族长之棒，将会传递到他的手上。他感念光宗叔对自己的看重，也有“舍我其谁”的气魄。

关于要他多读书，这事也让他暗下了一阵子决心。他决定先从家谱学起，只是这家谱上的蝌蚪皆认得他，而他却难得认出它们。这次造谱过后，李如皋确也有了实质的变化。他每次早上出门会按时烧香，点燃香，双手举过头顶，作三个揖，先插到菩萨的香碗中，再插进财神香碗中，最后插到家神香碗里。

李如寄起来，正看到弟弟如皋上完香，便打趣道：“几时变得如此敬神信佛的?”如皋一脸真诚的样子：“穷算命，富烧香，我进入了烧香时代。”

只是房间里有其妈的声音冒出来：“小短寿的亏心事做多了，怕遭雷劈，求神求菩萨保佑。”

李如皋听了，咧嘴一笑。李如寄听了，笑说：“点了你的穴，说中了实质。”

李如皋见哥哥早早起来，有点喜出望外，便说：“我托光宗叔求情说好话，要你到我的厂里望一望，视察一下，总要给点面子吵。”

李如寄听了，并没有急着回答，只是对着屋子说：“姆妈，早上有什么剩下的东西，我自己做早饭吃。”

房里又传来声音：“家里鬼都冇得，全部包给人家的，边角余料也给人拖走了。要吃自己想办法。”显然姆妈与如皋配合默契，在给李如寄下套。

只听如皋接茬说：“哥哥，这小镇的早，不是你过去记忆的模样了。”他描述道，有一家本来是乡镇企业的内部接待馆子，是企管站老谢家贞嫂打理的，因为菜做得好，蹭吃的人多，冯老爹就让他们以承包的形式接了过来。门前连个牌子也不曾挂过，一天到晚生意火爆。早上就点早酒，吃点氽汤粉，氽汤面，就这两样也有八种配料，那个味道十天半月不吃就想得慌。李如寄说：“不就是用腰子猪肝加鳝鱼丝和肉丝做成的吗?”

“你还记得哩？你一说，我就要掉口水了。再加点满湖春的散装酒，一天赛过活神仙。”如皋称赞说，“你说的只是其中一种，还有两种特别怪的。说是云梦泽过去一种好汉汤，是用猪尿泡烧汤的，加上鳑鲏鱼和麻古愣仔鱼，这鱼我们小时捉过，就是圆头圆脑的样子，肉鳅鳅的，身上麻麻点点的。我们都不喜欢吃的，因为有女人生了伢，把胎胞装到罐子里扔到河中，过上几日捞起来，就有一些麻古愣子躲在罐子里吃这些胎胞，恶心死人的。现在用这两种鱼，烩上西葫芦，切一条卤好的猪大肠，那种鲜味冇得说。另一种，是我们加工厂提供的，淘汰下来的鸭屁股，就是鸭的下水，熬出来的汤骚臭难闻，味道大，但用鸭内货，鸭肝、鸭食子，整条的鸭肠子，烩上辣得死人的朝天椒，把面和粉起锅，泼上厚厚的辣子，吃起来骚臭香辣。这汤名起得也怪，叫“帮主汤”，劲大，有狠，吃的人皆会浑身上下爆出一身臭汗，是下湖人上岸后必吃的汤。老家人很少得感冒，就是因为这汤煲着在。”

“这不是城关镇的名品早点么，怎么传到我们这块儿来了?”李如寄问道。

“我的个哥咧，你不要长别人志气，灭自家威风哩。我们这地方靠北方近，又长年湖里过活，才发明了这样的氽汤氽粉配早酒的，吃了有营养，又抵抗风湿的。是我们这里的发明，传到城关镇了。他们的喉咙粗，嗓门大，把我们的品牌抢去了。”李如皋煞有介事地说：“因为我们家老爷子好这一口，便命名为‘好汉汤’。我们良湾李家台才是这汤的正宗发源地。”

“这个动物内脏对人的身体不好，胆固醇高，没什么好抢的。”李如寄反驳。

“哎呀，经你这么一说，我们都不活了。你读书读得太多讲究了。”李如皋不由分说，“我已经安排好车子来接我们了。你不去也得去。”

李如寄终于被如皋赚到小镇上来了。司机说已经过了早，便把车开回厂里去了。进了谢家贞嫂馆子，店里热气腾腾。李如寄其实记得这个猪尿泡好汉汤，他想来瞧个究竟。小时他会找老洋人讨一个猪尿泡，吹得鼓起，让他当球踢。是不是当时“破四旧”，把这种湖汤整没了，还是因为湖泊干了，人们少下湖作业，便不喝这汤了也未可知。李如寄见厨房里有几口汤锅，一眼便望出哪一口是猪尿泡汤，那猪尿泡气鼓鼓地浮在锅面上翻滚着。

过早时间稍晚，人倒不如想象的多。李如皋昂首挺胸地走进去，像是这家人的恩主那般。也许他带客人来消费的比较多，故进屋就大声嚷了起来：“老板娘，谢家贞嫂，来两碗氽汤面，要加强版的。”

老板娘谢家贞嫂肥肥胖胖的，与她的身份相配，笑嘻嘻地出来："二鬼子，你一来我的生意就红火了。"

李如皋找个桌子坐下，对李如寄小声说："坏了，今个儿出门没看皇历，遇着对头了。"

李如寄想，这世界上除冯老爹外，还有他李如皋怕的人吗？拿眼环伺一番，倒有一个壮硕的年轻小子，低着头端着满满一碗氽汤面过来，边急急地走，边连连说："烫、烫、烫！"放在桌上，对着双手吹气。要说对头，恐怕就是这小子。但对方几乎没抬头看如皋一眼。

李如皋再次小声说："如果有动静，你什么也不要管哈。我们分开，一人坐一桌。"

李如寄听了，依然看不出眼前有什么变故，只好听凭他说。如皋真的换了一桌坐下。

这时，靠收银台桌上的年轻人对着氽汤吃了一口，大声说："洋鸡巴日的，真是过瘾，好吃得很啦！"

李如皋听对方一声骂，站了起来，复又坐下，似乎在克制不良情绪。李如寄听他这样骂，心里即刻不舒服起来。哪知年轻人又冒了一句："洋鸡巴杵的，真他妈的好吃呀！"他的声音又加大了几分。这时只见李如皋站了起来，一脸狞笑，慢慢踱步过去了。那年轻人夸张地喝了一大口氽汤，发出"嗞"的声响，用更大声音再次骂叹："洋鸡巴捣的，真是个下贱货，吃到嘴里就是蛮不错。"

李如寄明白对方尽管没指名道姓，确实是在挑衅他们，心里有几分气，但只好忍着。

李如皋走到他的桌前："小杆子，你有种就骂得清楚明白一点。"

这被叫小杆子的年轻人，抬头看看李如皋："你想伸头接砖头，那对号入座的就是你了。"

“好，你有种！我跟韩集大埠头的肖遇侠学了几天手艺，手几天不摩擦就痒得不行。”李如皋挥了挥手，“来，你有种的再来一声。”

小杆子同样站起来了，凶狠地瞪着他：“洋鸡巴捣的……”一声脆响，李如皋给对方一个耳刮子：“我用了五分气力，要不要再来一下？”小杆子再开口：“洋鸡巴杵的……”端起剩下的氽汤想拍到李如皋的脸上。李如皋动作灵活地一转脸，汤碗掉落地上。他又给对方一记耳光。小杆子合身扑过来，与李如皋厮打起来。

李如寄见这样打，多少有点紧张，便找老板娘谢家贞嫂，让她叫警察。老板娘笑眯眯地看着他：“不碍事的，我们这里天天都有几场架，打不死人，警察就不管。”李如寄坚持要叫警察，老板娘谢家贞嫂只好说：“你是外地客，就给你一次面子。”她压上老式黑色电话，摇了几下，问了一下总机，转派出所，告知有人在这里打架。派出所在斜对面不远，所长也是低头不见抬头见的本地段家的人，一会儿过来了，只见两个家伙扭打一团：“你们两个吃饱了撑得慌？都跟我来一趟。”

小杆子和李如皋气喘吁吁地放开对方，两人依然像公鸡相斗似的盯住对方。

段所长把他们带出门，李如寄打算跟过去。这时老板娘谢家贞嫂出来，对如寄说：“让他们去处理，你在这里吃你郎的氽汤。是第一次吃吧？不是我吹口，味道顶呱呱的。”

李如寄见说，只好停下来。不一会儿，氽汤上来了，他吃了一口，胃肠随着口涎涌出蠕动起来。一下唤起他小时候的味蕾记忆，他心里想，明天再尝尝猪尿泡汤是个什么味道。

30. 小杆子小卵子，都是如鹤惹的祸

李如寄已经吃完汆汤面，等着如皋过来。过了大半小时，李如皋才快快走过来。他见坐在桌前的李如寄，很不好意思地说："本来说给哥哥长点脸，今天脸可丢大了。"李如寄细细查看他有无伤势，发现他脖子处扭打的血红痕迹还未消退，手腕上有点抓痕。

李如寄没回应他，只是说："没事吧。"如皋双肩耸动一下："什么事也冇得。"

这时老板娘谢家贞嫂亲热地走出来："二鬼子呀，没事吧？我本来材料都备好了，面也下了，现在凝在一起了，只好重新做。"

"我出三碗的钱，你重做吧。所里的段所长，硬说是我先动的手，要罚我五十块。我晓得这小子馋酒了。他见我交了钱，笑嘻嘻地说请我到贞嫂这里喝猪尿泡汤。"

老板娘谢家贞嫂爽快地哈哈一笑："你是大老板，宰你两个是应该的。不过，小杆子不是个好东西，大清早就骂人，你们有过节噻？"

"过节个么事，从来不把他放心里。"

一会儿工夫，一碗热腾腾的汆汤粉端上来了。"你郎么个晓得我又想吃汆汤粉了咧？"老板娘谢家贞嫂又是爽快地一笑："刚才你们打了架，嘴里干干的，自然是吃粉更滑口一些。"

李如皋听了，也不答话，便稀里哗啦地大吃起来。

两人吃罢汆汤粉，直接从老板娘谢家贞嫂的厨房后门出去。有个土坎，两人跳过一个不太宽的壕沟。前面是一大片茂密水杉树林，水杉树的特点就是主干长得粗壮笔直，是打家私和做房梁的好材料，待砍下它水分收干了，还十分轻便。水杉林长得又高又大，遮天翳日，估计有些年份了。树林里有一条人走出来的路，弯弯曲曲地通往中支河畔。李如寄尽管没去过，也知道他的厂房建在中支河堤上。如皋走了几步，也不看前后有无其他行人，掏出家伙，仰起头，大嚎一声“啊——”一摊尿喷射而出。他发泄式地骂道：“操他妈!”

见弟弟这拉尿的样子，李如寄忍不住笑了。李如皋现在心里头还是不舒服，主要是在哥哥面前丢了面子。待他拉完尿，拉上拉链，走了几步，又骂道：“都是如鹤那鬼丫头闹的!”李如寄问弟弟：“你怎么扯到小妹身上，是她招惹了谁?”

这下触动了李如皋的心事：“你看这如鹤鬼丫头片子，又懒又馋，还惹不得她，惹了就讨死放赖！从不喜欢收拾自己，一副邋遢相，哎哟，不知怎么搞得那么多人惦记!”

李如寄笑笑说：“小妹这会儿肯定打了三个喷嚏，你讲她小时候？这次来给老头子送葬的人中，有好几个是她的备胎呀？你没看出来，我都看出来了哩。”

“那都是些癞蛤蟆想吃天鹅肉的东西，如鹤正眼也不会瞧一眼的。”如皋又叹口气说，“真是个惹祸的根苗。”

“这个小杆子是么回事?”

“死皮赖脸要贴到如鹤那里的东西!”如皋说，“这小杆子是冯杆子的儿子，冯杆子你小时见过的，是老头子屠宰厂的嫡本徒弟。他们挺进县城时，冯杆子一直与老头子坚持到最后。老头子出来后，见社会上的形势完全变了，也想折腾做生意，一口吃个大胖子，便从冯杆子这里拆白了一笔钱做本钱。总之，一大堆扯不清的烂事。生意赔了，老洋人就跑路，冯杆子就要我来父债子还。我那时一个小年轻，拿什么给他。后来冯杆子给他找了在板鸭厂做推销鸭五件拿提成的活了，后又代销元宵粉，才把钱还了一部分。闹得一塌糊涂……”

李如寄听了半晌，没听出个明白来：“老头子被逼做推销员时，你还没接管这里，你越扯越远，从小妹这里扯到老子那里。”

如皋说：“那时我只是一个泥瓦匠的小工哩。我这不是告诉你前因后果吗？这小杆子不知什么时候看上了如鹤，他就像个赖皮糖，小妹起先还应付一下，毕竟是老子的嫡本徒弟的小儿子吧。后来越来越不像话，要强行上，行蛮，搞得如鹤头痛得不行。有一阵她躲在学校里不敢出来。小杆子找了几个同族弟子，把学校大门侧门都围了，只要她一出来，就贴上来行蛮。”

李如寄回想刚才小杆子的样子，觉得这小子长得清清爽爽的，不像行蛮的样子。李如皋笑哥哥太呆子气：“人一色迷心窍，就没脸皮了，什么也不讲了。”他接着说：“姓陈湾冯家的前面有个中洲垸，中洲垸前面有个牛角湾，你还记得么？”

李如寄听弟弟讲话太犯迷糊，他丢的线索太多，一个没讲清楚，又来了一个。只好老实地回答：“不晓得。”

“牛尾巴张家的，你不晓得？”这李如寄自然是知道的。

弟弟说：“牛角湾和牛尾巴张家的相隔至少二十里地，这叫‘金牛地’，是天上神牛落到这里了。祖宗们见过了，便把牛头和牛尾定了两个湾台，郑家台、曾家湾台前还有个牛蹄子河，可见这金牛地占的位置有多大。这是风水宝地，时机到了，肯定会出大老板的。我后来问了县文化馆专家王老黑，他证实这里是传说的金牛地。要说发财哩，应该先捡冯家的和张家的，这两处正在风水眼子里，你晓得不?”

李如寄说：“你扯出一大堆事，我越来越糊涂了。”

“我这是给你讲前因后果咧。搞来搞去，牛头吃金丝草，牛尾巴拉金屎，就是应该发财的，而如今却叫姓李的我这个二鬼子发了财。这发财后，就被人说了一个讲究，便是说，原本是冯家后生发财的，因为我成了冯老爹的嫡本徒弟，就把财运转接了过来。大姓人都很不服气，又不敢找冯老爹发怨气，就把一头的气撒到我这里。晓得吧?”

李如寄用拳擂了擂自己的头，便说：“你先把小杆子与小妹的事讲清白，再讲你发财的事。”

弟弟说了声“好”，继续说：“小杆子要霸王强上弓，但牛角湾余家的一个小卵子，早就看上了如鹤，他还是个练家子，人也长得斯文，肚子里有点墨水，是那种阴狠的小卵子。这两个家伙，如鹤都不正眼瞧的。小杆子闹事，小妹没告诉我，我听学校老师讲了后，本来想当面收拾小杆子，一想我已经给冯老爹惹了许多麻烦，便眉头一皱，计上心来，怂恿余卵子，让他来个英雄救美。”

李如寄哈哈一笑：“小伙子在你嘴里形象都变了味。”

弟弟无心与他说笑：“余卵子便想了三招，一招是瞄准他喝了个七八分醉，用了一个绊马索的办法，在中学附近，见他一到，把线狠狠一扯，他摔了个嘴啃泥，半边脸肿了老高，还不知是怎么跶(dá)倒。第二招，小卵子请他到新堰闸去洗了个凉水澡。第三招，小卵子在学校门口请小杆子，趁放学时，又让他摔了一跤。小杆子感觉太丢脸，连续三次跶下去了，爬不起来，他才明白是情敌所为。小卵子像我后面的跟屁虫，他自然知道这事与我有关系了。小杆子恨我是情理之中的事。癞蛤蟆吃不到天鹅，就怂恿大姓来整我，那段时间我厂门口扯横皮的行蛮的就多了。这个死丫头片子，小杆子不来缠了，小卵子却三番五次缠上了，他是我手下的人，便找我发脾气撒泼。余卵子和我有一比，是个讲面子、讲排场的人，比我脸皮还是薄一些吧。我想想这大姓的小杆子就是个定时炸弹，迟早会炸，要把他的引线掐掉才会安心，冤家宜解不宜结，要让小杆子泄点邪火，又让余卵子不找小妹的麻烦。我便又生了一计，与余卵子在城关酒足饭饱之后，跑去搞桑拿泡澡、找小姐时，让人把消息通报给小杆子，把我们俩一起捉了去。我就是交点罚金了事，而余卵子就丢不起这个人，何况他是一心一意想把小妹弄到手……”

李如寄有点敬佩弟弟了：“你真像个混世魔王，与我们家老子有得一比了。你死脸厚皮呀，什么也不在乎，人家小余是真心讨老婆，你把人家害死了。”

“这是让小妹好脱身呀。如鹤心不在他这里，冇得办法的办法。果真如鹤这丫头片子，得知了此事，抓住了机会，便给他写了封很严厉的信，让他在她眼前永远消失，不要玷污了她的学校。余卵子自然觉得丢尽了脸，后来离开了我，到深圳打工去了，这小子还算有点志气。”

李如寄听了半天，李如皋扯出来的线头又多，让他听得很累，同时觉得弟弟身上沾染了许多不良的东西。但在江湖上混，恐怕也只能如此了。人的活法各有不同，只要自己舒服就好。

水杉树林很大，因为是人工林，横竖都栽得整齐，林子里空气很清新，歇满了各种鸟儿，鸣叫个不停。他们慢慢向北边走。李如皋沉默了一会儿，还是他自己先开了口：“本来这还是乡镇企业的厂，已经被前几任搞塌了，搞不下去了，冯老爹找到我，问我敢不敢像爷爷那时候一样，使出狠劲赌一把。我听了，血气涌上来了，拿出了十万块钱，往桌子上一摊，便搞起来了。我最多是年终搞点提成，钱是多了，就让小镇上见不得钱的人眼红得不行。不是冯老爹罩得住我，我早就被搞走了八百年的。而大姓无事生非，还谣讲我把他们的金牛风水挪腾走了。这是迷信，也扯来当理由。”

李如寄听了，感到这种思维无比古怪，他却认同这种思维。这时只听弟弟又说：“爷爷是个人物头，他在这么多姓氏和族斗中，居然拉出了水帮第一大杆子来，真是有几把刷子。老爷子是我心目中顶级英雄，我今后要做出像他做的那样的大事。”

“我们李家的，说是现在出了不少人吧？”李如寄想换个轻松的话题。

“至少我算一个吧，这些年我二鬼子混来混去，还没走脚翻船的，名声响到河南、湖南、安徽几省的；还有老铁不是管农业的县长吧，上次还问过你，说要拜访你的。”

李如寄说：“那是你干得好，老铁见了你，便顺便把我勾连起来，那是客气。我看了族谱上写的良湾李家台的变迁史，他写得很实在哩，估计查了不少资料，做事扎实认真。不像光宗叔写了那么多四八句，不知所云。”

“你不要瞎说。冯老爹对他给爷爷写的传记无比称颂，你写不出来，就不要嫉妒好啦。”这话让做哥哥的听了，一时不知如何作答。在他看来，这天底下只有他们两人有学问。

“应该还有一个，”只听李如皋说，“李家台也多出怪人，爷爷算一个吧。现在那个李红杰，国之骄子，上了西南政法大学，退学回家，说要做诗人。哦，要不要去看看？就在水杉林子后边，冯老爹企管站那里。他老子给他搭了个茅草棚子，说是学杜甫做草堂子。”弟弟显然十分关注这个大学不上退学回家的诗人，“说他的诗写得太超前了，一百年后才会流行。我和光宗叔合计，就在打族谱时给他打了一册，先在族中保存下来，到时再名扬天下吧。”

李如寄想说他已经读过了，又怕弟弟问起来，让他不知说什么好。

快出杉树林时，李如皋指指水杉腰上两米多高处一个被人踩过的杈丫，这人对树干着力甚重，直接踩掉了树皮。“顺着往里边看看，是不是像有人在树中间踩过一样？”李如寄看了，树腰上一顺溜踩踏痕迹，觉得真像有人在树腰上踩行飞奔过的痕迹一样。“是不是有点怪异？”弟弟说，“树林四五点有人早锻炼，便听到树上发出‘嚯嚯’响声，树林晃动不止，却见不到是人还是什么东西在跳踔。”

“那会是什么？我们这里还会有响马？”李如寄好奇心大发，问道。

“有人说是用了障眼法，”李如皋回答，“我们这里尽管湖干了，还是留下了许多神神道道的东西。我不想跑到外边去，就是迷上了这些。”

31. 遭遇大姓围厂

从水杉林中一个坡地往上爬，便到了中支河堤上。李如寄先闻到从河堤上飘来的酒香味，听到巨型机器发出的轰鸣声，看到有些职工进进出出的身影。李如皋这时有几分自豪地指指新堰大桥下的一排红砖房子，连绵有一里多路长，高低并无太大的差别，只是有些是职工活动区域，有些是厂房区域。李如皋带哥哥往一个两层楼的办公区域走去，见一个大院门，用钢管焊接的大栅门，院门前的墙体上挂着几块牌子，最大一块是“云梦泽羽绒食品加工总厂”，还有几块小一号的牌子，间隔了一点距离并排挂着：“云梦泽板鸭分厂”“云梦泽羽绒加工分厂”“云梦泽元宵加工分厂”“云梦泽满湖春粮食酒厂”。李如皋指指中支河说：“河下游有个要倒闭的砖窑厂，我想以后我们要用大量砖瓦，还不如盘下来，就用贷款把它弄下来了，这几年用的砖瓦都是自己烧制的，省了不少钱。”

“这些厂都有多大的规模?”李如寄有点佩服弟弟的折腾劲了。

李如皋坦然地说：“不大，就是一个个车间，先把架子搭起来，搞个名头，也是哄吓客户的。现在最赚钱的羽绒加工厂，全国需求量大。银行就不怕我们跑路，追着屁股给我们借款，我还懒得要。”

“钱贷多了，还不上怎么办?”李如寄有点担心，他觉得弟弟这种搞法着实危险。哪知弟弟不在乎地说：“怕什么，我一不贪二不搞鬼，只是嘴巴上吃点，裤裆里搞点，还不起，就把厂和机器都给银行抵了。反正他们给钱让我折腾了一个痛快。”

李如寄问：“除了羽绒加工，还有什么会赚大钱?”

弟弟有点兴奋了：“我看好这个酒厂。我们这个满湖春，是从爷爷那时的酒坊传下来的。往日的人更有匪气，文化馆的人说，穷山恶水出刁民是有根据的。造酒的时候，为了讨巧，不肯多用粮食，便掺了芦根、蒿芭根、芭茅、苞茅根须，一起发酵。哪知酒放出来，酒香格外不同，口感与一般的粮食酒也不同，劲头大，是我们湖地人的最爱。我想这酒是可以打出名头来的。还有个噱头，这是文化馆专家王老黑讲的，过去我们云梦泽还是楚国的时候，每年都要向周王朝进贡，就是进献这种用来滤酒的苞茅。有一年忘了进贡，周王朝没办法给祖宗上祭，就命令齐国带着六个国家打我们，最后只得补进了事。我们要恢复苞茅种植，那酒就是几千年前传下来的了。我还想搞一款花酒，我们这里出过美人，仙女山旁过去有桃花娘娘庙，她是个王后，被楚王抢回来了。我们打算开发花酒，喝花酒是男人最喜欢的事，开发花酒，在我们酿酒秘方里增加糖分量就可以了。还可以让如鹤来做形象大使。这丫头片子死活不干，说是斯文扫地。一个乡下傻妞，以为自己值蛮多钱!”

“你找了一个王老黑，就学了不少东西，还活学活用了。”李如寄带几分嘲讽的意思。如皋一下听出味道了：“这些都比你搞的‘马尾巴的功能’要有用吧?”

李如寄不想和他抬杠了，便说：“你怎么把老头子搞去给你当推销员的?”

“他欠了老杆子的钱，老杆子可不是从前那个老杆子，爬到了镇长级的高位，有钱有势，他还不出，就找人逼我。我那时一个愣头青，哪有钱还他。老头子是被老杆子逼迫搞了一阵子。我接这个厂时，他对尹富婆上了手，吃软饭去了，就更看不起我的这点家当了。何况我们因为他不要姆妈闹得僵，差点抽刀剁人，他也不敢回来见我。他是拆白说谎的一把好手，只是不肯专注做事。”

李如皋进了院门，职工见了，便和他亲热地打招呼：“李厂长回来了。”他把脖子一梗，回复了人家的招呼：“硙（ái）不硙呀，叫李头就好了。”上了二楼，先是进一间会议室，一排排固定的折叠椅，可坐四五十人。折叠椅前面有一排绿漆的条桌，上面放一个大话筒和一台扩音设备。从会议室进去，就是他的办公桌，是一个黄漆锃亮大班台老板桌，显示出无比的气魄。桌后有个黑色的老板活动椅，桌的对面有三把小椅，供人汇报用。大桌的后边有一排沙发和茶几。墙上张贴一张领袖像，画像下方有一个神龛，放着一尊财神爷，香烛皆用大小灯泡代替，免于烧香之累。看到这两者同放一起，李如寄感到有点滑稽，也不想去点明。办公室旁有个小门，李如寄以为是厕所，他有点憋尿，扭门一看，是如皋的卧室。卧室的对面还有一个小门，李如寄再次扭开，才是一个带淋浴的厕所间。这算不得高档，但在乡镇已经是第一流的了。

他轻松放出后，便笑问弟弟："姆妈来看过吗？"

弟弟说："来了一次，知道我欠银行百万块钱，还住这样的房子，没有一句好话。她骂道，小短寿的，扯着篷跑，不晓得跑快了，要翻船的。"他一副哭笑不得的样子。

这当儿有人敲门。李如寄坐在沙发上默不作声，但他看出是会计来了，拿了几个条子要如皋签字。她有几分姿色，在乡镇里属于中上水准吧。她见有陌生人在，多少有点拿不准要不要汇报。李如皋简短说："讲。"

"过两天河南的客户现款提羽绒，还差二百公斤货，郎搞？"会计说。

"赶！"如皋依然吐出一个字。

会计说："生也生不出来。"

李如皋猛一抬头："中支河的都让它流到汉江去搞么家？截留一点，增加水分比重。"

"上次安徽客户查出我们缺斤少两用砖头代替，我们死活不承认，找我们打官司，这事还冇落腾哩。"

"我的苕堂客，他们在我们县里告我们告得赢？地方都要搞地方保护主义。"李如皋耐心地做思想工作。

"这羽毛里增加水分，送到地头，都成了结块，更拐，就有用了。"会计劝说。

"那边害我们不多吗？我们买一台加工设备，他们要搭一套抽水泵，正好派上用场，给他们加水。”李如皋显得不耐烦了。

“加不得水，比放砖头还要拐的。”会计坚持着。

李如皋大叫一声：“你这个骚货，把你拍到床上，搞到大气出不来，你就不会搅筋了。”

会计见他这样说，挥手做了个要打的姿势，见有陌生人在，脸一红，嘟噜着：“没有一点正经的。”便拉门退出去。

李如皋让她带话说：“一个小时后，各分厂厂长和中层干部到会议室来开会。”

这当儿有人往办公室一冲说：“李头，大姓又要冲进来围厂。”

李如皋显然见这档子事已经不少了，并不惊慌，只是走到窗口往下一瞧说：“鸡巴们，小杆子又带人来了。”

李如寄显得有点紧张，冲窗口往下细看。几个人在墙院外，正在贴用白纸写的标语，见楼上有人往下瞧，便把标语往头上一举，让楼上的人看清。只见标语写着：“把贪污犯绳之以法！”“打倒投机倒把贩买贩卖的坏分子！”“把诱奸妇女的流氓分子赶下台！”李如皋看到这些说：“他们不敢骂我是洋鸡巴捣的，晓得犯了我的忌讳，老子就发了疯，冲过去和他们拼死亡命。”

李如寄赶紧说：“快叫警察啦。”

“哎呀，来了一点用都没有。”这时厂里有几位干部过来了，男女都有，李如皋态度淡然，似并不把这些放在心上。他提起桌边的黑色电话，一手拿话筒，一手摇着摇柄：“总机吧？喂总机吧？”这时电话里有个女声，大声斥责道：“二鬼子，有俩钱就发奅[1]，再这么鬼搅，不给你转。”

李如皋到现在还不忘撩妹：“哎呀，小妹呀，你是总机吧不是，

---

① 奅（pào），方言，说大话。

好好好，就是总机好不好，总机妹，帮我接冯站长冯老爹，大姓又在找我的歪。”

电话那头哈哈快活地大笑起来：“二鬼子，你也有急得求老娘的时候，说话，怎么报答？”

办公室的人听得喜笑颜开的，一个个竖着耳朵似听荤段子一般。只听李如皋不疾不徐地开条件：“我的堂客，这一阵没遇到我了，想了吧，晚上管个够。”

对方骂道：“见你姆妈的大头鬼，你不来点现实的，老娘不给你转。”

李如皋说：“一个羽绒抱枕再搭上我。”

“不要你，要一对抱枕。”总机那头说。

“好好好，肯定被别人喂饱了，一对就一对，快转。”

一会儿，电话那头有一个低沉浑厚的男声传过来：“哪里？搞么事？”对方省了“喂”。

李如皋马上话锋一转，一副束手无策的样子：“站长大人，冯老爹，救命！”办公室的人一个个紧捂嘴巴，怕笑出声来了。

只听对方骂道：“小王八羔子，又搞出什么飞天扬杈的事了？”

“哎呀，做你的嫡本徒弟划不来，一天到晚不认青红皂白就开骂。是大姓又把厂围了啊！”

“说，是为么事？”

“小杆子一大清早在谢家贞嫂那儿骂我六次‘洋鸡巴捣的’，我赏了他三个耳光，被罚了五十块钱。他们还不服周[①]，又围了厂。”

“都是一些混账王八蛋，老子来看看。”对方扣下了电话。

---

① 不服周，湖北方言，“不服气”的意思。“周”指周朝，2 000 多年前楚国不服周朝，故称“不服周”，这一俗语流传至今。——编辑注

李如皋眨巴眼睛，对来厂办的人挥挥手："各忙各的去。"

32. 冯老爹怕是深藏不露的高手

李如皋的嫡本师傅冯老爹，在穿戴上是有些讲究的。他上县里和到下边企业去视察时穿得规矩，就是一套哔叽呢[①]中山装，显得威严庄重；在读《古文观止》时，会换上灰色中山装，显示出自己的满腹经纶和文雅之态来。

冯老爹是练家子，但几十年来从未见他与人赌过狠，只是谣讲，四五个小伙子不能近他身子。比如，他逼李如皋到韩集大埠头肖遇侠那里学几招，表达了让如皋继承他的衣钵的意思，他与肖遇侠疑似师兄弟之类的关系。如皋去了，只说了一句："冯老爹要我来的。"不收弟子的肖遇侠连个啃也不打，便教他比画起来。

冯老爹还有一套装束，用棉纱手工纺织的土布衣裤。这类衣物，应是冯老爹父辈以及上几辈人的着装，想不到冯老爹在做练家子时，便穿起它来。上衣对襟褂，棉织的扣子，下衣是连裆裤，本地称为免裆裤，有时会用布裤带系下，平时不用系，一裹，往腰间一塞，就紧得难以脱掉。双腿打着绑腿，脚蹬着一双棉麻鞋。他身上唯一有现代感的东西，就是一副圆圆的墨镜。手上会携带一把利

---

① 哔叽呢，一种密度较小的斜纹毛织品，法语 beige 的音译词。——编辑注

剑，虽称利，却只是用几条竹篾做成，拿在手上的一头有穿孔，用绳系着。冯老爹甩将起来，那速度是会让人眼花缭乱的，他把几根竹剑玩成一把扇形。其实，这把竹剑是做运气之用，用来浑身上下拍打身子的——方法是深呼吸一口气，用竹剑拍打身子，气不再从口中吐出，而是从毛孔中渗透出去。冯老爹这把竹剑，从未对人使用过。他有个习惯，过上一阵便去菜市场买肉回家改善生活。镇中之人见他去菜场方向，往往会奔走相告："冯老爹买肉啦，冯老爹买肉啦！"他来到肉摊，跟来一群看热闹的闲人。冯老爹提着气走路，从不和任何人打招呼，到肉摊把钱往案板上一放，直勾勾地盯着一块自己想要的肉，提气，举竹剑，一竹剑剁下去，手起刀落，肉块便分开了。他再来一下，一块分量与钱价相称的肉便被剁成了条状。他用肉案上准备的蓑衣草一系，提着就回去了。

李如皋学武艺时，为了效仿冯老爹，想方设法谋得一套他这样的土布衣裤，想学冯老爹的做派，可只是学了几次。那个裤裆腰太不合适他，他自己穿着，无法裹紧腰身，裤衩连腰动不动就掉到脚背上了，只得作罢。

此时，楼下闹腾的小杆子他们，越来越嚣张，几个人一起猛撞铁栅门。李如寄第一次见到这样的场合，还是为弟弟担心。待铁栅门要被撞开时，他却惊讶地发现，冯老爹仅仅用了不足十分钟便到了厂院墙门口。其间估计他还要更换装束行头，要到谢家贞嫂那里去问几句情况，再进水杉林。李如寄刚才走过，尽管他们当时不赶脚，走了半个多小时。冯老爹过来得这么快，是不是真有轻功，踏树杈而来，亦未可知。他想，湖虽干了，老家还留了一些神秘的东西。

只见冯老爹一手拿着竹剑，用竹剑拍打着另一只手心，气定神闲地走到院门口那群刚才呼喊口号的大姓面前。从他的墨镜里看不出眼色，他对着小杆子明知故问："谁带的头，打到我的门口了？"

小杆子来得飞快，双膝一跪："大爹救我，我受了冤屈，比那窦娥还要冤呢！"

"哟嚯，我的儿，这么大的委屈，我还以为你这是打狗欺主，是狗仗人势，欺负到我家门口了。"不待小杆子声辩，冯老爹又说，"我的儿，快起来，男儿膝下有黄金晓不晓得的？你家老杆子是当过副镇长的人，尽管排座次是最末一位，好歹也是副镇长，别太给他丢脸。"说罢，便不拉他，只是将手往上一抬，做出拉他的手势。

小杆子顺杆子往上爬，便站起来，本来挤出的几滴眼泪，只好收了回去。几个喊口号的同姓青年，一时不知怎么办好，站在那里发呆。冯老爹根本不让他们有喘息的机会："你说这个李如皋是洋鸡巴捣的，你见过她姆妈过了喜事的?！她姆妈一个老实坨子农妇，到哪里去找洋鸡巴，你说说话？"他本来是皮笑肉不笑的样子，话锋再次一转，口气变得严厉起来："李厂长是我聘请的总厂厂长，他的任命是经过县委批准的，你这是侮辱人格晓不晓得？是可以抓起来坐三五年牢的。"

小杆子见一点好处没落到，输了个干干净净，便发狠地说："这镇上都在谣讲他到处搞破鞋，生活作风有大问题，是贪污犯，投机倒把分子，要人民群众对他绳之以法。"

冯老爹见对方犟起来了，更加不客气："你来查，我可以把所有账目打开，让你查他个三百六十日。怎么样？你不是抱着老杆子狠吗？还可以调动你家老杆子的关系来查。"

这下把小杆子噎得说不出话来，他脸憋得通红，半晌才结结巴巴地说："老爹，您郎是说，这个镇上是骂不得洋鸡巴的吧？"

"我的儿，你聪明了一盘，在这个镇上谁要是骂了'洋鸡巴'就是跟我冯某过不去，就是打狗欺主。我就是要和他有过节！"

小杆子听了，似乎找到出路似的兴奋起来了："老爹，这是您郎说的，要说话算数的。"

"你的老爹没有半句屁话。你出了这个新堰河，怎么闹腾飞到天上去，我都不管。"

小杆子似得到了尚方宝剑一般，知道李如皋就在楼上，把一切都听得清楚看得明白，他仰头冲着楼上喊："你这个缩头乌龟，洋……听好，这一切都没有完的。我肯定跟你没完的。"他对着同伙，把手一招："在这里缠不到赢头的，先喝酒去，再搞别的法子来对付这个洋……"

一伙人狼狈不堪地离去了。一会儿有人一脚踢开了办公室的门，李家两弟兄自然知道是冯老爹来了，看来来者不善。李如皋再也没有装怕的样子，他很是惶恐，连忙摇手："这次我一点责任都冇得的。"

"你这个小王八羔子，操你鬼姆妈，让老子整天给你擦屁股。"他"啪"的一声，甩了一个耳光过来，再骂一声，见一个陌生的面孔在，稍有迟疑，便大踏步走了。李如皋忙捂着脸，在窗口看着离去的冯老爹，冲着哥哥一笑说："一点都不疼。他舍不得打我的。"可是李如寄听到脆生生一声响。他感到弟弟太爱面子，就不揭穿他算了。

他倒是担心小杆子真搞出什么事来，是不是会扯出如鹤来。李如皋听了，不以为然地说："小杆子无事可干，拉不出三尺高的尿来。"

小杆子果真没有罢休，几个人在酒桌上合计。先从哪里下手，这是他们讨论的重点。首先说告李如皋霸占、强奸，还有搞破鞋，与小杆子对桌而坐的小子忙挥挥手，说："现如今这已经不是个事了，这个洋鸡巴，都搞成了送货上门，他招呼不赢哩。你用这个说事，谁来帮你应承。”另一个说：“他贩买贩卖，投机倒把和搞贪污咧？”刚才否定的小子再行否定：“查不查得出来，还是两说，现如今都是他姆妈的官官相护，这事一搞就是和冯老爹过不去了。不说他是练家子我们打不过，再说他的兜子硬得吓死人，据说省里大干部跟他都是亲戚里道，我们不是往南墙上撞么？”

小杆子垂头丧气地说：“经你们这么说，吃了这么大的闷亏，怎么也搞不赢。”

另一个小子塞口菜，语气含糊地说：“盯着李二鬼这个洋鸡巴下手就没错。”

主意拟定，就是臭也要臭这个李二鬼。他说要写一些标语口号，在沿途去城关的汽车停靠站贴起，标语就是李二鬼最恨的话：“洋鸡巴日的李二鬼、洋鸡巴捣的李二鬼、洋鸡巴杵的李二鬼。”这么一说，小杆子兴奋起来，这把李二鬼搞得很臭了。他说要为安全着想，不要用手写，到镇打印社去打印。这是小杆子本家一个侄子开的，他不会透露出去。下午几人分头在各站下车，除新堰河外的沿途十多个小镇汽车站，包括城关镇汽车公共公司，都张贴了多张A4大小的咒骂李如皋的标语。

李如皋在这些集镇是名人，二鬼子是他的诨号，大家看了，知道他结了新的梁子，显然骂他之人，是知道他的软肋的，便纷纷打电话给他。他一个下午没有停歇，接了二十几个电话，接得他心焦巴乱，气得破口大骂。可是骂归骂，还得想办法。他想了一会儿，只好给县警察大队的阚大队打个电话。阚大队一听便笑了，说这次结的新梁子还都不小嘛，搞得全县人民都晓得了，帮你如皋做了一次免费的大广告。怎么搞，是请他客酬谢一哈子，还是把人抓起来？李如皋摇摇头，这个犯不着，这样会把新梁子打了死结。他叮嘱道，让阚大队不要找段所长，也不要搞出例行公事的样子。最好带个信给小杆子，去规劝规劝他，让他不要把螺丝帽越搇（liáo）越紧，打了死结，双方就都不好回头了。

阚大队听了，就说我晓得了。你不用再管了。

过一会儿，他一个电话还是打到段所长这里来了，轻言细语地说："段所长，你给我带个信给冯小杆子，让他方便的时候，到我这里喝一杯茶。"

段所长听了，知晓这是么回事。自己不出面，让下面办事的去给小杆子打招呼，说是阚大队请他近期方便时去县大队喝茶。小杆子一听，把握不到轻重，只好来问段所长。段所长假装不知道，还说："既然阚大队请你去，这个宴恐怕不是鸿门宴，还是欢欢喜喜去吧。"小杆子听了，更加不摸底，伸头是一刀，缩头也是剁一刀，还不如趁早。

次日一大早，县警察大队刚上班时，他便缩头缩脑地找到阚大队的办公室。显然阚大队知道他一早会到，已经泡了一杯绿茶等着他。

阚大队一番客气后，便让小杆子坐下了，却不作声。小杆子喝了两口茶，憋不住了，便喘口粗气说："我犯了事，这事大不大？"

阚大队故作沉吟了一下："丢进去搞十几天也没问题，罚个儿百千儿也不是没可能。"

小杆子听了，一脸苦相："犯有这么大的事？"

阚大队说："往深里说，恐怕丢进去搞上半年一年，也不是没可能。"

小杆子听了，感到事态严重，紧张地问："有么个法子化解？"

阚大队听了，便和颜悦色地说："我等的就是这句话。按说，我的家家①的是冯家的，我还要称你郎一声老舅哩，辈分比我大。

① 家家，湖北方言，指外祖母。

老舅你郎想不想去体验几天号子的生活咧，我来成全。”

小杆子忙摆手：“一点也不想。”阚大队点点头：“这就好。那就罚个千儿八百。”

小杆子再次忙摆手：“我一直没搞正当事，口袋是个空秕谷的。”阚大队再点点头，“好的，我也认为你郎出不起这个罚款，肯定还说冤的。”阚大队又沉默了一会儿：“刚才说了，我们是亲戚，明里暗里都要关照点，我不动用警力，私下招呼就是这个考虑。”阚大队加重语气，“那我说老舅，你郎听不听我劝咧？”

小杆子连忙说：“听，听，一百个愿意听。”

阚大队微笑点头：“先扯点闲话。老舅呀，我虽说搞了十几年的警察工作，其实一直在办公室耍笔杆子。对本县的历史文化以及沿革变迁，还是了解一些的。我这些年利用工作便利，写了三十六万字的云梦泽历史文化演变史。”小杆子听不出这是什么调调，扯到了十万八千里去了，只好默不作声。阚大队就不卖关子了：“冯家是个大姓，也是出了人物，民国和清代都出过县官，李家出了江洋大盗，动不动就搞族斗，混扯不清。现阶段李族出了老铁这等县级人物，冯家外出的人也不少。冯李两姓有世仇，你三番五次玩火，想挑起族斗械斗，要死很多人的。往日旧社会死了各拉各的尸首一埋，自己背时。现在撩起族斗和械斗，政府是绝对不允许的，稳定压倒一切，稳定是发展经济第一前提。李如皋这等企业家，是政府重点保护的对象，结合当下的状况一分析，你这是玩火者必自焚。弄个严打期间，就像八三年那次，耍了几个朋友，还够枪毙哩。丢进去是不是搞几年，你想申冤都无处申吧。”

他说得小杆子冷汗直冒，都不敢擦，连说：“再也不敢了。”

阚大队点点头：“明事理就好。”他叹了口气：“老舅呀，你与李家的恨，真正起因还不在李厂长这里，应该是在他教书的小妹这里吧?”这个阚大队什么都了解了。小杆子更加不敢说什么了。阚大队见他不吭声，似默认了。“你不要以为是李如皋告了你的状。你追人家姑娘伢行蛮，大家都知道。何况这小妮子是云梦泽第一号美女，与桃花娘娘有得一拼，你与她的事一经手，传播得更快更广，这叫好事不出屋，恶事传千里。”

小杆子沮丧地说：“我现在也晓得是癞蛤蟆想吃天鹅肉了。”

“人还是要理性点，比如闹个一夜情，去花点银子；找个配对的，就要半斤八两。你以为那美人，谁不想、谁不流口水？但得到又怎么样？养得起，每天每时都被人惦记，少活二十年又有什么意思么？再说再好看的堂客都是要拉屎的，看长了就是那么回事，这叫审美疲劳。何况还要整日提心吊胆，划得来么？这个人生，要想过得顺畅点，要时时刻刻盘算才对。”

“是这个理，外甥教训得对。”小杆子不知轻重，便顺杆子上了。

“有些人，是可望而不可即的。你知道，这个李如鹤，我们还是校友，一直被人打主意，但许多人都是强行把自己的口水咽下去。我的条件，家庭背景怎么样？还算不错吧？我也是把口水咽回去了。现在强调旅游经济，本地区打算搞形象大使，县领导想对她特殊培训，送去香港的凤凰卫视参加环球小姐选美。你还在不服气，有这个必要生这个闲气?”

阚大队手法可谓高明，一唬一诈把小杆子彻底地镇住了。

看来李如皋找对了人，把结解开了，没结成死梁子。

33. 退耕还湖是要还云梦泽从前的统水袋子

李如寄暗暗惊奇。弟弟面对这些纷乱的局面，还能应付自如，这是过早的江湖历练带给他的。他见如皋要开会，便说："今天比看一台大戏还精彩哩，知道你都在干什么了，你们开会，我慢慢走回去了。"

如皋一听，忙拦住说："开会就是为你搞的，你要让我们厂的干部，这些土坷垃，开开眼、见见广哩。"

李如寄听了，有点惊讶："我讲什么？你搞突然袭击，我一点准备都没有。"

如皋亲昵地拍了拍哥哥的肚皮："我知道这里都装着什么，到时你现场发挥就好啦。"

李如皋厂里的干部陆陆续续到会议室来，见有生人在，他们没打招呼，便议论起来："好像是李头的弟兄，样子蛮像。"有的说："不太像，一个像姆妈，一个像老子，还是模子不同。"

李如寄听了，假装没听见。李如皋却笑了，他笑骂道："别给老子鬼扯。"

有一个眼尖："李头半边脸又红又肿，想必是被站长大人教训了一通。"

李如皋假装摸下腮帮子："冯老爹揍我？你他妈的想挨他的揍

还没资格哩。”

那人说：“别管是谁挨揍，反正落到了身上都一样疼。”

李如皋已经坐在话筒前面，拍了拍话筒，发出了嗡嗡声。他冲着话筒一声“喂”，李如寄心想，声音大到中支河对岸都能听见了。但李如皋就是要这样的气势，要让全世界都知道他主持会议。他问了下会计：“人到齐冇？”会计道：“有两人出差，还有一个堂客刮娃，男将陪到医院去了。”李如皋说：“又不是他结扎，自己凑这个热闹。”

“娃在肚子里大了，怕大人有危险。”

李如皋忙挥挥手：“不说这个，开会。”又望了望李如寄：“哥哥，上来坐，我给你介绍哈。”

李如寄不得不上来了。李如皋不等哥哥开口，自己就先说：“这个是我哥哥，像吧？我们是完全不一样的两种人，他是学霸，我是学渣。他到大城市读大学，我初中混不上头就出来打流卖。他认字几箩筐，我只认得几个狗鸡鸡的。”

下面有人接口说：“李头怕是碰到狠人了，今天特别棉条了。”

“现在不比往日，我只有提灰桶子的命，我哥就只有读书的命。路多得很，只要国家搞经济，就会出能人。这么一讲，我比读了十几年书的哥哥强多了。我管你们这些人，他一个人也管不了，还要被我真嫂管；我掌配这么多房子、机器，还有票子，他每月就是一点死工资。他读了这么多书，都是学了一些‘马尾巴的功能’的玩意儿。只是，有一点我很羡慕，”他提高声量，“给自己找了一个好看的老婆，这个让我眼热，像东洋女真由美。我奋斗的目标就是找个像真嫂一样的东洋婆子。”

李如寄觉得什么到他嘴里都变味了。他乜了几眼损他的弟弟，如皋一副得意相，让他又好气又好笑。只听李如皋继续放大炮：

“我哥这个人，学了这么多狗鸡鸡，我都看不上。刚才我为什么要提我真嫂，我真嫂已经去读博士了，而我哥哥还只是大学毕业，压力大呢，只好跑到水校补考一个博士读下去。这样才不会被我真嫂比下去。他到了水校去上博士，这就歪打正着地对了我们的路子，我决定让云梦泽总厂聘他做厂里顾问，就是免费顾问，不要钱的那种……”他说到这里，台下发出哄的一声笑。

“我们这里过去挖了三条河，把湖水都抽干了，改成良田。现在粮食太多了，粮库都装不下，给美国人吃，他们还讲究多，我们只好拿粮食多酿酒。电影里讲的没错，三十年河东，三十年河西，现在要把这条条块块的分田单干的田地全部推倒，让湖回到云梦泽来。你们晓得对我们意义大不大？谁来回答哈，为什么意义大？”

下面参差不齐回答：“我们不晓得。”

这回答正是李如皋需要的。他满意点点头：“你们这些蠢猪，肯定是晓不得的。这就是我为什么当头，你们当兵的缘故哕。我们羽毛销售全国，我们的板鸭和鸭五件，这是人人要进口的东西。我们要做大做强，快速发展，把我们河堤下的这片杉树林子砍了做厂房。可是，我们都需要原材料加工，原材料从哪里找，只有从湖里找。云梦泽本来就是个大统水袋子，湖里养鸭有放场，鸭毛鹅毛才会让我们加工。有羽毛加工，才有板鸭和鸭五件的原材料进口，这是一个穿底算盘，大伙要晓得扒一扒。”

李如皋好像忘了要李如寄讲话似的，东拉西扯一顿，才侧过脸：“哥哥，你讲两句吧。”并把话筒往他面前一推。话筒又一阵嗡嗡声，是吵人的噪音。

李如寄把话筒又推过去了，说：“我不用这个。”他环视一下台下，算是打了招呼。大家见他礼貌地向大家微笑点头，会场很快安静下来了。

只听李如寄说："你们的李头，是我的弟弟。小时不爱读书，吃了我不少栗枣，他特别记仇，只要有机会就报复我。我说的不假，刚才你们听见了。"台下大家友好地笑了笑，有些拘束，李如寄本来想用这种开头活跃气氛，看来他的功夫不到家。"这位李厂长，是跑江湖的，套路一套套的，冷不丁就给人使了一个阴招，你们都吃过他的亏吧?"李如寄有意停顿一会儿，为了与工厂的人拉近距离，他换成家乡话来说："给你郎们一个有仇报仇、有冤申冤的机会，大伙控诉控诉，看着我攆（chǎn）他几个嘴巴子。"李如皋呵呵笑道："你们谁敢精昂鬼嚎？看我不收拾你们。"大家一起笑了。会场算是活跃了一点儿。

"我学的知识，虽然谈不上是文化，但也不全是'马尾巴的功能'，因为他听不懂，全部算到马尾巴上去了。我没有在水校读博士，主要是一批专家就国家大政方针、退耕还湖来做一个课题，要我来参与，一起搞。李头尽管书读得不多，脑子确实好使，他一听退耕还湖，对他发展有利，这是他最为高明之处。这点大家都要向他学习。"李如寄用先贬后抬的方法给弟弟站台。其实如皋一向在乎哥哥对自己的评价，他听了之后，那脸上就挂着一个大大的"爽"字，好不得意。

"把地球当成一个人，它就有肺，这个地球之肺在哪里？就在南美的亚马逊平原，如果没有它的光合作用，不断吸收二氧化碳，向大气中补充氧气，我们恐怕早就会生活在稀薄空气里。我们中国之肺在哪里？就是这个云梦古泽，就是李头讲的统水袋子。我们这些年搞'人定胜天'，生态破坏严重，空气污染严重，我们现在首要的问题，就是恢复生态，退耕还湖只是第一步。"李如寄讲着，台下的人听得很认真，十分安静。但他讲得却没有什么信心了。估计大家对他讲的不知所云，根本无法与他互动。

但他只好硬着头皮把自己的意思讲清楚："李头瞄住你们的加工产业，要就地取材，如果江汉平原还成了云梦泽，湖回来了，我们这里的家鸭野鸭天鹅都回来了，你们的羽毛加工就可以大派用场，你们的酒厂、板鸭厂、元宵粉厂不就可以形成产业一条龙，发展起来了吗?"李如寄停了一会儿，便做了结尾，对大家说："希望我下次回来见大家时，贵厂更加壮大了。"

34. 谁敢怀疑李如皋的身世，就如杀父仇人

李如皋听出哥哥不想讲什么了，因为这气场不对，再讲下去也没多大意思，忙拍了巴掌，台下马上有人响应地鼓掌了。会后，他要会计拿两个羽绒抱枕来，等下顺便给机房的接线员。

会后，他要哥哥晚上一起应酬下。李如寄揉了揉太阳穴："你搞的这套把戏，自己如鱼得水，我今天却被你搞得昏头昏脑。晚上我陪姆妈吃饭，你自个儿乐去吧。"

弟弟说："用车把你送下。"李如寄说想沿着中支河走走，看看这些年的变化。他慢慢地从厂门出去，往上走一段，过了新堰大桥，往回家方向走。一路上，他要辨别归路。尽管大方向不会错，他还是走岔了几次，又退回来重走。本来想问下别人，觉得这是自己的老家，连路都不认识，实在搞笑。还好，尽管走了点冤枉路，还是回了家。

回到家里来，只有其妈一人在。家里确实要收拾，他姆妈不停歇地忙了一整天——刷刷洗洗一天，家里便干净整洁多了。在李如寄看来，姆妈这样做，似乎是想把自己心里的许多痕迹一同洗掉。门外上晒满了物品，特别是亲戚们睡过的床单被套，全被她拆了，重洗了一遍。

李如寄帮忙收东西，他现在深切地体会到姆妈的辛劳。

待李如寄把衣物收进来，整理好叠好后，其妈已经把饭菜做好了。她无比欣慰地说："往日只晓得读书，横草不拈，直草不捡，寸草不拿，现在才晓得心疼姆妈了。"

家里很安静，甚至整个湾台都很静，没有幼年傍晚"遍地英雄下夕烟"那种喧闹了。

其妈看着大儿子，眼里写满了关爱，这种眼光，只有母亲才有。李如寄假装不知，让她看着，心底却感动得发热。

其妈咳嗽一声："克掇（duō）把椅子来，坐哈儿，娘俩说说话。"这好像是姆妈第一次对他如此温和地要求说点家常。李如寄从内屋寻把椅子来，坐在她斜对面，不由得看着姆妈。只听她说："这几日我的齁（hōu）病又犯了。"李如寄有些吃惊，从小到大，他不曾听说姆妈有哮喘的毛病。他关切地问："你什么时候得了这个毛病的?"

其妈看了儿子一眼："年轻时就落下了，后来分田单干了，吃喝不愁，有了营养，就没发这齁病，现如今被你老子这一闹，心里憋口气出不来，就又犯了。"她有点伤感地说："人活一百岁都是个死，哪一日，我这一口气提不上来，就让这个齁病送了终。"

李如寄从未见过姆妈有过不良情绪，他担心地看着姆妈："让如皋带你郎到县医院看看。"只见姆妈摇摇头："一时还死不掉的咧。"

这算是她家常话的过渡，她对大儿子这样开了头，话语里依然充满了抱怨。“人家说，‘大哥大嫂当爷娘’，家里的事你从不过问。你那堂客更是像个娃稚，根本指望不得。”其妈这样开了口，“哎……那个小短寿的如皋，踏了他老子的嫡代，都不走一点扭的，真是踏了嫡代呀。完全是只公猪，见个母的就上。对他有了传唱的顺口溜了，说他湾湾都有丈母娘，夜夜当新郎，这是不是有鬼哟？等他玩够吧，不丢进去，就算我有说。”其妈数落着，怒极反笑，“这个小短寿的蛮踏靸（tā sǎ）咧，总是不抹汗，还说姑娘伢们喜欢闻他的屁臭味。你说他是不是鬼窾（kuǎn）一大堆咧。”

李如寄听了嘿嘿直笑，说她生的儿子有魅力呀。他告诉其妈，说如皋自己讲的，那些堂客都是送货上门，他都烦死了。其妈听了，忍不住笑了：“一代一个，不脱代的。有个姑娘找到家里来，亲热地叫我姆妈，留了两天，我不知是怎么回事，只好悄悄地托人把小短寿的叫回来，把姑娘弄走了。他不知后来是怎么与姑娘脱壶的，那姑娘我看得还是顺眼的，对他迷心迷意。他看得上看不上，哎，我们怎么知道他长的么个心肝五脏咧？”

“怎么样，我没说错吧？”李如寄有意打趣，希望姆妈高兴。

其妈听了，更是露出一副愁眉苦脸的样子，再长叹一口气：“那如鹤，更是个妖怪精，你说她开窍了，她心是个蒙的；你说她冇开窍，她爱得要死要活的，搓反了绳索，扯不开，还是一根筋。”

“她到底中意哪一个？”李如寄有点明知故问。

“邹校长的小儿子，别人早就回了印度洋那边去了，她一直黏糊着不丢手。”

李如寄大致是了解一点的。邹校长是印尼华侨，参加过抗美援朝，下巴上留有一道疤痕，据说是与美国鬼子拼刺刀留下的伤疤。妻子是印尼人，说话慢声慢气，好像在镇里医院上班，很爱干净。

这邹校长偏又喜欢带一些穷学生回家吃饭，弄得他俩动不动打嘴上官司。他们有三个儿子一个女儿，如鹤小时与他的小女儿是好玩伴，玩着玩着就与他的小儿子对了眼子。确切地说，应该是出了校门后爱意才萌发的。

邹明校长在云梦泽创办了好几所学校，皆因他老子出了一些银钱。他在这一带有很高威望。因其父母都在印尼，生意做得大，改革开放后，他先在县侨联当过一段时间主任，如鹤就是在这段时间与他的小儿子确定了关系。邹校长本人不想回印尼，依然要给祖国发挥余热，但敌不过夫人和孩子们的闹吵，加上父母年迈，只好全家返回去了。

如寄对他家的小儿子没甚印象，倒是记得大儿子的容貌，瘦高个子，打篮球十分活跃，毕竟比不了乡下孩子晒得了太阳，故长得白白净净，喜欢安静地坐在一旁看书。有一次看的洋码字书，被进驻学校的工宣队长发现了，抓到镇革委会审查半天，原来是一本外文版的领袖著作。后来，工宣队长特意向大儿子和邹校长赔了不是。这大儿子有点外国人的模样，高鼻深目，不过依然是黑眼睛和黑头发。据说是外祖父一辈的人，有外国血统的。小儿子应该与大儿子相貌差不多。邹校长夫人对李如寄一家倒有几分另眼相看的，还常常留如鹤在她家与自己的小女儿过夜，给她吃些从没听过见过的糖果和其他食品。有一次如鹤偷偷藏了一块，带给哥哥尝。他当时怕沾染上了资产阶级的味儿，想拒绝，却手不听使唤。这糖果一入嘴，李如寄味觉和嗅觉就被俘虏了。

李如寄当然了解这些，比姆妈了解得更多。他认为小妹的眼光不错，只是有点不切实际。“那男孩怎么样？有几年了，对她心不变？”

其妈说：“隔十天半月有信来，如鹤每天都在学外国话，她把自己逼到走绝路的地步。上前半个月，因为有人上门提亲事，条件很高的人家，小伙子在县政府做公务员，她不同意，要我‘少管’。和我大闹一顿，说就是我们把她的名字起坏了，‘如鹤’就是要远走高飞，飞起来了还不能歇，反正最后会累死。这是不是扯横皮？如字不是你们的辈么？鹤倒是长翅膀要飞的。她就反问：‘为么事不叫如姣呢？’就不会弄得她这么苦这么累。这个妖怪精真是个人无用，扯刀钝咧。”

李如寄听得沉重：“我前不久还听说，涉外婚姻很难批准，有二十几对年轻人去上面闹事。小妹自己选了这条路，还要一条道走到黑，这是自讨苦吃。”

其妈用拳头击胸口说：“我这心里像刀割一样疼。”

李如寄听了心口发紧。他又想到如皋和老头子比自己还要闹得僵，他也想搞明白一点。“如皋与老头子闹得那么狠，几年都不说话，还断绝父子关系，都说是你郎怂恿的。说是你郎恨他离婚，要如皋变法子去闹。”

“你们都不是在说人话。他一年上头不落屋，离不离婚有个么两样的。”其妈慌忙为自己辩解。如寄说：“如皋好像最听你郎的话，你郎也最疼他的。”

其妈听了，有点发狠起来：“都是东拉西扯的东西，说你姆妈的几句人话给我听听。这个小短寿的，总是把我气得个半死，我心口疼的毛病都是他帮我惹上身的。他们吵得天翻地覆的，我当时在场。爷父子拿一瓶满湖春对搣，一个人喝了半斤。他老子问他，想不想去外国做生意，小短寿的一听就高兴起来，还向他老子灌米汤，说他老子有板眼，把他带到外国做生意，他们还合计了，赚了钱对半分。他老子就说了，自己不是李家老头子生的，是他奶奶与洋人结的果。这话他老子平时也是不敢拿出口的，晓得小短寿的脾气，几碗黄汤一灌，就晓不得天南地北了，一口拿了出来。他这一说不打紧，小短寿的脖子上青筋暴起了，我就晓得要坏事了。还没来得及劝阻，哪知这个老不争气的东西，还看不到眼头，又灌了一大口酒，把嘴一抹，还要敞开嚼。又说，他调查了好多年，所有在湖荡里混的人，冇得一个人见过你爷爷，他就是个子虚乌有之人咧。还说，肯定是你奶奶凭空捏造的一个人，让她在土匪窝里好一言九鼎哩。”

李如皋不能忍受谁说他爷爷是土匪，现在居然有人说了“土匪窝”，还说他的爷爷根本不存在。“他那爷老子这么一说，就像挖了小短寿的祖坟。”其妈清楚记得当时的情形。本来父子俩对坐在喝酒桌上，这时原本喧闹的场面突然安静下来了。李如皋像被人砍了一刀，一时不知该如何反应。须臾，他忽然爆炸式地弹跳而起，口中喷出了一口粗气，带着虎一般的低沉的吼声：“你这是说我是野种养的?”他绕开桌，伸出涨紫的头颅，大吼一声：“你这是挖我的祖坟啊！你让我在新堰河怎么混下去!”老洋人着实也惊呆了，他同样是大脑一片空白，任凭小儿子发雷霆之怒，而没有半点回击之力。盛怒之下的李如皋把一桌子菜都掀了，碗也砸了。“他还发誓赌咒说，如果有哪个混账王八养的敢在云梦泽地界上再讲一句这种不是人说的话，他就白刀子进红刀子出。还对他老子开了赶，要他请远些，永远不要见面。”

“有这么激烈?”李如寄惊讶地问。

“我从未见到小短寿的这个样子，他双眼血红，恨不得要吃人。他老子一看这阵势，就灰溜溜地走掉。我只好拽着小短寿的，怕留着他的老子，真出人命，什么也没敢说。”

李如寄联想到今天的事情，有点后悔，这话是不该问的。哪知触动了姆妈的筋，只听其妈说：“那日，他把自个儿的老子赶跑了，㧬（gòng）到被窝里号啕大哭一大场。”其妈看看李如寄：“你们是下一辈人了，谁生的不是人生的，有多大两样。”

李如寄心里想，这个话题还是不与如皋谈的好。李如寄突然想到，相比他来，弟弟与奶奶三娘的关系并不亲热，或者说是奶奶对他并无亲近之感。如皋与奶奶尽管相处时间更多些，交流却不多。可是，他自己对祖母从前的那一切经历，同样不曾有多大兴趣。奶奶带走了一个时代和那个时代太多的秘密。

这不是幸事，但也未必是坏事。

第七章　为洋和尚掌灯引发的系列问题

35. 三丫的假娘，原本要做得冷热症老子的续弦

那个时候的三娘，也就是李如寄她奶奶，这个水乡泽国之女，应该是被人称为“三丫头”。

她只是个丫头片子时，父亲是位教书匠，就是教几个孩子认认字。当时，考功名已经成为过去，诸如秀才、举人、进士、状元等，都成了历史名词，只是出现在古装戏曲中。这个城市东西两侧，有个汉剧和楚剧的剧场，是棉纱大王投资的。还有一些小戏园子，自发自演，除主角外，戏班子是小城市的业余票友组建的。这些人胆子贼壮，甚至敢到水帮的芦苇荡里去演上几场。教书匠一旦被称为匠人了，就比教书先生差了层次，就是走湾串巷，让娃们认得几个“狗鸡鸡”，写全自己的名字。教书匠教认字，没有固定的学堂，找个宽敞的人家，邀上几个孩子，便让他们“吱吱呀呀”学将起来，有时十天半月，有时甚至一天两天，给教书匠付费是按天计算的。有时甚至是一捧米面，放进教书匠的袋子里，就算是交学费了。这比私塾都是差一个档次的，纯属实用性教学。简单说来，就是穷人家的孩子力求认识几个字，好写自己的名字，认认秤杆的半斤八两，记个账，将来不会吃亏上当。教材是识字本，里面皆是生活所需的知识。

李光宗上的应该是私塾。他学的是四书五经、新式课本和珠算练习。

三娘没起过正经名字。一个女伢，嫁人后就是男人的附庸，无需名字。她娘家田姓，其父被人唤作“田教书的”或“田认字的”。她排行老三。其母有她之前，还有一个哥一个姐，都夭折在婴儿期了。那时穷人生个伢儿像下个蛋，不像大户人家那样讲究坐月子，把个“衣胞”一丢，裤子一提，该捞鱼就捞鱼，该织芦席就织芦席，不敢太耽误工夫。生育率高，死亡率自然也高。一个妇人一生中要下十个八个崽儿，留下三两个成活，不是稀罕事。三娘小时被称为三伢、三丫，稍大点，唤“三草儿”，嫁人之前或可称“三姑”，嫁人之后被称为“三娘”。到了晚年，会随辈分的不同，称为三姐、三婶、三婆之类。

三娘的姆妈在她出生不久就没了。父女拉扯着过活，吃的百家饭，谁家有奶，给她喂上两口，平时吃些米粥之类。她识得一些字，这是偷学的。她爸教娃儿们时，是不让她跟着学的。父亲固执地认为，女伢们学了几个字，长了见识，心容易变野，不会安分生儿育女、“嫁鸡随鸡，嫁狗随狗”地过活。三娘认字，只是出于一时好奇，常常偷听一会儿，便被父亲呵斥驱赶。这练就了她超强的记忆力。教书匠的老子教书过细，就是认死理。别人家出了钱请他教娃们认字，不能得过且过马虎做事的。他除了识字课本外，还有一件东西要随身携带，那就是戒尺。如果有谁不用心、不用脑认错字了，父亲就会骂犯错男娃是“粪桶”，脑袋只配做夜壶盛尿，要让他摊开小手，连续几下把手掌打得通红。三娘最快乐的时候，就是一个字她听一次就记住，男娃们听几次记不住，她会一伸脑袋，对着那犯错男娃大声更正这个字，再缩头回去跑掉。每到这时父亲会感叹：“娃儿托错了生，是个男娃该有几多好咧。”

有一日父亲得了冷热急症，在一个大夏天里浑身发冷。左邻右舍的穷人为了救他，从几户人家拿出三床被子，给他盖上，他依然发冷。他的那种冷打战，把整个床铺都颤动了。教书匠还有个令人费解的病状，他不断地叫唤："渴！我渴！"穷邻人把一口像个竹筒子的马口窑烧制的缸移过来，用葫芦制成的瓢舀上水，往他张着的嘴巴里灌。在场的人看着水明明进了他的肚子，却不见从尿道或屁股里流出来，不知消失到了何处。多年以后，三娘回顾时，还能详细地描述她父亲得急症时的情形。当他父亲不再叫冷，人们掀开被子时，被子下一摊黄水，身子缩小了一半，人的气息全无了。邻人们议论纷纷，认定这个死法不祥，定有妖孽作怪，甚至将会危及三娘。安葬教书匠后，按照习俗，他睡的床要拆除，却从床脚处发现了一个碗口粗的洞子，她明白父亲肚子里的水定是叫这个地洞给喝了去。她提来满满的一桶水，全部灌进去，水顺着洞孔流进湖里。

关于教书匠如此死法，三娘顾不得丧父之痛和自己成了孤儿的境况，决心弄个清楚明白。

教书匠一辈子老实巴交，从未做过坏事，怎么会遭如此死难？三娘不了解完全，会让她一生留下阴影的。她认为只有求神问鬼这条路。城关镇有个儒学馆，有个关帝庙，它们不管"过阴"。有个吓人巴沙的大巫婆，号称与阎王有交道，可从阴曹地府里把亡人拉出来说话，只是她的住所，同样是强人的窝子，小小年纪的她不敢去求。还有个洋庙堂，新开张不久，更加不懂通神灵。只有一个娘娘庙在西南仙女山上，这个庙与其他庙的不同之处，除了主神桃花夫人外，还有八位定期从天上下凡尘来湖泊采撷芙蓉的仙女，据说有求必应，为妇人们送上一个个又白又胖的小子。属桃花夫人最为灵验，人们也把此处叫成"桃花夫人庙"。它除了有送子功能外，亦可管"过阴"，只能与亡灵对话，无法见到亡魂。传说这位女神从前是本地的一个王后，国灭之后，与国王一同殉情而去，化而为神，享受桃花夫人庙的人间供奉。三娘买了一些香表纸钱，要问娘娘父死之因。当时娘娘庙除了一个打瞌睡的老尼外，再没求孕求子的其他妇人。她烧了炷香，化了表，趴下叩了几个头，跪在娘娘面前诉说了一番，求娘娘给个准话儿。不一会儿一阵阴风袭来，让三娘恍惚间睡着了。她的恳请，感动了桃花夫人，好看的娘娘款步而来，告知她：她的父亲这辈儿受尽苦难，寿运不长，皆是由于上一辈子的孽龙身份，因上天受阻便报复性地为害人世，此生须继续偿还上一辈的债，才遭此厄运。桃花夫人有几分禅机地对她说："尔乃龙之女，涉水可活。"她听得糊涂，但牢记下了父亲上辈子是个龙身，按娘娘的解释，犯了天条，有了劫数，上辈没还完，此生仍要偿还。她明白了，家里床铺下的那个洞孔，就是教书匠修炼的法身。她老子去了，她尽最后一次孝心，用水桶又灌了一次水，对洞孔祷告一番，大意是请它们不要抱怨，桃花娘娘说了，我们这一世为人，都是过来还债的。现教书匠的肉身已经消失了，你和他要还的人间孽债已经还完，你这法身该如何处置，随它一同上天、投胎，还是重新修炼，今后请自便。她现在就与这个洞孔划清界限，不会再给它喂水了。祷告完这些，她用水缸底盖住了洞孔。了却这桩心事后，她尽管无家可归，但也要努力恢复教书匠的名声，不能让他背上这个人间的骂名，永远被人指背影骨。三娘人小主意大，要尽作为女儿的最后一点孝心。

识字的教书匠死时三娘只有十余岁。这世道逼她拿主意找自救之道。她去找父亲的相好张媒婆。教书匠让她称呼张媒婆为"假娘"。假娘听着比干娘要亲近一些，在这个城市里，大家叫起来，就会听成"家娘""佳娘"。就是说，在三娘无娘时，借张媒婆当娘，这里的"假"通"借"字，表达的是其父与张媒婆不同寻常的关系。

这个张媒婆是别人介绍给父亲的，求她给教书匠弄个续弦，给三娘找个后娘。张媒婆见了识字的教书匠，满口答应给他找，却总是跟教书匠漫天要价，吓得教书匠死了这条再续之心。其实是张媒婆对他老芳心暗许了。张媒婆点拨识字的教书匠多少回，这个死识字的教书匠就是不开窍。张媒婆见识字的教书匠是个榆木脑瓜，只好自己亲自送货上门，这一来二去，张媒婆与识字的教书匠混得更亲近了。张媒婆爱屋及乌，对三娘还是不错。有时识字的教书匠外出，把三娘往她这里一丢，她还能照顾得十分周全。尽管张媒婆有意，但识字的教书匠满脑子孔孟之道，就“流水无情”了。教书匠是个善良之辈，她张媒婆毕竟有个驼背老头在，整天尽管咳咳啃啃的，毕竟还是有个人形儿，要做苟且之事万万行不得的。识字的教书匠这种行事风格，实在是把个张媒婆吊足了胃口，直到识字的教书匠死了，张媒婆也没尝过识字的教书匠半口酸肉。

成了孤儿的三娘，只能把假娘张媒婆算作自己的亲人了。三娘从小还是有几分志气的，并不是想投靠她，找她有两层意思在：一是觉得假娘有四通八达的人脉，可以让她为自己的老子宣讲宣讲桃花夫人说的判词——父亲上辈子是条孽龙，这辈子没做过坏事，要还上辈子的债。她用了点小心思，把娘娘说她是个龙养女，要在水里讨生活的话咽到肚子里去了。二来是想让假娘帮忙，为自己找个做童养媳的机会，认个小女婿的，至少不像现在这样孤苦伶仃的。

认小女婿这个意识，本来是隔壁邻里对三娘的一个笑谈。三娘记得那时更幼小。隔壁人家有个小子，总要她去帮忙摇摇窝，她一边摇一边逗孩子笑，小子被逗笑的样子十分可爱。她还会拼足吃奶的劲儿，把小小婴儿从摇窝里抱出来。有一次孩子睁着眼撒了尿，那个小鸡鸡不知是怎么长的，尿水往人头顶上拉，弄了小小三娘一脸一嘴，那尿味有点咸又有点鲜，并没有骚味儿。她慌忙抱给老爸看：“我的小女婿把尿拉到我的嘴里了。”教书匠看也不看，听也不听，赶紧说：“快给他的姆妈，小心拉出臭臭来，搞到你衣服上了，冇得换。”三娘赶紧把小子交给邻里的姆妈，大声叫唤：“姆妈哎，我的小女婿拉了水尿。”这本来是邻居的妇人对三娘讲的一个笑话：“把这个小鬼头给你做小女婿吧，你要把他带大，他就是你的人了。”她倒不太明白这小女婿是什么意思，只以为是一个称呼。她这么一讲，邻居妇人接过小子，便大笑起来：“呀哈哈，你这鬼丫，毛腥气冇脱就萌发了春心啦，人小鬼大。”当时她依然不明白是什么意思，只是这样被打趣，便弄得很不好意思。不久，有从天门河下来的乞讨人，打着三盘鼓，她记住了唱词：“鸦鹊子哇儿哇，喜鹊喳儿喳，别人的女婿那么大，我的女婿一低拃（zhǎ）。”因为这唱词有对比，才知道就是给自己找男人。她当即羞红了脸，恐是人生第一个开春发芽的脸红。

见了三娘的假娘张媒婆，一阵哭得死去活来后，动了感情地说：“假娘给你打灯笼满街寻个人儿，也莫当千刀杀万刀剐的童养媳。”她先要三娘就在她家安顿下来。她端详三娘脸庞一会儿，再捏捏她的身子骨，嗯了一声，说：“你这‘麦子’还是有几分的，还冇长全环，吃几餐饱饭，养一养，还是个标致人儿。”张媒婆只得把这个假娘的名声顺便安上了。

36. 可怜！无神通的洋菩萨被钉在十字架上

三娘听信了假娘张媒婆的话，先待在她的家里。

没过几日。张媒婆便受不住了，连连拍着大腿说：“这坐吃山也空咧，大小要去找个活儿做。”一时也找不见活儿，便打起了洋庙的主意。洋庙是个鬼也不缠的出处，故而洋庙的活儿不难找，但传说太怕人。这洋庙堂会把中国小娃心肝当药引，还有给小娃们吃了迷药，坐上大驳子船——这船是两头高，中间低，不用帆，洋机器一响，开得飞快——送到十万八千里远的外国做奴隶苦工。去了外国，无远巴远，永世不得翻身回转。还有一种说法，就是吸小娃的精气，看起来像小娃被喂养肥了，那是抽了精血之后，人没了力道气道，像发的面团一样，成了个发物，泡泡松松的，寸草都拿不动。

三娘一听说，她自己还是走吧，自卖自身，总比给人送进洋庙堂强。假娘张媒婆觉得养个活物不赚点钱太划不来了，说这个洋庙里呢恰好要找个“掌灯的”，就是洋和尚念经，咱在后边为他掌个灯。每月还有光洋三块，当然这个光洋是交给假娘张媒婆。她便好心好意地劝说：“你一时寻不到出处，我自有安置的。”

三娘听了半晌，也无法晓得到洋庙里去“掌灯”是个什么差事，心里不免七上八下地打鼓。她想这个掌灯就是把灯举起来照什么亮光吧。在三娘的印象中，这城关镇的灯都是有灯焾子的，放点豆油。如果高高地举着，不是油弄泼了，就怕灯焾子落下了，还有灯举得不稳，灯烟也会很熖（qiú）人的，就算洋庙的灯洋气，也是要用油和灯焾子的。看来这是个不轻松的活计，才一个月，可得三块光洋哩。她不敢回绝，只是暗暗地焦虑。

而假娘则想到另一层，她为防洋和尚要加害于人，要领着三娘出趟远门求个护身符。原本这城关镇里东边有个小小道观，可风言风语很多，说是他们为人做了法事，连主人家的一只骚鸡公也不会放过，要擒来背着走；还有的说，有个道士动了城南边一个富户人家的外室，差点没被打死，还报了官。这道观的声誉败了，神灵也不会到他们这里落脚，自是不会有人光顾了。张媒婆还是心疼三丫头的，求个护身符要灵验顶顶重要，便把这事看得重，要绕廾这个道观，去城北的麻河镇三清观。这里供奉的是真武大帝，自从三清观在这里落成之后，这一带水患锐减。真武大帝又名“玄天上帝”，本是北方水神，他在这湖泊之地呼风唤雨，让其风调雨顺、年年丰收自是小菜一碟。因为有这些神奇之处，这里香火渐渐旺盛。当然，这个三清观是武当山下院全真道观，它的背景深厚，戴上这里的护身符，定可万无一失的。道观的住持马道仙姑尽管是本地人氏，却是在武当山紫霄宫修炼了许多年，法术高强；现在受师父的派遣，特来打理这个下院。

离三清观不远处，有个大型佛寺，尽管已经破败，主殿只有一个老僧，依然有信男善女来求神拜佛。当地人认为，因这一带宗教氛围浓郁，神灵来往就多，求来灵验。马道仙姑创建三清观后，还从老家网罗一批搭亲带故的半老徐娘，让她们学做法事，上门为死者超度，安妥亡灵，有了声誉，便大受欢迎。假娘张媒婆把这舍近求远的因由告知三娘，三丫头自是感动假娘对她周全的安排。娘俩便起了个大早，从水码头寻来一条船，让自己的驼背老头子划桨。这驼背看起来病恹恹的，在坡地上走路歪歪倒倒的，可一旦上得船来，双手把桨一荡，精气神即刻回来了，身子骨便有了劲道。三娘灵巧，要随手撑篙辅助驼背行船。假娘坐在船舱中的弓棚摆了摆手，说了声：“让老不死的一个划就好，他整日无事，又要寻事打事的，这是你给他寻来的，他要感念才是。”

花了小半日影，船便停在三清观前面一条开场很大的湖荡之旁了。来到三清观，先给真武大帝焚了香，上了供，在门前放了一挂当地制作的土爆竹。这玩意不仅烟雾大，放上几节还会成了哑响，要重新点燃再放。假娘买时，自是图个便宜，俗话说‘便宜没好货’，果不其然。从假娘与周道姑闲话拉扯中，才知她们俩是相认的。马道仙姑有个表亲的男娃是她给配的亲。

假娘如此这般地把事情的来龙去脉说了一遍。起先马道仙姑脸色就变了，说打个短工，做个小活，哪里不好去，硬要往这洋庙堂里凑，这洋庙是挨不得的。马道仙姑还说，不要把伢们往火坑推。假娘见说，便把三娘身世讲了一遍，又说她这伢命硬，教书匠的老子是个孽龙转世，上辈子害人不少，这辈子还要还债。假娘怕马道仙姑再生枝节，一边对驼背老头吩咐：“上供的香火钱拿出来呀。”又说：“这庙里的神灵，听得那无远巴远的人谣讲哩——威灵大得很的。难不成他也怕洋老怪神?”

马道仙姑着实被假娘将了一军。她沉吟不语一会儿，抬起头来，看假娘一眼，又看看一旁紧张发抖的三娘：“你既然这么想，我就冇话讲的，我们也想要赌一赌与这洋老怪的道行，看谁为高。”

马道仙姑先是一阵作法，再用朱笔画了符咒，假娘自然看不出什么端倪，只好连声对马道仙姑讲：“一定要画狠一点，比洋和尚的道行要高。”假娘这辈子阅人很多，察言观色的能力强，她心中暗喜，认为拿捏住了对方的短处，又说：“你想那个洋和尚千远万远跑来，如果没有两把刷子，他敢来吗?”

马道仙姑说了，她曾与洋庙洋和尚斗了几次法，也还钻进洋庙堂里，去看过洋神。那洋神是个可怜神，是被钉在钉板上的人儿，根本就没什么道，只有恨咧。假娘听了将信将疑，又多少有点放下心来。

道符咒画好了。马道仙姑说有两种做法。一是马道仙姑念上九九八十一遍咒，魔力便上了三娘的身子，不用把道符咒粘在后背上，这样便可以抵挡洋教的侵害。还有更稳妥的做法，就是粘在背上，形成双保险，洋教的邪气一丁点儿也休想渗透进来。

符咒就这样粘贴在三娘的后背上，防备洋和尚偷吸她的精血。马道仙姑叮嘱，最重要的是防护手法，就是三娘自己。假娘张媒婆听了十分赞同，说道："这世间的病都是从口入。到了洋庙饿死不吃东西，渴死不能喝水，特别是洋和尚给的，万万不能用。"马道仙姑更是叮嘱："还有听见洋经要充耳不闻，晓得啵？就是耳朵长在这里，有了洋庙的声音，一个耳朵进另个耳朵出的。"

假娘得了符咒，心里头一块石头落了地，拜谢马道仙姑，便出了门。马道仙姑在她们出门之时便说："回转来下。"她又用朱笔在一些黄表纸上画了一些人形，还伸出手来，举过头顶，在半空中凌空画符，一会儿，便画出一叠人形画作，交到假娘手上："三保险，每逢单日，把这个替身烧一张，连烧十天半月，更加牢靠的。"

假娘张媒婆知道这替身是个转嫁灾祸的好办法，是城关镇的人生病时通用的法子，本想求马道仙姑的，没好意思出口，幸好马道仙姑想到了。这真是万喜之事。

路上，假娘又与三娘合计，说每天晚上完事后，便回假娘家吃住睡，三块光洋也不是白给假娘的。这三道多保险，促使不好意思吃闲饭的三娘冒险试一试。

待这一切弄妥后，张媒婆便带上三娘先见了那个招人的中国帮佣。假娘显然是通过他打听到洋庙堂缺个掌灯的。这家伙是洋和尚从下江带过来的，说话同样是叽叽喳喳，比洋人说话好听不到哪里去。他的话不好懂，他还喜欢说，一说一大串。当地人骂他是狗奴才，据说也不是当地人骂的，是有一次犯了错，洋和尚这样骂的——信众跟着骂。而人家洋和尚叫他"我的中国帮佣"。他一见三娘，便开始找茬了。他捏了她的脸蛋一把，又捏了她的身子骨，便说："这个小，这个瘦，只有在教堂里吃闲饭。"假娘认真听他讲话，反驳说："我的伢死也不在这洋庙里吃闲饭。回家吃。"

中国帮佣又说："她做不了什么事，她的活由我掌管。要洒水、扫地，抹桌子，读经书。"假娘说："除不会读经书外，别看她身子骨小，鬼大得很咧，么事都拿得起。"中国帮佣说："洋和尚肯定看不中的。"假娘张媒婆一听急了，忙说："这怎么成，为了来这儿掌灯，我们花了不少气力。"她似乎听出了门道了："这三丫赚得三块大光洋，留你一块。"中国帮佣听了，毫不客气地说："这还差不多，你何不早点说出？"他有几分责怪道："就不用我费这么半天口舌了。"

去见洋和尚。这是三娘第一次见洋人，本能抬头看了一眼，便吓了一大跳。这洋和尚僧不僧、道不道的，说是和尚，头顶有头发；说是道人，头发也没绾起。三娘眼尖，看他手背上、脖子上满是金毛，浓密得像个戏文里唱念做打的孙猴公——全然不是传说中的洋和尚，也不是想象中的洋道人。他见了三娘，问了中国帮佣几句，便把脸转过来，对假娘张媒婆和三娘说起话来："我叫穆勒，请叫我穆勒先生。"她们一时听不懂这个木木先生的话，中国帮佣重复了一遍。

洋和尚的中国话一字一蹦，拖腔老长，像是嚼豆子那样费劲。特别是他的一笑，脸上几道波纹翻动，活像一个恶魔露出了笑脸。三娘壮着胆子，还是忍不住躲在张媒婆背后。

显然，假娘张媒婆见过世面。听她说，她还撮合过一对信洋教之人的婚事，尽管没成，多少都是长了见识。她对三娘说，洋人不通三妻四妾的，但还是要生儿育女，就算今后遍地都是洋人，还是要有人做媒。这个媒婆行业万年不朽，要想一生有饭吃，假娘说了，待她长大了，今后还带她做这个媒婆的营生。

洋和尚尽管话不多，但再有隔膜的人，也还是能感受他的和蔼可亲的态度。假娘和他连比带画地讲了一些话，中国佣工半中国话半外国话地帮了几句腔。洋和尚依然微笑着："带她们看看。"说完，洋和尚从口袋里掏出三块光洋给了假娘张媒婆。三娘当时听到"咣当"一响，眼前一黑，心知自己这是被卖了。这比当童养媳还没有底。既然被人卖了，也没有什么好怕的。她摸了摸背上，有沙沙声传导进耳膜去，多少还是踏实一点。

中国帮佣带着假娘张媒婆一同走进洋庙。三娘最关心的是她的掌灯差事，拿不拿得起来，她第一眼就看到洋神前面有几个烛台，上面插着白烛，显然不用油也不用灯焾子，自然也不会有烟熥人的，才略略放了心。她开始熟悉周围的环境，这个心计是教书匠老子教给她的一点功夫，到了一个陌生的环境，要看看地势哩，这样遇到不好的事，就能多少有个应对。可恰恰是迎面的洋菩萨吸引了她的目光，洋神被钉在十字架上，一副疼痛难忍、即将死亡的样子。三娘抬头看了，觉得洋菩萨怎么会是这样惨的，一点本事也没有，说叫人钉上就钉上。中国帮佣显然知晓她们的心事："他是上帝的儿子，法力无边，只是要代人世间所有人受苦，是显给人看的。"回来的路上，假娘长出了口气："都在传得吓人巴沙，这个洋神的本事并不大的。"她回过头来对三娘说："这下你就落心了吧。"三娘觉得自己心儿放了一半下来。她想了假娘的话，既然洋神从老远的地方能来，绝不是闹着玩的吧。总之，不敢想得太过简单。

37. 假洋鬼子是个讲话极快的下江人

第二天，洋和尚对三娘说了第一句话：“孩子，这儿就是你的家。”这话三娘听得懂。对一个孤儿来说，这话听得亲切，她觉得洋人不全是红毛鬼，喝人精血的。中国佣工给她交代了事情，做了示范。还要换一套洋庙里的穿着，三娘死活不肯脱掉自己的衣服。当然，洋和尚也没为难她。她的主要工作很简单，洋和尚在洋庙里走动，拿着经书读诵时，她举着洋灯在后边照着。洋庙里的规矩很多，她一下难以适应，因为收了别人的钱，她知道自己不能不干，至少也要干上一个月。所幸晚上可回假娘那里住，多少让她有点宽慰。她依然认定，找个人家当童养媳，才是她的命，现在误入洋庙是走了人生的弯路。

洋和尚不管杂事。而这个中国帮佣整天嫌她这个做不好，那个做得不行，挑三拣四，处处刁难她，完全一副狗奴才的嘴脸。他仗着是个男将，长得肥头大耳的，还会讲几句“洋槟榔”，处处显摆逞能，他只管她一个，却充足了老大。有些事稍有差池，便命她反复做，还要罚站，弄得她对这个中国帮佣又气又怕。

到这里来的信众一波又一波，因为城关镇的人不来，就从四周和省城调一些信洋教的人勾搭本地人，这些来者是讲话文气、穿着讲究的人。鬼知道他们心长在什么地方，是不是黑心烂肝。三娘感到这些人是中了蛊毒的，被洋鬼子迷了去，不然他们都有吃有穿，干吗往洋教堂里钻呢？他们来了会细声细气念上一会儿经文，她觉得自己天生耳朵灵，但还是听不懂这些话。这些人在与不在，洋庙里总让人感到鬼气森森。一旦他们离去，那种寂静，让三娘惶恐。特别是吊着的外国洋神，似乎比她老子上辈子欠的孽债还多。洋和尚有间小屋子，轻易不让人进去，也不让她去打扫，他把自己关在里边，有时会让一些外地信洋教的人与他同时关进去，她认定洋和尚在此吸人精血。总之，她对洋和尚的判断复杂矛盾得很。

她感到最不适应的是，洋庙没人时，她要清理场地，那个中国帮佣会有事没事过来，对她指指点点，拖着扫把和她一起扫，乘机捏她的脸颊，摸她几下。还有一次，居然把她扑倒在走廊里，趴到她身上，压得她无法喘气。三娘那一刻如同被鬼捏了，浑身酥软了。三娘觉得这个狗奴才，已经按照洋和尚的指令对她下了手。这时，洋和尚出现了，大声呵斥中国帮佣。她不知如何是好，涨红了脸。把扫帚一扔，跑回假娘张媒婆家，心说：今天好险。

这之后，那个中国帮佣更加放肆，她不得不回避他。她最怕的是自己那个重大秘密被他抓出来了。他来触摸她时，她总是猴上腰，护住自己身上的符咒。因为这是道姑仙人画的，用道符来克洋教，对洋教是很不吉利的，如果洋教的人发现了，肯定会于她不利。这是吃别人的饭砸别人家的锅，是犯最大的忌讳。

在洋庙里干活，走出庙门后，有时还被一群孩子围攻。孩子们向她扔驴粪狗屎，骂她中了邪魔外道。出了洋庙门，与孩子们闹起来，她就是另一个人，她反过去追那些娃们。她心理上一直被这种惶恐感所包围，压得她喘不过气来。猛追娃们，有种大口出恶气之感。

在洋庙里待了快一个月，假娘高兴地告诉她，已经帮她找到了下家。城北街榨坊老板要“讨小”。张媒婆帮她分析了一下前景：吃香的喝辣的，穿的是绫罗绸缎，用的钱堆成山；嫁到了榨坊老板家，炒菜永远不用省油了——因为那油每日从榨口流出来，永远流不尽。张媒婆也说出了老板纳小的原因，这榨坊老板的堂客，屁股一撅，就屙个丫头片子，生不出正经蛋。如果她嫁了去，生个大胖小子，就会盖过正房堂客的——意思是她极有可能被“扶正”的。

三娘听得心眼活泛，因假娘那张嘴，不说洋油点灯燃得亮，说到那份儿上，水都可以点灯。三娘觉得自个儿是做童养媳的命，这大好事，从天上砸下来把她砸晕了。但三娘在晕的那一刻，还是清醒地问了一句：“就没有不好点的事要防备着一点么?”

张媒婆充分调动嘴巴上功夫，对她的前景加以描绘，对三娘说：“我对你生娃的家业是有十足的把握的。你这模样儿，吃饱了饭，胸也会长饱满，鼓鼓胀胀的，屁股也会翘起。俗语说得好，‘这挺胸翘屁股，生娃的老师傅’。生出一长串小子来，不把个正屋的比下去么?”

这几天下来，张媒婆每天来洋庙一次，不开口就满是笑脸，一开口就是笑容满面，对她满脸讨好的笑，全然像变了一个人似的。张媒婆还特别叮嘱她，要保养好身子，特别问了道人画的符咒还在不在身上。她用心地点点头，这个是性命，万不敢丢的。假娘张媒婆抓紧时间，对她做洗脑的工作。甚至低卑地说，她这一辈子，从未攀上一门富贵亲戚走，娘家婆家都是一些穷得看得见鬼的亲戚里道，都只会打她家的主意，没见谁给她张媒婆带点好处。现在她好了，有了三娘这个富贵命，让她这个做假娘的沾了光。

三娘长这么大，从未被人这么恭维过，她恍惚觉得自己快要掉进蜜罐之中了。

在洋庙里受了这些时日的夹磨，她学会了屏蔽自己，什么也没听见去，什么也不会学到手。但假娘这些话，特别是做小这事，听得三娘心眼儿活泛起来。她有那么点憧憬未来，想到要当榨坊的老板娘，想到炒菜再也不用省油时，心里头乐开了花。

这当儿，三娘在洋庙里闯了祸。

本来，她在这个洋庙里做事小心翼翼、规规矩矩的。现在她负担太多，有度日如年之感，决心做满一个月，也算对假娘赚光洋尽了一点孝心。因为要做这个榨坊老板的“小”，让她心思活泛了，掌起灯来变得漫不经心，便出了纰漏。估计洋神窥破了她的心事，她走路好好的，却使绊让她跌了一跤，便跌倒在台桌一旁。手上拿着燃着的蜡烛台，蜡烛油倒洒在台布上，便燃烧起来。幸好中国帮佣也在，忙把台布从桌面上扯下来。她当时用脚踩，合身扑下去灭火。中国帮佣见她如此不小心，当即代表洋和尚给了她一记耳光。幸好损失不大，台布烧了个洞，洋庙里给她穿的一身衣服，前胸口同样烧了个洞。三娘因过错被狗奴才打了，给自己壮胆似的说了豪气万丈的一句话：“我家假娘会把工钱退给你的，就算作烧坏了的赔偿。”她不禁气壮起来，觉得自个儿明日当了小，还会在乎你们这几块光洋？

这几个日眼，张媒婆每天都来。她这次想赚更大钱的，对三娘她要小心伺候，这可是送上门的钱袋。她还给三娘置了一身新行头，出嫁那天可以穿。对假娘张媒婆的慷慨，三娘很感动，她没得到过母爱，现在假娘胜过了亲娘。她突然觉得，自己本来是个赔钱货，现在被假娘巧手捣鼓了几下，有了几分稀罕。

发生了这个事，三娘知道她闯了祸，她想，就把三块光洋还给洋庙，两不欠，对谁也说得过去。中国帮佣反复说这个值多少，吓唬她要用一年做工钱来抵押。三娘又气又怕，如果要抵工一年，还不如死了好。她做“小”的梦想就破碎了。有个人比她更急，那就是假娘张媒婆。她号过几次洋脉，觉得这个中国帮佣是个雁过拔毛的家伙，只要落他手上，不沾点油水，他是不放手的。假娘关键之时拿出了勇气，不再与这个狗奴才似的中国帮佣论理了。找到洋和尚，连比带画地告诉他，她会把这烧坏的台布和衣服拿回去洗一洗补一补，再用个绣花的“绷筝子”绷紧，绣上一朵红花。洋和尚听了，居然没有半点犹豫地对假娘张媒婆说了个 OK。假娘见洋和尚如此爽快，几乎要和三娘对他行跪拜礼了，感激道：“洋菩萨，真是我们救苦救难的活菩萨。”洋和尚听有人称他是洋菩萨，一副无比受用的样子。

张媒婆年轻时的针线活很是了得。她连夜与三娘忙开了。她唤道：“我的儿，拿只杯子。”三娘不明就里，遵从地拿只杯子来。假娘印在布的破洞处，刻成一个圆形印痕。她说：“这托女人生的，女红针线活那是少不得的。”便拿了一套大小不一竹制的绷筝子，用一个小型套子在破洞口绷着，再把大型号的往布外一夹，破洞口处被绷得紧紧的。她先用红丝线从破洞口横织几针，挑织着一层经纬线。三娘见假娘手法娴熟，大为眼热。张媒婆见三娘如此表情，心情自然大好。“我做姑娘那时节，在这城关镇做起这女红，没几个人比得了的。”她有几分自得地说，“现在我还全套保存着这些家什，只是多年没拿针线，手就生了。”她把针线和绷筝子往三娘手上一放：“我儿照着比画。”见三娘笨手笨脚的样子，连笑几声：“我儿娘亲死得早，没人教。幸亏有我这个假娘。”

张媒婆暗自叹口气说：“原本我命里有两个女伢，这个手艺应该是可以往下传的。”三娘听了，大感好奇：“那两个姐姐呢？”张媒婆见问，脸随即变暗，眼眶泛红：“一对双胞胎，几多灵醒的女儿家，一个得病，一个传染，就双双被阎王索拿去了。”三娘心想，这假娘原本有些罪过，做个媒，骗了男方骗女方，骗吃骗喝的，最多也是进拔舌地狱，不应遭此大难才是。城关镇的人都知道，她还有两个儿子，一个是官府的保安团副，一个与他反着来，是赤卫队的头领。两弟兄见了，就是生死仇人。结果这个保安团副抓了自己的弟弟，亲自去横堤刑场行刑，手起刀落，砍了弟弟的人头。张媒婆命苦，最不能接受的就是这个，他们都是一母奶头子所吊，就算有个深仇大恨，也不应该哥哥杀弟弟。这个大儿子砍杀了弟弟，还回来过家一次。张媒婆急火攻心，哭骂得昏死过去，老实巴交的男人拿起厨房的菜刀就要砍杀，他们从此与这个儿子断了亲子之情。

张媒婆自然不知三娘想到这些，她从过往的感伤中回过神来，便对三娘说：“我的儿，你尽管不是我亲出，我现在费尽周折，要把你嫁个好人家，如同亲出。这段时日，你吃喝在家，日夜赶制女红，把我这门手艺传下去，今后也多了个吃饭的家什。”

她连夜用绣花绷筝子把破洞处撑起来，用刷子把烧坏的四周刷成毛边，再将线织成经纬，一针一针地织好。先用白线打好底子，绣上两朵红牡丹。织好了，放在灯下看了又看，娘俩还是不踏实。第二天送过去，洋和尚见了，向张媒婆、三娘竖了大拇指——显然这是个不讲究的马虎人，不会像那下江人，仔细看，仔细瞧，故意刁难人。他甚是认可，特别问这是谁的手艺，张媒婆见问，忙把三娘一推。三娘其实只做了一小半，还是在假娘的指导下做的，此时怪不好意思地垂着头，脸羞得通红，样子十分可爱。洋人见这个小女儿心灵手巧，再三要求三娘留下来，三娘自然死活不干了。中国帮佣在一旁絮絮叨叨的，听得不耐烦的三娘警告说：“你欠我一个耳刮子，么时候都会记得的，肯定要还给你。”这个小妮子居然说出这样话，让这个下江人心中一惊，才知湖里的女人不好惹。

离开洋庙时，三娘为了表示自己的决断，她在这个月里，学了一个“阿门”和在胸口上画个十字。她当着这个狗奴才的面，做了一遍，便做了一个狠狠地往地上扔的动作。这表示自己把学的东西还给他们了，来的时候什么也没拿，走的时候什么也不带走。

38. 媒婆的营生定是骗了男家骗女家

李如寄有时会对自己心中的最隐秘处说："人性真是个恶俗的东西。"他对奶奶的记忆，竟是从她的一对奶子开始的。那个时候，他一定是婴幼儿时期吧，不然奶奶怎么会把他塞在蚊帐里，在一只脚盆里光着腚洗身子呢。他便看到了奶奶这对奶子在胸口上甩来甩去。多年以后，他见到了马奶子葡萄。那种翠青色泽，举在头顶，放在阳光下一照，他就想到了奶奶胸口上甩动的那对奶子。这一画面后来便与马奶子葡萄紧密相连。有几次，他去超市买点日用品，转到水果柜边，如果有马奶子葡萄，这一画面就会呼之欲出。这事不敢告诉任何人，人的隐秘心思确实是个难以窥测的地方，它窝藏着人性最见不得人之处。佛教似乎很了解这一点，提出类似"一切缘起心念"的口号来压制邪恶的人性。

奶奶在晚年的时候，陆陆续续对他讲了许多往事。他并没有太在意听，她讲得随意，因为她那时多是生活在过去的岁月里，现实对她并不重要。奶奶一向是靠回忆打发自己最后的时光。她总是回忆，反复、支离破碎，有时一件事会重复若干遍。但奶奶随口讲出，并不影响李如寄的记忆。从另一角度来说，一个上了年纪的女人，特别是有着非凡经历的女人，她看透了太多东西。对自己经历的东西，其实有一种淡然的态度。

三娘当然也需要倾诉。在奶奶看来，李如寄这个“上长物”，并不需要她的回忆作为成长的“肥料”。孙儿对她采取似听非听的态度，她本也是接受的。在李如寄看来，奶奶的时代太过遥远，这些往事太过遥远，与他所在时代完全是两种不同的形态。更让他抵触的一点，她的时代是那个万恶的旧社会。

那些事拿到现在来说，换不出钱，也无经验可借鉴，再说湖早已经变成了良田，奶奶的一切过去了，没有价值的。既当不得饭，更当不得读的书。

现在，李如寄关于奶奶的这些记忆汹涌而出时，他知道，如果不是老洋人以如此惨烈的方式结束生命，李如寄对这些潜藏在心底的记忆，是无法勾连出来的。他只有搞清楚了爷爷奶奶是什么人，才有可能把父亲认识清楚。

晚年的奶奶，偶尔会在孙儿面前抽抽烟。老妇人抽烟，在乡下是很难一见的，除非这个人从前有过一些特别的经历——因为乡下劳巴苦作的农妇不会染上这种恶习的。他突然想到奶奶就是那样子抽烟——好像奶奶抽烟，并不会让烟入喉进肺的，她抽一口，在口腔中转悠一会儿，从鼻口中冒出去。她用手弹烟灰，记得是两个手指微微一颤，烟灰脱落而去。那是种娴熟、老到的样子，同时她的腿也会配合地微微颤动一下。成人后，李如寄其实也抽过一阵子的烟，他就是想学下奶奶的样子，但他找不到她抽的那种味儿。李如寄曾评论奶奶，活得太老，就会成精。

奶奶说到她离开洋庙后，曾带着一个强人回到了洋庙，把那个狗奴才中国帮佣叫了出来，并对强人说：“他欠我一个耳刮子，你帮我还回去。”那个中国帮佣怎么也不会想到，一个小蹄子果真这么记仇，寻仇来了。他就像木头一样立在那里，动弹不得。晚年的奶奶说："你奶奶是这个脾气吧，有仇不报非君子。你敬我一尺，我敬你一丈。那小子当时那么折腾我，是想沾我一点油水。我后来懂了一点人事，才晓得这点的。哈哈。"她讲了这段之后，竟然开怀大笑起来。那些强人天生就是打人的，手一举再一挥，狠狠的巴掌甩了过去，"啪"的一下，没干过农活的下江佬真没劲道，随手一抡，他的脸被打得歪斜，流出鼻血来。强人一时性起，又挥起了手。她及时制止了他，说道："他只欠我一个耳刮子。"这一耳刮子，让她莫名其妙地心疼起来。

他们离开时，奶奶显然听到了从前那个趾高气扬的小子的抽泣声。真是没甚出息，掉个脑袋不就是碗口大的疤吗？她当时没忍心回头，只是肩膀耸动了一下。她似乎从这抽泣声中听出别的味儿。"那时还小，不会想许多。"她辩解道。

李如寄有时还会认为，他的奶奶像个女流氓。他虽然克制着这种想法，这想法却时时冒出来。主要是他对奶奶的行为太难定位。

如果说李如寄没用心听奶奶谈自己的过去，似乎也不对。奶奶讲述这件事时，他曾予以反驳："以奶奶的性情，会亲手去打对方，这就算报仇的。"而她说是让人代打，显然是记忆有误，更有误之处，奶奶甚至把这个下江佬看作启蒙的恋人，是舍不得下手的。奶奶听了，把自己的手掌伸出来仔细察看，似乎要找找打过下江人的印痕，还喃喃自语："我还真没打过他？"

三娘去做榨坊老板的"小"，是一次人生历练，要受那个罪，自是着了假娘张媒婆的道儿。

"我这个假娘，见识多，总为自己精打细算，盘算人是有一套的。"奶奶如是说。

榨坊老板是个名义上的老板，他本是伙计出身，人老实勤快，被老板选中作为上门女婿。至于事情发展到让人大跌眼镜，三娘认为他有一种阴狠劲，那是后来的事。与其说三娘是被老板看中，不如说是被老板的女儿选中。这个榨坊公主，幼年时出过天花。出天花不会死人，但大多会破相——要不破相其实也是有办法的，就是一定要包住病人的手指，不要让她往脸上抓痒。天花那个到骨髓深处的痒，不是一般人能克制得了的。天花好后，这个榨坊公主变成了一脸麻头怪脑的相，人的性情自然也大变了。俗话说，十个麻子九个怪。这个榨坊公主加上右眼上方生过疱，眼皮上扯，这只眼让人一见，还有几分不怒而威。榨坊老板有个儿子，年轻时外出混江湖，到省城里做了一个司令的马弁，对这份家业就看不上了。榨坊老板操劳一辈子，他觉得无法交付儿子之手，下定决心要培养接班人。这个女儿一副丑相，无人上门提亲，就托付给东南街边上的张媒婆，跑腿费还先预付了光洋，这是一笔不小的费用。起先张媒婆信誓旦旦地说，一定会帮寻个好人家。张媒婆东跑西颠小半年，嘴巴磨破，好话说了三箩筐，硬是领不出一个有兴趣上门的。她总是对榨坊老板说："快了，快了。"最后一次说"快了"时，性情暴躁的榨坊公主拿起竹竿，张媒婆由此吃了一竹竿。受了打击的榨坊公主，决定自己把自己嫁出去。她恶狠狠地对张媒婆说："我来选人，你来做媒。"这一竹竿下去，诞生了一个娶嫁联盟。

榨坊公主只有从榨坊的愣头青里选女婿。七选八选看中了邓划子。邓划子父母在湖里做捞鱼的营生，一个窝棚，几张破网，弓篷漏风、渔船漏水的一条烂船，就是全部家当。用张媒婆的话说，穷得看得到鬼。邓划子是个撮嘴，俗称"地包天"。一天到晚推着油榨杠叫号子，尽管工钱挣得少，却吃喝不愁。他身体强壮，胸肌发达，号子喊得不错，说话却不关风，只好绝少说话，慢慢地三杠子压不出一个屁来。邓划子有一次推杠子喊号子时，把脚一跺，地板一震，身子往前一移，那脚下的功夫了得。榨坊公主正好出现在现场，看到他腿脚一颤，榨坊公主心尖子微微一抖。有人说少女怀春，就像顿悟，她的心房突然被砸开，春水便像闸门打开再也收不住。她因此春心萌动了，这最初的反应让她着了迷。她有事没事就想看看邓划子喊着号子、推着杠子、跺着脚的把式。榨坊公主麻姑第一次有这种体验，这真是让人沉醉的感觉咧。

愣头青们歇息的时候，便拿这个麻姑打趣，推举谁谁谁有工夫去舔她的麻脸，谁的舌头粗大，谁就可以把她脸舔平。长工们谁也不愿意。最后大家逼着邓划子上，邓划子尽管不申辩，但连连摆手，憋了很长一口气说："我——不——喜。"

这事恐怕由不得他爱干不干的。

邓划子被榨坊公主叫去送一罐麻油。他到了麻姑的闺房里，麻姑坐在床上，她光着脚，是双小巧之脚。古时对女性的审美是外看脸、内看小脚，小蹄子是美脚，是件不得了的事。因为这种习俗才产生了三寸金莲。尽管这时不兴三寸金莲了，麻姑这双脚不仅经得住看，还耐看，这是麻姑的大本钱，不会随意拿出来的。白皙的脚连着纤细的腿十分晃眼，一个后生看了女脚，就像看了女人半个身子。麻姑已经完全放开了。湖地之女，本来就有一股子彪悍之气，这气亦是可以呼之欲出的。她把香脚一跷，要他把油放到床下的踏板上。邓划子只好颤巍巍双手奉上。但油还没放上，麻姑便把自己的香酥脚伸了过来，用脚尖一挑邓划子的下巴，单刀直入地丢出一句话："老娘要嫁人。"这话没头没脑地扔过来，把个邓划子吓得魂飞魄散，转身要跑。这个局子做到现在，逃？哪有那么简单的事情。本来麻姑设计的剧本，应是邓划子会饿虎般扑压过来，在她的闺房上成就她向往的好事。现在他不仅不扑，反倒仰身逃去。这对榨坊公主是一种大大的凌辱。她那已经火烧火燎的身子，更是管不住自己，狠狠地抓住邓划子往床上一带。失去平衡的邓划子，把一罐麻油打落了不说，人还扑到了麻姑香喷喷的闺床上。邓划子当然闻得出，这是用湖中十八种香草，收集齐了，做的香囊。香气飘满闺房，与麻油的香味串在一起，更是香得浓烈。麻姑心机深沉，又是有备而来，知道现在还不是享受美味的时候，她大叫一声，便哭将起来："你这个挨千刀杀的畜生，抓破了老娘的衣服。"她这一叫，邓划子一屁股瘫坐在地上，挥汗如雨，他十个嘴巴八张口也讲不清了，跳到汈汊湖的里潭深渊也莫想洗净了。他不知这连环套拳在这么短的时间，就完成了一套完美的组合。

张媒婆听见了信号，顿时冲了过来。

"你这个畜生，欺负到了主人家头上，坏了大户人家姑娘的贞节，这不是找死么。"顺手拿起一个捶衣棒，啪啪地就是两棒子打了过去。

张媒婆见了邓划子后，心里明白了。她千算万算，眼睛都是朝上看的。然而但凡好一点的人家，谁会认这个麻姑呢？她十拿九稳的媒婆名声差点被这个麻姑砸了。这个局，容不得邓划子挣扎，自然轻易搞定了。余下的事，都是由张媒婆来操办。鉴于邓划子的实际情况，又是做上门女婿，便是男嫁女娶，自是由榨坊出钱，置办彩礼、行头，找算命先生掐算男女双方的生辰八字，和邓划子的父母商议提亲——吓得这两位苦命之人口不择言，结结巴巴。最后择良辰吉日，更由不得邓划子，他是做上门女婿的，生出的男丁女伢皆随母姓。邓划子虽然贫寒，但爱美之心人皆有之，他不愿意，挣扎了两次，却被张媒婆拿出撕扯的女衣来要挟——有破衣为证，如若不从，送县衙大刑伺候，由不得邓划子不从。他只好用枕头压住自己的嘴脸，号哭一场，便屈从了。与他一起打长工做短工的伙计，说不出是什么心事，有的还羡慕他不花一分钱，便娶了媳妇。

张媒婆见邓划子扭筋拌筋的样子，发狠地说了一席话，斥责邓划子捡了便宜还卖乖。从此邓划子彻底服帖了。

还好，张媒婆小半年的努力没有白费，从中小赚了一笔，由此也与麻姑建立了友情。麻姑的心事，张媒婆自然是心知肚明的。强行与邓划子成亲后，这只公骚牛只顾埋头耕地，播下的种子，却结不出果实来。当然也有人谣讲，还是麻姑的肚子不争气，生不出个正经娃来。

在牵线搭桥这个领域做得风生水起的张媒婆，大脑里织有一张网，从上到下，从老到年轻，怎么牵出红线，她心中有数。那个时候，有指腹为婚的订奶窝的八字亲，有穷人家养童养媳，还有寡妇再嫁、男人续弦，都要经过媒婆之手。这个城市尽管媒婆不少，但做到如此高水平的，也就张媒婆一人。

关于麻姑肚子不争气这个心里疼的病，包打听的假娘张媒婆不用把脉，一望便可知。

39. 做童养媳的命被包装成做小的命

假娘的眼光是媒婆的，当三娘出现在她面前时，她眼珠子翻了翻，心里就有了谱儿，要把这个小蹄子囤起来，以便将来可卖个好价钱。至于怎么想到要对麻姑做个局，这个城关镇不大，一个半拉皮条半做媒的老妇人，游走在各色人等之间，自然成了一个信息中心。当把目光锁定在麻姑身上时，张媒婆便操作起来，并做得滴水不漏。她先是放风，因为麻姑家的榨坊无后，老东家已去，麻姑家的邓划子是个没什么用处的东西，况且是个上门女婿身份，无法继承家业，麻姑打算把榨坊贱卖了，到省城投奔自己的兄长。榨坊是个来钱的营生，因为家家都有需要，轻易不会破产。这风经张媒婆一放，多人上麻姑家的门，询问这榨坊的购买价，甚至有些黑恶势力要采取强买强卖的手法对麻姑家榨坊下手。

说起贱卖榨坊，完全是空穴来风。毫无思想准备的麻姑在这云梦泽畔起浮的江湖里，多少还是有能力嗅出一些东西来的。她当即让自己已经成为上校团长的兄长回来了一趟，溜达一圈表示一下，想打麻姑老娘主意的人尚未生出来。但这事来得过于蹊跷，脑袋里打了几个问号，盘算一番，便叫来了张媒婆——一切尽在张媒婆掌控之中，她不敢轻易发这张底牌，怕麻姑起了疑心。张媒婆只是好心安慰她一番，最后走时，随口说："家里还是要有几个带把的，这叫打仗父子兵，弟兄齐上阵。"

当张媒婆再次被请来时，麻姑已经明白是非曲直。不孝有三，无后为大，这就是症结之所在。她连生了四个丫头片子，如果再没有个正经货，她这点家当恐怕保不住。这个撮嘴的男人，连讨小的念头估计也不曾有的，这点是麻姑自己想明白的。坏只坏在撮嘴的那点种子播种到她的田地里，都是重复劳动，没有办法改变了。她也不是没想过去偷个人，换点良种，可她挂着这张麻脸，白天打灯笼估计也难找。她与邓划子反复折腾，这样下去实在没甚把握，自己再生下去，怕也是白忙活。

她狠狠心，出此下策，为了家族的生计大业，为这个撮嘴讨个小吧。麻姑对自己说："翻不了天。"她还是有自信掌控住局面的。再说娶个小的回来，肥水不流外人田。

她托人带个话，要张媒婆来一趟。张媒婆满心欢喜，她设的局时间也不长，便有了效果。在这个城关镇里，她手中有彩练，舞得风生水起。

两个人精，就这样坐在了麻姑家的床沿上，在那个为邓划子设局之处拉起了家常。

麻姑说：“我生不出个正经娃，短了半截头呀。”她说的意思明显，就是人前人后矮了一截。

张媒婆马上打住：“千万别这么说，现如今谁又养谁的命咧？再说咧，时候冇到咧。”

“过去也不曾在意，日子还长，黄瓜葫子又冇老咧。现在想转来了。撮撮嘴那把豆子，撒在自家地上，就了筋管了总，老一套儿，只能开豌豆花结不出果子来的。只有给他讨个小来传个宗接个代了。”

两个女人一个算计一个盘算，都能各得其所。

既然鱼儿上了钩，这个价格要谈个清楚明白。

张媒婆便开始数落撮撮嘴嘴不像嘴、鼻子不像鼻子，三杠子压不出个闷屁来。毛病由她一列，十条八条就出来了。

这是麻姑自己的男人，自己打得骂得，由不得别人说的，她的麻脸一下涨得通红。但她有求于人，实在不便发作。麻姑还有个心事，现在这纸票子不值钱，弄不好就塌了，一文不值，最好与这个老婆娘老堂客老砍头的用纸票子来结算。主意打定，脸上气色缓和许多。

麻姑平和一点后，便称赞张媒婆三寸不烂之嘴，巧舌如簧的功夫了得。可这两个人精皆生养在这个地皮上，她们都知道，尽管当今政府大力推动纸票结算，说了如此多的好话，这个城关镇谁也不为所动——光洋沉甸甸的，揣在口袋里踏实。人家张媒婆自然不傻，她对麻姑的心事猜中了七八分，便说：“现如今这个光景，是不允许找小纳妾的，尽管地方上睁一只眼闭一只眼的不管闲事，说不透么个时候，狠狠地来收拾一家伙。到时我和你郎就像拴在一块儿的蚂蚱，跑也跑不脱。麻姑为了家里传宗接代，冒这么大的险，孝心比天大。我呢？人为财死，鸟为食亡，也就甘愿冒这个险了。现如今，都是银钱开路，当然也要银钱来打点……”张媒婆开出了三十块光洋的价格来。

麻姑自然想过这个价，要说高也不高，说低也不低，只是一下拿出这么多银两，实在肉痛。她装作惊讶道：“老姐姐，你蓄了指甲壳子冇，我看看，我看看，挖人好深呢。”说着皮笑肉不笑地要抓张媒婆手来瞧。张媒婆见了，忙把手一甩，便说：“真人怕露这个相，一谈到银两，就是另一番光景。”张媒婆确实有备而来，列举了城关镇东南西北街的几位财主和公子哥儿，谁谁谁家一百两，还倒贴全套家私。某某某家，算是一个小户人家，尖起脚来做长子，也出了六十两来找小，都还是要传宗接代怕绝户哩。张媒婆是断断不会松这个口：“我的伢儿生得单薄，加之小了一二岁，我心中还是有杆秤的，老鼠爬杆秤，自称自，晓得这个分量的。”

她说得麻姑的麻脸一阵白一阵红，无可辩驳。张媒婆继续发起攻势：“大小姐家的榨坊，是城关镇数一数二的营生，坐落在这繁华地带，一年上头不得闲，数钱数到手抽筋。娶个小，也是在城关镇里闹个排场，落个好名声吵。”

这是一口价，万不敢变，只能在这个基础上变通一点。张媒婆打定主意了，人家张媒婆经事多，又说了一些总是为对方着想的话。麻姑掰着指头算了算，这个价，表面看来也不大，到时还要置办点嫁妆，婚事的行头，还有脚马费，摆几桌酒席费之类，就所剩无几了。

“老姐姐说得也是，这银两是生不带来、死不带去的东西，只要你郎给我办得体面，我绝不会亏待的。”麻姑嘴上不说，心里发了狠心，还是要留一线的。毕竟是三十块光洋，买座米山呢。这也是舍不得孩子，套不住狼哩。

“小的来了，开出生死簿，就不与娘家相干。”麻姑列出录取条件。意思是说，她要与这小的娘家穷亲戚一刀两断。

“麻姑做事利索，不留后患。”张媒婆心道，我就是你这麻姑肚子里的蛔虫，你的这点弯弯绕，逃不出我的手掌心。

“颧骨不能高，这是克夫相，要不得。”麻姑开出第二项条件。

张媒婆诚恳地点点头：“我撮合出了成百上千对人儿，识人相还是有几分功夫的。回龙庙头的一户刘家姑娘颧骨高，求上我多次，我就不敢动脚，她如若克死男人，我怕坏了自己的名头。这姑娘一直没人要，那女的活得有志气，看此事无望，自己绝望守不下去，跳了河。”

“破瓜时，要见落红物的。”显然张媒婆价码是开高了一点，但麻姑的这些条件苛刻。这是不点明，就是要个黄花大闺女。幸好张媒婆为她量体裁衣了。

40. 结婚当天跳火盆，这不是好兆头

许多年后，三娘还清楚记得，她到这个榨坊人家做小的情形。这应是她传奇人生的开端。她的宿命，她自己做过估算，就是找一

户可以当童养媳的人家，陪婆婆一块养大小小女婿，再和小女婿生出几个娃子来。她小小年纪，便知道天上不会有掉馅饼的好事，她必须自己努力。童养媳的好处是自己亲手带大小女婿，这在一户穷人家，自然便奠定了自己的生存基础和地位。这是看得着的生活，也是上辈子的人们传下来的。

族叔李光宗，与李如寄奶奶，有一阵子接触得频繁一些。毕竟都是从过去时代走过来的，因为年纪多少有些接近的缘故，他们之间说话双方听得懂，更是听得来，可以交流。后来湾台中有些闲言碎语说出来，一个寡婶，与一个年轻力壮的小叔眉来眼去，说不好是叔婶有奸情；还说堂堂贫协主席，上了坏女人的贼船。族叔大小是个人物，这便让族叔有所顾忌，有时会闪开点躲着她。但三娘丝毫不以为意。李如寄知道，奶奶经事多，是很大气的巾帼，绝非一般的乡下女人可比，不会在意一些闲言碎语的。那时李如寄处在叛逆期，认为奶奶有点老不要脸，尽管她是湾台都不肯迈出一步的人，却什么话都敢说，什么事都敢做。

老洋人丧事结束这晚，他们叔侄俩已经说开了，李如寄就请求族叔给他讲讲上一辈人的事情。因为他已经是成人了，经历了社会的风雨。另外，老洋人离开这个世界，用如此惨烈的方式，他丢下的那一摊子事，李如寄不得不捡起来。他央求面前的老人，讲讲上一辈的事，是在情理之中。找这族叔，是个捷径。李光宗是那个时代过来之人，是参与者。如果说族叔是个本乡本土的常客，他李如寄就是外乡一个过客。总之，他从族叔这里所获得的信息更为真实一些。可在李光宗这里，他也在盘算，有些话到底是当讲不当讲。

假娘改变了三娘这一生的命运轨迹，让她走岔了道，这点是毋庸置疑的了。在此期间，因假娘的蛊惑，她滑落到了人生险道。多年以后，她讲到这件事，用不确定的口吻说："人这一辈子有千百条道走，这是没有定性的。”又说：“这命，自有天定。”但有一条，桃花夫人告诉她的命运之路，则是无法改变的。她把自己的经历统归到命运之中。

三娘这次许了人家，局面多少是尴尬的。这自然算不上出阁，很体面地嫁人——一个无父无母的孤儿，攀上了假娘和麻姑这门亲戚，或者说假娘有一套运作手段，把她卖了个好价钱。而小小年纪的三娘，也许不会想太多，但她至少知道这是值得的，愿意拿命运赌一把。

一个黄花闺女在人间第一次出嫁，只能被称为“圆房”。圆房和填房是一个意思，便是二婚的那种节奏和待遇。圆房那一天，她穿上一身红色绸缎，脑后扎上一朵红花，坐上四人抬的青色小轿。前面有一对喇叭开路，一队锣鼓随后。娶亲队伍身后还附上被子四床，脚盆、木桶、围桶（便桶），两口朱红箱子，一只穿衣柜。假娘没有食言，置办的行头有了一个小户人家女子出嫁的规模。当地人知晓有婚嫁之喜，他们不看排场，只听这喇叭的调子——这喇叭与北方的唢呐吹奏应是没有两样。只是本地的喇叭匠会多备一些用麦草黄做成的芯子，插在铜孔上，调调后便可以吹出各种声响来。看一个喇叭匠是不是老师傅，就看他吹奏时会不会换气，如果他一直涨红着脸，两腮气鼓鼓得像对牛卵子，便知这是新手。这喇叭调子是有多种曲调的。比如婚嫁之曲，高亢、热烈、悠长；丧事的调子，低沉、婉转、如泣如诉。但如果是六十花甲以上的老人走了，便是喜丧，吹奏的调子，是可以热烈，充满喜庆的。大户人家的婚嫁之乐，要请老师傅吹奏，是一些高难的曲调，比如简版的《百鸟朝凤》《凤求凰》，而小户人家婚嫁，则用当地水乡渔民撒网打鱼的丰收调子即可。三娘这次出嫁，只是做小，圆房之妇，喇叭吹奏，则要让人听出是一种低眉顺眼的调子，给人有沉闷猥琐之感。当地人习惯了喇叭的几种调子，当这曲调一响，围观者便了解到，这是某家人讨小。有喇叭师傅编过这样的曲词：“小媳妇/苕婆娘/劈柴火/坐灶膛；小媳妇/苕婆娘/吃不饱/穿不暖；小媳妇/苕婆娘/盼来生/作指望。”假娘与麻姑争讨过喇叭的调子，希望用小户人家出阁的调子，但麻姑没给半点回旋余地。这调子安排中，就显示出麻姑的强势来。

麻姑还是要讲这个排场，这也是做给城关镇的人看的，尖起脚也要做个长子，何况人家麻姑家底殷实着哩。从这点来说，假娘促成这门亲，不管是出于自己的虚荣心，还是对三娘有份真感情，都是尽了力的。三娘以后对她的报复，应该是冲动了一点，也确实过头了一些。晚年的三娘曾当着其妈做过忏悔，经历了一辈子的苦与痛，熟知生活的难，才体会到了假娘爱财如命的心性。

三娘圆房那日，是从假娘家出发。投贴的老者，就由榨坊的账房先生来充任。他是榨坊里与麻姑之父同创家业之人，生得一双老鼠眼。此刻他满脸喜悦，已不见了眼睛，见人就拱手，连声说：“同喜，同喜。”沿途见人发一把喜糖。榨坊的工人有几个身份，是她娘家人，又是娶亲人，抬轿人，都是他们这一路人。麻姑特别开恩，给榨坊准了一天假。

娶亲队伍引着三娘进入麻姑家门时，突然蹿出一个婆子来，牵引着三娘绕开大门往后门走去，这样绕家一圈，像是要让三娘熟悉居家环境一般。三娘正诧异间，假娘带她最后走到大门边上，有一个新开的小侧门，假娘要她从侧门而入。三娘心里明白，她是来做小。投帖老头门前放了一大挂炮仗，响得三娘心惊肉跳。到了门前，有个火盆，有人不断往盆里添柴加火，示意她要跳过去。她迟疑一下，这个仪式不是做喜事用的，是做丧事用的。一般丧事，也就是送葬上山后，回来所有人等一定要跳火盆，以求与死人阴阳两隔，让死人无法来阳间纠缠。她不是死人，是来做小的，不应跳这个火盆的。自己一个无父无母无家无口之人，就是一条贱命，上了这个灯台，不也要随人摆布么。端别人碗，归人家管，这是老话。刚才她心里还多少带上点喜气，现在则像被浇了一盆凉水那样，但她还是按要求跳了火盆。

防着她会带来什么晦气、邪气、鬼气，或者说，把穷气带进这个家来。总之，富贵人家讲究多，她进的这个门槛高着呢。

这只是她灾难的序曲吧。

她的心一直悬着，知道假娘与麻姑为这场做小，几乎吵到了水火不容的地步。就是说，她的做小梦几近破灭。

按照假娘的构想，一切推进得很顺利。三十块大洋，可以买一座米山。但就要到手之时，出了状况。麻姑打听到了，三娘为洋庙掌过灯。地狱是黑暗的，人间是昏暗的，只有天堂才是光明的。掌灯人是天使，带着迷途的羔羊走向天堂去。这是洋庙的解释，在城关镇这个地界是完全行不通的。

麻姑一听洋庙头发就炸了，四处散开，像足了个厉鬼。再说为洋和尚掌灯，被洋人沾过手了，还会有什么好货色咧。麻姑说的条件三娘都达到了，但张媒婆确实没提过洋人洋庙之类忌讳。

总之，麻姑决定退货，要把预付一半的光洋要回来。这不是难事，逼张媒婆就范很容易。

精明的张媒婆顿时傻了眼，她七算八算没有算到这一遭，与洋人挨了手，就不值钱了。张媒婆恨恨地“甩”了自己几个大耳刮子。为了三块光洋——还被克扣掉了一块——把这一大笔买卖硬生生地砸掉了。

这个洋庙洋人确实是个灾星。

第八章　进入暴富之门，贞洁要经过严格检查

41. 水乡泽国响马的名声

那是个初春的下午。三娘坐在高大榨坊的窗口边上，看着一群水猫在水域中吸水嬉戏。榨坊地处城关镇北街的闹市区，门前人来人往，热闹繁忙。而榨坊的后门，则紧靠河边。所谓河边，只是一种叫法。因为后边的河湖相连。河道是船只走多了，把芦苇和野草压进河底，便成了河道。河道可以延续到很远的天边。这样的天空很近，天蓝得纯净，云朵犹如绣上去的，层层叠叠，很有质感。水天一色，河道远处，就像接到天边。这样的环境，天地没有界线的。

李光宗对老家从前云梦泽的样子记忆犹新。人的幼年，是对这个世界充满好奇的。关于三娘是被迫还是本身就向往那种响马生活，他虽不敢妄作断言，但三娘亲口讲到自己的父亲对她描述过官逼民反、劫富济贫，大口吃肉，大碗喝酒，她对把脑袋挎在裤腰带上的绿林好汉的生活是十分好奇的。在麻姑非打即骂的折磨下，以三娘这种心性，心底燃烧的那种仇恨之火，应该是对这种传说中的响马有着无限向往的。

李如寄问："响马？湖地的好汉叫响马？不是说山东出响马吗？"

叔族说："响马是一种叫法吧，都是指绿林中人。"

那个时候的三丫，同样是第一次听到“响马”这个名字。她老子的本意，是让她千万不要到湖地草泽里去，那些芦苇蒿草柴山之中，藏了太多不为人知的秘密，除了天龙下蛋，要养育神龙之外，那里肯定还是个蛇虫遍地魔鬼横行的世界，那里的人绝对不讲四书五经孔孟之道——他们抢劫、杀人，再就是放一把火，让自己销声匿迹。

天边有响马，这是教书匠讲给女儿听的故事。父女俩相依为命，穷人家也有穷人家的欢爱，父亲难得有心情和女儿说话。教书匠生性软弱，但也不是没有向往之人，他有时讲着讲着，突然停下来，吞咽口水，发狠地说：“若来世做人，就痛快做一回响马。”教书匠这种话，绝对不是说给女儿听的。可是，女儿就是记住了这句话。一说到这些传奇的故事，他的文人毛病就会犯，这些话都是书上记着的，不会有假。父亲的本意不是给女儿讲故事，是叮嘱她千万不要走到湖的深处，那里是响马的世界，凶险多着啦！

教书匠告诉过她，这湖面大得很咧，大得骑马三天三夜也别想走到尽头，远到了天边。湖里躲藏的是超级“响马”。官船商船尽管有保驾护航的行武镖局，挂起天大的帆，走的水道十分惹眼，依然惧怕碰到响马。他们出现时往往是这样的，突然有一支箭，从芦苇丛中“呼啸”而来，射到官船的桅杆上。这个官船商船多半被踩了点子，想逃却难以逃生。因为从芦苇荡里，箭一般地直射出许多铳划子，官船上瞬间刀枪搏击声脆响，歇满了“响马”。他们每人都拿着一个“统天袋”，将船上的值钱货尽数搜刮而去。上船便大叫“抢风”，得手之后，就“扯呼”。瞬间的工夫，这行人便消失得无影无踪了。

他们这个湖区，最大的响马当属李屠户了。这不一定是三娘从教书匠这里听来的，因为这一带连三岁孩子都知道李屠户的威名。

孩子们要哭闹，只要说李屠户来了，就吓得不敢再哭。李屠户无处不在。就算这个大当家的在白天出现，尽管来得悄无声息，芦苇里听不见那种血腥的呼啸声，可是那种寂静依然充满了恐惧的力量。他就算到了集市渔场里，也许只是一个与本地人打扮无异的打鱼人，你只要看他充满煞气的眼神，便知他是强人霸王。如果从夜里来，据说他有驭龙术，用蛊虫和人血喂养了一条地龙，会在有月亮的天空下飞身而去，再快的子弹也追不上他的飞天地龙。看见一群人交头接耳嘀嘀咕咕，千万莫好奇，小心自己的小命没了，因为李屠户带领水帮的人来了，肯定要干票大的。还有人看到一群人快速地躲躲藏藏，甚至鬼鬼祟祟的样子，肯定是最大的响马发什么指令，许是一条街或一个集镇要犯血光之灾了。李屠户在短短几年间，便获得如此响亮的名头，在云梦泽里，湖霸水帮各种势力中，一时之间异军突起，投靠者众，成为百年泽国中无人可与之比肩的江洋大盗。

这个最大的响马之名不是白赚的。“你的爷爷绝对是一条汉子。”族叔李光宗如是说。他得以名声显赫，跟他与泽国中的县长打赌不无关系。

上一任县长，新官上任三把火，与这个响马杠上了。他不晓得这个湖底有多深，芦苇丛林有多广袤，要举大兵来围剿，要用响马大当家的血染他的红顶子，最大的官威要靠取李屠户项上人头来建立。双方便打赌，约个时间，看谁取下谁的人头，插到县城围墙的旗杆上。县长老爷身边高手如云，兵丁多如蚂蚁，他在县大堂里歇着，洋油点的汽灯开着，夜里明亮如白昼，几天几夜撑着不敢合眼。如此保险的安排，县长的人头，自是安然无恙。哪知到了约定的时辰，县长身边有一个副官，对着县长颈项手提刀落——一声“扯呼”，县长无头的脖子尚未喷出血来，头颅已经滚出县堂大门外十多丈远了，就像一伙做运动的小伙传球那样，快速无比。这个县长太过自信，以为从省城来的兵丁，与响马接不上关系，结果遭当地人大大笑白。自古兵匪一家，这个简单的道理他都不明白。这真是读书读多了，读成了一个迂腐的呆子县长。这是个大事件，惊动了“京城皇帝”大总统，他的朝廷命官这么容易被杀，朝廷威信何在？

响马太过强势，没人敢到这里当县长啦。官府调集大军，把这片水乡泽国围得水泄不通，可就是连个人影也不见，还弄得省城出了状况。据说有一伙强人，到了省府大门，把省府的围墙也扒掉了。大军顾头顾不了尾，只好抽身回城。官府和强人皆认识到，这样动了干戈，不利于本地各安其位的生态。继任县长原是湖地的州府之官，对水乡泽国的水性相当熟悉，只好让他“回锅”来做。历朝历代，大凡当官当得好的，就是当好和事佬，和事佬水平越高，官就做得越大。于是他一到，便通过官匪秘密通道，传递出话，互不招惹，这样可以相安两无事。是的，这个世道本来就是一个大林子，一个大江湖，林子大了，就应该什么鸟儿都有，这是正理。李光宗感叹：“要是如今遇有这样的旷世英豪，把水乡泽国治理得路不拾遗，夜不闭户，那就是一统天下，而不是江湖了。”

小小人儿的三丫头片子，就是喜欢听响马的故事，这是可以给她练胆壮胆的。在这个泽国里，就是童话故事，也要与水帮湖霸紧密相连，充满了血腥的味道。她的小脑袋里装着的这些，天马行空，让她想入非非。如果她进入湖泽深处，到了危急之时，难道不可如李屠户那样大叫三声，呼出响马来吗？

42. 大叫三声，水帮里的最高号令

“那个时候，我们这个地带水多湖多，穷山恶水，活下来的人，随意摸一个都是可以挎着脑袋玩的人。”李光宗感叹道，他伸出手掌，再一指一指地弯曲下来。

“你看，从城关镇往西行来，一大片水域，都可以走水道的。先过了横堤这个屠龙之地。再过韩集镇，这在湖地算是当时的大集市。继续往西转向北，过我们良湾李家台。那个时候，从李家台出发，船行湖道一个半个日眼，便到了垌冢镇。”李光宗说的这都是水道。走水道更为便捷。“李家人本来是厚道人家。你曾祖有个亲戚在垌冢镇，他跟这个亲戚学杀猪卖肉，就成了个小生意人。”李如寄曾祖在这个小镇西边，紧靠芦苇荡，有个肉摊子，便是李屠户用来谋生的小肉铺子。李屠户家的儿子小李屠户长大了，他能当上这地方最大的响马，自有过人的狠毒之处，然而流传最广的不是这些，而是一桩奇遇。

话说他小的时候，某日早上，见到了一个胡须垂胸之人，缓缓从李屠户家肉摊经过。这人胡须从上唇往下伸展，把嘴巴遮盖得严实，浓密的胡须一直拖到胸口之上。小小年纪的他，无比惊奇，这个人嘴没有了，会拿什么吃东西呢？他要试一试这个人。他用一个铜板从隔壁面馆买了一碗面条，送上前去，叫声：“老祖宗，请您

郎吃碗面条。”长胡子的老头见了，很高兴地接了过来，并从腰间掏出了两枚银色钩子，把嘴巴上的胡须一钩，分别挂在两只耳朵上，很轻松地把一碗面条吃完了。

长胡子的老头喜爱地摸了摸小李屠户的头，告诉他，如果有一天，他在这芦苇荡里遇到了无比紧急之事，便冲天大喊三声：“李钩胡子！李钩胡子！李钩胡子！”

“您郎就是李家的爷爷么？我家李姓，我是李家子孙。”聪明的孩子有几分机智，就此攀上了李钩胡子这门族亲。

长胡子的老头只是和蔼对他一笑，不再说话，一个转身，便消失在面前芦苇荡中。小李屠户见了，知道是遭遇了神人，他认真地对自己点了点头，表示他记住了。

这个男孩后来也成了传说中的人物，围绕他放弃祖传的屠户杀猪生意，走进芦苇深处闯荡，有多个版本的传说。“流传最为广泛也较靠谱的传说——”族叔说，“他长成人后，娶了表妹为妻。那个岁月，穷人多是这种换亲，一来是亲上加亲，二来就是亲戚之间，对彩礼之事就好商量了，特别是订好了奶窝的娃娃亲，可以提前了结父母的一桩心事。水乡泽国也不例外，父母的权威，也就是媒妁之言了。”李光宗说湾台人为李屠户有无表妹之说，经过多人确认，“那是板上钉钉了的”。

表妹有几分姿色，回娘家的途中，遭了邻县一个恶霸的调戏。判断女人受伤害的程度，就要看她的决绝。表妹呼天抢地，就要投湖自尽。小李屠户把她捞了起来，倒提着吐出了一摊黄水来。他发誓说：“你不要去死，给我等着，我来为你报仇雪恨。”在月黑风高夜，他从湖上行船过去，悄无声息地摸到这个恶霸家里，用他娴熟的杀猪手艺，将一家五口人的人头全部取下了。他用网衣一兜，此举过后，家再也回不去了，只有走到湖中深处。

这水乡泽国之地，看起来一样的水，一样的湖，一样的蒿草，一样的芦苇，走起来却绝对是不一样的。撒网打鱼人走的是一条水路，他们的水域比较宽阔，自然在明亮处。从湖里打水鸟、打大雁的猎人走的是另一条道，他们多是穿着白色衣褂，隐藏在草泽之中，待大雁落下之时，多排长铳齐发，排铳响彻天边，这叫“围猎”。而响马们则留有自己的专用道。这个水道，渔民和猎人认识，从不会涉及，它机关重重，危机重重，在水草中还运用八卦图案，常会摆出迷魂阵式。完全不熟悉的人，误入其中，不是被网勾住，就是被暗箭射伤，弄不好会碰上水鬼，让你船翻人亡。这些水鬼自然是响马们的绿林水兵，他们善于潜伏在湖底，几个时辰不在话下；最厉害的手段，就是拿上工具，把坚固的官船商船船底凿穿。

当地人自然知道，越往深处走，越靠近杀人越货的响马地带。小李屠户这一天一夜走下来，已经疲惫不堪，见不到响马活动。他见到一簇簇芦苇蒲草分叉出了几道水路，便不知该往何处寻。这时有一群八鸭在水路中游荡，这八鸭只有成人巴掌大小，羽毛色泽鲜亮，细长撮嘴，翘着屁股，把扁扁的尖嘴插在湖水中叼小鱼小虾食。当地湖人也称它们为“昧鸡子”，即是把头昧在水里的意思。至于怎么把鸭唤作鸡，是不是人类想把野物家养，从中拉点亲近的距离，不得而知。见李屠户在水道上犹豫不前，八鸭便围着他的船转悠，还引他进入一条水道。李屠户原本不知这是湖中精灵在为他引路，见八鸭三番五次这样来来往往，恍然大悟，便随八鸭而行。待八鸭在湖中不见踪影时，他感到十分绝望，忍不住大叫：“响马在吗？我要见好汉。”这显然不是道上之人，不会发暗号，不懂暗语，也没任何切口，完全是一个乱闯进来的愣头青，送上门来找死的。

有一个响箭射在他的竹篙上，撕裂了竹身。有声喝问：“你是何人？讨死鬼？”几条船“唆”地向他靠近。在这紧急之时，他想到幼年见过的李钩胡子，此刻难道不是危急时吗？他仰天大叫三声，随手举起网衣套住的几个头颅来：“我报仇杀人，要入伙做响马！”

这三声大叫而出，果有威慑之力，刚才凶神恶煞几条船的强人像被神法定住了。这是水上强人最高号令，人人皆知，再大的水帮头目也不敢随意拿这个来发号施令。湖里的响马听见了，明白了这个入伙的小子不仅有大背景，更是个狠角色。

进入杀人越货场后，小李屠户才知李钩胡子是这块广袤水域的灵魂人物——云梦水泽的总瓢把子。只是他太过神秘，小小喽啰难以见到他的尊容——自然在这个水域，只听其名不见其人。也不知他活了多少岁，只知他有皇帝般的威名，能呼风唤雨，脚踏芦苇，脚点湖面，日行千里，他的轻功了得。传说中他如要杀人，从不用刀，手掌一挥，便气如长虹，化而为剑。如此人物，他的名号就似圣旨，敢如此呼喊者，必是李钩胡子的贴身近侍，或此人必沾过他的神光，今后定会做出大出息，成一番大事来。只是这群绿林好汉多少有点纳闷，对这个投奔者没有一星半点绿林常识，甚是不解。

总之，这三声“李钩胡子”有强大的动员力，是一个强大的信号。芦苇丛中，草泽水域，只要听见有人叫了三声，道上的听闻者都会把脑袋挎在裤腰上誓死相帮。

一伙人见他如此做派，便大声对他回复：“壮士！”

43. 大瓢把子亮出的家伙是德国造

其中一个围过来的小水帮头目，觉得兹事体大，不容忽视，便用芦苇叶折成双层放在嘴巴上，打了一个呼哨，发出尖厉哨声。这个小头目的哨声自然惊动了这片水域中的大瓢把子。

他随即让人竖起藏在芦苇丛中的桅杆，一个小喽啰爬上去往求救事发地看时，却没有什么值得打呼哨的大事发生。大瓢把子听了，沉吟一下，还是决定前去看看。他当即改乘一个两头尖尖的哨船，快速前往。只听小头目报告说，这误闯进来的人敢发泽国顶级号令。

这三声呼唤，对于这个大瓢把子，亦是百年难遇的事情。他赶紧前来拜见，芦苇丛中的大瓢把子对这个杀人入伙的呆鸟恭敬拱手相迎："好汉有何吩咐？请移驾说话。"见大头目如此客气，就有两个先前围上的强人接过他的船篙和桨，小李屠户便轻快跳到大瓢把子随后而来的船上。这大船气派，船尾两侧多人划桨，尖尖的船头是一只龙头。待小李屠户上去后，这船不走直道，大有如障眼法那般，绕了几个弯，便到了芦苇深处。船藏入其中，神鬼不知。

这种船，小李屠户平生仅见。生在水乡泽国之人，对船自然是熟悉的，他撑篙跳上这个船头时，还怕船打晃晃，哪知这船头竟纹丝不动。上得船来，船体大，吃水深，可从外形来看，如湖中水草船，即使在湖中移动，外人一时也难以辨认的。他走进船中舱的弓篷前，推开雕龙画凤的两扇小门，便看到船舱里一个显眼之处，有一尊关帝握刀的木雕。大瓢把子示意他盘腿对向而坐，小喽啰及时奉上茶水点心。小李屠户又急又气，走了两日的水路，已经饿极了，抓起茶点便吃，拿起茶碗便咕噜地喝起。大瓢把子见了，心道此人确为初入道者，因为仇恨杀人，又因无路可走，前来投奔，只是不知他与李钩胡子有何因缘，便不露声色地连连称赞："壮士豪爽!"

小李屠户狼吞虎咽后，吐了口气，便进入正题。听完了他的故事，大瓢把子认定此人没有什么本事，但凭李姓这一点，便知与李钩胡子大有关联。大瓢把子觉得应该抓在自己手上，教些手艺与他，便可成为一件奇货可居的宝贝，便决定先帮他化解危机。大瓢把子分析，虽然说他的父母已经回到了良湾李家台，暂时是安全的，但官府会随时找上门来，须赶快派神行水鬼去安置一下，要官府知难而退。大瓢把子分析他表妹堂客已经有难了，须赶快搭救。

他们兵分两路。一路到良湾李家台去，这里只用两个神行水鬼，踏水而去就够了。他们先悄无声息地摸到李屠户老家，没有惊动任何人，在湾台的老树上挂了一个竹制的倒置三角，三角脚下扎了三只竖管，随风摇动时，发出一种微响的哨声。这是与官府的信物，不是专门查看的人，不容易发现，还以为是顽皮孩子玩的东西。同时也在李屠户家山墙的隐蔽处安了同样的装置。这是与官府约定对接暗号，如果官府敢动绿林好汉保护的人，他们将与官府势不两立。自然官府要行动前，会有专人暗中查看一下。这个官匪相通的暗号，沿用了许多代，即使改朝换代，官府和湖匪也是永远并存，谁也不敢自找麻烦。小小的一个倒三角，是官府与芦苇荡中强人暗通款曲、互通有无的暗号。

通过各地的暗哨获得消息，五条人命被连夜取走，这灭门之祸，引发的动荡产生了连锁反应。当这批强人响马一行赶到小镇时，大瓢把子判断得精准，小李屠户的表妹堂客果真被抓走了。案情很简单，不用吹灰之力便得以侦破。他的堂客表妹是被警备队抓走的，在县大牢里严刑拷打，要她交出杀人凶犯。

以李钩胡子之名报此大仇，是没有什么价钱好讲的了。强人一行，三十多条绿林好汉，带上大刀长矛火铳，这些传统武器作为近身肉搏之用，而随身带着驳壳枪，还有汉阳造，这是火器，闹得响动就会更大。大瓢把子更是了得，携带了一把德国人的盒子炮，枪身锃亮，威风凛凛。这云梦泽尽管有千里之阔，却是由许多大小湖串联起来的。湖与湖之间十里之外的植物以及花草鱼虫，皆有自己的长势和特色。这金鸡湖的坡地上，长着一种茎梗高大的鸡冠形状的植物，那梗剥皮泡在酒中，可治跌打损伤一类的病症，还能通筋顺气。从金鸡湖往北行，有个芒荡湖，这湖里生长着植株更高大的芒草，也称“芭茅”，根、茎、花和植株上的寄生物皆可入药，牛羊极爱食用。这芒荡湖中更是好汉们出没躲藏之地。

李屠户从垌冢集镇的曹湖，窜到金鸡湖，再绕到芒荡湖，才找到水帮的窝藏之所。他和这群报仇的好汉出发，走水路进老观湖，再将船藏于水草茂盛的空码头——这空码头是好汉密语，专指贼人打劫歇脚处，“空”的意思便是谁遇着好汉帮，就是一场空了。这些亦民亦匪的底层人，平时皆有谋生的手艺，有行动时，他们扮作打鱼的、菜贩子、走村串巷的手艺人——磨剪子戗菜刀的、补碗的、阉猪佬、鐓（xiàn）鸡的、箍簸佬、扎桶的、挑蚜虫的、熏耳朵虫的，还有举着幌子的游医，胸口上置个小面鼓的则是行吟艺人，唱着《醒世歌》《十月怀胎》等曲，来到这个没有什么防备的县城中，轻车熟路找到大牢。这是李屠户自己惹的事，他现在已经背上了“李屠户”的大名了。借此名头，闯进绿林之中，又因那三声“李钩胡子”，竟能受到如此器重，他自是感动得涕泪直流。他一马当先，没有要别的武器，依然在腰间别了那把杀猪刀，在翻墙入院时，不知哪来的神力，他突然飞身一旋，徒手爬上高大的牢房围墙，跳到大牢里。这一下让同行弟兄看见了，强人认定他是个江湖菜鸟，但得到李钩胡子的真传武艺，因他一蹿而起两丈有余，就明证这点了。

他打开了牢门，绿林好汉冲进去一阵乱杀。

在一个审讯间找到了他的堂客表妹，她似有一口气在胸口悠着。他大叫一声：“我的撩浆堂客，你不要怕了，我带你到湖荡入伙！我们大口吃肉，大碗喝酒，再也不会受人欺负了。”表妹堂客已口不能言，惨笑着倒在他的怀里。

44. 被洋人弄过了，要降价处理

三娘满心欢喜地待嫁之时，哪知她那为洋人掌灯的短暂经历，给她的圆房带来了难以预料的后果。这当然就是假娘精明一世、糊涂一时所遭的报应，不然她怎么会自扇耳光呢？

麻姑感到自己被欺骗、被玩弄，被人卖了还乐滋滋帮人数钱，一股怒气冲天而出。好个麻姑，怒之烈，怒之极，反倒使自己理性起来。你个张媒婆不是掏空心思想要钱吗？想要贱货贵卖？我就让你空欢喜一场。

气愤至极的麻姑向全城媒婆圈里牵红线的人放出话来，按她的要求，为自己男人讨个小来，三十光洋，再加添置的嫁妆，至少多出十块光洋。全城的媒婆紧急动员起来了。

这时三娘已经回到了假娘家里。她一下子成了千金肉身，假娘真正当起了娘亲。三娘从小失母，从父亲那里识了几个字，但这女红父亲替代不了，须由娘亲手把手地教给女儿。三娘没接触过女红，那天假娘在缝洋庙烧坏的衣物时，三娘便向假娘央求，教她一些女红，假娘一口便应承下来。她先教三娘打样子，就是把邓划子脚的大小尺寸拿到手，拿一些碎布，用熬熟的米粒捣碎黏合晒干，剪出鞋样子来。小手戴上顶针子，一针针地纳着鞋底，鞋底要纳得密密麻麻。有心灵手巧的女孩还会一只绣上凤，一只绣上凰。枕头套有两套，一套方形枕，芯子塞满谷壳和湖地的香草，外边绣上龙凤呈祥图案，枕头两个档口，是用硬壳布衬起来的，绣上戏水鸳鸯。三娘这时把自己所有的情和爱，都倾注到这些绣样上了。二十世纪的怀春少女就这样表达自己的爱心爱意。

三娘最想做的是一个大大的香囊，放到要圆房的床上，这当然是最为美妙的事儿了。十八种香草，只有到湖泊深处才能谋得到——城关镇的铺子专门有这香草卖，但货太陈价太高，自己去湖中采，那太危险。假娘听了，甚是欢喜，这个不难，让她那死老头子下趟湖，十八种香草就会割齐备，晒上几个日眼，再揉软和，用铡刀切细，用捶衣捧敲碎，那个香哟，永不消退。过一阵，香气少了，放到太阳底下晒一晒，便会复原。

李如寄记得，幼时其妈逼着他的妹妹学些做鞋和绣花之类的女红活儿。李如鹤根本就不予理睬，她已经上了学，还要学这些“四旧”东西干什么。当时奶奶还在当这个家，也支持儿媳逼自己孙女学做女红，她还愿意手把手地教。李如鹤死活不肯，特别发狠地说："如果再逼，就会组织红小兵来开奶奶这个坏分子、姆妈这个落后分子的批斗会。"那个时候，就拿鞋子来说，已经有各种鞋式充斥市场了。凉鞋、拖鞋、布鞋、球鞋、雨鞋、运动鞋、休闲鞋等等，她们这种做法已经不合时宜了，不用李如鹤叫来同学搞批斗会，她们逼她学做女红这事都会偃旗息鼓的。果真没过多久，奶奶和姆妈再也不提这事了。

对从前水乡泽国的闺女们来说，做女红是女人出嫁时最大的事。三娘投入其中，已经不辨天日了，她什么地方也不去，待在家里，把自己当成一个待嫁闺秀，受疼爱的美女，做着春日桃花梦，投入地钻研女红功夫。可怜可叹的是，这犹如在沙地上起房子，地基不结实，稍有闪失，将会带来完全不同的影响和变化。

三娘突然发现这个家的风向变了。假娘张媒婆完全变成了另一个人，首先，她觉得家里的东西，摆得都不是地方，反复挪动，这个也不是，那个也不是，洗碗摔碗，洗脸打翻盆，洗脚居然把盆底踩脱了。这让三娘和假娘的驼背老头子，感到有祸要降临了。第一波尚未消停，第二波又接着来了，张媒婆把个老头当成了出气筒，一天到晚辱骂不止。老头有点耳背，听不见时，假娘拧起他的耳朵，对着耳朵骂。第三波出现了，开始指桑骂槐，她咒骂的对象离三娘越来越近，三娘尽管充耳不闻，但这吵闹太大，她没有办法置之度外。三娘是聪明的，她判断这一切都是冲她来的，具体是什么，她实在不甚清楚。也许她做小之事出现了波折，尽管这样，她现在也只管迷心迷意做女红，不问窗外事。这女红之事，成了她的庇身之所。

假娘终究忍不住了。她面对三娘，扯出歪理，说你这个三丫头，真的让人操碎心，胆子也奇大，连洋庙都敢去掌灯。她说到激愤时，还说她是个灾星、扫帚星，害死了一船人。她历数三娘的罪过：她姆妈生她难产死，老子的死法如此不祥……都是她这个灾星带出来的。“让你到洋庙去掌灯，你也去。你真是个赔钱货。”这是哪儿的话咧？三娘自己从未有去洋庙的念头，那个洋庙也没有一点儿香火，比关帝庙差多少，比道观差多少，比佛堂差多少，连他们自个儿也养不活。三娘心说，这都是假娘你的主意，软的硬的逼的，现在有了后果，就把这些一股脑儿推到她这边来。毕竟不是自己的亲娘，三娘一时找不到出处，不敢申辩，只能欲哭无泪地忍着。

对于假娘张媒婆，那几个日眼，实在是难过极了。她这到手的银两要往外掏，那是心疼、肉疼、骨头疼。这且不说，主要是在媒婆圈里受到了群攻，她见风扯篷地跑了这么多年的顺水，在这个麻头怪脑生不出正经蛋的阴沟里翻了船。她一旦骂开了三娘，便骂得三娘进不了屋，睡不了觉，自然吃不上饭。此时的三娘，端坐在女红面前，说不得，哭不得，辩不得。

幸好出现了点转机。个中变化，三娘是无法念想到的。假娘走了进来，在三娘已经准备挨骂的当口，假娘换了个人似的：“哎哟哟，我的个儿，这女红描得有模有样儿，这针线活儿，走得密密实实的。谁要是讨得了我的儿去了，要享几多福呀。”她换了一身干净衣服，回头说：“回头割肉熬汤给我儿喝。”三娘明白了，和假娘打交道，要稳得住神，以后的岁月，三娘认准了一个理：“要想过，不吭声，忍得住。”这个启示，让她度过了人世间一个个深水险滩。

其实这些转机来自麻姑。许是麻姑不知天高地厚，自以为她的男人是这地界第一美男，或者她的暴脾气没人知道似的。在这个城市里找个够条件的，却没有这个尺寸，麻姑自然还是想起了老姐姐来。

对假娘张媒婆来讲，差点砸在手上的一堆肉，还要喂着养着，还要假装疼着爱着，她必须装着感激涕零，连爬带滚来到麻姑这里。她不是没有一丁点儿办法，只是自己精心设计的网，被人随便就捅了个窟窿，她的心肝五脏受不了。但张媒婆毕竟见过世面，和各色人等打过交道的，麻姑吃了回头草，说明自己已有八成胜算，到了麻姑家的门外，她憋住气，装作没事似的走了进去。

麻姑依然不依不饶。本来那扯着眼皮的麻脸就是一脸凶相，加上现在满世界找又求之不得，显出气急败坏的样子，更像只凶犬狂吠："老姐姐，你这是愚作人啦？洋人是什么好东西，满世界尽知。洋和尚是什么东西，江湖上早就有个定说——你说吧，被这洋人交过了手，沾惹了一身洋气，丫头还是丫头？闺女还是原来养着的样？姑娘伢还是个好货？能落红吗？"

张媒婆见她这副样子，当然明白她是外强中干，何况动员全城的媒婆，雷声大，雨点小，她慌乱了两天，现在这个结果大家都知道了。她和颜悦色地说："大妹子、她大娘，洋庙的道行高不高狠不狠？我们也有老祖宗传下来的法子，多得很，招招可防，步步可破！这三丫在那里掌灯不足一个月，天天带道人的狠符咒，那是百邪不侵的。"好个假娘，她顺势而为，给麻姑作了一个定位，不露半点声色地叫了麻姑一声"她大娘"，叫你从也得从，不从也得从。果真这一声"大娘"叫来，麻姑尽管面部依然如常，身子却不由自主地抖动了，须臾，绷得紧紧的麻脸上放松了许多。

麻姑口气软和下来了："就算道人符咒有狠，这三丫的坏名声也挽不回来了。女人的名声金不换的咧。她总是被洋人摸过了。"张媒婆听了也只有唉声叹气的份，这一失足，成了她的软肋，她心里叫苦，但如果认输那不是她张媒婆。从前的张媒婆，也不就是个童养媳出身么？在城关一带的湖水里，凭着三尺烂船，头天晌午后下鱼卡子，早上收点小鱼儿过活的。她能把自己的窝棚，从城隍庙那一带，一步步往城关镇挪，从茅草的窝棚四面透风，到北边加了砖墙，再到北边盖了青瓦，现在有了这个青砖青瓦，在城关这热闹繁华地带盖了个窄三间。这牛皮不是吹的，豆腐墙不是堆的。她把双腿不由自主地往床沿上一盘，双手一拍，打个哈哈："大妹子、她大娘，货真不真，落红不落红，这是可以验货的唦。"

麻姑见说，把话接了过来："我们这种大户人家，找个小，不就是为了传宗接代的么？不要搞到忙活半个日影，养了野种，更怕是洋种，让人好说不好听的。大姐姐也是晓得的，这恶山恶水出刁民，养汉子睡堂客，趁个洗菜的当口来个野汉子，把个婆娘一扛，几步就到了芦苇荡，扒拉几下，几个铜板就硬着上了。大姐姐可是活了一辈子的明白人，我说了什么晃荡话么？"张媒婆听了，不知她余下唱的哪一曲，不敢接茬，看了看她，心里的气直往上涌，心道，好你个麻姑，十麻九怪，今个儿猪鼻孔插葱装象了。想当初，你老子娘那一辈，不也就是榨坊的小学徒，靠个偷奸耍滑得了一点家业，就是大户人家？我呸，还是富豪之家哦。

麻姑是何等人物，见张媒婆一副淡淡的沉默样，知她就没安什么好心，肯定腹诽自己的出身。城关镇传言，是麻姑的老子伙同湖泊强人把这个外来户的油坊老板做了，得了份不义之财。麻姑小时也是记得的，每逢年节就有不明身份的人来，用个麻布袋，深更半夜拖上一袋光洋走人。老父死法不祥，倒栽葱被人掼进茅坑里淹死了。他死后生意一落千丈，兄长去当了司令的马弁后光景才有好转。麻姑脑中闪电一般，只觉得一股气血往上涌来，她似乎更气恼张媒婆："老姐姐见多识广，这三丫儿过了门，是不能走正门的，毕竟是有身份有地位的人家，门槛高了。她过门，是老鼠上了灯台，位高是高了，那也是怕有引火烧了自身的危险。货歪货正，落不落红，一看便知，这个不哆嗦。大户人家做小，不就图个传宗接代么？最要讲究个纯种，这贞节扣是不敢离身的。"

张媒婆一声呵呵大笑，似开心又似嘲弄，一时难以分辨她的心情："大户人家的规矩我也是晓得点，我那三丫，如能让她扣了贞节扣，那应是她的造化，就像鲤鱼跳了龙门，秀才中了状元那般，升了无数级，修成了正果哩。"显然，张媒婆对扣贞节扣，还是有几分欣喜的，因为这是底层人想做亦做不到的事，贞节扣是一个妇人身份的象征。等三娘老了，熬成了婆，那便是她一辈子的最大资本，会充满荣耀地向子孙后人摆谱："你家祖宗一辈子都戴着贞节扣过活哩。"因为她扣了贞节扣，没扣过贞节扣的妇人就是成了婆，见了她也没她体面的，没她有底份的。

这倒是荣光一件。看来，麻姑找小，还是费了一番心机和钱财，张媒婆多少有点小感动。

这时，麻姑亮出底牌："我们还能做亲家，光洋只能出十五块。"

张媒婆明白了，这个生不下正经蛋的麻姑，还是心疼自己的这点银子。被人如此砍一刀，她实在是心有不甘。"那就没有半点嫁妆可随。"她咬住这点不放松。

好你个麻姑，你不是说我的货不值银两吗？我就把货囤起来，看你这个暴脾气忍得了多久。

45. 到大户人家做小，要脱三层皮

不管假娘张媒婆出于什么目的，毫无疑问，她彻底地改变了三

娘的命运。

三娘做了这个榨油房老板的侧室，即俗语说的“做小”，这种生活只能说是一言难尽。三娘要想媳妇熬成婆，不知守到什么日月。

此刻她坐在榨坊后门的窗口，眺望没有尽头的水域。这个希望的窗口，是她唯一的逃避之处。她难以承受麻姑无所不用其极的摧残，只能在这里眺望广袤的云梦泽，获得一种心灵的慰藉。

她记得圆房的日子，当她跳过那个倒霉的火盆后，就是一连串噩梦的开始。

麻姑认定她最大的罪过，就是在洋庙里厮混过，单凭这一点已遭麻姑唾弃。

圆房之前有重要仪式，大户人家都要做的。麻姑谈不上什么大户，她还硬要照大户人家的法子——落红和破瓜来整，表达她家日后富有的期盼。这两样做法，主要是看新娘身子干不干净，就像现在的人们搞的婚前检查那样；如果发现贞节膜没有，退货是最轻的处罚，最应该的是遭诅咒和毒打，从此获得“贱人”的称号，不得翻身。

那天，三娘刚一进家门，撮嘴胸口的大红花尚未摘下，麻姑身后便出现几个表情怪诞的面孔。三娘第一次见到这位油榨坊的实际掌权人，也就是自己的大娘。

这位大房女人，假娘过去似乎有意忽略了，她也不曾问过。

走到三娘跟前的一个看不出年纪的妇人，脸上如同一块板，眉毛处不曾有一根眉毛，倒是把一个眼帘扯了上去，把个眼珠提溜得滚圆，眼中精光一闪，似个屠夫杀气腾腾地拿出了屠刀一般。三娘一个激灵，她感到这个女人周身有一股气，直直向她袭来，并死死罩住她，让她一时无法喘息。

初见她这副凶神恶煞的面孔，三娘甚至感觉如膀胱的尿液倾袋涌出那般，幸好旁边有人提醒，她急忙中草率地行了下人礼。礼毕，她不知怎么称呼，有些呆滞，依然谦卑地弓着身子。这时那个戴红花扶轿而行的新郎官，见了麻姑，马上就现出了一副怂样来。麻姑皮笑肉不笑地对撮嘴说："给你抓了这么灵鲜的小婆娘小堂客做小，美得你不拉屎哟。"

撮嘴结结巴巴地说："听……听大娘的。"

麻姑拿眼一瞥，嘿嘿冷笑两声："天天不出被窝，抱着啃。"

撮嘴依然结结巴巴地说："听……听大娘的。"

"家里的丫头咧！"麻姑提高嗓门叫道，"把杀威棒拿过来。"一条捶衣棒槌递了过来。她狠狠地在撮嘴的背上擂了几下，打得山响。

三娘没想到这个接她的男人，刚一到家就面对这种待遇。麻姑说："我叫你不出被窝，抱着啃！抱着啃！"

屋子里有个矮小的老妇人打了个圆场："今天是个喜日子，莫打跑了喜气，漏了财气。"三娘认得她，是和假娘张媒婆有点交情的兰巫婆，心里头稍感有些依靠。

没出息的撮嘴当即双膝一软，便跪下来了："听……听……大娘的。"

三娘一见，双眼一闭，心头即刻发了寒。

第一个仪式开始前，麻姑用杀威棒教训了撮嘴，其实是在杀鸡给猴看。她见三娘吓得脸色一阵白一阵红的，身子还微微颤抖，心里十分满意。教训就要从进屋子开始，先打个下马威。

她恨恨地对三娘说："不晓得脱光身子？"三娘尚未反应过来，麻姑就对她下手了，那不是帮她脱衣，而是扯下衣裤。

房间里有块长长的案板，案板下铺了红布，红布上再铺一块白布。三娘平躺上去，这就是在众目睽睽之下，展示自己的裸体，表示她成为妇人了。这是第一关，她必须接受落红检查。

兰巫婆站在三娘的边上，此刻，她尚未被神附体，还算是个慈祥的老妇人。她悄声对三娘说：“我的儿，你进了别个家的门，就是入了她的家，成了她的人——你是跨过了高门槛的咧，进得来，就要脱掉三层皮的哩。”三娘是知道的，嫁与水乡泽国的富贵人家，就要有这些基本的仪式，一旦过关，就是他们中的一员。不至于像穷人家那样，不管是谁养育大的，长大都是要干活的；养得越多，干得越多，规矩也就不用那么多——而富人要血统纯正，传宗接代。这时的三娘唯有极力克制自己的羞耻心，任凭这些人摆弄。

屋子里还有三个重要的人物。一个银匠，是要量尺寸打造贞节扣的人；还有个缝制皮货的裁缝，为的是做贞节皮带。三娘的身子验明正身，检验合格时，贞节皮带便会及时裁剪和缝制好，穿在三娘身上——以后每次要行房事时，由大娘亲自脱下和穿上。此时银匠则将自己的家业用具搬到麻姑家，他要目测三娘胯骨两边的尺寸、屁股沟沟的深浅，小腹肥与瘦；他经验丰富，阅人无数，手艺精到，可当场打制，总之会做到严丝合缝。这种场合，原本张媒婆亦会出现，因这次她的假娘身份特殊，只能让她回避了。第三位是麻姑请来的县城里头最有名望的兰巫婆。她祖上是望族，被诛灭了九族，逃到这个蛮荒之地，故此兰姓较为稀有。这兰姓氏起源于姬姓和芈姓，姬姓兰氏乃春秋时期郑国公族之后，属于以国为氏；而芈姓兰氏则是春秋五霸之一楚庄王幼子兰之后，属于以先祖名字为氏。如此高贵氏族，流落到这蛮荒之地，令人唏嘘。至于兰氏家族是怎么流落到云梦泽腹地以打鱼为生的，已经无可考了，据说大凡有通灵本领之人，多是远古旺族血脉传下来的人。只有这样的人，才能具备这本领。此姓氏在这水乡泽国传了几代，人丁不旺，隔上一代，便有一个开了天眼通，有了如此神通者，更是有泄密天机之罪。

假娘自然知晓富贵人家搞的这套新嫁娘进门的把戏，如果女方家真有权势，男方是断断不敢如此兴师动众来做这等事情的。一来麻姑性情古怪，她不这样做就不是麻姑了。她这几日，还没见姑娘过门，心里就窝着一团火。因为她那勤于耕作的撮瓢嘴男人，将要伏着另一处犁地，这是她向城关的人认输，证明自己确实下不了一只“正经蛋”；再者麻姑心痛花了这笔巨款，像是被张媒婆敲了一个大竹杠，更是觉得着了张媒婆的道。这都不算狠的，麻姑觉得这个三娘进过洋庙了，身子不可能干净了，这也是她要兰巫婆看个究竟的重要因由。

假娘自知这一关难过，为了万无一失，自是先对三娘做过自查，她好心好意地说：“我的伢，这丫头要成女人，不走水路，走陆路，先要护住裆里这点值钱的膜片。我们不是在湖里讨生活，做水帮，不讲究，千万不敢让男人随便摘去了。”三娘听了，突然想到那个下江人压在她身上，她想到那个家伙已经坏了她的身子，吓得一阵抽泣。假娘见了这不知底细的哭泣，便说：“我来帮你视视。”她让三娘平躺，掰开双腿，用中指插入隐秘处，从下兜底往上一抹，再将手指举着，到屋外太阳下一照，色泽透明。她高兴地说：“我的伢，幸好在水里湖荡里玩得不多，没被男人偷了去。”

假娘为三娘做小操碎了心。她心里提防着麻姑，认为兰巫婆是可以争取的对象，到关键时会帮衬她们娘俩一把。她要提前打点一下兰巫婆，要用兰巫婆的天眼通望一望，洋邪神有没有浸过三娘的身子，或有无邪门歪道化作蛊虫，潜藏在她的身体上。先自查清楚，这才是顶顶要紧之事，如若不然，到时退货回来，那就是彻底砸在自己手上了。

张媒婆是知道兰巫婆法术的，她因为使了天眼通，看了太多不该看到的事情，故而负罪累累，常被阴间抓魂索魄拷打问罪，她一时阴间、一时阳间地行走，性情自是古怪得很，有时还极难捉摸，但她毕竟心底并不太坏。人间苦难多，她有神附体，自有公道心，又能慈悲为怀，故多时帮衬弱者。从性情来看，兰巫婆是个“顺毛摸”，多说几句好话，多在她这里叫苦，流下苦楚之泪，把她说热眼了，一切都好办。圆房前，张媒婆带着三娘去找她，先帮三娘一把鼻涕一把泪地为她父母“检过”，说了她的爹娘悲惨事，再说起她的孝心如何感动人。她诉着诉着，兰巫婆陪着哭泣起来，这么一哭，自然就拉近了距离。当然，假娘来时，还让三娘奉上一只成年的老母鸡，交上几根红参一熬，就是跳三天大神也不疲乏的。娘俩趁此兰巫婆心软之时，让她打开天眼通看了看。可这时心神不宁的兰巫婆有点魂不守舍，失灵了。张媒婆知些道道，便说，这大白天她开不了天眼通尚属正常，她们是用黑布把小小窗口堵得严实，房间里比夜还暗。这天眼通怎么会说不灵就不灵了呢？其实兰巫婆另有判断，她觉得这应是洋教的邪灵在干扰她。假娘张媒婆听了，悔恨得要打自己几个大耳光，如此这般，把马道仙姑的符咒讲了一通。兰巫婆称赞她做事周全，才略微放下心来，这也说明兰巫婆对洋庙洋人洋教多少也是不摸底的，否则一向用得好好的天眼通怎么会失效呢？

她稳了稳心神，用天眼通扫描似的看了看三娘，有几分安心地说：“还一时说不准洋邪神上过身没，也算到鬼门关里走了一遭，幸好有道人符咒做防备。”

46. 银匠用银钩，钩出贞节膜

千想万想，麻姑尽管爱贪小钱，喜欢算计于人，还是明大事理的。麻姑没有联手兰巫婆干坏事的想法。三娘既然进了家门，就是自家人了。洋庙乃是凶险之地，这个小蹄子在那里掌过灯，不要给家里带来灾祸。她请来兰巫婆，是因为她的道法高深，集佛道巫法术于一身，又有天眼通的能耐，如果被洋人动过任何手脚，施了洋法术洋符咒，都是难逃她的法眼的。她对兰巫婆的能耐最是信任，知道就连湖里的响马，从不敢小看兰巫婆，察看湖泊芦苇营地，也要找兰巫婆出面。

这时，兰巫婆仿佛已经被神附身一样进入了状态。只见她头顶红布，焚香一炷，嘴里念念有词，一手将燃上的黄表围着三娘裸体从头扫到脚，似在她身体上细细找寻一些危险因素，两只奶子下边还翻开看了看，好似这里是一个藏污纳垢的处所。同时银匠忙乎起来，在三娘裸体上细细地看着，比画起来。这个缺牙银匠嘟囔着说："身子骨蛮正，就是瘦了点。"对三娘这张身子表示满意。"细皮嫩肉，细皮嫩肉。"他好像在说。他是没气力了，让撮嘴去啃，就像一朵鲜花插在牛屎上。皮货裁缝自然也要忙碌，拿出了一把竹尺和一卷皮尺，在三娘小腹沟小三围处量了量，要让皮货制品分毫不差把这张身子固定住，不是件容易的事情。大家各自忙乎着。还是兰巫婆的响动最大，她通过对三娘一连串的检测，似要再深入一些，便把手一伸，她的二神“扶马”赶紧拿来一只手摇铜制铃铛来，在三娘身子上方，从头到尾扫了一遍，发出悦耳的铃声。这个小铃铛在昏暗的屋子内，还会发出黄金一般的光亮，最为奇妙的是，兰巫婆用嘴对准铃铛吹了几口气——它冒出高贵的紫烟来，那烟香气扑鼻。这香气和烟雾把三娘的身子罩住，像穿上了一件雾衣，让三娘如浮在云层中若隐若现，甚是好看。撮嘴这时才有机会看看自己的小婆娘，竟然美若仙子，他看得呆住了。幸好麻姑注意力不在他身上，否则又是一顿好骂。而兰巫婆正专注地在烟雾中再次探测三娘的身子。

此刻的兰巫婆完全变成另外一个人的声音，这次附上她身子的是位凶猛之神。她大眼圆瞪，双腿狠狠一跺，家里有些年头的木头地板发出山响，似有虎吼，大声威严地呵斥道：“天灵灵，地灵灵，天眼神通下凡尘，带来十八头颅三十六只眼……”这样念了三遍之后，大吼一声：“洋老怪，还不下来受死。”二神“扶马”急急奉上桃木宝剑，麻姑不失时机地请求道：“天仙，请用剑来驱赶洋邪老怪。”兰巫婆接过桃木剑，直指三娘胸口，指着一个红色暗疤处念了一会儿咒。一屋子的人，在恍惚间看到洋邪灵和本地的邪灵混杂一处，分化成许多小小黑点，攀附在三娘身体四周。这些现形的邪魔外道，一时难以对付的东西，皆现了原形，随着凶神这一声呵斥，纷纷滚落于地，化成一股浊气往屋外奔流而去。麻姑和屋里人，皆松了口气。

驱逐了三娘身体里潜伏的洋邪外道后，要进行第二个仪式了，这就是落红。兰巫婆另一只手示意麻姑掰开三娘的双腿。这时附体兰巫婆的神灵，直接粗鲁地下手了，剥开三娘隐秘处的两片豌豆花来。银匠动作娴熟地拿出一个细小的银钩儿，快速环切下去。三娘痛彻心扉，浑身打着哆嗦，不敢出声；银匠银钩一收，三娘下体一股热血喷溅而出，染红了白布单，银匠勾出了细长条的贞节膜。麻姑见了，满心欢喜，拿上一个盛水的瓷碗，银匠把银钩往水碗中一沉。贞节膜在碗中飘游，膜上的血丝化成一朵鲜艳的桃花，在水中化而盛开。

麻姑有点激动：“这是落红物，有营养蚕养人的哩，快点喝了它。”忙命令撮嘴喝下去。兰巫婆双眼翻白：“喝下去，你们就是这一辈子的夫妻，不死不得托生。”撮嘴赶忙接过来，一饮而尽。撮嘴从心底记牢了这句话，而三娘也许在这种架势下，根本就没听进去半句。

银匠打开一个小小风箱，用一些细碎银末加上他多年研制的配方熬成银汤，先扯成银丝线，为皮货裁缝制作锁边的银色丝线。他再为三娘胯骨两边打出两副银钩，这银钩的开启，只让大娘掌握窍门。他制好后，低声对麻姑叮嘱了一番，麻姑连连点头，表示记住了。皮货裁缝正在飞针走线，特别是几个关键处，要用双线银丝反复缝制，穿插几次，做得牢固。这要穿用到绝经为止，不能脱落。

三娘终于熬过了所有仪式。她头顶红布，希望这个撮嘴的人来为她揭开盖头。哪知这揭开红布的人，依然是麻姑。麻姑又讥讽地说：“小姐的身子，丫鬟的命，别在我面前拿腔捏调。”三娘觉得自己已经没甚指望了，她见戴着红花走在她轿边的男人挨打时，心就凉了半截。到了晚上，不见撮嘴来。婚礼第一日要按大小之分，三娘进门的前三天，撮嘴的归属权是大娘麻姑的。

麻姑感到这现实中真有人与她抢男人了，心态实在难以调整妥当：“你这个遭洋人弄的小娼妇。”她这么咒骂着三娘，心里头爽快了许多。

47. 可叹！哭嫁辞改成了哭丧辞

一个无依无靠的孤女，原本是个漂泊流浪的水命，却攀了高枝，上了天堂，一路嫁与过来。三娘在假娘和麻姑这里的心路历程，可谓难以言表。

出嫁那天，假娘得了光洋，并不是全都是留着花的。她得知三娘嫁过去，就有了贞节扣的身份，觉得自家也要做得体面一些，请上城关镇的老姐妹们，办上两桌酒席，鞭炮总是要几串的。还有，张媒婆打定主意，给三娘置点金银首饰，叫她风光风光，尽管不是亲生的，也要办得体面，名头响声在外才好。她拿出几块光洋来打制项链，还购得一副玉镯子，一枚银戒指。但打制好了，自己越看越喜欢，难得有了舍心。毕竟自己把三娘换了钱，良心上也说不过去，再说给她配金戴银，又是自己许过愿的。假娘来了一个折中，便对三娘说，这套金银首饰是她的陪嫁，先借与三娘佩戴，到了富贵人家，也会给她打制的。而自己这套物件算是借她的，到走城关镇上时穿金戴银，也能体面一哈，风光一哈。

三娘出嫁的当日穿上一套红嫁衣，便把假娘打制的金银首饰佩戴上，还让两个妇人扑粉拔面，收拾停当在个穿衣镜上一照，人显得光鲜亮丽起来。她激动得泪水涌了出来，恨不得抱着假娘大叫娘亲。假娘慌忙摇手："还有到哭的坎儿。"待知娶妻队伍发亲之时，假娘便约同她平时玩得合心合意的几个妇人来哭嫁。要先哭父母，表达感激养育之恩；再哭亲人兄弟姐妹，以示亲情难以割舍；还要哭唱孝歌——孝敬先人孝敬祖宗，表达不忘根本。嫁女歌最核心的部分是劝嫁歌，从怎样春心萌动，到与男郎相处，生儿育女，再要先晓得起五更睡三更手脚勤快，还有怎样侍奉公婆。“嫁人嫁到外乡去，事事叮嘱不含糊。生儿育女有荣光，手脚勤快享安宁。”这些要一一唱来，才合情理，才体面。这三娘尽管算是嫁与大户人家做小，其实这麻姑家也只有那点家业，小暴富而已，硬要踮起脚来做长子，要走富豪家的路线，拿出一箩筐规矩吓死巴人，这让城关镇真正有教养的大户人家捂嘴偷笑哩。加上左邻右舍与麻姑性情一向不合，便大肆宣讲，说这麻姑不是有个马弁兄弟撑了门户，在城关镇怎么也混不出一个名头来的，夹带着讥讽张媒婆不知是哪根神经搭错了，还装模作样配合得紧。

而这三娘与假娘的关系，众人其实也是心知肚明的。只是这假娘用了一些手段，把这个一文不值的三丫头片子，豆腐卖了个肉价钱。听得远近有喇叭声传来，便要开始哭嫁，几个老妇人看了看张媒婆，问了句：“郎个哭法咧？”这些哭嫁的妇人，许是水土的滋养，要唱什么就能来什么，唱词不仅可以现编，还颇押韵，都是天生的。只是这家人哭嫁的主旨比较混乱，大家拿不定主意。

张媒婆冲天翻了一下白眼，便没好气地说：“由我来起头，郎们跟着和就好。”

张媒婆把头一低，再一昂头，泪水一梭便从眼角处而出，她来了个起首，这样唱起：

我的个女，我的个乖，娘养你了十多岁，今天把人嫁。

我的个女，我的个乖，虽说不嫁天边外，老鼠上灯台。

我的个女，我的个乖，在家粗茶淡饭日，狗不嫌家贫。

我的个女，我的个乖，嫁与他乡享富贵，门槛难得迈。

我的个女，我的个乖，大娘不是贤德人，小心烧火棍。

我的个女，我的个乖，绾起头发学做人，生子母才贵。

几个妇人听到“我的个女”，赶紧和上“哎呦呦”，又听到“我的个乖”时，不知下文，不好编词，只好再来“呦嗬嗬”。妇人们明白，这张媒婆的唱法，嫁不嫁、丧不丧的。这两句起头“儿呀乖的”其实是姆妈丧幼子女的哭法，引到这里来有点不伦不类，许是张媒婆想到了她死去的双胞胎女儿，故如此哭嫁。只是众人不太明了，她嫁个女比嫁到天边还要可怕，比老鼠上灯台还恐惧，不知这张媒婆是何种心事。看来，她心里头着实乱得很。

三娘见哭，已经哭成了泪人儿，她的身世太过凄惨，不哭嫁也就罢了，听到了哭声，特别是有一个妇人，如此柔情蜜意地叫唤她，唤醒了她内心深处的亲情，这时错把假娘当成了真娘。她一句唱词也唱不出，只会号啕起来。同哭的众妇人见了，觉得这女伢真是个翻嘴的夜壶，只听得“哗啦啦”声响，没有一句嫁词。几个妇人互看一眼，再轻轻地努努嘴，不禁把三娘看轻了许多。其中一哭嫁妇觉得毕竟在一起哭嫁一场，有些缘分，应该拨拉她一手，便引导性地哭劝道：“三丫头呀，三丫头喂，三丫头啊！虽说同一座城住，也如同嫁到远乡，嫁出去的姑娘，如同泼出去的水，不能常来走动呀。”又哭唱道：“对方大门大户，讲究多规矩足，万万不可冒犯啦！呦嗬嗬！”

见三娘如此哭泣，假娘听了，心如刀绞一般，忙一把将三娘搂在怀里，一同号啕起来，便把这嫁女的场面推到了高潮处。哪知这时，三娘手上的玉镯梗了假娘一下。原本说好了，假娘这套嫁妆，让三娘佩戴着要穿过整个城关镇的街道，但不能进麻姑的家门。假娘认定，以麻姑的手段，一旦进了她的门，那便是肉包子打狗，有去无回的，便与三娘商量，到了进家门之时，便把这套装饰撸下来，给到随去的小女孩手上。因为东西太金贵，三娘怕女伢子有闪失，假娘忙摆手，意思是不碍事的。她有周全的安排，到时有人很快传给她，要三娘别兴奋过了头，忘记了撸下来就是。三娘发誓说，那是万万不会的。此刻这娘俩一抱一梗，提醒了假娘，这套东西她是越看越爱，越发惦记，就越来越不放心，再说，她觉得这小蹄子嘴里答应的好是好，入了那家深门大宅，到时上一趟门都不容易，现在不撸下，还待何时？假娘打定主意，哭还是那个哭腔，唱的还是那个嫁词，只是心里有事，感情的色彩一下就淡了。她小心翼翼用手指托着那只玉镯，一点点从三娘腕上往手掌上褪去。三娘似乎没有察觉，任凭她轻易地褪了下来。三娘另一只手，也环抱着假娘，泪人儿似的哭着，假娘轻易得逞，便对另一只手镯下手。三娘这时才被惊到。毕竟三娘年少，不善掩饰，见假娘临时反悔，本想褪下给她，又转念一想，怕假娘得了便宜还卖乖，到时她还说不清楚，便把手一扬，又放下来，意思是"你要拿就拿吧，我不稀罕"，心里头自然是凉了半截。她临上小轿之时，把项链也就主动摘下，递给假娘，说："这轿里坐着，没有人看得清。"这时的三娘，咬牙发誓，日后发达了，至少要戴一条筷子粗、一条鳝鱼粗的项链来，给欺侮她的人看看。

第九章　复制湖地神物水上漂、飞飞板、水猫

48. 与男人同房，要用杀威棒伺候

这个圆房之路，三娘走得太过漫长了些。

更悲惨的是，到了第二日一早，麻姑便把她少女时代那点本来就破碎的怀春之梦彻底地粉碎了。

第二天，麻姑拿起了三娘织绣的两双鞋垫子、一只装香草的荷包，两双龙凤鞋子、两个枕头套——她用足了心思给撮嘴制作的女红。麻姑当着撮嘴和三娘的面，左看右看，一边如鱼一样咂着嘴巴，一边啧啧地称羡起来："榨坊当家的，有人疼有人指望了哈，绣了这么多花的朵的，像个金贵的小娘子，躲在绣房大门不出二门不迈，今后你们快活地过着，过得恩恩爱爱的。"

她这称赞弄得三娘身子直起鸡皮疙瘩。撮嘴双腿一软，随即跪下去了："听……听……大娘的。"麻姑厉声对三娘吼道："你以为你是谁，敢站在我这里。"三娘陪在撮嘴旁边，一同跪下来，垂着头，一声不吭。

麻姑一见更是生气："哟呵，装小可怜，往日被洋和尚摸，现如今蛮会找依靠咧！"她转过脸来，再次大叫："杀威棒咧！"

丫头连声说："兰婆婆特别叮嘱，新姑娘三天不能开打，小心把昨天的符咒打消了，洋邪神重又上了身。"麻姑显然忘记了这点，她一听，觉得洋邪神不制服更坏大事，才气哼哼地住了手。

屋里墙角边上有个切猪草的铡刀，麻姑坐下去，拿着手柄，把三娘绣的这些花花朵朵，手起刀落，一点点切下去：“你这个被洋和尚摸了的贱货，小娼妇，绣花绣恩爱的贱堂客！”二娘跪在那里，始终没敢看一眼。麻姑一刀刀地铡下去，连续百十铡刀，把三娘原本破碎的春梦切了个粉碎稀烂。

麻姑尽管对三娘和撮嘴限制很多，却从来不敢忘了传宗接代之事。这是正事。她亦求子心切，这个接班人问题不解决好，今后还会有人来谈榨坊的价钱。

可如果撮嘴和这个小蹄子搞在一起，黏糊起来，她这日子就没法过了，自要睁大眼睛提防着，真要是反了天，那该如何是好咧。

她认定传宗接代事大，要在撮嘴和三娘之间扎个篱笆，如行房事，她要在一旁守着才行。她自己打定主意，三日后让撮嘴和三娘第一次圆房。当麻姑把贞节扣打开，三娘小腹已勒得没有一点血气，麻姑还一手操着她的杀威棒，对撮嘴调动情绪地说：“榨坊当家的，你喜欢的那点东西，就在这里，你快去把它填满。”这时的撮嘴就算是一只狗要扑上去，身体也再蓄不起力了。

如此防范，撮嘴不能行事，麻姑并不认为是自己在一旁碍事，认定是他一人应付两个，身子跟不上来。麻姑在撮嘴行房前打了六只荷包蛋给他增加营养。她再次打开贞节扣，要撮嘴扑上去，至少要扑腾几下。麻姑有点不明白，她见他狼吞虎咽荷包蛋那架势，还有几分欢喜，哪知要他扑到这个小婆娘小娼妇身上，硬是动弹不得。

就这样，麻姑每次提着杀威棒把手捏得酸疼，但折腾了半年撮嘴仍一副死脸，三娘一具僵尸，麻姑感到很厌烦了，而三娘的小腹依然平平。麻姑大感上了张媒婆的当，自己下不了正经蛋，却弄回来一只不下蛋的鸡。

49. 那只来报恩的有灵性的水猫

这该如何是好？

这样的经历，多年以后，三娘以淡然的口气向李光宗谈起过。这是一种苦楚，更多的是一种恨，在她心里织起一个仇恨的网来。她偶尔拿眼瞄瞄这个僵尸一般的男人，看不到一点血性。同时，她似乎万分同情这个男人，不知她的大娘用什么手段把他整成了个残废。

半年后，麻姑不再把三娘当小看待，她是一只连蛋都生不出的鸡，留着个空窝，抱不出鸡仔来，又有何用？便把她赶到榨坊干粗活。麻姑说了，给她吃饱肚子就算不错了，她要用自己的劳作，抵掉三十块光洋，一辈子也偿还不清。

麻姑并非绝懒之人，她主要怕吃人亏上人当，更怕榨坊伙计捣鬼。自从榨坊老掌柜去世后，有个重要的工作只能自己做，这也是老东家临死前特别叮嘱的。卖油可是一个大有讲究的事，在榨坊前厅卖油时，那提油的竹筒使用起来，是有很大的门道儿的。给人打油时，如果满满地提上来，很快倒入买家的油罐中，便会多粘几钱油，一天下来，不少油便不知不觉给了别人。如果慢慢提起，竹提子四周的油会滴回油桶里。为了少卖油多赚钱，还有一个法子：倒入买家油罐时，装作不经意地稍稍把油提子倾斜一点，晃一晃，十天半月下来，便可以节省几斤油。这样一去一来，多赚不少钱。把这活儿给撮嘴干，这个苕货男人是只猪，穿着鼻子也教不会，只能麻姑亲自干。她觉得三娘好歹是自家人，要传给她来干，可这个小婆娘同样总是做不到堂——不是把油提子提得过慢了，就是晃荡得过多了，让买家看出端倪，觉得被店家玩了把戏，吵闹开来。

麻姑教训三娘几耳刮后，觉得这活儿交给谁都不放心，还得由她自己干。

三娘到了榨坊干活，至少不用整天被麻姑罩在眼皮底下，神经紧张到崩溃的边缘。她小孩子心性萌发，偷养了一只水猫。一般来说，榨坊里都要养几只家猫，捕捉老鼠。猫养了一阵儿，个个肥硕，吃喝不愁，抓老鼠的热情锐减，到了最后，老鼠与猫在榨坊并存。而这只水猫，并不是她刻意养上的。当时那只水猫后腿被猎物所伤，拖着腿走路时已经奄奄一息。三娘正好在屋后洗刷榨坊用具，见到受伤的水猫，便把一点消炎的水草，放在嘴里嚼碎，贴在水猫腿上为它消毒，并在榨坊后边给它安了个小窝。想想自己的身世，有与水猫同病相怜之感，就每天记挂着给它送点食品充饥。这不难找，就是榨坊压过油存下的饼渣，掰开一些，送到它的嘴边。水猫养好伤后，便在榨坊后的水域安下家。水猫慢慢地引来了一个小族群，在水边玩耍，它们钻进水中，吐出水泡，有时齐齐露出小小脑袋，圆鼓鼓的眼珠，短短的胡须，在水中翻滚着浑圆的身子，煞是好看。三娘透过后窗，见到它们玩耍，这是她唯一能够露出笑容的时刻。一天劳作太甚，有时花几分钟看看这些水猫，对她来说，是个奢侈的消遣。

伤好后的水猫，对她多有回报。榨坊里一向多鼠，偷吃油料，一只只硕大无比，它们甚至习惯与家猫们和平相处。而这水猫与三娘心意相通，代她巡查榨坊，有时一个夜晚，可抓十只八只大鼠，并排放在榨坊门边，以示立功。这事同样让麻姑知晓了，她认定这是神灵在相助，是她们家发家的好兆头。她赶紧买几炷香和一些黄表，先安抚好神灵，再急求兰巫婆在榨坊后给水猫神安了个神位。兰巫婆法眼一望，知是小动物报恩，也不说破。但她晓得水猫最多属于一个灵位，万不可随意把水猫灵升格到神位的，这需要做表打报告到天庭，让玉帝专属机构审批。但兰巫婆无法与麻姑沟通，与她讲这些神道之事，她也不懂。麻姑缠了她多次，硬要给水猫安神位，这种无知女人，实在太可厌；兰巫婆不是你麻姑一唤就会动脚的，要她亲自安神位，更有一种被人低看的不爽感。但她受麻姑之请，再加上大大一罐香油，不便拒绝，只好让自己二神的“扶马”来给水猫安个灵位——对麻姑可以称水猫神，其实依然是水猫灵位。

榨坊鼠多，撮嘴自也是想了办法的。他尽管沉默寡言，但仍属于心灵手巧的人。他用竹子劈成细细的竹签，做成一个机关，如有老鼠夜间触碰，机关弹跳上来会夹住老鼠。这法子开始很有用场，但过上一阵，老鼠绕开走了。三娘用水猫来逮鼠，撮嘴是心知肚明的。他们现在不被强迫行房了，在榨坊里一同做事，麻姑也要做事，无法严控他的行为。撮嘴只要得空闲，他的眼睛就像安歇到了三娘身上。这是他的小婆娘小堂客，是给他做花绣朵的女人，使他心中萌发爱恋之人啊。

城关镇临水靠湖，夏天闷热难当，冬日寒冷异常。地势低洼，城内沟渠纵横，潮气湿气大，老鼠便会引起一大灾害。这鼠也分不同种类，有一种“水鼠”，是在湖中生活，以鱼为食，长得肥硕无比。在油坊生活的老鼠，被称为“油鼠”，体形与水鼠可有一比。还有一种老鼠，身子不大，行动快捷，弹跳可达半人高，背上有一条浓密的黑线，被称为“毒鼠”。人一旦被它咬了，便会得一种名为“出血热”的病，病到厉害时，人发着高烧，汗毛孔里渗出鲜血来。这病一旦上了身，十有九死。洋教为了笼络人心，也把注意力放到怎样灭鼠上。为了让人信奉洋教，洋和尚想了许多洋办法，从洋国进口一些洋东西，要免费给油榨坊送上粘鼠灵、强力粘鼠胶——黏上的老鼠吱吱叫唤。麻姑认定洋庙吸过三娘精气，使她怀不上撮嘴的种，对洋庙尤为反感，拒绝使用洋人的东西。现在水猫给她们家捕鼠，比什么都灵验，从此敬仰水猫神，让它们多多来捉榨坊的老鼠。麻姑认定，水猫的到来是她们家难得的好运气，因有水猫神罩着这一家人。

撮嘴不知怎么说出水猫要报恩三娘的话来，只小声对麻姑嘀咕了一句，便挨了一个耳刮子。“要你心疼你的那个小娼妇去。”麻姑从心底里丝毫不会把水猫与三娘联系起来。

在榨坊期间，尽管有干不完的活儿，也总比在麻姑身边提心吊胆的好。当然，三娘在这里干活毕竟手生，也受了一次大大的惩罚，这是她不小心犯了错，不能全怪麻姑发怒。她把菜籽油和麻油混进一个桶里，这像是要了麻姑的命。两种油价钱是不一样的，混在一起，当麻油卖，肯定被人指认是作假。只能当菜油卖，进账就会少许多。麻姑逼着撮嘴把三娘双臂绑起，吊在榨坊二楼木板的铁环上，要罚打三十油鞭。撮嘴像杵在那里的一根木头，就是不动手。麻姑见撮嘴迟迟不动手，大叫一声：“搞反了你，想跟老娘斗。”要账房先生老鼠眼“穿梁子”拿来榨坊用的绳索，把这两个想翻天的畜生捆上一起打。这个老鼠眼“穿梁子”真是拿着鸡毛当令箭，把他们身上抽得青一块紫一块，打累了停下来还问麻姑：“打好了吗？”气头上的麻姑，让他下死手打。

三娘到了榨坊后，不肯与撮嘴讲一句话，现在见撮嘴受了连累，多少有点感动。撮嘴与三娘背对背绑着，尽管他们双双受罚，心态是不一样的。撮嘴始终不敢看三娘一眼，心里却是受用的。

50. 洋庙满城大游行，全镇一致对外

三娘在榨坊忙活时，城关镇已经有许多洋铺子了。他们为了吸引当地人购买洋货，请上一些人穿洋服，吹打着洋鼓洋号，在城关镇做推销活动。本地的商号，见自己的市场硬生生地被洋人占领了，也要比拼一番。他们大打民族牌、当地牌，几千年传承下来的牌子。就拿豆油灯盏来举例，放点豆油在灯盏上，点上，屋子里昏昏暗；微风一吹，屋里的人影就像鬼影子那样晃动；拨一拨灯捻子，才能稍微增加一点亮度。不见洋人的东西，没有对比也就罢了，这豆油灯与洋人的洋灯洋油不能比较。人家洋人把洋油装在玻璃肚子里，灯捻子也是用洋铁皮包着，往上一捻，再罩上一个玻璃罩，满屋通明，这灯盏不仅实用且还便宜。还有一种戏园子用的洋气灯，装上洋油，打足气，照得夜空亮如白昼。洋货步步紧逼，把本地货品挤压得硬是要退出市场。

洋庙虽然刚进驻不久，也想采用洋货的法子，搞类似的活动。他们从省城找来一批教众，统一着装，上白下蓝，打上领结。信众一个个皮肤白皙，像极了从不见光，只在洋大人屁股后面转遛的洋奴才。前面两人鼓着腮帮，各吹一把大肚子的洋号，后边紧跟四人，腰间缠着铁皮鼓，用细棍敲打。随后一行人，唱着圣歌，打着

“上帝降临古老大地之上”“上帝与黎民百姓同在”之类的标语。后边的人，手端着各种洋糖果、小玩物，送给围观看热闹的民众。洋庙为了搞好这次活动，让其产生更大的影响，提前在集市热闹处发了预告，游行这天，县府害怕民众抵制甚至搞破坏，特地派警备队在前后左右进行保护。

洋庙的这次游行，在城关镇的道人、和尚以及兰巫婆他们看来，显然是在向他们公开挑衅。前面洋货打进城关镇，把本地的产品逼得没了市场，这是大教训。洋和尚依法炮制，要把他们的洋邪神传染给当地人，今后如果黎民百姓有病有灾，都找洋和尚来看，这怎么得了。道观善做符咒的道人、寺院的老僧、关帝庙的执事、桃花夫人庙的老尼，集中到兰巫婆家里开了一个会，商量对策：怎样应对这次洋邪神来“搞传染”呢？兰巫婆提出，麻姑家的兄弟是省城里带杆子的，让麻姑到县府闹一闹，阻止洋庙如此大张旗鼓地游行示威。一行人等认为此法可以一劳永逸，便让兰巫婆去动员麻姑大闹县府。麻姑听了，新仇旧恨一齐涌上心头，当即表示同意，第二天就去闹腾了一番。哪知县府的人硬是不买账，还说洋庙的后台比他兄弟硬多了，力劝麻姑不要惹是生非，否则还会连累兄长，弄得麻姑灰头土脑回来了。麻姑大骂县府的官，见了洋人就像狗奴才一样，脊梁骨软成了哈巴狗，又对兰巫婆发了一通怨气。末了，麻姑说，她的忙只能帮到这儿。紧接着转了一个话题，说是城关的道观，被人指背影骨，与人家的外室搞上了，如此不堪，还要他们作甚？兰巫婆想了想说：“这事儿我也是想过的，这地儿上抬头不见低头见，怕处长了，生出一些说不清道不明的事端来。现阶段拉得拢来的都得叫上，有时摆个阵助个威也够个数哩。”

麻姑想想也有道理，又说：“听张媒婆子说麻河的马道仙姑隔空画符，神灵即刻显现，灵得很哩。”

兰巫婆听了，连声说："两不得罪，都拉进来。"

兰巫婆对付洋人洋教，有些手段，见明的来不了，只有暗中比拼了。

道观善做符咒的道人、寺院的老僧、关帝庙的执事、桃花夫人庙的老尼，加上新来的手持短剑的马道仙姑，集中到兰巫婆家里开了第二个会。这兰巫婆在城关镇，尽管不属任何派别，却是统管神灵的人物，地位了得。她做人活泛，把马道仙姑大大地夸奖了一番，又不冷落道观的道人，还扯上"这是道人建议"的言辞，为他争得了面子。道人忙站起身来，向马道仙姑拱个手。马道仙姑看了他一眼，甚有不屑之意，傲慢地回了个礼。

尽管内部有些纷争，但洋人动作太大，大大地侵害了他们全体的利益。洋敌当前，要一致对外，不敢马虎。于是大家商量对策，商量到半夜，基本达成共识。如果在洋人游行的路上去作法行咒，他们有警备队守护，风险很大。不如趁他们上街游行，直捣洋庙的老巢，直接毁了洋邪神和他的神灵。老道用符咒、老僧打坐作法、老尼用密语来围堵洋邪神，关帝庙执事用关帝大刀打断其财路，兰巫婆拿上万能的桃木剑，挑洋邪神的大脚筋，把他困在洋庙里出不了门，害不了人。马道仙姑则一手持短剑，一手凌空画符，在洋庙外设三道结界，让洋邪神无法往来自如。

娘娘庙里的老尼最后提出一招："既然要下狠手，还要用秽物在四周浇一浇，这样可让洋邪神永世不得翻身。"

这一狠招，众人齐声说好。但要谁去执行呢？兰巫婆想了想，觉得还是找麻姑家的。兰巫婆认定，要说对洋邪神有深仇大恨的，恐怕就是麻姑的小姨婆三娘了。她被洋人哄去掌了一月灯，弄成现在公不公、母不母的样子，如果让他们挑上粪桶去浇上一浇，切断洋邪神的灵路，今后生儿有望。

兰巫婆又动了一次脚，上了麻姑家门，做了半夜动员工作，对麻姑好说歹说。麻姑起先没有兴趣，她还说这三娘本身是个半吊子，是“狗肉上不了正席”的小贱货，但她听说只要切断洋邪神的灵路，三娘便有望怀上她们家的后代，自然被说服了。

这样三娘就有了一次戴罪立功翻身的机会。

到了洋庙组织游行的那一天，洋庙果真空无一人。老道、老僧、老尼、兰巫婆及关帝庙执事一起行动起来——只见老道穿着道服，拿着拂尘，在洋庙四周念念有词，先往左转一圈，再往右转一圈，对着洋庙下了狠咒；老僧自然也不甘示弱，盘腿坐在洋庙的大门前，一阵快速念咒，头顶上方似冒出一圈圈的咒波纹；老尼看似一动不动，实际上她的秘咒功力更大，洋庙屋顶的瓦片被掀下几块来了；关帝庙执事舞着一把大砍刀，把洋庙四周的空气劈得连连作响；兰巫婆拿着桃木宝剑，一圈圈在洋庙四周游走；马道仙姑最后出场，她竖着指尖，环绕而行，用短剑凌空劈开面前的空气，似要砸开那洋老怪的神灵之门，口中再念念有词，将手举到头顶，急急地凌空画符，在洋庙周围做了三层结界。

这时，撮嘴挑着一担粪桶过来了，三娘拿着粪瓢紧随其后，这也是他俩这辈子唯一单独行动。行前，撮嘴得到了麻姑的赞许，她温和地对撮嘴说：“陪你的小堂客去吧。”这是麻姑第一次对他们用如此柔和的语气说话。

来到洋庙四周转圈，撮嘴一面挑着粪桶走，三娘一边浇着。她一边浇一边骂：“该挨千刀万剐的洋和尚，让你们断子绝孙，永世不得超生。”

起先，看热闹的路人和一位巡警见洋庙四周来了城关镇的多路大神，还以为与洋庙联手做什么活动。哪知撮嘴挑着粪桶来浇，就明白了他们要摧毁洋庙的灵路。巡警马上追过来。撮嘴这时豪气勃发，让三娘快走，他来挡在后边。见三娘逃到没影儿了，撮嘴迎面向巡警走过去，结巴地对巡警说：“洋和尚搞得我堂客生不了怀不上，我就是要弄得他们害不了别的人。”他一副振振有词、理直气壮的样子，弄得巡警不知拿他怎么办。

这等压制洋庙的作为，成了城关镇空前绝后之动作。可惜是个秘密行动，事前没造势。但城关镇毕竟不大，一有点风吹草动，便可传扬开去。那日人们奔走相告，依然观者如云，这也叫“好事不出门，法事传千里”。

撮嘴见巡警无拿下他的意思，转身往榨坊的方向逃去。哪知三娘此时留了一个心眼，她这是第一次与撮嘴单独在一起，想充分利用这个机会，单独和撮嘴说一次话。也许她对他还存有一点幻想。她在撮嘴必经的路口等着，见他来到，便鼓起勇气对他说：“你敢不？我们单独弄一次，看你行不？你进得去，我就肯定怀得上。”她尽管认定洋和尚害自己不浅，但他们要做这等事，麻姑守在一旁，一个进不去，一个打不开，受了干扰这点三娘是心知肚明的。

撮嘴听了，嗫嚅嘴巴，双唇一阵颤动，结结巴巴地说：“那贞节扣如何可开……”撮嘴也敢来次冒险的，但他心里明镜似的。他认为那个贞节扣钥匙掌握在麻姑手上，弄不成。他只是反问一句，见三娘一时无话可说，就逃也似的离开了。三娘显然忘了贞节扣之事，见撮嘴逃走，轻轻叹口气，认了命。她原本对这个男人依然怀有几分幻想，现在完全心如死灰了。

51. 湖地水上神行物，应可申报非物质文化遗产

李如寄有时难以明白，他接触的真实的奶奶，却与传说中的三娘大相径庭。

许多年以后，还是高中生的李如寄在一个暑假的课外实践中，见识过关于三娘的传说。他非常惊讶，一时无所适从。当时有个大背景，全国掀起旅游热，激起了发展生态文明、汲取传统文化的旋律。云梦泽的女匪首就是这个城关镇的人，很是让人浮想联翩。

时代变化太大了，只有几十年的光景，这个水乡泽国变成了千里良田，不再是湖泊，而是成为一个江汉大平原。在这个平原上，产生了许多新地名，还发现了几个油田。而李如寄这一代人，对水乡泽国的印象同样是模糊的，因为他们成长时，湖水退去，湖域已经渐渐变成了良田。

过去的那些人和事，几乎成了传说。

生态还原，从前的“三娘”因此再生，关于她的传说一度比李屠户传说的风头更甚，流传得更广，这应该是占了性别优势。这个城市的文化馆编修本地区的史志时，关于三娘有一个特别专辑——命名为《女湖匪李三娘的足迹》。这个书名有点不伦不类，如果是写女湖匪，就无“足迹”之说。不知当时的作者和编者对这位压寨夫人抱有何种心态，至少不是太反感。书名反映出本地人对她的一

种复杂心态。

人们认为三娘更具有传奇性。关于她突然从榨坊里消失，到了李屠户的水帮做了压寨夫人之事，人们传得有鼻子有眼的。一种说法甚是肯定，她是自己寻上门去的。最让人叹服的是，她没用任何交通工具，小舟小船也罢，铳划子也罢，或是强人的小放屁艇（来接她走）也罢，这些都不存在——三娘是凭借自己的聪明才智发明了一种在水上漂的飞飞板，亦称“水上飞毛腿”。后来的人们讲到三娘的神奇之处时，描述过这种水上漂的飞飞板：其实是用普通木料做成的薄板，让木匠刨好后，两头用绳子促紧吊起，中间部位压上重石；半月余，木板的弯曲正好，水分被榨干，漆上桐油，再晒干，反复几次，看起来黄泽透亮。

有了这个简易工具后，站在这个飞飞板上，可从一米见高处跳入湖水中，这一跳是蛮有技术含量的，如果不会缩紧心身，屏住呼吸，类似于有轻功底子的武者那样弹跳而起，不足以托住自身顺利飞飘；如跳得过沉过猛，身子将与飞飞板脱离，人会栽入水中；如果跳得过飘，在水面踏不上几步，便会偏离航道，栽入芦苇荡中，让一些飞禽水鸟们看足笑话——这三种情况下自然无法远行。用现代交通工具来做个比喻，就像乡下孩子们初学自行车那样，手扶双把，足踏脚板，要把握上分寸、力度、节奏平衡，需要一段时间的练习，学会之后，让身体机能产生记忆，便会运用自如。

三娘有天生优势，她身子轻，又是女性，善于拿捏分寸。还有一点，也是极为重要的，就是在水面上快速滑行的技巧。每滑一步，贴在滑板上的双脚，便要微微勾起脚尖，微弓起脚底，在水面上轻轻一划。这里特别强调的一点是，飞飞板与双脚之间，不存在哪怕是一根丝线的捆绑物。若真有与之固定的方法，是无法利用飞飞板在水上漂的。

只要亲身经历了飞飞板的水上漂功能，你就能断定，水尽管很轻，也是能承受重量的。会玩水的人都知道，当你用身体砸进水面时，你承受重量面积过大，落水时整个身体被砸得生疼。怎样借用这个水面的承受能力，托着自己的身子，飞快滑行，这就是飞飞板神奇妙用之处。

从字面上如此描述，还比较含糊。三娘发明的这一绝技，在这个水乡泽国传播的范围很广，几乎涵盖整个云梦泽。因为这一发明，云梦泽的居民便以三娘为荣了。历史跨度不短也不长，一直到了二十世纪八十年代左右，依然不绝于耳。这个城市决定把水上漂的飞飞板作为历史文化遗存先向省一级申报，再申报国家级文化项目。申报时，讲足了它的神奇性，这显然是不够的，甚至会被误解为猎奇。申报者决定，从生态文明建设入手，强调这个水上漂，不仅能让人日行千里云梦大泽，更重要的是就地取材，绝不耗损任何原料；最最可贵之处在于，没有半点污染——当代社会发展过快，污染成了政府最为头疼之事。复原水乡的绝技，还有更多说不出的好处，比如当下马路拥堵的问题将会得以缓解——把河水改成河道，鼓励人们踩飞飞板出行。为了更充分地说明其重要性，便请来本市的某统计专家，做了一个计算，如果全市有三分之一的人使用水上漂，购买车辆费、原料费、马路损耗费都会大大降低。统计专家眺望窗外，深有感触地说："我市水路四通八达，密如蛛网，如果有一部分居民行走于水路，这一景致为全国独有，将成为我市的一张名片。再组织一个水上漂的节日，全世界的人要来观看，该是何等壮观的场面啦。"

该专家认定，这是一个典型的非物质文化遗产。而报上去后却很快被刷了下来，因为这个没有实证，连初选也没选上。据说被初选评选委员会嘲弄了一番：一个过去“穷山恶水出刁民”的地方，搞出的尽是稀奇古怪的东西。

52. 收集湖地所有树种，水上漂依然难复原

这个城市毕竟是在云梦泽腹地形成的，又有汈汊湖这块难得的最后水域，一定要拿它做点文章。这个城市的性格，承接着云梦泽不服输的劲头。地方官亲自定调，一定要搞出一点名堂来，让省城的专家看看，让全国的学者瞧瞧。

李如寄这一代人派上了用场。政府认为，青少年们灵性十足，活泼爱动，好奇心强，利用一两个暑假，组织发动他们，来恢复这种水乡特有的绝技。因为是在整个城市地区筛选，李如寄所在的学校有几名同学一并选上，这个绝技毕竟失传了几十年，尽管时间不算久远，但要真正恢复，却一下找不出半点头绪来。二十世纪在水乡泽国风行的飞飞板，成为下湖作业人的一个工具，现在竟然找不到一副完整的遗存下来的实物，更不用说找到水上漂的诀窍之处了。

这群全市的优秀学生，已经掌握了计算方法。科学是老大，现代人已经普及了科学观念，什么都会讲究科学。还原的实践者做事强调分秒不差，重量要分厘不少，这个城市的专家学者带领优中选优的半大小子们，采用排除法、摸底排查法和淘汰法来进行。他们

先是制作各种材料的飞飞板——杨树、柳树、槐木、水杉、柏树、榆树、梧桐树、枣树、梨树、桃树、皂角树、常青树、香椿树、苦楝树，凡是本地区有的都涉及了，非本地原有的树种泡桐和白杨树，好像这两个树种是后来引到本地的，现在也做过试验了。

他们分析过，当时三娘条件有限，只能找一般的树种来制作，有可能就是随处可见的柳树、杨树，好一点就是水杉树，它们依水而长，耐水性极佳。杉树制作的木板平实，但经不起弯曲，各种方法都试过了，皆无法复原飞飞板。有人开始质疑，三娘有如此神力，必有神助，就算没有神助，也有高人指点，可能这个飞飞板并不是三娘发明的，应是高人赠予。同学们认为，一定要在飞飞板的重量上下功夫。这些树木重量不同，就是同样厚度的木板重量也不同，只得以各种树木来制作不同重量的飞飞板，每一副都要找人下水一试。

飞飞板试验的结果，是在落水的那一刻，丑态百出，花样翻新，依然没有一副合格。好奇和热情高涨的孩子们绝望了，像这样冒冒失失去复原，很难达到目的。李如寄当时分在试水组。所谓试水，就是踩着飞飞板，从一米左右的跳台跳下，结果无一成功。李如寄记得幼年时，利用水的浮力用碎瓦片打过浮镖。具体方法是，捡上一些碎瓦片，斜身弯腰，贴近河面，横抛出去。瓦片在河面上一路漂走，其原理与飞飞板相近。同学们很快否定了它，如果瓦片是飞飞板的替代物，那上边还差一个人。

暑期实践者认为只有这样才有希望复原：时隔并不是太久，水乡泽国有那么多做过水帮的人，难道不可以找到一个两个吗？这显然是极有可能的。但从这一途径来挖掘，似乎连影子也找不见。本城的专家学者不死心，通过公安系统摸底盘查，终于打听到有个湖霸三姨太尚在，因为她没有血债，曾绑架传播毒害人民精神鸦片的帝国主义分子，戴罪立过大功，功过相抵，罪行不重，且作为坏分子已被管教多年，所以对她进行了宽大处理。只是当他们找到良湾李家台时，李如寄正好返回，与这帮人擦肩而过。

那时，他的奶奶不知是不是心有余悸，让自己像一个老年痴呆患者般躺在床上，耳不能听，口不能言，身不能动弹，根本无法交流。而李如寄的姆妈，见到来了一群戴眼镜拿笔记本做记录的工作人员，吓得不知所措，一问三不知，只好让这些人失望而去。其实，来了解情况的人们，一见这个痴呆的农村老太婆，已经大为失望，根本不用询问。他们很难把她与过去峥嵘岁月里的三娘联系起来，不说他们，就是李如寄也从未相信过，这条线索自然断得更加干净，几无回旋余地。

学生们原本信心满满地要从找寻历史的尘埃物下手——水上漂的飞飞板，不可能消失得如此干净。空耗了气力却还是一无所获，年轻人自然是沉不住气的。这时，有专家对既失望又疲惫不堪的学生做了动员。他们认定，现在以科学手段判定其价值，可以确认其是全球绝无仅有的一个创造发明，它甚至改写了水的承重，是一种尚待深入研究的科学发明与创造，凝聚着云梦泽劳动人民的聪明智慧。学生们听说，民间人士也被发动起来了，本地甚至有人捷足先登，向吉尼斯提出申请，这个世界性的组织对此十分感兴趣，要求实地求得实证。

在这次动员会上，有几名学生代表做了演讲。李如寄当时亦被自己的中学推荐上台，演讲稿是老师和同学们讨论后拟定的，如寄同学的激情燃烧起来，发挥得极好。其中有一段文字，他许多年后依然记忆清晰：“同学们！你们知道当下最为严重的问题是什么吗？就是生态失衡，人与自然的严重对立，我们一向打着改造自然、人定胜天的旗号，强占这块湖泊之地，使原有的生物种群失去了家园——我们现在已经遭到原有种群的报复，这只是开始！你们知道三娘的时代什么最可贵吗？就是人与自然的和谐，人与自然和谐，拿出那群做向导的水猫与三娘的关系，就是一个明证。”他语意未尽，强调：“我们现在回归传统，寻找过去，就是恢复生态，达到过去那种人们与自然高度的和谐……”

53. 发现洋人运算公式，但水已被污染，水猫已变异

学生们的积极性再次被调动起来，李如寄也参加了这项查找。先在这个城市过去的报纸资料和一些档案上查找，几乎没有任何线索。大家认为，当时飞飞板作为一种极普通的水上工具，就像吃饭睡觉一样自然，谁也不曾料到它日后成为如此重要的发明，他们没有这点远见卓识；也许外地人会对本地之物有新奇之感，会留下记录，学生们便决定上省城的图书馆和专门存放这个城市资料的资料馆查找。费了千辛万苦，终于喜获结果。李如寄再立了头功。他那时是第一次上省城来，尽管没日没夜在故纸堆里翻查，但星期天因为省馆关门，他们不得不休息，是可以去看看风景名胜的。他却借阅资料出来，在旅馆继续工作，李如寄在无意中看到一则娱乐消息，这是当时大报副刊登载的消息——《洋人目睹水上漂，偷窥绝技被阻挠》。报道上讲得有鼻有眼，一名德国传教士，以窃取中华

古物宝贝为能事，复原了诸葛亮发明的木牛流马计算公式，对河图洛书演算出多种运行办法，破解了道家的符咒。这名算术学家，之所以来到水乡泽国，是因听说这里人不用练习轻功，借用水木滑板，在水上即可漂行。他以传教士身份为掩护，为的是窃取这云梦泽绝技。当地水乡泽国的老百姓，得知其狼子野心，对他进行全天候的监视，不让他接触到水上漂的飞飞板。这个德国人在此潜伏几年，一无所获，只能贱卖洋庙，忍痛损失一大笔财产，空手而归。文章最后一段写道，但德国人并非一无所获，他凭着与这块土地接上的地气，特别是对当地的水质进行研究，认定本地水的密度比其他地方的要高一些，并综合诸多传言和对飞飞板的描述，留下了一个计算公式。这个公式是：$X+\frac{Y_1}{Y}=V$。X 为当地水质密度，Y 为水上滑行的步伐，Y_1 为飞飞板的重量，V 表示水上漂的速度。

这一线索让调查者如获至宝，至少是老外的思路给了他们莫大启发和参考。通过放宽探索路径和转换思路，用国际视野来对飞飞板进行再实践，他们挖掘出另一个有价值的线索：本地区的洋教士曾有后代遗落在这个城市。大家如获至宝，老洋人目标过大，调查者很快找到老洋人。老洋人在革命洪流中站错了队，被关押劳改过多年，因为他背景复杂，许多问题难以查清，属于最后一批释放人员，刚刚放出来不久。他处在惊魂未定之时，当这个城市的专家找到他，老洋人以为又不知惹上了什么麻烦，本来脸无一点血色，现在更是吓到惨白，几年无法与人交流，基本上是大半个哑巴。他当时的心态不言而喻，调查者费了很大的气力，让他听明来意。老洋人对来人说："我不是什么老外，小时得过严重白化病，一种较罕见的疾病。"为了怕来人不信，他发誓说，可以叫来他的儿子女儿，都是正常的中国人。专家们只能失望而归。调查者找到老洋人时，李如寄正好在省城里兴奋地查到德国传教士的报道。但他的面孔与老外有几分相似，本也异于本地人，估计是与同学们、专家学者整天厮混一处，因他们熟视无睹而被忽视掉了。

按照德国人的运算方法，他们列出了多组计算公式，对本地的水密度，与外地的江河湖海的水密度进行比照，认为老外的分析有一定的道理。另外，他们还发现本地水质更容易被污染，因为水密度高，流速更缓慢，这是研究者的意外发现。政府方面更重视，这至少对于发展旅游经济是个重要的线索，全国都在挖掘经济潜力，这个城市也不例外。

二十世纪八十年代，各种传统文化项目得以恢复，划龙舟成了这个城市主打的项目，水上漂的飞飞板，被定为这个城市的重大群众比赛项目，全城人民大发动，挖掘出了空前的潜力，再群策群力，使这个项目在外地人的目瞪口呆中迅猛发展，终于涌现出一个漂行百步的少年，他是冠军获得者。这个赛事，因为有江洋大盗的压寨夫人作背景，便每年组织比赛，成了本市最吸引外地人的活动。外地人确实以为神奇，纷纷请当地人做教练，却硬是难以复制，最后只能认输，无不服气地说："真是一方水土养一方人啦。"

这次调查家族历史时，李如寄曾反思过这件事，当时他是如此情绪高涨地参与其中，却没有想法子找自己的奶奶去询问打听这事的来龙去脉，只是舍近求远，满世界乱找一气。人一旦误入歧途，方向偏离十万八千里，再由此产生了思维固化，就可以想象得到的会是什么结果了。关于这个水上漂的飞飞板，它是真的存在吗？如果存在，不足一个世纪，为何会消失得如此干净。他反复自问，忍不住和梁一真讨论。真儿哈哈一笑，楚地的浪漫便在此。他心说这女人是超强的现实主义者，不屑与之争执。

李如寄自问过，那时他最多把奶奶这个有着三娘名号的女人看成有点怪异的老太婆，如果把她当成“飞飞板”的发明者，女匪头子，武艺高强，枪法精准，行动迅速，这几乎没有可能，两者差别太大了。试想，如果李如寄确定这一切都是奶奶所为，他还会有热情去探寻吗?

现在回顾这些，有许多传说，但如果你不把它看成传说，它可能就是真的。

总之，关于这次全城总动员的努力，是个小有成就之举，足以告慰本地人的怀旧之心。但本地人心里明白，要想弄清三娘的神奇之处，尚需更多时日。

那个从少年成为青年的小伙子达到漂行百步的水平后，一直独占鳌头，却再无长进，这也不能不让人遗憾。

专家们又想，是不是差了一个环节?他们还差一个道具，那就是三娘的水猫，也就是少年李如寄讲过的，人与自然和谐的最佳物证。那段时间，官员动员，找本地特有的水猫，人们找寻了许久，终于找到了一只水猫，却已然变异，有研究人员断定它是与水老鼠结合而产生的变异。环境恶化，生物绝种是一种趋势，为了繁衍后代，保留自己的基因，不顾生物之间的种群隔离，而与其他种群交配，实在是一种可怜的悲剧。这类生物本来不是什么珍稀品种，只是这里的河汉湖泊全部被污染，它们才绝迹了。为了找到三娘当年喂养过的水猫，有人想办法从外地引进一批，放进本地最后一块保存下来的云梦泽水域，成立了汈汊湖水猫人工繁殖基地。这里长成的水猫被命名为“一号水猫”。这些水猫们长是长成了，可一个个肥头大耳，因为无野外生存的历练，无逞勇斗狠之习气，变得喜静厌动，喂活老鼠不捉，新鲜鱼类必须先敲昏，饲养员送到嘴边才勉强吃上几条，简直比独生子女还金贵，一副懒洋洋的样子，失去了所有的灵性。人们拥有多么聪明的智慧，上达九天，下入洋底，但想恢复过去的水猫群，却如登天之难。更大的问题是，一旦把它们放入河道之中，它们竟无法存活下来。人们由水猫的生存状况推及自己，不由得想到，人类恐怕已经开始变异了。多年以后，还是人类本身吗？这是后代的事情啊。总之，一切再也无法回到从前。

李如寄他们知道，那次高涨的热情，还是未达到目的就告终了。关于水猫与水上漂的飞飞板有什么样的联系，本地上上下下达成默契，对外地人等三缄其口，如果被追问过急，便敷衍说那只是一个传说。

第十章　成为压寨夫人后，见证潜龙逆飞冲天时刻

54. 媒婆假娘与大娘麻姑的终极对决

三娘在榨坊窗口眺望，她怎么也不会想到，那只是个开头，后边发生的事，是始料未及的。

在那些惨淡的日子里，如果一天中有那么一段很短的时间，看看近在咫尺却又十分广袤的湖面，让心思无比畅快地飞上一会儿，这该是多么惬意的事情啊！这个湖荡上空，会有一个骑地龙飞行的人，那地龙的蛇形身子很滑溜吗？会不会栽下来落进芦苇丛中？

是的，她肯定不止看她的那群水猫。有时，她也许会想到，如果李屠户出现了，她要看看，到底是一个什么样的好汉，该是多么好的事。她想到那个叫邓划子的人，第一天见到他，在她心里他就已经是个死人了。不如此，不可能对着这芦苇荡产生无尽的遐想。

这个娇小的头颅出现在窗口之时，确实被人注意到了。当时，这个人坐在一只小船上——湖泊中那种平常的小船——被人划上岸，送到城关镇的一个秘密接头地点，去见一个人，因为那人搞了一批德国的火器。他坐在船舱无意之间往头顶看去，便看到了窗口上一位女子的面容，女子冲他嫣然一笑。如此微笑，对把脑袋挎在裤腰带上的人来说，有着无法抗拒的吸引力。

他记住了这个窗口，是个榨坊后边的望窗。因为急着赶去接头地点，他只是向她挥挥手，那女子没有伸手回应，却又冲他笑了一下。在他看来，这一笑动心，二笑定情哩。

榨坊后窗下的水域上，只在船行时挽了几个小水花，芦苇依旧，蒿草依旧，却在她心里起了涟漪。她看到，茼蒿其实就是坡地上长着的野生菊花，如果长到湖里，便成了塘蒿。黄色的花朵，一丛丛地盛开，盘旋在水草中，与满湖绿色争锋；还有那叫勤娘子的喇叭花儿，更是从水面上直起腰身探出头来，开出一种多瓣花朵，像一只小小喇叭，对着无垠天空唱歌，让风儿把它们带到远方；还有成簇的蒲草从青青的棒子长成火炬般的金黄色，骄傲地雄起着。三娘喜欢对着这个蒲棒展开联想，她不无失望地想到，这个撮嘴是怎么也长不了这样硬挺的家什来的。

她们这榨坊背面算是城关镇的静僻之处。只是三娘不知道，往榨坊前边走上几丈远，还有个暗河道口。在一个当铺子与一个铁匠铺之间，将几块墙后的隔板用人工提将起来，便会露出个暗河道口，有船可以悠然而入。

三娘注意到，刚才那只船行过后，只一眨眼的工夫，就什么也没留下来，像偶尔有几只水鸟游过，水的波纹晃动了，什么也不曾留下来。

这时麻姑找不到三娘，见她在这后边望窗往外张望，便对她狂吠："看你这个小娼妇，让洋人弄过的，又在卖么骚？总有一天被这些芦苇荡的掳去，打糍粑一样杵你！活剐了你！强人好汉喝人血吃人肉你冇见过，到时让他们蒸着吃、煮着吃、油炸了吃。"麻姑几乎每天都会遇到不顺心的事，必找她作为发泄口，她骂三娘最为痛快和解气的话，就是"让洋人弄过的"。三娘每听到她这样骂，就会增加一分仇恨。

自从她做小后，假娘半年没有出现过。麻姑和她有个约定，一手交钱一手交人，三十块光洋，可以买小山似的一堆米的钱，却买了这个生不出鸡蛋的鸡，还被洋人弄了，真是一个赔钱贱货。在麻姑看来，这个张媒婆自然没脸见她麻姑了。但当麻姑解除三娘做小的资格，把她扔到榨坊打工抵债时假娘却出现了，她不合时宜地出现了——也许只是无意出现的，因为她也要用油炒菜，她来买油，手上提了一个油罐子。

她走进麻姑的榨坊时，刚从阳光下走进屋檐下的暗处，眼睛有点不适应，她没看清楚。但这时的三娘已经看到她，叫了她一声假娘。假娘张媒婆眯缝着眼盯着她看，看着，就有两行泪水滚落下来："我的儿，你没得饭吃么？么个这样骨瘦如柴，整个人就像几根棍子撑着呀！"

三娘突然有种想哭的冲动，她想冲过去，扑到假娘的怀里，去倾诉自己的委屈。

这点情绪尚未调动起来，一个声音高声嚷叫了起来："哟呵呵，是谁们家的老母狗在自家屋里吠得不够，还要到外户人家乱咬人啊！"

"这油榨坊当家的，有钱可以胡吃海喝，不可胡搅蛮缠地吐屎屙大粪的咧，我心疼我的儿，关你下不了正经蛋的老母鸡一个么事呢？我的姑娘嫁给你家，水都过了几秋的，你还这么讨死放赖佮（gé）不得人！"假娘见了三娘，说几句贴己话是自然的事，她却忘了这是谁家的地盘——那个人认为她骗走三十块大洋，正逮不住找她算账哩！

麻姑的老鼠尾巴被狠狠地踩了一脚，跳将起来："你是个么好东西呀？你做个笼子，把个洋人弄了的，生不出蛋的鸡仔糊弄我！想钱也想疯了，算得精，算得准，一个小娼妇作几卖，卖给洋庙去掌灯，说得好听点是掌什么灯，不就是让洋和尚弄几下，换几块光洋么？"

这两个女人对仗起来，水准应是旗鼓相当。

假娘不甘示弱，扯高声音：“是哪个麻逼求我的，多次找上门来求？到手了就过河拆桥！三丫，别在这里受窝囊气，跟我一起回去！”

她这下好像正好中了麻姑的道了，麻姑兴奋得像一只刚生下蛋跳出窝的母鸡，仰着脖子，一阵咯咯咯：“哟呵呵，把三十块光洋拿回来，我就把她的贞节扣解开，你寅时拿，我卯时解。”

麻姑还不嫌够：“掉到钱眼里的老骚货，你有这个气量拿钱回来赎人。”她挥手“啪”地打了三娘一耳光：“小娼妇的苕婆娘，今个儿有了依靠？我看今个儿不整你跪上三天不下桌。”

假娘气极，油也不打了：“你等着，我把你这点臭钱拿回来。”

麻姑见假娘逃也似的离开了：“不讲理的老骚货，骗了东家骗西家的苕堂客骚婆娘死麻逼，我没打上门去，还要送上门来让我作贱。”她调动了全脸的麻坑，对着三娘挤了个充足的笑：“你等着，她来解救你。”

三娘似有几分期待，假娘也许会来救她，她当时向往的这个小，除绑上了一个贞节扣外，每日挨打受骂，其他一无所获，做小到了如此凄惨的地步。现在更被打发出来，成了做工的奴隶，除了一日三餐外，动不动就挨打受气，连榨坊里的长短工也不如。她不甘心也不认命，只有假娘能给她一点指望，她下意识地看了一眼撮嘴，那真是具僵尸虫，对这个麻姑不敢翻翘，就连头也不往这边扭一下。三娘可以任凭麻姑打，任凭麻姑骂，求饶的口是不会开的。

她第一次听见这三十块光洋的身价，从前也知自己是被卖了，假娘说不过十五块光洋而已，显然被瞒了一半。她虽感吃惊，更多的是绝望，知晓这辈子是出不了头的。她硬生生地被假娘卖了这么多钱，却要她自己还。麻姑自然找不到张媒婆撒气，只能罚三娘白日干活，晚上跪着。三娘现在不仅恨麻姑，同时也滋长了对假娘的恨。

是的，三娘似乎明白了，这个假娘对她其实一直在做笼子，套好笼子让她往里钻——谁也不敢沾染洋庙洋和尚，洋庙名声如此之坏，却让她去掌灯；全城人都知晓落进了麻姑的窝里，就是落进了火坑，假娘却硬生生地把她往火坑推。

55. 与账房先生比赛心算

如果说麻姑的精明到了何种程度，那绝对是一等一的人精了。榨坊有个年龄与三娘不相上下的顺儿，小顺子不经意中会用一双关注的眼睛同情地望着她，她偶尔会飞快地回馈一个感激的笑。麻姑便敏感之极，能从细微处捕捉三娘的心事，“啪”的一个耳光甩过来：“要你笑，你要卖骚，就待老娘闭了眼睛！”弄得榨坊谁也不敢与她搭话，连关切的眼神都不被允许。

那个管账的，榨坊的伙计背后叫他“穿梁子”——这是湖泊里的黑话，意为老鼠——长得贼眉鼠眼，总喜欢斜眼看人，不管春夏秋冬，歪戴一顶瓜皮帽子，油渍渍的，像是八百年没有洗过。他嘴边两撇象征性的胡须，像极了老鼠胡子，他喜欢拿着一根黄铜烟嘴子，咬着抽着，烟幕把他的脸和胡须染得焦黄。此人打得一手好算盘，把算盘珠子打得噼里啪啦直响。麻姑对榨坊的所有人都是一摸不挡手的，但对这个管账的，却是不敢马虎，他是不可替代的，是唯一可以拿手打算盘珠子、用笔记账之人，还是与老东家打天下之人。

三娘自从那次被他吊打后，就与他结下了梁子。三娘如有机会，会用心算与他较劲，渐渐地心算比珠算还要快。这是三娘听他的珠算声偷学来的本领。不知是这个小老儿有意出错，还是胳膊肘往外拐，三娘有两次壮起胆子当众更正了一下，心里对麻姑说："你自以为精明过人，还不是被人卖了还要帮人数钱。"麻姑是何等人，她最怕有人背后搞鬼，三娘的更正，让她听出了门道。这个小老儿觉得在这个榨坊，他的权威不容挑衅，对这个多嘴多舌的小姨娘——被洋人弄过的娼妇——很是不爽。"穿梁子"先生随即就要撂挑子："小老儿老眼昏花啦，算了半辈子账，已经认不清算盘珠儿了。""啪"的一声响，麻姑给三娘赏过来一个响亮的耳光："这是我们家的老臣，不许你多嘴长舌。"是的，三娘也认为这一耳光打得及时，让他们搞鬼吧，榨坊与她三娘又有何干？人就是这么贱，三娘把自己再咒骂一顿。她清楚，在这个榨坊里，她是最没地位的人，是抵债的，每日寅时起，亥时才能上床，还要帮麻姑照看这个家；当然，她的确有报复"穿梁子"的意图。

麻姑吃了不识字的亏，湖地女极少有去读书认字的。只是她麻姑当这个家后，才知晓拿不动笔确实是她的短板所在，她对这榨坊的看管要眼观四路耳听八方才行。尽管三娘发配过来，让她多少有点分心，但关键的位置上她是一刻都不敢放松的。打油卖油是她在前门自己守着，这个谁也搞不了名堂，没有生意时，坊里伙计轮番走街串巷去当卖油郎，两罐油一吊子一吊子是她麻姑都过了手的，卖油郎回来向她交账，那也要钱货两清对得上的。只是算总账，进了多少豆子、芝麻、花生、菜籽等油料，怎么榨成饼，再把它们加工为成品油，还有每日的工钱、杂费等各种各样费用开支加在一起，她不识字，看不懂几个账本，还有把这些账本串起来算，这就够麻姑难过的了。她麻姑只能算个大概，无法精确。而“穿梁子”这个老混蛋给她报账时，嘴巴里吐出一串串数字来，像煮着麦米粥一般，只能听得“咕噜噜”，再加上噼里啪啦算盘珠子响，却让人一时无法分辨清楚。

麻姑见三娘有这等本事，觉得这就奇了怪了，惊讶得不得了，这个洋人弄过的小娼妇不仅心算赶得上他的算盘珠子，也看得懂那些账本上的数字，还能叠加起来。麻姑忽然想到，有次张媒婆讲起她的身世来，说她老子是个教书匠，如此一来，她能写会算就不奇怪了。麻姑灵光一闪，看来这三十块大洋花得不冤。这个洋人弄过的小娼妇，还有这点本事，显然张媒婆这个老婆娘是不晓得，如果她晓得了，肯定会拿出来吹嘴的，弄不好那时开的价会更高。

三娘经过了麻姑的一连串折腾，尽管挨打受气，日子难过，她也慢慢发现一点可以改变自己命运的门道了，她试图作一些改变，比如她无意之间救了水猫，水猫帮榨坊抓老鼠，这事并未引起麻姑对她的重视。但这个启发于她很是重要。账房先生从中捣鬼，她起初也有报复的成分，故不能单纯算作是维护榨坊利益，可她指出账房先生的错误，足以搅乱了麻姑的心弦——麻姑猜疑心本来就重，总觉得有人搞鬼，账房先生在麻姑眼里便越来越可疑起来。有一日“穿梁子”进油料去了，麻姑把三娘拉到放账本的耳房里，指指那些被摸得油腻腻的账本，第一次没用恶声恶气语气对她说话：“认得?”三娘诚惶诚恐地看了麻姑一眼，点了点头。麻姑要亲自试三娘一试，她不识字，但一项一项她都还是记得的，三娘拿着账本，一行行地读了起来，麻姑听了，与她用心记着的账本对得上。

麻姑当即吩咐三娘另记一本账，先存着，到时秋后算账。三娘听了，觉得这个老女人确实有算计人的心机。她对三娘破天荒地露出了一个和善的笑脸，这应该是大娘和姨娘之间和解的笑，也许今后三娘在榨坊的日子会渐渐地好起来。只是这个笑在三娘看来，实在无法分辨善恶美丑。这次破天荒听到麻姑说："咱家的事儿，你也有份儿，不要让外人偷了去，要好好管。"

三娘境地由此稍有改变时，她的心思已经跳出榨坊了。

许多年以后，李如寄和族叔在他们家二楼阳台上，有过一次记忆深刻的对话。那是族叔问的，他说："寄儿，当时你那么热衷去试飞飞板，难道没有找过你奶奶？"

"怎么没问过。可是问也白问，看到现在的奶奶，我很难把她联想成过去的三娘，会是那等神奇。我心里根本就无法把前后两人联系起来，当然，就是问，也难以问出所以然来，才是正理。我们全家自从老子坐牢，奶奶游街挨批斗，一直是惊弓之鸟，只要是与官场牵扯一点事儿，一家人就当缩头乌龟，赶紧逃避。"

族叔点点头："这是情理之中的事，但奶奶可以告诉你飞飞板是怎么造出来的，怎么在湖上漂飞的呀。"

李如寄说奶奶被问急了，斩钉截铁地说："湖匪强人压根都冇得什么飞飞板。"

族叔说："只有这样才能断了你的念想，不会拔出萝卜再带出泥来。"这时李如寄的注意力早就从飞飞板上转移了，他希望让族叔回忆下李屠户，这个难以确定是不是他祖父的江洋大盗，曾豢养地龙的事情。他对这个祖父的记忆，更加支离破碎，很多往事，要细细拼接，也许才会显现出一个完整的李屠户来。

56. 好汉们知道，他们的压寨夫人到了

三娘境况稍有好转时，她的心思已经飞到芦苇荡中，蒹葭丛里。

她期盼着的那只小船，从第一次见过后，又过了几个月，才再次出现在榨坊后的水域中。幸好，她当时正神差鬼使地从后望窗中露出头来。

他们这些落草为寇的人，不管多么风光，自是吃不上安稳饭的，就像俚语里讲的，“你们只见强盗吃肉，没见过强盗挨打”。他们要对付的力量太多——有官府的力量，有抢占地盘的同类，分赃不均的火拼，还有明抢暗争。这个水泊世界只讲拳头，谁的拳头硬谁就是老大。

我们故事的讲解者，要顺着三娘发明水上漂飞飞板的思路讲下去。她本是龙之女，对那一眼望不到边的水乡泽国的向往应是天生的。

三娘是怎么走进水乡泽国深处成为压寨夫人的？因为水上漂的飞飞板哪怕是复制的也能漂上百八十米，所以大家就不再怀疑三娘的能耐了。正如李屠户找绿林好汉那样，三娘进入云梦之泽，是怎样到达强人营地的呢？这个问题依然有待考察。后人们便聚焦到她豢养了一批水猫一事上，就说是水猫给她做了领航员。但也有人否

定了这个说法，认定这批水猫来路甚是可疑。怀疑者认为，李屠户水帮兴盛之时，训练过一批水猫做传达信息的神行子，通常被称为“神行水鬼”，它们快如晃影；就是说，在三娘决定前往水帮时，三娘与李屠户已通过水猫传递情书，他们已经暗生情愫、暗通款曲了。是李屠户命令水猫来领着三娘去见他，这批水猫原本训练有素，并非三娘本人豢养和调教过。但这两方意见，倒有一个共同之处，他们皆不怀疑是水猫领路。

遥想那段岁月，三娘穿着她出嫁时穿的那件朱红色绸衣，怎样逃脱麻姑的监视，这也是谜团之一。总之，她在一阵阵湖风之中穿行，湖泊是个水白色和草绿色交相辉映的世界，她穿行时，真可谓万绿丛中一点红，对比如此强烈，那种飞速滑动的娇美身影，不管是什么样的男人，见了都会动心的。

三娘离开时也许就想到了，自己已经不是自由之身。要恢复从前的自由之身，有两个人可以帮她——一个是她的大娘麻姑，一个就是打造者银匠，连皮货裁缝也没能力。兰巫婆也许有这个神力，但她不会轻易来坏人世间的规矩。

三娘本是个行事决绝之人，到时总有人会帮她摘掉的，先随它去吧！

就这样，前后左右一群水猫簇拥着她，还有一群水猫排列成长长的队伍在前面引路，它们在水中行走比人类不知要轻松多少倍。三娘与水猫建立的和谐关系，远远不止因被三娘施救而生出的感恩那样简单。

当三娘进入水乡泽国李屠户的水帮营地时，水帮的绿林好汉们在瞠目结舌之余，觉得她就是一个从天门下来的仙女。湖水确与天边紧密相连，常有飞龙在湖里取水，水被吸入天门时，地上所有人皆见到那水卷成了筒形，由粗变细直达天边。这时有心细者低头看脚下的湖边岸堤，陡然浅了一截。地上的人理所当然地认为，天上常下雨，如果不是这江河湖海的水被卷到天上去，那天上之水又从何而来？这大湖大泽之中，常有天人顺云翻卷而下，不是什么稀奇之事。故有好汉兴奋地大叫："仙女来啦！仙女来了！仙女是从天门下来的！"强人们纷纷围住了她，这场面比当年李屠户投奔绿林时要壮观太多，也要神奇很多。

当这些好汉们围过来时，有点不知所措的三娘在情急之下大叫三声"李钩胡子"。围在四周的水帮好汉便一片沸腾，有人大声喊道："大当家的，总瓢把子，我们有了压寨夫人！她已经到了。"有人双手作揖，仰望天空，就此祷告："天神呀，水帮有福了。"好汉们都知道，只有总舵主和压寨夫人才有权力这样称呼"李钩胡子"，她是上天指派下来的。

在当地人看来，这一切都是天意。李屠户本不在营地，却听到了水帮弟兄们的欢呼之声。那是在芦苇荡中的一个白天，他的地龙本在酣睡之中，这时突然竖起了它的蛟首，并发出了李屠户骑它时才会发出的一种呼应之声。这时的李屠户，已经很久没有近女人之身了，他是为了效法精神导师李钩胡子，兼或等待他心爱的女子出现。他这时心有灵犀地坐上了地龙，在白天难得见地龙腾云驾雾，因为这是危险的举动，弄不好会惨遭天雷劈打。但这一日它却甘冒风险一飞而起——不了解内幕之人甚至以为白天腾飞的地龙定是得到了神灵许可和护佑，因为此时地龙掩蔽在雾气之中，湖荡中的人们远远望去，只见一团大大的云朵在半空之中移动。

地龙白天腾飞，李屠户和地龙都知晓这是极危险之事。兰巫婆作为地龙的喂蛊之人，更是知道不到万不得已地龙自己不会起飞，要藏在芦苇荡深处。它如果想要起飞，兰巫婆定有感应，她必须迅速作法，用云雾遮挡地龙之身——可这天神才拥有的高强法力，一个地下通神灵的巫婆是难以完全掌握住的，她只能作法半炷香的工夫，幸好，李屠户的地龙与这个着红衣自嫁的娇娘在此刻只是两个营地的距离，兰巫婆的法力维持着它的飞行就足够啦。

水帮的弟兄们，见他们的欢呼声迎来了总瓢把子，更是兴奋得忘形。三娘这时忘了自己还在飞飞板上，她看见一条蛟龙，吐出长长的云雾，下沉至半空时把它颀长的身子缓慢地盘起来，沉到芦苇湖荡之中。她一阵惊呼，便从飞飞板上滑落。正当她花容失色，即将掉进湖水之中时，只见那巨蛟头顶上一个矫健的身影飞也似的跳将过来，一把抱住了自己娇娘。

这时，水帮当值瓢主盘得彪大声宣布：“从荡窖中拿出百坛满湖春来，狂欢三日，庆贺总瓢把子万年好合的大婚!”

芦苇荡中有块方圆几十丈的平地，春夏之时往往被水淹上脚背。这里平时长着茂密的水草和芦苇，外人轻易难以发现的——这是水帮弟兄搭台唱戏的最好处所。弟兄们齐上阵，很快把水草割了个干净。湖地水草有个奇妙的特点，就是齐根割下后，半个日影就冒出头来，三日大戏唱完毕，水草便冒出一脚背高了。待从水草中割出一个大平台来，好汉们使用粗壮的楠竹搭好戏台。

总瓢把子自是兴奋异常，如今抱得美人归，堪比邻县孝感的董永——董永只是放牛郎，他则是水帮的大头领。李屠户便说要来重点戏曲，就是本地最为神奇的传说《天仙配》，请上楚剧、汉戏、黄梅戏三大班子，都得来过一遍，正是为了表现他这个江洋大盗比牛郎还要幸运几分。

李屠户在家做小屠户时，就喜欢听汉川善书，《滴血成珠》是他的最爱。他把自己受辱而亡的表妹，类比成《滴血成珠》故事中的主角赵琼瑶。表妹死后，他不再听这善书。现在三娘到来，他在这个女人身上看到了赵琼瑶和自己表妹的影子，心结由此而解。他便吩咐盘得彪，要到城关镇，请来最著名的善书班子，说唱说唱，暖暖自己受凉的心窝子。

于是，芦苇荡中，蒹葭丛里，亮如白昼，鼓乐声起，三种唱腔不绝于耳。城关一带的渔民见了，因非打斗之时，便行船而来，与水帮好汉一同寻乐，并无半点惶恐和惧怕。这戏曲人们都耳熟能详，台上演员唱着，台下的观众和着，如此互动，只有在这湖泊之处才会出现，在戏园子里，就没这样放松了，只能默默跟唱。

晚上，李屠户单独与自己心爱的女人一起时，见到了那贞节扣，傻了眼。因为在他从不曾见过这等东西，把个女人锁死不让动。他哈哈大笑，看了看自己铁钳般的双手，便要拧开那贞节扣。三娘板着面孔拒绝了他。李屠户不解，只是想，自己心爱的女人怕疼，因为这玩意是生锁在她的肉上。他便说："那要找一个锁匠来，把它扭开。"

三娘说："不好！"

李屠户说："这是为何？"这个东西让他有点欲火中烧，抓耳挠腮。

三娘抚了抚自己的发髻，有所沉思地说："被富人家讨去做小，就是老鼠上了灯台，就要受这个夹磨的。"

"现在不是受了天神指引，投奔到了水帮来，还管这个作甚哩？"李屠户有点不解地问。

三娘目光直视过来："要我做长久压寨之人，还是做个露水的夫妻？"

"这两句话怎讲？"

"要做露水的夫妻，就由了你；要做长久的夫妻，就由不了你，由我。"看来，桃花夫人预言得不错，这个娇小的女子下了湖泊之地，她龙之女的性情便得以发挥出来了。她那平静的面容，和一字一句吐出来的言语，镇住了这云梦泽的第一等人物。是呀！他是什么人，他想要什么女人不会有？有一年，他在城关绣楼上看中一位大户人家的小姐，还不需要他暗示，手下人连夜把她用迷烟熏了，像扛着一只麻包背了过来。可惜那女子醒来，见了他便再次昏死过去，就像一堆肉，随意让他折腾。只是捏在他手上，一点劲道都没有。而那湖边洗菜淘米的妇人，大多企盼着这一刻的到来，更要让自己的身子讨了快活还能换点银两回去过活哩；更不说那些船娘，甚至不避船夫，讨着要着就过来了。这些女人都让他感到索然无味。

而这个女子尽管同样是偶然相遇，却最打动他的心，那次嫣然一笑，便抽走了他的魂魄，那种笑像是被石头压住的植物茎儿，白净细嫩的水草顽强地冒出了头，那上面开放着娇艳的鲜花儿，遇到阳光与和煦春风，便展示出一股压力下不屈服的美妙来。这女子现在还有几分不可侵犯的神圣气质，让他的内心深处开始战栗了。

李屠户被这个女子折服，也许这个女子与他的表妹有一比，凛然不可侵犯，被混子玷污了，性情刚烈到以命相抵，这种女子是他心意所属的。

他点点头："要长久。"

三娘说："既这样，这是我自愿让人锁上的，会自个儿去想法让人给我解开。"她讲出这话，眼前浮现麻姑的麻脸，也冒出了假娘那张"儿前乖后"虚伪的笑脸来。她咬咬牙，继续道："待我把自己的事弄干净了，好清清爽爽到你怀里来。"

那盘得彪在水帮里头，是最受李屠户信任的主儿。现在三娘到了，李屠户眼睛都离不开她的身子，整日黏糊在一起，刀劈不开、火烧不开似的。盘得彪感到自己要退一步，不敢像从前那样大模大样了，对这个小女人要把分寸拿捏好。他的跟班屎人愁有些来历，他娘老子误食了一种湖中生育狂草，名叫羲苇根——这羲苇根粗看起来与芦苇无异，只是根茎更肥壮，人误食后，特别能生育——屎家那些年逢单年生双胞胎，逢双年生一子，皆以懒命名，从一懒到了七懒。他娘老子便给他命名“屎人愁”，小名懒八子。他们串串生来，弄得个家大口阔，好在儿子长大了不做耕田汉，便是捞鱼男，养到一岁多，便拿到集镇上，插草标卖儿，一个个卖掉。屎人愁的娘老子，觉得这卖儿营生轻便，来钱也快，便生了十八个，他娘的胩（kǎ）巴子的衩口袋就这样生了，生到驮不住衣胞为止。

盘得彪很喜爱这小子，不知怎么叫他“死王八”，叫顺了口，湖中好汉都跟着这么叫，开口闭口叫“死王八”。屎人愁见了这三娘，忘记了这是老大的女人，馋得口水直流，没事就喜欢往她身旁蹿过去，献个殷勤。盘得彪见了，知他不知深浅，便有了恶作剧的心理，想让老大修理他，让这个死王八长长记性。一日，死王八去李屠户的营地许久没见人回，盘得彪预感不好，亲自去老大那儿看看，谁知被老大贴身马镖头挡住了。马镖头对他说：“彪哥不去为好。”马镖头告诉他，死王八正龙葬着哩。他听了心中一惊，没料到事态到了如此严重的地步，就是说，死王八被扔进了龙坑之中，给龙果腹去了，便问道：“他犯了什么法？”

盘得彪知道，死王八此刻被丢进了龙池之中，这是地龙最喜欢玩的游戏，它会和丢进来的猎物，玩类似猫捉老鼠的游戏。一会儿用龙嘴叼着，往上抛；一会儿用龙嘴衔着，两边撕摔。它特别爱听这猎物的号叫声，越叫它就越兴奋。地龙食两脚兽多了，拿住分寸很到位，它不会一下把猎物玩死，这种两脚兽比其他玩伴更要有趣得多，甚至比它同族的龙类更有趣一些。还有一点，它抛甩撕扯两脚兽时，是要把猎物身体里的血挤压得更鲜美，让两脚兽的肉质更鲜嫩。地龙玩够了，便开始吮吸猎物的血，它从前会咬断两脚兽的脖子，尽管猎物的血来得汹涌一些，但两脚兽却发不出声来了。现在它咬开脚腕子，它吮吸着，两脚兽浑身痉挛，嚎叫声更是惨烈，它像听美妙的歌声一样。有时地龙还会用龙舌吸舔猎物的双脚处，让两脚兽身子扭动得像一串油锅里的麻花，待它吸完猎物的血时，再慢慢地享用两脚兽的肉身，尽量地细嚼慢咽。李屠户曾为了达到杀一儆百惩罚背叛者的目的，某次让水帮的动摇分子来观看过一次，这些杀人越货的家伙，有十几人当场吐了，另有一批人吓得昏死过去。水帮制定了很多刑罚手段，好汉们事后讨论，宁可用尽其他刑具，也不要葬于龙腹。

地龙要喝人血，多是用敌方来喂，用自己人这是头一遭，故盘得彪忙问他犯了什么法。保镖说："死王八也是这样发问的。"

"那老大是怎么回答的？"盘得彪问。

马镖头说李屠户是这样回答的："'你没犯事儿，只是我这地龙三天不见人血，便罢工不肯飞天。'死王八听了，吓得大叫，还说：'我没动过三娘的心思，别这样弄我；要我死，就痛快捅一刀啊！'"

盘得彪听了，便说："死王八命该尽了。"头也不回地走了。龙池里地龙的吼叫声传出来，他驻足倾听，好像地龙在呼叫死王八大名，却嚎叫成了"死——人——族"。盘得彪认为只要是条湖中的汉子，皆有骑地龙的欲望。"不想骑地龙者不是好男儿。"这是湖中汉子们的口头禅。他趁老大高兴时，曾请求试骑一次地龙，李屠户并不拒绝，便把他甩出去有三丈长的钢鞭递过来，说："驭得了这个么？"这是他到汉阳兵工厂用九把德国造化成钢水，再拉扯打造成的弹簧钢鞭。驭龙时，要会一响二吓三抽，一气呵成——趁地龙刚竖直脖子，翻身上地龙的背，这时要踮脚站于龙身上，甩出钢鞭，在龙耳旁发出惊天一甩，这叫一响；再将钢鞭头在龙眼前晃一圈，让它知道人族的厉害，不得翻翘，这叫一吓；一抽，对着蛇身的脖颈下，猛地来上一钢鞭，让地龙记住疼——只有这样，地龙才会老老实实为主人飞天。这盘得彪还没贴近龙身，差点成了地龙的点心，便从此死了这骑地龙之心。现在死王八就这样葬身龙腹，彪哥心想，小跟班虽死得惨，毕竟是从龙肚子里滚了一遭，有了底份，下辈子就会托个好生了。

一时间水帮的好汉皆知这李屠户对三娘是捧在手心里怕飞了，衔在口中怕化了。

如果按三娘投奔水帮的思路和逻辑，我们讲的故事是成立的，三娘踏着飞飞板而来，有了这种神奇的水上漂，李屠户很快要求三娘帮他培训一支水上漂的神行水鬼，有了这样一支人马，李屠户的势力发展更快，杀伤力更强，一时在云梦泽风头无两。

57.《龙吟赋》：故乡高远不可见兮，永世难忘

李屠户也不明白，一个女人的到来，怎么会让他感到水帮总舵主堂变得格外逼仄，是这个女人把他的心胸填满了，还是女人像把镜子，照出了他的得意忘形和这些年拼搏打理的严重不足。总之，他感到当务之急是要另选一个更大的区域来做总舵主堂。

这是一个不小的工程，除了总舵主堂的地下宝藏怎样转移外，最重要的是，必须弄清新建的区域里，是否有蛟龙在修炼。现在人

龙混杂而居，表面看来，还算相安无事，但云梦泽从远古算起，就是蛟龙繁衍生息之处，人类是入侵者。李屠户生于斯长于斯，他的祖辈在云梦泽里讨生活，自然了解怎样与龙相处，稍不小心，把龙惹翻，它就会来一次滔天之怒，便是天翻地覆。

当值瓢主盘得彪想总瓢把子之所想，急总瓢把子之所急，他与总瓢把子有同样的感受，就是总舵主堂显得陈旧和矮小了，这里不够那个鲜艳的身影飘出跃进的。他把自己这一想法向总瓢把子做了汇报，李屠户说："正合吾意。"这是古书上主公和宋江之类人物讲的话，表达一种赞赏部下的方式。

李屠户当即指示道："是不是请兰老妈来望一望？千万不要冲撞了修炼的蛟龙，那可是要闯弥天大祸的。"

深入云梦泽的各方势力，有一个最大的忌讳，就是了解自己的原则底线，自己再大也大不过这水乡泽国的大蛟龙，它们大的有十余丈长。兰巫婆有与龙族对话的能力，它们本来是天龙下的蛋，尽管经历千年以上的修炼，还是要不顾一切风险，即使游向东海，也是为了回归天庭的。现在龙族的东海归途被这万里长江上巨大的驳子船和冒着滚滚浓烟的大洋轮阻挡了，故抵达天庭只有逆飞升天界一条道可行。龙安歇于这茫茫水泽之中，占住这块蛮荒之地，便是这云梦泽里的主子，而渺小的人类，自以为是地闯进来，一年一年面临洪水泛滥，人类不知这就是给他们的最好教训。

不知什么时候起，人族越来越兴旺，逼迫天神对天条做了一些修改，要龙族与人类互为依存，并尝试着和谐相处。可这样的修改，却是对龙族的掣肘。首先是在龙们修炼时，人类不可随意打扰，那将破了它们的天戒，使它们再也无法飞越天界成为神龙，这便是天条对龙族修炼时设定的地劫——一旦龙族遭遇地劫，便会绝望地把它修炼场方圆几水里之地，捣毁成一个不留下任何活口的深渊。水帮选择营地于此，无疑会惨遭天塌地陷的灭顶之灾，这便是地劫的凶险之处。待到龙族修成正果，还有一套在雷劫之前的升天仪轨，天条规定，龙族与人类互相提携，便是在它飞天之前，要通过人类去讨个口封，这是在云梦泽里土生土长之人皆知的秘密，连八岁的孩童亦不例外。如像外地人那样见了，惊吓得脱口而出："好大一条长虫。"这就破了龙族的修炼，人和龙将会同归于尽。

按照老规矩，去找兰巫婆看总舵主堂的风水，那是要提一袋子光洋去的，因为兰巫婆要动用云梦泽的神、仙、灵、精，由它们来察看云梦泽这深藏不见的巨大蛟龙的信息，并要了解它们修炼已到何时，是否已成正果，将会选择雷暴雨的哪个时辰一飞冲天。

李屠户对云梦泽腹地的水域了如指掌，他已经看中了一处泽中地域，这里不仅与仙女山连脉，还是植被极为丰厚之地。因为这是山石之地，湖底多为沙石，土质坚硬，是建造地下宝库的绝佳之处；而湖面的地势呈丘陵状，柴草荆棘齐刷刷蹿至半空，修筑暗道，搭建窝棚，用于躲藏埋伏，掩蔽性极强；四周水草茂盛，是各种野鸟水禽的栖息之处，如有响动，将先惊飞水禽，可防危险于未到之时。拜访兰巫婆后，当值瓢主盘得彪带回来两个消息，一个好消息，一个坏消息。在湖中讨生活的人，是不在乎消息有多坏的，只会用它来锻炼自己钢铁般的意志，所以，李屠户便让他先讲坏消息。他报告说，兰巫婆通过一系列的求神拜佛，设坛作法，派出了云梦泽的诸多神、仙、灵、精，对这个中选之地进行了立体式的搜寻，望出一条巨大的潜龙在此修炼，如果它受了惊扰，尾巴一扫，这座仙女山连同半个县城恐怕会被摧毁。"这确实是个坏消息。"李屠户望着他选中的地域，紧锁眉头，"法术高强的兰老妈总有化解之法吧？"他回过头，盯看当值瓢主盘得彪一眼，"这就是你讲的好消息吧？"

“是的，”当值瓢主盘得彪没有迟疑，马上回答，“龙尽管生于水泽湖泊之上，修炼于斯，但毕竟是飞天之物，它们得先逃过地劫，再逃雷劫，最后经过天劫，所有历险都是为了回到自己的故乡天庭之中去。”李屠户听了，一时兴起：“你这不是说废话么，这些连湖地三岁孩子都知晓的事，还用你讲成好消息？”

当值瓢主盘得彪说：“兰老妈就是探出了在这三日之内，这条修炼的潜龙要在一个雷暴雨闪电掣霍（chè huò）之夜经过三劫，回归天庭哩。”

“确切？”

“这是神示，不用怀疑了。估计它正在为讨人类封赏而犯愁哩，要知道，蛟龙修炼一旦到了时日，它们一天也不等待。兰老妈用天眼通看到蛟龙把头抬得丈儿高，眼睁睁指望着人类过来讨个封赏。”

李屠户责怪这当值瓢主盘得彪如此沉得住气，要他赶快派人给蛟龙一个封赏，让蛟龙腾挪地域。当值瓢主盘得彪似早有盘算地说：“这个自然，兰老妈要我们尽快设坛，到了雷雨之夜，她会作法助蛟龙升天，至少逃过雷劫，而我们则要去送给蛟龙一个封赏。”

李屠户问道：“谁去给蛟龙一个封赏？据说人类不敢面对面站在龙口前，它呼吐的腥气会把人熏昏的。”

“大瓢把子养兵千日，用兵一时，本当值已做了周密的安排。”其实当值瓢主盘得彪已经决定在这个雷暴雨之夜亲自前往。他戴上一个渔人的大斗笠，身披一件齐腰的蓑衣，撑着只容纳一个人的鹭鸶小划子。在一个闪电掣霍的暴雨之夜，他见到了竖在水草中的蛟龙头，它睁着血红的眼睛，吐出十几拃长的信子，急不可待地等着人类的到来。龙见一个鹭鸶划子过来，它兴奋地打了一个喷嚏。许是因修炼了千年，肠胃和口腔中淤满了污秽之气，十几丈上的湖面空气里顿时腥臭气漫布。幸好，当值瓢主盘得彪早有防备，他戴的斗笠下，有一块布隔着鼻口，小心地从龙的身侧接近了它。

这时，当值瓢主盘得彪双手合十，嘴中念念有词，吟唱道：

> 哦呀呀！
> 潜龙在渊不得了，飞龙在天了不得。
> 神龙见首不见尾，难得千年苦修时。
> 逆袭腾飞云梦泽，圆梦天庭成正果。

吟唱完毕后，用手一指苍穹，高声喝唱道：

> 地上神灵都听好，吾乡有龙上天堂。
> 快快助出一把力，保佑蛟龙过三劫。
> 玉皇大帝选龙日，高飞远行正当时！

他边念边退后，大蛟龙更是把身子向半空中竖起，因为得到赏封而对人类恭敬地行了点头之礼。

这龙族得到封赏，飞天化龙之时，雷劫、天劫正张网等着它们——在那电闪雷鸣之夜，除了当值瓢主盘得彪封赏的蛟龙外，还有其他几只蛟龙，一同受到渔人的封赏，一同逆天而上。这时，湖泊的半空一望无涯处，闪电照耀下，腾飞蛟龙的身形于遥远的夜空之中浓缩成一个个小小精灵体。暴雨倾盆，掣霍连连，雷声隆隆，被击中的蛟龙便碎片横飞，上千年的修炼即刻成为泡影。

飞龙升天就是这样一次生死历劫，但没有一只修行千年的蛟龙会退缩，让自己成为天龙和神龙，这是它们的使命；如果被雷击而粉身碎骨，就是它们的宿命。龙飞至半空之中，便会高声吟唱，以昭告天庭要过天劫，表达自己赴死成仙之决绝。

这便是水乡之中妇孺皆知的歌谣，只有盲者和瞽者可以传唱的《龙吟赋》：

狂风呼啸震天地兮，望我苍穹。
吾乡高远不可见兮，何处是终？
万丈闪电裂长空兮，琼楼玉宇。
穿云破雾回家园兮，将彼长风。
暴雨如鞭雷霆吼兮，云霄响彻。
焚身无悔定河山兮，化魂长虹。

如果雷击不死，蛟龙过了雷劫，面对最后的天劫之时，更是惨烈。天神手持倚天屠龙剑，当龙跃上天门之时，天神手起剑下，龙头龙身分离，龙血飞溅，化成七彩长虹之色，在天地人间呈现出一道绝美之景。

我们看到龙的雄壮之美，却不能体会它历尽艰辛坎坷的激越、高亢和悲壮。

这一晚，兰巫婆得了水帮强人一袋光洋，她来到湖上结坛作法，助潜龙过地劫、雷劫逆飞升天。她尽管属于人类，但又号称是湖地神、仙、灵、精的总代表。此刻，她便举起桃木剑，在龙吟之时，作为伴舞，保佑龙行一路平安。

她平日里并不会向凡人展示这些通天的本事，只给城关镇以及方圆几十里的人们做巫事诊病，便不以收取费用为念。水帮强人还有官府偷问凶吉之事，孝敬她的光洋亦让她花不完。这是她住高大宅院的真正原因，这当然是城关镇人公开的秘密，但没人敢议论这事，连凶狠的麻姑也不敢招惹这个麻烦。

据说成了水乡泽国压寨夫人的三娘，便在一连三天三夜豪雨中，亲眼见识了龙飞升天的过程。这时湖地夜空电闪雷鸣起来，因为水乡泽国过于空旷，那雷声如同袭在湖面上的大炮，轰隆隆，震耳欲聋，雨落时水天一色，天地连为一体。闪电如眨眼一般，大胆的强人们纷纷探出头来，等着被雷电击毁的蛟龙，如果能得到一片龙的鳞片，那将是一世的幸运。

在这个雨夜，三娘第一次听闻如此雷声，见到如此狂暴的倾盆雨水。她没有半点恐惧，倒是十分兴奋，站在她身后的李屠户暗自感叹："这确实是我的女人。"这时，一个炸雷在半空爆响，一只逆袭飞天之龙被击得粉碎。

只见在闪电暴雨里，那些碎片纷纷落下，三娘冲进芦苇丛的湖荡，往半空纵身一跃，从飘落的亮晶晶的物体中捞起了一片龙鳞。而李屠户眼中追踪的那只蛟龙，趁着豪雨的这个夜晚，与其他蛟龙一同飞天而上，直逼云霄，已达到天庭殿前，眼见得就要大功告成，却好像是功亏一篑。

悲呼，蛟龙。

58. 大娘麻姑被喂了刀鳅，临死不肯解除贞节扣

与三娘飞飞板神奇之处对应的是，湖地传说李钩胡子掌握一套能驾驭地龙的驭龙术，这个法术水帮的好汉们坚信是李钩胡子传授给了李屠户。许多年以后，三娘对孙子讲过秘传之法，她只是在孙

儿不肯睡觉时，当水泽神话来讲的，却大大地激发了李如寄的好奇之心。其做法倒也不难，就是从遗落的蟒龙蛋里找到一个培养基，阻隔它从出生之日起就意欲赴天庭之路的念想，待它破壳而出后，随即从蟒龙窝里偷走，随后用仇家之血来饲养。这敌人血中，一定要定时加上蛊虫。待大蟒龙长成几丈许，头上有角，似鹿角而非龙角，身上有鳞，在腾空飞行之时，就会永远把饲养者看成主子，这就是将龙蛋转化成地龙的过程。有一个忌讳，白日禁飞，更是万不可在雷雨交加的夜晚腾空飞行，否则会被雷神劈斩得粉身碎骨。它们统称“地龙”，地龙者，永无升天之希望也，其命运更为悲惨。李屠户芦苇丛深处的蒿草地上就这样蛰伏了一条似龙非龙的生物。三娘第一次见到，有人说，那是地龙被三娘周围成群结队的水猫所吸引——地龙亦有偏爱食用水猫的习惯；它的腥气吐出，还可杀死许多待飞的水禽，这湖中物什为它日常果腹之物。关于这条地龙是不是李屠户自己从小饲养成形的，又有传说，这是李钩胡子所赐之物。反正有它相伴，便是王者身份。

多年后，作为新堰小镇最高行政长官，管理方圆几十里地的区长，盘得头这个天不怕地不怕的人物，在运动的冲击之下，居然还敢说自己为李屠户提鞋都不配，至少这时他会想到李屠户身边的这个坐骑吧。

有地龙做伴，左军右军还有东洋人，却难以见到他的真颜，其他各派的强人首领更是不敢冒犯和招惹。

说者无意，听者有心。少年李如寄听后一时性起，在老家湾台的坡地里挖出了连成一串的蛇蛋，当地人知道这是一种叫“火三更”的花蛇产下的。他试着像响马爷爷那样，养成一条龙的坐骑。他砸碎所有蛇蛋只留下一只来，让这只蛇蛋记恨，也可以理解为与之结仇。他把手指刺破，挤血喂蛇，但那蛊虫却不知怎么产生。

这事只能算是童年的一场游戏。

现在想来，这个深不见底的云梦泽埋藏着太多秘密，是不是都成了历史的尘埃？关于以人血蛊虫喂养地龙之事，作为高中生的李如寄，因为试制飞飞板，接触到了县文化馆的专家后，曾认真地向其讨教过。县文化馆的人首先告诉他，这类离奇之事还有很多，皆是野蛮不开化的产物，对这类与传说和神话差不多的事物，最怕惹出迷信的嫌疑，故不予记录。

李如寄现在觉得奶奶活着时就是一个传说，但他在幼年时，自然不会认识到这一点。只是好奇，忍不住和奶奶讨论过地龙之事。

他清楚记得这样问过奶奶："你骑过它吗?"三娘说："从来未有，因它是只母地龙。女人是近不得它身子的。"

"它长有鳞片吗？是不是和鱼儿长得一样?"

奶奶说："银灰色的鳞片，很大，有人的巴掌大。"关于它的结局，据说误入了一个雷雨交加之夜。还有的说，李屠户骑着它一同进入了湖泊深处的地宫。三娘在地龙的栖息之处，同样捡到了一块鳞片，每年春季农历三月三日后，会用水喂养一阵子。到后来，湖水见底，眼睁睁地看着那两块鳞片化水无形了。

奶奶很愿意讲与李屠户的这段往事，她眺望远方，眼神多情而深邃，他应该永远是她心中的大英雄，她心中似装有太多的过去。

三娘说到与那人第二次见时，那人指指自己的船只，三娘便微微地点了点头。那时，她不知为什么，对一个陌生人敢如此回应，是她那颗已经放飞的心，还是这种挨打受气永无尽头的日子不想过了，反正，她就是情不自禁地点了头。

整个过程，十分简单，她就是要入伙，去做一个向往已久的女响马。

做个女强人，第一件事就是要放开自己，她必须把贞节扣砸到麻姑的脸上，让她抱着自己三十块光洋去见鬼吧。

三娘很快就带着强人回来了。

她既然落草为寇，就要义无反顾。那个晚上，她与李屠户不再指望做出什么，但举行了一个特别的仪式，双双在手腕上划了一道血痕，将他俩的鲜血滴到满湖春的酒碗里。那不是交杯而是交碗，就着烈酒喝过各自的人血后，三娘完全蜕变了，既然是喂了人血的女人，就要变得凶狠了。三娘凶狠地对麻姑说："麻姑，你还认得我吗?"

这时的麻姑，根本不在意有强人在彼，依然凶悍无比："你不就是我家的小吗? 洋人弄过了，就破罐子破摔，长得一副好身板，偷了几个汉子，就想回家寻狠，你看我会怕你?"麻姑举起她的杀威棒，就要劈头盖脸地砸过来。

三娘根本不用躲闪，有人就夺走她的杀威棒。"你听得见就听好，你打了我一百八十九个耳刮子，我一个个数得清楚、记得牢靠，现在我要还给你，一个也不会少，把你的麻脸擂平。"三娘开始打，打一下她就数一声，麻姑就骂一声。打完了，麻姑嘴鼻出血，两颊红肿充血，她的嘴巴嚅动，依然骂个不休，血滴到胸前染湿一片，只是她已经没有气力大声嚷嚷了。在三娘看来，她的大娘至少是服软了，她心里无比痛快，手掌已经打得发麻，没有知觉了。

"还有一事要还给你，就是这个贞节扣，银子做的，去装你的这个老麻逼、金麻逼吧！老娘既然当了强人响马，还要这个做么家? 你帮老娘脱下来，从今往后，我们两不找。"三娘豪迈地说。

麻姑嘴巴依然硬气："死也不脱。"

三娘说："大娘有种，拿刀鳅来!"刀鳅是湖地里一种类似泥鳅的鱼类，捏在手上很滑溜，身形窄长，背上有刺，受到伤害时为了保护自己，会把背上的刺伸展开来，刺破人手，有毒，让人生疼。

“喂她刀鳅。”强人掐着麻姑的颈子，拍开她的嘴巴。麻姑紧咬牙关，被强人敲掉两颗牙齿，强行扳开，送进她口腔中一条刀鳅。麻姑开始杀猪般嚎叫起来。

“开是不开？”三娘又问。

“死也不开。”麻姑关键时，还真是条女汉子。

“好，今个儿就成全她。”两个强人一前一后夹着麻姑，如老鹰抓小鸡一样，一连喂了八条刀鳅，这些刀鳅在麻姑的心肝五脏里闹腾起来。

不一会儿，麻姑便气绝身亡，她的肠肚依然蠕动不已。

撮嘴一直在旁边，不知吓傻了还是同样产生了泄愤的快感，没有任何反应。他见三娘要走，第一次正面对她说话，并叫了三娘，结结巴巴地说：“我——要——跟——你去落草。”

他不说话也就罢了，这一说三娘气不打一处来，对他连吐三口唾沫，大声骂道：“没用的东西，见了你的鬼。”

到了银匠处，银匠用两个银钩，双手一捏，听到一声脆响，贞节扣就随意打开了。三娘一阵轻松。早知如此，三娘其实不用找谁，自己也可以打开。当然如果是自己打开，就不是她三娘了，她这样对自己说。

银匠见几个强人狞笑着向他走来，吓得趴在地上，连哭带喊地说：“我上有八十岁的老娘，下有五个孩儿要养，好汉饶命啊！”

三娘对强人说：“好女人还用得着这个银匠，饶了他吧。”银匠在生死线上走了一遭。

她似还不解恨，把这个贞节扣挂在麻姑家的门楣上。

三娘还要解决一个人，一不做二不休，把这些年憋在胸腔里的那股邪郁之气尽数放出。那个口蜜腹剑的假娘，是她把自己卖了三十块光洋。

几个强人不费吹灰之力，便把假娘张媒婆的门踢开了。张媒婆见二娘带强人来，已经知道来者不善，吓得瘫在地上，口齿不清地说："我的儿，你莫这样对我。"

三娘毫不客气地说："你拿我卖钱时，就没有想到有今个儿吧！你让我到洋庙掌灯，不曾想过让我一辈子背上一个坏名声吧！你瞎子见钱眼睛开，要你得这个因果惨报应的。"她看看这个人，这个地方——让她做过春梦、给她带来希望之地，表情多少有几分复杂。最后三娘还是决断地说："你这辈子，靠一张嘴骗吃骗喝，今个儿也到头了。"

她对强人说："把她的三寸不烂之舌割下喂狗。"这时，只听驼背老头用像从腹腔里逼出来的嘶哑之声吼着："就是这张嘴，害得我们一家灭门绝户了啊!"这话有点旨意不明，不知他是在讲自己的堂客，还是讲这位曾寄居他家的三娘。

三娘似乎第一次听到这个哑巴似的老男人开口说话，她回过头瞪了他一眼，老头吓得赶忙硬生生地把余下的话语咽了回去，只溜出来了一个"好……"。

三娘离开后，身后发出呜咽声，从今往后这舌尖嘴长的活儿也消停了。

她觉得把这些事做完，今后就可以一心一意做她的女强人女响马，再也没有牵挂了。

她似乎意犹未尽，想到了一事，还狞笑地对强人说："有一个狗奴才，还欠我一个耳刮子，先留着吧，肯定要他还来的。"

第十一章　万里之外的洋教，落户云梦泽的坎坷经历

59. 不远万里来传教，那是信仰力量在支撑

“我知道你会来的。”尹志红对李如寄的到来，一点也不意外。

李如寄只是点点头，平淡地说：“我想看看老爸过去所收集的一些资料。”

老洋人的书房在二楼最里面一个不大的房间，楼下正好是咖啡小屋。他收集到了一些基督教堂的圣物，应是二十世纪初传教士们在教堂的遗留物，有十字架、手摇铃、印花台布、烛台，还有几本纸质发黄的《圣经》和一些宣传《圣经》的辅助性读物。一个木刻版的耶稣受难图，这个是当时信众的作品，属于中国特色的基督教圣物了。

这些物品不知是花了多少精力谋到的。一个人真要打定主意做件事，是没有不成的。李如寄心想，父亲在这条路上接近成功了。书房书籍不多，有一些上个世纪初，或者十八、十九世纪外国人写当时中国见闻的书籍，李如寄拿出《穿蓝色长袍的国度》这本书翻了翻，在作者眼中，当时的中国就是一个色彩单一、灰暗又无助的世界。在外国人眼里，这是另一个视角的中国。

最使他惊讶的是，书架上方一排不大的格子——显然打制书架时按尺寸量过——专门存放着老洋人的笔记本。从样式和色泽上判断，有一定的时间跨度，最早的记录本，估计是老洋人觉得必须做

好记录，裁剪一些粗糙的黄色纸装订而成的，这种纸张是老家一个土法上马的印刷厂用稻草化浆制作的纸张，这上面记录不多，歪斜的字迹大且零碎，估计这上面文字只有加上笔者本人大脑的记忆，两者合成才能清晰呈现；还有一些学生练习本，是几个薄本装订的合册，这是应急拿来做些记录的。后边的记录本慢慢地就正规了——有些笔记本便于携带，六十四开本比较小的可以放在口袋中；有些三十二开本，可以随书包携带；有些笔记本是本芯，壳面上因手时常摩擦，表皮有点油腻；有些笔记本带有塑料封皮；往后排的，也就是最近几年，笔记本的规格、大小、样式比较完整了，都带有塑料封皮。李如寄怕把顺序弄乱了，用手机拍了一下，这样放回去时可以对照。但他的担心很多余，细看就会发现，这些大小不一的笔记本，背脊上做了编号，用双面胶贴着，是用红笔写的数码字。

李如寄翻看了几本笔记，发现他父亲的字体一顺地往左边歪斜，这是因为写得快还是身子坐得不正造成的，他不得而知。字迹不难辨认，主要是当时与人交流时，急着记录，笔误多，有些字甚至完全是生编硬造出来，要把句子完整读两遍才可以连猜带蒙地搞懂意思。记录的对白，完全是家乡的方言，真正着急之时，老洋人还是用家乡方言来得顺溜。李如寄感叹了一下，人狠不过命，就像父亲老洋人那样，寻根问底，用的一切都是这块土地给他的最拿手的工具。

书房有张小小书桌，旁边有个台式电脑，式样有点老旧。老洋人去鄂西小城时，应带着笔记本电脑，机毁人亡时，电脑已经不复存在了。李如寄判断，老洋人对自己的资料如此上心，台式电脑里应有备份的。

桌上有几张纸，画了图表，字迹清秀工整，一看就是尹志红的笔迹。与他一样，尹志红作为他父亲的未亡人，显然开始接触这些资料了——至于是一时兴发，还是会深入进行下去，他一时难以定论。

李如寄和梁一真一同过来的，她俩正在楼下说话，女人之间免不了闲扯一通。李如寄听得无趣，来到书桌前，但他同样知道，她们的主题依然是关于老洋人的。

关于德国人穆勒怎么进入云梦泽的腹地，怎样与李屠户和三娘接触，这是一个让他琢磨了很长时间的问题。

李如寄要自己静下心来，先用一个周末两天时间，从传教士这里来进行梳理。他随意翻看笔记本，有个大致印象。老洋人对尚无定论的人物李屠户和自己姆妈三娘的资料收集得比较细致，有两个笔记本，做了专门记录，多是访谈记录，把当时交流过的一些人和事整理成篇。李如寄甚至看到了一篇与李光宗的对话，这个有点意思——他们聊到了水上漂的飞飞板问题，李光宗问为什么当时三娘装死弄活，也不肯告诉调查人员一些真相。老洋人回答很直接，大运动时挨的整过多了，害怕人家又做了什么笼子，要她往里钻；搞个捞子，舀了去，越套越深，还怕牵出别的事情来，简单地说，就是提防心重。李光宗自然问过老洋人当时是怎么想的。老洋人回答，自然出于同样的心理，他被关了几年，那种日子更难过。先是关号子，后又外放到沙洋农场去劳改，放出来不给任何结论，他要个平反，还有人警告，他的情况复杂，打过“造反派总司令”的名号，没按三种人处理已经够客气了，要他知足。

最引人注目的应是单独放在书架上的黑壳面烫金字《圣经》，因为时间过久，壳面上的字已经看不清了，书页与封面也已脱胶了。这是一本繁体字版，其实那时并不存在简体字，这本《圣经》的主人是谁，老洋人也许清楚，李如寄一下难以弄清楚。李如寄依稀记得，奶奶手上有一本厚厚的书，曾在他面前晃过一眼，是不是

《圣经》无从得知。这本是不是奶奶留下的，也难以判断。李如寄似心有灵犀地把宣传《圣经》的小册子拿在手上翻了翻，其中一册，是专门整理传道的访谈心得体会，有一篇文章引起他的注意，篇名是《我是怎样克服困难传播福音的》。因为年代久远，纸质很差，油墨磨损得厉害，字迹模糊，更为要命的是折页处的三角纸片丢失了，作者的署名没有了。好在文章里，几次出现了作者的信息。

这是一个重要发现，李如寄有种直奔主题的欣喜，他认为这部《圣经》和衍生读本应是由同一个人保存的。有了这篇像访谈似的自述，要了解德国人的身世就比较容易了。

文章中此人对自己的身世做了简单回顾，主要还是关于传教遇到的困难，而对自己交代得不多。那个时期的德国人穆勒，立志献身于传教事业，来中国传教。他讲到自己初期的动机，有三个人对他影响甚大：一是把中国讲成遍地有黄金的马可·波罗，那是遥远的历史，在他心中种下了去中国的理想；再一人便是意大利人利玛窦，在华二十八年，那是他心中的英雄；另一个人，则是与他时代接近的英国人伯格理，这个人在石门坎传教的经历深深打动了他，让他的种子发芽。当然，理想之火熊熊燃烧起来，还是离不开主耶稣对他的指引："我实实在在地告诉你们，一粒麦子不落在地里死了，仍旧是一粒，若是死了，就结出许多籽粒来。爱惜自己生命的，就丧失生命，在这世上恨恶自己生命的，就要保守生命到永生。"（约 12:24—25）这是他理想的源泉。

关于这一点，他说家人和朋友们都是反对的，彼时中国的情况，在家人们看来，简直是糟糕透顶，到处充满杀戮。传教士认定这就是他的人生使命，天国的事业，就应该越是危险的地方，越需要去传播福音，带领受尽苦难的迷途羔羊走出困境，到达幸福的彼岸。他提到过自己的未婚妻，那是一个金发姑娘，长发飘飘，蓝色眼睛温柔而深情。从文字叙述来看，他来中国若干年了，对这份感情依然难以忘怀，姑娘见自己反对无效，要一同前往，可见姑娘对他的情义。人说要奋斗就会有牺牲，德国人穆勒认为，为了实现自己的理想，受上帝的感召，就应该舍弃一切。

他之所以有此决心，是因为到教会总部见过传教的秘书长，此人当时希望有年轻人到最困难和危险的地方去传播福音。德国人穆勒随后便打定主意，回来时先要向大枢机主教报告，再由区主教上报主教，主教对其申请十分重视。这种福音传播，是要教会最高专门委员会审核批准的。他申请去中国传教，家人们并不知晓，审核流程较长，他等了半年之久。这期间，德国人穆勒开始自学中文，借助的是一本那时的《英华字典》，对于英语他有些基础，但怎么也不如母语那么熟悉，由英语过渡到汉语，这又是一个要命的过程。而汉语是一种古老的语言，使用几千年之久，承载的信息量巨大，不可简单地当成一种拼音文字和语言来学习，这些象形文字的意象和发音，颠覆了他对语言和阅读的认知，每个中国字都像一幅画，因为历史变迁，这些象形文字成为一种更为抽象的符号，已经无法用物体对应了。字通常是一字一音，最麻烦的是多音字，一个字代表多种含义；还有一些字，字义含混，难以捉摸。这段时间学习的汉语，到中国后，基本上没起到任何作用。中国太大，各地方言差异很大，初到上海学了一些口语，到了内地时，得重新学习当地的语言。他文章里讲，传教士面临最大的障碍，首先是语言。

要过语言关并非易事，语言不通是很大的拦路虎。这也是许多人知难而退的原因，整个教会申请到中国传教的人士寥若晨星，他说曾有两位与他同时报名，后来皆知难而退了。

他来中国之前，教会给予了力所能及的支持，提供了一笔资金，作为旅费和去中国的活动经费，他自己筹措了一点资金。家人们尽管用尽办法反对，但又害怕他出远门遇到难以想象的困难，给他凑足了旅费。

教会方面对穆勒更是负责任地进行了培训。问题是培训者也没到过中国，他只是有教会这个平台，多一些文案资料，加上道听途说，将当时中国的现状、宗教、血亲人伦、宗法制度等综合起来与之探讨一番，类似于盲人摸象。到中国后，德国人穆勒发现当时的培训只是一种纸上谈兵，与现实中的状况甚至不是一码事。教会方面把中国的宗教都归纳成一种近似巫术的认知，认为除了功利主义的实用性外，没有可取之处。教会方面最后的总结陈词，一方面过于盲目，对于上帝来说，这仿佛是一块亟待开垦的处女地，这些迷途的羔羊都在嗷嗷待哺，有位当代摩西将带领着他们走出迷途。这样一形容，德国人穆勒便热血沸腾。另一方面，他以为这个国家，表面统一，其实地方势力割据，战乱频仍。土匪强盗光天化日之下干杀人越货的勾当，到处充满苦难，人民生命得不到保障。

李如寄从这些叙述中，感受到穆勒的理想主义，觉得他是个多血质的年轻人，是不计后果的冲动，促成了他的中国之行。

对于艰难险阻，德国人穆勒已有充分的思想准备。既然在上帝面前起过誓了，就要克服困难坚持下来，他准备妥当，经过几个月的长途跋涉来到中国当时最繁华的都市，又经过一段时间的准备，从长江下游逆流而上。但在上海时，当地教会决定派一个熟悉教会基本情况的中国人协助他工作，却又一时找不到合适人选，让他先选中传教地点，过一阵再派遣来。

来到中国之前，那种似火的热情，从踏上这块土地开始便渐渐熄灭，他尽量逼迫自己面对现实。语言方面，一边走一边学，见人就是老师，中国人在这点上既好奇又热心。一路走来，他的口音一变再变，才知道各地口音差别很大。终于来到鄂东某县的城关镇，他决定在这里安顿下来。这个市镇不大，四周水泊湖泽，多条水道穿越城区，用船能四通八达。天气晴好时，可极目远眺，湖泽之中，行走着桅杆高大的帆船。遇上阴雨天气，湖地中升起的雾气，把水天笼罩在混沌之中。据说每到这时，雷公的电闪雷鸣便失去了作用，有些投机取巧修炼的蟒龙希望由此升天，却无一次成功。这个城市其实是一个超大型的集贸市场，方圆百余公里的各色人等会来赶集——方言、密语、暗语、巫语、咒语将各色人等分离出来，整个城市从早上到黄昏，热闹非凡，充斥着各种嘈杂之声。

周边几个县城已经被教廷划分区域，皆属于鄂东教区，建有几座教堂。而这个城市尚无一所教堂，他认为这里适合自己，向主祷告后，就要在这里作为开垦者先筹措资金，建一座小型教堂，他认为这是传播福音的第一前提。

通过教会的关系，他与当地的一些政府官员建立了联系。起初小官僚们对他很是恭敬，而一些贩夫走卒，见了他都放下肩上的担子或手上的篮子，远远地便鞠躬，称他为“洋大人”。他拒绝被这样称呼，但下层民众依旧这样称呼他。

60. 对洋大人敬而远之，遇洋和尚则群起围攻

打定主意的德国人穆勒说干就干，有了教堂，至少就有了根据地，只有这样传播福音才有平台。他通过当地官方打探到城西面有

一块废弃的荒地，为什么荒，当地人自然清楚，这里发生了血光之灾，死了个怀着双胞胎的难产妇，葬时因没有超度亡灵，弄得难产妇幽魂常抱着死婴出现在夜空中闹鬼。甚至在傍晚时分常有让人心惊肉跳的叫嚷之声，逢上阴雨天气，白天也会有怪异之事发生。这种怨灵，很难镇服，当地人不想惹这个灾祸，常会绕道而行。这个方位，按当地人理解，也不适合建寺庙、道观等宗教场所，因为神灵不太喜欢。地方官员推荐给德国人穆勒，不知出于何种心态。

当地官员对他十分谦卑，态度诚恳，反复做出解释，不敢过多隐瞒，对一时找不到合适之处深表歉意。他们陈述，还有一点极为不利，此处离县府有点偏，恐刁民厮搅，更怕照顾不周。当地官员认为把这些话说在前面，如果洋人一意孤行，出了问题，他们不用负过多责任。县府本建在城中心，教堂离这里远，就不在县府的视线之内了，意思是出了状况，怪不得他们的。此地风水不好，一时找不到合适之处，还是请洋大人另请高明的好。当地官员还有一个心思，一座外来洋教堂，自会惹出各种是非来，他们宁愿洋人不要在这里建才好哩。

德国人穆勒怎么听得出如此多的弯弯绕来呢？他很快做出判断，此处甚好。尽管教堂应该建在繁华闹市之地，这样方便弟兄姐妹做礼拜，但这是在另一个未开垦的国度，不存在繁华和僻静之处，皆是处女地，现在必须务实，先把据点建起来。何况这块地，价格便宜得让他咋舌。当地官员反复提醒，这里恐有不洁净之物出现，德国人听了，无法弄明白是什么意思，难道有什么魔鬼？如此甚好，他就是要来传播福音，赶走邪魔的，自然更不以为意了。德国人穆勒通过近两年的努力，终于寻到一个安身之所，心里头充满了喜悦。这个教堂用地，几乎还是半买半送得来的，就不必要讲太多。拟好土地契约，很快就达成协议。德国人不知道，当地议价卖地人，听说洋鬼子要买地，已经从最初卖主手上加了一倍的价码，到德国人手中，再加了一倍的价码，德国人按自己的思维计算觉得便宜，也就算各得其所了。

一座小型教堂很快建起来。精明的德国人也有自己的盘算，先传播一段时间的福音，信众多了再扩建，这也是合理利用经费的方法。建教堂时，让德国人没有想到的是，当地人还动用了几次警备队。当地人认为在这里建洋庙，确实可以封镇难产妇的孤魂，但对他们居住地的风水会产生微妙的影响。据说一般寺庙道观旁乃是“孤煞之地”，不合适建屋居住的。民间有谚语“庙前主贫，庙后孤，大庙左右出寡妇”。当地人说要在这里建洋庙，洋庙既然被称为庙，自然也是占风水之地。当地居民阻挠建教堂，惊动官方人士来调解，官员一听便认为胡搅蛮缠。“隔你们居住地十丈八丈远，怎么会影响你们的风水呢?”居民提出两点诉求，一是请道人来“相一相望一望”，到底对他们的风水产生何种影响；二是洋庙建在此，怎么说都会产生影响，要求对他们进行补偿。德国人听了，认为补偿之说，尚讲得过去，要道人来看教堂的风水，是不可接受的。

来到这个国家后，穆勒最为不适应和痛苦之事，就是中国人的信仰千奇百怪，几乎每个物种都有对应的神灵，不仅有神，还会成精，都冒犯不得，并要对其祈祷求福。而《圣经·旧约》中的摩西十诫第一条便是：“除了我耶和华神之外，不可有别的神。”他德国人要建教堂，却说要道人来看风水，由他们装神弄鬼来允许他建教堂，是可忍，孰不可忍！这叫他每天向上帝祈祷时情何以堪啦？德国人很清楚，他历尽艰辛是来传播福音的，不是来违背上帝的旨意的。为了安抚四周居民，他可以提高价码，但不可让道人来染指，教堂是神圣庄严的。起初，当地居民认为让道人来看看，安置一下，也就大事化小，小事化了了。洋和尚态度如此坚决，这里必定大有猫腻，早就听人说，洋和尚办洋庙，就是为了吸人精血的，如果道人不来给他们“相一相望一望”，这个洋庙就是在官府的庇护下建起来了，也会让他们扒掉。

德国人穆勒初来这个小城，是让人惶恐和受人尊重的，民众见了，称他“洋大人”。现在他亮出了身份，小城的人对他的态度发生了一百八十度的大转变。这是个洋和尚，他站在神灵和魔鬼的中轴线上，对这种名声很不好的洋和尚要敬而远之。民众再看他时，他头顶的光环不在了，已成了长着一副不怀好意的洋脸的洋和尚。

官员见洋人如此固执，反复做他的思想工作。他们从中吃了回扣，如果洋庙建不起来，要退掉，他们吞下的回扣就得吐出来。要道人来看风水，这是当地人信了几千年的玩意，不可不信，又不可全信，就算洋教来了，也要尊重这点习俗才行。再说，你越阻止，乡人就越觉得有猫腻。德国人已经与当地人“杠”了月余，如果工程进度快，差不多应该修建一半了。现在德国人穆勒变得一筹莫展，天天在祷告上帝，他在这方面是难以妥协的。

本城最高行政长官，受到了上一级教会施加的压力，决定亲自前去看个究竟。他来了，毕竟是本城最高当局，水平和谈话技巧确实要高人一等：“你的房契之内，是你神灵的应许之地，对吗?”

德国人点头称是。

“这就好办!”最高官员对随从说，“问题解决了，道人要来，不得过洋神应许之地半步。画上红线，派上刀斧手，持枪站岗，道人敢越雷池半步，便要他好看。”

德国人穆勒认为这确实是一个解决问题的办法，虽然他依然难以认同——这是有违上帝的旨意的；但他同时感到，要在这块土地上立足，必须学会与当地人相处。

怎样周旋，需要他的智慧。

现在回想起来，三娘在洋庙里掌灯的那段日子，应该是德国人穆勒最为苦闷之时。这个洋和尚正在试图用各种方法接近当地人，都一一失败了。三娘记住了洋和尚，而这个洋和尚未必对她有印象，只是不管德国人愿意不愿意，这位少女的种种不幸，有一半来自她为他掌灯，以三娘的个性，有仇必报，这账总是要算的。

道人那天身着道服，背上有一个大大的八卦图，一手拿铃铛，另一手拿着法杖，从德国人眼前神气活现地招摇而过，气得他几乎吐血。但他也不得不承认，自从这个道人倒腾一番，他便与乡人相安无事了，这点确实让他吃惊不小。

通过这次与道人的对峙事件，他打算要充分了解这个城市的宗教现状，并加以应对，现实逼他运用智慧来解决问题。

这个城市有一个道观，在东边城乡连接的郊区；南边起伏的小丘有个小小寺院；县衙旁有个儒学馆，这是过去读书人的地方，现在尽管作用不大，却是一种精神象征，也是当地的文化符号；还有西边仙女山上，有个桃花夫人庙，是送子娘娘的化身；再往城西去，就是城隍庙，是安妥亡魂之地。洋和尚后来认为，这个城市最深不见底的两个地方，一是关帝庙，香火格外旺盛，各路势力都来拜关帝，他是财神，更是侠义之神；再就是兰巫婆的住宅，她就是整个云梦泽神灵的代言人，整个房子的一楼供满了水乡泽国的各路神、仙、灵、精。

德国人穆勒分析这些复杂因素后，冒出一身冷汗——要在这里立下足，不是一件轻而易举之事。天国在上，天主在心中，要照亮这块“蛮荒之地”，他感到多么孤立无援啊！这一块处女之地留着让他来啃，想必过去有人知难而退了。上帝为了磨炼他，预留最高荣耀，让他不可退缩。洋庙修好后，明里暗中他遭遇到了各种抵制，每日连一个鬼影子也见不到。这一日，他要主动行动起来，身着洋装，手拿《圣经》，站在洋庙大门边，对每个过往的行人点头微笑。哪知站了半日，他不明白所过之人，为何见他如见鬼魅，都极力回避他的微笑，迈着碎步逃也似的离开了。

下江来的中国帮佣出了主意。这一招不行，他可以试一试购些小巧的洋货食品，给这些喜欢贪小利、围观看稀奇的乡下人，引他们上钩。他说教堂在下江一带刚兴办时，同样无人问津，就购买了一批洋货送给大家，活络活络人脉，大家一而再再而三地占便宜，就不好意思啦，自然就会到教堂里来。德国人穆勒了解的情况，与这下江人不同，许多教堂为了吸引教众，确实花了不少工夫，为了吸引最底层的百姓，出教堂时多是给信众发一碗米，尽管微不足道，还是对下层人民有点吸引力的。

可下江人认为既然在中国传播福音，就应该要入乡随俗，并摆出一副拿钱过来，他来办的样子，德国人认为这个法子也许可行，就试试吧，而且先前在其他地区试过且灵验。下江人便很快从省城和城关镇里购来一些大、小号的哈德门、三“5”、三“8”、福尔摩斯、菲利浦等品牌香烟。乡下人抽惯了水烟，一吸起来，就发出“咕嘟咕嘟”的那种声音，还有就是在自家房前屋后种上烟叶，晒干碾碎，自卷成喇叭形，口劲又大，既经济又实惠。他们对洋烟不一定习惯，但尝个新鲜，应该有兴趣。他又购买几瓶威士忌、法国白兰地等酒类，度数不高，味道特别，让乡下人过过嘴巴瘾。彼国人的仁丹、灵宝丹、眼药一向受中国人欢迎，乡下人至少听说过，更会喜欢。再买点法国香水给女人喷一喷，还是不错的选择。他来到集市的档口，打广告，吸引乡下人，果真围观者众。洋和尚一见，暗自高兴，觉得这招甚有效果。但让德国人伤心的是，他亲眼看到，买的洋糖果，一个小孩已经放进口中，却被他的母亲用手掰开嘴巴，硬生生地抠了出来，边哭边骂："洋人的东西，都是吸人精血的，不能吃的。"有位不怕死的半老头子，吸了几口洋烟，被他的婆娘在背上狠狠擂了几拳，大声咒骂："你这个短阳寿的，你不要命，死了，我们没人养，都会饿死的，吃洋人的烟，不想活了啊!"还有一个女人，看起来是富贵之家出身，他在她前额上方喷了一点香水，她认定这是迷魂药，马上叫来一群自家的亲人向他索赔。他做了半天解释工作，赔了一身衣服钱，才得以平息对方的不满。其他一些东西，就是送人，也被扔了一地。剩余的食品，到底是都让下江人处理掉了，还是享受了，德国人不得而知。

他们垂头丧气地回到教堂，在路上遭遇一群顽童，肯定是受了其他宗教的暗中指使，作了歌谣，唱骂这个洋和尚："哈哈哈，洋和尚，住洋庙，开洋车，抽洋烟，屁屁蛋蛋放洋炮，啦啦啦!"还有一曲童谣："洋和尚，吸人血，吃人心，害人精，家爹家婆要小心。"小孩的逻辑搞不清楚，为什么要外公外婆小心，难道爷爷奶奶不用小心吗?

德国人穆勒在这块土地上建了教堂，以为这是一个良好的开端，却受到了如此重大的打击，他只好到省城教会求援，从几个教区请来一批信众，在这个小小教堂唱诵圣诗、弹奏圣曲，读诵《圣经》。乡人尽管多少有点好奇，只是停留在驻足张望之间。一个洋庙，乡下人认定，这里没有香火气。这算什么敬神?怎么请得动神灵呢?

这一招依然吸引不了人。

德国人这段日子过得十分灰暗，他困惑不解，感到一切努力皆付诸东流，甚至后悔，要打退堂鼓。他一度认为，这里的人不合适做上帝的子民，对他们传播福音就是对牛弹琴，他们脑袋里装了太多乱七八糟的东西，固执而愚昧，难以开化。他开始带着下江人四处游走，意在了解其他传教士是怎么扎下根的。

外国传教上进入中国，要在这块土地上生存发展，最为重要的是适应环境。德国人开始反思，他了解到，有一位圣人从中国南大门广州进来，北上抵达京城，先前洋服洋装，步步受到阻挠，于是改成儒士装束，一路畅通无阻。伯格理的事迹最值得学习和借鉴，他通过教土人认字扫盲，还创立了简易的文字，取得了土人的信任，又用五英镑起了个教堂，却有千人受洗。德国人穆勒最敬仰的意大利传教士利玛窦，向中国皇帝呈献第一张世界地图时，中国是世界的中心。中国人从盘古开天地以来，就认为他们是世界的中心，是天朝上国。要融入这块土地，穿着洋装，拿着《圣经》传播福音，显然是不行的。

德国人穆勒这样告诉自己，要换下自己的行头，在这里先做一个称职的渔民。

德国人穆勒的决定，是他自己讲述的。这个过程，对他来说是个化蛹为蝶、脱胎换骨的过程。

61. 放下身段换下行头，成了大受欢迎的洋鱼贩子

这一招效果奇佳。

他先是把自己的头剃成一个板寸样子，换了他长长的边分发型，把衣着换成渔民的装扮，尽管不太习惯脚上穿一双草鞋，但必须适应，这只是个开始。他到城关镇三大码头之一，最为繁华的当码头上去贩买了鱼，学着渔人的样子，担在肩上，送到鱼市场去卖。从当码头起，围观者众，一路上就有人奔走呼号："洋和尚做了鱼贩子。"所有人对他前呼后拥，争相观望，待他到了集贸市场，他的担子被围得水泄不通，大家争相要买他贩来的鱼。他尚不会使用秤杆秤砣，有人自告奋勇地帮他卖鱼，他多少有点担心，事前让下江人紧跟着他，哪知下江人中途已经被挤得没了踪迹。

有渔民对他说："只做鱼贩子不过瘾，你愿意不愿意，我来带你下湖打鱼？"

德国人穆勒万万没想到，教堂造起来这么一段时日，他试了各种办法，还不如这小小一招。他知道今后该怎么做了，他先贩鱼，再下湖打鱼，要学的技能多着哩，一切皆从零开始。洋和尚暗下决心，先让自己"野蛮其体魄"吧！水乡泽国，怎样打鱼摸虾，这是几千年传下来的手艺，学问多着呢。他先学的撒网，抓住网纲，拽着网衣，旋转一百八十度，以一个漂亮的弧线甩出去，光这就练习了一个多月。撒网还要会看水面，这里有没有鱼游过。水质太清，那就不用费力了，撒网要在河面比较深的地方。水浅一点的河岸，还用一种以丝线做成的网衣，要插进浅水滩头，撑上一只小船，用木棒如鼓一样敲打，在河里来回行走，让鱼儿受惊逃窜，钻进网衣中，名叫"打散子"。在流水的大河沿岸，用一种大网做成"扳罾子"，大河水深，有大鱼出没，有时能扳起几十斤的大鱼。水浅的河面，拿上竹制的盖笼子，称为"盖花罩"，一种下大上小的竹制物，一下一下地在河里展下去，弯腰摸索，竹笼里的鱼在惊慌失措之中迷失方向，只能在笼里打转转，便被随手捉上来，放入腰间一个鱼篓子中。在浅滩长有水草处，便可以“下卡子”，卡子是用竹制成的，把它弯曲成“U”，用金黄色有韧性的麦秆，剪成一小段用小筒套上，在空处放点诱饵，鱼来吃食，嘴巴便被撑开，直直吊在水卡子上，不能动弹。还有一种血腥一点的直截了当的办法是用鱼叉，这是一门练眼尖的手艺，在水草丛中，看到有鱼在“晒花”，一叉下去一个准头；用鱼叉最容易叉杀的是带小鱼群觅食巡游的母鱼，它们因为小鱼而游得缓慢。德国人是绝对不会屠杀这种母鱼的。当地人还有一个必须正式拜师学艺的行当，就是在大江大河大湖中“摆迷魂阵”，那种网式网衣，多得要用一个大船装上，插进大片的浅滩水域里，鱼进网如入迷魂阵中。德国人穆勒去观赏了一阵，人家对他说：“洋人的脑袋造枪造炮好使，干这个可不好使。”

但德国人穆勒认定，既然要与当地人打成一片，这十八般手艺，一个都不能落下，要耐心学好。

在《我是怎样克服困难传播福音的》的讲述中，他很动感情地讲道，从前他只以为当地人愚昧而没发现他们的朴素，从前只以为当地人狡黠而没发现他们的聪明能干，传教者只有先融入其中，与他们打成一片，才能让他们接受天国天主的观念。一条路方向对了，走起来就顺利了，在半年内，他感化了百余位外教之人。同时这个细皮嫩肉洋派十足的洋和尚，已经化身为一个壮实的当地渔民，这其实也是《圣经》所倡导的一种奋斗精神吧！

当时的传教士确如在德国人穆勒出发前教会所说的那样，会面对极其凶险的局面，例如山东临城劫车案。这是一起劫持外国人的专车、大肆索要赎金的大案，轰动中外，激发了全国各地占山为王的强人、土匪、响马、帮会等势力的野心。这一事件持续影响十余年，绑票外国人，赎金不仅多，还来得容易，鄂东教区如孝感、应城就有外国传教士梅神父被绑被屠首之事。这个城市的官员多次找到德国人穆勒，要他注意安全。已经当上渔民，学会了划桨、撑篙、撒网以及用各种方式捞鱼的他，不以为然地用满口俚语土语对当地官员说：“不会有人绑架我的，因为我已经与当地人打成一片了。”

德国人穆勒怎样落入水帮窝，访谈文章没有涉及，但有一定的篇幅讲他利用接近渔民的身份传播福音的体会。用我们现代人的眼光来看，效果依然不大理想，他需要花大量时间给他们做启迪式的开导，比较困难的是，他讲的这些，当地人往往很快转换思维，用他们根深蒂固的道教、佛教和儒家思维来类比。特别让他苦恼的是，当地人尚可以接受这尊洋神洋菩萨，在他们看来，洋神同样可以保佑他们，这些保护神于自己是多多益善，但这里有个症结在，如果要他们信了这位洋菩萨，就不能在逢年过节时祭祀自己的祖宗。连祖宗也不能拜祭？当地人睁大了眼睛，无比吃惊地说：“连祖宗都不能拜，数典忘祖，那我还算个人吗？”德国人穆勒已经学会转一些弯了，他不敢用过于肯定的口吻来讲这件事，以后再要与人讨论洋神时，绝口不提不可拜祭祖宗之事。但这个问题，是难以绕过的。

62. 绑架洋和尚的主犯是谁

这次，李如寄有一个震惊的发现，真正绑架德国人穆勒的主犯是他的奶奶，这个名叫三娘的女人。笔记本中记录了老洋人与其母亲的对话。

“你为么事要绑架洋和尚?”老洋人这样问。

三娘回答得很简单：“要钱用呀。”

“水帮除了杀人越货抢劫外，没有别的来源吗?”老洋人再问。

“一万多弟兄，一万多张口，天一亮就要进口，你以为是个蛮容易的事情啊!”三娘如实地说。

“绑票洋和尚开价多少?”

“八万大洋。”

对话结束后，没有任何评论，只有一排大大的问号。如果表示吃惊，应该是用感叹号吧？李如寄盯着这排问号犯了迷糊。

族叔曾这样告诉李如寄：“你奶奶天生就是做生意的料，水帮最兴盛时期，应该是从你奶奶手上开始的。”这是一个蛮有兴趣的话题，李如寄幼年时眼里的奶奶，是个有点不正常的女人。她肯定与同龄的妇人不同，她被自己的姆妈伺候着，就像刘文彩家的地主婆子，抽烟喝酒样样都来，还不爱做家务。怪就怪在其妈把她供奉如上宾，累死累活的也不要她帮下手。李如寄认为这与孝道多少有点关联，但这里边应是远不止孝道一说，必有深沉的因素。在李如寄记事时，她已是被管教的对象，定期上大队部集中学习。老家人因为在大饥荒年代救过人，大队和湾台的乡亲们对她采取外紧内松的政策。她虽受到冲击，但经历了风风雨雨，人老成精，一切都忍受过来了。

李如寄因为幼年受到的教育，对奶奶心态复杂。她戴了坏分子的帽子，让他无法加入少年先锋队，这在当时不是小事。教室里几十位同学个个戴着红领巾上学，只有他和富农子弟没有这鲜红的领巾，这对一个少年的心是有很大的伤害的，他对奶奶耿耿于怀也是情有可原的。他记得妹妹李如鹤曾因为无法加入少先队，对奶奶又哭又闹，奶奶当时满脸歉疚的样子，还拿出年前攒下的糖果哄她。小女孩本来嘴馋，这次却狠心坚决不吃“糖衣炮弹”。当时妹妹坐在地上，摇头大哭，一副痛不欲生的样子，现今想来依然历历在目。

三娘的理财能力被发掘，是偶然事件。这件事族叔讲过，父亲老洋人做过记录，说明他奶奶对这事是十分自得的。

三娘入伙水帮之后，敏感地发现，水帮和响马的生活，并不如传说中的那么痛快——大碗喝酒，大块吃肉，吃喝嫖赌，到处厮混，没有一点管束。到这里入伙的人成分复杂，确实要大当家来才镇得住。最要紧的，对他们要恩威并举，这伙人有饭吃有衣穿，还时不时要拿点赏钱攒点光洋到集镇上逛逛窑子，打打秋风。

湖里确实每天都走大驳子船，可是很少有大船跑单帮的，皆是十多条大船，每艘船上大小风帆至少三个以上，形成一条水路，阵势蔚为壮观。这些船显然也不是一家的，船主大多集中交上保护费，找行武镖局来保护，钱多力量大时，还配有德国火器护航。水帮的好汉们曾动过分而劫之的念头，自然也行动过，一大帮弟兄因此有去无回，后来只能敬而远之。当然也有不怕死的，敢走单帮的，水帮好汉一时难以判断，弄不好会是官府做了笼子，诱骗好汉们上钩，或者，这些人本身是寻仇来的，要与水帮拼个你死我活。最走运的是，碰到外省的大船不知深浅误往这云梦泽里闯，那就是从天上掉下来的一块肥肉，这类好事却也稀少。

关于水帮经费来源，周边的几个集贸，都已交保护费，这些小商小贩被官府及湖泊中的各种势力变着花样征缴名目繁多的税费，再怎么搜刮，也几无油水可捞了。水帮势大之时，按云梦泽的习惯做法，谁的山头大，投靠的强人便多——有的是成群结伙而来，有些还拖家带口，自然是姨娘之类的货色。这时大当家的不可如白衣秀士王伦那般，拒绝这些入伙者，一旦传出去了，于自己的名声不好。再者，占山为王，占湖为霸，就是图个气势。王伦不仅下场不妙，也因心胸狭窄惨遭笑话，千年不绝于耳。更重要的一点，只有接纳好汉，才可傲视群雄，独霸云梦泽，非如此不可能不可一世。

比起梁山，云梦泽尚能提供一些便利：湖泊里的野物和丰富的水产，让强人不至于饿肚子。对这些提着脑袋玩的人而言，风里来雨里去，打鱼摸虾，冬季下湖挖莲藕，夏季摘菱采莲，还不如在家老婆孩子热炕头哩。这些事，只好绑些农户和渔民来干，而且还要采取圈湖的办法，“此湖是我开，你要讨生活，留下买湖钱”，仍然依旧例，从中抽成。只是这类水产填饱肚子可以，绝不是什么赚钱的营生。

三娘入伙不久，哪里知道这些道道呢？她是压寨夫人，众水帮的大小头领，虾兵蟹将都争着给她露笑脸，巴结她，弄得她一时云里雾里，好不爽快。这时人是容易膨胀的，好像自己天生就能干。毕竟她刚入道不久，眼光还是盯在脚背上，与过去难以一下撇清关系。她这时还有件事放在心里，觉得她把麻姑弄死了，撮嘴稀泥巴糊不上墙，这榨坊肯定是守不住的。榨坊这份家什，除账房先生“穿梁子”外，打主意的人多着咧，弄不好有人要上门强买强卖，她认为这个榨坊自己是有份儿的。这个主意打定，她便带上小喽啰，要去城关镇走一趟。

三娘当时是榨坊的一个伙计，做小只是名分，她突然失踪了，麻姑和撮嘴自是在意。麻姑心疼她的那笔钱，自会说，她的钱就这样打水漂了；撮嘴没有了做小的，闷在心里疼，未必敢露在脸面上。其他人等，就是榨坊的伙计们，对女人失踪这类事，已是司空见惯。湖泊里经常有妇人失踪，如果没有后来的事，丢失了个女人，就像湖面上打了个圈圈儿，不可能引起多大的注意。

云梦泽的集镇旁，有些心照不宣的惯例，一个少妇失踪，多半是被强人掳到湖里去了。每家皆临湖，大户人家可以把城关镇里的河道与自家相连——这个法子很多，本来城关镇里沟渠纵横，稍加引导，挖开几米铺垫青石板，不影响人行走；淘米、洗菜、洗衣，清理物品，便出门转个弯上几级台阶，蹲着洗方便得很。而小房小户的人家，没有那个条件，每笔钱要用在刀刃之上；再说，贫穷之妇也谈不上那么金贵，妇人洗衣，便要下河。说不准在丈余开外，芦苇丛中，蒲草团里，强人潜藏一条铳划子，已窥探许久，“嗖”地驶来，掳掠妇人；而那妇人情知是碰上了什么勾当，来不及哼叫一声，便消失得无影无踪，只剩下淘洗之物。这妇人失踪之事，就是相当普遍的。有时，强人和妇人你情我爱亦未可知，这事儿未必都是强迫。过了不久，大部分消失的妇人牵挂自家，回转过来，拿了几块光洋贴补家用，自家男人尽管恨恨地，但也无话可说。当地有个俚语说，女人这物件，是“搞不坏，用不臼，找点钱财来买小菜”。这个“臼”是当地用来把蒸熟的糯米放在里边捣碎做糍粑的物件，不论怎么捣来捣去，用后弃之一旁，日晒雨淋，都是经用的。归纳起来，说水乡湖泊的风俗使然，也可；如说湖地之民豁达，亦通。穷人家嘛，哪有那么多讲究，女人一生要下十个八个崽，不知可以活下几个来，活着的就要传宗接代，这日子总是得过下去的。

可是麻姑突然莫名其妙死了。她的生意一向不错，算是城关的中等富裕之家，城关镇并不大，加上彼此之间都沾亲带故的，自然也就传开了。再说，她家还有个兄弟，是带把子家伙的，这事肯定不会这么快就烟熄火熄的。城关镇看热闹的人多了去，自会踮起脚尖看个究竟的。

不管撮嘴还是三娘，皆面临着在劫难逃的后果。

63. 兰巫婆与她的“请七姐，看年成”

三娘再次带喽啰回来，装成一个良家女子在前面缓缓走，打着一把油布伞，穿着淡蓝色的对襟碎花布衫，另一只手挽着一个小小包裹。一副小户人家少妇模样，走在大街上毫不惹眼。但如果有人细看她一眼，就会吓得惊跳起来。你看这个少妇的脖子上，戴着一条粗如筷子的金项链，镶着一块发着深蓝光泽的宝石。敢打赌说，城关镇只此一件，再富的人家，也不会有如此粗壮的金饰。再看她手腕上，一金一银一玉环，三套戴在手腕上，撑着雨伞，那三套首饰很是显眼。她脚脖上还有一套脚环，纯金打造，各挂几个小小铃铛。当她迈着轻盈的步履款款走动之时，脚环上的铃铛轻轻碰撞，发出悦耳之声。

她回来了，这是水乡泽国的霸道夫人。

她回来的这日，正好是大年的最后一天，正月十五。街面上依然人头攒动，依然张灯结彩，洋溢着年节的喜庆。强人们出没在大街上，有个基本原则，皆是昼伏夜出。三娘在这么热闹的节日出现，从自身来说确也是为了显摆，或者说是扬眉吐气，因为她过去命运多舛，内心极度压抑，而在此时产生了巨大反弹，如果不向城关镇的人展示她的豪迈和富有，不宣示从今往后不会再任人欺负，就不是她三娘了。

她其实还有两个目的。一是想去兰巫婆家里看看一年一度的“请七姐看年成”，这是她小时候最想参与的活动，因为过年也没法有新衣新鞋穿，她就是想去看看，也会被挡在门外不让进。再就是她要多想办法为水帮找吃饭的钱，这第二个任务是说来容易，做起来难。

成了强人之后，她最先解决了作为上等女人和好女人标志的贞节扣。这也是入另一道门槛的代价，就是要解开这个贞节扣，解开之前，她并没有那种解脱的满足感，而是心态异常复杂。她用足过气力，想成为富户人家的少奶奶，这些努力化为乌有，成为灰烬，或者说，她的人生中做好女人的阶段，由此结束了。那碗人血酒汤就是跨进另一道门槛的明证。人有时为了生存，会远走他乡；有时同样为了生存，从一个阶层进入另一个阶层，那种代价比远走他乡的代价更大。族叔李光宗活了这么大年纪，看得最清楚，分析得也最为透彻，他对李如寄说：“处世为人，就是游走在各种途径之中，这是谁也不能幸免的。千万不要一根筋，认死理，学会浮上沉下，才能混得好，过得去。”

没了贞节扣，举行了正式入伙仪式后，当时的李屠户一把举起她，扛在肩上，在众好汉的叫嚷之声中，便成就了他们俩的好事，她真正尝到了做女人的滋味。那一时期她过了一阵大胆、热烈和无所顾忌的生活，她甚至把李屠户的手拉到自己脖子上：“掐死我吧，我快活得要死了。”那种满足感和爆发出的激情，让年老后的三娘依然难以忘怀。

李屠户把一个匣子交给她。她打开一看，满匣的金银首饰，想到过去受的羞辱，她便哭了许久。她的小喽啰自然是知晓这些金银的价值的，这都是大户人家千金小姐的饰物，手起刀落从血淋淋的脖子上摘下的。她倒没有太多的忌讳，既然做了响马，如果在乎死人，那就用不着入伙了。

只是她觉得，必须打造一套属于自己的饰物。小喽啰听明白了这个心意，抓来金匠银匠，那简直是小菜一碗。这些匠人便带着自己的打造工具和化金炉来到三娘的面前，三娘本也没有太多要求，就是要晃眼一点、粗壮一点，多镶些宝石，离老远也会看得见。

这些东西，一时成了她的底气。

这次她在城关镇上从容地走着，再不会被人追赶，也无须为生计发愁。她走在道路中央，人群中便有一阵小小骚动，就是再毒舌之人也不敢出声评价点什么，赞叹点什么，连窃窃私语之声也不敢有。城关镇的人会看眼头哩，这个女子的前面后边不近不远跟几条彪形大汉，赤手空拳，什么不用带，却有着强大的气场。城镇之人，临湖近泽，在这湖地亦是活久见了，人人都是有点眼水的，看得清分得明。

三娘的出现，至少在这些所见之人眼里，还是犯过嘀咕的，她给人的感觉是个陌生的面孔，她过去就待在这里，却基本上大门不出二门不迈。但人们都知道，一看这架势，就知道是从湖荡中来的。也有人认出了她，知道她过去的身份，谁敢多嘴，那不是找死吗!

三娘从秘密水道上的暗码头上到街面，经过了一个人口稠密的集市，款款移步绕到了兰巫婆家。前面简述过，兰巫婆与湖泊的神秘关联，是方圆百余里路人皆知的事实，所有人等皆不会有意打扰的。大家知道自己的脑袋是长在脖子上的，且只有一颗，碗口大小，何必自找麻烦呢？如果遇上兰巫婆家的侧门有人频繁进出，还会忍不住紧张起来，会料想谁家摊上了事情。这侧门只是个表面文章，其实好奇的路人怎么会知道呢，这房子里还有一个秘密水道，从厅堂旁的暗室揭开几块板子，便可驶一条小船进来，这暗道直接通达湖底。这些由强人创建的秘密通道在城关镇绝对不止一处，更有那各式各样作用的暗水道。在城关镇县府旁边有户人家，看起来像个寻常百姓家，可这里堂屋皆是由木板铺上的，底板全部揭开，两船好汉带着火器便会依次进家，神不知鬼不觉。

湖地的秘密，除了在显眼的集贸码头，真正有故事和凶险的便是在这秘密暗道码头。

三娘在光天化日之下玩了显摆的游戏后，便觉索然无味了。应该说，强人生涯，在刀尖上舔血的生活，生死见惯，是能很快让人成熟的。

兰巫婆家，是扇油黑发亮的大门，这点与周围居民家朱红或本色木头大门有所不同。神鬼惧色彩鲜艳的物件，而且黑色更具有神秘色彩，让平民百姓产生惶恐之感，不会伸来好奇的挨刀之头。她家门上有两个狮子头的铜扣，这大门似乎从未有人去叩响过，就是强人们来亦是从一个侧门进入。三娘这次来，她偏要走大门，便把门扣紧紧地扣动几下。也许这门扣不曾动过，兰巫婆家中没有反应。这时三娘身后的彪形大汉让她稍等，他们从侧门进去，自行开了大门。

大门厅堂中间有个天井，下午时节天色有些昏暗，但厅堂有自然的光照，依然明亮。这个天井，与普通民居的作用也有所不同，据说是供神灵们采天地之气，或飞升出入之用。住宅南边，在二层三层之间有个晒台，平时可晾晒一些衣物，又可以作瞭望台眺望湖面。这看台的不远处，便有座芦林柴山，与瞭望台隔了几十丈远，如果说兰巫婆极力把宅第装饰成富裕民居，单是这点便与民宅有很大差别。好在城关镇的人，已经习惯把晒台看成正月十五盛大节日时的一个景点。

三娘进来，便被一个一脸讨好神情的中年妇人领到两楼靠里间类似用来打坐的禅房去了。室内没什么家什，只有四个蒲团，墙上有一个观音菩萨的画像，有个敬香碗置于画下。三娘先盘腿坐于蒲团上，她不习惯这种坐姿，便站起来了。只听楼下一阵叽叽喳喳的声音，她知道应是一些女伢，欢天喜地又鬼鬼祟祟从后门溜进来，在这里要做她们正月十五的仪式。在女伢们看来，这才是她们真正的节日，只有找七姐问了前程的女伢才是幸运的，今后会有好报的，她们提前过来，要帮兰巫婆摆布为仪式准备的物件。三娘芳心大为触动，幼时也想找七姐问下自己的前程，经历了太多磨难，才遇到这个仪式，现在自己就算有滔天本事，也问不成了。因为她过了这个年岁，身子也不干净了。想到这点，不禁有点凉意掠过心头。

本地人有年小月半大的说法，意思是一年春节从大年三十吃年饭算起，从初一到十五，这半个月都是过大年，到了十五这日隆重地过完，新的一年才算开始。

兰巫婆每到这日会举办一个“看年成”的仪式。到了晚间，专拣出一个屋子，中间放有一张八仙桌，屋子上方有个条桌，敬上供品，皆是时下的水果和茶点，没有荤腥的东西。有一尊七仙女的雕像，栩栩如生，墙上同时也有画作，画的是与雕像相同的七仙女，画像上方的墙顶上，挂着“请七姐看年成”横幅。这是基本布置，倒也不复杂。到了晚间，来了一些打扮得花枝招展的未婚少女——多是有些家势的人家的女伢子，十二三岁的样子——十五岁已经到了出阁的年龄，不方便来参与了。仪式先由两个女伢一个用左手、一个执右手，扶着一个竹制反扣的筛子，筛子上方顶一块红布，筛沿下绑着半截竹筷，筛下的桌上放一个长方形朱红色茶盘，茶盘里放些细碎的生米。屋子里陆陆续续挤满了少女，任何男子和已婚女子皆不可进入。

焚香焚表上供完毕后，由两个托筛的女伢领唱起来：

正月正，麦草青。请七姐，问年成。
一问年成真和假，二问年成假和真。
正月十五玩花灯，花灯玩得梭螺转。
一秋千，二秋千，打的云的伴秋千。

这是第一段，用夜空的花灯把坐在秋千上的七仙女请下来，意在说明请来的美意。

去也梭，来也梭，梭得七姐笑呵呵。
去也要，来也要，要得七姐骑白马。
乌龙马，上天台，扫帚马，下地来。

这是第二段，劝说七仙女不管是在天上还是人间都是一样的玩要取乐，就不妨在这盛大节日里，请七仙女来到人间与姑娘们共要个乐子。

七姑要来早早来，不等深更半夜来。
深更半夜桥难过，五更鸡叫门难开。
前门的来，穿花鞋。后门的来，穿草鞋。
一双裹脚一双鞋，打发七姐下凡来。
一包胭脂一包粉，打发七姐搽白粉。
一包针，一包线，打发七姐做花针。

这是第三段，诚恳地劝说，七仙女要来早早来，不要让姑娘们三请四催失了兴头。

反复吟诵上三遍，满屋子姑娘同吟，声音优雅好听。如果七仙女不来，便会马上换女伢，这两个执筛女也会被怀疑身子已经不干净了，或被男人动过手脚了。扶筛之事被看成是圣洁的仪式，当然女伢子们心里都明白，如果她碰过男人的那个浊物，自然是不肯来托这个顶着红布的筛子的。

终于请到七姑娘下了凡尘，那两个托筛女的胳膊一阵乱摇晃，先做正事看年成。筛沿下的半截筷子在碎细米上平行画出了三道线，表明今年有水灾；如果画两道横线，又画出一道竖线，就是一个“干”字，表明这年是天旱之年。最终解释权在兰巫婆手里，她见请来了七仙女，便查看茶盘下的画痕，看了也不作声，便来到晒台，手执她那柄著名的桃木宝剑，跳将起来。原本矮小无力的兰巫婆，现在如有神力，她挥出的桃木剑也为满城的人所关注。有一年桃木剑落到了芦林柴山，几十丈远，那剑还有点分量，怎么可能甩得出去呢？满城的人传扬：“这必是附有鬼气哩。”那一年果真遇到百年难遇的大旱。如遇水年，那桃木剑扔出去多高，水就会涨多高，城关镇的人和四周的渔人，便会早做准备。这“看年成”十年九准，靠天吃饭的水乡人，把这看成湖地一个重大事件，自然也就奠定了兰巫婆在黎民百姓中的地位和影响力。

满屋子的女伢子们并不关心这个哩，这个看年成的仪式后，她们便不让七仙女马上回到天上去，却要问自己的婚姻大事。女伢子们知道，这是能让她们重生的大事，万不敢马虎，便一个接一个地排着队发问——男娃家在哪一方，家势有几何，人的性情好不好，好不好赌博。如果七仙女答得快，她们早把想提的问题埋在心眼里，便问得快；如果七仙女回答得慢，女伢子便会沮丧，不好多问了。

兰巫婆屋前屋后却是挤满了看热闹等年成的人。在夜色下，那把桃木剑似镀过了金粉，飞驰在夜空时，能让远近的人们看到一把凌空而飞的宝剑。宝剑一旦落下，几个早有准备的年轻人，或划船或脚手并用飞奔而去，请回那把桃木剑来。

这时的三娘站在禅房里，有只小窗子，正可以看到兰巫婆举臂、侧身、奋力掷剑的全过程。这个城镇的人们谁也不具备这种荣耀，在这么近的地方看兰巫婆做如此重大的法事。

看完年成，三娘便与兰巫婆在阳台上观摩放湖灯的景象。兰巫婆谨慎地把看台上的两只灯笼熄灭了，这样尽管四周依然闹哄哄的，她们仍可以从暗处往明亮处看。

放湖灯的环节，是全城总动员，寄托湖人们一年吉祥如意的祈愿。人们总会倾巢而出，奔向街面坡下的湖岸，各种大小灯具晃眼耀目。从湖泊里往岸边上看，似是一条蜿蜒的长龙一般。这些湖灯多为纸制作的，小娃儿最热心折叠。用四四方方的纸片，将四周折上两次，从中间一拉，便成了一个湖灯座，用竹片制成一个小小托盘，插上半寸长的蜡烛，往湖岸的水上轻轻一撇，湖灯便慢慢地往湖中间荡去。

大家玩得兴高采烈时，在暗处阳台上的三娘突然瞪大了眼睛。她看到了一位不速之客，他显然也是来看热闹的，这人便是那个洋和尚。不知他看了兰巫婆掷剑法事没有，三娘不好判定，三娘先是看到下江人那副趾高气扬的样子——他就算化成灰了，她也是认得的。洋和尚在下江人的前面，东瞧瞧西瞅瞅，似乎很兴奋。兰巫婆见三娘看洋和尚出神，没有打扰她，她从三娘脸上复杂的表情，看出她心中是充满愤怒和痛苦的。

突然间，洋和尚四周涌出了一群年轻人来，把洋和尚和下江人裹挟在中间，往湖里推搡着走，看样子是想把洋和尚推到湖泊中去喂老鳖。三娘见了，情不自禁地站了起来，脸上呈出快意之色来。那伙人把洋和尚推挤到湖岸边时，三娘再看，洋和尚像尊石雕，怎么挤推都不动弹，一伙无力之人徒劳地推搡一番，却无功而返，纷纷散了。这像是一个突发事件，又像是有人精心组织的。

而洋和尚似乎没有发觉是有人故意作怪，若无其事地上岸走了。

这一幕，让三娘大为奇怪。

她问兰巫婆："看见那洋和尚没?"

兰巫婆像是对她说又像是喃喃自语："洋和尚有化身的法术。"

云梦泽

下

冯知明 著

中国出版集团
東方出版中心

第十二章　绑票洋和尚可得八万赎金

64. 那个三杠子压不出屁的男人有股阴狠劲

从外形来看，兰巫婆家的中式住宅三层，加上一楼的庭院，没有什么特别处。走进一楼大厅里，才知这里是云梦泽灵魂之所在。各种神、仙、灵、精的牌位，多达三十六位，具体有水神、河神、湖神、龙牌位等。龙喜水，它也确实是离不开水的神物，龙生九子，多与千里沼泽之地有关，这个牌位上依次排上赑屃、鸱吻、饕餮、睚眦、狴犴、狻猊、趴蝮、椒图、蒲牢，尽管在传说中它们性情各异，各司其职，但幼年多生于云梦泽，又吸纳百川的精气神而成长。龙神位之后，依次为芙蓉仙子、水仙花、鸡冠花仙子、桃花仙子、梨花仙子，就连黄大仙也挤入其中，化身为黄鼠狼。湖里有个著名的蚌壳珍珠仙女的传说，故蚌也列入仙位。

灵多指草本植物，十八种香草灵，有九种长在湖泊的湿地上，五种长在湖泊高地上，还有三种随水草同长。香草以配忠贞，其影响仅亚于玉石，而香草之中，以兰为最，兰有国香之说，开绽于秋，香浓而不艳；其次是蕙，亦称“佩兰”，多年生草本植物，红花开时香溢满地。屈大夫把香草花木呈现到了极致——在《离骚》中介绍了十九种香草，在《九歌》中介绍了二十二种，如江离、留夷、杜衡、珍珠草、泽兰、石兰、白芷、灵芝、芙蓉等，亦可入药并做香草。云梦泽中，兰巫婆选了十八种香草灵，只是这水乡泽国香草的代表而已。到了当代，要恢复水域生态，寻找传承，恢复传统文化，自然要追根溯源到屈原的骚赋之作。这个城市在复制飞飞板的高潮过后，现在已经热衷在香草上下大功夫，不几年间，那些富有灵性的香草，因为有了适当的环境和土壤，保留于远古土层里的种子，纷纷探出头来。人们制作了万千品种的香包香囊，一时风靡全国，行销海外。

仙女兰草长在仙女山上，是仙女们下凡时，从天空随手拈来之物，这种草，只有仙女山才有，只可作香引，不可多采。十八种香草，是婚嫁必需品，闺中女孩的最爱，故十八种香草灵，位列第一。另外，芦苇灵、蒿草灵、水草灵，还有一种在湖泊高地遍地耗草中生长的狗尾巴草，结细小颗粒的穗儿，遇到荒年时，可以采摘下来，与树皮、野菜一样，食之可以度日。它的段位较高，故称为狗尾灵；水猫颇有灵性，故为水猫灵；等等。

精就是指修炼过的小型动物，比如蟒精、兔子精、老鼠精、蛇精、鱼精、鳖精、龙虾精、蟹精等等。鳖精是湖里土生土长的动物，它能苦修为精，而龟则是龙的化身，不在精之列。云梦泽中还有一只千年蜘蛛精，为了成全人间的好事，毁了千年修行。兰巫婆大发慈悲，觉得人间对它亏欠太大，它本属精位，现在把它列于灵位，多享人间香火，意欲力所能及地促成它的千年修炼复原。兰巫婆不仅掌管这些神灵，还能用各种语言与之交流，她就成了这三十六种神、仙、灵、精的代言人。

李屠户成了水帮总瓢把子后，便下令凡湖中讨生活之人，不可捕捉八鸭，这是他的引路人。为了强化他的指令，他请教了兰巫婆，兰老妈心领神会，便告知这是云梦泽的精灵。这云梦泽只有八鸭才具备这两种属性，一为精，二为灵，李屠户特请求为八鸭安个精灵之位。因八鸭身小，又以小鱼虾为食，其味鲜美，湖中渔民难以捕捉，于是编织了一种薄如蚕丝的天网，覆盖于芦苇蒿草之上，待八鸭腾空之时，便以天网缠住。李屠户为了杜绝这一捕获手段，下令说：要强人见到天网，即行收缴毁坏。一时间，快要绝迹的八鸭在云梦泽中繁衍甚众。

不知什么时候起，李如寄开始迷恋故乡这些自然精灵，在他看来，这就是三娘的时代，人与自然共生共养的和谐相处之道，也许现在提倡恢复，倒是一件值得欣慰之事。

也许因为兰巫婆对一切都具有包容性，她的家才变相成了强人帮会的据点。她还有一支队伍，是十多名跳大神时帮衬的二神女“扶马”——兰巫婆跳大神时，她们配合着传达神祇的旨意，给病人的家庭，交代怎么安置神位，化表烧纸，祷告菩萨神灵，发挥着不可替代的作用。这些妇人走巷穿堂多了，衍生了一个新的营生，即成了包打听。关于麻姑之死这事，兰巫婆自是知道是谁的手笔，她与水帮都要做些善后处理。这十多个妇人行动起来，每个人负责一大片区域，皆是这片区域的掌管者，足以掌控城关镇的话语权。如果有了事，尽量不要惊动官家，努力消除一些影响才好。

麻姑这人，在城关镇人看来，尽管不说她是死有应得，但因平时为人刻薄寡恩，鲜有人缘。自从三娘进门跳火盆那一刻起，左邻右舍便知她今后会过上何等日子，湖人俗话——“十个麻子九个怪，还有一个是精怪”，这个麻姑精怪死则死矣，没什么好同情的，不要舌尖嘴长发什么议论，张媒婆就是一个现成的好例子，说多了话会被人割了舌头。在这水乡泽国生活久了，能活得久的人，都有一些道道的。比如说你看到杀了人，就像银匠见到三娘和强人的关系，你想去嚼舌头，那是找死；张媒婆的驼背老头，亲眼见了自己的堂客被切了半截舌头，要放一丝风出去，子时讲上一句，丑时就有人收拾他。水帮人在这集市上，有各种盘根错节不可知的势力。

但是撮嘴在麻姑死了之后，完全变成了另一个人，这是三娘万万没有想到的。

麻姑这人，敢到县衙去闹，是凭着抱自己兄弟大腿才有的一点狠劲。官府自然了解这家人的兄弟是个什么上校团长，对调查她的死因，不敢有半点差池，特别派人上门询问，还要检查尸身。撮嘴一口咬定，是麻姑得了急症，上吐下拉而死。他按照水乡的规矩，给她穿戴齐整，请来道人超度，周全地送上了路。城关的人们心里明白，不请和尚，许是死法不祥，谁也不会自找麻烦，只当她这是一次再正常不过的死亡罢了。

还有一事，也让三娘称奇，那个自称老朽的账房先生告老而去了。

三娘回来了。

兰巫婆见了三娘，已经知晓三娘的身份。兰巫婆何等人物，三教九流，都对她礼数周全，她什么人没见过，什么场合没经历过，她做起什么事来，都会给自己留个后手的。这不，三娘这小蹄子，张媒婆第一次把她带到面前时，兰巫婆便从她的眉宇之间看出端倪，加上多年对各色人等的观察，不用去问神，便知她日后有些造化，那些小折腾是对她的一种历练。现在她从地狱翻身到了天堂，人算不如天算，有时这个人看似就要气绝身亡，突然就有神来助，这种事兰巫婆见过很多。兰巫婆见三娘已非昔日做丫头做小的三娘了，心想千万不要让三娘看出自己认定她就是从前的那个小，洋人弄过了，洋庙里一个掌灯的。兰巫婆多变的面孔，虽没三十二相，十六相总是有的，她一见三娘，躬身上迎，客气、恭敬，亲热得不得了。她用了一连串赞叹之词，啧啧称羡："三娘咧，往日那会儿我初一见，就知你的哈数了得，有仙人指路，你的点子高，底份大，盘子亮，麻姑那厮不知好歹，死有余辜哕。"

三娘记得兰巫婆确实帮过她。至少让她在圆房的头三天没被麻姑打，讲到她的苦楚时，假娘和兰巫婆抱头痛哭，她也是感动的。对于假娘，不提也罢，三娘的心情是复杂的，但割她舌头，三娘是决不后悔的。

三娘不想再讲过去的这些事，多少与她的耻辱相关。

兰巫婆心领神会，说起邓划子来，表示出难得的称赞。她提到邓划子这个名头，三娘一时没反应过来，好不容易把这名字与撮嘴联系上，就产生了一种说不出的厌恶之感。兰巫婆猜到了三娘的心态，居然不顾不管地讲了起来。

“邓划子，先前被麻姑压着罩着，冒不了头。现在看来，也有几分阴狠气。”兰巫婆如此开头，三娘情不自禁地听了去，“榨坊里的老缠头，那个贼眉鼠眼的家伙已经被邓划子赶回老家，外面传得很多，说是有那么一次，他竟敢上门去收取买油人家的扣子钱，麻姑是个几多精明角色，也被他耍得不行。麻姑一辈子，最怕吃人亏，也只是个卖了自己帮人数钱的货色。”兰巫婆显然话有点多了，然而说来说去时，她会边说边对三娘察言观色，只见三娘的脸色柔和了许多——这毕竟是三娘的第一个男人，也算是相处一场，有过春梦有过期待，听见有人称赞，还入了兰巫婆的法眼，至少是件能过耳之事。想当初，他跪在麻姑面前的猥琐样子，兰巫婆心中也有数，说辞巧妙得很，明赞邓划子，其实是给三娘脸上贴金。三娘一时尚琢磨不透这种言辞的意味，听得她舒展了眉头，这就是兰巫婆要的效果。三娘这时同意了兰巫婆的话，这个稀泥巴糊不上墙的东西，许是一个心中有数的人。她虽不是戏里唱的衔玉而生之人，却是桃花夫人认定在云梦泽能发挥作用之人，她还是龙之女，差不到哪里去！上天配给她的撮嘴，应是有点动静的东西，不然，怎可与她相配。

麻姑的兄弟在麻姑死后，因为公事缠身，无法及时抽身回来，事后回来了一趟，先到县衙了解情况，以他的判断，麻姑之死，绝对不是那么简单的。他来到榨坊，用枪口抵着撮嘴的脑袋，质问麻姑怎么死的。撮口就是一套说辞，简单明了，不拖泥带水——得了急症而亡。麻姑的这个兄弟，自然是个狠角色，他了解撮嘴，胆子只有一针尖那么大，诈唬一下，必会吓得屁滚尿流，然而没想到的是，撮嘴这次撑了下来。上校团长不由得半信半疑，他认为这个撮嘴不会耍什么猫腻的。

离开榨坊前，他觉得这尽管是点小本生意，也是他爹留下来的。先是有妹妹在，他没什么好盘算的，现在他与撮嘴之间没什么关系了，最后提出，每年他要提走一半的红利，这是看在几个丫头片子喊他舅舅的名分上，他这样做已经便宜撮嘴许多。

这次变故被打扫得如此干净，这是三娘没有想到的，当然水帮能存在到今天，应该有一些道道的。

她这次主动去找撮嘴。撮嘴依然无多少话，只是有几分勇敢地看了一眼三娘——这是他的女人，他过去从未正眼看过她。

“我要入伙！”他开口第一句依然是这话。

这次三娘没有啐他。

“你有什么本钱入伙？把你的丫头片子卖到窑子里去？”三娘心想这个软弱的男人，有什么狠劲，来干杀人越货的勾当？

几日后，撮嘴果真把自己的大丫头片子卖到窑子里，其他是小丫头片子，卖不出钱来。得知这事后，三娘惊得一时无话，这个撮嘴怕真是个“銮把点”——这是湖里黑话，意为赌徒。湖中有套专门的语言，三娘已经掌握不少，开始习惯运用它了。

65. 强人开店，杀鸡取卵蛋，输打赢要

在这个城市，只要你在市面上露一下角，哪怕开个再小的店铺，也有多种必须交的费。首先是官府的多种费用，这是明费；还有就是对强人上交的保护费，这叫暗费；明费白天收，暗费自然就是夜晚缴纳了。特别是暗费，定期有人上门收取。如果这收取之人不曾上门来，可就要小心一点了，也许是灭门之祸等着你咧。

撮嘴的榨坊自从三娘来过，收保护费的就不来了，这个叫另当别论。本来他们家也要交官府的费用，因为这是上校团长家的榨坊，现又由上校团长亲自掌管，只是象征性地收取一点。榨坊的利润，一下涨了许多。三娘这次到城关镇溜达了一圈，受到的启发不少。她从前在麻姑榨坊做工，是了解成本和开支以及节余和利润的。油榨坊倒有些利润可赚，然而被榨取各种苛捐杂税后，所剩不多。如果三娘自己组织开店，那就是强人开店了，云梦泽最大的水帮开店，谁敢上门来收，那他是不想活了。三娘盘算一阵，觉得还不如到云梦泽四周的市镇上多开些这样的店面，这样就会有稳定的收入。她打定主意，便决定干起来。先派出各路人马，装扮成走郎中、小贩、相面先生、拉胡琴唱戏文的、走街串巷敲鼓吟诵《十月怀胎》的、货郎、打短工的、赶脚佬、扎簸佬、阉猪匠等去各个集市“踩个点儿”，这些店铺是受哪方神圣保护，怎么下手，都要盘

查清楚。再施以恫吓和威胁的手段，对这些弱小的店主打开缺口，方法直截了当，且很快就得手。

店铺到手后，开始经营就是金鸡下蛋了。三娘进一步盘算，这些资金要与总舵建立紧密的关联，每个开有黑店的集市，都要插一到两个“暗桩”来照料。有些现洋用于开支，还有的现洋要用于扩大经营。三娘想到要在总舵里设一个总账房先生，她想到了“穿梁子”老鼠眼，认定他可以担当此重任。

“穿梁子”从小跟着麻姑的父亲做学徒，能打一手好算盘。后来麻姑的老子渐渐离不开他，他一待也有二十多年的光景，连老东家都先他而去，他在油榨坊里依然是主心骨，麻姑明知他手脚不干净，也要让他三分。现在的他虽有点驼背，眼神却还是好使的，腿脚虽不如过去麻利，却还迈得动，只是他处在这老不老少不少的不惑之年，却被撮嘴赶出门去，多少是有点尴尬的。三娘想，她还真是低看了这个撮嘴，三杠子压不出闷屁的家伙，听说找了个教书匠，每日认几个字，再一笔一画描出来，他自己硬生生地掌管着算盘，起早贪黑，硬是往肚子里灌一点墨水，学会了记账。

“穿梁子”被赶走之后，三娘非要再找个大东家，不蒸这个馒头也要争口气，显摆给撮嘴看看。城关镇的江湖并不大，“穿梁子”上门讨扣子钱之事，使他染上了对主家不忠、贪小利的坏名声。老鼠眼费了很大气力，也难有东家用他，只好灰溜溜回家歇着。回去之后，突然闲下来，想到自己半辈子跟这个榨坊建了一种说不清道不明的关系，却被踢出门，还是那个三杠子压不出闷屁来的撮嘴赶的，他气得生了一场病。

待他病体慢慢恢复时，突然有人上门请他做账房先生，申明比榨坊给的工钱要高三倍。他激动起来，说：“不高也干！”请他的人来到城关镇上，去店铺买了三把十五桥的算盘。别人不给他解释什么，他也不好问，心中喜不自胜，认定这确实是个大东家，三把算盘连轴打下来，这是多少白花花的银子才能堆起来的呀！他随来人出了城关繁华地带，拐了几个小巷子，经过一条长长的甬道，一直跟着紧走慢走。在甬道的尽头，是一片长满芦苇和蒿草的水域，他突然惶恐起来，结结巴巴地问："这是去哪？"领他的人随手掐来两片芦叶，用两指放在口中打了呼哨，从芦林中快速驶来一条外形用芦苇伪装的弓篷船来。他才知道自己上了贼船，想转身回去，脚已吓得抽筋，动弹不得，嗓子发不出声来了。领他的人显然没有注意到这点，温和地对他说："先生到了地头就知晓了。"

船驶了半个日眼，走的是强人专用水路，往湖里越走越深，湖面上一阵阵水鸟盘旋飞起落下。他终于平静了，心里说，不管谁是东家，他只是个管账的。待他上得岸来，一位小小妇人的身影出现在眼前，他一见，两眼昏黑，倒趴在地上："三娘饶命！"

三娘似乎没心情做猫玩鼠的游戏，简短地对他说："先生本是道中人，不然别人怎么会叫你'穿梁子'咧？不是要你命，是要你来管账的。"

"穿梁子"听了，方得安下心来。

三娘的眼光不错，或是当时无人可选，才选上这个"穿梁子"，可真是派上了用场。因为后台是李屠户，黑店便开始搞一些杀鸡取卵、欺行霸市的勾当——银圆和银票大量涌来。他们这个总瓢把子库房里，银钱像小山一样地堆上了。"穿梁子"面对这么多钱，将三把算盘都接上算——这叫接桥，似乎也算不过来。他一屁股坐在这堆银钱山上，捏着他的黄铜烟嘴美滋滋地吸着。他一辈子不曾见过如此多的银钱，好不畅快地想，难怪人人都想做绿林好汉，这确实值啊！

周边方圆百余里、二十多个集镇都有了他们的店铺，一个赚钱的高峰过后，有的经营管理混乱，有的缺斤少两弄得顾客不肯上门，还有的伙计和管理的强人联手捣鬼，更有甚者，强人以为是自己开的店，随便拿钱，根本不记账。因为是投机经营，赚钱猛来钱快，店子铺得过开，一时难以收场，这些店铺的短处就纷纷显露出来了。“穿梁子”面对这种情形，费了很多气力来挽救危局，他凭着丰富的从商经验，力谏三娘建立两套管理体系——一套是回收银钱，设定每十天半月往来一次；另一套是自身的商务运作体系，这套不要强人掺和，让当地小商小贩自己把握。

但这毕竟是强盗逻辑和强盗思维，过于横行霸道，尽管“穿梁子”采取了许多措施，也无回天之力。

李屠户见收到总舵的银两，自然要大赞他的压寨夫人了得。他不会有扩大生产和扩大规模的考虑，认为自己的弟兄们都是干着刀口舔血的营生，这白花花的银两不让弟兄们分一份，未免说不过去，还显不出自己的豪迈来。再说强人手中的家伙要硬，要多添置一些德国人造的火器才行。李屠户的戏瘾大发，还请上城关镇上好的戏园子，划到芦苇荡搭上戏台来唱了三天大戏，给戏子们的赏钱比过去高了几倍。这是何等让人眼热的事。这次响动太大，惊动了官府，算得上水帮和官府配合默契共同看戏了。这几项夹击，使三娘苦心经营的店铺入不敷出，三娘的商业体系陷入崩盘的状态。

强盗开店确实弊端颇多，这是三娘不曾想过的。再用强盗逻辑来经营，输打赢要，无法长远考虑，自不能久长。

66. 李屠户的杆子队，坚持要单干

三娘的性情被激发起来了，这事不来钱，总有来钱事。她已经编织了一套强盗逻辑。

李屠户对绑票洋人的事，从一开始就是反对的。但这时的李屠户，已经很少在水帮露面了，三娘亦很少见到他。他只是通过当值瓢主这一制度，牢牢掌控水帮的一切。

李屠户本是老江湖，对任何事情，都会有周密的安排和判断，他在密令中说，云梦泽再大，也经不住强大的官府四面收网式的围剿。他的力量虽强，可陆上四周都被官府铁桶般把控着。这些年来，他的势力发展得越来越大，却与官府相安无事，为什么呢？他没有碰官府的底牌，不和他们扯牌九，他很清楚，官府连皇帝总统都不怕，对洋人却最是在乎。洋人一旦有事，洋兵派洋舰开到汉口市来，从汉口进入汉水，洋人的炮艇停在城关镇汉水南岸，如开炮来轰，居高临下，整个城关镇，都将会灰飞烟灭。如要把汉江大堤打个缺口，满城人皆成鱼鳖。云梦泽尽管水多，也经不住洋人从飞机上下洋油蛋来烧的。李屠户明白这点，认为东洋人已经够蛮横了，洋人不饶他们，他们的下场依旧很惨。你好我好，官府强盗都很好，天不怕地不怕，就怕跟官府真枪实弹对着干。

绑票洋和尚，来钱快，这是一定的。但也会逼得官府没有了

退路。

李屠户是个明白人，却拧不过三娘，三娘考虑的是现实的问题，弟兄们要吃饭，这钱从哪里来？三娘一下子在这芦苇荡中让水帮赚得盆满钵满，威信已经到了一人之下、万人之上的地步。她打定了主意的事，尽管有风险，但就是会来银钱。

李屠户本是一个农家小子，家里做点小本生意，他在生意上不如三娘会使手段，他灵活的脑袋瓜，关注的点和面则是更大的范围，不然他何以成为云梦泽第一帮的首领？他通过这些年江湖历练，在刀尖上跳舞，便掌握了一套完整的生存体系。从前东洋入侵者来了，开着他们的屁划子，在湖里到处转悠，也只能对自己招安了事。派了人，给了枪，给了小钢炮，给了大洋，甚至还给了他们一个洋汽艇，为的是拉拢这股势力，为自己所用。如果不能为自己所用，至少不要产生对抗。但李屠户收了东洋人的东西，却不听他们的拉拢。东洋人是从老远跑到异乡，到他李屠户的地盘上来了，要站得住脚，就要拜码头，这是天经地义之事。东洋人为了表示自己的“友好”，愿意让他用自己的部队番号，奉上司令的名号，给他送枪送炮送艇。在李屠户看来，这是情理之中的事——是你从扶桑之国，要跨过我这个门槛。按他的道理，就是行虎必拜坐虎，这入侵者的到来，最能给他带来实际好处，让他盘踞的势力扩大好几倍，足可以让他与官府有得一拼。蛮横的东洋人来了，就像一阵秋风起了，蛮横的入侵者走了，亦如冬日寒风中的落叶被卷走了。李屠户看在眼里记在心头，总结经验。东洋人毕竟是从东洋跨海而来，异国他乡，水土不服，不知云梦泽水有多深，他们怎么站得住脚跟呢？

官府这边过去不把李屠户放在眼里，东洋人走后，他们却三番五次要谈收编，官府一样给枪给炮给大洋，还要给个将官干干，夸赞他带领的是一支英勇善战的好汉队伍。但有一个前提，就是要他们离开云梦泽，开到北地，去抵挡左军南进的势力，仿佛那些投靠宋江的好汉去收方腊。一百零八位好汉，离了那个梁山水泊，就像掐了脚的螃蟹，这就是说，官府右军的力量被拼得差不多了，不然怎么会来收编他们，让水帮做挡箭牌和替死鬼呢？这显然是不能接受的。他自然不会强硬拒绝官府，但要让他们知难而退。李屠户让来使检阅他的人马，特别组织了一支长铳队，由几十只铳划子组成，一人一铳一划子。这是特制的专门装长铳的铳划子，长铳有一丈多长，是铁匠用熟铁打铸出来的，撂在划子中间，人只能半蹲半卧在上面，身着白衣白帽，藏在芦苇荡里，长铳里填满铁砂散弹，从天而降的大雁，待落到草丛那一刻，被打得千疮百孔。但这个长铳比一门炮还要沉重，如果搬到陆地上去，便失去了作用。为了让官府的人死心，这一招还是大有用处的。他还有一支火器队，则是短铳组成的，一人一杆，放上一枪，要掏空铳杆，再填枪弹，几枪放掉，半个日眼便没了，看得来使直摇头。下面再展示他的红缨枪大刀队，一人一杆缨枪，背上背着一把厚重的大刀，远身可刺，近身可砍，这完全是冷兵器时代的思维，在芦苇荡混混尚可，真到了战场瞬间就会灰飞烟灭。李屠户暗中藏有的装备：他的小钢炮，从东洋人那里来的；他的长枪队，一色儿的汉阳造，子弹充足，那是不会亮出来的；还有他的短枪队，这是德国的盒子炮，可以连开数枪；更有几挺歪把子机关炮，可杀得对方血流成河。这些都是他这些年苦心经营起来的，绝不轻易拿出来显摆的。官府眼见为实，对这股亦匪亦民的力量是抱着希望而来，失望而退。

还有一股势力，对他们确实知根知底的。他们也出入芦苇荡，也把这个云梦泽作为根据地。这就是将从北方打来的左军的基层游击组织，他们曾经建立了苏维埃政权，乡镇一级皆设有苏维埃主席，后来演变为工农红军、工农赤卫队，曾与官府右军有过合作，组建新四军湖中游击支队。待官府右军对他们无可奈何时，他们壮大到建立了鄂豫皖特区，还有天汉沔游击司令部。尽管这些名称变幻无常，番号时常变更，这股力量却是百折不挠，前途不可限量，一向为官府右军所忌惮。

官府对李屠户水帮是容忍和客气的，但对于左军，不管他们弱小还是强大，从来只是当成对手，一旦捕获，毫不手软，横堤这个地方就是专门杀害他们的地方。这里就是一个大屠宰场。李屠户从心里敬重这批人，他们尽管被官府如割韭菜一样的，却总是一批批长出来，穷的时候衣不遮体，食不果腹，也不会去抢劫。这还不算最过人之处，他手上有批人投奔过去，几年之后，就与左军一个成色，这让他无比困惑。

跟着左军走，不知还能不能像从前一样钻芦苇、下湖荡来得自在；跟着官府右军走，他们可以给实惠，但要为他们去填坑当炮灰，这是自己上门送死。再说离开了这片水域，就像断了脚的螃蟹，一点狠处也休想有了。李屠户现在是总舵主，手下有二十多个分舵，小分坛设到了湾台乡村，还可自动复制，他也数不清，湖荡有建制的兄弟过万，这就是本钱和家当。现在云梦泽这三股力量成鼎足之势，他李屠户与左右两路人马，可互相牵制，要说难，谁都有困难；要说狠，谁也吃不掉谁。

在李屠户心里，他还有藏了许久的另一番心事。他要追寻他的精神导师李钩胡子而去，在这片水域中，那才是“真龙天子”，神龙见首不见尾的人物，从未露出真容来。李屠户自认为是祖宗的坟茔冒了青烟，修了八辈子的福，才饱了一次眼福，但就是这一面之缘，让他创造出了如此的家当。他有时也困惑，李钩胡子再也不曾见过，却时时刻刻用摄魂术，深入他的灵魂来指导他，让他不断地成长和壮大，在云梦泽里，他已经是李钩胡子的化身了。因为有李钩胡子的光环，他才能一言九鼎，掌控着各种投奔他的势力。

李屠户不仅狡兔三窟，且善于变身，他有九种换颜术，让人很难知其真假，据说辨认他的唯一办法，就是看他身边有没有百十人的盒子炮队，这些盒子炮如影随形地跟着他。然而这个时候李屠户已经有自己的固定形象了，他蓄起了与李钩胡子一样的长须，身着蓝色长衫，腿上绑着绑腿，脚下穿着麻制草鞋，语气从容和缓，为自己打造一套银钩来分开上唇的胡须。这种如李钩胡子一样的形象，他是不会改变的，只是见过他这个形象的人，已经成为尸体了。在兵荒马乱的岁月，又是两强争夺江山之时，他不打算与他们搅这个浑水，他自是很少在分舵主这里露面，更谈不上出现在自己的虾兵蟹将面前，他已经开始建立多个秘密管道，用密传之法，发号施令——连他的小女人见他一面，也要转十八道弯。在这芦苇荡中，他越发显得神秘，水帮弟兄则认定他已经与李钩胡子合为一体了。

67. 被绑票的洋人，官话土话俗语俚语，逗乐生死场

李屠户无意中得了一个小女人，他的生活有了一种结构上的变化，这让他备感欣喜：她天生就是来做这个压寨夫人的。这几年，

因为天灾人祸，战乱不断，受他保护的地区有的甚至粮食颗粒无收，许多店铺的店主破产跑路，使保护费落空，三娘居然异想天开地发展出一批店铺，使他多少有了喘息的时机。

现在这些来钱的店铺失去了，要巩固这股力量，必须有大笔进账。此时，三娘铁了心，不说她与洋庙洋和尚的深仇大恨，单是一个洋人值如此多的大洋，就值得干一大票。

就是说，她曾为之掌过灯的那个洋人这么值钱，三娘一时竟然难以相信。三娘那时没敢正眼看过他，只听过他说话的声音，他学说中国话，每吐一个字都很费力。他现在很少在洋庙里打坐了。刚来时，因为是洋大人，当地人尊敬他又害怕他；成了洋和尚后，人家讨厌他排挤他；现在他成了一个洋打鱼撒网的，却成了城关镇的香饽饽了。

三娘主意已定，要把这个“色唐点”“挖”过来，“色唐点”是江湖中的暗语，指洋鬼子。三娘心想，麻姑骂她，她是被洋人弄过的，她可是连他的毛腥气也未曾闻过的，现在绑将过来，倒要看看这个让她背上污名的洋男人是何等货色。

此为一举两得。过去不敢瞧他一眼，现在应该让他好好看看过去那个掌灯的丫头如今是何等人物了——响马，女响马。她要让他看看她的响马形象。既然洋鬼子值这么多钱，是值得把脑袋挎在裤腰带上玩一把的。

她的喽啰一听，特别提醒道：“总瓢把子说动不得的。”

三娘很不耐烦：“我说动得就动得。”

德国人穆勒已经多次接到官府的警告，请他不要随意下湖，这里是土匪横行、水帮盘踞的核心区域，稍不小心，就会被绑票。德国人认为自己已经很熟悉这块土地上的民风民情，他多次与这些好汉擦肩而过，还可以说心照不宣地打过交道，他甚至试图接近这一特别的人群。中国有个圣人六祖惠能，与孔子、老子并列，被称为“中国三圣”，在强人中间生活了十五年，强人同样是可教化的。德国人认为他不比其他的传教士，他不走寻常路，已与老百姓打成一片了。

洋和尚的愿望很快就会达到。

这天有几位过去相识的渔民约他湖上打鱼，洋和尚怎会知道，许多人就是亦民亦匪。作业不久，他的周围凭空多了几条船，没来由地把他夹到中间，和他一起前来打鱼的渔民，很快就明白了，急急地退了出去。这时只听一条船上的人对他说：“洋和尚，我们的压寨夫人请你过去一趟。”

德国人自然明白是怎么回事：“船老大，江湖上的朋友，亲兄弟明算账，我不认得你们的压寨夫人，没有冒犯她，为什么要请我去？”

陌生的船老大已经很不客气了：“要见你已经很客气了，不要敬酒不吃吃罚酒。”

德国人穆勒听了，大声对同来的渔民打了招呼：“我去去就回，你们告诉我的手下，我交了几个道上的朋友，去江湖上溯（mī）那个满湖春去了，让他们不用操心。”

德国人见到了三娘，令三娘着实吃了一惊，如果不仔细看，他已经不像外国人了，皮肤晒得黧黑，留一个近似光头的板寸头，开口说话虽有点外国人口音，却已经满嘴是地道的各种土话了。德国人见到迎面走来一个小女人，便主动打招呼说：“大妹子，明人不做暗事，是你找我吗？”

三娘落落大方，打量了他一会儿，说：“你晓得我吗？”

德国人见是一个熟人，对她看了一眼，几年不见，他怎么也难以将她与那个满脸羞涩、有些害怕的小丫头联系在一起。他只好摇摇头，如果是信众中的女孩，不可能有她，至于在哪里见过的，全然没了印象。

“在你的洋庙掌过灯的。”三娘提醒道，又盯着看了看洋和尚，“当时我第一次见了你，怕得很啊，偷偷地瞅了一眼，只见你长满了金毛，像个金毛猴儿。”三娘这时大方地看着这个被绑票的洋和尚，现在他是她的下饭菜了，她笑了起来，“你的毛发都没了，也晒黑了，还是毫毛被湖里的人涮掉了?”她觉得此一时彼一时，这个洋和尚真好玩。

“掌灯?”德国人又看了她一眼，“哎呀，三日不见，当刮目相看，如果是掌灯的妹子，那就全然变了样。”他终于有点印象了，“当时因为你不小心把台布烧了个洞，台布上绣了一朵花。”德国人竖了一下大拇指，“这台布我们庙里一直保留着呢。我的金毛，”洋和尚听了，摸摸自己的头、脖子，看看自己的手臂，忍不住笑了，“这日晒雨淋的，是被云梦泽的湖水涮了去。”

“哈哈……”三娘突然大笑起来，她飞起脚来，做了一个要踢洋和尚的姿势。洋和尚的定力好，纹丝不动，一双和善的眼睛平视着她。三娘接着说：“你晓得你害我多么惨吗?给你掌了几次灯，就说我被你弄过了，城关镇上的人把我看成了瘟神，谁见谁怕，连嫁人做小也要跳死人的火盆。”

洋和尚听了，惊得张大了嘴。“天打五雷轰的，我连妹子的手也冇碰过的，是哪个短寿的睁着眼睛说瞎话。”忙鞠了一躬，再拱拱双手，用中国传统礼节，“妹子受委屈了，我给你赔个不是。明儿个我亲自做几个菜，请妹子喝两盅。”德国人头脑敏捷，反应很快，“我的醋熘滑鱼，做得好地道。还有水芹炒干子，伙计说味道好的咧。泡蒸鳝鱼、汉川三蒸也做得蛮好。”

说起这个做菜，德国人似找到了熟悉的话题，全然忘记是遭了绑架来的，他变得异常兴奋起来："我学会了中国菜，不不不，应该是云梦泽的水菜……"众人一听，"哄"地一笑，这水菜他们倒是第一次听说，估计是外国人要表达地道家乡菜的意思。

三娘见外国人谈做菜的经验，她却全然没有，也不曾下厨做过，便饶有兴趣地问："你会做什么菜？说过来听听。"

德国人似乎就等这句话一般。

"都是我的渔民朋友教的，我总结过了，后来我做了分类，家乡的水菜有三种形式，一是四季菜，二是汤锅，三是水菜。先说四季菜，春季是以刚长膘的蚌肉和鲜嫩螺蛳做主打的菜，用韭菜一炒，就是云梦泽的一绝；夏季，过了一个冬季的鳝鱼泥鳅又肥又大，捏在手上肉鳅鳅的啦，以这两种鱼配上湖里的各种野菜，就可成一桌酒桌；到了秋季，好吃的东西就更多了，做主打的是龙虾、大蟹，吃得满口冒黄油，让人爽得没有法子，一个个壮汉养得肥头大耳咧；到了冬季，就是大青鱼、大草鱼，胖头大耳的鱼上市了，炸、蒸、煮、烧、烤，吃的方法五花八门。我就是迷上了湖中的美味，再也不想家了……"这洋渔民确实跟着当地人学了许多东西，他学得认真，连冒出的土话也很地道，只是口音稍感古怪。围观的水帮人越来越多，洋渔民好像找到了传道的道场一样，万分兴奋，说得口沫横飞。围观者发出连连哄笑声。

有人忍不住问："那个汤锅又是么事咧？"

"哎哟嘞，这个就顶好吃啦。湖里的野味本来就是鲜美之物，再用湖水一煮，就更鲜啦。汉口那边的杆子们，到我们云梦泽来吃了喝了，还想把美味带走，回家与家里人分享一哈。菜还是湖里的菜，怎么也做不出我们这块儿的味道，你们说这是么回事咧？"

洋渔民故意卖了个关子，在场的人都答不出来，有几个被吊足了胃口，连声催促："快说，是么回事，老子快憋死了，忍不得了。”

“哈哈，这可是我们汉口的弟兄姐妹给我讲的故事，你们当然是不会晓得的。这叫湖水煮湖鲜，别处的水是煮不出那个味来的……”

有人大声说：“有这一说？老子们从未听说过这回事呀。”

洋渔民好心好意地说：“莫急，莫急，我来分析给你郎们听吵。湖里长的芦苇多吧，长的蒿草多吧，长的荷花莲蓬藕多吧，长的香草香料多吧，还有各种能跑能飞能走的野物多吧，就把这湖水搞得很特别了……这水的味道就与其他块儿的不一样了。”

“耶，听他这么一鬼款（kuǎn），还真蛮有理咧。”有个小头目听得认真，觉得这个色唐点讲的是到位的。他忙在荡边用手鞠了一捧水，仔细看了看，又用鼻子闻了闻，大叫一声：“我们这湖水果真不一样，更香甜更清凉。”在场的人被他的举动逗得大笑起来。

三娘开心极了。她最关心洋渔民讲的水菜是怎么做的，忙问：“你说的水菜，有么个讲究咧？”

“哎呀，这个我差点忘了讲。最好的水菜是汉川泡蒸鳝鱼啦。这个我做了好多次，已经很懂门道了……”洋渔民如此这般地描述一番。这菜配料讲究，先要把桑枣子在半生不熟时采摘下来，放些香片香料，藏入镶有荷叶边的坛子里发酵，用纱布滤出桑枣子的渣来，这汁酸得地道，红彤彤的枣红色酸汤就成了。还有农家酱，便是把这黄豆长出黄霉，要指甲片那般长短。德国人显然已经试验多次了，伸出他的手掌一翻，对着拇指指甲，说：“要这么长。”拌好盐，再收入马口坛罐之中，酿出黄澄澄的汁儿，便在那屋檐上的毒日头底下晒出几十个日影，晒得黑如墨汁一般，这两样佐料可是做泡蒸鳝鱼的最要紧的佐料。用上好的糯米磨成细粉，与无骨的鳝片相伴，叠放于龙窑里烧制的土碗之中。还有一样夏天容易得但冬日不易得的配菜，便是那湖中的蒿草，这蒿草穗子下的嫩茎，待泡蒸熟后，再放入其中。这道菜开锅时鱼片微卷，色泽白中带着金黄，美味可口，鲜嫩无比。待到冬日里，要寻到蒿草穗茎，实在是难事一桩，这个不要紧，夏日挖出在水里钻长的蒿草白根，晒干收好，冬日用水一泡，与鱼片同蒸。这白根乃夏日生长之物，属热性，放在冬日与寒食同煮，是湖地人独有的美食招数。它又一年跨足三季，味道齐全，那个味儿更是冇得说的。讲到做菜，德国人口语便更地道、更有乡土气息了，他对着三娘，有几分炫耀的口吻："还有一个大诀窍的，泡蒸时鱼碗中千万不能放水，这是万分要紧之处。"他比画着："用只龙窑里烧出的虚皮，要大一些，气孔多一些，扣在锅底，灶里架上柴草猛烧一阵子，要火候好，锅盖得严实，让蒸汽变成水，渗入泡蒸鱼碗中。端上桌，香满一屋子。要热热地吃了，美死个人咧。"

德国人描述了一番，等着强人们的称赞。哪知这些强人多是游手好闲好吃懒做之徒，只会吃这无比美味的泡蒸鳝鱼，哪里会了解怎么配料怎么烧制，强人们刚才听得仔细，才知这道菜要如此做才妙，见外国人如此内行的描述，纷纷喝起彩来。有的说："把这个洋人放到伙房里做大厨的啦!"

洋人万万没想到会有人出这种馊主意，有点急了，连声嚷着："我不做大厨，只是给大妹子做菜向她赔罪。"

三娘见他说得如此在行，便好奇心大发："你们老家那块儿也是这么做菜吗？也有泡蒸鳝鱼可吃？"

"这个可没有，连鳝鱼也不曾有过，我们吃的鳟鱼，是长在冷水里，这湖里水热，长不出来的。"德国人连比带画地说，"我们做菜也有很大不同，如果需要配料，得把容器、盘秤、刻度分仔细，油、盐、酱、醋，葱、姜、蒜不差分毫。火候大小、什么时间出锅、什么时间放料，皆有讲究。因为我们老家做得太精致，反而出不了有个性的好味道，害得我们只好就奶油啃面包。不像你们这块儿，很有创造性，随手一抓，往锅里一扔，味道就会如此可口的。”外国人露出些许痛苦之状。“哎，我在老家的时候，也不大做菜的。都是见我妈这样做，我才晓得一些，到了这块儿，才热眼起做菜来了。”德国人说到自己的妈，双眼一红，露出了一副要哭的样子。他见自己有点失态，忙收住了心神。这些湖中莽汉，见洋和尚想念自己的老家，一时被他的情绪感染，场面陡然安静下来。显然三娘也注意到了这一幕，想到洋和尚也是人生父母养的，她心悠悠地一动，面色多了几分柔情。

湖中人抓来了一个洋和尚，给他们带来了一种全新的体验。他说的这些对比，让众人感到很新鲜，这个绑架来的洋和尚，成了一个大受欢迎的主角人物。强人们一时全然忘了绑票的目的。

当值瓢主盘得彪是暗中支持三娘绑票洋人的，他是知道家底厚薄之人，这一万多张嘴开口吃起来，就像满天飞的蝗虫。这时他见把个绑架弄成了叙旧，如此下去，水帮的威严何在：“不允妹子长妹子短，搞得情长意长起来，她是我们压寨夫人。要叫夫人！”

德国人感到自己犯了失言之罪，便拱拱手：“小老儿该打该打，失敬失敬。”江湖好汉见了，又是一阵哄笑，觉得在洋和尚这里发不出狠气来，只好由着他了。

“算了，我们扯平了，我去你的洋庙浇过大粪，臭过你的洋神，也算两清了。”三娘爱恨分明，以私来说，她与洋人之间算是两清，她不太肯多占别人的便宜。

“上帝啦！菩萨祖宗的，该千刀万剐的，这事儿我是知道的。”洋和尚听了，便打坐起来，嘴里一阵念念有词。三娘见了，很不客气地问：“你敢诅咒我？”

洋和尚站起来："放下屠刀，立地成佛呀！大妹子，不，压寨夫人，我刚才让我的洋菩萨原谅你当时年少意气用事的罪过。"

三娘听了，说道："当年我浇大粪回来，身上又有有道人的符咒，真怕洋神惩罚我。你们洋神是个好神，我过了几天，都不得安心。他却冇有来报复我。"

洋和尚听了，很欣慰的样子："响鼓不用重槌，三娘是个大楷人，冇有放心上。"

周围的好汉听他们如此对话，特别是这洋和尚，讲中国话太有味儿了，他的话有时是跟秀才学的，有时又是跟打鱼人学的，被他一搅拌，再吐出来，笑死个人了，众好汉听他如此讲话，笑声一个接着一个，现场原本绑架的气氛便放松下来。

三娘听到这里有点诘口，面露不好意思的样子。德国人表现得更主动了一些，那个小丫头成了这里的压寨夫人，这种转型令他大感意外："无事不登三宝殿，半夜敲门鬼不惊，你们找我来，会有什么事情？我在这里可以与好汉交朋友，一起打鱼摸虾吗？"

三娘抿了抿嘴唇，亦被洋和尚的话弄得忍俊不禁了，用力地说："当然，你自在过着，不限制你。只是错就错在你怎么这么值钱，我们要拿你找官府换些钱来日用哩。"两人确也像老朋友拉家常。

德国人听了，想起这伙人毕竟是强盗，这就是说他已经被绑票了，连忙说："你们要找官府的麻烦，我是豆腐卖不出肉价钱的，值不了多少钱的。"

三娘何等聪明，他听到德国人这么说，接过话题："是的，我们只是找官府的麻烦。"意思说，我们并不是找你的麻烦。

德国人听了，与他关系不大，他只好再次提出："这就是说，我可以广交这江湖之中的好汉了，在你们这里能够随意走动吗？"

三娘大度地说：“你就像往日那样，该打鱼就打鱼，该交朋友就交朋友。”这个湖泊到处都是水帮的人，一个如此显眼的洋和尚，真是跑得了和尚跑不了庙，谅他也不敢这样冒风险。

68. 洋人讲的洋故事，对叛徒的惩罚惊呆众人

德国人已经熟悉了水乡湖泊的水性。

三娘没有料到的是，洋和尚已经完全变成了另外一个人。他很快与自己的手下打成一片，一时间大家都愿意来听听洋和尚的洋故事。本来水帮有个传统，生活太单调了，入伙的人都要带点故事来，有时甚是无聊，便把走湾穿巷一边敲着鼓点一边唱着《十月怀胎》《十劝》《十教》《十莫为》和《十告辞》之类唱词的行吟艺人，抓过来唱上一唱，寻个开心。据说水帮的先辈，曾把云梦泽行吟智者何三麻子拖过来讲了二十九天古话，把他人玩人、人玩物、物玩人的聪明劲，都倒了个精光，才准放行，这是好汉们最值得自豪之事。对于许多初入伙者，如果他们讲不了书上的故事，就讲别人的故事，讲不了别人的故事，必须得拿自己的生活开涮，这也是强人生活的一点润滑油。“穿梁子”入伙前，他有事没事就串戏园子，城关镇十多个大小戏台子，他就这样一遍遍地看，戏文里的故事，他会讲《三国演义》《水浒传》，过去大家听了许多遍，尽管一次次讲，每个人讲法不同，好汉们依然听得津津有味。这都是土故事，

不讲大家也是知晓的。现在突然有了洋故事，这可是闻所未闻，他们甚至认为这与先辈们抓来的何三麻子讲的故事有得一比，便有事无事跟着洋和尚起哄，缠着讲古，一时成了芦苇荡的中心话题。

“穿梁子”初来受欢迎的那点热乎劲，全然没有了。好汉们已经让“穿梁子”这故事篓子到一边喝湖水凉快去了。

洋和尚肚子里净是故事，你只要提要求，他张口就来。他那手上有本厚厚的故事书，洋和尚记性好，能倒背如流哩，这也是他的脑袋比土人大的缘故吧！故事是从他口里自然流出来的，他还善于把故事与水帮的日常生活联系起来。有个喽啰偷了总舵里的几块大洋，拿到城关镇去逛了窑子不说，还做贼心虚，报告了官府，他有总舵的秘密营地方位，知道怎么从秘密水道进入大当家的住处。他甚至暴露了水帮的核心机密：进入芦苇荡的七个切口是什么，怎样对上九大口令等，越往深处走，口令越复杂。他蠢就蠢在不晓得官府里边就有水帮的弟兄，他还没走出官府多远，迎面扑来几个人，很快就把他抓回来了。对于叛徒，水帮是最不能容忍的，设立了多种刑罚，先要抽“花样鞭”：用竹鞭、牛筋鞭、皮鞭轮番抽打。再往其身上泼盐水，谓之“腌盐蛋”。如果叛徒命还在，就要“过火油山”，将其烧得骨灰不剩。洋和尚参与了惩罚叛徒，他表示这些法子都是酷刑，不人道，他还认定这人罪不至死。他举了他们那里的例子，告知他们也有总瓢把子，手下有十二大弟子，其中有一个叫犹大，出卖了总瓢把子，致使总瓢把子被钉在十字架上受死。水帮的人大感好奇，这是十恶不赦的超级大罪，这个叛徒是怎么被处死的？洋和尚缓缓道来，说人皆有羞耻之心，犹大见自己的总瓢把子受了大难，无脸活在世界上，羞愧地上吊死了。他因告密得了三十块钱，有人给他买了座坟墓，把他葬在那里。水帮的人说，这哪叫什么惩罚？这不能算是惩罚！洋和尚不这样看，他解释说：“几千年来，人们提到叛徒，只提犹大这个名字就够了。”他永远被子孙后代钉在耻辱柱上去了。洋和尚尽管阻止不了这个小叛徒的死，却觉得在他临死前，自己要和他说说话。这个临终谈话土洋结合，小叛徒说：“老子出来混就是要还的，脑袋掉了碗口大的疤，二十年后老子又是一条好汉！”

洋和尚劝说：“你知道死了，会有什么等着你吗？你想二十年后又是一条好汉？”小叛徒认为自己知道的，大不了下滚油锅，进地狱去。洋和尚告诉小叛徒，自己有办法可以让他死后不再受苦。洋和尚的洋法子，使大家产生了兴趣和好感，因为他们都面临着非正常的死亡，如果有洋和尚超度，下辈子变个威风凛凛的洋大人，叽里呱啦说一通洋话，谁也听不懂，谁听了都害怕，这倒是个不错的选择。

通过这件事，德国人初战告捷，受到很大启发。他觉得强人更没有什么精神负担，特别是在敬祖宗还有敬洋神方面，他们的坦诚更让他惊讶。强人们表示，出来做响马的人，一个个都是数典忘祖的东西，祖宗也不认，家族已开除了他们的族籍，现在投靠洋神，是他们唯一的出路。这意外的收获，来得太过突然，让德国人颇为兴奋。

连三娘这样的女子，变化也十分惊人，她同样喜欢听他的故事。她说：“老娘做了这响马，就天不怕地不怕，鬼神怕见血，我拿人血来，鬼神吓得远远的。活着无恶不作，死了还怕下地狱去？”洋和尚听出她的话里多是自暴自弃，便列举说洋神对强人也是会原谅的，就像是佛菩萨讲的“放下屠刀，立地成佛”那样。

他即刻背出经文，《圣经·以西结书》33：13－16。德国人在云梦泽里，多次用这段经文开导过许多好汉。他研读这一段，现在正好派上用场：

“我对义人说：‘你必定存活下去。’如果他恃着自己的正义而违背公正，他的所有义行必被遗忘，他必因违背公正而死。

“我对恶人说：‘你必定死亡。’如果他离弃罪行，秉公行义，把抵押品和所抢来的东西归还原主，遵行赐人生命的律例，不做违背公正的事，他就必定存活，不致死亡。

“他所犯的一切罪，必被遗忘。他秉公行义，就必定活下去。”

在德国人看来，通过深入地与水帮人接触，他发现水帮的好汉表面强大，内心都是脆弱的，心理疾病严重。他不露声色地为他们讲道，人性本身都是怕死的，怕死没有错。他讲到自己总瓢把子下的第一把交椅上的人叫彼得，在犹大这个叛徒出卖了主时，总瓢把子心如明镜一样，对大弟子彼得说：“鸡叫之前，你将三次不认识主。”当时是在总瓢把子被抓前，形势十分危急，彼得认为众人会弃主，但他是不会的，便拍胸膛保证，不会发生这样的事。事实上在鸡叫之前，他果真三次被人追问，都不敢承认认识总瓢把子，待鸡叫声响起时，突然想到总瓢把子的话，失声痛哭起来，当然总瓢把子已经原谅了他。因为人在危险来临时，都有自保的本能。他把这个故事讲给水帮的人听了，跟他们说人都是怕死的，怕死之心人皆有之，如果是为上帝而死，就死得无上的荣光。他还特别讲给三娘听，下面的人犯了小错，不能太过严苛，否则会失去人心。三娘说：“咱们都是踩着刀尖子上过活之人，稍不小心，就被剁成十八大块了。”三娘总结说：“怕不怕死，由不得我们这些人哩。”但洋和尚讲的这一套，已经慢慢地影响她了。

69. 古怪！强盗窝是个传播福音的好道场

德国人暗自庆幸，找到了真正可以传播福音之地。水帮的人，生活原本很单调，无事时他们会围在一起“扯牌九”、摇“舍子”，现在多了个选项，几人或者一群人找到洋和尚，恳求道：“洋和尚，你这肚子里有倒不完的故事，就像这湖水一样，再流点出来吧。”洋和尚找到三娘，主动请缨组织打鱼队，今后凡听故事者都要缴纳一定的费用，凡报名参加打鱼的人，可以免费听故事，特别是死了之后由洋和尚超度。这个风一放出去，报名者众多，弄得三娘一时拿不定主意，但餐桌上的鱼多了，这可是洋和尚的功劳。当洋和尚到了水帮，与三娘朝夕相处时，三娘觉得洋和尚不是过去她想的那样，洋人会讲道理，不强迫人，真是一个灵巧的人儿。你看，他对谁都是满脸微笑，带来的一切都是令他们感到新鲜的。过去三娘不敢多看他一眼，也许是因为他们地位不平等，她只是一个掌灯的。现在他却成了她的人质，换钱的肉票。三娘以俯视的目光看洋和尚时，她看出了洋人的几多可爱来，她喜欢看他的眼睛，他的眼神很温暖，让她周身暖洋洋的，有时几日不见，还真会找个借口与他拉扯些闲话来。

水帮打打杀杀的生活环境中来了一个讲洋故事的人，就多了许多生气，因此听众越来越多。德国人愈讲愈兴奋，听众也听得更起劲。每次他讲了之后，大伙还会议论一番，还有人找洋和尚多次追讨故事。德国人像找到了窍门，这比在城关镇里传教要强多了，就算当上了渔民，与他们一起打鱼撒网，可是这些人生活艰难，拖家带口，他的故事产出其实是没有什么市场的。而到了水帮腹地，这里成了自己的故事场，这是始料未及的事情，然而竟然就这样顺理成章发生了。

好汉们一直请求他讲点荤故事。荤故事怎么讲？这实在大大地为难他了。不过后来他也释然了：《圣经》包罗万象，是百科全书，是圣典，也是日常生活、契约、法律、道德、伦理的指南，还愁没有故事吗？他想到了大卫王，他是他们那儿公认的第一个美男，就是第一个大帅哥，大当家的，大瓢把子，就是李钩胡子、李屠户。他便从大卫王小的时候讲起，讲到大卫还是个放羊的娃子时，代兄出征，被敌人大大嘲笑，认为以色列已经无人可派，为了应战，派一个小屁娃来凑数送死。因为在此之前，只要非利士人的大力士歌利亚出征，以色列人每次只能大败而回，大力士无人能敌。这个放羊娃大卫不穿铠甲，他嫌笨重，就那么轻松地向非利士人的营地走去，不像去挑战，倒像去找玩伴。走在河畔时，他顺手捡了几个光滑的鹅卵石。他在非利士人的大肆嘲笑声中，从口袋中拿出弹弓，击中了歌利亚的眉心，让这个大力士轰然倒地。非利士人还没明白是怎么回事时，大卫就用剑砍下了歌利亚的头颅，回到了营地。

在一连串征战中，因为战功多多，大卫受到了扫罗王嫉妒，明说要把公主嫁给他，却要他去割掉敌人的一百个包皮。好汉中有人听得忍不住叫起来了，这不是明着去送死么！众人嫌他打断故事，他们听得刚起劲。洋和尚很满意水帮这种注意力高度集中听他讲故事的效果。他对听众挥挥手：“不怕，大卫王有的是办法，他割下了二百个敌人的包皮。”大家热烈地讨论开了，有的认为，一个包皮就是一条命咧，割掉一个就要打死一人吗？如果敌人是投降的，就不需要把命搭上，鸟没了，这人生就没什么活头了吧？场面热烈。洋和尚要大家多想想，有智慧的人可以完成常人无法完成的事情。

待大家安静下来，洋和尚便讲了大卫做了王以后的事，这就是众人指的荤段子了。有一天大卫在王宫顶上纳凉，或者是极目远眺，看到了一潭清水中正在洗澡的靓丽身影。大卫王很是渴望，英雄美人嘛，就这样顺理成章成了好事呀。他事后知道，这是在外作战的大将军的妻子，可悔之晚矣。哪知更麻烦的事还在后头，做了露水夫妻，这美女就怀上了。大将军在外征战，堂客在家怀上野种，这不是对男人最大的侮辱么！这一下急坏了美娇娘。王一听，莫急莫急，本王自有办法。德国人学了一些楚戏里的唱法，故事从他嘴里讲出，别有风味，三娘心动不止，洋人讲故事也需要卖个关子。

王说他来想个法子。便下了一道圣旨，十八道金牌将大将军召了回来，对他奖励了一番，发了一个大大的绿色勋章，要他回去好好陪陪妻子。大将军很受感动，他当即表示决心，将士在外征战牺牲，他不能回到温柔乡，要即刻返回战场。大卫王听了，只能让自己在错误的道路上越走越远，让他带上密旨给大将军的顶头上司大元帅，让大元帅把大将军派到最危险的地方奋战至死。

洋和尚故事告一段落，水帮的听众听了，鸦雀无声。他们觉得这是个好王，怎么会做出如此不讲侠义之事呢？《水浒》里的宋江，看不得弟兄受半点气，花和尚、黑旋风都被敌人捉过，他要拼死救回来。一个小校，因为狂妄的官军侮辱梁山便杀了他，宋江要他自裁，为此大哭了几场。宋江有好的东西，都是留给弟兄们享用，一丈青武功高强，人还长得水灵，因为他答应过矮脚虎王英——一听这外号，就知道是个丑老鳖，是个见了母的就要上的好色之徒——宋头领为了侠义两字，把这么好的女人作为义妹赐给了他。水帮好汉们听了大卫王的故事，心情变得很复杂，他们关心，这个王会不会遭报应呢？“上帝肯定不会原谅他的。”于是洋和尚诱导着说。

三娘听了，心弦被细细地拨动了一下。在她看来，这不是大卫王的问题，因为这个美人太爱大卫王了，她离不开他，男人成了他们俩偷爱的绊脚石，不得不为他们的爱殉情而死。自古英雄爱美人嘛，这是戏文里经常唱的。城关镇有大大小小的戏园子，才子佳人的戏里，就是二人变成了鬼也要勾搭在一起成就好事，从古到今不知有多少。三娘听得开了眼界，过去以为洋人那里没有，想不到洋人世界也不少。德国人自然没想这么多，倒是满意他传播福音的效果。这也难怪，他只为一个目的而来，只为一个目的而活。他现在不拘泥不死板不教条，可以灵活运用传播福音的办法，让这些天不怕地不怕的迷途羔羊回归正途。

关于德国人被绑票之事，官府大大地震动了。官府与水帮这些年的默契被打破了。一直相安无事，为何现在竟这样下手？难不成李屠户认定北方左军势如破竹的攻击，给水帮制造了钻空子的机会，要与左军联手攻击他们右军？既然是这样，一定要对这群毛贼痛下杀手，彻底剿灭干净。他们已得知，水帮叫嚷要八万大洋才肯放人，这简直是漫天要价。官府打定主意先通过秘密渠道，去试探一下李屠户，看他如何作答。李屠户本无意与官府结如此大的梁子，现在人被压寨夫人冒失地绑来了，如果放洋和尚走，今后怎么在江湖上混？何况现在是钻天打洞要用钱的时候，过日子是吃了上顿没下顿，李屠户觉得水帮与官府回旋空间不大了。他只好这样决断：看在官府遵守游戏规则的份儿上，把赎金改成六万大洋。

70. 不惧皇帝怵洋人的官府合围芦苇荡，洋和尚三娘共退敌

德国人穆勒下湖撒网打鱼，当天没有返回，渔民已经告知了下江人——那个中国帮佣。这是大事，主人不见了，已经被强人绑架了。他即刻动身去省城，向教会报告，本来教会对德国人如此传教，早已心生不满，不过因为效果尚可，只好同意他这样尝试。哪知现在被湖匪绑票了。他们向驻华使馆发出电文报告声称，一伙湖匪冲进教堂，杀人放火，绑走了穆勒神父。面对如此事态，西人政府发来照会，口辞严厉，要求限期破案，将穆勒神父毫发无损地送还。

官府见软的不行，同时被上面逼得太紧，只能调兵遣将，从四面包围，死死地围剿。谁来做这次营救德国人的总指挥？选来选去，认为麻姑兄弟上校团长很是合适。一者他是本地人，熟悉水性；再者，他的部队正在这一带布防，方便抽调。

上校团长见一个立功升官的机会到了。他先不露声色，让自己的部队从东西两方慢慢地迂回包抄。因为生于斯长于斯，对湖泊周围的地形甚为熟悉，这次他以为得计。他先通过自己安插在水帮的眼线探知，水帮的人死到临头而不自知，上校团长预感到捉了条大鱼。另有眼线向他报告，水泽芦苇荡中，突然长出一个巨大的绿色

草坛，不知何物，上校团长自信满满："这玩意不足为虑，用小钢炮轰他娘，还怕不倒?"下边人见说，也就不去关注了。

官府收网在即。

上校团长带部队铁桶般合围过来，他以为计谋得逞，便组织了十几个用洋铁皮做的喇叭，对着包围圈高喊："水帮的壮士听着，你们已经被包围了，我们的家伙除了东洋人的小钢炮外，全是德国人的火器。请你们交出洋大人来，我们会奉上一千大洋，否则会把你们轰个稀巴烂。"

在上校团长看来，这水帮毛贼看到官兵从天而降，定会一片惊慌，混乱不堪，就要缴械投降。此时却突然有个红衣女子，在芦苇耗草覆盖的一个船头登高站起，大叫一声："升帆!"

这个营地藏有一条大驳船，帆的主杆突然升起，就成了一个显著的目标。上校团长哈哈大笑，他今天要发大财了，这么大的船，这都是白花花的银子呀，居然有个娇娘匪首头子，他这是打了个浪漫的好仗。

只听娇娘匪首再次大声命令道："拉滑轮!"几名水帮壮汉，跳起来双手用力扯着，有个双手被绑的人被扯了上来。

娇娘匪首这时不再讲话，她旁边同样也有几个洋铁皮话筒，大声喊道："官府的兵丁听着，如果你们要来硬的，这个洋和尚就会被打成筛子，你们想不想试试?"

话音未落，桅杆下围着一群人，举枪朝半空连放起来。只见洋和尚在桅杆上随风旋转了三百六十度。

这叫先礼后兵。

一排枪声后。娇娘匪首旁的话筒又叫开了："你们看看身后的屁划子，官府的官大人已经到了。"上校团长的兵丁忙往后看，果真一只快艇上，一个身影由远而近清晰起来，是被五花大绑着的县长大人。

“先把一千大洋留下来，再把全部人马撤出湖上，哪里来哪里去!”娇娘匪首旁边的话筒底气十足，又喊了起来。

上校团长气急败坏地打了身边副官一个耳刮子，他知道自己未战先败了。

麻姑家的兄长，是这云梦泽里长大的，自也是个死硬的角色，到口的肥肉就这么轻易失却掉，哪有那么便宜之事。他举起手中的德国响，“叭”的一声，大叫道：“弟兄伙的！全给我上，把这个骚货拿下，让你们轮番弄！这一阵仗给我搞赢了，给你们每个弟兄发两块大洋，晚上回去还请你们逛窑子湃酒!”他这一煽动，四周一片吼叫声。正待行动之时，上校团长的头顶上闷雷滚滚，本来晴好的天空，好似起了一阵龙卷风，有龙头从东边水洼吸水，一条巨大的乌龙横亘在半空之中。

三娘还留了一手。遭上校团长围攻之前，她提了一袋光洋，想安置云梦泽的神、仙、灵、精，好借用它们的力量，便请求兰巫婆为这次大战作法助阵。兰巫婆被求不过，告知三娘要事先在湖荡中设一个巨坛。是日，兰巫婆在坛上打坐，她果然有些神道，逼着天神将湖水吸于半空之中，一场豪雨倾盆而下，把上校团长带来的兵丁淋成了一只只落汤鸡。更让他恐惧的是，红衣女子的那一方，尽管上空也彤云密布，却滴水不下。上校团长知道有天龙相助，可惹不得，只得仓皇而逃。

撤出湖面时，上校团长已经得知，那个红衣女子，原是麻姑的小姨娘，他一下什么都明白了，来到榨坊给撮嘴一个耳刮子，向身边的马弁大叫：“把这个吃里爬外的畜生吊起来。”

榨坊的小顺子晓得这次撮嘴哥怕是躲不过去了，他偷偷地把撮嘴剩下的三个丫头片子唤来，一溜地跪在她们舅舅面前，如果她们的老子真被打死了，这三个丫头片子就成了孤儿。

撮嘴依旧是鸭子死了嘴壳子硬，说辞始终如一，看来他这次是死罪难免活罪亦难逃。

与此同时，三娘已经把那个下江人——被她叫成狗奴才的家伙捉来了。

下江人一见便认出了三娘——也未必是认出的，德国人被绑架之后，三娘的名头已经响彻整个云梦泽。他见了三娘，惶恐地后退三步，差点跌进芦苇荡里。情急之下，他叫了一声："三娘救我！"

他让一个娇娘匪首救他，这是三娘没想到的，心底泛起一丝温情来。

三娘见了这堆泡泡肉的下江人，有种想报复的快感，伸手捏捏他的脸颊，又捏了他的身子骨，又揪着他的耳朵："你这肥头大耳朵，喜欢吃回扣钱的狗奴才，老娘这里有堆成山的钱。敢不敢要？"下江人夸张地大叫："三娘饶命。"

他们之间的过节算是消解了。

德国人见官府撤走，便告诉下江人，让他执一封亲笔书信，尽快去省城报告给教会，他本人不是被绑票的，他行动自由，每天有一大帮弟兄听他布道，传播福音。德国人清楚，如果西人政府不追究，当地的官府只会睁一只眼闭一只眼，得过且过了。同时德国人决定去趟县府，让官府明白事件来由，只是三娘索讨的八万大洋，就成了白日梦。

德国人成了这场豪赌最大的赢家，他的收获也最大——找到了最佳道场。

他向三娘提出，让几个小兄弟陪他到城关镇走一走，让官府见识见识。三娘大气地说："今个儿就相信你一盘。"

洋和尚向她眨眨眼："我一定会回来的。"

第十三章　三娘生了黄毛蓝眼的怪胎

71. 与时俱进的其妈，养上了绿色生态猪

李如寄打算和姆妈好好说说话。

从记事起，他的姆妈一直处在劳作之中，到现在都没有一丝喘息的机会，应该说，她以为自己的生命只有在这不停地劳作之中才显得有价值。

她的形象与父亲的形象在李如寄眼里形成了鲜明对照，他很少见到父亲，就算是幼年时，也常常十天半月也难以见上一面。

姆妈此刻用一只大脚盆，垫上洗衣板的背面，正在剁猪草。那些猪草就是在河塘旁边田埂上割来的，加上水塘里养的一种水浮莲，一起剁碎和上糠喂猪。姆妈一年会喂出一口大肥猪。现在农村的山墙上，到处是各种类型的猪饲料广告，皆是出售进口饲料，有美国的、英国的、德国的、法国的等等，各种品牌的，到网上可以搜寻到，三个月就能喂出一口大肥猪。但姆妈坚决不买，她说："我们不做昧良心的事，三个月长一口猪，那猪还能吃吗?"

她坚守多年后得到了一些回报，现在她养的猪，省城里有家大生态农业集团来定点收购。她的猪从小猪开始喂养，被指定后，拴有脚环，编有号码，定期有兽医来检查。李如皋笑说："它有了专门的保健医生，比人的地位还要高。"姆妈听了，笑着反驳："给你小短寿的配个保健医生，让你一年挨一刀，愿意吗?"猪每年有跟

拍视频，被誉为“绿色生态猪”。

这个专有名词让姆妈纠结了一阵子，蔬菜可以说是绿色的，怎么猪也可以讲成绿色的呢？生态园为她解释半天，猪长的是白花花的肉，它吃的都是绿色饲料，叫绿色生态猪是没有错的。她养的猪成为绿色生态猪后，价格涨了一倍多，这是实惠，让姆妈很是开心，养猪的劲头更大了。生态园劝她多养几口，绿色饲料加点混合饲料来喂，猪的长势要更快一些。

姆妈十分反感，要让她用外国速成饲料来喂养，那是万万不行的，劝说者碰得一鼻子灰。哎呀，她现在更是大大反感外国的东西，老洋人迷心迷意要到外国去，结果怎么样？硬是摔死了，外国进来的东西，多半都是见不得人的，包藏祸心，害死人不抵命的。这也是她这阶段更切实的体会，她对真儿有出国留学的机会，不再喜悦到以为是祖坟冒青烟，而是多了些担心。现在信息发达，不再像从前什么都不透风，以为外国什么东西都是好的，连月亮也比中国的圆。电视一打开，播的是外国天底下到处杀人放火，连烧几个月，政府也不敢管；更稀奇的是，人人可以带枪，与谁有仇，掏出枪来“砰”的一声就算完事。外国人的政府都是吃干饭的东西，人民也不造反推翻他们，这些百姓任人宰割，蠢得可以了。

她在丧礼上向大儿子发了一通脾气，儿子不敢犟嘴，她便心软了，就算和解了。

她有时不太明白，便问李如寄：“这外国有个么事好，硬一个个都要往外国跑？被人从荷包里掏出一把枪，砰的一声连命都没了。”

李如寄咂巴嘴，不知如何回答。

姆妈说：“真儿要出国，我是坚决反对的，你就更不要去了，外国又远又凶险，我清楚得很哩。”她说到动情处，红了眼睛，还捏着鼻子擤（xǐng）出从泪腺中冒出的清鼻涕。

李如寄认为她现在反感外国，皆因老洋人事起，过一阵就会转变过来的。姆妈尽管有些老观念，有些方面还是蛮先进的。你看，姆妈这人平时见了，平平常常一个人，上了镜头还是蛮中看的，她扎着荷叶边的围腰，两只胳膊戴有袖筒子，黑里透红的肤色，自然地面带笑容，给人感觉清清爽爽干干净净的一副乡村大妈诚实可信的形象。她作为养猪大妈，在生态园反复鼓励下，对着视频说了几句广告词，李如寄见过那广告，是其妈要他到指定电视频道、在指定的时间去看的。李如寄见了，对真儿说："我妈一个清清爽爽的撩浆人啦。"

真儿看了，觉得还真不错。其妈为什么要上电视台去，她也说了："我们一定要占领电视台这个文化思想的阵地。"真儿听了，吓一大跳，她怎么也想不到婆婆会说出这等高级的话语来："天呐，文化思想阵地啊！境界高呀！"李如寄不以为然："改革开放之前，乡村里十天半月都要学习一次的，有时在田间地头休息时也要有人念报的，人人都能说些先进的话来。"现如今的虚假广告过多，其妈认为自己应该站出来，身体力行加以抵制。这是她拍广告的思想基础。

这个视频广告成了生态园的常用广告，生态园开发"绿色生态猪"，饲养场一度做她的工作，工资开价比外出打工的年轻人还高不少，她用三个字便打发了人家，说："走不开。"她事后对女儿说："要我离开这个家，那是没门的。"她把这个工作推辞掉，让李如鹤大感可惜。她力劝姆妈去省城做工，有人管饭、有人管住，每月发的钱比年轻人进城打工赚得还多，我们咋不去咧？不去是个苕呢！姆妈一直疼爱女儿的，李如鹤有了一点事，其妈总会冲到前面帮她摆平，生怕女儿吃了半分亏。这次见女儿这么说，一脸不高兴："要去你就去，我不离开这个家的。"女儿嘟嘟囔囔说："离开了，家就被人占了？就被人搬走了？"反正其妈打定主意的事，谁也别想劝动她了。她这一辈子，除了开初不知从哪儿漂来的，只有去接老洋人尸骨时才算出了远门一次。而这次接老洋人，其妈事后对女儿说了体会，这次去得很是凶险，离家越远，心就越发慌，脚踩在地上如踩在棉花上，软绵绵没有劲道。"不是为了那个死鬼，我是不会出去的，那次是狠命去的……"其妈固执地认为，她的根在这块儿，离了，就像根被拔了一样地恐慌。这和李如鹤讲不清楚，就算讲清楚了，她也不信。其妈还有点迷信思想，认定自己的肉身子是大水漂来的，不是这块土地上长出来的，但是这里神灵借了她的肉身，用龙鳞片还给她一个地地道道真真切切的水乡泽国魂灵，所以，她一旦走开，身子就会悬空了。说穿了，其妈私下想，她毕竟比这儿土生土长的人要少一点东西。这就是母女之间的隔膜，女儿的心儿野，一直翱翔在天上，还要飞向远方。

李如寄从心底敬重母亲，参加工作的第一个月的工资，分文不少地全部交给了她。她推脱了几次，最后见是儿子第一次赚钱，收下了这笔饱含孝心的票子。她用一个手帕包好，放得好好的，偶尔拿出来瞧一瞧，这是一份难得的孝心，她觉得这笔钱格外有意义，不应轻易花掉了。李如寄和他老子不太主动说话，对姆妈讲个话，总是找不到话题。有时想与她讲一席话，却开心而来，扫兴而去。她的好恶十分鲜明，为一件事，讲着讲着，便认为李如寄做事不讲原则，喜欢和稀泥。有些堂兄弟、表兄妹家的老人，见到了，李如寄会给点红包表示下。姆妈便会生气，质问为何总是给他们老人花钱："他的娃们凭什么不给我钱呢？"搞得李如寄不好解释，很是无趣。李如鹤多次劝哥哥说，姆妈老了，与姆妈说话时，不必和她顶真就好。这小蹄子与姆妈争来吵去，自己做不到，倒会劝哥哥。李如寄和姆妈相处，也算摸出一点门道了，与姆妈讲话时，只听不说，如果有观点相左，不要与她争论就好。

李如寄有次听弟弟李如皋说："姆妈是有些古怪的。"他当然是有同感的。妹妹李如鹤其实也说过类似的话："姆妈过惯了从前的日子，是扭不转来的刉（jī）不断的。"这话让做哥哥的想到，幼年的妹妹有次熟睡中被姆妈用竹条子抽醒，抽打得哇哇大哭的情景，其妈一边抽打一边骂道："一个姑娘伢，仰面八叉睡着，一点教头都冇得。"原来女孩睡姿也是有严格要求的，其妈对男娃从不曾要求过睡姿。从此以后，妹妹便习惯了侧身而睡。

一看她房子的陈设便会了解。从前住的三间平瓦房，她能把一间房隔成两间，卧室是一个十余平方的空间，有一张宽大的嫁式床，四周搭成挂蚊帐架子骨，雕刻一些喜庆装饰，如象征爱情的鸳鸯、并蒂莲花朵。床的正面蚊帐有个围幔，横幅上绣着两朵盛开的牡丹，两边各有四个字，即是"龙凤呈祥""百年好合"。金色绣字旁，一边绣着凤凰，一边绣上二龙戏珠。围幔下是一组流苏。幼时，李如寄和弟妹喜欢摇床，看着那流苏的摆动，便用小手偷偷地揪，慢慢地流苏全被撕扯没了。这个床边围幔和这张有些年头的床，尽管修建了三次屋子，她从不曾想换新的，甚至连席梦思也不肯用。她多次说，那是她们结婚那时节，他奶奶费了九牛二虎之力打下的。她一个大水漂来的人，原本以为死了干净，不承想有这份福分，得了这床，这床是她的风水宝地，她是换不得的。那件围幔的女红肯定出自其妈的手笔，因为用了几十年，已经陈旧得不辨颜色，那一组流苏不知何时，还被姆妈换了新的。有些被老鼠啃噬过的地方，其妈加了鲜艳的花线绣上了，可见其妈的用心和细心，和这围幔在她心中的位置。

从前农家做房子，绝不肯开大窗的，水乡泽国各种强人，如用土话描述，叫“强盗很厚”，窗开大了，易招惹强人滋事。前两次做的房子，都在山墙上开一个小小望窗。所谓望窗，就是援上一个小凳子，望一望外边有甚动静。这次建楼房，是李如皋主导，由不得其妈了，这窗开得大。其妈在新房墙体尚未干透时，便硬生生地把亮晶晶的玻璃用花纸糊了个厚实，对于装的窗帘，其妈说用不惯，这是她的卧房，只能由着她去了。

湾里人或她的儿女们进了她那不透风的卧房，是难以闻出有什么味儿的，只有一个从城市来的人，闻到了，便引出了一段龙窑的故事来。

72. 马口窑的坛子，腌菜有一种瓮气

其妈的卧房，有一股浓浓的瓮气。

这个气味，城里的人是不晓得的，也从未闻过的。这样说吧，某年梁一真第一次回到婆家来，第二天一早便要给公婆请个安。其妈原本没指望城里的媳妇给她请什么安，这完全是李如寄煞有介事咋呼真儿的结果。真儿进了婆婆的卧房，不超过十秒钟的光景，应该是吸了一口卧房的空气，即刻手捂鼻口，逃也似的奔出，跑到屋后，蹲在地上，便呕吐不止。她因为早上不曾进食，干哕（yuě）一阵，呕吐出一些酸水，还被其妈认为儿媳有喜了。这味令她印象深刻，从此以后，真儿至死也不肯进婆婆的卧房了。她回到城里，

才告诉李如寄这种感受。李如寄听后大感震惊，因为那种瓮气，他是十分习惯的。真儿实在不能明白，这混合在一起的味儿是由什么组合成的。李如寄觉得真儿不习惯，是不是姆妈的坛子没有用盖子冚（kǎn）起来。一般来说，腌菜的季节过了，是要把坛子敞口一阵子。但他进房一看，坛中的盖子严丝合缝地冚着。当然也有两口坛子，腌的汁液㵆（mèn）出来了，这样气味大了些。

李如寄向真儿摇摇头，一脸正式的样子，说得严肃认真其实是在调侃："哎呀，看来，你做李家媳妇还不到家，这才是正宗的老家味儿。"真儿听了，发狠道："如果老家是这种味，宁可不做这个媳妇。"让李如寄讨了个没趣。他便认真描述这个老家味，先对其展示文化底蕴，这样才能唬得住这个城里长大的妻子。他扯到老家城关的东南方向有个著名的马口窑，真实的称谓乃是"龙窑"，被誉为中国民窑之首，其地位可与景德镇的官窑比肩。真儿觉得李如寄这人讨好卖乖之言讲不了几句，但忽悠别人倒是一套一套地来，便说："你讲话就是喜欢扯来扯去，十万八千里地扯，让人听得不着边际。"

李如寄便说："难不成你没见到姆妈靠南墙的十几个坛子？"

真儿说："那气味熏死个人，还能看见什么东西。"

李如寄说："那就耐心点听我说，这龙窑有千年以上历史，专为民间所用。初始制作粗糙且实用，多以坛、壶、罐、缸、盆、烘笼子等小型陶器为主。先说这个坛子，把它比作老家的姑娘伢，现在的人不知怎么会把这陶器比作女子，大概是因它细长身子和紧口的样子吧；壶则多为盛开水之用，是一种用低温烧成的半成品，名曰'土壶'，盛水有甘味，放上半月不变质。小时我见过老家板砖制瓦烧窑的师傅，随手制作这类茶壶，随砖瓦窑里出来，砖瓦烧制无需高温。然而有一种壶是万万不敢用此温度来烧制的，这就是老男人用的翻嘴夜壶，那可要厚实且高温烧制，不管什么时候，都不能渗水。这夜壶有大小两种，一种是十几个长短工睡通铺时起夜专用物，这是大夜壶。另一种是老头儿和地主老财们自用，就是小翻嘴夜壶了。”讲到这里，李如寄呵呵自笑，一时说不出话来，让真儿一阵发傻，不知讲个这有什么好笑，便耐心听他说。“讲个故事，名儿叫‘听骂’。小时顽皮，一次和几个玩伴，把湾里老头晒的夜壶用钉子钻个洞孔，老头起夜，拿上夜壶，在床上‘滴悉’一阵，那尿就摊洒了一床，第二日老头的太婆杵棍打杖地站在湾头上一阵大骂……”真儿听了，眼前泛出几个顽童恶作剧的形象来，也哈哈大笑地评论：“不管多么死板的人，都有童年顽皮之时呀。”在她眼里，李如寄是个不活泛之人。

李如寄继续如数家珍：“再说陶罐，那罐用处可多了，油、盐、酱、醋、米、水，可装用之物皆用罐。”

见真儿听得仔细，李如寄继续饶舌：“缸就是大的物件，至少用水桶担上两担水装入才满。这东西厚重得惊人，通常要两个壮劳力抬起；另一种缸齐半人多高，细长。有一年，姆妈不知怎么用脱了底，她灵机一动，在这无底的缸里养起了豆芽菜，神不知鬼不觉的，让我们在青黄不接之时有菜蔬吃。盆不细说，更粗糙些，有时固定起来喂猪，不用挪动。

“这些民间土陶越往后，制作起来便越讲究。先是在坛上刻些花鸟鱼虫，特别是湖中的一些香草植物，仙女山上的兰草，叶宽径长花成串，很可入画。后来慢慢地有了动物、人物，比如《耕读传家》的耕牛图，还有多是激励上进的雕刻，诸如《五子登科》《十二学士坛》，如地方有举子中了秀才举人，要对乡人宣讲宣讲的，激励后人，亦可定点制作。

“民间传说也是制作的一种体裁，这《八仙过海》每家龙窑都是要雕刻的。还有本地邻县孝感最为著名的《天仙配》的传说，楚剧汉剧里现存的形象每次烧窑必会造制，表达本土人士的美好祝愿和浪漫情怀。”

听到这里，真儿啐道：“呸，榆木呆瓜，还浪漫自夸。”

李如寄觉得这是故乡真正可值一谈的文化，谈得兴致大起：“如大缸当大户人家的摆件，便可绘制《水浒》人物一百零八将来，甚至可以把《孙悟空三打白骨精》雕刻成连环画，讲个长长的故事。三国人物谱系、草船借箭故事、红楼里的美人群像，只要想得到的，皆可由画工雕刻入陶。”

真儿说：“这大缸就是工艺装饰品了。”

“就是大户人家收藏的物件了。”他笑眯眯地说，“这小小摆件里，也有我最喜欢的东西，那就是一个叫烘笼子的陶器。制作时底部圆如罐，上部有个提把，两旁还趴两只小小跳跃的青蛙。”李如寄深情地回忆着，“幼年大冬天异常的寒冷，烘笼子里塞满谷壳，上边撮一锹活灶灰，便燃了谷壳，一群孩子一个抱着一只，偷些黄豆、豌豆放在里边炸了来吃，满脸满嘴是灰，香脆得好不馋嘴。烘笼子还有一个好处，就是冬天还可以烘尿片子，那种烘笼子要大一些，制作成三只把的样子，把婴孩尿片洗了放上来，一会儿满屋子尿臊味，那比瓮气更是难闻哩。”

“这与姆妈房里的瓮气有何相干？”真儿听了半晌，还没听出个头绪来。李如寄怕她发恼，便劝慰道：“我的老家好不容易有了个可讲的，你何曾听我如此吹嘘老家？你耐心点好不好。”他脸露几分得色：“人说这紫砂壶有专门用土，马口窑取土大有讲究，在湖泊旁的芦苇丘陵地带，除掉一米多深的淤泥，挖出黄红黏土来，这土虽无紫砂之土精细，亦为老家所独有，否则怎可称为民窑之首呢？”

真儿不禁听出了点眉目："老家湖水好，泡出来的土好。"

李如寄得到鼓励，便称赞说："离我们家媳妇的标准更近了。"真儿气道："你再贫，就不听你啰哩吧唆了。"她冷不丁用家乡老话对李如寄发狠。

李如寄也知真儿并非真生气，便放松下来。闲时她其实也愿意了解自己这个神奇的婆家，这个著名的水乡泽国，因为这里有个最大的传说，就是龙说。李如寄继续讲：老家人有个最大的忌讳，便是不肯轻易讲出"龙"字来。对龙这种神奇生物，人们主要怕讲了不妥当的话，拍错了马屁，遭到龙的忌恨。说是有一年大旱，祈天求雨，用黄黏土堆码了一条几十丈的活生生、只待画龙点睛便可飞升天空的泥龙，在人们狂欢之时，雨狂下三天。人们纷纷仰头望天，祈求道："龙王爷，雨水已经足够啦!"地上的人不知自己疏忽了，忘记把龙眼装上，举行仪式送龙归天——那雨便下了七七四十九天，下得遍地汪洋。如此大雨，百姓托灶王爷上天告状，天神认定这是人类的过错，不予理睬，还说这等黎民百姓，甚不知好歹，淹死活该。这是人们对龙照顾不周，惹出祸事来的典型例子；讲到龙窑烧制之色，用"鳝鱼黄、鳝鱼青"来形容釉面，其实大家心里清楚，是在说"龙黄、龙青"，不敢如此说，是怕亏待这种神圣的生物，以至招来祸事。

老家人兴建一口龙窑，花费比起举办请龙仪式要小得多。一口龙窑兴建成，这只是个形式，要请上一条龙魂护佑就是一件难事了。请龙魂要看时辰，要舞龙灯，吟龙曲，围绕这个仪式，还要请来戏班子唱三天大戏，总之，仪式繁复。

龙也有宽容人间之时，或说与民同乐之日。在这马口镇上，每年都有龙节，农历二月二龙抬头之时，马口镇上的人们便会放肆起来，穿龙衣、戴龙帽、执龙灯、行龙船、跳龙舞、吟龙曲……那清末民初是最为兴盛之时，小镇四周分布着一百零八口龙窑。这里离汉口近，走汉水，几刻的工夫下到长江，陶器便行销到了全国。马口镇的几个大小码头十分繁忙，大驳子船全部装的是这些窑件。芦林草深的强人盗亦有道，每当这些窑货，从不阻拦，怕坏了本乡本土的声誉，自己强抢强要没了根基。

进入民国后，这个小镇只有三十六口龙窑，三十六家龙窑主人在过龙节之时，便会组织三十六人的舞龙队，这算得上是龙兴之地的最后气象。舞龙队的龙头由钢丝篾竹扎成，如扬糠簸米的簸箕那么大，两只龙眼漆得黑亮，双眼上安些弹簧丝，以代龙眨动睫毛。由三十六人举着龙托，两条巨龙并排游走在镇街心的半空之中，龙头前方，中间安插一顽童，双手举着一只金光闪亮的绣球，由着两龙戏珠，活灵活现的样子。在这三天狂欢期间，可将龙幻化成人类一切所需之物，龙王爷见到如此喜庆的景象，欢喜得合不拢嘴，就不会在意人类的孟浪了。这算得上龙王爷在云梦泽最后的回光返照，在这湖泊之地龙节之时，便是人与龙一次零距离的交流。狂欢三日后，便来到小镇西边的龙王庙前，要以火祭这天龙。据说，这火龙是能顺利上天的，雷神爷也奈何不得。

公私合营一些时日后，企业全部改为国有，当地的三十六家龙窑组成一个大型企业。到了抗美援朝时节，“消灭美帝国主义及其走狗”“坚决消灭细菌战”这类口号坛子便应时而生，风行一时。

到了二十世纪七十年代，湖地来了许多头戴工装黄帽的陌生人。他们讲的话呔得当地人听不懂，据说来寻找这千万年的湖底下边埋藏的石油，这石油除了开车发电之用，就是制作塑料。那塑料又轻又薄，摔不破、撕不烂，便终结了这些神龙护佑的陶器。

说了一大堆，李如寄把这个瓮气抖了个大大的包袱，才算言归正传。这紧闭的卧房，又不透风，其妈放上十几只坛子，有荷叶边的、有大檐帽盖的、有紧口的、有敞口，皆各有所用。农家尽管种粮种菜，但在这十年九水的湖泊之地，一年上头总有青黄不接时，如遇到灾荒之年，更是三天两头吃不上一顿饱饭，长年的饥饿造就了水乡人居安思危的品性。其妈能腌制一手好菜，准备几口大些紧口的坛子，在腊月间便开始腌制起来——有种菜蔬名为雪里蕻，茎壮叶粗呈锯齿形，随地可栽，辛辣，蚊虫鸡猪皆不沾，长起来又快，用盐巴腌制，放些大蒜、大葱、生姜和晒干的朝天椒，可长久存放。把这雪里蕻砍下来，晒两个日影，盛在大盆里，切细剁碎，往那深深的紧口坛中塞去，一层一层地垫起，绿汁不断冒出，到了顶上，用捶衣棒捣，待绿汁濶（mèn）尽，便封起坛口。这一坛子腌菜可有二十余斤的。这是瓮气中的第一种气味。再说腌制萝卜，更有两种混合味，一种名为呛萝卜，所谓呛，便是把萝卜切成条状，待烧成沸水，往水里一滚，称之为“呛”。另一种萝卜，切成块状，晒两个日头，稍稍除汁，便剁上新鲜辣椒，按一比一的比例往坛里放去。那新鲜辣椒在萝卜的作用下沁出汁水，与萝卜混合，便会发酵冒出气泡。月余后用专用长筷夹出，萝卜色泽如橘，甚至于晶莹剔透。有了它可以多食几碗饭，这是瓮气特别漤（lǎn）人眼鼻的主要原因。

腊月间最难得最金贵的，就是霉豆腐了。自家制作名曰“打豆腐”，或攒钱去镇上豆腐铺子买回一些，切成“丁当”四方块，放在簸箕中晒成半干，手一摸，有滑溜的霉变之感，用长筷码入浅口坛中，码完一层，撒上盐，铺上辣椒，再码一层，直码到坛口来，用坛盖封紧。虽不算发酵，但这豆制品在霉变后，便是另一种特别的味了。本土还有一种长相与生姜类同的东西，秆如高粱，只是那叶柔软宽大，名为“洋生姜”，从地里挖出，切片，狠狠地晒上十几个日头，全干后用糖精水泡着。那甜汁渗入其中，端上桌来，嚼得“咔嚓”作响。这气从坛中冒出，味儿虽甜，但与室内味道混合，够呛人了。

年后春天油菜花开之前，油菜薹长出，要想多出油，主秆要掐的，便从主秆四周炸出许多细细支干，长成一蓬蓬的，秆支多得吃不完。其妈能干，发明了另一种泡菜，名曰“压菜薹”。其做法是把菜薹放开水里一烫，压入坛中，待上几日，坛水中冒出酸气，便可炒着吃了。李如寄从小吃到大，在县城里上中学时，每周回来，前胸挂一个罐子，后背扛一个坛子，两种腌菜，与同学分享互换。长大离开故乡，住到了城里，有时还很想念幼年的口味。难不成人这口味就是幼时养成的？真儿是在下江出生长成，腌萝卜和泡菜自也会食用，只是用作味碟而已，从不曾想过怎么腌制。她到了公婆卧房问一回安，这个瓮气——李如寄说的这个水泽湖泊的气味——想是大大领受了一回，她回城后，连那味碟也不肯碰了。

生活渐好丰衣足食之后，其妈腌制的泡菜没了市场。子女不吃，便左邻右舍地送一送，别人口说“谢谢”，其实连眼也不瞧上一瞧，甚至是不是在其妈一转身时，便扔掉了也说不准。她想想气恼得很，儿子女儿皆劝她歇息歇息，这腌菜没了市场。但让其妈一年不制作腌菜，她会空落得慌的。好个其妈，功夫和想法都是逼出来的。她把这十几口坛子，用竹篾扎成一个提子，再用扁担挑到集镇上，当着众人面，把坛口封的腌菜挑出，用小碗盛上，一碗碗平摆放上。镇上的人见这是原汁原味的腌菜纷纷抢购，一时而空。每周只卖两坛，限量供应。这一举成功，让其妈甚是得意，骂了李如皋李如鹤兄妹，说：“这两个小发瘟的东西，瞧不起老娘。”又说：“辛苦讨得快活吃嘞。”便痛快地到了小镇吃一碗阳春面，两只猪油渣锅盔，一笼四只装汤包，然后快活地回来了。自己的腌制之物有了市场，其妈自认不是求贪之人，第二年绝不肯多做，怕被人说自己弄假。

说了半天废话，真儿着实不耐，便说："东扯西拉，与你这龙窑又有何干吵?"

李如寄听了，便说："当然大有关系。敢称自己做的坛子是民间之最，又是龙佑之物，必有神奇之妙。现如今风水轮流转，不是讲究生态、提倡勿用塑料制品吗?尽管你在姆妈这里闻着不爽，但这坛因用了特别的黏土烧制，釉色无毒无铅，盛上食油不变质，储物是不馊不坏，还不透气，既耐腐蚀，又不会渗漏。我们老家人现在已经回过头来了，像从前我上中学时复制飞飞板那样，制作这旧式的坛坛罐罐，是个时髦事。发动农妇，开发这种土产，政府打出这种瓮罐瓮气的湖地菜，等着瞧，必会风行全国。"

真儿算是听完了他的唠叨，长叹口气："也算是老家的一点可吹之物了。"又说："这不透风的卧房里由如此多的气味发酵混合，姆妈一日不闻还睡不着觉，难怪要她到我们家来住一阵，她扯了许多理由不肯来，都是这瓮气惹的。用老家话，算是信了你的邪。"真儿觉得她学的一点老家话，算是派上用场了。

"其实你还不知道吧，现在退耕还湖搞得热火朝天，老家出了一件稀奇的事，不管是寻龙骨，找龙蛋，兴龙庙，恢复龙窑，只要是与龙有关的事，都与东湖旁一个饭店的大老板有关。有人说他的饭店严重亏损，却把大把的钱拿来云梦泽做了龙事，这没有半点经济利益。他同样是个折腾鬼，不知为何碰了南墙不回头，热衷这种虚无缥缈的事，搞了许多年。"

73. 姆妈是大水漂来的，龙鳞片煮水救了命还了魂

李如寄摆出一副煞有介事的样子，故意用一副低沉的嗓音说：“给你讲了半日马口窑，我这里其实还有个大包袱要抖出的。有位彼国的随军护士，因为战败投降流落到我们这一带，好像是在我们县的二河还是回笼集镇吧，隐姓埋名过了几十年……”

真儿听了即刻沉下脸来，用一种极不烦恼的口气回敬道：“有这事？真是越扯越远，这与马口窑有什么关系？”

李如寄沉浸在自己的故事里，没注意到梁一真不悦的表情，他打趣道：“请夫人少安毋躁，待我细细讲来。那女护士因无家可归，或者归途十分凶险，只好找个当地农民嫁了，几十年过来，生下三男两女。据说她因为交代不出娘家在何处，身份不明，虽然嫁给贫下中农，没被划成坏分子，却要与坏分子一样受到监管，每次集中学习，她都必须参加的，有批斗会，她要陪斗。有一日，她做菜时家中无盐，只好让孩子到大队小卖店去购买。平时这小卖店用荷叶来包盐，哪知这一日小卖店荷叶用完了，只好用一张报纸代替荷叶包食盐回家。这张报纸上正好刊登有彼国田中角荣首相访华的报道，这位女士看了，吃惊不小，也不与家人商量，或者说她无法与家人商量，只不管不顾地向大队报告，说这个访问代表团中有她的

兄长。大队书记闻知不敢马虎，当即向公社做了报告，公社书记吃惊不小，更不敢怠慢，上报到县里，再层层上报到了中央。到了第二日，这个大队破天荒地接到了北京打来的电话。这时电话旁围满了乡里乡亲，那女士接着电话，不管不顾地叽里呱啦哭着说着……”

真儿听得有些发呆。李如寄见她没有反应，住口看着她。梁一真这时清醒过来，忙用一副发狠的样子质问：“这与马口窑有什么关系呢?”

李如寄说：“你已经问了两遍，待我把这个谜解开呀！当时大队的干部都在场，有人听了她讲的彼国话，感到阶级敌人确实善于伪装也隐藏得很深，无怪乎‘阶级斗争要时时讲、天天讲、月月讲’！当然，他们现在也不敢把这个暴露在光天化日之下的阶级敌人抓起来了，因为她能接听北京来的电话，她的哥哥是请来的客人……”

真儿恢复了平和气，便说：“不听你卖关子了，净讲些七扯八拉的玩意儿!”说完便要走开。

李如寄见真儿要离开，着急地说：“哎呀，到了最关键的时候你不听了，就没意思啦。我不卖什么关子了。这位护士沾了她哥哥的光，不久全家人由县里照顾转成了商品粮户口，这在当时是轰动全县的大新闻哩……”

真儿“嘿嘿”冷笑两声说：“你的故事编得越来越神了，过不久肯定会长成一副油嘴滑舌的俏模样。”

李如寄声辩道：“这件事谁都知道，就算我那时还很小，大人们议论时我也捡了一耳朵的。你如果还不相信，可以去找一本书来看，是我县作协张主席以她为原型写的一部长篇小说。”

真儿放弃真伪与否的话题：“我已经问了三遍，这与马口窑扯得上什么关系呢?”

李如寄这时才直截了当地说："当然扯得上。这位女士如姆妈一样，在我们这里就喜欢上了腌制各种菜蔬。她与娘家人联系上了，自然要回彼国住一阵，或者说回去了，就不会再过来了，毕竟我们现在穷呀。哪知人家过了不到半年，便自己主动回来了。她的男人问起来，她说回娘家住不习惯，还吃不下饭，因为没有我们老家的腌菜下饭。"

真儿"扑哧"一下笑出声来，她觉得李如寄这个呆子在一本正经地作弄她。她一时玩性大发，用老家方言对他急切地说："哎呀，不好，你的舌头亸（duǒ）出来了。"她见李如寄如此巧舌如簧，无厘头地想到这个"亸"字，意思是有东西下垂。她接触这个字时，与"吐"字对照了一番，觉得这个字无法用现代汉语替代，为了证明她的观点，她居然通过这个字，还找到两句唐诗："朝歌城边柳亸地，邯郸道上花扑人。"李如寄听到真儿用方言这样对他说，他正在兴头上，不知是什么东西"亸"下来，左看看右看看，再扯扯袖口，又看看腰带是不是穿着不妥。真儿见状，重复说："你的舌头亸了。"李如寄忙一吐舌头，才明白是妻子在耍弄他，表情严肃地说："你别搞笑，我在说严肃的事呢。"

见他拿腔捏调，真儿更不高兴了，板着面孔对他说："完全是鬼扯！她既然会做了，难道不会自己做一点吗？"

李如寄更加一本正经地回答："那彼国长得出我们这里的菜蔬吗？造得出我们一模一样的马口坛子？就算造得出，从哪儿去取土呢？"

真儿听了，说不会再听他鬼扯了。李如寄不明白，他本来讲讲，逗老婆开心的，不知哪里惹到她，让她这么不高兴。

真儿说："如此讲来，姆妈也不像本国人，大水漂来的，你也应该去挖一挖，是不是老毛子和美国鬼子派来的敌特分子！"说完撇下他气哼哼而去。

李如寄想到姆妈，有时是十分矛盾的。你说她保守，好像她又先进得很；你说她先进，她又恪守着自己认定的原则。她的底线，是谁也碰不得的。比如，李如皋有个坏习惯，他穿着皮鞋或有后跟的鞋子，总是喜欢靸（sǎ）着走，把个姆妈着急得要发疯，有一阵娘俩便斗将起来。姆妈把他不管是皮鞋还是布鞋，只要有后跟的鞋子，全部剪成无后跟的拖鞋。从来节约的其妈，为的就是校正小儿子靸着鞋子走路的习惯。后来李如皋到城里住了几日，李如寄看他依然喜欢靸着鞋子，看来姆妈依然没有把他的习惯扭过来。

从前他亲近姆妈，有时不敢讲太多话，怕与她敌将起来，弄得个没完没了，双方不愉快。这次不行，老洋人没了之后，他觉得有许多话想和姆妈交流，从前有老子罩着，许多事根本不用他来想，老洋人一去，不知怎么的生生冒出了太多的疑问和困惑。

他端了个小竹椅坐在姆妈一旁，这竹椅有些日月了，坐上去“吱呀”一响。姆妈正在用一只手拿刀剁着猪草，草叶菜梗翻飞，它们就是不会飞出脚盆。她剁猪草时，刀刀密密剁下，刀抬得一般高，压得住菜叶，另一只手往垫板上填菜叶，忙活得很顺溜。李如寄好心说：“姆妈歇哈，我来换一下。”姆妈头不抬，刀依然在剁，却发着莫名的议论：“现今的日头，也不如从前的火辣了，听说是大气层被煤灰染着了，晒个被子却也晒不透，你还是把门口晒的被子斢（tiǎo）个面。剁猪食，还是别倒帮忙的好，你一剁飞得满屋都是。”姆妈有这点本领，就是一眼两用，她盲剁猪食，仍忙里偷闲抬头一看，见儿子胸口扣子脱了线，便带着几分责怪道：“找个城里的堂客还是不中用，你的扣子又脱了线，等会儿别忘了让我来给你搌（zhài）几针。”

他们娘俩对话是这样开始的，“这个不忙，说点闲话，老爸没了，我们都落了心。”

姆妈笑笑说：“你现在对他感冒了，听光宗叔说你在打听你老子的事，你们真是一对冤家，他活着时，互相不理不睬，死了却要到处打探。”她叹了口气，一副稍感欣慰的样子。“他咧，就是那么个德性，一辈子不学好，折腾到死，也冇出个新花样来。”她尽管抱怨，但看得出来悲痛之状没减弱，“死成这个样子，这就落了他的心满了他的意。”李如寄想不到，姆妈的悲痛比任何人都重，他用这个话题开口，有点后悔。

关于这个家，太多事在父亲故去后都从他心头冒出来，似乎无法回避，他觉得还是和姆妈说透点好。

“有个话，过去也能憋，现在憋不住了。我们兄妹仨，都想走走外公外婆家，这是一个遗憾哩。”

这个话题出口，姆妈倒显得很平静，她平和地说：“从前你闹着要找，挨过我的巴掌；如皋小时候闹着要去，挨过打；如鹤最没记性，逢年过节讨着要走家家的，我哪有家家的给你们走，要一回就打一回。”

姆妈抬起头来：“一晃几十年过了，你们都大了，你爸也没了，我也快死了。我确实不晓得娘屋的在哪块儿。”她的心思活泛了，许是多次在夜深人静时想过身世，只是嘴硬不明说罢了，说完这段话，陷入沉思，目望大门外，一脸迷茫的样子。她现在露出底儿来了，给李如寄的感觉，她心底还是思乡情切的，因为这是人本能的情感。

关于他姆妈的身世，奶奶自然也向李如寄讲过一些。“你那娘亲是大水漂过来的。”奶奶总是这样简短地开头，过去，姆妈也和子女们谈过这个话题。

她是怎么漂到了良湾李家台前的？一定是从良湾李家台前那个金鸡湖来的，那湖白茫茫的一片，水面上一丁点东西都很显眼，不然三娘怎么可以用耙子勾起一个女子来呢。她先以为是一个包裹，一沉一浮的，捞起来一看，人都没了气息，搬回来，赶忙叫人来。湾台人对救治这样的溺水者还有一点经验，拿了一个楠竹筒子，在肚子上来回滚压，滚上一回，口里就吐出水来，再后来就是黄水，最后就是腥臭水。湾台人以为她已经从里头烂了，没救了，三娘坚持要用楠竹筒挤压，压出了白沫。三娘知道，这命还是要救的，不到最后关节点，不舍得随便放弃。

姆妈这次爽快地说了，分析自己到底是从哪里来的，肯定是从那南来北往的大驳子帆船上掉下来的。姆妈说，她对自己除了这个姓氏外，没多一丝一毫的记性，而这个姓氏就像用刀刻在脑子里那样，只要有人问起来，脑海里就冒出来这个字，她可以用手比画出来给别人看。姆妈说到这个“娘屋的”，觉得自己先前是个“傻子”。李如寄注意到，本地人随口而出，会说是个“苕”，而姆妈说是傻子，这也是过去她在娘屋的记性存留吧。

她断定自己是个傻子，所以被娘亲从大驳子帆船推下，一推管了总，不然怎么过去的记忆一点也没得呢，单凭这点判断，姆妈对“娘屋的”没有半点好感。她还说，如果真要牵挂她，找不见人也要找尸吧，想必是存心所为。还有，解放了，强人们四离五散的，都没了踪影，船上装再多的金银财宝，也没得强人惦记的，她万不会是被强人掳时掉到水里去的。

三娘不只是她的婆婆，更是她的再生娘，她苏醒后，一问三不知，也不会说话，痴痴傻傻的样子。三娘当时手上有两块“龙鳞片”，巴掌大小，给她熬汤喝。姆妈说，共熬了九次，她才开口叫了一声“我的娘亲”。不知是接续当时被人推下水时的惊呼，还是叫三娘这个再生姆妈。

其妈说，要说这条命，与綦家人是没有什么联系的。据说“龙鳞片”是龙身上的物件，龙是有灵性的东西，喝了它的水，算是招来了这湖泊之地的游魂荡魄，其妈甚至认为自己恐是借尸还魂了。“你们说，让我到哪去找娘屋的？”

既然她自己被这水乡泽国的龙鳞片救活了，她生就是这里的人，死就是这里的鬼，就不要想什么歪心混账的事了。

李如寄好奇地问：“您郎有看过这两块‘龙鳞片’？”

“我活过来后，你奶奶给我看过。”她举起双手，正反一摆说，“有巴掌这么大，上半截一块儿是金色，一块儿是乌金色，下半截长在龙身子里边，是亮晶晶的色泽。”姆妈描述道，“当时好晃眼睛的，像从四面发光。”

她接着说：“我这条命，是你奶奶给的，一辈子做死做活也是还不清的。”李如寄知道这是他朴素姆妈掏心窝子的话。

这些话里透露出，姆妈一直生活得并不踏实。为什么她会这样想？他一时未必太明白，便问：“你有了我们兄妹仨，还有什么不放心的？”

姆妈点点头：“你们是我扎在这块土儿里的三条根。”

74. 女红、百宝衣勾起怀春梦，生出金毛婴儿吓坏一湾人

“你是怎样看老爸的？”

“一时半会儿难以说清，他是我附身的命。”

李如寄大感奇怪：“依附、依赖的命？你们一辈子没几天在一起呀，怎么会是附身的命。”

姆妈说：“这是男人们不会太懂的。对我这个水上漂来的人来说，千斤重的。他活着就是只风筝，线儿在我手上拽着哩，他要和城里的女人疯玩，也随他去了，但死了不能不归祖，归了祖，我的根就牢固了。”

李如寄第一次对姆妈说这件事，他不想绕弯子：“我们是爷爷的孩子吗?”

姆妈看了他一眼：“你长这么大个人了，婚也结了，还是这么不省事，你奶奶回到良湾李家台前，已近两年没会过爷爷。”她警惕地看了看房子，好像要找她的小短寿的一样，怕小儿子听到她说的这句话。这娘俩情知，如果李如皋听到了，会闹得个天翻地覆的。

李如寄有些惊讶。他只是“呀”的一声，他觉得姆妈讲得太直接了，尽管他有心理准备，但还是很惊讶。

李屠户在最后的岁月已经深居简出，完全是一副李钩胡子的做派。当时北边打过来的大军，风卷残云一般。在这些大军面前，他们顶多是水乡湖泊的几个小毛贼，况且，鄂豫皖指挥部和天汉沔司令部对云梦泽水性了如指掌，想什么时候收网，只要动动手指头就好，毛贼们最后自是不经打，一下如鸟兽散了。

三娘描述过李屠户那条地龙，它盘成一堆，一层层地就像座小山，睡觉打鼾，几里地外也可听到响，那种鼾声，沉重而悠长。李屠户教过三娘听地龙的鼾声，并训练过她一阵子，告诉三娘，他与地龙同在的话，在地龙鼾声混杂在湖泊中的风声、苇芦秏草动荡摇悠声，还有湖波的荡漾之声中，要细细聆听才能辨得清。因为这倾听要耗费很多心力，只能十天半月倾听一阵儿。当李屠户离她而去后，她唯一能做的，就是持续聆听，却再也无法听到地龙的鼾声。她心慌了，前往几个地龙盘踞之地查找，找了几处，只找回一块龙鳞片。后来她对其妈说，她与那地龙就是一块鳞片的缘分。那段日子，湖泊已经被围困，对于自愿回家者，水帮是给予放行的，各分舵主见大势已去，采取了化整为零的做法。据说三娘听了洋和尚的劝，让最后几个喽啰送她回到了良湾李家台。经过多年战乱，良湾李家台的兴旺之景已全然不见，大小商户纷纷撤离了，当然也不会有驳子船来停泊了。那时李屠户的老屋尚在，在湾台中间，李屠户父母没了，便一直空下，因没人住，墙体漏雨，屋后塌了一块。三娘回来后，大爹即派族人把屋子做了修补。当时三娘本可以大兴土木，但她想了想说："这兵荒马乱的，过一阵子再说。"幸好没有去造新屋子。

三娘住在良湾李家台后，不久就入驻了一些身着黄色服饰的工作人员。他们是进驻的土改工作队，来时就要访贫问苦，家家摸底。到了李屠户家，只有一个女人，已经有了身孕，问起话，三娘答得爽快："男人是湖里讨生活的，没了。"当时，湖区还有一种难以根治的病，据说是藏在钉螺里的一种叫"血吸虫"的瘟神，那虫儿是从人的毫毛孔窍中钻进渔人的肚子里吸血吐水，使人生大肚子病。这种病闹得凶时，往往十湾九空，良湾李家台得这种病而死的自然不在少数，这也是促成它衰败的一个缘由。工作队有随行的医生，把针管扎在大肚病人的肚脐眼里，可放大半脸盆水出来。不过尽管虫水放出来了，人依然救不活。工作人员见三娘如此回答，认为她的男人同样得了这个毛病，毕竟是伤心事，便不再追问其他。

三娘回到良湾李家台，这是认祖归宗之事，自然惊动了良湾李家台族长——就是李光宗的堂大伯，族人都喊他“大爹”，他与李屠户是总角之交。大爹见李屠户姨娘回来，暗下决心，要悉心保护。李大爹还怀有感恩之心。这是个有几百户的湾台，几十年来湖地里，今日你杀过来，明日我砍过去，因为这里出了个李屠户，受到侵扰的情况较少，有一阵子还发达兴旺，成了集镇。任何地方的财富都要一个积累的过程，良湾李家台比其他各族要富裕，难得露面的李屠户确实功不可没。

新社会开启了新的做法，人也要跟着变。三娘知晓如今不比从前，她不可能想怎么野就怎么野了。现在扛着李屠户的名头，江洋大盗、土匪头子的名号，已经不好听了。好在都是一笔难写的本族人，三娘回来时，随身带了一些光洋，拜访自家的族弟兄们，族家婆婆、婶婶、嫂嫂们，老家有威信的长辈时，携上几块光洋过去，先做了打点。这一点做得极有远见，族人们便达成默契把她保护起来，族里的稳婆见她的肚子越来越大，多次来看她动了胎气冇——稳婆做了一辈子的接生活儿，经验丰富，用耳朵贴近三娘肚皮听胎音，还有用手定期抚摸，把正胎位，产时一定会顺产。这是李屠户最后的一点血脉，万万不敢大意的。

其间，三娘也没闲着，给胎儿做了几身衣物，先给遗腹子做了一顶虎头顶篷，一只幼虎崽睁着大眼睛盘踞在头顶上，煞是威风可爱，披风后边，一条龙一只凤，意味着龙凤呈祥。良湾李家台的妇人，女红都是她们的拿手好戏，于是给孩子备衣料，帮忙给她做了个全套的。这时挺着大肚子的三娘，在孕期已经转换了角色，完全是一个有孕在身的可爱小妇人，她笑得也甜美，可以说，她的女红手艺还是假娘教给她的，但在良湾李家台得到了强化。湾台的妇人建议她要制作一件祈福的披风，良湾李家台感念三娘的舍心，便家家户户凑出了一些布角子来，剪成三角，一块块连上来，连成九十九块，做成一件百宝衣，祝福孩儿幸福活过九十九。这件披风也成了他们家的传家宝，老洋人穿过了，还轮到李如寄披过，弟弟妹妹同样也披过。兄妹仨长大后，其妈一直把这件披风当成宝贝藏在箱底。

到了生产那天，稳婆在房里接生，这是大喜事，要做诸多准备。堂屋里挤着族中人家的婆婆媳妇，烧水的烧水，煮蛋的煮蛋，把蛋用朱砂染成红色，称为喜蛋。工作队的大多数人员已经到更南的地方去了，只留下一个三人小组。有位工作人员懂点医术，过来问要不要帮忙，湾台的人不习惯女人生孩子时有个大男人在一边瞅着，就说有稳婆在，自然不用麻烦他们了。

孩子是顺生，本来是件蛮大的喜事。可生下来时，姑娘婆婆见了，大惊失色，这三娘生了个怪胎。这是不祥之兆，万不敢沾惹，妇人们带着一脸喜气道喜祝福的，哪知见了胎儿，如同见了鬼魅，本能地想发出惊叫，又怕惊扰三娘，忙捂着嘴，一个个逃也似的离开了。

婴孩全身毛茸茸的，完全是个金毛婴儿，头发也不是寻常的黑色，而是泛着一种金黄色泽，最不正常的就是他的眼睛了，像个半透明体，水蓝水蓝的那种，像对虾眼。别人家的孩子生出来，稳婆倒提双脚，拍两下屁股，婴孩要哇的一声哭出来。这婴儿不仅不哭，还发出“嚯嚯”怪笑声，这笑比哭可怕多了。

稳婆吓得手一哆嗦，她接了一辈子生，从没有见过如此怪异之事。早些年，良湾李家台也出过怪异之事，也是稳婆接的生，当时她生了一场大病，养了小半年才缓过气来。李光宗堂二伯家生了女婴，一次养到三岁而亡，二次养到五岁而夭。那次埋葬小孩时，大爹看出了端倪，从锅底摸了一把黑灰，抹在孩子尸体右额之上——如果说是还债，这家已经还了两次，应该还清了，要她下次托生，找别人家。哪知第三次依然来到二伯家，女婴右额上果真有块黑胎记。这女孩子倒是养起来了，十余岁给遣到很远的地方——就是云梦泽的北地，送给人家做了童养媳，申明永不来往。

这次三娘生产，心有余悸的稳婆见了，慌忙抽身而逃，母子连着脐带，都来不及剪开。她逃也似的离开了接生屋，对大爹哭泣起来，说不得了，又出了妖孽。三娘是个明白人，见妇人们纷纷离开屋子而去，她无助地嘤嘤哭起来。人说，为母则刚，她现在尽管不知如何是好，然而毕竟是见过大阵仗之人，难不住。她用牙齿咬掉脐带，给婴儿做了包扎。

75. 工作队破迷信开大会，宣讲基因变异

三娘生出怪胎，这是一件大事。李大爹毕竟经的世面多，遇事沉得住气，他没有慌张。

李大爹坐到自家八仙椅上，沉思默想一会儿，觉得这是大事，弄不好将祸及全族，他赶紧找了几位族中说话顶事之人，商量如何发落。几位族中长者陆续来到，各依次就座，李大爹让稳婆把事情前后因由讲了一通。大家听了都沉默了，脸色都显得有些为难。这李屠户是湾台的保护神，他好不容易给良湾李家台留下一点血脉，却是如此不祥，这如何是好？有人认定这是李屠户杀人越货做缺德事多了，才遭了天谴。有人认为这是李屠户托生转世，怕人认出，

变了个身份回转来。这是一个大难题，几位长者讨论大半夜，屋子的油盏已经添了三回油，灯芯捻子拨了好几茬，李大爹最后列出三种意见：一是李屠户先前待宗族不薄，他的骨肉应该保留；一是奇人异相，此儿也许是天降神物，今后说不定会给李族带来享用不尽的荣华富贵；第三则认为，此儿不管是天降神物还是遭天谴之物均不可以留下，因为如果是神物，必定会克死凡人，如果是天谴之怪，必定会祸害族人。尽管这三种意见各说各有理，渐渐地第三派意见占了上风，大爹为了全族人的身家性命，决定将此儿连夜浸猪笼，还要用磨盘深压塘底，让其永世不得翻身。

主意打定后，怎样从三娘手中拿过这个孽物，很是犯难。稳婆是最好的人选，但她已经被吓着了，死活不动脚。大爹家的大奶奶说三娘这个姨娘，是蛮好的一个人咧，对谁都是一脸的笑，她的舍心也好，想不到遭了此难。她说这是为全族人做好事，除害，她当自告奋勇来承接这事。大奶奶来了，见到了三娘和怀中的婴儿，便体面地找了个借口，说婴孩出生了，要抱上祠堂祖宗牌位前报个到，起个名号。这点规矩三娘是知晓的。她见妇人们离去，正一个人暗自垂泪时，大奶奶来看她，这是给她底气，给她把握，自然是满心欢喜，认为婴孩到了祠堂里，就是入了李家门，就生生世世是李家的人了。大奶奶抱上孩子临别时，顺便还问伢儿叫个什么名号，三娘很快想到，她是咬脐而生的，就说，一时半会儿想不出个名儿，先就叫咬脐吧。

众人在大爹的带领下，拿上香表纸烛，带上沉塘用的半边石磨，一只套猪的篾笼子，一齐来到水塘边。先燃香烧表，将炷香举过头顶往下连揖三次，意为拜天神；再往东南西北四方拜大地之神。拜完天地之神祇，对着水塘更是隆重拜过水神。如此拜过，又对着花衣包里的孽物纳头便拜后，再祈祷，李大爹亲自呼唤：“小爷子，我们良湾李家台这块儿庙小供不了您郎这尊大菩萨，请您郎到大地方将息吧!”说完趴在地上，叩了三个头。仪式做完后。李大爹让人把婴儿往猪笼里一塞，挂上石磨，举过头顶，就要狠狠往塘中心扔去。这时，有两位巡夜的工作人员在坡边上，见几个人燃香烧表，搞封建迷信活动，便叫了一声“住手”，赶忙持枪冲了下来，抢过猪笼，看到这一切，明白宗族之人将要干什么。

工作人员自然是认得李大爹的，在他们看来，这是良湾李家台最富有之人，有湖地，有良田，有牛有羊有牲畜，他本是要专政的对象，死到临头还要残害人民群众。工作人员狠狠地警告了一顿，这笔账要记在他的头上，到时一起算。

婴儿被抱走后，三娘左等右等不来，正在焦急之时，只见两个工作人员抱回了她的孩子。她见了这黄色衣装，本已听了不少他们的闲话，说他们要来“共产共妻”，因为自己过去的经历，她自然不会主动招惹他们。她见他们抱着自己的孩子，有些不知所措，工作人员对她说了事情的经过，并叮嘱道：“一定要看管好你的孩子。”又说：“如若不然，你的孩子定会被封建迷信害死的。”孩子算是有惊无险，三娘此刻知道李氏宗族无法庇护自己的孩子了，尽管她尚不知为何要害她的孩儿，但对这些工作人员，便有了几分依赖之心，他们就是参天大树，要靠着他们，自己今后才不会被欺负。面对这样的凶险，幸好三娘临危不乱，她心中打定主意，便双膝往工作人员面前一跪，说：“孩子是你们救下的，这是大恩大德，三辈子也不得忘怀!”她恳请给孩子赐个大名，工作人员想了一下，认为孩子差点被一伙愚昧的乡人害死了，多亏新社会救了他，多亏人民政府救了他，遂起名为李来恩。

三娘还要叩头谢恩，说她找到了依靠。按照乡俗，给孩子起名的要么是爷爷和他老子或干爹，三娘很顺溜地贴了上去：“你们就是孩子的干爹了。”工作人员严肃地说：“新社会不讲这个了。”三娘暗中欢喜，依靠新政府，今后有饭吃有汤喝。她从洋庙里掌灯，到湖泊里绑架了洋和尚，她听洋和尚讲过最多的字，恐怕就是这个恩字。这次孩子被新社会所救，是一种新的恩德，多种恩德合在一起，娃儿会长得顺利。

工作人员显然也看到初生婴儿的异常，为了破除封建迷信，更重要的是，使这个新生命顺利成长，他们便把情况汇报给了上级：一个大字不识的乡下妇人生了洋婴，希望能弄明白造成这一现象的原因？而这个异样的婴儿，差点被愚昧的乡人作为孽物沉入塘底。上级领导听了，找到医学专家了解原因。医学专家给出两点意见，一是返祖现象，就是说追溯到若干代以前，祖上有异化血统；二是一种生理机能的变异现象，即基因变异，导致产妇生出一种患有白化病症的婴儿。上级特别强调，要工作人员抓紧机会教育乡下人，对这种纯粹的生理现象，不要附会到封建迷信上，更不得残害新生的婴幼儿。

工作人员得到上级的指示后，在良湾李家台及四周的多个自然村召开了群众大会，为了强调和突出重点，开会专门就三娘所生婴儿的情况做了说明。

三娘一颗悬在喉咙的心终于放回胸膛之中，她悄悄地在胸口上画了个十字，叫了声：“哎哟。”

这个叫咬脐的孩子，也就是拜工作人员为干爹的李来恩，有了新社会的保护，不会发生让他们担惊受怕的事了。但又有一事，有点令人啼笑皆非，他身上长了毛茸茸的金毛，湾台的妇人们认为这金毛是财喜的象征，便用两根索线来绞他身上的毛发，这叫“刮金发”。在他十岁之前，定期有人悄悄地搜刮他的体毛，这些金毛像中药的药引，用途广泛。有的人家，把这金毛发装在香囊里，有的妇人因为这个小洋人，身体强壮，从未得病，在自己娃儿生病时，便用毛发掺在中药里煮水给孩子喝。在乡人看来，这个小洋人确有过人之处，长到十余岁身高就像大人了。

工作人员救了李来恩，同样是救了他们娘俩，三娘感念政府，从那以后，三娘完成变成另外一个人，她喜欢唱红歌，说进步的话。她觉得一定要为政府做贡献，以报答这深重的恩情。不久，良湾李家台兴起了全民“扫盲”运动，就是每到傍晚，各家各户的妇人们拿一个小凳子，到湾台祠堂去坐着，祠堂两边挂着夜壶灯——这夜壶灯便是把夜壶装满柴油，斩断一节粗麻绳，紧紧塞到夜壶口上制成。点燃时室内照得通明，只是人在里边坐上一两个时辰，鼻孔便煪（qiú）得乌漆抹黑。这是一个重要的工作，由工作人员亲自来进行，边给百姓“扫盲”，边讲干革命的大道理，要把人民群众的思想武装起来，为的是改天换地，为的是给云梦泽变成千里大粮仓大造舆论，做政治思想武装的前提准备工作。这个工作任务繁重，湾湾户户都要进行扫盲，工作人员有时一晚上要跑四五个湾台上课。

工作人员注意到，这良湾李家台有个三娘也来上课，大多数字她都认得，举手带大家领读的积极性同样很高。工作人员深感诧异，在乡下，识字的妇女微乎其微，但因为她拥护政府，表现得格外积极，自然不会想太多，便选中她代为群众扫盲。先让她预习“扫盲”的内容，再让她晚上给湾台的妇人们领读，这样三娘在群众和干部中有了一定的威信，他们从心底信服了她。过去还有人对她生了个“怪物人”有些成见，现在邻里左右，还有四邻八乡，都说这没什么大不了的，凡事习惯了也就没什么话好讲了。只是娃们打骂疯闹时，会叫李来恩一声“小洋人”，小来恩从未有半点不适应。

不久之后，以汈汊湖总场为首，联合横堤管理区、韩集管理区、新堰管理区以及靠北边的垌冢管理区，发誓要对云梦泽率先发起改造运动，要让这千里湖泊变万亩良田。县里领导决定四区一场开一个万人总动员大会，大造声势。选择会场一事引起了很大纷争，四区一场都想争这个主持的大会场，县领导最后决定在良湾李家台的大队部进行。这里有明显的优势，良湾李家台在这四区一场的居中地带，虽然更接近中心的地带应该是牛尾巴张家的和曾家湾一带，但这里毕竟曾是小小集镇，有人人皆心知而不明言的底份。这里地势很开阔，足以容纳万人，这也是优势之一。更有一点，良湾李家台东邻汈汊湖，南边是中洲垸，而垸外还有大中洲，是湖地中一块大的高地，谓之洲也。西南边是金鸡湖，北有老观湖和芒荡湖。这些湖各有特色和生态，比如芒荡湖，它的柴山，多是一种名为芭茅的荆棘丛林，渔民割下织成壁子，不仅可以住人，还有药用价值，冬暖夏凉虫害不侵。

动员大会上通常有一个环节，就是选派大会积极分子发言和表决心。良湾李家台有两个备选人员，首先是李三娘，她能识字，至少能畅读发言稿，是妇女代表的不二人选；再就是李光宗。他们是婶侄俩，同样是积极分子，如果二选一，妇女代表李三娘是当仁不让的人选，李三娘决心要跟着人民政权干下去，她这次是打定主意要上台表决心。而李光宗也不想输这个凿眼，看来婶侄之间肯定有一番好斗。

大会积极分子发言备选人定下来后，有了一些风言风语，三娘自然得知，毫不以为意。她说：“我是从那刀山火海里下来的，什么冇见过，我不是吓大的。”她隐约感到李光宗与她明里暗里在争这个名额，一时间，这对婶侄互相看得很不顺眼。如果是那时在湖荡里，谁敢与她争，和她争的人没生出哩，早就给她抹了脖子，不知有多爽快。这时李光宗还找上门来，说些二五点子的话，像是好意劝她，让她听听：怕有人算过去的账，挖出深藏在地下的土匪婆子，那后果就不得了了。

三娘打定主意要上台表这个决心，她恩威并举，还采取迂回战术，要对李光宗攻心。她与李光宗的婆娘拉了家常，得知她的儿子有血吸虫病，当时正在接受改造的国民党余军医发现了一种中草药半边莲，可以药死血管里的血吸虫，每天喝三次这种中草药，把个小孩喝得瘦骨伶仃，脱了人形。家里又困难，没有能力给孩子补充营养。三娘悄悄地塞了几块光洋，让给小子补补身子，感动得光宗堂客痛哭流涕，跪在三娘面前叩头谢恩。这时一挺书记早有定论，识几个字、能念发言稿的女人是宝贝，最为难得，便毅然把两人的名单报上去，由区里裁定。

最后，区里领导刷下了三娘。三娘认定是光宗侄儿与她抢机会，对李光宗有了几分恨心。但她得知区长是盘得头时，脸色陡然变了，半晌无话。当然她得知区长是谁时，离这次争发言机会已经过了好久。

云梦泽最大的祸害就是一眼望不到边的芦苇，它不仅能藏污纳垢，而且根连根根串根，在污泥中结成一大片又一大片。这芦林草深，据科学家最新证明，它是藏血吸虫和钉螺的最大祸首，而血吸虫病是云梦泽的第一大杀手，闹得凶时能让云梦泽十湾九空，“万户萧疏鬼唱歌”是极真实的写照。现在找到了根治苇芦的好办法，不仅这样，还可以使芦苇变废为宝。听说芦苇是造纸的最好原料，造出的纸雪白，晃学生娃的眼睛，连一点黄色的痕迹都找不着。区公所领导派驻工作队进湾，湾湾台台发动员令。听政府说，天津卫有洋人办的造纸厂，就是用芦苇做原料，但他们要把砍下的芦苇运到天津去，成本太高。大领导得知便发了话，在汉口一带建一个天津卫那样的造纸厂。主意一定，造纸厂开建了，这厂一旦建成，就会像个饕餮之口，要源源不断地往里送原料。因此要改造云梦泽，必须先从斩断芦苇开始，而芦苇最密集处，便是这四区一场。

可是芦苇割下之后，不是捆扎装船送走就行了，而是要费一番工夫，先割下芦苇，再晒干，刷掉芦叶，用芦梭子把苇秆梭开，再用锤子把芦秆锤平展，打成芦席，装船送走。造纸还要费这么多工夫，但因为政府威信高，谁也不质疑。再说，这也是为了改造云梦泽——一举两得的大好事。

三娘从未织过芦席，但毕竟是贫苦人家出身，真正吃起苦来，还是与湾中人有得一拼。她做这些活儿，没有帮手，便做了小洋人李来恩的许多工作，告诉他这条命可是人民政府和党给的，不然他早就被大爹浸猪笼沉了塘底。小洋人李来恩听了，就知道姆妈又在拐着弯变着法子榨他的油水。三娘笑了，便直话直说，我们要打的芦席比湾台的人多，只有这样才能报答政府和党的恩情。娘俩思想统一后，说干就干。但荡船割芦苇，这都是体力活，娘俩捆扎挑上船都是不容易的事情，便找族中小后生哄着做帮工，当然会悄悄塞块光洋做脚费。三娘起先手脚不甚麻利，手上划出一道道的血口子，她只有忍住疼，坚持起早贪黑地梭、锤、织。那时湾台中，锤芦席片的声音此起彼伏，好不热闹。通过一段时间的练习，三娘每次上交的芦席不仅织得密且厚实，按人头来算总是超额完成任务。

一挺得知了三娘的能干，要着重培养，让她做妇联主任，就是说，族中和附近几个湾的女人都归她管。三娘听了光宗传过来的这个口风，并不甚谦虚地说："这个我也拿得起的哩。"年底把干部的名单往区里报，三娘的大名依旧赫然在列。区长盘得头大骂一声："牛鸡巴捣的！"命令通信员快速把一挺书记叫过来，盘得头一向对一挺比较尊重，有时喝酒感觉少了滋味，硬要把一挺叫到区公所来，大醉一场。这次，他的脸色吓人，咬着腮帮子，一字一顿地对一挺说：“别给老子再惹事！对这个堂客，不要叫她抛头露面，要控制使用！”吓得一挺赶紧把三娘名字划掉了。年底在区里当先进、挂大红花，也没三娘的份儿。

随着对李大爹的一声枪响，三娘算彻底地醒了黄，清白了。对她这种人，新政府是难以过于亲近的。

她从此就死了亲近之心，把自己包紧，做个缩头乌龟。

第十四章　夺得屠宰冠军，以此证明血统纯正

76. 族叔是个人精，左右逢源，汇聚万人精血救过三娘

李如寄认定奶奶和姆妈这种比起婆媳更像母女的关系，是双向奔赴的。先是三娘救了她，后来其妈救了三娘多次。李如寄认为姆妈对奶奶的情感，应是由一股感恩之心和在这块土地生存得不踏实之感交织促成的。

“宗叔一直照顾我们家吧？”李如寄问。

“世间难找的人精呀！心思几多活泛之人，找不出第二个来。”其妈感叹道。她讲到李光宗的大爹上了万人大会被枪毙这件事。“万人大会上枪毙他大爹，是在大队部场地上搭了一个高台子，全大队戴帽子的坏分子都要陪斗。”前几天晚上，李光宗以贫协主席的身份，名义上是教育坏分子，其实是来与他大爹做最后告别。他表面上带人带枪来，把整个屋子围起来，一进屋，却跪在大爹面前，然后对大爹诉说了许多过去大爹对他如何恩义的话。他大爹不知他葫芦里卖的什么药，依然用充满仇视的眼神瞪着他，一声不吭。李光宗明着说了：“大伯爷，你郎大会小会挨斗，分你浮财，斗争会上有人用脚踢了你冇？啐了涎喷了口水星子冇？骂了你冇？”他自己回答：“都冇，那是因为我还坐在这个贫协主席台上，我明里暗里帮衬着咧。”

大爹这才听懂了他的话，说：“侄儿几多能干。”大爹便对着他安排了后事：“这兵荒马乱的岁月，我也挺过来了。过了一场人生，看了太多事情，随便一捏指头，熟悉的人死了一大排，各种死法都有，死相也见过许多，人头砍下不就是碗口大的疤吗？新政府说我有血债，作为族长，对宗族之事，哪有不管的道理？这是家务事，动动家法，行个族权，怎么往血债上扯呢？不孝后生，违反族规族法，行个父权，浸猪笼沉塘，哪个族长不做？这是做头人的权力。侄儿你呢，做了一场干部，我最后有个要求，要我走那条路，也没什么后悔的，只是到时赏我一个全尸吧。”

李光宗叩了三个响头。他离开的时候，装着大声训斥自己的大爹：“只准你老老实实，不准你乱说乱动，不要死到临头了，还指望着搞封建搞复辟，搞反革命破坏。”这话自然是讲给随行的民兵听的。

枪毙李大爹那天，县区乡三级政府为了教育广大人民群众，在良湾李家台大队部召集万人大会。台子上站了拿枪的警察，大领导讲了话，这次轮不到李光宗讲，他只做带头喊口号的人。他在口号里总结了大爹三个罪行：一是剥削压迫人民的地主阶级国民党反动派的伪保长；二是东洋人的维持会长，是汉奸走狗卖国贼；三是杀人不见血的封建宗法制度总代表。“打倒地主老财，反动阶级不肯退出历史舞台，我们革命群众就叫他灭亡。”李光宗的嗓门并不是很大很洪亮的那种，就像熬夜打麻将的人，有点沙哑，喊口号有点颤音，但确实非常有感染力。他如果用上洋铁皮话筒，更有感召力，他这次喊口号居然给领导留下了好印象，后来多次被召到镇上十万人大会去喊口号。

这次万人大会，在枪毙李大爹之前还有一个环节，就是要组织人上台控诉。其妈当时是参加者，所以记得很清楚。这个控诉是由三个群众代表来完成的，一是控诉李大爹以神权来吓唬人，他讲这湖地的大肚子病，就是上辈子造多了孽，才有今生的苦。他自己就不得大肚子病，因他上辈子是个大善人，这是蒙骗广大群众，为剥削阶级服务。二是以父权杀人，一对青年男女反对包办婚姻，自由恋爱，他居然行使父权，把这对年轻人浸猪笼沉塘底。三是在他当族长期间，仗着李屠户的邪恶势力，将自己宗族的地盘不断扩大。本来这湖地的水面地盘，皆是划地为界，结草为标的，哪知李大爹善使阴招，利用各种手段，破坏各宗族的地标，使本族与外族族斗频繁，每次都造成双方族人重伤，死人不断。更可恨的是，凡在族斗期间逃避者，就得开除族籍。更有甚者，与外族争斗时，为了检验本族子弟的忠诚，往往安排与对方族中的亲友干仗。李大爹这一招太阴狠了，他让一对翁婿对打，让女婿打死了自己的老丈人，还美其名曰："乱亲不乱族。"搞得别人家破人亡。这就是当时集中火力攻击的宗族三权——神权、族权、父权。

事后，在湾台的人看来，李光宗是个灶膛作柴火之人，那时人文化浅识字少，讲稿都是由他组织撰写的。这人又是他的大爹，如此下狠手，左邻右舍的人都对他起了提防心理，故对他敬而远之，他不得不把枪毙之前见大爹的事私下说了出来，他这是两害相权取其轻，不得已而为之，如此才能左右逢源。

李如寄转移话题，便问："这个枪毙李大爹的万人大会，让奶奶受了很大惊吓，生了很长时间的病吗？"

其妈说："想到你的奶奶，我就难过，只要想到她，她就好像在我眼前晃动着。她一向不出湾台，总是坐在大门口，怀里睡着一只猫，夏天吹点巷口风，冬天晒暖和太阳。你奶奶是个可心人儿，她低着头那么一笑，月牙弯弯，一把年纪了，还是个美人胚儿。那个枪毙大会之前，她在床铺上翻来覆去，整夜难眠，一夜下来白了头。想你奶奶，做过响马的人，在刀上舔血而过，到了新时代，还受过新政府的恩德，却成了胆小如鼠的人。”

李如寄怎么也想不出奶奶的美来，只是想当然地作出判断：“奶奶是在湖里讨生活的人，湖干了，她的底气就没了，就像掐了脚的螃蟹，动弹不了了。”

其妈继续说：“她当时不肯参加大会，有顾忌哩。你奶奶闹过土匪，名头响得紧，这新社会，让她生儿育女，有了牵挂，可三天一个运动，五天一个批斗会，已经把她吓得半死不活了。因为拖家带口才有了顾忌呀，不像闹响马那会儿，一人吃饱，全家不饿，潇洒得紧！这人一旦有了包袱，胆儿怎么会肥得起来？再说，现如今生活又安宁些，她自是想安逸终老。她不去肯定不行呀，当时她把我的手拽得紧紧的，浑身发抖。一声枪响，陪斩的人倒了一大排，你奶奶离台上很远，听到枪声，吭也不吭一声，就昏死过去了。”

李如寄摇摇头，从这点来看，奶奶过去走刀山下火海的事，似不必太当真。他内心充满矛盾，分析说：“奶奶一直过的是提心吊胆的日子，是因为她头上悬的这把宝剑没有落下来。”

其妈说：“我当时真切地听到你奶奶肚子里一声闷响，心想她的心被崩烂了。”其妈把她背回家，放到床上，半个日眼没有醒来，见到三娘腿肚子上流出绿色汁液来，心想是不是她穿的靛青衣裤掉色？但细看那绿汁又像是从腿毛里渗出来的，心里知晓她的胆恐是被那一枪崩震破了。有个小半年，三娘才缓过气来。

李如寄听了，觉得三娘成了个胆小如鼠之人，全然坏了压寨夫人的名头，真是此一时彼一时也，便问其妈说：“咱家‘龙鳞片’这个传家宝呢？”

其妈说：“那时已经化成水了。那缸水无法保留下来，腥臭不可闻。”见三娘如此症状，又无“龙鳞片”可用，其妈一时没了主意，只好求助李光宗。他幼年在城关，是不是守过中药铺子的，不得而知，只是见乡人有毛病，便会随口一诵，甘草多少钱，白芷多少钱，车前子多少根，让人自己去采药购药，一吃，果然就好了。求他时，他做了激烈的思想斗争，沉默了半晌，说："要说病因嘛，是起于万人大会上被吓破了胆，要想医好，只好用人民群众的精血来治她的毛病。"其妈想来想去，真要人民群众来，要多大场所才装得下？病还没治，又惹出新的毛病，其妈想到当时他喊的口号里有"总代表"，难不成李光宗就是总代表？如此，她去求了三次，第三次不再恳求，一进他家门，便长长跪下了。这样感动了李光宗，他治病时，不像巫婆神汉那样子，不许任何人在一旁，自然连个二神"扶马"也不找，只容许三娘的猫守在一旁。就这样，一个月悄悄地来了三次。每次离开时，他都提着自己带血的手指头。其妈寻思着他肯定是咬破自己的手指，把血滴进三娘的嘴里，却又觉得他是被三娘养的猫咬伤了手指，心思很是矛盾。

这以后，三娘的毛病逐渐好了起来。不过她性情大变，惧怕听见雷声，一有雷声，便要其妈把她的头包得紧紧的，躺在床上如同一个活死人。幸好，她喜欢养猫，先是一只黑猫，后来又养过一只黄花猫，它们都喜欢盘在三娘腿上睡觉，三娘很多时候只和它们说话。

李如寄记得奶奶的猫，对黑猫没有印象，他记得是一只黄花猫，还有一只白猫。这两只，一只凶悍，一只温柔。湾台的人都说她的猫来得不明不白，许是三娘带回来的光洋变的，因为三娘从不曾叫猫，也不曾给它们起名，开口称呼："我的财喜儿。"

在分析三娘的性情变化为什么如此之大时，族叔同样向李如寄讲述过这件事。族叔这样说："人怕有了寄望，有了顾虑，有了这些，人就在乎了。"李如寄自然知道族叔为何反复强调奶奶性情大变，族叔对自己这个小婶婶，心情其实是很复杂的。听得出来，族叔对李如寄奶奶还是赞赏更多："你奶奶是何等人物，你体会不到，她称雄的时节，你还在你娘的腿肚子里转筋哩。我是有真切感受的——要为她治病，一个江洋大盗的压寨夫人，皇后般存在之人，不用精血来与之相克，根本就没法治，这可是铁定的中医的理论，叫作'阴阳相克'，一物降一物。"族叔从李如寄身上收回目光，看了看遥远的虚空，似穿透了几十年的岁月，平和的脸上露出了一丝笑意，便说："这样治疗你奶奶，是行之有效的。"

77. 一挺书记亲自面试，子承父业做屠户

这个先叫"咬脐"，后叫"来恩"的小儿，确实是良湾李家台族长大爹的灾星。

李大爹先被打成地主，家里的地被分了，牲畜被分了，连老屋多余的几间房也被分了。他活着的最后几年，只能住在一座小破屋里，最后为偿还血债而遭枪毙，李大奶奶因为惊吓过度，已于几年前走了。

总之，良湾李家台一日三变。先是"族长"这个神圣的名号被取消，选了最贫最苦的老农做村长。湖泊经过几年的改造，一次次被疏通，最终改成良田，几年的丰收，让家家户户粮仓里的粮食堆上了屋顶。可是，水一旦流失，龙再无藏身之所，人类将与龙族争夺生存之地，每到春夏之际，就会发生一场混战。滔天的大雨从天

而降，把人类改造的田地冲了个精光。人类逼得龙族节节败退，先是隔一年发生一次水灾，慢慢地龙脉动摇，两年、五年、九年发生一次大水灾。待到最后一次大水，就是漂来李如寄姆妈的那一年，有人看到，一大群巨龙，纷纷从汈汊湖这个最后的龙渊之地，不顾雷公的万钧之力，冒着被击成碎片的危险，视死如归，冲开云天，直抵天门。龙本藏于渊，现渊已无；本应属于天庭之物，却又无法回归于天；悲壮傲视天地的龙族不再委曲求全，索性主动迎接雷劫，让雷电击碎自己的肉身来个干脆利索吧！

新的时代真正来了个翻天覆地。要说三娘本人的变化，也是十分明显，她对新时代打心底是拥护的，至少她们娘俩的命是保住了，如果当时不是工作人员救了她的孩子，孩子没了，她还能活得下去吗？但她同时也亲眼见识了大爹的下场，这也是让她没有料到的。她有两大缸光洋，埋在自家的墙角根里，那段时间，她犹豫是不是要向娃儿的两个干爹坦白，由此变得忐忑不安、魂不守舍起来。交上去，倒未必有多心疼，只是自己一旦上交，别人就会掏底探她的根——她的过去，她就会被当成反动的残渣余孽管制起来。

那段日子她异常苦恼，好在都一点点撑了过去。

到了三年灾害时期，湾里人一个个全身浮肿，活不了命了，她觉得不如用这两大缸让自己心里不踏实的光洋，救救自己、救救族人的命吧。她用了半年时间，悄悄地塞给族里的人。通过几次运动，族人们明白了该怎么保护自己又不伤害他人，该吃吃该喝喝，就是不要胡言乱语。故三娘散掉这些光洋，做到了神不知鬼不觉，后来她无比欣慰，似有顿悟，人一旦生了舍心，就会度过一切难关。好像是洋神讲过，佛菩萨也说过这话，新政府不也号召为人民服务吗？只是嫌弃她这类人而已。

日子熬到小洋人成了半大小子，三娘把希望全部寄托在儿子身上。良湾李家台有了一次招工的机会，本没小洋人什么事，何况这又是个肥缺，是去屠宰场杀猪。那时，这个传统的营生成了肥缺，这是对小农经济改造的结果，通过记工计酬，慢慢到了什么都要凭票——布有布票，粮有粮票，粮票有县级、省级、国家级粮票；吃油则要油票，镇上先前没有榨坊，设备是从破落业主邓划子那儿，那个残腿罼种那儿迁过来的。现是集体的产业了，榨油的人都是工人阶级。

屠户吃了香，每户吃肉是要有肉票的，每月定量每人二两肉，一户十人不足两斤肉。良湾李家台几个自然村，得了一个季节工指标，农忙时回家种地，农闲时才去上工，是半个工人半个农人。这是抢破脑袋的好事，谁也不可能想到小洋人，轮不到他去干这个营生。这时，大队干部及他们的亲属，都想尽办法要挤上这个指标。一个大队有书记、大队长、贫协主席、妇女主任、副书记、副大队长、会计、民兵连长、总记工员、几个自然村的队长，所有干部及家属加起来，有百人之多。这么一个庞大的队伍争吵着要这个指标，实在把大队的一挺书记吵得头昏脑涨——何谓“一挺书记”呢？他在大队里职务最高，挺起腰来肚子也最大，故被称为“一挺书记”。书记为这个指标而烦恼之时，小洋人到大队部小卖店买鸡蛋，这小店是苏维埃烈士之孙建忠哥在当售卖员，小洋人凑巧来购买盐油日用品。此时，一挺书记在大队部的场子上遛弯，思考工作分配问题，见了小洋人，招了招手：“来来来，他奶奶的蛋，信了你的邪，说个话。”一挺书记的口头禅一出口，肯定要定下大事了。当时李来恩哪知这些事，更不知一挺书记以及他背后有个人就要改变他的命运了。

“家里就是你和姆妈两个人过活？”

小洋人点点头。

一挺书记说："好，这是孤儿。是优势，可以照顾。"

"祖上是杀猪卖肉的。"

小洋人点点头："我那老子人都叫他李屠户哩。"他有几分自豪地卖弄。

"好，这是子承父业，天经地义，事业要代代传。"一挺书记下了决心。

小洋人一脸木然，不知如何作答。

一挺书记自言自语："人的身材要高大，相貌要千里挑一，难找！"

这一下小洋人更加不知怎么回答了，一挺书记向他挥挥手，让他自个儿先回去吧。

第二天，大队部和各村宣传墙上贴有招子："屠宰场选录人才的标准"。招子一出，谁也没什么好争了，特别是那些在桌子底下动作频频之人，搞资产阶级法权者们，更是没有指望了，这指标硬抵硬，一项项对。先说谁是屠宰世家，有一户人家爷爷干过此营生，可他家不是孤儿；更难的是长相，除小洋人外没有第二个人选。这简直是专门为他家量体裁衣制定的标准。

78. 发明"开颅豆腐"

由此小洋人命运开始有了转机。

先安排他到镇上屠宰场上班。小洋人做了工人阶级，即便是临时的工人阶级，也是光荣的。上调到镇里工作后，就不方便叫小时的诨名了，乡里乡亲的很快改口叫他来恩。嗯！这个名字是工作人员起的，就是有水平，叫起来也顺溜。

李来恩就去报了到。先是在大队记工分，不拿国家的钱。几年学徒生涯，努力下来没有白费，小洋人把个屠宰手艺练得飞飞转，便转了正，拿上了城镇户口，吃上了商品粮，拥有了国家发的薪水。谁敢说他不是李屠户的儿子？

他练就了一套屠宰绝技。要捉猪来宰，大师傅就叫一声："小洋人，捉一头牲口来。"他有使不完的力气，一声"好咧"，身子已经扑到猪跟前去了，一脚把猪的两个蹄子绊倒，一只手抓猪前蹄，一只手抓后蹄。猪知道自己大限已到，有如此煞神在此，吓得叫不出声来。他把猪往案板上一放，手执弯刀，对准喉管一刀下去，猪嚎了一声，血"轰"地喷到案板的盆子里。别人刮猪毛，要花上大半天工夫，他很快在猪后腿根儿上把皮划开，用个铁钎往猪身子里捅几下，自身鼓足一口气，往猪身体里吹气，扎紧猪后腿，放到滚开的锅里把毛一烫，用个铁刨子，三下五除二地把猪身上刨得无比干净清爽。这还不算完，小洋人有手艺——把肉和骨头剔开，那叫个干脆利索，不用第二刀。他卖肉时，手艺更绝，就一手抓，抓来掂量，分厘不少。

这个区的区长盘得头，得一点闲工夫，就要来看小洋人宰猪，总是赞不绝口。就是他把小洋人这个临时工转了正，让他成了国家的杀猪人，就是他向县长提出，搞一次全县屠宰比武，区长盘得头这次要小洋人露一手——设了六个单项奖，一个杀猪全能冠军奖。六个单项比赛分别是：徒手抓猪奖、一刀见红奖、一气不歇吹猪大奖、滚锅烫猪毛奖、刨猪毛定时奖、削皮剁肉剔骨快手奖。还有个

“一手抓，分厘不差”特别奖，比的自然是徒手代秤称肉。此七项全部得第一名，谓“全能冠军”。小洋人七项比赛全部夺得第一，得了七个奖，自然就是全能冠军。

得了如此殊荣，小洋人没有一点飘忽，回到家里，见到三娘，把这些奖状往她面前一摆，说：“今后看谁敢说我不是李屠户的儿子。”

他找到了光宗，对他说：“光宗大哥，你是大队贫协主席了，要帮我一个忙哩。这些年来，我听了太多闲话，别人总说我不像李屠户的儿子，你要帮我开个会，证明一下。”

李光宗觉得会可以开，但向人证明是李屠户的儿子，却要点技巧：“你这个苕头芋脑的家伙，锣是锣鼓是鼓，敲得要分明，响声要不同，这就必须配合得好，你如此直巴老桶的，怕是越描越黑。”李光宗爱惜地说：“不如这样，因为你为家乡争了光，大队可以开个大会让你介绍一下自己的先进事迹，再给你颁个‘特别优秀奖’。”

开全体大队会议，这不是个小事，要通过一挺书记。正好昨天一挺书记到镇上买肉，来恩留了好的坐腿肉，要为他送过去，顺便把上周得奖状之事，向一挺书记报告下。这是自己的恩人，三娘说过对他一万年也不要马虎的。一挺书记见自己选中的年轻人，有几把刷子，一拍大腿说，这要大大地宣传，先在大队部的大喇叭里，让播音员喊上三天，再开大会。但他又说：“你这个苕货，要谢更得谢盘老爹，他说你是给李屠户搬灵牌子的人呀。”他叹口气接着说：“这一带的人，很多都得过你老子的好，都在他手底下讨过生活哩。”李来恩听得云里雾里，不明就里。

小洋人感激涕零，一举两得，既在乡亲们这里显了摆，证明自己是李屠户的儿子，如假包换，又不露半点声色，年底时，特别给李光宗一些上好的五花肉灌腊肠。

区长盘得头认为小洋人给区上露了脸，很是高兴，让他在村、大队、乡三级先进代表会上做了重点发言。小洋人一时风头无两。

在观摩小洋人杀猪的过程中，盘得头慢慢养成了个喜好——猪刚杀好时，快速劈开牲口头骨，整个取下猪脑子，拍上两坨蒜捣成泥。蒜泥渗透力强，入味快，再抹上盐、淋上麻油、蘸上酱、拌上醋和辣子油、撒上葱花，最后扑上胡椒粉，命名为“开颅豆腐”。这是盘得头发明的一道菜肴。“开颅豆腐”还有个一式两吃法：砍下猪头时，即时取出猪脑子，搲（wǎ）上尚未凝固的猪血，把两者搅拌捣碎，拌以佐料，盘得头给它命名为“红白喜事”。这红喜事是老家嫁娶婚姻，白喜事是上了年纪的人走了，家人穿孝服、唱孝歌，吹吹打打皆是喜庆之意，用来命名“开颅豆腐”实在不甚妥当。然而这是盘得头创造性的发明，想得出来叫得出口，大家跟着叫，真叫顺了口，成了习惯，一直叫到现在。这道“开颅豆腐”与“红白喜事”最终上了餐桌，成为当时最为名贵的一道菜肴。

李如寄对这两道菜还有印象，小时跟着他老子沾过光。记得那时，老洋人用茶匙给李如寄搲上一勺子，送到他嘴边，“啊”的一声，自己也张开了嘴，便说：“快接住吵，不要撒了，糟蹋了。”李如寄把嘴张得老大，老洋人便把一茶匙填进儿子的嘴里。这菜来不及也用不着咀嚼，合嘴就吞进胃里去了。李如寄记得这个生活中与自己老子互动的细节，特别清楚处，便是老洋人见儿子吃了一勺子自己搲的菜，他的馋液同时冒了出来，便会狠狠地“咻溜”一声，表达他这对道菜的高度认可。

79. 小镇有个新堰闸，闸上像个养老院

“从前这小镇不是现在这个样子。”姆妈说。那时中支河宽阔得很咧，每年冬季，公社都会组织社员清淤泥，让水道畅通。中支河有条支流进来，设了一个闸，就成了新堰闸。闸上是晒太阳的好去处，有个养老院。一群老头儿在这里卖点小东西，金干角、兰花豆、芝麻饼子，红的、绿的、白的、黄的糖豆豆，这都是放在一些圆口的玻璃瓶子里的零食。风一吹，灰尘就把这些吃食罩住了，用手一揩，玻璃罩子便干净许多，不影响它们的口感。其中这酥麻糖可是李如寄的最爱，放入口中，口水拼命从舌底涌出，那酥麻糖不用牙咬，便化到胃里去了。这群老头儿便如此养老度日。

有时，盘得头会来这闸堤上。他一来，一根闸柱子不管是谁靠着，他自是不讲客气，便靠上去，两腿叉开半盘着，嘴里叼着不曾熄火的烟。他这样坐定后，便从口袋里掏出烟来，当时是无过滤嘴的香烟，不管老头还是老太，见人就发。他是那么一抛，很有准头的，接到的人便惊喜地夸赞一句：“大前门牌子、游泳牌子的，比老百姓抽的大公鸡牌子好，这可是干部牌子的，好烟。”做完这事后，盘得头便双眼一闭，打起呼噜来。太阳当头晒着，他口中衔着的烟成了长长的一截烟灰，依然在盘得头的上下唇上，不会落下去。盘得头在这里半躺着晒太阳时，桥上的人们无论老幼都叫他盘

老爹，他笑眯眯地回应着，只要到这里来，他的火暴脾气一点不会显露出来的。这个小镇咧，是他画了一个圈，一砖一瓦建起来的，早先乡里人把这里叫成裤带街，就是说只有几幢房子、几户人家。这个闸和支干渠能建在这里，是他盘老爹从县财政跑来的资金修造起来的。每到他在这里躺晒的时候，闸下转弯处，会有一些人等在那里，等着他晒足了阳光，来找他请示汇报的。这些人在镇子上多少是有头有脸的，但他们绝不敢在盘老爹晒太阳时来冒犯他。新堰闸因为有盘得头躺晒而多了几分威严。

闸的那边，一个铁皮圆桶做成的火炉子旁，有个光秃秃的老头，大冬天也只穿着汗衫，光着膀子，从那火炉里贴锅盔。一个月有一两次，会做几锅猪油锅盔，那是拿钱都买不到的东西咧，排队的人从闸上排到闸下。有人还要排，只听有旁人大喊："猪油锅盔冇得了啦!"人们骂骂咧咧、叫叫嚷嚷地散开了。李如寄也是记得老洋人的恩情的，此处不应写老洋人，不合李如寄的心态。他从老洋人这里拿了猪下水回家时，只听老洋人压低声音说："去秃爷那里拿猪油锅盔，上个月我就帮你招呼了。"到了秃爷那块儿，秃爷斜着看了他一眼，并不理他，从火炉的口旁，把那油渍渍的破布一揭，露出锅盔的一个角来。他伸手一抓，秃爷说："慢着，要你老子多批点猪油渣子给我老不死的，你就有猪油锅盔吃了。"

闸的这边，有个泵站，内涝时，泵站一开，嗡嗡之声，盖住了杀猪的叫声，还有老洋人在猪场与女人寻欢作乐的叫声。这马达声一响，小镇上的人们便知道这是排内涝，终于又迎来了丰收年。内河之水导进了中支河，流进了汉江，故乡之水就汇进万里长江，涌向东边的大海。故乡上了年纪的人都知道，这也是走蛟的河道，"走蛟"被打上了迷信的印记，尽管电闪雷鸣之时依然有人仰望天空，但老人们好像忘了湖泊里有这一茬子事似的。

“泵站河的对面，就是那个让全镇人吃肉的屠宰场，这里估计不太记得了吧？”姆妈问道。李如寄回答道：“怎么会不记得呢？”那时三个孩子中只有李如寄大一点，其妈会逼他到小镇上来，找小洋人，要点家里零花钱，顺便让小洋人带点猪下水，打牙祭，因为正当的猪肉都要凭票购买，限制资产阶级法权抓得很紧。其妈从未去过他的屠宰场，她有时也会到镇上买点日用必需品，但宁可绕道，也不肯去。李如寄问过她，其妈居然说，那个地方真的垃圾（wā）死了。这“垃圾”，还可说成“趿靸”（tā sǎ）、“腌臜”（ā za），皆是脏的意思，脏到心里去了的那种脏。其妈变换着词汇形容自己男人所在的屠宰场。当然，李如寄只知姆妈对这个地方很是不喜，却不知其中的缘由——不知是她怕撞到了老洋人正在做什么好事，还是说这屠宰厂杀声震天，惨叫声不绝，让人心生厌烦之感。总之，两者兼而有之吧。

好在镇上离良湾李家台并不远的。每次要小孩去，其妈会把书包与衣服下摆用针线敹（liáo）起来，不让小孩因为贪玩而摇摆脱落丢失，有时小洋人给孩子带的东西，用个夹子夹得紧紧的，不让溜出身外。李如寄奶奶从不曾到过小镇，她喜欢吃点镇上的油条和烧饼，其妈往往为了这个，亲自到镇上给她买。有一次，其妈告诉她，说城关镇榨坊的物件，都摆到了泵站河的棉花收购站里，要做个榨坊。三娘听了，脸色大变，说：“这东西死摆活摆也摆不脱，跟着到了这里来。”

此处将老洋人称为“小洋人”，因为在他结婚前后的这个阶段，乡人包括镇上的人皆用这个诨名称呼李来恩。

“你小时候是个犟货，总喜欢和你老子斗着来，说你老子这个不好，那个不好，但你们的营养还是跟得上，这点多亏了你老子吧。”姆妈现在念起老洋人的好来。

李如寄笑了笑，拿姆妈打趣：“过去我与老头子对着来，有你郎的功劳呀。你郎说他像个骚公猪，见到母的就上，要我去捉，让他出丑。不然他今后另组个家，不要我们了。”

姆妈没接他的话：“他这辈子，就这德行。”

第十五章　返城之路滴滴泪痕步步血印

80. 难以忘却这座城市中的那座红房子

梁一真得知尹志红要卖掉自己的别墅，回到她父母下放的地方去。

不管遭受到怎么样的打击，她做出这样的决定，还是让梁一真大吃一惊。

梁一真自认为是了解尹志红的，她俩在一起时，尹志红谈得最多的是自己的经历。梁一真是可以勾勒出尹志红的成长经历的，对比一下，她觉得自己很苍白，人生没有什么波折，从小学到中学再上大学，最多只是从一个城市到另一个城市而已，又留校做青年教师。生命如一条直线，十分简洁明了。

尹志红完全不一样的。她几乎没有停歇过，一直在拼搏之中，现在稍有喘息，老洋人却出了这等大事。一个从谷底拼足气力爬上岩顶之人，刚喘上一口气，便被命运之神一脚踢下悬崖，这确实有点残酷了。

在这样一种心境下，她做出重大决定，是不太明智的。这是梁一真的第一个反应。

梁一真了解尹志红对这个城市的热爱。她在这个城市出生，度过童年，又随父母在三线建设时期下放。那个时期，她的爷爷奶奶尚在，她每年寒暑假都会回来，住在爷爷奶奶家。那个房子，是工人住宅区，五六层高，有盖瓦的屋顶，外墙是红色砖块，整个住宅区有几十幢这样的砖混结构的低层楼房。尹志红谈到这里，眼里闪着泪光，颇有几分动情，她说：“我们家的红房子。”

这里其实与她们家关系不大。她父母过去也没住在这里，是住在高知楼房群里，条件比爷爷奶奶家要好得多，也大得多。有次真儿细问，尹志红沉默了好一会儿，才说蛮大的。她自己家的房子，一定有什么心结吧，她很少提到过去住的房子。真儿只好如此想，也许在她尚有些记忆时，他们全家就下放了，住房被收回，真儿设身处地想见自己的房子被收走之痛，对尹志红的含糊其词便算是理解了。

爷爷奶奶家的房子，似乎承载了她整个童年的记忆，这是一个无厅的两居室，每次尹志红来爷爷奶奶家，就住在阁楼上。那是在爷爷奶奶住的床铺上边，几个建筑搭架子用的圆形钢管插入两边墙体，顶上空间只有半人高，只够安睡，孩子坐在上边直不起腰来，爷爷奶奶在下床的空间，尚可以挂上一顶蚊帐，工人阶级有办法，在两床之间，用小钢条焊接了一个可以上下攀爬的铁梯子。尹志红睡在上边，只能躺着看看连环画书，这个小阁楼，不只她一个人占有，有时是她的堂弟，有时是她的表妹，有时是三个小孩挤在一起。到晚上吃饭时，奶奶不容许孩子喝过多的水和汤汁，这样会起夜，不方便；更麻烦的是，孩子们把持不住尿床了，会让睡在下床的爷爷奶奶遭殃。小时她和堂弟睡在阁楼上，夜半尿床滴到下铺爷爷奶奶身上，第二天挨了一顿打。这次尿床，许多年以后，尹志红清楚记得是她的杰作，她赖给弟弟了，睡得模模糊糊的弟弟，不知是不是自己干的好事。第二天吃奶奶的“栗枣”时，堂弟多吃了几个，而她因为“惊昂鬼叫”一阵乱号，逃过了大部分惩罚。尹志红长大后，总结这次事件的人生经验时说：“做了亏心事的人，往往号叫的声音更大一些。”

爷爷奶奶家的红房子靠近马路，两边并排的梧桐树有粗壮的树干，树叶如同扇面遮天蔽日。傍晚时和红房子的孩子们在马路打打闹闹，是件开心的事。只是到了夏天，梧桐树上飞出毛毛花，钻进人的眼睛里，被吸进嘴巴，有点难受。这街道旁有家百货商店，什么糖果都有，如果偷上爷爷的硬币去买几颗糖豆吃下，是件美妙无比的事情。还有一家熟食店，去这里买点卤制品，比如牛肉、干子、顺风等等。爷爷偶尔会买上一点，撮着流口水的嘴，用纸包上带回家，奶奶会切成比纸还薄的薄片，蘸点醋和酱来下饭，他们一伸筷子就抢光了。爷爷笑着大骂，只留几粒花生米喝点小酒，不跟他们抢。这种味道，如今再也找不着了。

在那种酷暑天气，空气中如果有人划上一根火柴，就会让大地燃烧。她最指望的是这时有人推着自行车，车后捆上一个白色泡沫盒子，里边用被子捂着冰棒——那种叫卖声，至今回响在她的耳边上：“冰棒呀，冰棒耶。”拖腔不长不短，在她听来，如唱歌一般好听。每次假期就那么在眨眼间过去了，要回到父母身边时，她用各种借口拖着不肯回家。

爷爷奶奶相继过世之后，房子归属叔叔家了，她来玩过几次，刚过两天，她的热情劲尚未过去，婶婶便问：“想家了吗？想不想爸爸妈妈，想要回家吗？”尹志红待不上一周，就被开赶，她磨磨叽叽地不肯走，婶婶开始不给她好颜色看。她不喜欢吃稀饭，婶婶便天天煮稀饭，甚至说起她们家下放的“公案”来。婶婶说她就知道，下放并不是因为尹父想要图积极、图表现，而是尹妈与她医院的领导“吊着膀子”，尹父碍眼碍手碍脚碍他们的好事，这个院长就使坏把尹父往乡下赶，尹父没有法子，为了一个家的完整，只得申请全家下放。这话当着一个十岁左右的孩子面讲出，实在是让尹志红起了恨心。多年后，尹志红与梁一真谈及此事，还恨得牙痒。尹志红清楚地记得，婶婶讲完这事儿后，发出一声爽快的怪笑，道出八个字的点评：“城门失火，殃及池鱼。”当时她不懂这句话是何意，但这八个字像刀一样刻在她心里。她不得不回家，再不想到城里来住。从那时起，她下定决心：长大了，一定要回到这座城市来。

总之，这里盛满了她太多的儿时记忆。稍长一点，她可以独自来这座城市，不必惊动叔叔婶婶，悄悄地看看她心中的红房子。这里到了二十世纪九十年代大搞基建时，被卖给了建筑商，他们将这片红房子整体扒掉，建起了高楼大厦。记得那时堂弟兴高采烈的样子，他像是一步登天了。她却满是失落，因为这样改建，埋葬了她童年许多珍贵的记忆。

81. 两边都不搭，返城之路难矣

从尹志红有记忆起，她一直认定自己就是这座城市的居民，她认定这是变更不了的事实。她的母亲至少也是这样向她灌输的，长大了应该回到自己的城市去，她的母亲是坚定的回归主义者。真实的现状是，她和父母的户口已经迁出这座城市了，他们在这座城市里，自然没有自己的房子，他们在这座城市，有一些至亲的亲人，但因为爷爷奶奶的过世，慢慢地淡漠了。过去逢年过节，尚会走动，他们毕竟是从乡下过来的，穿着打扮也与城里人拉开了距离，自己在别人眼里，写满了乡下人的印记。自尊心让尹志红一家与亲戚们渐渐地少了往来。

尹志红分析过父母下放的原因，除了大形势外，还有太多个人性格方面的原因。尹父是这家企业的高工，原本住在高知楼宽敞的住房里，尹母是这家大型企业附属医院的内科医生，一家人在这座城市属于中上等收入的家庭，是亲戚们羡慕的对象。

尹父做事，过针过线，自恃专业能力很强，开业务会议时，摆出一副在这个领域说一不二的样子来。他为了陈述理由，抢领导的话题，滔滔不绝，每次开会，都被群众看成是充能显摆，被领导看成是自吹自擂，有时振振有词，甚至逼得领导无话可说。尹父未必不明白，他这张嘴如此把持不住，领导群众都给他开罪了。多年以后，尹父读诵《道德经》，才发现老子多次告诫人们少说为佳，言多必败，他就想不明白，年轻时怎么体会不到《道德经》的深意。

尹母自然受了连累。说她受到连累，亦不尽然，她在企业医院里，与尹父管不住嘴的毛病相反，人很活泛，干部群众都喜欢，经常被院长要求加班。这本是工作中常有之事，却被尹父嗅出了一种危险的味道，这时尹母隔三岔五与他吵架，并认定自己与尹父性格不合。

当时，三线建设是国家的发展战略，每个单位都有下放指标，就连偏僻的乡村，每年都有人轮流派去搞建设，他们这是国有大型企业，支援三线建设更是义不容辞。去年为战备需要，他们一个下设的有几百人的分厂，全部迁到了千里之外的大山沟里。

那时人人都有一种心态，时刻准备着站出来被国家挑选——到祖国最需要的地方去。尹父也不例外，这是为大形势所迫。但还有一个特点，所有的项目，都是为了国家战备之需要而设立，新上的项目，皆要贯以三线建设之名。这叫讲大政治，跟着大时代走。

尹父在单位人缘较差，无人搭理他，加上家庭的危机，更让他过得极不踏实。正好有个新上的项目，要求领导干部、业务骨干带头站出来，接受祖国的挑选。

这个要大家积极报名的项目，严格来说只是在三线建设背景下新开发的项目，与三线建设本身并不搭界。

尹父对这个项目，做了仔细盘算。首先他判断，自己下放到三线建设只是早晚之事，免不掉的，与其下放到大山深处，还不如抓住这个项目。首先，它离这座城市不远，与另一个中型城市相连，这里有全世界最古老的矿洞，古时楚国的兴盛与这里的铜矿大有关联；其次，这个下放单位，名声不错、牌子过硬——对外称是第三冶金研究所。何谓“冶金”？就是从矿物质提取金属或者金属化合物，研究其性能，并用各种加工方法将金属制成具有一定性能的合成材料。为什么要将研究所设在这里？主要是冶金具有悠久的发展历史，它是石器时代出现的冶炼技术。这就是说，尹父到哪里，都是知识分子，就算是臭老九，也是知识分子。还有一点，可以进退自如，这个研究所依然是企业的下属单位，意思是说，尹父可随时往返。尹父盘算出这几点优势后，觉得这个地方是个难得的好去处，这是个千载难逢的好机会，为了万无一失，他先找相关的领导摸了摸底，领导告知，如果他决定去，还会给他派一个更重大的研究课题，由他带领研究组，对我国最早的古矿进行排查摸底式的研究，弄清楚国古矿的分布，并与历代出土文物进行成分对照分析。之所以要做这个工作，还有一个重要原因——恢复我们古代许多失传的冶金工艺。

这个专业与尹父的专业关联并不大，有些科目，他甚至要从头学起，然而基于以上三点考虑，他觉得自己很有必要来挑战这个项目。

至于是不是全家一起下派，鉴于他爱人的工作，可以暂时不用全家迁居，他很是踌躇。在他看来，如果老婆留下来，这家今后未必是他的了，不如一起下去，苦是苦一点，今后返回，应该没有太大问题。他表了决心，既然要扎根研究所，做出成绩来，就要全家一起走。

这给尹母出了一个大大的难题。如果她不同意下去，她就会戴上落后分子的帽子，甚至有可能被上纲上线，被指责为破坏三线建设；如果她选择离婚，她的政治生命就完了，工作也会没有了。她只能关起门与尹父打闹，在外显示出一副没事人的样子来。

尹志红当然知道，她的父母吵架吵了一辈子，谁也离不开谁地过来了。

后来尹父困惑的是，他当时所盘算的优势一条也不存在。那些真正去支援三线建设的人员，全部得以返回，工龄照算，还有房子照分，虽然吃了许多苦，却得到了补偿；而他们这个研究所不属于支持三线建设的范畴，给予的政策与他们不相干。至于研究所，给了一个名号，去了之后，一不给科研经费，二不给仪器设备，三不给编制，就是一个摆设和空牌子。到后来，这些下放的人，该养羊就养羊，该放牛就放牛，只有尹父一人在万般艰苦的条件下来到古矿井最深处，采集了每个年代的矿石，却只能摆放在空空的仓库里，表示一个为理想献身者的意志和决心。在下放之前，领导许诺说，他们这个研究所隶属的单位，每年会拨来一笔款，给予下放者基本的生活保障。但真正下派过去后，尹父明白了，这些与他同去的人，都是不受待见的对象，这早已注定是一个哭笑不得的结局。

有一阵子，这些人上总部闹事，搞静坐，绝食，上访，各种手段都用过了。领导只有一条，他们从未被抛弃，这是隶属总厂的研究所，像这种分厂分部分支机构，今后还要设置很多，如果他们一闹就可以回去，那些同等性质的单位，都闹起来，怎么得了。

返城无望，城里也没有房子可住，尹家父母只得就地退休。

82. 跨进大学校门，发现一个小小回城切入点

尹志红对返回这座城市的决心和信念，甚至比父母还要强烈，她小小年纪就参与过上访和静坐，显得经验老到，这对自己今后打拼有过不小的帮助。她原本不是这样的，第一选择肯定是参加高考，尹志红后来对梁一真谈到参加高考的经历时，自嘲地说："我天生就不是读书的料。"当时她因为强烈的回城意愿，连续三年参加高考，皆名落孙山。她大脑太活跃，注意力很难集中，更沉不到书本里去，表面看她端坐书桌前几小时不动，可心早已飞到爪哇国去了。

尹志红这样陈述自己的经历。首先是三次高考落榜，这条路走不通了，便死了第一条心。第二条路是通过父母过去的资历返城，也就是一哭二闹三上吊那种，她折腾了半年也没看见希望，自然也就偃旗息鼓了。有一天，她们娘俩叹息，这回城的路，走得如此艰难和绝望，尹母突然说，这城市又没个盖子盖着，我们凭什么双脚就走不回去呢？这话让尹志红醍醐灌顶，是的，她的双脚双腿完好无缺，完全可以走进去。

为了支持她再拼一把，尹母从自己的药罐中咬牙节省，拿出私房钱三百元，交给尹志红，让她再去拼一把，返城之奋斗，至少也是三盘为定了。

真要到这座城市来闯，也是一件很茫然的事情。尹志红读书的心思未绝，觉得这职大、夜大、电大总是可以上的，这些不需要经过高考，报名就成，再一门门考过，系统地学点知识，对今后闯荡总有好处。这是最初的质朴想法，因为有这个第一选择，才起了念头，打算在大学旁做点什么事情。

她先到大学外绕了一圈，花了大半天时间。学校真大，成批的青年学子涌出涌进，犹如潮水一般。她感叹，这里边怎么就没有她这一个，这就是命运吧！下午她很快到学校门外边转一转，看到门卫在把守着，心里发怵，许多学生胸口上别着校徽。她进去时，被门卫拦住，要看胸口校徽怎么办呢？更主要的是，一个参加高考三次而不中的人，对这个神奇的高等学府，充满了敬畏之感。这一天下午，她虽鼓起了勇气，终没敢进去。

学校东边，马路对面，由许多小街道和巷子组成，这里到处都是小旅馆，挂一个牌子，几十张床就可以经营了，生意还相当不错。她订了个四人间，上铺的床位，价格很便宜，本来也想去叔叔家借个宿，但想想那家人趾高气扬的样子，心里头猛涌上一股酸水。“过去，我们家比他们阔多了，如果父母没下放，肯定比他们好不知多少倍哩。”尹志红心说，“这就是命不好吧。”

第二天，她下定决心一定要闯进校园一次。自己连个大学门都不敢进，还想在这座城市闯荡吗？大不了就被赶出来。当她鼓足勇气，抬头挺胸走进校园时，门卫几乎没有看她一眼。可她进了校园，就像历过一次险了，弄得脸憋得通红，直喘粗气，暗骂自己真的没出息。她在校园中转了半天，东看看西看看，在这里能做什么生意，她根本就没一个主意。到了晚上，发现学校还有小侧门可以出入，且没有门卫把守，应是为了学校职工的家属出入而开的便捷之门。出门时，有一个女老师模样的人，对另一个打招呼的人抱怨说，学校四周连个卖水果的摊点都没有，要跑很远去买，真是不方便。她听了，心里“格登”一下，第二天便把学校内外看了一个遍，除了两家超市有两个水果柜子，装点式地放了一点水果，在学校还真找不到一个水果摊。晚上回到旅馆时，和老板娘闲谈，打听水果批发市场。

她就这样盲目地从批发处买了几个布袋子，超市有电子秤，买了一只，在水果批发市场转悠半天，同样的产品，货比三家地问价，选中一家买一种水果。显然，尹志红天生有做生意的基因，她这一套，完全是无师自通。待她准备批发水果之时，突然想到她必须搞清楚零售价，要算算差价。她再次回到学校中，看了看超市的价格，直觉告诉她这事可做，会来钱的。

她选购了几个品种，在选摊点时，觉得大学门口的学生进出多，在那里卖准行。可试了一下，学生们一个个急匆匆赶去上课，不给她的水果摊一个正眼。只是摆了一会儿，门卫便来干涉了：“卖水果的，请远些，这里不是你卖水果的地方！”她听了，脸像泼了血一样地通红，自尊心受到极大伤害。她无法放手不干，便转到那个侧门来。她这样的选择是正确的，真正有需求的，还是校内的住家户，学校侧门同样也相对安全一些，基本上没人赶。她便在这个侧门用几张报纸摆上水果，蹲在那儿，不出小半天，全部卖了出去，卖出价是进价的两倍以上。

她有点不敢相信，除了被门卫赶了一回，再无其他阻碍，而这水果从批发处盘到这里，只需叫一个“麻木”，连人带货就过来了。她突然有所悟，这城市人多，挤在这里，只要用心寻找，还是会有口饭吃的，先生存，再立足。这么一想，信心便起来了。

但她的水果没有办法存放，这是一个现实的问题。好在尹志红的心思活泛，只要肯想办法，没有过不去的坎。

这是一个难得的开头，为了慰劳自己，晚餐她在小馆里点了一个小炒。

83. 光脚还怕穿鞋的？失去锁链，得到全世界

尹母有个可贵之处，就是认为只要是一块土地，就会长出庄稼来。她对尹志红读书不中用并不绝望，这世上的路有许多条，可以试试其他营生——就像一块土地，先种水稻不行，就改种麦子或玉米，如果还不行，改种黄豆或棉花也许行。这是一个看似简单的道理，其实蕴含着深刻的思想。她是这样看待自己的女儿的，她支持女儿来这座城市闯一闯。

再说，她们有个共同的目标，就是一心一意返回这座城市。她这辈子恨透了老头子，她通过医院的院长，了解到领导并未让她同时下放，是尹工积极主动要求的，便恨死了她这个老头子。她不是没有挣扎过，也不是没有找过领导求情，但领导们认定她必须做出牺牲，这个大时代做出牺牲的人多着哩。

尹母却是个认死理的人。从全家下放的那天起，她无时无刻不往回城这条路上花心思，日子真的难熬，用尽了无数办法，但要从

上往下迁容易，要从下往上迁比登天还难。为了报复尹父，自下放那一天起，她就不干任何事情，家务活也不干，因为她身体病了。起先是赌气得病，慢慢地各种疑难杂症在她身上引起并发症，人越来越胖、越来越喘，整天除了吵架骂人，再就是躺在床上。当然，她会翻看各种中医西医的书籍，为自己治疗。她不知自己得了严重的疑心病，只一味地尝试吃各种药物，家里一点现金都成了她的处方药钱。尹志红很是看不惯这个整天讨死赖活的母亲，很是同情挨骂从不还嘴的父亲，她自然也知道，是父亲连累了她们，让她们下放到这个鸟不拉屎的地方，但与母亲不同的是，她认定绝不是父亲有意所为。

到这座城市来闯，她已经找到了出路。她买了一张电话卡，在学校旁的电话亭和母亲兴奋地讲起未来的发展计划，先摆地摊，摸出路子来，赚上钱了，再租铺子做。总之，她要在这座城市扎下根来，并把他们接回城市住，住上比叔叔家还体面的房子。尹母听了，声音哽咽，泪水哗啦啦地直淌。

尹志红后来与真儿详细谈起这次电话，她评论说，人与人之间，是很难认清的。就是最亲近的人也是如此。她说，她第一次听到她的妈妈讲了最有水平的话，或者说，她妈本来很有水准，因为时代所逼，条件所限，无法发挥罢了，故而尹志红无法了解到。

当时，尹母得知能干的女儿很快找到了出路，克制住短暂的激动和鸣咽后，开始讲出这些深刻的话来："过去我们闹上访，搞静坐和绝食，闹腾得水响，那只能是一种绝望的挣扎，不中用的。你们在闹腾，我在静观，根本就没有半点希望的。"尹母喘息一会儿，电话那头传来从喉咙深处发出的嘶哑声，她端起水杯喝了一口水，润了一下喉咙再说："这是一件很小的事，我却要大做文章，这里是希望之所在呀！我们只有你一个，并不指望你来打拼，你太像年轻时的我，太要强，不认输，不认命。幼年时，我们到乡下亲戚家做客，找算命的人抽签玩儿，那瞎子说了，此女今后非富即贵。”尹志红哈哈一笑说：“混得像个鬼样，还非富即贵。”她笑后又说：“我也记得的。那算命的瞎眼像被人抠了去，只留两个深深的洞孔。”

尹母说：“不能全信，又不可不信吧。”她把话锋一转：“你妈现在混得人不人鬼不鬼，年轻时可不这样的。我信奉两句话，一句是属于我们传统的，就是‘舍得一身剐，敢把皇帝拉下马’。你回到我们自己这座城市来，是有底气的，这里原先就是我们的，我们凭什么不能回来，不应该回来，不会回来呢?”尹母又有些喘息：“不要怕剐了，只要脱三层皮，就会打回来的。你这个头开得万般好。”

尹志红对真儿说：“姆妈青年时所受的教育，就是要战斗，奉行斗争的哲学，这个对我影响很深。青年马克思和恩格斯在《共产党宣言》中这样说，‘我们失去的是锁链，得到的却是整个世界’。这是何等的气魄。每每想到这句话，我就很激动。我们现在什么也没有，光脚板的难不成怕穿鞋子的不成？我的女儿，我支持你，拼命往前冲吧。”梁一真听了，也很激动，认为自己的上一辈人，确有火热的战天斗地的革命精神，而不像她们这一代人，只有自己的小圈子，眼睛只能盯在脚背上，出息不大。

梁一真于是豪迈地说：“日子过得没劲透了，再有战天斗地的号召，我却会报名参加。”尹志红听了，“哈哈哈哈哈哈”，发出一串大笑，一手指着她，说不出话了，笑得直不起腰，最后咳出了泪水来。等气喘均匀一点，她便感慨道：“人生就这样，没有的想拥有，拥有了的却觉得曾经拼过的命，一点用处也没有。”

通过这次母女对话，尹志红终于为自己解开了一个心结。她告诉了梁一真一个秘密，她们家原来住的房子，是两个高知的，又宽敞又亮堂，大院子有门卫把守，不时还有小车出入，她当然喜欢，也有记忆，失房之痛，这是自然的。但有一次，她不知怎么提前回家，碰见了妈妈和医院的院长叔叔，衣冠不整神色慌乱地在房间里。她小小年纪，尽管不能明白他们做了什么，但认定这是不可见人的。她日后从未向人透露过，更没向尹父讲过。随着年龄渐长，有一次她与妈妈斗嘴，骂她妈是个坏女人，她妈听了，打了她一顿，哭了个半死。尽管这样，她一直是这样认为的。她从心里袒护老爸，多少有点瞧不起她的妈妈。尹志红说，她其实很反感妈妈，特别是下放之后，整天装病躺在床上，一副要死不活的样子。人就是这么奇怪，她又觉得自己深深受了妈妈的影响。妈妈被时代狠狠地绊倒了，没有能力再站起来，便自暴自弃地活着，真给她一个舞台，她一定玩得精彩纷呈。这话挑动了真儿对母亲的心事，她似乎无法有尹志红那种倾诉的欲望，她不愿意谈到自己的母亲，连一个念头也不曾有。

就这样，尹志红的返城之路可谓漫长。真正脚踏实地干起来，却也并非如想象的那么艰难。

84. 被三面包抄，“水果西施”意外获转机

起初她在学校侧门家属出入的地方摆摊，家属们来买水果，总

喜欢斤斤计较，她见到反复和她讲价的人，心情就烦，不肯理别人，这样一来，她的坏脾气让许多家属即使有需求，也不来买她的水果了。她偶然发现学校后门处，更是个摆水果摊的好去处，这里还有一个小岗亭。她冲年轻保安甜甜一笑，亲热地叫声“哥”，用秀手呈上一个水果，她的水果就有了存放处。她吸取在侧门的教训，不再厌烦那些讨价还价之人，到了后门，却很少有人与她讨价还价了，因为从后门出入的多是学生和老师。这里同样有琐碎的事，学生们有时说一只水果卖不卖，她好脾气地说卖，这样增加了她一天的工作量。后门其实是很开阔的，不像侧门那么仄窄，她一到来，往往被学生们围上一圈，他们给她取了一个无比有趣的名字——“水果西施”。这自然产生了新的麻烦，招惹上了街道“红箍儿”。

她初见“红箍儿”，实在没有什么经验。关于“红箍儿”传言很多，他们为了一座城市的整洁，对违法商贩围追堵截，饱受争议，名声不太好。他们与一些小商贩，上演猫与老鼠的争斗。尹志红自不例外，见到“红箍儿”一来，便扔下摊上的水果跑掉，每次剩下的水果就这样被“红箍儿”“笑纳”了。但也不全是这样，因为在学校卖水果，自然也结识了不少学生，有几次“红箍儿”堵她，学生们把她围起来，纷纷指责“红箍儿”的做法过分，欺负一个弱女子。这叫兵遇上秀才，有理也成无理，使她安然脱险。一次被学生们围在圈中，见大学生们对她悉心保护，更是感动，她当即把自己的水果分发给同学们，全部发完为止。尽管她在同学们眼里够苦够累够不幸，是最弱小的群体，可她在人情世故上表现得十分豪爽。

尹志红为人做事，在这座城市里讨饭吃，做什么都是小心翼翼。这人有时就怕过于拧巴，转不过筋来。本来，一个女孩无证卖点水果也不会污染环境，何况又是一个长相上佳的女子，“红箍儿”睁一只眼闭一只眼也就过去了。但她被追的次数多了，自己气极了，不开口则已，开口就不饶人，对“红箍儿”讽刺嘲弄，甚至怒骂。这下彻底惹怒了“红箍儿”，非要把她逼走。她骂“红箍儿”，未必都是她的错，她要吃饭生存，“红箍儿”以城市的环境卫生为借口，要逼她失去这个担惊受怕的饭碗，俗话说，就是兔子逼急了，也是要咬人的。

她与“红箍儿”双双达成了妥协，缘于一次有趣的争斗。她多次和梁一真讨论过，人最为艰难时，许是转机中。她恨透了“红箍儿”，“红箍儿”却在客观上帮了她，“红箍儿”为了把她逼走，找个学生上课的时间段包抄过来。学校后门是条沿湖而行的林荫马路，长满了高大的梧桐树，这是尹志红喜欢后门的原因之一。马路对面临湖，这个城中湖，很有海的气势，一望无涯，看不到边，可惜故事家看不上，因为缺少人文素材。学校在湖畔建了个简易的游泳池，就是用水泥板搭建起来的露天天然方池，既可保护学生，又可供同学们到深水区去畅游一番。“红箍儿”们这次要把事情做绝，便对她三面包抄过来。

她对这个简易游泳池，同样充满了感恩。夏日的傍晚，来湖里游泳的学子成群结队的，上岸时，他们游得又累又饿，她便把水果摊摆在这里。学生们纷纷前来，因为露天游泳，很少带钱来，而学生们也不愿意多买，只是捡一只边走边啃。她很爽快地解决了这个难题，对那些围着水果摊的同学说：“随便拿，不碍事的。”学生们说：“没零钱。”她说方便时就给，她其实也暗藏了一个心眼，学生们会拿走多少只，她是心里清楚的，不足两日，他们全部过来付了账。有次有一个学生，班级搞活动外出一周，回来才把钱还上，还赔说了许多好话，她觉得大学生的素质就是高哩。

这个简易的游泳场，到了晚上，“红箍儿”全部下班，没人管，她便卖得从容，有时一个晚上，可以卖空几个蛇皮袋子。

“红箍儿”是几个小伙子，其中两人从后门出来，另外四人从东西两面的马路上抄过来。这次狡猾的女子再怎么使诈也跑不掉——六个小伙子就这样包抄过来。尹志红有好看的丹凤眼，她不管是高兴还是生气，往往会把那双眼角一挑。六个小子本来神情很紧张，被她这么一挑，便闪了神，其中一人怕自己笑出声来，忍住笑说：“这次水果西施怕是跑不掉，要被活捉了。”另一个小子则笑了起来：“水果西施，人赃俱获，肯定不会是给你老弟表哥老叔送水果来的吧。”尹志红到了逃无可逃时，反倒镇静下来，便笑脸相迎：“几位哥，要吃水果随便拿，这些和我水果西施一样，都是不值钱的玩意。”她很快把自己搭进去，吐了一下舌头，如美女蛇一样吐出红红的信子来，还嘴角上翘，展示她的招牌笑脸。

这些个小子都是五大三粗，未必懂什么风情，更看不懂女孩的心思。只是他们身体强壮，觉得与个美女捉迷藏的工作倒是有趣。尹志红本来双手捧着几个水果，见小子们软硬不吃，便板起面孔，高声骂道：“五大三粗的东西，不解一点风情，我让你们抢！让你们抓！”她把水果脱手扔过去，对着“红箍儿”小子砸来。本来小子们是为获得几分调情的快感而来，见她如此发飙，性质自然就变了，因为是三面包抄，尹志红往湖边退去。小子们集中一地追堵上来，她且扔且退，两提包水果扔得没有了，小子们这下真生了气，直直地把她逼到了泳池的水泥板上。尹志红高声怒号：“欺负人啦，一群大男人逼死一个弱女子，你们看着，老娘不活了。”她呐喊一声，似要抗议这个世界对她的不公。小子们尚未反应过来，她便纵身跳进水池里，他们抓人不得，还得齐齐跳进水池救人，一下子成了一群落汤鸡。不仅这样，他们还要把这个卖水果的女子送回她租来的破烂不堪的住处。尹志红悲从中来，一路上号哭不止，把这几个小伙子的心哭软了，纷纷对她说："我们再不抓你了。"她要的就是这句话，她边哭边抓住这个承诺不放："要你们抓怎么办?"小伙子们齐声说："对你就不抓。"她破涕为笑，事件以她全胜收场。

85. 从牛鼻子村"堕落街"开始发迹

大学校园东边临湖处，有个叫牛鼻子的小渔村，不知是它从前的名字，还是现在人习惯于这样叫它。村如其名，它的地理位置极佳，牛鼻子村的渔民再也不用下湖捞鱼了。他们把房子改成小小旅馆，在家门口出个摊子，早上卖卖早点。他们一出手，就把这个城市的特色早点全部囊括进来：最为著名的热干面，加上一碗蛋酒，如果不赶时间，再加上一笼小汤包，如果昨天未吃晚饭，就多来两只烧麦，咬上一口，油汪汪真的很好吃。早上吃了这么多，是可以把午餐省下来的。到了晚上，一海碗汤面，加上一个卤鸡蛋，啃两根鸭脖子，有点心情时，来个鸭四件，花两毛钱，买一杯靠杯酒，自酌自饮。这样活着同样会叹出"人生不过如此"的感慨来。这个小渔村，早上热闹，晚上更热闹，因为是渔村的缘故，他们把自己的餐馆改成鱼馆，一鱼三吃，鱼头鱼骨熬汤，鱼肉剁成肉丸子，鱼皮切成丝过油一炸，一条鱼鲜、软、香，这三样全都占齐了。如果有人要吃鱼宴，保证能上十道鱼菜不重样，各种鱼类，应有尽有。

不知何时起，这地方被人叫出了名，叫成“堕落街”。因为吃的应有尽有。还有小孩卖花，还有一行吹拉弹唱的民间艺人，还有人为你擦皮鞋，总之，让你有一种被人伺候的感觉。尹志红对这一切都视若无睹，她的目标就是要在这座城市留下来，她之所以与这里有点关联，是因为她在渔村里租了一个住处。牛鼻子村这地方，寸土寸金，租房条件并不好，价还不低。尹志红决心在这里找个安身之处，便一家家地问，问来问去，把上中下三等的租房条件都了解了，心说，不是价格贵，而是自己都租不起。终于找到一租户人家，那人随口说：“要想便宜，住在楼梯拐角。”这倒是提醒了她，在一二楼之间楼梯处，一般有个小小的不足五平方米的空间，普通人家把这里砌成卫生间和洗澡间。尹志红找到一家的楼梯处，已经堆放了一些杂物，这正合她的心意，更让她高兴的是，墙后有块方砖玻璃大小的望窗，这里就成了她的一个住所，作为完成“闯回这座城市”行动的根据地。这座城市是个典型的市民化城市，赚的钱不多，消费水平比较低，如果稍微动点脑筋，总是可以活下来，哪怕是如尹志红说的那样，像老鼠一样活着。

经过大半年的打拼，一个钱省成两半来花，尹志红手里抠抠索索地攒了一点钱。她因为出摊卖水果，认识了学校行政管理处一位小领导，一来二去就熟悉了。小领导建议她，要想做得长，不如到学校里边，与百货店和超市合作，这样出水果摊来钱稳当还长久。他自告奋勇愿意帮这个忙，只是前面有条拦路虎摆在她的面前了，要办个个体营业执照，前提是需要这座城市的户口，每个城市都要解决自己居民的就业问题。

她很快就想到了堂弟。这个小时与她同睡奶奶阁楼的孩子，还是与她有姐弟亲情的。只是她有一关不好过，就是她的婶婶。婶婶表面上热情又客气，其实指甲长得长又深，抠起人来浅则留痕深则流血，因此她要与堂弟直接了结这事。她闯回这座城市时，从未与叔叔一家人联系过，现在也不想，她觉得自己要人模人样去见叔叔和婶婶，还要奋斗一阵子。她用公用亭的电话招来了堂弟，在小渔村找个小餐馆边吃边谈。她主要是了解堂弟的情况，已经知道堂弟失业，正在这座城市里当“晃晃”。一听说姐姐可以给他找事做，他马上换了一副笑脸：“我知道姐姐从小到大都是能干的，跟姐混有肉吃有汤喝，现在带带我。”他一张嘴巴像抹了蜜似的，这是这个城市男人的特色，打人家主意时，嘴巴先抹蜜。

可一听到这话，尹志红便有点看不起这堂弟了。在城市里长大，吃穿住不愁，连个饭碗都混不到手，只能啃老当“晃晃”，实在太差火了。她不敢带上他来玩，弄不好，让叔叔婶婶做多么大的指望，最后期望值达不到，反会责怪她。她解释说，只是用他的身份证办个个体执照。堂弟这种人，原本心不坏，觉得身份证给姐姐用，倒也没什么，但他认为这是和姐姐做生意，他应该有点好处费才对，出个点子说：“现在人家说，借个身份证办个什么手续，一张可以卖一百元钱的。”尹志红见他很现实，便摊开来讲话了：“现在是商业社会，嫡亲的人也要讲钞票的，我明白这点。”堂弟一听，立马涨红了脸：“我的证，姐随便用，不谈钱。”尹志红认定用钱解决问题，要比其他事情简单得多，她见堂弟胃口不大，觉得用钱更方便：“用你的证，每月一百块，但有个条件……”没出息的堂弟大眼一睁：“这么多呀，不是吓我吧！你说，一百个条件也同意。”

尹志红便说：“这事我暂时不想让叔叔和婶婶知道，等我做顺了，再亲口告诉他们吧。”这事比她想象的还要简单。

回到自己的窝时，她心里异常难过，自己本来就是这座城市的人，现在却要花钱借别人的身份证。她觉得自己真是从零开始。在这座城市里，没有房子，没有户口，没有学历，她这个“三无”

牌，只有以一股拼命的干劲，逆袭而上，才能从他乡回到自己失落的故乡。

86. 可废物利用的反面教材

李如寄性格有点闷，面对一些场合，往往总是被动应付，但在恋爱中，就另当别论了。其实恋爱中的男女大致相同，有说不完的情话，恨不得把自己的一切都拿出来倒给对方看——老洋人与尹志红也经历了类似的感情历程，只是他们不如李如寄和梁一真那样纯粹。老洋人一直在折腾，经历丰富，他曾向尹师讲过自己许多事情，最值得他大书特书之处，应该是他成为造反有理红会总“司令”，以及由此而来的牢狱之灾，出来时到处奔波，寻求平反而不得，最终被逼下海做生意的经历。三娘、其妈、一挺、李光宗、盘得头、尤崇德，还有他们的三结市和新堰小镇等，这些人名、地名和老洋人描述的形象深深印刻在尹志红的脑海之中。

人类有一种比较奇特的现象，两个女人一旦成为闺蜜，便有说不完的话，尹志红和梁一真亦是如此。有一阵子，梁一真周末硬是抛开李如寄，和她的尹师泡在一起。据梁一真说，她着实喜欢上了尹师家一楼的那个小小吧台，燃上两支红蜡烛，从国外进口的咖啡豆，用咖啡机自制咖啡，加上面包烤制机，被那种浓郁的香味围绕，真有说不出的舒畅。在这种氛围下，梁一真把李如寄和她谈恋爱时的一些话和盘倒出，这样便让尹师对老洋人过去的经历，有了一定的对比。在尹师看来，李来恩向她倾诉，虽有自夸，但更多的是强调生活多艰与不易；而李如寄在梁一真面前描述他父亲的行为时，则是带有许多抱怨，让人感到老洋人是不负一点家庭责任之人。

尹师便想到真儿转述李如寄说的话："过去你说过，你入学时，姆妈为了你的费用，借了一个湾台的钱，才凑足学费和生活费。"这是他们谈恋爱时，李如寄对她痛说的家史。

老洋人在家里只是个符号，过去做屠宰场场长，他们至少还可以多吃点肉和猪下水，自从当了造反派红"司令"后，家里没有见他拿回过半分钱，他拉杆子去冲县革委会，勾起来野心，落得两大罪状：一是搞复辟，想在水乡泽国恢复李钩胡子李屠户的昔日"荣光"，这是个光头上的虱子，明摆在那儿；另一项罪名解释起来则大费周折，他是从肚胎里就潜伏下来的国外间谍敌特分子，连土改工作队也被他的白化病蒙蔽了双眼。他被捕时闹的响动特别大，那是要被枪毙的架势，因为当时这类案件仅此一例，十分独特。但上报省革委会后，有重要领导批示，要刀下留人，主要是于内可教育广大人民群众，要擦亮眼睛；对外之于美苏两霸，这是他们妄图颠覆政权的铁证。李来恩坚决不肯承认自己是间谍，他认定一旦承认了，那便是很难翻转的。他经得住打，耐得住疼，坚持不在案卷上签字。审案人员见硬的不行，便做起了思想工作，依然说不通。审案人员来了个迂回之法，找能够影响到李来恩的人来做工作，他们很快摸清楚了，一是反动旧军阀、混进党内的资产阶级当权派盘得头，但他像块茅坑里的石头，又硬又臭，在他这里费多大劲也起不了多大作用；再是良湾李家台一挺书记，他被李来恩视作恩人，李来恩对他会言听计从。但找到已经靠边站的一挺书记后，他答应得倒是很爽快，愿意做工作，只是说："先找我们的贫协主席，他那张嘴可让死的说活，可把活的说得不能动弹，他那嘴天上有得，地上只有他这一张。"既然如此了得，审案人员便找到李光宗，先和他晓以利害，最重要的是，老洋人可作反面教材来教育大众，废物利用。李光宗听了，觉得老洋人不仅不会判死刑，还可以继续为运动做贡献。如此好事，他自然乐意从中撮合，让老洋人再立新功，以减轻罪责。

李光宗便来到了关押老洋人之处。这时三娘作为坏分子被放回原籍，交由群众监督，一家人刚从惊心动魄之中平静下来。他上门去了一趟，安抚了这家人，对三娘作了几个揖，说当时打她一耳刮子，是万不得已的。大气的三娘说："这个不提了，你当时和我划清界限，为的是保护我们这一家娃花老小，我心儿明镜似的哩。"见三娘如此明事理，李光宗放下心来，说他自己有个机会可以望一望李来恩。

这话一出口，其妈即刻就哭了。三娘便咒骂开了，说他害死一船人，她们要和他划清界限，让政府把他枪毙了，都省了事省了心。三娘尽管这样说，却忍不住抹眼泪，儿是娘的心头肉，不管儿有多大年岁，犯了多少的浑、多大的罪，皆是如此的。其妈默不作声，她知道这不是哭的时候，赶忙挑了换洗衣服，还有一双自己亲手绣制的布鞋。又怕老洋人挨饿，说是不是可以烙几张生饼带上——这生饼就是不经过发酵的，吃了特别能饱肚子的那种食品——李光宗心中有底，这是政府找上门来，到时会给他开绿灯放行的，便一一应承下来，他自己觉得在做一件于公于私都有利的事情。待见到老洋人，老洋人把持不住哽咽起来，泪流满面。李光宗慌忙摇摇手，小声说："现在不是哭的时候，要谈点正经事。"又说："当日，我心中的火也被点燃了，还是你多着一步棋，不然我俩现在都在这里，就没有我来望你的事了。”

李光宗是带任务来的，没有人监视他，他便开门见山地说：“上面的意思，要把你树成一个活典型，可你就是不认。”

老洋人听了，就知他指的是哪一出，说：“我认了间谍这个罪，那不就是死路一条了吗？”

李光宗摇摇头，觉得老洋人白长了一副洋面孔，半点不经事。他耐下心来说：“恐怕你这张白化脸救了你，我估摸着要把你树成一个活典型呢，现在搞得纷纷乱，你充当了这个间谍，不就是活典型了吗？还有，古书上说的有，两国交战，不斩来使，你这个没出过远门的人，得了一副洋面孔，让广大的革命群众提高警惕，擦亮眼睛，提防着美苏两霸派间谍来搞破坏，这不是戴罪立功了么？”

老洋人狠狠地嚼着其妈带来的生饼，牙齿切饼弄出的声音，惊动了看守，可见这生饼多么坚硬难嚼。话说到关键处，他停止咀嚼，听得入耳，尽管他知道李光宗是来做思想工作的，但心思已经活泛了。李光宗见老洋人还很受说，继续道：“你想今后住独室，吃独食吗？”老洋人一时不知如何作答，李光宗说：“今后就算你被抓去坐牢，还会去搞活学活用的演讲，肯定会得到特别优待。”

老洋人对李光宗这种幼稚说辞忍不住说：“我这么一闹，这云梦泽谁人不知，谁人不晓？长的这副白化病面孔，谁又会相信咧？”他摇摇头。

李光宗见他如此说，同样觉得他不明事理：“戴了‘间谍’帽子，那是可以免费游玩神州大地的。总之，这是不幸中的幸事，坏事中的好事，皆因你长了副洋面孔。”

果如李光宗劝导的那样，他坐牢也不在本县，换到大城市去关押了。他在大城市，出席过形形色色各种花样的批判会，有一阵子还十分抢手，什么批斗会皆让他一同陪斗。他的这副洋面孔，和所谓间谍经历，往往被人们津津乐道。起先，这个间谍在谈自己作案时，讲得没什么水准，语言很干巴。被革命干部和群众质问时，结结巴巴地答不上来。监狱管理处觉得要教他一些手段，便给他露了几手，让他开了开眼界。

作为间谍案中的主犯，他热热闹闹地在批斗之中，游历了天南地北不少城市，至少看了一些街景，甚至有一次到了北地边陲城镇，以间谍身份接受批斗。本来，他已经在群众大会上做过多次交代，对自己的间谍犯罪情节烂熟于胸。但有一天，在北方城市真抓了一个老洋人敌特分子，为了加大阵势，要他去陪斗，据说这次有大领导参加批斗会。老洋人突然感到这于他是个重大机会。他厌烦了这一角色，甚至感到自己会将牢底坐穿，这是通过他的观察和分析做出的判断，他已了解到造反派最多只是犯了错误，一般不会坐大牢的。如果他极力否认自己是间谍，就可以洗清自己，不用坐牢了。他想乘这个大领导在的时候，洗刷自己，等到他交代时，便要大肆声辩，让领导重新调查他的情况。他果真这样做了，当他大声喊出自己有白化病时，还拿土改工作人员的结论来证明其权威性。还有，他说从未出过国门，害他的是自己白长一副洋面孔，他不是间谍分子。他话从口出，一时间，偌大的会场一片死寂，大领导一时无法反应过来。好在警察有应急的经验，当即把他拖下去。他们中断了对他巡游的批斗会，把他带回了关押的大城市，并关进了重犯监管室，连续半个月突击审查。这是他从造反到入牢，再到游斗以来，被打击最为严重的一次，养了大半年，身体才得以恢复过来。从这以后，因为他自己的过失，尽管他一再保证，再不会犯这愚蠢错误了，但他的利用价值却大大减少了。

这样过了两年多，慢慢地他的事迹不再被人们关注，他便被扔到沙洋农场改造去了。

运动结束，对在押人员做了全面的梳理。关押人员纷纷申诉，平反了许多冤假错案。甚至有许多单位亲自出面，或者由家属来代为申辩，老洋人因为案情特殊，小镇的屠宰场已经不复存在，终无一人来帮他申冤。这事也未必要怨其妈，她其实也得到过平反之类的风声，但她只有一条路，托李光宗打听老洋人的案子是否有平反的希望。李光宗作为知情人，到县信访办去做了申诉，得到的回答是此人案情复杂，无任何条例可依循。

老洋人属于最后一批释放人员。他做了自救，反复为自己申辩，没读几天书的他文化水平也因此得以提高，这算是因祸得福。上边对他的罪行依然无法下定论，到了最后，劳改农场皆清空了，将他的问题作为特例，找到上级的上级，层层申报。有大领导终于发了话，对他们这类不明不白的问题，采取将口袋倒空的办法，这叫一个不剩。但真要放他出来，需要一个结论，于是给了他八个字的定案：“事出有因，查无实据。”

住在牢里，除了改造思想，集体劳动，有人管吃管喝管住，一切都规定好了。可真放了出来，他真是两眼一抹黑，社会和时代变化太快了。沮丧间，三娘、其妈劝他不要再折腾了，回家种上几亩地，就是到了荒年，有亩地在，也饿不住人哩。但他认为自己是堂堂的工人阶级，是有商品粮户口的，怎么还要做农人呢？他放不下这个身段来，振振有词地说：自己这些年来对不住妻儿老小，只有一样东西，还可以对他们补偿一下，就是他这城镇户口，今后他退休了，子女还可以顶这个职哩。

他这也是想当然，这城镇户口随着票证的失效，也已经慢慢失去了价值。

经过这些年的折腾，出来后他的心态平和了许多，要面对现实，回归正常生活。他盘算了一下，还是要对他的案子进行申诉，有两点作用——至少有点补偿金，还能重新安排工作，当然就是恢复他的吃商品粮的身份。这镇上已没了屠宰场，转成了几个屠宰户，就像他老子和爷爷那时节一样，公家不再包办一切了。而其中一个屠户还是自己过去的徒弟，见他出来，一定要请他喝一次酒，两人感叹良多。老洋人尽管受了这些年的牢狱之灾，还是不习惯现如今的变化，说这就是开历史的倒车。然而他徒弟的思想却有很大变化，徒弟说："现如今的口号，以经济建设为中心，到这节骨眼上，要赶快赚钱，就有肉吃有汤喝。"老洋人自然是难以听得进去，说自己要努力恢复商品粮户口哩。徒弟笑了："票证都取消了，没有计划了，这个商品粮户口就没用了。"老洋人还被告知，好多小商小贩就是商品粮户口，他们也不指望上面给工作了，有人成了万元户。这是他作为徒弟向师傅说的体己话。但老洋人对这种劝告很难入脑，觉得这些年亏欠娃们的太多了。李如寄读书读出去了，肯定是国家的人；而如鹤是个姑娘，是别人家的媳妇；这个商品粮户口就留给如皋，也算是对他对自己都有个交代了。哪知他把这个想法告诉如皋，如皋"哈"的一声大笑："这还值钱？你郎还在翻老皇历，水都过了几十秋了。"他听后心里凉了半截。

但他依然转不过弯来。他的目标是到城关镇肉联厂去上班。他突然想到过去，曾获得过的几项屠宰奖状，这说明他业务能力过硬。可当时抓捕他时，他住处自是被搜查过了，那奖状估计已经被收走了。

按照李来恩的路径，他先要让自己平反，只有这样才能有点补偿，商品粮户口的问题也就迎刃而解了。他去县信访办几次，发现工作人员对谁都和颜悦色的，对他却是态度生硬，因为信访办的人对他的历史很清楚，最后一次，轻言细语地告诫他不要闹腾了："放下你反复申辩的问题不说，那个时候在当地的造反派，动静闹得最大的红‘司令’可是你咧。你可定性为‘三种人’的。”

他的这条平反之路，就这样被堵死了。

87. 念诵两句咒，一只大麻猫便会掼出两块光洋来

盘老爹是李来恩心中的一尊神。

他多次想迈动脚，去见见盘得头盘老爹，在他心里，盘老爹是可以与爷老子相齐平的。他甚至认定，以盘老爹革命的老格子，对他又异常了解，陪他去疏通一下，写个见证报告，和信访办的人打声招呼，他的问题就不是问题了。可是，徒弟和相熟的人告诉他，盘得头已经处在半癫状态，就在那个新堰老桥闸上晒太阳，耳朵聋了，眼睛半瞎了，是不会搭理任何人的。

他听了，心凉了半截，可还不太相信。别人让他去桥闸上瞧一瞧，他去了，盘老爹果真在那里晒着太阳，长久在太阳下，身如炭块，完全是一副非洲小白脸的模样。盘老爹闭着双眼，叼着无过滤嘴纸烟，那纸烟随他的呼吸燃烧。李来恩路过看了一下，见了之后，求盘老爹的心便死掉了。但当他感到平反无望，想去见见盘得头的愿望更强烈了。

在一个日晒正好的下午，他便去了。这桥闸有两根水泥柱子，相隔不足两米，盘得头一直靠着一根柱子，那里已经被他磨得无比

光滑，另一根柱子显得陈旧破败，有几处水泥掉了，露出钢筋来。李来恩靠在这里，出了口气，心想：“在这里晒晒太阳，什么事不想，什么心也不用操，倒是件很爽快的事呀。”

桥闸上，小镇和周围湾子里的一群小学生在放学之后，脱得精光，从新堰桥闸两个水泥柱子中间往闸底水潭跳去，每跳一个娃儿，其精彩动作便得到其他小鬼头喝彩。娃们跳的姿势五花八门——有的是打桩式，便是双脚落水；有的倒栽葱式，头先落水；有的合身往下一扑，这样身子接触水的面积大，被摔得生疼；还有胆大些的用倒退式往下跳。闸底是个葫芦型，类似深潭一般，娃们跳下后，翻出各种水花来。盘得头在泵站建成时，特别找铁匠铺子给潭下泵站口打了几副铁笼子，将其套上，免得泵站开启吸水时，把娃们吸喝进去了。他这一做法颇有远见，泵站建成后，这里成了娃们的跳水平台。几年后，全国发掘体育人才时，便从这小镇挖掘出了两个省级跳水运动员，这个功劳应算到盘老爹身上。盘得头的身边依然不近不远，一直跟随着最后一任通讯员，他也很老了，头发花白，胡子拉碴，一副平和自在的面容。只是在娃们跳水时，他便盯着，待娃们玩好了，便拿出一个衩口的灰布袋子，给小鬼头们一人发一块糖或吃食。这显然是盘老爹要求准备的，李来恩看着小鬼们跳来跳去，想到自己的幼年，不免有几分触景生情。

一直闭着双眼的盘得头，似乎知道李来恩出来了，还来看他了，或者说，盘老爹见人靠在另一闸柱上，就会发问也未可知的。总之，他知道自己那个在城关镇闹得天翻地覆的宠儿回来了。

盘老爹是这样发问的：“你说这红彤彤的阳光，是冬天的日头，能把人壳晒透，还是夏天的日头会把人壳晒透咧？”

老洋人想也想，认为这是一个简单至极的问题，盘老爹没话找话说。他便回答道：“当然是夏天的日头劲大。”他有意提高声量，希望盘老爹听出自己的声音。哪知盘老爹仍闭着眼睛，只是说：“错。夏天的日头上一回身，就把人壳晒出水汗来了，冬天的日头，不会是这么个暴烈脾气，而是后劲足，才能慢慢把人壳晒透了。”

粗一想，是盘老爹有道理，听了他的话，李来恩感到这才是经验之谈。

哪知盘老爹又问：“你说这人壳先晒肚皮透咧？还是先晒背透咧？”

他思索一下，认为晒背应该更能把身子晒透，哪知盘老爹胸有成竹等他犯错一样，随口便说：“这人壳肚皮最难晒了，还不吸光，还晒得人冒凉气，先把它晒透了，就是整个身子透了，你知是为么事咧？”

他老实地回答：“这个真不晓得。”

“这个人心隔着肚子，就是不容易晒透哩。”

盘得头趁机在嘴上拔出烟头，从上衣口袋里摸出一支烟来，在指甲上顿了两顿，把嘴上的烟蒂塞进了纸烟盒中。

老洋人记得过去桥闸上是个热闹的去处，被小镇人们戏称为养老院。现在大多数老人应该离世了，渐渐老去的人，对这个桥闸也失去了兴趣，只有盘老爹依然固守在这里。

盘得头除了这两次一问一答外，再不理会他，那双闭着的眼睛始终没睁开过。待他起身离开时，只听盘老爹在他身后说：“日头好的时候，你来陪伴晒两个日影。”

徒弟告诉老洋人，找冯杆子，他人活泛，又是大姓，在镇上跑腿哩，也许帮得上忙。老洋人本来不想找冯杆子，他与这个杆子最贴近，可他出来了，徒弟们都争相向他表示过了，唯有冯杆子不露面，在镇上跑路算个什么呢？又想，人在屋檐下，哪有不低头的。他去找，面子又挂不下来，想了半天，便装着不期而遇的样子见到冯杆子。一见，冯杆子倒是亲热的，连叫师傅，说已经知晓他出来了，正在跑“平反”，是想请他一起喝个酒，说点往日的旧话的，并关切地问他跑得怎么样。老洋人痛苦地摇了摇头。两个就这样蹲在镇公所台阶上讲话，冯杆子倒是热心，告知他，自己为他的事，已经打听过了，估计也难，劝他不要再费时费事了，搞点钱做点生意吧。冯杆子又说，如果有困难，他总是可以帮点忙的，这个千万不要讲客气。

老洋人的“平反”之路就这样无疾而终了。

被放出来的老洋人两手空空，最多跑到李光宗那里借两钱花花，他还是遵循兔子不吃窝边草这个原则，从不敢赖账不还的。但他还是不死心，到县肉联厂去碰运气，他的大名，倒是响亮得很，厂长也是知晓的。他的手艺，肉联厂视为榜样，有人串成歇后语，老洋人杀猪——一刀准。厂长说欢迎他来，因为他没有户口，又不是城关镇人，厂里不提供宿舍，只能在这里做临时工。他听了，想想自己曾是堂堂屠宰厂的厂长，现在混到去给人做临时工，自尊心大受伤害，便开始混迹于社会。

这是个生意社会，老洋人被逼着决定自己闯出一条路来。城关北街旅馆，是老洋人到县城的住处，一个四合院子，四条走廊分上下两层楼，它设有两人间、三人间、四人间，还有大通铺，中间有个天井，每条走廊在天井处有一道水槽，十几个水龙头，用于旅客早晚洗刷。东边靠墙有一个室内厕所，混合着各种气味。大门边上有门房，办理客人入住手续，有三五个半老徐娘在这里当值。门房对门是一个早餐铺子兼做茶楼，早上旅客吃好后，并不收铺，再摆上兰花小碗，碗中预备有粗茶叶。客人把个五分硬币往柜台上一放，便拿上那只碗，有几只放在煤炉上烧煮开水的铜壶，可任凭客人自己添开水。

这里是老洋人的窝点。待他的头往门房一探，几个徐娘见了，一个瘦徐娘随手拍一下胖徐娘巴掌：“你的皮绊来了，别等下搞得惊昂鬼叫，楼上楼下的人都听得到。”

胖徐娘一点不觉丑，回拍了一下她：“未必不会说好听点，硬往皮绊上扯。给个面子说个相好就折了你的嘴呀?”

老洋人这个相好一直在这里没挪窝，他一来，胖徐娘晚上就把自己值班睡的小床让给他了，自己回家去睡，这样就可以免掉旅馆住宿费。这个北街旅馆的洗漱间和茶铺是个生意信息的发散中心，这就是老洋人到这里来的目的，他要找生意路子，就在这里试下水性。

有一天，轻易不回家的老洋人回来，带了两瓶满湖春的酒。饭上桌，陪自己的娘亲洇了几口酒，说自己接了一笔大生意，会成大富翁。那时，全国兴起麻制品的加工热潮，正好邻县有个废弃的粮食仓库里，放了几十万条麻袋，每条出价两元，他转手倒卖出去，每条可赚八元，全家人对他这一套没有半点兴趣。三娘力劝儿子，在家里守着几亩田，吃点安生饭。李如寄家的田亩稍多，三娘被打成坏分子之后，当时生产队划了一块“立功田”给她栽种，收成全部归还队里，三娘一天都没下过地，全是其妈耕种、收割和打场。待到分田单干时，良湾李家台的人谁也不好意思去分这块立功田，三娘好心好意对儿子说：“就是这块立功田种好了，一家人也吃不完。”老洋人自然听不进这些话。

老洋人做生意要本钱，是无法拿自己身子换的，只好打上了娘亲的主意。

关于三娘有两大缸光洋之事，到了八十年代，不仅成了热门传说，还因为光洋可兑换现金，还有收藏价值，更成了许多人觊觎的焦点，甚至连小小的李如寄亦打过主意。

李如寄曾对真儿陈述："我奶奶一直被人传说有两瓮光洋。一瓮救了全湾台人，还有一瓮给他儿子做生意做砸了，这是一种说法。"李如寄惦记上了光洋，是他的一个表叔提醒的。

记得他们家来了个表叔，一撸袖子，手腕上有十几块进口的走私表，见了李如寄，大气之极，摸了下他的头："你拿碗水来。"他把进口走私表扔进碗里，水无法渗进表内，这是检查表的质量。他又把表拿出来，放在李如寄的手掌心里，问说："重不重？重不重？"表明这表厚实，是货真价实的好表。表叔最后对他说："满世界的人都知道，你奶奶有一瓮光洋，你搞两块来，就给你一块表。"表叔说："听懂哦，只要两块呀，一瓮光洋至少大几百上千，两块就可以换这么金贵的表。"

李如寄想要一块这样的表，去找过奶奶，奶奶恨恨地说："这些人恨不得让你奶奶还有你爷老子再被送去坐十年八年牢哩。"就是说，奶奶根本就没有什么光洋。他不死心地问："人说，你有两瓮子光洋，一罐子救济了湾台的人，还有一瓮子呢？"

奶奶诡异地说："这钱财如不是你的，你就是藏到地里头，也会化水无形的。"

这个县高的学生，每天五点半起床，一天下来，看时间不下二十次，他太想要这块表了。

问了其妈，其妈讲："光洋你奶奶是有的，你老子被抓时，被公安人员抄了家，那一瓮光洋已经化成了水，这是我亲眼见到的事。"李如寄满脑子唯物主义观点，他根本不信这一说，其妈又说："反正由不得你不信，我亲眼看见过，你见过我们家来的几只'财喜'冇？它们来历不明，走到你奶奶跟前，喵地一叫，奶奶就收养了它们。你说化成水不信，变成财喜总是可以信吧。"

光洋化水之说，梁一真自然不信，化成"财喜"之说，李如寄对此半信半疑。如果你的家人，对你信誓旦旦地说，还有你从小总会听到这些怪异之事，慢慢就信以为真了，李如寄这样解释，但凡不义之财，你藏得好好的，想要私用，突然化水无形这事，在老家一直都有传说的。奶奶的光洋肯定是杀人越货而得，带到新社会，隔了个时代，化水是正常的，化成“财喜”更可信一点。再说，姆妈不会骗他。

只是这事也有些蹊跷的，李如寄更有几分不明白，他亲眼看到父亲戴了一块表叔用来诱惑过他的那种表，他本来对老洋人爱理不理的，忍不住问了父亲一次，父亲坦然地说：“是你表叔送的。”

“难道你没给他两块光洋?”李如寄揭了这个底，认为奶奶偏心。父亲依然坦然地回答：“不要以为这世上什么都要用钱买的，表叔说只要把奶奶的‘财喜’偷偷地给他带走就好。”

“你说的黄花猫?”

“是一只大麻猫，湾子里的人说，奶奶养的几只‘财喜’用了障眼法，就是为了掩护这只大麻猫，这只麻猫是湖泊的大水猫变来的，你见过它一双眼睛像金子那样明亮吗?”老洋人说。李如寄从未见过奶奶的大麻猫。老洋人点点头：“这钱财之事，还涉及不到未成年人吧，你见不到倒是一定的。”

“你把大麻猫给表叔了，它吐出了光洋来?”

老洋人说：“你表叔家过去穷得见得到鬼，我们接济了他家多少？现在搞走私弄了几块表，他就抖乎上了。财喜不是他的，他抢也抢不来的，我就让他把‘财喜’抱回去，它也会找回家的，果真不久，它自己跑回家，身上两处伤，浑身是泥，后来得知表叔的指头被咬掉了一根。”

那时他上学，全湾台借钱，如果奶奶有光洋，怎么会搞得那么窘迫呢?

其妈回答过这个问题，这是奶奶的计策。三娘认为自己在别人困难时，曾帮助过人，改了革，开了放，人人都可以外出捞钱了，却数他们家最困难，现在她孙子要上学了，别人应该帮她，乡里乡亲自然念这个恩情，纷纷还了这个大人情哩。

老洋人逮住了发财的机会，这次回家是想凑本钱，他自然没见过光洋，但对三娘的光洋传说依旧不死心。当然家里拿不出钱来，老洋人同样像表叔那样打起了三娘怀里“财喜”的主意来。他听过湾台的人传言，说三娘的“财喜”确实可以变出光洋来，有人亲眼看到三娘把猫往地上一掼，念了什么口诀，猫身上就“咣当”两响掼出了两块光洋。儿子找老娘要口诀，三娘又气又恨，拿着棍子要打：“死也没什么口诀。”他走前，在侧屋子顶上见到了那只麻猫，麻猫瞪着圆鼓鼓的眼睛，冲他“喵”了一声，那样子好像对他友好地笑了。老洋人急等钱用，便双手合十请求它，为了让它把光洋掼多一些，他抱着麻猫上屋顶，往下狠狠一掼，大叫一声：“光洋出来。”麻猫倒没咬他的手指头，只是在地上翻滚几下，没影子了。

他本钱没筹到，库存麻袋又只是一个谬传，搞得他两头赔钱。他以为逮了一条大鱼，却把冯杆子赚进去了，所幸没把灾祸引到家里，倒是后来搞得李如皋不得不帮他来父债子还。

待到李如寄上学时，老洋人作为父亲一分钱也拿不出。三娘把儿子嘲笑一番，明确说：“这样没用的老子，儿子是不会养你老的。”当时讲得老洋人面红耳赤，无话可说。家里人认为他必须送儿子上学，这是做父亲的责任，李如寄上了这样的名校，这是他们家望了三百年才出的头一个状元郎，也是良湾李家台李氏家族的头等状元郎，是李屠户积了阴德。好在乡亲们没忘恩情给李如寄凑学资，临行前其妈决定留下部分资金，到时每月邮汇给他，另一些钱怕路上不安全，更怕落到老洋人手中打水漂，在李如寄短裤头上小腹处缝了一个小包，把钱装进再用针线紩好。其妈计算好路费，还有爷俩途中的餐费，不肯多给一分钱。

老洋人把儿子送到学校后，就离去了。他的行踪一直飘忽不定，李如寄自然不会管他到哪里去，家里人也不会问他在哪里。

开学后不久，老洋人来过一次，父子俩默默吃了一餐饭，老洋人给了儿子一点花费，便走了。第二个学年时，李如寄在校园碰到父亲，大吃一惊。老洋人说想来看看他。李如寄当时没有多想。

关于老洋人和尹志红是怎样认识的，真儿与李如寄有多种猜测，聊这个话题还把梁教授扯出来了，梁一真以不容置疑的口吻说："我不知道他们是从什么时候认识的，但有一点很清楚，有一阵子，是教授从几个方面全力帮助了老爸。"

李如寄点点头："他们之间肯定有某种秘密，两人才如此联手，包括上次哭喊'我不杀来恩，来恩因我而死'。教授现在有抑郁症，都与这个有关。"

第十六章　淹没在怀旧歌曲中，城市有商机爆发

88. 土晃晃成了洋迎宾，带来了酒店财喜

老洋人李来恩送李如寄到这座城市上学之前，那几年间像个孤魂野鬼一样地到处游荡。因为做生意赔了钱，就想赶本，拿高利贷，结果钱还不上，东扯西拉，活像个骗子，只好跑路，十分悲惨。后来，还是冯杆子帮了他，让他到镇上几个食品加工厂拿了鸭五件和板鸭，还有元宵粉的样品，去搞推销。他便以做生意的名义，流窜到这座城市，他在牛鼻子村的小食店，采取先放货后收款的办法代销，打开了一点销路。欠冯杆子的钱，就还上了一些。

因为生长在水乡泽国之中，对湖泊有种天然的感情，使他惊讶的是，这座城市里有一个偌大的湖。他在水乡泽国长大，眼睁睁地看着自己故乡的湖渐渐地因挖河改道疏浚而干涸了。他来这座城市喜欢住在牛鼻子村的农家旅馆里，吃喝用住都很便宜，更重要的是，他与湖毗邻而居。

老洋人甚至认定湖长在城市里才保得住，到了乡下，就是云梦古泽的湖水也难保得住，这真是啧啧怪事呀！他如到这座城市，便会来湖边坐上良久，看着那偌大的湖面在微风中碧波荡漾，不禁有感而发：“看起来，湖只有托生在城里才能保全自己。”这应该是他的湖泊情结。如果命运再给他一次机会，他不会想留在这座城市里，甚至不会萌发这样的念头，因为这座城市与他没有半点关联，

这里无亲无故，无法有他的安身之处。后来他送儿子报到，觉得在冥冥之中早有定数，老天对他与这座城市的关系早做了安排，他当然也就真正与它有了一些关联。

哈，现在他的嫡本儿子在这座城市读大学。

从前，他想要留下来打份工、做点什么事，都是没有奢望的。他年龄渐大，又一无所长，留在这座城市做屠户给人杀猪，这个他可以做，可是连个肉联厂的门都摸不到，这些年他那点锐气已经被那场牢狱之灾磨没了。

人的命运转机，往往在不经意之中。那还是在送李如寄上学的一年多以前，他从偌大的湖畔往回走，坐十四路公共汽车到长途汽车站，熟门熟路的，傍晚便可以回到过去他那个熟悉又陌生的小小城关镇。他一直习惯免费住在北街旅馆，这次同样是这样打算的。可他沿着湖岸漫步，在岸边的树丛中钻来钻去时，脚便挪不动了。他就是为这湖而生的，有湖的地方真好，李来恩独自感叹道。他甚至认为自己对湖有顺风耳的能力，就是说，在一个阳光升起的早晨，他静坐在湖岸的树丛中，一动不动地呆看湖面，可以听到远处此起彼伏的鱼的跳跃声，还有水族生物的打闹声。如起得更早，在尚无车辆行驶的湖岸边，甚至没有风声的早上，他可以听到鱼们窃窃私语。当然，他有时也怀疑自己的听觉，认为这是他受湖泊之地影响太深，把心思转化到湖水中去了。其实，他这一能力的形成，自己也未察觉到，当年被关在牢里，寂静无比的牢房让他听力发达起来了。

人啊，就怕惦记什么事情，一旦惦记多了，就会上瘾。老洋人惦记上了这个城中湖，就要不时来看看，不看还真想得慌。这是促使他到这座城市的内驱力，令他像恋爱中的人一样，要投入城中湖的怀抱，每年必会有事无事地过来几趟，名曰谈生意推销产品，其实是来“望湖”和“观湖”。这点心事连对北街旅馆的胖徐娘也是不可言说的，谁也不可知晓的，否则肯定会被人嘲笑，甚至说他是个神经病。那时，因为他搞推销尚有点能力，也有几个老主顾代销他一点东西，糊口还是勉强可以的，却无法让他还债。人在这种生存危机中，尚有余心闲情看湖，足见他的过人之处和内心的强大。这一段时间，甚至比他在劳改农场时还要艰难，为了生计，他到建材市场搞搞货运，打打短工，与人跑单帮；但为了一点自尊，就算肉联厂出双份工资，他也不肯去做临时工。他在这建材市场当帮工，同时给自己找了理由，觉得这块儿倒很自在，加上他身大力不亏，除了要还做生意亏欠的账，生活还是可以过下去的。其妈的那个家和他一向是两不找，他臆想发财的梦，在几笔欠账的压迫下，早已经断得没了影儿了。

这次他莫名其妙想到大城市来逛一逛，在湖边驻足眺望。还有一点烦恼，他有点受不住那个胖徐娘的骚货劲，使他无法安身。到了湖岸边，来逛一逛湖，脚就挪不动了。他摸摸口袋，剩余的钱还够在这里晃上一天半天，心说，凭什么不去呢？

他主意打定之后，脚步从容许多。他悠闲地在湖边上走，东看看西瞅瞅，觉得还是大城市好，人来人往，穿梭不停，热闹之极。

正漫步间，有人对他叫了一声：“老外！”

他知道是在叫他，人们常这样误会他的。

他用家乡话回复说：“我不是外边来的老外，我是从乡下来的打鱼人咧。”这点他老实得很，不会欺骗别人，也骗不了人，一开口就露了馅。

一个像极了老外的人，穿着却土气，居然还讲出一口地道的方言。打招呼的人像发现什么秘密一样高兴地说：“我看你有点不和谐，长相像老外，穿着又是我们本地的样子，听出你是云梦泽这一带口音，我的老家也在湖荡之中，我们是老乡咧，要不要进来坐下?”李来恩抬头一看，这里是一个像模像样的饭店——临湖大厦。服务员见他犹豫，便指指招呼的人说：“这是我们的老总尤崇德先生咧。”服务员那语气，好像他们的老总是天下第一能干有名之人，谁都认识他那样。

李来恩看了这中年人一眼，与自己年纪大致相仿。他觉得这个尤总，鼻子长得奇特，大而阔，鼻尖上翘，一脸络腮胡子刮得精光，露出来一副铁青的面孔，那两道眉长成了一把撑开的微型折扇，李来恩忍不住吸了口气，似嗅出这人身体有股子淡淡的腥臭味来，便打趣道：“老总好福气咧，有这么大的产业。”尤总忙摇摇手：“快别这么说，还不是在这有水之处混一口饭吃。”尤老总见李来恩隔得远，站定便和他做自我介绍：“我这人天生水命咧，从前在城西处的东西湖边上，哪知没几年，整个湖被填平了，就移到这边来了。”他有几分忧心地说：“不知这块儿是不是也要被填平，那就没地方可去啦。”李来恩听了，见他和自己感觉相同，便安慰道：“城市也要留个气孔啊，这湖是不会填平的。”尤总像是见了老朋友，便抱怨开了：“我从前也是这样想的，这座城市从前有百湖之多，现在剩几个，本打算搬到南湖去，那里却摆足了架势，建起了高楼大厦。罢了，这东边还算好一点，湖也大，林也多，对面还有磨山丘脉，一时填不平，先在这里安身再说了。”

李来恩听了，来了兴趣，跟着尤老总进了大厅。

尤老总直截了当地说：“愿意不愿意到我这里打工?”有这么样的好事？老洋人心头一喜，他现在是穷困潦倒之时，而且债务缠身到不敢回家，这是天降馅饼，但他仍犯点疑惑：“我能干什么呢?”

“当迎宾!”尤老总凑近他。李来恩这次证实了自己的嗅觉，尤老总周身确有一些动物的腥臭味，是不是在厨房弄过死鱼死蟹也未可知。尤老总直截了当地说："见有客人来，帮忙提下包，送到前台登记，如果有车来，招呼车进停车场，就这么简单。你会几句洋槟榔话不?"

"洋槟榔? 这是什么?"他老实地问。

尤老总见他确实不知道，挥挥手："这个前台教教你就成。只要你愿意在我们这里打工就好。"他马上叫来刚在门外打招呼的服务员："闹妹，把这个假洋人留下当真洋人用，条件是他不能说老家的话，前台教他几句洋话就好，培训一个星期就可上岗。"

他还没反应过来，便得了一份工作，如果说能留下来，除了湖泊情结之外，还真是幸亏了这张白化病的脸。

他觉得自己这张脸有点奇，从前因为这张脸，不明不白被当成敌特分子间谍拉去坐牢；现在又因为这张脸，在这座大城市，想也没想到从天上掉张馅饼，让他有了一份工作。他已经长了几分生意脑子，在城关镇建材市场给人打打短工，属于做一天可得一天的工钱，做一小时得一小时的工钱，打的是零散之工，日子自然会过得惨淡。这且不说，原来胃口大，想做大老板，又没本钱，骗来骗去，水平总是无法提升，有心思却没手段，自怪心不狠，下不了手，还倒欠了别人账没法还。还有，最重要的是，先在这里安生一阵日子，还可以躲过那个骚货。

被称作"闹妹"的服务员听了尤老总的吩咐，过来要带他走，他却为难地说："你看我什么也没带。"闹妹亲切地对他说："我们这里是酒店，住在服务员集中之地，要穿统一的服装上班，你无须带任何东西，只要用身份证办个手续。"

几天之后，他学会了一些职业用语，还有职业微笑，就是把双唇抿住，使劲压弯，翘出好看的弧度来，便轻易上岗了。他的到来，确为酒店起到了一些作用，客人和行人对一个老外在这里做迎宾大感好奇，纷纷驻足："嘿，老外!"这个酒店门前因为有了他，便热闹起来，这恐怕就是尤老总需要的效果。不几日，尤老总便来夸赞他，对他竖了大拇指："我的财喜呀!"要他好好干，一个月就转正，第二个月就可以拿到正式员工的薪水。

这也算是机缘巧合吧，儿子在他来到这座城市一年多后，考到这个城市最好的大学来了。他本想把这消息告诉儿子，他在这里有个工作，离他并不远，还可以互相照应，可真正要说起来，他显得勇气不足。想到儿子对他那一张爱理不理的脸，还有，他现在赚的钱，自己并不够花，欠账要还，说这些除了让儿子感到是在吹牛外，别无益处，只好打消了这个念头。他把儿子送进学校，就打定主意，暂时不打算告诉儿子他就在附近打工。

89. 创业之初，哪有不挨刀

命运之神如果要让一个人有所转机，未必会安排得那么巧妙，只是结合此人的一些基本优势或特点给予适当的点化和照顾，就算是全能的命运之神，也要顺势而为，否则这世界不就乱了套？这话适合李来恩，而对尹志红来说也完全适用的。

尹志红把自己的命运转机归结于那次令她绝望的跳水，就是说一个人把自己推到了绝路上，让自己纵身一跳，或许便会造就柳暗花明的前景。她很快有了个体老板的营业执照，是每个月用百元大钞买来的一张纸，这张纸姑且给了她一个城市身份符号，更多的是，增强了她的信心。据说现在入城市户口也简单了，有钱就行，如是这样，那她就使劲赚呗。

承小头目的热心照顾，她在校园里开了一个小店。不多时，管理处的那个小头目，让她送一袋水果上门。他家是个单身宿舍，一幢楼最里边的一个小小单元，门前有一棵高大遮阴的粗壮大梧桐。她进了门洞，心就莫名其妙地发慌起来，虽看不见自己的脸，发烧还是感觉得到的。他的门半掩着，似在等她进门——不用敲的那种，当她把水果送进门时，对方叫了她一声“水果西施”，尹志红眼明心亮，瞬间就确定了对方要干什么，不待水果放下，他就顺势把她拉到床上去了。说些实话，这类人，尹志红以往确实见识过，一个女孩的成长，就是会经历种种磨难吧。这人有点小权力，给弱势群体一点提携是举手之劳，他以为施人恩惠，便索要回报。而尹志红当时又有什么呢？做这种交换之事，还是要有前提的，要在自己感到无比安全的情况下进行。此人吃准了尹志红急需要他这份帮助，今后也不会留下后患，便大胆采取了这样的行动。他判断准确，尹志红这时要有意熄下他的火，便说她要先洗洗手，待她上完洗手间，用凉水浇了浇发烧的脸，用双手在镜面里绾了绾头发，深吸一口气。这样过了十分钟之久，才半推半就。这是她有意为之，她听见小头目在客厅里急不可耐地踱步，心情一阵大好。她在向他暗示，老娘不是那种随便之人。

为了闯进属于自己的这座城市，她清楚，身子也是她的一件利器，说自己多么值钱，那就要看看有没有人需要，那种需求达到了什么程度。这绝对不是什么爱情，一个一无所有的人，拿出自己做交换，更要小心谨慎才对。这话同样是对这个有点小实权的头目说的，他有家有口，还有一种上进的欲求，不能被竞争者抓到把柄，如此一来，偷点腥惹了一身臊，就得不偿失了。对这种一时冲动的需求，他极害怕毁了自己。再说一个地位低下的出摊卖水果的女孩，值得他放弃一切去追求吗？偶尔解解渴而已。尹志红掂量过自己的分量，心里清楚极了，她不会缠上他，但今后也不会让他随招随到，她可不是他的应召女郎哩！双方就这样维持了一种默契，一种交往的平衡。这个人后来的表现相当不错，拿捏得准，把握也到位，这也是可取之处。他很用心地帮她，并没有过多地索要报酬。尹志红有时会奉上一点红包，对方总会推辞几下方收，她只是想让对方知道，自己是知轻重之人，和她打交道，大可放心地说："现在是个商品社会是不是?"

有一段时间，尹志红或独自在校园内遮风挡雨处，或与其他小店联手开了好几处水果摊。其实她的水果摊只要一平方米大小空间就可以施展开了，生意还做得相当不错。尹志红通过几次与人交易，知道了用钱解决问题，是最为简单的途径，这样一下两清，无须因人情世故受压。经过一段时光的打拼，她就这样用两种方式打进了校园。她开始找雇工，就是从父亲下放地附近的几个小山村雇了几个小丫头守摊。小时候与这些乡村建立联系，现在可以派上一点用场。这些个雇工，对于尹志红来说，心里触动不小的，她已经是老板了，就是说，她已经有钱了，可以雇人了。因为找了他们下放山村的丫头，"尹姐能干"之类的称赞之词不绝于耳。那个时代，虽未到笑贫不笑娼的地步，但做生意和发了财的人，皆被社会所仰慕。尹志红已经步入其中了。

尹志红除了对那次落水充满怀念，还对这个学校的后门充满了留恋。她首先认定这是她的发家之地，万万不可以丢的，后来，她认定这是她的爱情产生之地，她有时依然会在这个后门边摆个小小水果摊守着——过去是几张纸一铺，后来则是铺上一块塑料布，现在她让人用薄板制作了一个中分折叠式的面板和一只折叠小凳子，双手一合，便可以提走。她有了校园里的几个水果小铺做支撑，心中有了底气，人也自信了，所行所动从容了许多。

梁一真知道李如寄看不起尹志红。不仅因为她把自己的父亲从姆妈身边夺走了——其实真不是什么夺走的，老洋人很难归家，一年四季在外晃荡。更重要的是，他听说她卖水果时，兼着“流莺”勾当，这是学校老师和同学们对她的又一雅称。学生宿舍里李如寄的几个同学，往往在睡前讲讲闲话，多的时候谈论国家大事和国际形势，也会谈一些风花雪月之事，这叫“卧谈会”。可不知哪个晚上，谈到了后门边上有个出水果摊的“水果西施”，对她的风流韵事同学们讲得津津有味，还说得有鼻子有眼的。

就是说，水果西施出摊水果是正业，还有一个兼职，即与一些有需求的老师和学生厮混。围绕她有个笑话，不管是谁，每次完事必须交钱，有名教授先生自以为与她建立了关系，从今往后就不应再谈钱了。尹志红则是不依不饶，她有如下理由：第一，她不会破坏人家的家庭，自己是谁自己清楚，完善收费体系是堵自己的路不作非分之想；二是一手交钱一手交货，永远不用经受感情的折磨，双方都不受伤害，她可真是一个高尚的“流莺”。慢慢地，水果西施成了一个“流莺”的符号。李如寄还发现，同学们吹牛时，常把自己不喜欢的教授和同学与她拴在一起，有次甚至把梁教授也拽入其中，对尹志红的流言，他一向处在半信半疑的状态中。

对她不接纳，这是一个很重要的因素。还有其他原因呢？一时也难以说清。

李如寄在没有发现她与父亲之间的关系前，只把她当作卧谈中的女主，不免多少有点好奇，还到后门去买过几只水果，拿回宿舍时，被室友大大嘲笑了一通。得知父亲和她有了关联，他们父子俩便大吵了一顿。李如寄怒而言道："这个水果西施在校园里是一个笑话，是个公共汽车，谁都能买票谁都能上!"

老洋人听到这种评论，气得暴跳起来，爷俩几乎要开打。那段时间，他们虽没发布声明脱离父子关系，但基本上是不来往了。

尽管梁一真是个心思纯粹的女性，但也回避尹志红在学校惹出过一些风言风语的话题。倒是尹志红来得十分坦然，她说，为了回到这座城市来，算是付出了惨烈的代价；又一哂，说："这人在江湖飘，哪有不挨刀哩。"说完，眼里闪着泪光，说起她过去跟着上一辈人去搞静坐示威、闹绝食，她那么投入，不就是想回到这座都市来吗？主要是因为，在这种城乡之间，那种人为的鸿沟，实在太大了，除非时代有大的变迁，否则谁也难以填平的。她后来以一己之力，闯回这座城市，尽管"像一只狗，为了抢点残羹剩饭，被主人持棍打得满地打滚，被同类咬得遍体鳞伤"，她凄然道："你以为我能什么都不做，什么代价都不付出吗?"这个代价是需要付出的，但如果没有时代这么大的变迁，就是被打得满地找牙，打落牙齿和血吞也是动弹不得的。

梁一真听了居然很动情地说："我能体会，我能体会。"尹志红笑笑："你这样单纯的女子，怎么会体会得到生活的惨烈？我的父母所受的教育，还有生活条件以及当时在这座城市的地位，绝对属于中上等的，突然被砸入谷底，他们尽了最大的努力，也没有力量反弹回来，逼得我，或者说只有我才会去拼死一击的。"

尹志红把父母下放之地描述得极为贫困、落后，他们生活得十分艰难，尽管离城市并不算远，却是一个愚昧的荒野之地。因为粮食配给不足，他们冬天里会从泥土里翻些生产队剩下的红薯、芋头之类的东西，和着粮食一起煮食，有时甚至连草根也不放过；收割后的稻田和麦子，他们去捡剩下的穗子，但捡的人很多，落到每个人手上，就只有一把，捡了回来，金贵得很；如果能在冬天的雪地里用竹子制作的夹子捕捉到一只野兔，或是黄鼠狼，会像过大年一样高兴。有时老鼠被捉，一样不会放过。她说，那时，一切都是为了把肚子填饱。

她还讲过一件事，让梁一真异常震惊。她说她第一次被性侵时，还不足十岁。她放学和同学一起去玩，清楚记得那天下午发生的情景：在一个破旧的屋子，瓦片缝隙中射进几缕西斜的阳光来，她尖叫了一声，一只碗摔到地上，摔成两半，随后嘴被堵得严严实实的。事后，她得了两只馒头，条件是不能向任何人谈起。这给她留下了永远的伤痛。这经历让梁一真认定，尹志红不惜一切拼尽全力要回来，应该是没有任何力量阻止得了的。

90. 一个喜欢探讨爱情问题的女生

梁一真还和老洋人讨论这个问题："老爸，我问你一个问题。"她用一本正经的口吻发问："你和尹师有爱情吗？"

老洋人沉默了好一会儿，在梁一真有点失望时，他缓缓地开了口："从她这里，我知道了爱情是什么味儿。"他之所以没有及时回答，是因为这个问题触动了老洋人太多的心事。他的前妻，也就是李如寄的姆妈，在老洋人看来，是个强势之人，几乎没有任何柔软的时候，如果男女之间有点爱的味道，那就要先让自己身心都要软和一点儿，爱意才会到来，这是老洋人的理解。老洋人抱怨，其妈强势到什么地步，小镇离老家并不远，她时常来小镇，就是不肯到他的屠宰场来望一眼，他可是她的男人，一张床上睡的，要共同生儿育女之人。

那时他年轻气盛，身体强壮，和一些女人打过皮绊。这在他看来，皆是一种逃避，尽管他不知自己要逃避什么，但他就是这样重复做着。而他的这个前妻似乎从来都是不管不问，他觉得这个媳妇，是他姆妈给他娶的，她们俩的关系，更像是母亲和女儿的关系。后来，姆妈受他牵连被管制，定期要挨批斗，被民兵押到大队部去受训。他前妻一定要跟过去，生怕婆婆受到一点伤害，这个女人有耐力，把整个家都扛在肩上走到现在。她总认为自己不知从何而来，虚飘得很，只有死死地把根扎下去，扎进这块土地，一时一刻丝毫不能放松下来。而老洋人自己，则慢慢地被她挤得边缘化了，变成了家庭的看客与过客。

梁一真听到这种对家庭的抱怨，似明白又不明白的样子，她觉得她这个公爹就是了不起，他的痛苦不是俗人的那种日常生活之苦痛，而是那种有相当地位的人的精神痛苦。

当然不应该排除尹志红年轻、有文化，也算得上长相出众。在这点上，老洋人显然很难谈得清楚。但老洋人还以阅人过多的口吻说，如果要说年轻漂亮之类，人这一辈子，说长也够长的，见过多少赏心悦目的异性，唯独黏上她？最后，他自己好像都说服不了自己，只好归之于命运，命运不可捉摸，往往到事后才恍然大悟，这种体验就像心中的故乡，是神秘的，不可捉摸的。

老洋人李来恩有了这份工作后，最初还是有几分热情的，被行人和房客称为“嘿，老外”，还能满足一些虚荣心。但毕竟这工作单调，过一阵便多有不适，与他那好折腾的性格终究难以匹配，除这个湖能给他带来亲切感外，他觉得这座城市实在太陌生，下班之后，便闲得发慌，且他本身什么娱乐活动也不会，时间稍长，不免生出一种孤独感来。当然，他认为这个偌大的湖，不离不弃地陪伴着他，下班后他什么时间想到湖边静坐、倾听，都能随心所欲。他发现在夜半时静坐听湖的效果最好，这依然是他最大的隐秘，不可示人。他有时会自我安慰地认为，自己还是活得很热闹的，比如酒店里偶尔来了一些打扮时髦的女郎，会包上一个房间。她们是一群守株待兔者，待到夜深人静，就往客人房间里塞名片，直钩钓鱼，但对他则是另眼相看，甚至有胆大的走近他——那身上涂的香味直冲老洋人的鼻孔，对他发出邀请："玩一会儿吧，对你一切都是免费的。"初次引他进门的那名被称为"闹妹"的服务员，却时时刻刻充当他的保护神，大声斥责这些时髦女郎："喂喂，不想在这里混喂！看看对象咧，他是订制的。"每到这时，他都有点哭笑不得，他在闹妹眼里是订制的，这话从何说起呀？好在这名他依然叫不出名字的女服务员，倒是从没主动找过他，他觉得在这种喧闹之地谈孤独和苦闷，应该是属于一种心灵范畴的东西。

自从李如寄来到了这所大学，与他近在咫尺，他不免思念儿子。他一向认为李如寄是优秀的，并常为有这样一个儿子而感到自豪，这也是他吹牛的资本。可是儿子从小到大，父子俩似乎谁都没有对谁亲近过。这个时候，老洋人想主动亲近，但李如寄已经长大了，并把头深深地埋到书本里去了。他想去接近儿子，已经够不着了。

91. 现炒现卖的爱情格言：有趣的灵魂只万中有一

思念就像湖中的芦苇，一旦遇到合适的时节，便会疯长起来。老洋人小时随姆妈一块去割芦苇，那硬梗的植物长得密不透风，割了半日，只是一小块地方，不几日便又长还了原。老洋人对儿子的思念，使自己十分沮丧，自己的儿子，去看他居然还有这么多顾忌，但思念这玩意有时就是不可控。他有两次已经走到他们宿舍大门口，却退回来了。还有一次，他精心策划了一个见面的机会，让城关镇建材厂的一位相熟帮工给儿子打电话，那是他们宿舍门卫的电话，很难打通，找人也不好找，耐心找了一周，终于等到李如寄来听电话。那位帮工说要到这座城市来，进一批建材产品，顺便和老洋人来看看李如寄。李如寄只是“嗯”了一声，表示自己知道了，没有拒绝也没同意，表示默认。他便如约而去。老洋人见了儿子，以一种平和的语气，要随意找个小饭店，爷俩喝点靠杯酒。李如寄听了，没多大反应，也不问同行的人怎么没来，只淡淡地说食堂蛮好，他还要上晚自习哩。老洋人见说，只好随他去了学生食堂，平时李如寄只吃一个菜，汤是免费的，拿上一个空碗，有阿姨会打上，因为老洋人到来，他便加了一个菜。父子俩默默吃完饭，李如寄在食堂门口，也不问他住什么地方，只是说：“你先去吧。”老洋人知道儿子这种脾气，自是无话可说。临别时，他从口袋里掏出了二百元钱递过去，说：“你改善下生活吧。”显然，李如寄没想到老子会给他钱。家里人认为，老洋人只要把自己养活了就不错了，每月都是姆妈寄费用过来。见老洋人给他钱，李如寄迟疑了一下，也不问这钱是怎么来的，便接过去了。他们就此分手。尽管这在老洋人意料之中，但不免还是有点失望，总觉得这个儿子待人太过冷漠，或者说，他从来没养过，就不得不忍受这份冷漠。

就是那次，他从后门出来，出后门时有人叫他：“老外，过来。”一个面容姣好的卖水果的女子，笑吟吟地看着他。他走过去尚未开口，那女子说：“免费。”他装腔作势地用英语说了声谢谢，女子把自己的玉臂伸得很长，有点夸张地倾斜身子，身体曲线流溢，让人有几分眼热。这女子此时心情不错，便向这老外抛了抛媚眼，抿嘴而笑。这些体态语言，表明她希望与他交往。李来恩过去有些乱性，但那是一些在生存路上挣扎着的没什么品位的女人。现在他对这样一群在城市里的女子，还是有几分情怯，但这女子亲近的表现他还是看得出七八分来的。他不想在交往的开始就欺骗人家，便解释说：“我不是什么老外，小时得了一场病，弄成了现在这个模样。”女子说：“这就更好了，是老外又不是老外，交往起来更容易。”后来李来恩琢磨这话，应解读为如果是真的老外，语言、习惯、文化层次还有诸多不便，而对他这“老外”，可以无所顾忌。

过了几天，他鬼使神差又去了一次。实在说，天生该他们有缘，他有些动心了。这所大学，他自己蛮愿意来逛逛的，虽说儿子冷淡，毕竟是亲生子，这并不影响他的心情。他对卖水果的女子有点心动，未必是缺异性的缘故。只是这卖水果的女子有些特别之处，他被那张灿烂的笑脸吸引了。他第一次见她，感觉女子的笑有些温度，但不是将自己的笑脸如同盛开的花儿般展现给他。老洋人琢磨几日后，才让女子的笑绽放起来，不错，是他放大了女子的笑。情爱这东西，更经不得琢磨的，特别是男女之情，一琢磨，就会产生滋味，就会一发不可收。后来接触多了，他了解了尹志红所遭受的艰难，一个女子在这种条件下，还有如此灿烂的笑容，可见内心是强大的。尹志红并不这样认为，她的笑颜只对最亲近的人绽放。她毫不忌讳地承认，当时她见老洋人第一眼，心里就说："这是我的菜吧。"心有所想，笑便灿烂。

第二次有意去见她，老洋人觉得自己平白无故得了人家一个苹果，礼尚往来，也要回赠一点什么。礼不轻不重，还要有些意蕴。酒店的大厅里挂了许多名言佳句，过去，他从未注意这些，现在人的心情不同了，便开始瞅着看，一看就是半天，其中一条是："美丽的女子万万千，有趣的灵魂只万中有一。"他觉得这条不错。他已经认准尹志红是个独特的女子，便从柜台里挑了一张卡片，让打印社的服务员，把这句话打印在一张粉红色的卡片上。那姑娘看了看他，许是同事，他又很特别，便笑着打趣："谁把你这个老洋人的魂勾了去?"他被闹了个大红脸。走到半路，觉得自己只拿一张卡片，忒小气了一些，便拐到"春风笑你"花店买了一枝紫色的花朵。为什么要买紫色的?他认为这颜色能让人产生一种奇妙的感觉。花店小女生告诉他，红花一朵五元，而紫色的要二十元，他听了，有点吃惊，但已经不好改口。小女生用白色花塑料将花蕾包成一个倒三角，系上一根红丝线，那花越发显得雅致起来。他从口袋中掏出那卡片，说："挂在上边。"小女生会意，便用打孔器把小卡片打了个圆孔，系到红丝线上。这是老洋人有生以来，第一次用卡片，第一次购花，第一次送给一位女子。这些事做停当，他好像听到胸腔里的心跳之声，吸了两口长气，稳住心神。想到如果儿子突然出现在他眼前，看到他如此做派，将会是怎样的一种表情呢，他不由得因自己的荒唐举动产生几分自责和好笑。对这卖水果的女子——他觉得一定对她称女子，而不是女人，这两个词语是不同的——他有把握，认为对方不会拒绝他的礼物，只是他一时难以想象对方收到时，将会是何种表情，会感动还是嘲弄他，还是半感动半嘲弄，或者说“还给你一个苹果吧”，再娇嗔地说：“你这人真是的，给你一点颜色，就想到开染行了。”

要面对时倒产生一个难题，这说明他心里发虚有鬼呢。其实，并无他想象的那么麻烦。

待他持花送到，那女子却不在，他有几分失落，又有几分庆幸，不在甚好，他把那朵花儿给了门房的小伙子，请转告那出水果摊的女子。那门房的男孩子看看花，又看看他，神色有点怪样地说：“老外勾女人，就是有一套。”他笑了笑，算作回答，便离开了。

这一关让他感到就像一记老拳打到了棉花上，劲道用老，却软弱无力，而那女子，他很难想象她的反应，因为对方没有反应，也不可能找到他的酒店来。再想到儿子在这里念书，自己还有闲心搞花花朵朵的事，被知道了肯定是件麻烦事，他便把那种正在内心疯长的思念生生地收了回来。日子恢复了往日的平淡无奇，其间，那个第一次遇见的酒店服务员闹妹主动找了他，并不是来与他调情的，也不是向他问罪的，更不是两者兼而有之，她围着他转了一圈，又上下打量了他一会儿，用方言说：“个抱马的，不得了了，洋不洋土不土的个乡巴佬，晓得勾搭女人谈恋爱了咧。”他知道自己做了一件傻帽事，千不该万不该在自己酒店的打印社打印，这让酒店的女员工们全部知道了他送卡片之事，她们皆用异样的眼神看他，让他有种羊肉冇吃着却惹了一身腥的感觉。

尹志红却寻上门来了，依然算是一种机缘巧合。她骑着自行车正好从老洋人迎宾的大门前经过，见到老洋人，随即下了车，还是那样的笑，还多了几分惊喜，那样子似说，“你在这儿呀，我晓得了”，有种重逢的欣喜。“嘿，老外。”这种招呼他一天收到许多次，已经淡漠了。而尹志红的声音只听过一次，这是第二次听到。他的心弦一动，回复了一句：“啊，真好！”尹志红说：“谢谢你的花和卡片，我长这么大还是第一次收到这样的礼物哩。”他听了，更是吃惊。

就这样，他们开启了情爱之旅。

92. 城市的边缘，一群鬼猫的领地，潜力无限

尹志红未必是那种有浪漫气质的女性，或者说有，却没有被开发出来。为了生存，她把自己的一切特长都化作武器，而且运用得十分娴熟。比如那次对着老洋人伸出玉臂，已经向各色人等伸了太多次，只是这样的张臂伸手，她的面部表情会有不同，对老洋人的这次，应是展示一种女性的魅力。他们交往的方式，简单而明了，有点像在餐桌上吃快餐的感觉，不允许细嚼慢咽的。当然，在情感方面，一般都是由女性来主导，老洋人三下五除二便缴了械，投了降，这时的尹志红哪有心思把自己用到情事上呢？

尹志红与老洋人见了几次面后，偶尔尹志红会挽住他的臂膀，他会去揽下女子的腰肢。双方尽管心情愉悦，但仅限于此。有次老洋人想动点粗，把她的头扳过来，亲吻一下，尹志红却说：“我还

没准备好，别搞得太潦草了哈。”她便开始使唤他，邀请帮她看一处旧厂房，在牛鼻子村的湖对岸，那里是这座城市的边缘地带，被多个村庄所包围。

走在湖堤上，一阵阵湖风吹来，湖水有种腥臭味，显然污染的湖水一时难以治理。这座热闹非凡的城市，好像过了这个湖堤就戛然而止了。这里到处是白色垃圾，紧靠湖边还有些小水塘，水色已成墨绿色，一些不惧污染的微小生物，在这水池中翻滚。水塘旁边立个警示牌：“严禁倾倒垃圾”。牌子并未起到警示之用，却成了提示，四周一堆堆的垃圾由大卡车拖来，随意一堆堆地卸下。从湖堤走至夹角处，有一片乱树林子，除白色垃圾外，还有一些牲畜的尸体，发出难闻的恶臭。

李来恩越走越失望，他看着有些兴奋劲的尹志红，甚至从身体上开始对她产生疑惑，觉得这个女孩还是有几分姿色的，应有点品味，居然看上这个地段。尹志红对李来恩是何心思，并不在意，她用秀手往前一指：“就是那个地方。”这是个村办加工厂，两排平房，几个宽大的加工车间，外墙已经被人打了几个洞，屋顶塌了一块，与这个车间呈丁字形。两排更矮点的平房，做过职工宿舍，宿舍的另一边是几间做办公室的房子。这些房子更是破败不堪，有几间连门楣也不存在了，屋子里长了齐膝盖的草。待他们接近，有几只野狗见有人来，对他们做出进攻的动作，一阵狂吠。野狗见这一男一女并不理会它们，只好自个儿玩去了。

老洋人发现院子东边有个类似地窖一样的东西，走近一看，离地半米高的台子，地下挖了个圆形的水泥池，里边有腥臭无比的水，泛着密集的浮游生物。老洋人认得，这个地窖恐怕是过去他们在乡间搞过的沼气池一样的东西。尹志红说，到时把它铲平，埋了它。搬过来后，大家只是把这地窖清理干净，尹志红却全然忘了要把它铲平的念头。在一次闲聊中，村里的领导告诉尹父，这个地窖不祥，死过一个潜逃犯，他是从北方逃过来的，躲在这个地窖之中，因为到乡村田地找吃食，被民兵围捕枪击而亡。搬进来后，尹家父母总感到夜半有号叫之声，细听又听不见了，不听却隐隐传来。尹父听说了这事，才知原主卖掉此处，多少是因为有这个蹊跷的，只得请和尚念诵经文三日，再请道人作法三日。这是在尹志红老洋人全然不知的情况下进行的，这以后，他们睡觉倒是安稳了许多。

一只母猫带上几只小猫，慢慢地走过来。尹志红很喜欢猫，对它说："猫妈妈，等我们搬过来，和你做邻居哈。"母猫居然回了她一声："喵——"这时有只橙色大公猫，快速跑到母猫的前面来，它的毛一下炸开了，使本来硕大的猫体暴涨了一倍，像只小猪大小，两爪往前一抓，整个身体一撑，双眼满含敌意，喷出一股气来，让自己的两撇白须抖动不已，平添了很大的猫威。

尹志红见了，叫声："鬼猫啊！"紧紧拽着老洋人，往他身后一躲。这时只见橘色大公猫后爪直立而起，前右爪缩在胸口上，前左爪举过头顶，发出近似凄厉的叫声。老洋人似对这猫很熟悉一样，他想，是不是姆妈那只突然消失的猫呢？总之，他感到太像了。如果是，对他应该不会表现出如此敌意。猫的叫声，老洋人突然听懂了，便对尹志红说："它在骂我们咧。"尹志红听了，感到这个男人的幽默来，便说："你懂猫言猫语吗？它骂什么？"老洋人很认真地回答："你们这群流浪汉、入侵者，抢占我们的地盘！"尹志红听了，有点黯然，便安慰老洋人和自己说："有此心的人才会想到猫说这话。我们马上就在此安营扎寨，这里就是我们移不走的窝了，今后我们都不用流浪了，你说猫骂我们抢占它的安居之地，又能奈我何呢？"

橘色大公猫似听懂了尹志红的回答，便狠狠地用前爪刨了几下地面，再次抬头，又一次叫出了一长串“喵呜——喵呜啊——”的猫声，它的叫声吸引一群各色猫等，从四面八方而来。尹志红哪里见过这等阵势，忙对会聚而来的猫们作了个揖：“猫国王，猫妈妈们，我们不会抢占你们地盘的，我们来了，会给你们购很多猫粮，这样你们就不会挨饿受冻了。”老洋人说：“你对猫们不可瞎承诺，要兑现才好。”尹志红白了他一眼，说：“这么多屋子，猫们想怎么住就怎么住，猫粮购来，它们不需要四处找食，不就是不做流浪猫吗？”猫们见说，都安静了许多，特别是那只橘猫，它没有发出冲锋的命令，算是与流浪的人类和解了。

猫王迈着猫步慢慢掉头而去，那最初出现的母猫紧随其后，被呼唤而来的猫们也慢慢地散开了。

只是晚上老洋人做梦时，大橘猫面对着他，化作一条龙猫，一脸悲凄之色，讲了人话：“你这个漂泊者，同样是难以找到安居之所的。”老洋人心想，真是日有所思，夜有所梦。

这里过去应是做过一个谷物类的加工厂。城市旁边的乡村，尚有些星星点点的田地，加工厂倒闭的原因很简单，这里无谷物可以加工了。从墙体上残留的标语来看，工厂已经倒闭五年以上。

尹志红正在用眼神征询李来恩的意见。老洋人有点不明白地问：“这里有什么用处吗？”

尹志红指指对面的小渔村：“你看那边的小渔村，多么热闹，乡下人在这里租住房子，只能租个楼梯拐角。现在打工的人越来越多了，这个加工厂是不是可以改造成乡村小旅社，很多刚出来打工的人，是可以住在这里的。”

老洋人摇了摇头：“这太不可能了。”

尹志红认为：“人们把这里当成垃圾场，没有往这边来的想法。

这里离小渔村只有不足四十分钟的路程，如果我们把人往这边引，别人就会来。”

老洋人不吭声。他认为这里连个鬼影子也找不到，怎么会有人烟呢？尹志红见老洋人打不起精神来，没有与他讨论，只是说：“我最初的想法，是把这里修补下，把我父母接过来，一块住的。”老洋人笑了笑：“你父母不至于住这么大的地方。”他目测了一下这个加工厂，至少有三十亩以上，面积确实不小。

尹志红说：“这么大，离城这么近，只花六十万，村里和加工厂老板就愿意盘给我。”从这话里判断，尹志红已经来过许多次了，她问道：“难道不值得赌一下？”

老洋人着实吃了一惊，这女子的口气很大，在他看来，六十万是个天文数字，她卖了几年水果，竟然可以积攒这么一笔巨额资金。尹志红说：“做个体户，地位低，被人瞧不起，但只要辛苦点，钱还是好赚的。可我不想卖一辈子水果，还有，学校变化太快了，我这些水果店很快就干不下去了，我需要和自己赌一把。”

尹志红叹了口气：“我也带父母来看过，他们更不同意，他们只是希望我买一幢比叔叔家还大的房子，把户口转回城里安居下来就得了。我起初也这样想，但这几年的历练，把我的心撑大了，眼睛长到额壳顶上了。”她笑了笑，接着说：“当时我回到这座城市来，只有我老娘给我的三百元钱，我本来什么也没有，赌一把，就算什么都失去，也不用怕，因为我本身就什么都没有。”

老洋人想想自己，有点惭愧起来，关了几年，锐气完全被磨平了，而眼前这女子，居然有如此进取之心。

他笑了笑说：“我过去做过屠户，杀猪卖肉生意好。”

尹志红听了，很高兴地说：“你愿意我们一起干吗？”她亲昵地摇了摇他的手臂，还没等老洋人开口，尹志红接着说：“你知道，那天我见到你做迎宾受了多大的启发吗？你是假老外，酒店的老板很精明，把你当成真老外使，他们酒店的档次就上去了，你们的客源也就好起来了。”老洋人没想到这一层，这是尹志红判断的。

老洋人笑着摇摇头：“你难道想把这里搞成旅馆?”

“简易的，乡村旅馆，难道有问题吗?”尹志红说，“你如果愿意，我出成本，你来干，我们对半分成，风险都是我的，你最多浪费了一些时间。”

老洋人不置可否，只是对她笑了笑，心里说，如果这样干，恐怕两餐也混不到手了，这个女子胆子肥胆儿壮。

晚上，他们在小渔村一个小馆喝了点小酒，俩人有点兴奋。尹志红睁着水汪汪的眼睛看着他：“敢吗，今天我们在一起?”老洋人已经像只闻到腥的猫，他那双蓝色眼睛里饱含深情。附近有大大小小许多旅馆，他们一边走着，一边选择，一个相对安静的小旅馆在眼前，老洋人看了看尹志红一眼。只听她说：“今天别这么随便打发自己了，我们去星级宾馆吧。”她干脆叫了一辆的士，来到一家星级宾馆，登记时，尹志红对前台服务员说：“用我的身份证就好了。”服务员说：“也要看看他的证件。”老洋人掏出证件来，服务员有点惊讶地问：“你不是老外?”老洋人这时用方言回答：“我是土生土长的本地人咧。”尹志红不知是哪里来的冲动，捏着他的脸颊，调侃地说：“你这张脸，真是骗死人啦。”

第二天一早，老洋人发现他的自主权由此被剥夺了，当然，他也是乐意被剥夺的。

93. 柴山、芦苇和蒲草，这皆是云梦泽之物，挨着城市生长

关于是否要购买这个加工厂，尹志红没有再向老洋人提半个字，尹父却全程参与进来。当他反对无效后，便同意了女儿的想法，尽管尹父依然对这里不看好，但女儿打定主意要干的事，就让她干好了。尹父已是老江湖，他把握住一条，只是不要让她受到过大的损失。尹父毕竟是高工出身，经过这么多年的历练，孰轻孰重在他心里相当有谱了。在尹父看来，主要问题是花了这笔巨款，一定要把产权归属搞清楚，这点明晰了，就算今后不赚钱，至少也不会连本带利都失去了。有他把这个关，是万无一失的，尹志红通过与她老子互动，才发现自己的父亲可以大派用场。加工厂盘下来后，尹父觉得界碑一定要制作好，先在四周每条边上打了十多个铁桩，再用一米长的铬钢，开来气锤机打入地下做好四周的界碑。围墙怎么做，用砖砌成，费用不小；或者用钢筋焊接，算了账，比用砖更贵。这个城市边缘的乡村里还残存着一座芦山，所谓芦山，就是这里是湖地低洼处，只是一个半大的水塘，四周却长满了芦苇和蒲草之类，而高处长满了各种模样的耗草和荆棘。这些野草皆是湖中之物，与李来恩的老家没有不同，就是说，这里的乡村命好，处在了城市的边缘，否则与他的老家没有什么两样的。而这里的芦苇

和蒲草，每年被乡人割下来作为填灶塘的柴火。出售加工厂的老板建议，让村里的人来帮忙打理下，把芦苇秆上中下扎笆固定好，织成芦干墙，做成篱笆，这样与环境很搭，不显山不露水的，只要出几个工本钱即可。

这真是一个十分合理的建议，哪知做成之后还有另外的收获。

从前，老洋人对云梦泽的概念是模糊的，也许是他司空见惯了。自从见了这座城市边缘上，与自己老家近似的水草植物后，才开始想到云梦泽的广大无垠。因此他觉得人类是种厉害的生物，抢占这个地球的速度如此之快，从他有记忆开始，展眼望处，便是一片广大的水域，现在却成了著名的江汉平原。从前老家一说到洞庭湖，开口便是“八百里洞庭”，那这个云梦泽呢？它的广大，会是什么样子？简直不可想象。他似乎有股冲动，去用脚来丈量这块神奇的土地。

老洋人未必是个有什么想象力的人，但这城市边缘的芦苇，唤醒了他对儿时的回忆。

盘下这个工厂，第一阶段的工作进展顺利。

到底这个加工厂适合做什么？按尹志红的设想，搞个简易的乡村旅馆，在它的边上，立一个几十米高的长杆，犹如旗杆，吊上一个大大的幌子，让牛鼻子村的人都能看到。打工人潮已经蜂拥于城中，满足他们吃穿用住的基本需求，今后肯定是个来钱的营生。她对四周做了考察，认为简易乡村旅馆完全可行。她手上有张狠牌，这就是老洋人，把他行头换一换，举个牌子，在小渔村路口一吆喝，还怕人不来吗？旅馆的价格可以比渔村的便宜一半，这样做起来，更有竞争力，每天有流水进账，不会做赔本生意。尹志红坚定地认为，把假洋人当真洋人使唤，就是一个活广告。尹志红还有一个想法，就是发动她的老娘，她的老娘也许是一个深藏不露的女人，一旦发起威来，其力度绝不比“乃父”差的。尹志红打定主意，还要对老娘进行“废物”利用。说她这些年一直病病歪歪，就是无事可干、生闲气才变成这样的，让她总管客房，给房客看看小病小灾，也算发挥了自己的特长。手下招来一群小姑娘，任由她指挥，老娘的精神就会很快好起来。

尹母听了，一脸高兴的样子，笑骂道：“我们一家人都跟着你折腾吧。”她又说：“顺带给我开个医务室，这样我就更乐意了。”

尹父听了灵光一闪，大凡母女俩讲话时，尹父都是不太插嘴的，因为这样他会受到双面夹击。他转头对女儿说：“为父有了新想法。”本来，把这个加工厂盘下来使他大费周折，余下这个破烂的地方怎么办，他在日思夜想的操心呢，尹母提出建个医务室，真的提醒了他。现在他们的第三冶金研究所，已经名存实亡了，过去下放的人，其实皆上了年纪，有的利用各种方式回城，有的跟着子女过。过去的一把手已经故去，领导层里，只有尹父还算健壮，可以支撑下局面，如果腾挪几间房搞个办公地点，也算是他把这个研究所搬回来了，只有回到这座城市来，他和下放的人才会甘心。

主意一定，他去找总部领导。这几年他们因为回城一事，与总部领导闹得很僵，只要他们过去，领导能躲就躲，他们这批人成了臭狗屎。有了主意后，他忽然觉得这些年人不人鬼不鬼地活着，除了去找领导闹，从没想过自救，如果向领导提出自救，也许会得到支持的。

再找领导，不敢打招呼了，先闯进去赔个礼再讲正事，就说研究所用来由他们自己再创业和再就业。见了领导后，换了一个角度，他觉得自己带领一群人确有不足之处。领导本来一见到他，马上就摆出一副要逃的样子，找借口说无比忙。但他这次来，却表现出一种十分诚恳的样子：“过去太闹吵了领导，实在是不好意思，这次来，我们想再创业，找自救的门路。”领导一听，眉头随即舒展开了，也不说有急事要走了，反说愿闻其详。

尹父说：“总部这几年在鼓励职工另找门路，还有引导资金，这个政策我很清楚。我想带领研究所的老职工们，在城里找个地方，把研究所搬回来，地点选好了，自救没有问题。”领导听了，备受鼓励，他抱怨说：“你起的这个头挺好，现在大家都不知厂里的困难，死抱着一个铁饭碗不放手，现在是商品经济社会，改革要彻底，铁饭碗是谁也端不长的。”临别时，领导希望他提交一个详细的报告来，还说等着，总厂会好好研究，尽快批准。

他已经很多年没有写报告，反而是申诉信、告状信写了几百封，想想人生半辈子就这样耽误了，不知是应该怨恨时代，还是他自己总是与时代错位，无法与时共进。尹父深深体会到了这人生的况味。

94. 能唱《龙吟赋》，龙字少一撇，莫不是人形之龙

老洋人到了年底，得了个大大的红包，因为有他做洋迎宾，酒店的收入对比往年有较大的提升。年底，各部门都要准备联欢的节目，酒店迎宾归公关部门管，部门经理一定要老洋人准备一个节目。这让老洋人十分为难。他在水乡长大，怎么会城市的这一套

呢？算了，他深深感到自己已经落伍，社会发展变化太快，而自己什么也不会，学起来吃力。部门经理已经找他两次，语气变得相当不客气：“你已经是酒店的红人了，要你准备节目是尤老总的意思，像尤总这种威严至极的老总也会上节目，你难道敢不准备？过年嘛，要大家闹一闹，行不行无所谓，重在参与。”经理的话把他将到了。

老洋人说：“现在流行唱红歌，要不我到时唱一个，我只会这点玩意儿。”

公关部经理如释重负，连声说：“这就对啦。”

过了两天，节目要排练时，饭店的人还到戏服一条街，给他租借了过去流行的衣帽和配饰。他穿上，感到有了精气神，那种从前做红“司令”的感觉就此回来了。公关部的人见了，纷纷点头，要把他的节目作为压轴戏。

到了联欢时，老洋人登场，他上场之时，不免有些紧张，第一次在这座城市登上舞台，尽管是自己单位，他还是觉得同事们比他素质都要好，文化水平也比他高，小心脏怦怦直跳。当他走上舞台，幕后屏上有个红五星，闪着万道金光，他似乎找到了自己灵魂深处的一种东西，激动的心马上要从胸膛跳出。

他上得台来，动情地对大家说：“我是公关部的李来恩，大家叫我老洋人，其实我是土生土长的水乡人啦，今天我给各位带来语录歌，希望各位喜欢，第一首《我们都是来自五湖四海》……”主持人随后叫道：“掌声响起来。”

老洋人先是“啪”的一下敬个环视礼，开口唱道：“我们都是来自五湖四海，为了一个共同革命的目标，走到一起来了……我们的干部要关心每个战士……”他唱到“五湖四海”时，用手势做了一个东南西北的动作，唱到“革命目标”时，又敬个礼，唱到“干部关心战士”时，微微弯下腰来，动作自然娴熟而协调，唱完第一首后，全场欢声雷动。主持人十分兴奋：“掌声在哪里!”于是满满的欢呼声和鼓掌声。他第二首唱的是《下定决心》，“下定决心”是用一种紧握拳头的动作，把歌曲从头到尾完整地唱出来。场下气氛热闹，观众多次鼓掌，让他不能自禁，一个晚上连唱八首歌。突然他大脑灵光一闪，想起来过去他们自己编的《云梦泽人有力量》，他举起话筒，对大家大声喊道：

拿大铳、打排雁；嗬嗬！
撒大网，拉大鱼；哈哈！
抓敌人，逮干净；吼吼！
打倒一切反动派，云梦泽人有力量，有力量！

他用娴熟的动作，表现自己的渔民本色。可没唱几句，泪水即如闸门打开，哗哗地往下流起来，过去的岁月真是说不清道不明，剪不断、理还乱啦！这时有一个人激动地冲上台来，抱住他道：“我嗅到了那股云梦泽的味道了。”这是他的尤老总，两人都很激动，尤老总身上的体味似乎也消失了，他一见尤老总如此说，觉得尤老总也有股云梦古泽的味道。

老洋人下得台来，坐下时心潮难以平复，几次想走出热闹的舞台大厅。这时，报幕员的声音响了起来：“下面由我们酒店的最高领导，尤老总表演他的《龙吟赋》。”报幕员有几分激动地说：“尤老总每年都表演这个节目，每年都有创新，每年都是那么吸引我们。他善于把传统文化与现代文明结合起来。看啦！快把音乐响起来!”

屏幕的画风完全变了，风声、雨声，夹杂着雷声隆隆，一条巨龙从天而降。这时，舞台的中央，打出了浓厚的白色的雾浪，音乐激越而高亢。一个人影顶着一个巨大的龙头，缓缓地走到舞台中央，龙头晃动时，他身后的衣衫在鼓风机的吹拂下，犹如龙身在游动，那种气势，压得场下所有的人皆屏声敛息。

老洋人和观众们，大都了解他们尤老总表演的这个舞蹈背后的故事，这是云梦泽的一个著名神话传说——天山雪水从西边的昆仑之巅而来，砸开了一条冲天大河，到了云梦大泽，九曲回肠一般，不肯再往东去。这云梦大泽，原本是由起伏的山地和丘陵、遮天蔽日的原始丛林、广袤的平原和河流湖泊所构成，有多种地貌形态。春秋战国时期，此处是楚国王室的狩猎区，那迷恋桃花夫人的楚文王，有一年来到云梦泽狩猎，浩浩荡荡的队伍，结驷千乘，旌旗蔽天，而且是一去三年，不肯回转。这里豺狼虎豹遍地，兕虎之嗥声若雷霆，生物多样性丰富，才会使楚王流连忘返。这天山之水不去，并让楚地千里洪水泛滥，让整个云梦泽彻底改变了形态。有一条白色蛟龙，出生于汉水之中，因母龙孵化它时，动了胎气，使它身体变异，长着独角，与兄弟姐妹长相有异，而备受同类的欺凌。成年之后，它自是成了一只巨型独角兽。同类自然不知，原来独角龙是被赋予使命而来，由它来把东出下游的河道开通。在它成年之后的一个雷雨之夜，天神中的雷公唤醒了它，独角兽化成开天辟地的一把利斧，从洞庭湖之滨一路向东，开凿出被后人称为万里长江的通天大河。

汈汉湖兴建龙庙之时，就为之起名“白龙庙”，或是“独角兽龙庙”，还因“龙庙”而起过纷争。据说尤老总愿意倾家荡产来兴修这座龙庙，只是迟迟不获批准。为此，他郁闷不已。

当音乐激越高亢之时，屏幕上一条巨大的独角龙正在开疆破土，表演者尤老总已经人龙合一，联欢会场被这气势所折服，观众们禁不住呐喊起来。老洋人第一次参加这种联欢会，不由得睁大双眼，看着那条巨龙来到东海，望着波澜壮阔的大海，似腾空而起一般。独角兽完成了旷世奇功，它由玉帝批准，不必在万钧雷霆之中经过地劫、雷劫和天劫，就可以回到故乡天庭去。

独兽巨龙还给世人带来另一个传说，便是走蛟。每到二月二龙抬头之日，在云梦泽的腹地，修炼千年的蛟龙，便从这万里江河潜龙一般归入大海去。这依然是条艰险之途，并不比那雷暴之时飞升天空来得容易。到了今日，这便成了一条死路。有一年，在金山寺一带下江口岸，渔民们捞起了一副巨大的骨架，被当地的居民哄抢，政府派出大批水警来收缴，大部分骨架已被当成强身健体的龙骨磨成了粉末，以家为单位吞服下去，收上来的零星骨架，通过高科技手段鉴定，确定是一种亿万年以前的传说中的生物。除了这些骨架外，再也见不到它们的身影了，据说因为河道的污染，它们再也无力涉险而遨游东海。

老洋人想到幼年在乡下，春夏交接之际，春雷滚滚之中，有龙从湖泊洼地腾空而起。它们很少有回到天庭的机遇，认定这个故乡就在头顶，但看似可见，却是深邃无垠。往往腾空至半天云中，便被雷击得粉身碎骨，当那些龙骨如同天雨散花一般撒在旷野上，人类便冒雨冲过去，漫无边际地寻找，只要得到一片龙鳞，便可一辈子百病不侵。其实那粉碎的龙身在遥远的半空中，多会燃烧并化为灰烬，除非有大福分之人，否则很难获得。

老洋人的思绪正在飘飞之中，只听得台上发出了怒嚎般的巨吼：“龙离大海，不能驾雾腾云；虎落平川，怎的张牙舞爪！”这吼声过后会场一片死寂，尤老总吼出的那份悲怆，深深地震撼了观众，这时尤老总似深呼吸一口气，攒足了劲，再铆起劲儿，这次依然不是吟唱，还是怒吼。

李来恩记得那就是他幼年从瞎子艺人嘴中听来的歌曲，他知道，这是蛟龙逆飞腾空时吟唱之曲《龙吟赋》。

狂风呼啸震天地兮，望我苍穹。
吾乡高远不可见兮，何处是终？
万丈闪电裂长空兮，琼楼玉宇。
穿云破雾回家园兮，将彼长风。
暴雨如鞭雷霆吼兮，云霄响彻。
焚身无悔定河山兮，化魂长虹。

想不到，今天有人在这里吟唱。台上现在不管不顾地吟唱着，与其说是唱，不如说是吼叫。尤老总似乎尽得龙魂，吼得震天动地，他把最后一段，连吟三遍，然后声音渐渐变小，整个身子后退，似龙已经回到了自己故乡，回到了天庭一样。

老洋人听了有股冲动，想过去拥抱尤老总，他有了奇怪的顿悟：台上也许就是一条真正的龙，因为故乡滩干水浅，他只好幻化成人形，躲藏在人类之中求得生存。他猛地打了一个激灵，叫了声："尤……"便把自己的嘴巴捂住了，因为那个"尤"不就是"龙"少一撇么？尤老总到底少了什么？

这次他参与联欢晚会，找回了失落的激情。联欢后，他独自一人到湖边转悠，用尽了气力，来静心倾听湖水之声，尽管什么也听不真切，却使他的澎湃心潮得以平复下来。

回宿舍的路上，想到了尹志红的加工厂，他有了一个大胆的设想，也许做这个更合适。再与尹志红见面时，告诉她加工厂可以做什么，这也是老洋人第一次主动谈起她开加工厂的梦想。尹志红自然也了解，这也许是一阵风，但她认为开小旅馆是比较靠谱的做法。

老洋人再来加工厂时，尹家父母已经搬进来住了。初见老洋人，他们着实吓一大跳，尹工曾与苏联人打过交道，觉得这个人真是太像洋人了，李来恩耐心把自己幼年得白化病的事讲了一遍，还以土改工作队为他证明之事作为佐证。尹父依然说：“确实太像了。”老洋人说：“我姆妈是一个普通的水乡女人。”这话的含义不言自明——她没有机会与外国人接触。

加工厂到底做什么，这是他们当前主要的议题。

尹父开口，老洋人发现他习惯对女儿说：“乃父去了总部，总部支持我们的创业再就业设想，并按有关规定，可以提供十五到二十万的贷款，第一笔是五万元的启动资金，可循环贷款，三年内还清，还可以再贷。还有一个好处，我们可以把过去研究所的一些残留的设备拖回来，放在这里做样子，篮球架也可以废物再用。”

尹志红已经有点老板的派头了，她对老洋人说：“谈谈你的想法。”

老洋人说：“如果按我想法，五万元的启动资金就足够了，这墙不用重新粉刷，墙上印上过去的语录，在最大的车间里搞个小型舞台，购一套音响设备，大车间不需要隔开，多放几张桌，小间可以做雅室，用过去劳动人员穿的服装做服务员的制服，再从农村收一些过去农民用过的农具过来，往墙上一挂……餐具可以买乡下土窑烧的土碗，这个便宜到像是半买半送。”

老洋人这次过来，对这里有了感觉，因为这个芦苇扎成的篱笆，真是好亲切咧。他不由得说道：“这可是大好的物件，放到灶膛里烧，饭菜香是任何东西都不好比的，打成芦席，一年上头农家可以过活的。”他用大鼻子凑上去使劲地闻了一下，还深吸了一口气，连说：“真是要醉了，我就是在这种芦苇荡里滚大的。”他已经知道附近残留的芦山，大为感慨：“这座城市里居然留得住柴山，看来这个超级大的城市，还是在云梦泽地界里。”他说一定要去看看。

他继续畅谈设想，芦苇篱笆上，挂着竹制的红五星帽子，这个感觉更好。

老洋人指指点点，神采飞扬，他的意见马上得到了尹家父母的赞同。他们觉得这个办法花钱不多，见尹志红不说话，尹母又说：“完全可以试试。”

尹父说：“人们总会怀念过去的。”他这话不知是感慨还是害怕女儿投资过多，到时跌得很惨。尹志红一时难以判断，她了解父母，过去吃了很大亏，耽误了半辈子，现在居然还迷恋这些，让人难以理解。

老洋人很有底气地说：“你搞这个，我来给你做总经理。”他多少有点较上劲了。

第十七章　满城尽是洋招牌

95. 费了九牛二虎之力返城，却想要回到下放之地

李如寄对尹志红打算卖掉与老洋人生活多年的玉龙岛的别墅，离开拼了九头牛气力闯进来的这座城市，回到那个伤痛之地，着实难以理解，她简直可以说是昏了头吧。

“她父母同意吗?”李如寄第一反应，便这样问。

“这老两口有点小古怪，过去被强行下放到那个地方，他们说起让他们下放的领导的不是，简直是罄竹难书，现在却说城里已经住不习惯了。尹志红的房子够大，他们住一阵，还要回去住一阵。”梁一真如是说，“老两口说，要她自己想好，自己拿定主张，哪里的黄土不埋人呢。”

李如寄感叹说：“人要想开点，就会豁达得多。”他似乎很有感慨：“这一阵子，我算了解老爸了，他和尹师都认定自己是外乡人，便要费尽周折回到故乡。尹师显然是努力回来了，真正住下了，发现不过如此，便觉得过去被发配，到受苦之地过的日子还是值得回味的。最典型的例子就是尹家父母，他们回来了，却已经不习惯了，还是愿意到自己被‘发配’之地去终老。”

梁一真带几分冷笑地说：“如果他们当初始终都无法回到这座城市，你看看会是怎么样的。只有经历了，才会平和下来。”

李如寄说："我们千万不要自作聪明去猜测别人的心态，在我看来，我从乡下走进城里，你从另一个城市来到这座城市，难道不都是外乡人?"他又有几分矛盾地自语："老洋人为了寻找自己的根，连命都搭进去了，那里真如他想象的那么有吸引力吗？若他真到国外定居，将会更难适应，过不了多久，依然会回到这块土地上来。"

"老爸绝对不是这个意思，我判断他甚至连定居的念头也不曾有的。我与他有过讨论，当时你也在场，只是你不屑于听这些。他说人到了一定年纪，就会对自己的来处追根溯源。"梁一真说，"我同意他的话，我认为我们到了一定年纪，也会这样的，这是人类的一种共性吧。"

李如寄反驳道："不会这么单纯，应该复杂得多。"

梁一真又说："算了，这类虚无缥缈的讨论还是算了吧。"她回到实际问题："你说，我们应不应该劝劝她，要她冷静一点再作决定?"

"我看这事最好保持沉默，不然弄不好会被人认为有觊觎别墅之嫌，那就不美了。"

"李如寄，你这个自私鬼！我心里没这个想法，对方肯定不会这样误读我们的。"

老洋人与尹志红初识不久，尚处在热恋之中，去过尹家父母下放之地。他记得要过一座长桥，长桥之北是个地级市，以矿石冶金著称，被外人称为"光辉（光灰）的城市"。从河之南便可进入山地，这条河道很宽阔，河面上还有几个起伏的小岛，河谷中满是沙石。他注意到这条宽阔河面的样子，与故乡的湖泊完全不同。这里多山地丘陵，最著名的是它的古矿洞，当时尹父的第三冶金研究所就设在这里。

南方之山多秀美，这里甚至算不上山，只是一些起伏的丘陵。南方雨水充足，使得这些丘陵上树木成林，野草繁茂。过了大桥，天地陡然开阔，山风吹拂，白云和蓝天直抵山峦的尽头。这座大桥正处在两条河道的交汇处，再顺南向的河堤车行约一小时左右，路面是新修的水泥马路，路口设有两个大石柱，禁止大型货车通行。一路驶来，并不寂寞，有三三两两的山村房子从眼前晃过。山村皆不大，在河道两旁，如羊拉屎，分布得极不规则。从河堤下来，绕个弯，眼前出现茂密的树林子，再现出一片开阔地来。这里建的几排平房，另有两幢三层的房子，异常显眼。看来过去有过围墙，现在是残垣断壁，所圈的面积很大，料想当时的领导为了备战备荒，要在这里做出一个庞大机构的格局来。过去交通不便，缺少车辆，来这里有些困难，现在状况有所改善，还算一个不错的去处。这里无论是空气还是水质都是很好的，四周多山峦围绕，形成一个小小的盆地平原。研究所选址确实不错，亦可俯瞰四周。有些山洼洼人家建在山体斜坡之上，拱卫着这个研究所。这里的环境依然维持着原貌，车行途中，有一只野兔直直地撞过来，差点撞到车上。尹志红说："可惜了兔肉，这是野的。"她描述得让老洋人流口水，老洋人边看边赞叹，他从未见过如此机构，这里看起来应是一个很好的休养生息之处。

尹志红听老洋人如此议论，有点生气地说，让你住上一年半载看看。她又自相矛盾地说："年轻时，向往广阔的世界，真正上了年纪，还是愿意找个安静地方养老的。"车停下来时，有几只松鼠跑了过来，许是好久没见到车这种庞然大物，十分好奇，"嗖"地跳到车上。尹志红似乎与它们相熟："你们以为自己没有二两肉，到处瞎晃悠，等我得闲了，不弄死你们。"

老洋人来的时候，这里已经无人居住了，那三层楼上的一间办公室门旁，依然挂着“第三冶金研究所”的牌子，当时钉得很牢固，一直没有脱落。一楼靠最里边挂着个“医务室”的牌子，一看便知，这是尹母度日之处。

“如此说来，尹师要回到下放之地，也有些道理。”李如寄分析道。

“你不要乱炒菜好不好？尹师这些年的积累，都在这座都市，关系、人脉、资源，她也不老，凭什么要回去养老？只能说明她要离开这伤心之地，同时说明她深爱着老爸。”梁一真反驳，李如寄感到梁一真整天把爱拿出来当歌唱。梁一真认为，尹志红深爱老洋人，她就是可以交往和交心之人。

李如寄对老洋人帮尹志红做大了生意，一向持怀疑态度，但从梁一真了解的情况来看，老洋人确实曾对尹志红鼎力相助。

李如寄已经认定，那时的尹志红应该是个天生的指挥家，首先把老洋人的潜力和资源发挥到了极致，这点真要佩服她。再就是她对自己的父母，做了完美的调动。

一个身着过去的军服、戴着过去的军帽的洋面孔，在这座城市边缘的牛鼻子村交叉路口，往那儿笔直一站，就是一道风景和广告。这里有棵老树，正好长在路中央，做了一个硕大水泥圆圈，把老树包在分叉路中间。老洋人想到他的老家良湾李家台从前有棵老树，长得枝繁叶茂的，大炼钢铁时被砍伐了。他喜欢这棵树，还有一个原因——它生长在湖边。他举着一个牌子，上面写着“请到云梦泽公社餐馆唱老歌吃农家菜”，这是这座城市第一家这样的特色餐馆。一时间，客人涌来太多，多余的客人，只能发号牌，在院子里面坐着等。

服务员不够，尹志红了解到周边服务员的价格后，马上把底薪提起来，便来了一批熟手。换上军装制服，老歌无须培训，稍加熟悉即可上岗。尹父见生意如此红火，大为感慨，认定老天有眼，给他这么多年的损失来了个一次性补偿。再扩大规模时，他力主用合金板再搭几间棚子，这个场地还有扩展的空间，再搭几间没有问题。大铁棚只用几个晚上和上午就做好了，只是这里多遇雨天，有雨时棚顶一阵暴响，可以听雨。尹父建议将其中一个大厅改名“听雨轩”，使食客们更感新鲜。至于餐具，许多客少人稀地段的餐馆，生意不好要歇业，他们找上这儿，要半价处理自己的餐具。

云梦泽人有句话，叫“运气来了使门板也挡不住”，可以形象地描述尹志红这次创业的成功。她先是搞定了老洋人，又通过亲情，加上他们回城的急迫心理，拽住了两位下放的老人，组成了这样一个草台班子。捏拢他们并不容易，比如为起餐馆名，就开始出现不和谐的因素。老洋人想要名头响亮、大气，想了几个名字。尹父却不住摇头：“名头是响亮，只是没有凝聚力。”便也提了几个。尹母一直在旁认真听着，她转过头看看尹志红，对女儿说：“这些名半斤八两，都不太接地气，还不如叫个云梦泽公社妥当。”尹志红回应道：“公社，云梦泽公社，还不如叫个‘云梦泽大食堂’更贴切。”尹母睨视尹父，拖长腔问道：“你说呢?”尹父脸有犹豫之色，应和着说：“比我说的接地气。”老洋人听了，觉得这完全是歪理邪说，不值一驳，他知道自己的话语权不够，只好拿眼睛看尹志红。尹志红看了一眼老洋人，带着几分温情，似乎在暗示，这个店名是对她和老洋人之结合的最完美象征，便一锤定音：“我要人气多多，就‘云梦泽公社’吧。”生意火爆后，尹母拿此说事，还几次要署名权和奖赏，这就是后话了。

96.“老外”遭遇当代黑混混

这样大好的形势，也是通过斗争赢得的。

老洋人在牛鼻子村老树下的交叉路口站到第三天，便出了状况。来了几个戴着墨镜、挽着袖子、强壮有力的小伙子。他们从前后围过来，对老洋人吐口唾沫，骂道:“看你洋不洋、土不土的，还想当造反派。看打!”一拳打到脸上，老洋人眼冒金花，踉跄几步。另两人轮流打起耳光，老洋人无一点招架之力，本来他这几年在外游荡，一直撇着一口普通话，此刻他一着急，用云梦泽的方言大喊:“打人了，要命咧！救命啦!”小伙子们一听，对他摸到了底细，打得更起劲了。

交叉路口往他们餐馆方向，有个过水的小水闸，湖里的污水流得哗哗地响。这个路口是热闹非凡之地，现有人打群架，对面餐馆跑出许多人来围观。这些店主自认为生意被他们抢跑了不少，气愤难填，呐喊助威。这群小子越打越起劲，最后把老洋人扔到污水闸下。

餐馆面临如此险境，尹父拿出了英雄本色。他让大家不要慌，他自有主张。这些年的经验告诉他，人走一步要看三步的，所谓谋定而后动。他当时把“第三所”迎到这里，尹志红明显不爽，加以嘲讽和反对，现在要教训她一下。他过去多年的上访经验正好用上，他打了个电话，即刻让服务员去定制一条横幅——“企业高工子弟再创业　神圣不可侵犯”。尹妈说：“放手发动群众，要讲策略。还是用工人干部子弟比较好，高工面窄了，工人有力量，干部有背景，子弟是年轻人，更有后劲，企业让人产生联想，不知是哪一级的干部。”

尹母的话，令人十分折服，她又悔恨地说：“想当初，不病病闹闹的，该要办多少大事！”这句话一下就勾起了自己的往日苦，那往日受的委屈如滔滔江海滚滚而来。尹母怨恨交集，大有撒泼之势，吓得尹父抱头鼠窜。尹志红见了，大喊一声：“都给我别闹了，做正经事。”她简直像捻了开关按钮，尹母即刻止哭，说：“这老家伙哪壶不开提哪壶。”

尹志红毫不客气地说：“在我这里，都给我别闹了，如果要闹，就请给我回去。”

老洋人脸被打伤了，头被打破缝了七针，胳膊被扭伤，皆是受了皮肉之伤。

他认为从前挨批时受过打，有经验的，会护自己的要害处，尹父则更有经验地说：“这个比不得乡下的，这里怎么打，打到什么程度都是有讲究的，这伙人是被雇佣的，打轻打重费用都不同的，打错了，会扣工钱。过去我们上访时，也挨过类似的打，知道这里边的一些道道哩。”老洋人听了，一时无语。他有种感觉，就像从前他们搞运动进了城，不受正规的工人阶级待见那样，他这个贫下中农，有点让尹父这个工人阶级里的高工瞧不起，尹父虽不会明说，言语行为上已经多次显示出来了。

尹父没有在意老洋人的感受，他已习惯了被尹母修理，现在有女儿护他这个“乃父”，有时撩拨一下尹母的怒火，自有人会来灭火，他也就不在乎。尹志红有时认为尹父的毛病更多，因为他过一阵子不听点骂，就浑身上下痒得难受，刚才如此危急之时，他就是浑身痒得讨骂。尹父也挨了尹女一阵斥责，如此就舒服多了，他认为尹母的意见有道理，就此修改。他点点头："这是第一道防线。"接着电话打给城中村的村主任，告知准备几个"新推菜"，是老伴亲自开发的。尹母已经将医学知识进行了一些转化，试做新品佳肴，她胆子不大，步子尚不太快。为了尊重这些地头蛇，尹父尹母经常邀请他们来品鉴一下，联络一下感情。

接受饭局的邀请后，城中村干部们来得快，尽管相处时间不长，尹父却和他们打得火热，以老朋友相称。酒过三巡，尹父说今后他专门设立一个村里的小食堂，领导们经常来品品新菜，指导工作。村领导称赞尹父毕竟是大企业出身，做事情有格局、有能力、有魅力。待到酒足饭饱之后，他把餐馆总经理挨打之事，合盘端了出来，村主任听了很生气，暴怒说："敢在老子头上拉屎拉尿的人还有生出来，明天组织村里人去吃霸王餐。"尹父明白这个霸王餐的做法，就是给湖边餐馆的大门口派上两个人堵住，每个餐桌派两个人，点上一盘凉菜，拿上一瓶酒，就这样包场了，一个晚上餐馆生意就泡了汤。尹父认为，这样一来性质就变了。这次他们打老洋人，尚属于警告性质，如果这样回击，就把这些餐馆老板全得罪了，而这些老板，都是牛鼻子小渔村的头面人物。尹父劝道："事情尚未到如此地步，我们也是来而不往非礼也，只用对他们展示下实力，发出警告。"讨论一会儿，尹父胸有成竹地说："拉个横幅，发展乡村经济，走城市化道路，螳臂当车终将自取灭亡。"村主任听了，调侃道："毕竟是大领导出身，文气了得。老子就一句话，谁想搞我鸟事，不得好死，就是王八蛋。"他们综合考虑了一下，横幅文字定为"云梦泽村办企业，农民弟兄出份子"。这话不温不火，大有深意，就是说，这餐馆是城中村的人家合股创办的，惹动了他们，牛鼻子村还有宁日吗？第二天老洋人依然要挺身而出，尹父从研究所找来十多个年轻人，村主任派出二十个壮劳力，上来拉个横幅。老洋人尽管胳膊扎着绷带，脸上带着伤痕，却底气十足地站在路口。他的身后是由工农群众组成的队伍，过去李光宗要做的事，不想今天在这个大城市的牛鼻子村实现了。

尹志红其实没有闲着。她知道，搞餐馆可能会摊上这一档子事儿，也很快明白是谁使绊子。她悄悄找到学校管理处她的那个"情况"，他已经高升为副处长，由他出面请了牛鼻子小渔村的几位头面人物吃饭，村里的头面人物哈哈一笑说："大水冲了龙王庙，一家人不认识一家人啦。"他们对旁边的大学一点也不敢马虎，把他们称为衣食父母。尹志红因此就来了个一劳永逸，在路口做了个广告牌——"云梦泽公社餐馆由此进入"。

这次风波画上了一个圆满的句号。尽管老洋人吃了一点亏，却收到了意外的广告效果。第一天老洋人挨打之时，许多人用手机拍下了，传播过程中惊动了这座城市几家有影响力的报纸，早报、晚报、金报、晨报，都做了相应的报道，标题起得有吸引力——《老外扮作红卫兵，遭遇当代黑混混》《新鲜事：中外合资的特色餐馆》《一个外国人的中餐馆，红歌嘹亮》。总之，媒体认为，老洋人是个亮点，就拿他大做文章，经过其他媒体转载和渲染，餐馆迅速火遍这座城市。

还有一篇深度报道，标题劲爆：《从前的洋厂长，今日的洋打工》。这家报纸，讲到前几年，从德国来了一个洋厂长，把这座城市一家濒临倒闭的工厂救活了，这件事使这个德国人在这座城市里大有名望。报纸煞有介事地评论，现在这家餐馆，又引进了一个德国人来做洋经理，使酒店生意极为火爆。这些报纸，老洋人各买了好几份，以作收藏。他还炫耀似的做了一次有声朗读，读完之后，环视餐馆的听众们，得意地咂了嘴巴。尹志红捏了捏他的腮帮子，夸张地说："伙计，一下成了出口转内销的地道洋货了。"

97. 佳肴药膳秘制室，擅入者火烧屁股

晃荡了半生、身体布满病灶、身心严重变异的尹母，终于找到了适合自己的位置。时势造英雄，这点没说错，她还来不及准备，便生龙活虎地投身到自己在这座城市的战斗之中。

尹母是个什么人？从前在医院里，算是一个很有想法、追求进步的人，自从下放到研究所，就变成了另一个人。病从心起，一年四季里她除了一日三餐外，再就是一副药罐子。她先服用西药，兼以中成药，再吃丸药，再煎服草药，后来的日子，弄成饭可以一日不吃，药那是万万不能停的。尹志红有次描述她母亲的病态时，曾讲过一个事例，有一阵子母亲迷恋上了贴膏药，先是双肩膀上，再从脊椎骨由上往下贴，每次都是她为老妈贴上，贴了不一会儿，便要撕扯下来，她每次撕扯一张，那膏药粘连着肉皮，因撕扯发出一种"嗞嗞"响声，还有把肉皮揪起来拉扯产生的疼痛快感，让尹母闭上眼睛，嘴里发出喃喃自语"舒服、舒服"之声。尹志红由此得出结论来："姆妈是个有大毛病的人啊。"过了一会儿，她自我感叹道："不用说，我们都是有毛病的人哩。"

回到城里，尹志红购得这片土地时，尹母浑身的毛病不治而

愈。药停服之后，人陡然胖了十来斤，走快点也会气喘吁吁。老洋人挨打之事平复后，餐馆顺风顺水地做了一段时日，这时同行的竞争十分激烈，都在求变求新，你无我有，你有我新，你新我创，你创我出奇招。不知从什么时候起，城市里居住的人们，对乡下运来的菜品和食材，产生了很大的怀疑，认为乡村现在污染严重，栽种的蔬菜，使人体患病率极高。城里的人们便改吃起大棚菜来。大棚菜确也不错，但有一个毛病，看似鲜嫩的青菜，下锅爆炒或煮食，入嘴依然发出脆响，咀嚼不烂，连青菜都是如此，何谈其他菜品。城市人赶了一阵子时髦后，依然回归对乡村菜品的喜爱，这时许多精明的中间商，抓住城市人害怕污染的心理，大做文章，推出原汁原味的生态菜。购买这些食材，极大地增加了成本，餐馆还不敢在菜单上加价，怕走失食客。

尹家父母结婚以来，一直在吵吵闹闹中过活。现因尹女在他们这里“威信”极高，应是互相配合最为默契的一段时日。尹父一改年轻时那种志大才疏和得理不饶人的性情，疏通了各种人脉关系；尹母利用自己学医善于分析配方的优势，开始以莫大兴趣来研究创制菜肴。这当然对餐馆大有好处，如果你不能定期推出新品，一些熟客是留不住的。她还以食客的名义，对牛鼻子村的餐馆饭店以及早市晚摊进行了逐一摸底和排查，希望从这些食品中找到灵感，创建自己餐馆独有的菜品。努力了一个月，虽多少有点失望，但终于也有一些收获。

她瞄准了牛鼻子东边的牛杂烩汤锅店，锅中不停翻滚着乳白色汤汁，几块牛骨头，煮得不剩半点肉渣了，当然尚有些牛肚牛筋之类的原料在汤中。汤锅与附近包子店、一个卖热干面的小店，还有一家公安锅盔相辅相生。这个地段多是行路人，买上一点干的食品再去舀上一碗牛杂汤，就着热热地喝着吃着，满头大汗，直呼快活得要死啦！这汤锅看似不起眼，居然一天卖千余碗，令尹母咋舌。锅下是用一个洋铁筒制作的烧木柴的灶，粗看只见锅底熊熊烧着，却不见一点烟火味，她凑上去想去看个究竟，被高度警觉的小老板用凶狠的眼神制止了。

尹母有不弄清楚不罢休的决心，她化装成乞讨的老太，端着一个铁碗坐在离灶台不远处。汤锅小老板认为这乞婆子自然没什么好防备的，但这乞婆恰恰把他家的核心机密看清了。原来这熊熊之火是用红丝绸做成的，再加微型吹风机让它向上升腾，犹如火光燃烧，这种以电炉代替木柴燃烧的假象，在餐馆中也是见怪不怪的做法。还有最重要的一点亦需要弄清楚——一天千余碗汤，从不见老板加什么料进去，只是过一会儿，他便拿出一个白铁桶往汤锅里倒些什么进去。这锅汤是怎么熬成的？尹母不得而知，自然更希望了解。等了若干个下午，小老板见路旁没人，便视那乞婆如无物，拿出几个纸包，直接往汤锅里撒粉。“这就是了”，尹母心说，汤是化学粉制作而成的，这就难不倒她了。

她有功而返，便让店里的员工买了一碗，她把研究所的医务室快速改建了。那些从乡下搬来的显微镜、放大镜、毫克秤、化学元素分析试纸，还有许多烧杯用具等便大派用场。不用挂羊头卖狗肉了，把门牌改为“佳肴药膳秘制室”，还有一行警示小字：“擅入者火烧屁股”。有些好事者不信，以为事奇，掀开门帘，推门入室时，哪知两股火线如同激光交叉袭击，快如闪电，让人防不可防。这时的尹母便十分幽默地转身回望：“这下信了吧。”好事者露出一脸滑稽相，尹母从一沓纸短裤中拿出一件来，让人护丑，纸裤后边依然写上“擅入者火烧屁股”。

这时的尹母，尽管不再做救死扶伤的工作，却因一次成功的佳肴药膳秘制华丽转型。她穿起从前日日不离身的白大褂，从心底唤出了往日的荣耀与自信来。这种牛杂汤之于她的秘制只是小菜一碟，她很快秘制成功，乳白色，汤锅里翻腾着，香气四溢，名曰“千年牛魔高汤”。口号是：“饭前喝上开胃汤，饭后喝来消食汤。”这两种功能确实明显，没有喝过的食客，比喝过的食客少吃三分之一的食物，流水式的食客川流不息而来，消费便很快增长。

尹母从小生活在这座城市，那个时候的城市，还远远没有定型，又处在湖泊之地。这座城市在她幼年的记忆里，本也是座水城，沟渠交错，春夏之际几场大雨，街道上进水，鱼儿们满街畅游，直撞行人的赤脚。她熟悉这座城市的水文和一切吃食。

有种小食曾是她的最爱，便是水煮螺蛳，这螺蛳有拇指般大小，扎堆式地长在沟渠中。幼年，自己嘴馋了，就约上小伙伴，拿着簸箕，她的居住处就有季节性的沟渠，弯腰便可去淘螺蛳。这小东西用清水泡上一两天，让它把肚腹中的脏物吐出，再用钳子，把它尖尖的屁股剪下，放上半锅水，佐以花椒、陈皮、八角，当然酱油和醋是不能少的，这些饿极的小动物，便满满地喝了这些佐料。再打火、热锅、开煮，水沸后文火煮两小时。还有个重要的原料，就是韭菜，最后起锅之时，必须倒入与螺蛳同炒，那股子香味，是任何香味也难以比拟的。

小时盛上一碗，搬只小凳子，坐在大门边上，用小手指捏着，用舌尖把薄薄的螺蛳盖轻轻一挑，再用嘴一吸，发出一种“嗞嗞”的声响，那小碗大小的肉坨便吸了出来，拿牙齿细细地咀嚼，美死人的滋味，令她永生难忘。

她怂恿尹父，与村里商量，在他们餐馆围栏旁挖上壕沟。沟下埋上暖气管，弄到适合螺蛳一年四季生长的温度，便从郊区田间地头沟渠收购过来大量的螺蛳喂养。起了个很有动感的名字：“闭眼一吸。”这道菜遭到尹志红毫不犹豫的否定，觉得最多是个味碟，花费如此气力，太不值得。尹母打定主意，心念坚如磐石，她从来对尹父没好颜色，这次却和颜悦色，让尹父一时受宠若惊；她平时不太理睬老洋人，这次为了得到支持，把“闭眼一吸”的妙处讲与他听，老洋人认为值得一搞。两个男人支持，尹女成了少数派，只得忍气吞声地同意了。

果如尹母料算那样，这菜还原了过去的味道，激发了老一辈的食客对往日的思念和追忆，有些食客甚至一边吸着，一边泪流满面，连说：“美呀，妙耶，想到了从前的日子。”一时成了食客的主菜。尹母便教训自己的女儿：“有些菜要算政治账，有些要算经济账，有些菜政治和经济账都要算，这便是‘政治经济学’。”尽管她制作了暖气沟渠喂养螺蛳，但仍抵不住成千上万的食客光顾，不出几个月，餐馆外便堆成了一个螺蛳的小山包，而活着的螺蛳都这样成了空壳。

这道名菜开发的成功，大大激发尹母的信心，但没了活体的螺蛳，便如同巧妇难为无米之炊。她望着这四周的螺蛳山堆犯了很多次难，终于，她觉得这应该难不倒自己。从乡下供销社把一批晒干的螺蛳肉购回，再把它们磨成粉状，和以面粉以及锯末，这木屑配比要精准，其主要作用，是使螺蛳肉有弹性，食客咀嚼时不使其塞牙。再分析它们的成分，加上她分析出的元素配料，复原螺蛳本有的味道。把“螺蛳肉”配制好后，尹母逼着员工们夜晚加班把空壳填满。第二天端给食客试食，无一食客发现这是合成螺蛳肉。她几乎要山呼万岁，只有不断在学中干，在干中学，实践出真知，干中显本领，才有了今日的光景。她多次暗示女儿，年底一定要以“第三所”名义给她戴个大红花，发最高年终奖金。

哪知到了年底，尹志红装聋作哑，就是不给尹母开发的这道名菜以任何荣誉和奖金。尹母感到劳动成果不受待见，心中气恼，但这家餐馆的老板毕竟是自己一手拉扯大的女儿，尹母想了想，先是让尹父去出面帮她说几句公道话，可又一想，她与尹父撕来扯去斗了一辈子，他那几根花花肠子和自己的一点小九九双方都心知肚明，觉得找他去说，便是矮化了自己，她这自尊心更受不住。在女儿这里，她是不便明说的。那就只得找老洋人，这个洋“壳子”确也是个没心没肺的东西，比较好支使。她便与他说了一会儿闲话。老洋人已经习惯了尹母对自己爱理不理的，这次竟如此和颜悦色，同样有几分受宠若惊。闲话后，尹母严肃地批评老洋人，说餐馆规章制度和奖惩机制皆不健全，不利于今后长久发展，她无法在老洋人这里打马虎眼，给他讲些二五点子的话，让老洋人去连蒙带猜的，他也没搞清她的这番心机。尹妈只好明打鼓响撞钟地说，自己的发明创造得不到尊重和承认，她和她的团队将很受打击。

老洋人听了，明白了尹母的意思，心想尹母终于把他看成了总经理，自然多少有种被肯定的得意，找尹志红一说，也是挺容易的事。他便说：“近期有点忙乱，制度没有健全，确实是个问题，马上会整改。”尹母听了，怕他还没有领会透彻。她便说：“这‘闭眼一吸’是老人怀旧菜的集中体现，再有一点，也充分利用了一种低等生物超强的繁殖能力，是大自然取之不尽、用之不竭的最佳证明。”老洋人听了，觉得甚有道理，摆出一副洗耳恭听的样子。尹母见效果如此之好，便进一步借题发挥：“这道菜的开发还展现了人与大自然的和谐。”

老洋人听了，有点犯糊涂，这样联系起来，似没多大道理。

到了晚间，趁尹志红心情好，老洋人便把尹母的想法和盘托出。尹志红敲了他一下头：“和谐你个头！老娘是在开发一道她自己的私心菜，她小时无零食可吃，吃这个‘闭眼一吸’上瘾，便把餐馆作为试验场，想要满足她的口腹之欲和虚荣心。”

老洋人听了："如此说来，老娘是个可爱的人。她一向严肃，又能上纲上线地分析问题，弄得我都怕与她讲话，她一心一意开发做姑娘时喜欢的菜，至少也是与大自然讲和的菜吧。"

尹志红听了，又敲敲老洋人的头："别把老娘那一套学到手，否则你就完——了——蛋。"老洋人听了，不明白她作为女儿是怎么评价母亲的，只知尹志红又说："你就会变成一个极无趣之人。"

显然，尹志红眼光很准，但这道菜中的螺蛳肉需要人工填充，却也费时耗力。尹志红对尹母及两个支持者都厌烦，觉得这三人都有毛病，于是把它命名为"折腾菜"，要求这道名菜只能回归季节性销售，采取限制量产和提高菜价的办法，气得尹母一时无话可说。

尹母尽管没有因这道菜获得荣誉，有过短暂的沮丧，但不管怎么说，这次成功大大增强了尹母"再创新高"、加快开发新菜肴的信心。

第十八章　千年之妖与人形潜龙生死对决

98. 虎猫坐镇的地盘，不是谁都可以动得的

老洋人怎么也不曾想到，他们脚下的这块土地，成了炙手可热之处。已经有人打起他们的主意，尹家父母和尹志红不留余地地回绝了。尹志红多少有点担心，尹父说："乃父在此，你怕什么?"又说："堂堂第三冶金研究所在此，不是一般人扳得动的。"他重新制作了研究所的牌子，加上了"试验基地"几个字。

这座城市的开发商陆续找上门来，最新找来的是一个脸上盖了财喜印、开发烂尾楼的老板，他长着一双很有特点的倒八字眉毛，身形保持良好，每隔一天必有一场网球，选择众多女友作陪练，打到浑身冒汗为止。他的眼睛原本不近视，现在又戴上平光镜，使他的气质多了许多文气，开口讲话，倒也是和颜悦色的样子，只是不能讲太多，否则脖子上的青筋忍不住暴起。他就是怕自已性情急躁，显不出如此装扮的气质。他对尹志红发问，有点单刀直入，显然没有对她试过水性，问了面积多大，再用不容置疑的口吻说："开个价吧。这地方我们要了。"

他神闲气定地坐下，双目炯炯有神地看着尹志红。尹志红平视过来，迎接他颇有内涵的眼神。他夸张地吸了吸鼻孔，便说："我们气味相投?"见尹志红一脸愠怒，便摇手道："美女老总不要多心，不要多心哈。这些年来，我练就一个本事，能够嗅出从底层打

拼上来的人，他们有拼劲，有耐劲，是打不垮的人，是我的首选合作对象。”

尹志红起初以为他轻薄，见他如此说，便觉有几分好笑：“就是说，你也是从底层闯出来的大老板?”

对方点点头：“我是从汉正街玩门面玩起来的。”

“如此，我们确实有些气味相投了。”

对方又说：“我在江边三十二楼顶上开了一个库玛院子，走高端路线，鄂西野猪，大别山的柴狗，恩施的土豆，汈汊湖的甲鳝蟹和湖塘三鲜，潜江的龙虾，洪湖的老鳖，再就是在楼顶自种菜蔬，每日三席。近期开发了一套李时珍药膳，到时请美女老总去我们院子尝尝。”

老洋人见他有炫耀之意，心里大不以为然。只听这人重复说道：“这地方我们要了，你考虑下。”

不等尹志红回答，尹父见他财大气粗，心中早已憋不住气，这小子自以为背景过硬，便一指那“第三冶金研究所”的牌子说：“你要不起，想想这是谁的地盘。”那小子看了看这牌子，又看看尹父，带着几分不舍，愤愤而去。尹父见他开发了一套李时珍药膳，游说尹母，为何不开发“时珍·李”中西合璧系列药膳呢?尹母大喊一声：“见了你妈这个大头鬼，凭什么与他去抢，难不成不可以找药王孙思邈?”

尹父见说，小声嘀咕：“李时珍是植根于楚地，就算搞成中西合璧时珍·李，也是接地气的。”

令老洋人意外的是，还有一人找上门来。就是他在这座城市的第一个东家，临湖大厦的老板尤崇德。老洋人在那里打工一年有余，是他把那里的人气带旺了，使员工的积极性高出了许多。尤老总喜欢把老洋人称作他的“财喜”，老洋人老家一般把成年猫叫作

"财喜"。

老洋人与猫有些渊源。据说猫是通过人的气味分辨人的，对有些猫气之人，猫就敢于走近，与之友好相处，连猫王也不例外。

乡下老鼠多，三娘一直养着猫，先是一只黑猫，全身除了四个爪上有点白毛外，通体黑得发亮，它抓老鼠一抓一个准。最大的特点是，它喜欢在家人们吃饭时，逮来一两只老鼠，当着家人的面玩耍。等那老鼠被玩得精疲力竭之时，它才慢慢地从鼠头开始把它们吃掉。这只黑猫，在老洋人幼年时，总是钻进他的被窝，他睡得糊里糊涂时，会摸着一个毛茸茸的肉球，他们睡一起可以互相取暖。黑猫有个不好的习惯，总喜欢在他床上吃老鼠，让他早上起来时发现，头发粘上老鼠的肠肚子。他打过几次黑猫，黑猫依然改不了这个德行，它从不吃死老鼠。老洋人记得有一天它突然死了，三娘曾为它大哭一场。后来有一只黄白相间的猫找上门来，因不辨来历，湾台的人说他们家的猫，都是光洋变的。他曾把这事讲给尹志红听，尹志红说她同样喜欢猫的，猫是有灵性的动物，只是她现在收养不了，只能散养。

猫确实是随着财来随着财去的。在老洋人看来，现在出现了这么多猫，还有猫王，显现出他们财旺。

老洋人对别人称呼他什么并不太在意。尤老总叫他"财喜"时，他觉得没有什么不爽，他这些年来，做生意，是人赶财，搞得他欠一屁股债东躲西藏。现有人认为他是财喜的化身，这是件好事，表示他今后的命运是财赶人了，就会丰衣足食。

尤老总以为老洋人不知财喜之意，便好脾气地解释过："我们老家把吉利的事，都称作'财喜'的咧。你上次随意闯到我店里，撞了财运来。"老洋人知他并无恶意，只好随便他叫了。老洋人暗暗发现，尤老总似乎也对他有某种提防，尤老总不会与他平行而立，也不会面对面交流。如果遇到空气流通，尤老总就站在下首，为的是不让自己的气味飘来。老洋人一直难以分辨，到现在也只是感觉，因为他只能嗅得出尤老总身上有种动物的强烈腥味。他也见过尤老总偶与一些女服务员过从甚密，而他暗中观察，那些女性对老板并无半点不适——要么是那些女人欣然接纳他的气味，要么就是浑然不知，当然不排除她们是小母蛟秧子。老洋人每次见了尤老总，总是一脸疑惑，这也促使尤老总对他多少有些戒备之心。

老洋人自从听他吼出《龙吟赋》后，对他更是多了一些疑惑。老洋人幼年时听三娘讲过，这词曲是龙逆袭天空时发出的长啸声，是向天空中的神灵昭告，它向往故乡，誓死也要回到自己的家园。人世间两种人可以传诵，一是盲者，再是瞽者，那种双眼瞎耳聋之人才可以吟唱；二是如兰巫婆这类大巫可以吟唱，还要用桃木剑舞蹈。

总之，在李来恩看来，尤老总近水而居，生活习惯是有些蹊跷的。

尤老总这个酒店有个陈列室，又名内部博物馆，简称“内博”，是尤老总告诉他的，劝他去看看，保管会喜欢。一日，老洋人无事，突然想到初见尤老总说的话，便想着去博物馆看看。那门平时紧锁着，不对人开放。老洋人进去看了，皆是湖地里所用的物件，讲得直接点，就是龙窑里烧制的那些东西。老洋人一看，便喜欢起来，每种坛子罐子盆子之类，都是他过去所见所用之物，显然尤老总是个用心之人，把这些东西收集起来用于怀念。看来，世间一切生物都有怀旧的情感吧。他突然见两个旧时用竹篾扎成的油罐挑子。从前榨坊的油耗子们担着油罐挑子走街串巷，叫卖道：“打油嘞！打油哪！”许多人用一个瓷碗来装，杜绝卖油郎从中打夹账。他凭吊了这副油挑子后，见还有一扇小门，便推了推门，门并未锁上。只见里边空间很大，一溜排放着大小不等的九口大水缸，那缸装满了清澈见底的水，这倒没甚奇怪。只是这九口大缸，是单色釉高温大陶器，却呈橘红、酱红、紫红、紫褐、古铜等渐变之色，其身形为锁口造型，施以釉下堆塑、胎面剔花等装饰工艺，皆是雕着龙蛋、龙雏、龙头、龙身的蛟龙水缸，这当然也是地道的马口窑的产物。这显然是在讲一个蛟龙孵化、成长、受封、飞天的连环故事。

他看看第九口缸的龙身龙爪，就有点慌神，这龙爪是五爪金龙。据三娘说过，五爪金龙是王者之龙，其他龙族只有三爪，可见尤老总来历不凡。这时，尤老总匆匆推门而来，见了他，一向对老洋人客气的尤老总眼露凶光，压低声音，止不住愤怒地斥责："为何闯进来!"他嗫嚅着连自己也不曾听见的话，慌忙逃了出去。

这尤老总对老洋人的情感甚是复杂，有时无比热情，有时却冷若冰霜，现见老洋人离他而去，是被一个小女子勾引走了，悔恨得直抓头发。尤总觉得老洋人就是这点出息，自己身边的美女多的是，只是疏忽了，其实给他撮合一个很方便。尤总自己不方便出面，一时间，派了几组与老洋人相熟的美女服务员前来游说。她们对尹志红印象特别差，曾一针见血地向老洋人指出，说她相貌有两点不好——狐媚眼，容易勾引野男人，让他守起来辛苦；还有一点，她分明是克夫之相。但待尤老总手下美女搞离间时，老洋人已听不进去了，为了讨好尹志红，还把尤老总酒店美女的断言转告尹志红，搞得尹志红看到尤老总，就有拿刀的冲动。

尤老总一直没有放弃老洋人，他与尹志红创办餐馆时，尤老总曾送过花篮，带人来吃过几次饭。他们的生意红火了，尤老总认定就是老洋人带给这个狐媚女子的财喜，尽管羡慕嫉妒恨，但总是不间断过来看看，当然也带来食客。尹志红从这个男人眼里看出了许多敌意，似有所防备，见尤老总没有进一步动作，也就慢慢放松警惕，以为或许是自己多心，便把他当成一般食客对待了。那时节，尹志红如一个陀螺般旋转，自然也管不了许多。

后来，有一次尤老总碰到那只大橘猫。橘猫的毛发炸起，冲着尤老总，弓着身子，凄厉地叫着，把前爪紧抓地面，身子不由自主地往后退缩——猫王对尤老总很是恐惧。老洋人见了，认定尤老总是大橘猫的克星，只是初时觉得有些好玩，而尤老总见了这猫，兴趣更浓烈。“这财喜，愿意卖给我吗?”老洋人知道他十分迷信，以为他们的暴发是这大橘猫带来的，想要买走。老洋人摇摇手：“不是你的，你买去也养不熟的。”又说：“这猫是猫国的国王，岂肯轻易离开它的领地?”自这以后，尤老总来时第一句话便问：“橘猫呢?”老洋人冷冷地说：“你也知它怕见你，见了你如同见了阎王。”过了一阵，尹父在一个雅间墙上挖了个孔洞，埋了一个单孔的望远镜，老洋人凑近一看，镜像里可见那只半躺在镀金椅上的猫王。尹父笑笑说，别看这个小小的设备，你的前老板愿意每看一次，就给一千大洋的，比雅座的餐费还来得容易一些。

老洋人认定，这事似充满了玄机。

尤老总对老洋人的出走一直无法释怀，觉得是自己发掘了老洋人的潜力，老洋人却死心塌地跟着狐媚女子干，没指望了。城东开发，这个机会一定要抓一抓，他表示愿意拿出所有的家底，来与他俩联合做个四星级酒店。尤老总提出自己支付部分补偿金，大酒店一旦落成，他们将成为酒店第二大股东，由他出任董事长，尹志红出任总裁，老洋人自然是执行总裁。

这时的尹志红通过生意场的历练，已经十分老到，学会了不露声色。她心平气和听完了尤老总的建议，和颜悦色地回复说，这个更有吸引力，她会认真考虑的。

老洋人对尤老总的建议没有一点兴趣，他的心思似被另外的东西勾住了。尹志红原以为他会对未来的前景描绘一番，兴奋、得意，还要大拍她的马屁。可这老洋人却对这提议一脸淡然，没半点兴奋劲，而且十分不解。晚上他们都有点小情绪，尹志红更觉得尤老总的建议可以调调他的胃口，便说："很快，你就是这座城市一个超级豪华酒店的大老总了。"

老洋人听了，感叹道："饭店做出这种格局来，也就值了。"

尹志红听了，便说："我还以为你会装清高哩。"

99. 财喜印引来五百万龙虎斗的单品大菜

过了几日，尤老总又来了，只和老洋人打了个招呼，过一会儿，似乎一闪就走了。

到了晚上，尹志红有几分生气地告诉老洋人："你那个尤老总出了一个馊主意，说他捕捉到了一只千年老妖，想与我家的大橘猫凑成一对，来一个龙虎斗的盛宴。"

老洋人惊讶得说不出话来。尹志红见了，便解释道："他也没敢找我，找老爸讲的，多少钱都可以谈。"她补充道："休想！"

过了几日，尹志红接到了这座城市餐饮协会会长的电话。她是这个协会的理事，与会长见过几次，并不相熟，接到他的电话，尹志红多少有点诧异。

会长先是和她大谈政府对服务行业的重视，告知发达国家的税收多是来自服务行业，还有，服务行业将定期培训员工，对提升国民素质十分有效。他充分肯定了尹志红以一己之力，对服务业的创新。最后点题，现阶段，服务行业需要全面升级，我们要再出新招。本市餐饮业要出两个新招，一是要创一道单品菜，可以卖到两百万甚至是五百万元；二是在这个基准上，创造一个日销量的全国第一。会长最后说，不知尹总是否有这个信心？如果能做到，上面将会有一系列政策扶持和奖励。

尹志红放下电话，长吁了一口气，她只是一家中小型餐馆，值得劳会长大驾打如此长的电话吗？她们现在不就是推出了“绿色琼液”“云梦之鳅”和“快乐至上”系列菜品？

尹志红摇头叹息：“生意，要抢生意，我们四周就是战场，没有回旋余地。”本来“财喜印”给他们带来了不少的广告效果。但老洋人向大橘猫恳求了半夜，这猫王在他紧急购买的虎皮垫上伸了一个长长的懒腰，打了一个比过去要长一倍的哈欠，再就是静静地看了老洋人一会儿，眼神平和中带些许嘲弄，然后将它的两撇胡子像打钩一样，一边一翘，表示自己在考虑是否赐恩于他。

老洋人以为做通了猫王的工作，便要乘胜前进：“你看，这虎皮，与你的身份相符的。”见猫王依然眯眼看他，他举起三根手指：“一天在食客大厅跳跃三次，对你来说，每次一分钟不到，轻松搞定。”猫王突然伸出爪来，给了他一爪，意思是本王已经很烦你的唠叨了。

离开时，老洋人很不爽地说：“你知道老娘们的脾气的，你不配合，你的子孙后代没粮可吃。”他只与大橘猫称尹母为“老娘们”，这是他俩的秘密。

第二天，在同一时段，猫王果真给了他面子。它迈着猫步出现在大门边上时，早已等在舞台上的服务员兴奋地对所有食客，拿话筒大吼一声："我们的猫国王来了，我们的财喜来了!"猫王精神抖擞出现在食客大厅的舞台上，它快如闪电地腾跳而起，食客们顷刻安静下来，连一根针掉落下来也能听到。他们紧张极了，希望幸运之神可以光顾，让他们得到一个财喜爪印。舞台上有一架全自动摄影机，拍录了全过程，计划在每次食客得了财喜爪印时，马上用泥模拓下，转成沙模，用滚烫的银水浇铸，即刻打磨光亮，用一条金项链系上，高价售给幸运的食客。

可是待猫王腾挪跳过，再慢动作回放，只见大橘猫蜻蜓点水一般，从头到尾都是从食客土碗边沿踏过，无一人被踩，就是说食客中没有一人得到财喜爪印，自我感觉良好的人直唤"晦气"，有的愤然离席而去；有的人则摇头叹气，认定自己今年运道不好；也有的人骂将起来；还有的人甚至认为这橘猫是个假货。橘猫腾挪不到一周，却给餐馆带来了更多烦恼。

烦恼还在后边哩。这以后，总隔三岔五来一位神秘人物，有的像亿万级别的大老板，更有吃遍黑白两道的幕后人物。这些人来，无一例外化了装，还有无一例外地要求提前清场，皆声明给三倍甚至十倍的价格。大橘猫可以说是一个嫌贫爱富的王者，或说它只对有底份之人留下自己的爪印。表面看来，这些人来来往往很频繁，加倍给他们进行清场补偿，其实是苦了尹志红，付出了牺牲餐馆客源的巨大代价；因为这些大众客源被三番五次地驱赶，就是你有天大的好处，"赶客起身"也是生意场的最大忌讳。餐馆的名声不佳，终会面临倒闭，几乎成了注定的命运。

对大橘猫的行为，满院子人已经大大怀疑其动机了。大家一致认定是它断送了餐馆的生意。尹志红甚至新账老账一起算，想到自己第一次见到它时，它当时的咒骂，就是要把他们赶出原本属于猫的领地。

老洋人断然否定这种说法，并列举了它是如何使这块土地钞票滚滚而来的等所有功绩，为猫王受到的委屈流下难过的泪水。

不知什么时候起，有个奇怪的主意在员工之间传播，建议要对大橘猫进行阉割。大家甚至说这是菜肴研究所传出来的主意，关键时刻，尹志红还是清醒的，站在正确的立场上，她一口回绝道："没有猫王，我们能走到今天吗?"其间，居然还产生了尤老总的那种垃圾馊主意，亏他想得出来，要与他捕捉的千年老妖做成一道龙虎斗单品大菜。

尹志红似有所悟，这座城市最看不得她们好的人，就是尤崇德，此人的主意，也许就是一个让她们遭受灭顶之灾的陷阱。

100. 千年老妖头断，人与江湖终结之战

餐馆的生意一天差似一天。尹父不禁感叹，生意没得做，皆是自己作死搞成了这般田地。服务员不能解散或缩小规模，散客和老客以及慕名而来者皆因"赶客起身"而渐渐稀少。市餐饮协会会长打来的那个电话，在尹女总看来，多少有点嘲弄之意。不承想，会长再次来电，以开协会理事会的名义召见尹志红。尹志红见到空空如也的食客大厅，两眼茫然，烦不胜烦，去就去吧。本想叫上老洋人，想起会长那色眯眯的笑，又怕他无比扫兴，忙自己开车而去。

果然会长在办公室独自等她。他们认真交流了一个小时，会长是这样开头的：“有人请你们制作一道单品菜，出价五百万，你还不动心?”

尹志红本能地抗拒：“这不可能，我不是傻瓜。”这话里有两层意思：世上就算有如此馅饼，也不可能砸到她尹志红头上；如果有，她哪会傻到这种地步而不肯干呢?

会长很快听懂了她的意思。他们商谈了一下，尹女说了句我即刻打个关键的电话。她拨通了尹父电话，不等对方说“找乃父何干”的话来，急切如竹筒倒豆子和盘而出，最后，她叮嘱道：“不要让来恩知道，也不让他参与，赶快把大橘猫关进地窖中。”

接到这个任务后，尹父想到猫王的高冷和凶狠劲，头皮里都有几分发怵。他自言自语地说：“你自己回来抓一下看看，看你敢抓吗?”抱怨归抱怨，女儿的命令，现在就是圣旨，必须执行，他还得想办法。尹父突然想到老洋人定期给猫王喂自酿的液体，猫吮吸后的醉态，根本就无反抗之力。他便再次给尹志红打了电话，让她找个理由，把老洋人支开，他才好进一步行动。尹志红想也不用想，一个电话打给老洋人，要他外出做点什么，老洋人就这样匆匆出门去了。尹父轻车熟路地来到老洋人的办公室，打开一个办公柜子，里边放着一排瓶装液体，他打开木屑瓶盖，拿出来一瓶瓶地嗅，发现小瓶装的液体，味道更浓，就判断这是“酒引子”，或者是酒的香料添加剂。他从中选了一个中号瓶子，晃荡几下，嗅一下，味道适中，见到柜子底下有些吸管，拿了一根插进瓶口中。

此时大橘猫正在眯着眼睛打瞌睡，见尹父拿着它熟悉的瓶子，尽管有点疑惑，但还是打足了精神，抬起头来，目不转睛地看着这瓶猫王酒。尹父见了，知道猫王上钩了。他随手做了个举杯喝酒的动作，亲切叫唤了几声“猫咪”，弯下腰来，把吸管送过去。猫王伸长脖子，很熟练地吮吸起来。尹父注意到它吸几口，还会放开吸管吐口长气，很舒服的样子。尹父不知猫王一般吸食多少，而猫王本来就对这瓶“猫醉死不抵命酒”过于迷恋，自然会贪杯。不一会儿，大半瓶下去，猫王把头一歪，倒在地上一动不动了。尹父见如此简单，十分得意，一手提着猫王，一手提着剩下的猫王酒就走。

猫王就这样在酣睡中被请进地窖中，再被用铁链锁上地窖预制板，尹父这样做神不知鬼不觉，那猫王再有本事也插翅难逃了。将猫王锁定后，尹父定睛打量那猫王酒，想到猫王吮吸的陶醉样子，忍不住喝了一口，使劲咂巴嘴，连声说：“难怪的，香、甜、辣，味道好!”一扬脖子，把这猫王酒给兜底抽了。想不到这猫王酒对尹父也起作用，他哼着小调，回到住处，往床上一躺，便呼呼地睡去了。

启动这个单品项目时，协会要求餐馆提前做三天广告。尹母得知后，把自己关起来，捶胸顿足哭骂。尹志红当即决定，这三天宁可粉身碎骨，不管来了何方神圣，也不会“清场赶客”的。问题是，有人来讨财喜印，也无猫王出来腾挪而行了。

到了第三天的下午，尤老总开着一辆运钞车过来。车进大院，是老洋人第一个发现的，他赶忙迎了上去，只是他感到这时的尤老总周身煞气甚重，此时似乎已经不认识老洋人。尤老总不知何时蓄上了长须，那络腮胡长满了脸，最为奇怪的是，他的头发，㲄(jiū)成一坨一坨的，而腮两边下垂的胡须，则㲄成了一绺一绺儿，恍惚间，老洋人看他像是一个昂着脖颈的龙人那般。老洋人使劲眨了眨眼，觉得自己一时眼花，这时尤总侧了下脸，看到他在，还冲他微微点了点头。老洋人这几日，不见橘猫，到处寻不着，问了一遍，员工都说不清楚。这只橘猫轻易不出这个院子，当然也有过，比如曾与它的那只爱妃到湖畔踏步，可这类事极为稀少，失踪三天更是难以想象。

尤老总下车来，随后下来的还有四个武装押运人员，分东南西北站定。此车后跟来一辆黑色的小轿车，从车后下来两个头缠红布、手持大砍刀的刽子手打扮的人，一脸凶神恶煞的样子。这两人快速来到运钞车密封的车尾，尤老总用遥控打开了车厢。只听一阵咝咝之声响起，露出了一个密封的铁箱，它制作严实，极为厚重，占满了车里的整个空间。

尹志红知道这里装着什么，有些紧张地拽着老洋人，在离车四五米的地方站着，身子有些发抖。老洋人有一种不祥的预感，只是不敢断定，也无力采取进一步的行动。他两腿发软，两眼茫然四顾，不知做什么好。离车约两米多远的尤总，看了看两个站在车身后的刽子手，说："时辰已到，千年老妖，寻死去吧！"老洋人注意到，他那垂胸之须因为他吐出话语时用气过多飘飞起来，尤老总的眼神，在老洋人看来，如穿透千年般呈两股绿色的幽光，比凶光更是可怕。

尤总再次拿出一个遥控按钮，打开那只铁箱。铁箱露出一定的缝隙时，先出现在老洋人眼里的是一条正在伸缩的鲜红的信子，他就判断定是一只大蛇。铁箱缝隙达到三指宽时，便露出了一只类似蛇头的乌黑脑袋，可它的身子长有穿山甲的鳞片。也许因为身子过长过大，被厚重的铁箱禁锢住，无法伸展开来，它显得极为平和，与其"千年老妖"的称呼很不般配。

这个怪物见有缝开启，并没有显示出急着逃命的样子，只是探了探头，便弓起脖子，似在攒气力，两边持刀人的刀面闪着金属的亮光。它斜视一下，看也不看举着锋利铁器的两个家伙。它那双黑得发亮的眼睛同样闪着幽暗之光，穿过众人直直射过来，看了看老洋人，眼神带有几分温和地与他打个招呼——这当然是老洋人的自我感觉。

待它收回目光时，老洋人甚至感到它轻蔑地瞟了尤老总一眼。估计真正知晓它厉害的人物还是尤老总，老洋人觉察到尤老总的身子正在抖动不已。也许他俩的实力半斤八两，如果要缠斗起来，双方只能拿命一搏了。

这一切准备停当，它伸出了头颅，头游出铁箱七寸处，给人引刀求一快之感。尤老总恰到好处地大叫一声“快”，这声音没有刀快，只见两旁刀光一闪，手起刀下，巨蛇的头颅便掉在地上。

这时围观的几人愣在那里，来不及做半点反应。却只见尤老总腾地蹿到半空，扑通一声轰然倒地。在众人不知所措之时，尤老总脖颈处被那巨蛇的头颅死死地咬住。此前的尤老总，身心高度紧张，自从见了餐馆猫王后，他一直在筹划抓住这个与他同时修炼的千年老妖，把它们做成一盘龙虎斗的大菜。他一旦食用，就会将修炼的功力大大提升，不用等那雷电大雨滂沱之夜了，在一个月圆之夜就可以返回他无时无刻不思念的故乡。区区五百万、一千万人类钱币的单品菜算得了什么呢？那不就是人类的一堆纸币，与人类给鬼蜮的冥币毫无二致。只是他千算万算，没想到千年老妖与他做了这生死一搏。

他的身体将会被打回原形，回故乡之梦破碎。

大家根本不知道，这掉在地上的头颅，是怎样与尤老总的脖子接吻的。

只有半支烟的工夫，尤老总的头皮开始发绿。

这事太过突然。尹志红似乎最先清醒，她只能无助地哭泣一顿，不知是因单品菜肴泡汤，还是因这院子出了一条人命。倒下的尤老总身体上一阵腥臭传来，让众人不得不掩住鼻口。这当儿，众人发现，尤老总一身着装被这股腥臭消解，露出的不是人体，而是一条蛟龙的身子，且布满了龙鳞。他的头亦同时化作蛇头，两只巨大的蛇头紧连一起，变成了一个双头怪兽。

还是尹父经事多，他已练出处变不惊的能力。这时他抄起电话打了110，并告诉警察方位还有尤老总死后尸身出现的怪异变化。警察当即告知这座城市一个博物学家的电话，是秘密热线，命他尽快打出，要求他与警察同时到达。警察云淡风轻地吩咐道："请在此处的所有人等一个也不得走脱，赶快拉起红色警戒线来。"

尹父即刻照办。电话打过去，接听者是一个中年男人，他听了一会儿，便让尹父稍等，似把听筒给了一位老者，那个有点苍老的声音要尹父重复一遍刚才的话。老者听了后，也不挂电话，对第一个接听电话者说："请把动物专家、考古专家、历史学家、生物学家、民俗学家紧急叫上。"

尹父听了，似要惊掉下巴，却又喜不自胜，他一辈子难得见到如此多的高人。警察和联合行动小组几乎同时到达，他们只是站定，围着已经完全发绿变形的两个尸身，看了一小会儿，议论了一番，用一辆他们自己开来的铲车，将它们装进裹尸袋，并没有多大的惊讶。尹父听出那个接电话的老者声音来，只听他说："千年湖地，这类怪事频发也不甚奇怪。人类发展太快，自然会与原住民展开殊死较量。"

警察不管这些空洞的议论，他们要处理现场，便问了报案人，要尹父指出在场之人。幸好午饭后晚饭前的一段时间是食客空档期，围观的食客不是很多。

先是，尹志红发誓赌咒至少在这三天不被包场，又做了大型广告，餐馆生意陡然火爆起来。哪知这日下午，从牛鼻子村的路口处便拉上了警戒线，牛鼻子村的好奇者，远远地看着一群行为怪异之人，在餐馆忙活半天。待他们车开人走，牛鼻子村的大小生意老板，纷纷谈论这个神秘生意场近期发生的诸多怪事。他们幸灾乐祸，这个餐馆是自作孽不可活，食客们肯定不会来了。

尹父他们目送那群人离开后，大叫一声："挨刀杀的呀!"尹志红不明白地问，何事如此惊慌？尹父双手一拍双腿："乃父该挨刀哩！我把大橘猫锁到地窖去了。"

尹志红似有所思，一时不能明白，便说："哎呀，它不能做财喜印了，快点放出来呀!"

尹父一连串"该死"说出，小碎步跑到地窖边上，忙打开紧锁的铁链，掀开了扣住地窖的石板。大橘猫果真是王者，依然轻松地跳了出来。它先看看尹父，又看看尹志红，对他们叫唤了一声，这一劫应是命中注定。现逃过这一劫，先要稳住自己的心神。它显然是个欺软怕硬的家伙，此刻它找到与此事毫不相干，对那个单品菜浑然不知的老洋人，对他发了脾气——它咧着大嘴，吹胡子瞪眼睛地用猫言猫语大骂。

老洋人只是羞得满脸通红。

大橘猫骂完后，用一种在人类听来沉闷而极有穿透力的呼啸声，不停地呼唤起来。这时，有猫头出现在壕沟四周上方的土坡上。不一会儿，越集越多，四周密密麻麻一片猫头，见了它们的猫王，便仰起头来，齐声呐喊。这时大橘猫的毛发炸开，看也不看与它相处多时的人们，腾挪着跳过壕沟。这些迎来的猫儿们，许是猫王的卫队，组成了一个奇怪的阵势，它们一个接一个地咬着前者的尾巴，圈成大中小三个圆圈，把大橘猫团团围在中间。或者说，这是一种迎接王者的仪式。

这时猫王朝着正东方叫了一声，猫们呼应，冲天仰头叫起来，猫声此起彼伏。老洋人听了，知道那是一种对失去领地，将要流浪的悲鸣之声。他心中发寒，与它们似心意相通。

瞬间，那巨大的猫团散得无影无踪。杂乱的树林中，土层被践踏得平滑光亮。

101. 一场功利的爱情是应有个方式了结

餐馆的生意难以为继了，尹志红依然在等尤老总的到来，她还做着超级大饭店的美梦。

尹志红媚眼看了一眼老洋人，用舌尖润了润嘴唇："难道你不想?"

老洋人一听，平淡地说："我已经没有一点兴趣了。"

尹志红好像听错了，要他再说一遍，老洋人只好平和地又说了一遍。尹志红这一阵子，看出他有点不对劲，因为太过心焦，没顾得上细想。现在面前的这个男人，连这么豪华的大酒店也不在乎，是不是和她较上劲了？在尹志红看来，他们已经连为一体了，你的就是我的，我的就是你的。老洋人这几年，没有对她提过钱的事情，只专注做事，收款的人是尹母，背后操控的人是尹父，老洋人尽管依然顶着总经理头衔，只是打理一些繁杂的日常事务，因为起作用的一副洋脸早就没了市场，若不是他鼓动大橘猫替代他，恐怕大家早就忘了他是本店的总经理。他急功近利，让那只不安好心的大橘猫弄垮了餐馆，便逃之夭夭了，这个账尹志红还没找他去算，一时无法找他算的，时辰未到哩。

在尹志红看来，此刻李来恩在她面前跷盘子，就是想找她要钱要餐馆的股份，而他要钱有什么用处吗？还想去吃喝嫖赌？现在看他这么拧，尹志红感到这个男人的心思活泛了，口头上从不提钱，心里不一定不想到钱。尹父对女儿的婚事，尽管是一副顺其自然的态度，但也不太讨厌老洋人，从男人的角度来观察，认定他对女儿是真情实意的。可有一天，他与老洋人谈个事情，听了老洋人颇有见地的一番说辞，便有点认可和欣赏。他开口便自称“乃父”，讲出后，见老洋人面露欣喜之色来。事后，他感到很不舒服，觉得自己十分无趣，这声“乃父”只对女儿称出才舒坦。他琢磨，他从心底还是不太认可这老洋人，甚至是排斥的，到了尹家暴富之时，他看老洋人更是越发不顺眼了。

尹父先前试着暗示女儿，要当心老洋人，别看他什么也不说，还是很挂心着呢！尹父明白自己从心里一直排斥老洋人后，也就想明白了，他年龄大了不说，还有家室和儿女。他们现在这样不明不白同居在一起，日子长了，不知会闹出什么来。他对老洋人，起初还算尊重，慢慢地开始指手画脚，越来越不客气。老洋人竟不以为意，不知是装傻，还是接受这个准丈人对他的所作所为。尹志红看在眼里，有时也觉得有点过了，本想劝下父亲，但又认为这样磨磨老洋人的脾性也没什么不好。

尹志红有时也感到，父母还是蛮可爱的。尹父对老洋人不满意，还有另一层意思，尹志红了解后，忍不住偷笑了好几回。尹父抱怨说，老洋人推不上台面，见了领导，连个屁都放不出，而自己整日都是与领导干部还有公司老总打交道，别人都不晓得怎么称呼他哩。

因为所有人都晓得他女儿是董事长，老洋人是总经理，尹父最多是个董事长爸爸之职。见尹父说这个事，她只好说："你就说你是副董事长好啦。"

尹父显然想过了："我再怎么说，也是大企业堂堂研究所所长一级的领导，出任你这里一个虚职，出去说不出口。"

"你不是经常说，响鼓不用重槌，你的分量在那儿，何必还要这个名呢？那你想做什么？"

尹父说："我要争个么事？只是这个老洋人推不上台面，整日价地与几只猫混在一起，正事不做，鬼叫飞跑，占着茅坑不拉屎。"

尹志红嘻嘻一笑，算是明白这位"乃父"的心事了。

"难不成，我讲错了话。他过去没碰到你，就是个居无定所的漂泊汉，碰到了你，就成了全城最有名的餐馆总经理。这叫人抬人高，无价之宝；人踩人低，寸步难行。我如今看出，他已经不是那么满足了，人心不足蛇吞象，你要小心了。"

尹志红自信地说："他有几根骨头几根筋，我算得清清白白的。"

尹父知道，他今个儿的话算是白说了，尹父只要一有点自豪感，便对女儿要称几声"乃父"，这次却没有半句称呼，说明他心底里真是在乎点什么了。

尹母也看出这个老洋人不是她们家女儿合适的人选。女儿现身价千万，不说攀高枝找个金龟婿回来，也要找个实力相当的，显然这个老洋人远远配不上女儿。而女儿一直拿他当个宝贝一样，她因此时时提醒尹志红，对这个从不谈论钱财、以为这一切都是他创造出来的女婿，要多加注意。尹母觉得这个土洋人最为可怕的事，就是不谈金钱，这点确要提防。怎样说服女儿，她想了一些方法，都不太管用。尹母认为，她与尹父这两个半圆，是不曾重合过的。她不能看着女儿一辈子也无法圆满。她在某个黄昏，陪女儿走到湖边散心，讲到过这些。尹母克制着不谈“钱”字，她认为只要一涉及这个，就难免一个“俗”字。如果一谈钱，就是资产阶级与流氓无产者的关系了。如果从女儿现在的地位来谈，自己是不能站在她的立场上的。如果站在这个土洋人的立场呢？她的亲情和人伦，又是一个无法逾越的坎。

当然，只要涉及情爱之类的话题，她同样无法绕过自己与尹父之间的纠葛。她坚持认为是这个男人毁了她一辈子，以她的工作能力、理论水平，还有过去领导对她的重视程度，肯定会有一个风光的未来。可这个男人死死地拽住不放手，就这样毁了她。每到这时，尹志红便烦得很：“你不要总拿你的悲剧比我好不好？一代人有一代人的活法。”

尹母说：“经常提醒是必要的。”

尹志红说：“你们那时不能离婚，要凑合着过，我们现在不一样，如果过不下去，就离开呗。”

尹母说：“说得轻松，不脱你三层皮？”

其实，尹志红心态多少有点变化了。这个她捡回来的男人，见到她时不就是个土垃坷，一个酒店迎宾的，一个娶了乡下黄脸婆的老男人，除了错生了一张洋脸外，他还有什么呢？

到这个节骨眼上，他满肚子要和自己争利的心思，居然和自己较劲。好你个老洋人，餐馆生意不好了，要分手了，是也不是？现在不把这种嚣张气焰打下去，今后这日子就没法过了。

尹志红从宽大的床上下来，快速地穿好衣服，几分狞笑地坐在床头柜上：“好你个李来恩老洋人，屌起来了啊！你以为你为我做了多大的贡献是不是啊？”

老洋人与尹志红相识相爱以来，尽管有些争吵和赌气，只是因为女人使点小性子，还有工作上的不顺心事，冲他发泄下，他从来没有见到她如此暴怒。听到她用如此口气对自己说话，李来恩惊得张大嘴巴，一时发不出声来。从前他们有争吵之时，老洋人扑过去把她压在身子下面，一切就平复了。他嬉皮笑脸地过来，想用屡试不爽的一招解决纷争。

尹志红被自己的想象气昏了头，大叫一声，狠狠一巴掌拍过去："你少给我来这一套。我给你摆摆，你是在我盘下这个店时凑了份子、出了钱呢，还是言语上支持了呢？李来恩老洋人，你连一句贴心的话都没有，这点我不说你也清楚，你回答我这个问题。"

老洋人老实地回答："我是不看好这里。"他不明白，尹志红现在扯出这些没油盐的话来是什么意思。

尹志红撇了撇嘴："你有眼光？嘿！不是碰着我，你饿都饿死了。"

老洋人说："饿不死的，我会打工。"

尹志红说："你打工，你在我这里争功？你比我的大厨有用？大厨一个月多少钱？你知道？我给你大厨的双倍工钱。"

老洋人已经无法应付这个局面了："我没争。"

"你口里不争，心里不争？鬼才相信！既然你要争，这没什么，今天就和你算清楚。"她拿出一个黑色的长形皮包，里边满是各种银行卡，都是银行想办法让她办的，起先尹志红对要办这么多银行卡十分烦躁。尹父提醒说，钱要分散放，狡兔要三窟，是安全的，她才接受了这个建议。"你还记得，我帮你还了从城关建材市场的人还有从自己徒弟那里拆白的钱，还了几笔想赖掉的账，你赖得掉吗？那至少有个小十万吧？现在给你十万元有点亏了你，二十万怎么样？比你在任何地方打工都要强吧？"她抽出一张卡来，顺手递给老洋人："够了吧？姓名是你的，密码是你的生日。"在她看来，李来恩是不会也不敢接她这张卡的。哪知这个李来恩不会看眼头，他更不会处理这种突发之事，居然接了过去。

尹志红哈哈两声冷笑："怎么样？露出尾巴来了。你他妈的，我算看错了你，没有出息的东西！"尹志红站起来，边快步紧走边说："既然你要分割，那就分割清楚。"她从客厅走到另一个小房间拿出一只大行李箱来，走进房间，把李来恩的衣物一股脑儿地往行李箱子里掼，然后把行李箱使劲一扣："现在就滚！滚得越远越好。"

李来恩见事情弄成这样了，慌忙辩解说："我没有做任何对不起你的事情，那个小胖胖我连手指头都没碰过，是她不小心要摔跤，我扶了一把，怎么给尹医师解释都讲不清楚。"

尹志红厉声说："不要再扯这些乱七八糟的东西了，你也不要向我隐掩什么了。去年就一搞一天往外跑，今年动不动就是几天不在店里，你欺负我忙，无心管你，这又去搞什么了？你主动向我讲过吗？从今往后你是你、我是我，桥归桥、路归路。"她用手一指大门："你给我出去，我数一二三，如果不滚，我会把你的东西从窗口扔下去。"

话到了这种份上，在李来恩看来，已经完全无解。他弯腰捡起了箱子，往门外走。尹志红见了，更加暴怒得不行："你出了这个门，再要回来，就从一楼如狗一样爬上来。"待老洋人走出门去，尹志红"啪"地关上了门。

在她看来，老洋人不出三天，就会像狗一样爬回来。

可是老洋人如空气一样地消失了。

102. 有一种爱情，轻易不会冒出头来的

第一晚，尹志红发泄够了，一夜无梦。第二夜，她依然有充分的自信，老洋人会像狗一样回来向她摇尾乞怜，她嘴角挂着冷笑。第三晚，这是她规定的期限，到了晚上十二点，依然没有见到老洋人的影子，她便有点心神不宁。她开始拼命想他的不是，觉得这种人渣离开就离开了。尹家父母得知老洋人负气出走，两人对视了一眼，似乎心中一块石头落了地。知道他只拿了一张二十万的卡就走了，尹父微微摇了摇头，心说一个乡下人嘛，有多少见识呢？尹母撇了撇嘴，这人原本就是个打工命，还被女儿当作财喜。他俩认为此人不值得留恋了，他至少应该要拿个五十万吧。

尹志红心中的思念开始疯长。尽管这样，她表面上还是不能认输，认了今后这日子就没法过了。她却忍不住配了一个手机新号，拨通了那个熟悉的电话。可奇怪的是，这张卡居然销号了。“是空号?”她怀疑自己拨错了，又拨了几遍。她不明白，一个大活人，怎么说消失就消失了？她需要想想他到底会去哪儿。她认为他只能回到尤老总那里当迎宾，正好尤老总要与她谈合作之事，她决定到他的临湖大厦去看看，见见那个不争气的东西。她去了，一副大驾光临的样子，到了临湖大厦，连尤老总也见不到，是酒店一位女副总接待她。她外表光鲜亮丽，美艳四射。尹志红见过几次，觉得此

女是尚能说说话的那种品位，只是这个女副总身上有股古怪的味儿，尽管她涂抹了很浓的香水，依然难以掩盖这股味道，那是什么味儿？鱼的腥味，似又不像。尹志红叹道：“再美的女人，一旦身子有了异味，美就打了折扣。”

此女是个自来熟，把尹志红当成了闺蜜，便和尹女打趣：“你家的‘财喜’呢？”尹志红一愣，显然老洋人不曾来过这里，假装轻描淡写地说：“吵架了，他离家出走了。”女副总问他：“给他钱了吗？”

尹志红说：“给了他二十万，可以让他出去玩个够。”

女副总赞同道：“钱不要给太多，那样男人就飞不走。”她判断尹志红天生如她一样，是个好生意人。

老洋人这次出走，不管怎么说，对尹志红都是一次打击。她觉得老洋人真要与她分手，不会只拿了二十万就走人的，现在人人都变着法子想钱，他难道会置身事外吗？但如果不是分手，他怎么连电话号码都换掉了呢？

都是造什么星级宾馆惹的祸，她把一腔恼怒发泄到尤老总这里了。

尤老总迟迟没露面，据女副总说，他去国外度长假，酒店的一切事务由她打理，她同样没有放弃星级饭店的设想。那个在六渡桥开发烂尾楼的老板又来过几次，他与尹志红倒是见面熟，更何况他也没放弃对这块领地的争夺。尹志红有意无意地将改建大酒店的信息透露给这个开发地产和楼盘的商人，对方居然在原价的基础上又涨了三成。看来，开发商志在必得。

尹志红和老洋人这一闹，对做酒店的兴趣大减，而餐馆食客一天天地减少，她已经无心打理了，现在只是撑着门面装点体面。尹家父母在老洋人离开后，突然发现有他这个乡下人在，撑的摊子还是很大的；现在老洋人不在了，两位老人精力很不济，让他们更打不起精神来的是生意清淡、门庭冷落。于是，三人觉得先把这块土地转了，休息一阵子再看看吧。

这时，尹志红拿到这笔在她看来近乎天文数字的资金，觉得没有一个人可分享，实在高兴不起来。她有一个新的想法，对父母说："我们是不是可以把下放的那块地盘下来。"她说："现在反正不缺钱用了，那里毕竟是我们待了多少年的地方呀。"尹父听了，兴奋地说："乃父之女真是经营之神，总部根本无心打理，每年还要招人看着。如果要盘下，现在正是时候，我来办这事。"

尹母觉得这主意好，点点头："一直盼望回城，真回到这里，却感觉这座城市像个大工地，到处都闹哄哄的，已经完全变了模样，心中的故乡根本就不是这样。还是回到乡下去，过几天安稳的日子吧！"

尹父判断这事不会困难。总部确实认为那是块鸡肋，现在供销出现严重问题，安置下岗职工矛盾多多，主要是资金有限。有人提出愿意把这块无用的飞地盘走，有一大笔资金，真是求之不得之事，只是由一个闹了多少次上访的人来接盘，他们实在搞不清楚原因。

尹父不必多做解释。他已经超然了，这些领导过去在他这里高高在上，现在发现他们一无是处，没有能力、没有市场经验，不提也罢。他愿意一手交钱一手交货。总部通过一系列运作和评估，给了一个价格，连尹母也觉得没必要去讨价还价。那里盘下来做何用，暂时先不用管，只是要把栅栏围起来，就用钢材来做围墙的材料，把家园禁锢得牢靠一些。

这些事处理完后，尹志红心里更是一阵发空。她不由得怀念起从前打拼的日子，那种铆足气力拼搏，没有一丝喘息之机的情形，她的思绪再次飞到老洋人那里，这是一条十分鲜活的生命，却凭空消失了。她想到老洋人送给她的那张卡片上写的“有趣的灵魂只万中有一”。这个老洋人，失去后才觉得是个有趣的灵魂，不然她不会如此想念他的。尽管尹家父母一直小心回避李来恩这个名字，她却消解不掉记忆中老洋人的身影。她确实不知他有什么优点，好在哪里，却已把他深深地印刻在心底了。

她想去他的老家良湾李家台一趟。他总是会提起那里，那儿在他记忆里是何等美好。那幼年的湖地，这个湖匪大首领的儿子，多么向往他老子那样的生活，甚至在湖地没有了运动之时，他都要与自己的老子一比高低，付出了几年牢狱之灾的代价。云梦泽是龙潜之地，现在也是湖干水浅遭虾戏，也许这时的老洋人，因为被她赶走，回到家里痛苦不堪地等她来求和。同时，她又觉得不太可能。不管怎么说，她都想要去一趟。尹志红主意打定后，独自驾车先到了盘得头创建的新堰小镇，再找良湾李家台。车开到新堰大桥时，从小路走进良湾李家台。到了湾台头，她犹豫了，她以什么身份去找老洋人呢？她不得不面对这个问题，当然如果他在家，一切都好说，如果不在，见到了他的“黄脸婆”，怎么解释？她一下左右为难起来。

尹志红经历过许多事情，却为去良湾李家台而怯懦，现在她知道，自己确实在乎他。从这点来说，老洋人对她也许是喜欢的，但绝没她那样爱得深入，她用手砸了砸方向盘，咒骂几声：“老洋人！老洋人！该死的老洋人！”

她打定主意进入湾子，问了两个水乡之人。别人用手一指：“在那儿！”屋子就在眼前，她不敢进去，前后转了一圈，等了好一会儿，有位大嫂拿着一只装满米糠的瓢，往屋子一侧的猪圈走去。她已经不想等了，便走了过去：“这位大嫂，这是李来恩家吗？我是镇上计生办的干部，来落实计划生育情况……”她一开口，就知道自己话多了。

“你找李来恩这个死鬼，他已经七八年不见人影了，人说到深圳去打工，活不见人死不见尸……你们找他，他没犯什么事吧?”

“哦，没找他，这湾里有新媳妇吗?”尹志红一听就知道这是谁了，她只想快点逃走。

大嫂用手一指湾后的一户人家：“那户人家有个大肚子，思想落后，不响应政府的号召。”尹志红见她冲着自己坦然一笑，感到无比内疚，逃也似的离开了。

尹志红再开回新堰小镇，把车泊在路边，趴在车上，嘤嘤地哭了起来，她觉得自己实在受不了了，她现在充分认识到，自己伤他太深了。

现在她手中的这根风筝线断了，风筝不知飘到何方去了。

她忽然想到小镇上应该有个熟人，就是盘得头盘老爹。她无数次地从李来恩嘴里听到这个名字，现在想起来，心头涌出几分亲切之感。当时餐馆开张不久，老洋人突然决定，把盘老爹拉来，让其享几天清福，这里同样有太阳可晒，每日三餐酒食，整日里人来人往，让盘老爹凑个热闹。他的主意得到尹志红的支持，这是位老革命，说不定什么时间就派上了用场。尹志红便让司机和老洋人回去一趟，把盘老爹接过来。去了，空车回来，李来恩一脸沮丧。他甚至把盘老爹抱上车了，盘老爹还是溜下来，回到自己的桥闸上。小镇上多人围观，皆劝过盘老爹，他就是不理不答话。

尹志红想到老洋人与他靠坐桥闸时，盘老爹问他的两个问题，她觉得这两个看似平淡的问题，却有无限的禅机——这是个有智慧的老人。她要去见见他，让他帮忙解解心中的死结。想到这，她用湿纸巾擦了擦脸，问了路人，别人随手一指。小镇不大，她把车开了过去，停在桥闸下边，走上桥闸，果然看见盘得头盘老爹靠坐在那里晒太阳。

她走近他，便打招呼道：“盘老爹，我是老洋人李来恩的女人，我来看看你。”

盘老爹无话，只见他用些气力吸了一口烟，吐出的烟雾浓了一些。

尹志红学着老洋人的样子，靠坐在另一根闸柱上。她靠着时心里想，这样什么也不做，什么也不想，没有烦恼，没有欲求，还真是不错。

正好盘老爹叼在嘴上的烟要对接上了，他摸出一根纸烟，在指甲上顿了顿，却没与自己嘴上的烟蒂接上，而是递给尹志红。尹志红见了，忙接过来。这时，小镇上有路过的好事者，见一美女陪坐盘老爹旁，又见了盘老爹递烟，甚为好奇，忙从衣袋中掏出一只打火机，帮美女点燃那支烟。

尹志红打算说明来意。有次老洋人不知是诈唬她，还是真有其事，说这支河的桥闸之所以建在这里，就是因为开挖中支河时，这里横躺着一个巨大的生物体，吓得开河的民工魂飞魄散，逃得无影无踪。这时盘老爹临危不惧，当然他也有处理这类事件的能力，他知道这是惊动了龙脉，弄不好将会断送了龙魂，人类如此蛮横地挖出了修炼中的蛟龙，将会面临一场巨大的灾难。他赶快命人围成十余里的圈，连一只苍蝇也不允许飞进去。他即刻亲自前往，用他的吉普车紧急接来了兰巫婆。总之，结果尚属圆满，在这特别时刻，不知盘老爹和兰巫婆用了什么法子，帮助这条尚未完成修炼的蛟龙逃避地劫、雷劫和天劫，返回了天庭。也许是天神出于怜悯吧。

这以后，盘老爹似乎认为自己已经完成了历史使命，便坐镇在这个桥闸上，不再过问任何世事。确切地说，他开始用生命来守护这条龙脉。

这闸修建时，似乎没有谁下达过指示，当地人便把闸顶修建成一个龙头形状，更有些蹊跷处，小镇上的各家各派，没有任何人把这个龙形状的闸顶上升到“四旧”或者“封资修”的高度。有些人从不远处看这个小闸，总能看到有一团雾缠绕着闸身，隐约间，有一条欲飞的龙在那里吞云吐雾。

更有甚者，把这个闸改名为“卧龙闸”，大家认定这是因为李钩胡子李屠户的地龙，它就潜伏于此，恐怕是它主人的宝藏地宫离此不远吧。而盘得头盘老爹，区长不做了，整日守在这闸上，想要追随它而去。

尹志红过去听老洋人讲这些稀奇古怪之事，并不相信，可是她来到这个小镇，不知怎么对此便坚信不疑起来。她侧过头，对着盘老爹说：“那条龙真的可以飞回天庭吗?”盘老爹似充耳不闻，没听到一般。

尹志红转过头去，看着盘老爹那张似睡非睡的脸。唇上的纸烟随他的呼吸燃烧，留下一截烟灰不曾掉落下去。尽管尹志红听了许多关于他的故事，但她怎么会了解，盘得头盘老爹在这块土地上是神一般的存在。且不说他一摊尿拉出了一个新堰镇来，关于他的传说，乡人说这可是三天三夜也讲不完的。就拿他这“盘”姓来说，就有许多解释，更多的说法，也和龙联系在一起，只有蛟龙才会盘得起。不然，乡人无法解释，兴修水利之时惊动了正在修炼的龙体，盘得头把它礼送回天庭后，他为何区长也不做了，要整日靠在这个卧龙闸上呢？那是因为他要代替龙来为这块土地镇守。

等了一会儿，尹志红见他不回答，又想盘老爹也许会开口问那两个他已问过老洋人的问题，她觉得自己的回答应该比李来恩要高明一些，可这盘老爹依旧沉默。她只好学着盘老爹的样子，叼着那支烟，因为太不习惯，烟气直往脸上熏着，使她泪流满面。尽管这样，她也不愿意舍弃那烟，只是加大了吸的力度。待那烟吸尽，盘老爹依然不曾开腔，尹志红好像懂了点什么，她双手抵着闸柱站了起来。

她身心多少有点放松，对盘老爹说：“盘老爹，我走啦。”

待她转身，盘老爹终于说了一句话：“比干无心，来恩无根。”

第十九章　寻根问祖的神秘操纵者

103. 嫁往非洲的前妻，要房住的女儿，发狠的名教授

真儿告诉李如寄，教授病了。

自从李来恩没了后，梁教授像变了一个人似的。过去每餐吃饭风卷残云一般，十分钟内搞定。他从不挑肥拣瘦，有时一个菜顶着吃十天半月也不嫌腻，中午和晚上的正餐都是四个小盘菜，两荤两素，再喝一个汤，加上一碗米饭，一日三餐多是在教工食堂完成。他尽管运动量不大，思考和写作却极耗心力，即便如此，他仍不放弃上公共大课，每周一次。他上大课特别有感觉，如作狮子吼。这样一来，身体对营养要求比较高，吃得多才能保证营养。也正因为如此，他只是偶尔患点小小感冒，一般不大生病。他的生活极有规律的，尽管现在坚持去教工食堂吃饭，点菜也不见少，但他饭量大减，总吃不下，最后只好扔垃圾桶里了。

他知道，他对一切都提不起兴趣来了，李来恩的离世像抽了他的筋似的，把他的灵魂吸吮走了，他显得独孤无靠，还暗示梁一真回来住。

婚前，李如寄原是在外租房子住。梁一真的学校给青年教师配的集体宿舍，四人一间。有两位室友家是本市的，经常不在，另一人常在。毕竟是集体宿舍，恋爱中的他们俩用起来很不方便。梁一

真偶然得了一间房，有个段姓闺蜜已经拿到了美国签证，她住的是个单间，这种房子洗漱间和厕所都是公用的，位于走廊中间。段姓闺蜜办离校手续时，让梁一真把门锁换成一把双保险的锁。她们策划了两个对付学校房管部门的办法：一是放点现金在房子里，有人强行进入，便赖说家里被盗，死皮赖脸去闹；再就是李如寄、梁一真尽快去办理结婚证，找房管部门申请婚房。总之还好，有惊无险，他们终于抢占了一间房，安顿下来。

婚后，两个小青年原本打算陪梁教授同住，认为至少对父亲有个照应，他也不用星期日去校工食堂吃饭，家里多少有点烟火气。这个想法尚未说出口来，就被父亲严词拒绝，还说请他们不要惦记他的房子。“老爸就是这种人，一向如此，又可怜又可恨。”梁一真觉得他不会说话也不会办事，直来直去，还以为自己很深刻，一针见血，其实说出话来，像插刀子一样的伤人。

她对父亲谈不上有怨气，她是父亲一手带大的。如此死板的父亲，为了她，还学会了给小女生梳辫子。她小时调皮好动，玩得野，不是衣服扣子掉了，就是撕了个口子，教授总会把脏衣服洗干净，及时拿到学生宿舍区一位老婆婆那儿去缝补。后来，老爸自己学着缝补，他煞有介事地把真儿小衣物的破损处，用同样的布比对好，再一针一针地挑补着，但无论怎么缝补，都无法弄得妥帖，补缝处不是扯着，就是皱起。老爸只好退而求其次，只给补纽扣，因为小孩子玩耍时，纽扣处脱线或纽扣丢掉比较常见。有一次真儿见老爸拿着针线，像宿舍区的老太那样，把针往头上一抹，要润滑一下，这样补起来似乎灵便一些。对于日常的一些事情，老爸也会用做学问的眼光来看待。比如，他惊喜地发现自己找到了一个字，可以完整地表达补纽扣的意思，就是“敹”，这个字读 liáo，他们老家城南多是久居者，缝纽扣时讲这个字。想不到来到这座城市后，发现它竟是本地的一个重要的方言。老爸说，有些方言也是相通的，或许是古汉语的用法。“这用普通话讲出来，就没有那个味了。”真儿一直记得父亲找到了这个字并把读音与方言连接起来那种得意的表情。

她小时体弱多病，有时头疼脑热，父亲担心至极，一夜起来看她十余次，一刻也放心不下，她想到这些，心中还是满满的温情。有一次夜半她发烧，身体烫人，老爸把她抱着连跑带走，从宿舍区跑到马路上，当时马路上没有出租车，老爸急得泪流满面，不知如何是好。她见父亲如此，用小手为老爸拭泪，还安慰老爸。好不容易等来一辆出租车，到了儿童医院，连急诊室也找不到看病的医生，父亲在走廊里急得大叫，好不容易来了一个值班的医生，给她量了体温，体温却恢复了正常。老爸不相信，用嘴唇贴在女儿的额头上，果真退烧了。父女俩回来的路上，真儿对老爸说：“如果我再发烧，你抱着我在校园里跑就会好的。”这样一说，父亲十分赞同，连声说：“这是个好办法。”过了几日，老爸查了许多资料，把她叫到桌边，一本正经和她谈起怎样治疗小孩发烧，说是如果小孩发烧，可以先物理降温。真儿不懂“物理降温”，老爸解释了半天，真儿懂了。她如果再发烧，可以用一张湿毛巾放在额头上降温，如果烧依然不退呢？可以洗凉水澡降温。那段时间，她的体温时高时低，把老爸折磨得够呛。他们尝试用湿毛巾，未能止住发烧。女儿告诉老爸，那只能用凉水洗澡了。这是夏天，洗凉水澡倒没什么问题，只是女儿已经有羞怯感了。她先要求穿着短裤洗澡，又说要老爸不能看她。父亲说了一句：“我的真儿长大了。”脸上露出欣慰之色。那次她反复发烧，后来儿童医院确诊她得了腮腺炎。

真儿一向是护着父亲的，如果她和父亲有了隔膜，或有了争吵，这都是那个女人害的。梁一真把他们家的一切过错，全部推到梁教授的前妻身上，这个前妻主动休夫，不要他们父女俩，她第二次婚姻却因为家暴早早地结束了。她几次来这个城市与父女俩套近乎想复合，被梁教授把行李包扔出门外才死了心。让梁一真恶心的是，她因此与梁教授杠上了，认为他没有什么了不起，她要和第一任前夫比试比试。有段时间，不知怎么套瓷，找了位非洲裔的外教同居，那阵子她像有了第二春，打了鸡血似的激情满满，还给这个外教写情诗——写情诗也就罢了，还把情诗发给他们父女俩看。梁一真只看了一个开头，就像吃了苍蝇。这情诗分四段，每段开头："我要嫁到非洲去啊，非洲去!"按这女人的说法，这是象征写法，象征着她要进行国际主义实践，真是让人作呕呀！她自学非洲外教家乡的土话，说是为了更好地适应当地的环境，对女儿许诺说，到时她过去了，会带上真儿去非洲草原看大象、长颈鹿、狮子、老虎，还有非洲永远湛蓝湛蓝的蓝天和白云。女儿实在忍不住了，对这个女人大吼："要去你自己去，真是见了你的鬼。"这一吼，那女人从此就消停了。

在家里，父女俩有个话题禁区，就是这个女人，谁也不提。

这对小夫妻先有这一间房，好歹算有个家。学校拿到的国家拨款一年比一年多，对教师住房想了很多办法，惠及青年教师的，应该是筒子楼改造工程。这些筒子楼多是六七层建筑，多是青年教师宿舍，学校让建筑施工队从原房子一楼往上加层，外加的一截就是厕所和厨房了。有一段时间，全国大报做了大型报道，认定这是一个创举，解决青年教师住房问题的一个很好途径。可这种筒子楼，没有房型可言，更谈不上结构，又因为加宽，如人突然长胖了，显得很不协调。梁一真的住房也这么加了一截，不知是设计出了问题还是只能如此，新加处与原房的地面错位，形成了一个高低不平的区域。

大学里人才济济，对住房需求量太大了。真儿他们本来强占房子，住下来，尚能过，实行筒子楼改造工程后却有了严格的政策限制，因梁一真老师的资历尚浅，还轮不到她，这就把他们急红了眼。他们宿舍建筒子楼时，房管处的人讲得好好的，原住教师一律入住原房间。真儿很怕有变，便多留个心眼，有意把自己的家具和衣物留了一部分在房子里。现在她得知必须重新分配，一时傻了眼，又听说必须给房管所的人送点礼物。她咬咬牙，从他们积蓄里拿出来四百多元，购买了一个微型录音机送给房管所的领导，哪知人家死活不要，就是说，这筒子楼改造肯定没他们的份了。如果他们的原住房分给别的青年教师，那就是他们个人的冲突了。微型录音机没送成，想去商场退掉又不给退，砸在手上，这点钱就浪费了，气得梁老师哭了半夜。

李如寄大气也不敢出，把住房问题压到一个小女人身上，他已经万分内疚，说明自己太无能。梁老师哭着哭着，感到这样光哭下去，一点用也没有，便问李如寄怎么办。“找找老爸吧。”他不提还好，一提梁老师边哭边号叫：“你还不知道他是谁？他会为了我去求人？你做梦、你想得美！你这个没用的东西！”扯着嗓子把李如寄骂了一通，哭骂之后，梁一真突然发狠地说：“有了办法，兔子逼急了也要咬人的。”

第二天梁一真带着李如寄回来找梁教授，连哭带说把事情经过讲了一遍，打温情牌，说她长这么大，从未给人送礼，现在觍着脸给一个下三烂送礼还被拒绝，丢了三辈子的人。梁教授是软硬不吃的那种人，根本不为所动，冷冷地说：“你们都是大人了，有独立的行事能力，这种事自己去想办法。”说完就往外走，他不想蹚这趟浑水。哪知刚出客厅门，拉开大门就要出去的当儿，梁老师大叫一声：“教授，如果你不帮忙找领导，我就要占这个房，你一个人别想清静。”这下真是打蛇打到七寸上，只听梁一真对李如寄大叫一声：“在这里发愣干什么，还不快走!”说完，把李如寄一拽，怒气冲冲地走了，留下梁教授一人在屋里发呆。

这一招确实有效。梁教授想想如果他不去努力，今后他的房子先进来两个人，今后至少还要添一个小孩，小孩满屋子跑，他就别想安宁了。从来不求人的梁教授亲自出马找校领导，领导让他看政策，他把那几张写有政策的纸扒开说：“政策是你们制定的，我不管。我只管帮我女儿要房子，他们本来住得好好的，被你们搞什么筒子楼改造工程，把人赶走。这个不行，我只认这个理，这个政策!”领导听了唉声叹气，他们知道千万不要和教授讲道理讲政策，那是讲不通的。前不久，有位副教授评教授没了着落，就直接扛上了领导。这些做学问的人，一个个都是认死理的，都多少有一种偏激心态，遇到事了一条路走到黑，认死理走绝境。何况梁教授是名教授，行事风格更极端，将产生更大的影响。

最后这点蜗居总算在改造后让他们住上了，可入住不久，又被人举报以权谋私。校领导只得顶住压力，让他们终于有了这个小家。

房子问题解决后，父女俩的关系便恢复了。婚后的梁一真，有时看到父亲吃东西不注意，汤汁和食物残渣存留在胸口上，袖口蹭在校工食堂饭桌上，弄得油腻发亮，劝他脱了洗一洗，他硬是不听。女儿觉得长此下去，总不是个办法。梁教授认为这是他的事情，让女儿少管闲事。现在倒是教授想通了，说：“你们愿意的话还是回来住吧!”可人家梁老师十分硬气，已有自己的小窝，就不回来了。

李来恩故去后，梁一真和父亲见了两次，感到他除了上次的失态外，依然如平常一样，便放下心来。她有段时间没有去看他了，教授也没要求见女儿，她有次回家拿过去的笔记本，作为教案资料用。女儿原以为父亲不在家，一见教授病恹恹地半躺在床上，吓了一大跳，忙触摸一下他额头，温热，没发烧，才略感放心。毕竟女儿大了，成人了，知道心疼孑然一身的父亲了，父亲像这样生病，如果不是碰到，她根本无法知道。

她父亲从不会在意这种小毛病，会如此躺着不干活，这是个危险的信号，弄不好是潜在的大毛病爆发了。她力劝父亲到医院去检查，梁教授明白女儿的心思，摇摇手，说："我是累了，想休息会儿，千万别叫我去医院，去了要从头到脚趾头都检查一遍，没毛病也查出一大堆来，那太折腾人了。"

听他这么说，梁一真一时不知怎么办。她仔细看看父亲，脸色有点灰暗，有几分消瘦，头不疼，身体没发烧，只是精气神没了。

父亲反复赶她走，要她去忙自己的事。女儿只好说晚上再回来看他，晚上回来，见他好好的，已经坐在书桌前的靠椅上读书写作，梁一真这才放下心来。她似有个预感，父亲好像是做给她看的。她要再搞点突然袭击，再回来看看。过了两天，她想到这天父亲要去办公室集中学习的，她中途回来一次，发现父亲依然没有上班，见她开门锁，才慌忙从床上起来，假装到书房看书。梁一真知道床被不会骗她，摸一下有温热感。

她要逼着父亲去医院，父女俩就吵起来了，梁一真不知该怎么办了。

李如寄认为，梁教授是不是得了抑郁症之类的毛病。

梁一真打定主意，关于教授和老洋人的一些事，她需要把自己观察到的情况，原原本本地与李如寄谈清楚，这样可以对教授的病情对症下药。

104. 教授的成长之路，原本寂寞平凡

说起梁一真的父亲，还真有些经历，被他自己深藏于心底。

梁教授名为梁隐顺。隐，低调也，顺，乃是他父亲从《道德经》找的“大顺”两字而来。此“大顺”非李自成的大顺，是低调做人，换得一生一世衣食无忧之意。天遂人愿吧，梁教授家庭成分是小业主，有次梁教授的父亲失口说：“你这个名字，不像你哥姐们，是个得了大造化、有大学问的人起的。”

家谱上记载，其祖宗从陕西米脂一带发迹。如果真是这样，可能与李自成脱不了干系，其祖辈、父辈在民国的首都里做点小生意，曾逃难离开，后来重回到自己的城市。

梁隐顺自小在这个六朝古都长大。参加工作前，其父托人为这个小儿子找了份清闲的工作，在一所旧时档案馆当资料员，埋首于故纸堆中，每天就是收集整理资料。他一度无所适从，此后便迷心迷意地在这所档案馆里，整天查资料，渐渐产生了兴趣，还变得乐此不疲。随着他年龄增大，不与外面世界打交道，娶不成媳妇，这实在是让两位老人太操心了。父亲直接找到单位领导。后来梁教授知道，他们与馆领导有点转折之亲，显然为他有份安定的工作，花足了气力。父亲向这位亲属诉说了苦恼，领导很是通情达理，认为这个活儿并不适合年轻人干，正好有个教地理的中学老师，年纪大

了，希望到档案馆来聊度余生，把他们对调一下就好。此事父亲万分叮嘱，千万不可让梁隐顺知晓，领导表示这样操作更有利于安定团结。实在说，领导对梁隐顺心有不舍，不几年间他对档案馆资料的分类整理很是专业，业务能力很强，但他答应了人家，尽管不舍，也得放弃，心里头巴不得年轻人提出异议来。领导便找了合适的机会，与梁隐顺谈了话。本来以为这个年轻人会做一番挣扎，哪知梁隐顺问："领导们已经决定了吗?"领导回答："是的。"他却干脆地说："那我只能服从了。"多少让领导有些失望，一个如此热爱馆藏之人，说走就走，不知他是真正热爱，还是假热爱。

梁隐顺调到中学教地理，偶尔也代下语文课，他似乎没受什么影响便适应了。梁隐顺上有两个哥哥和一个姐姐，他是最小的一个，老小老小，淘气淘宝么。他却不属于这种类型，特别能忍受，小时做错了事挨个打，小孩子家家的，夸张地号啕几声，装着怕的样子，爹妈很快就饶了过去。他从不肯这样，让爹妈越打越气，有时气得说："你就不像我们生养的。"他为人处世，确实有让亲人产生疏离之感。有个亲戚从中看出了端倪，说这个小子真是个秋葫芦，怕是营养不足，长成了另类样——因为他的哥哥姐姐都高高大大的样子，父母只好唉声叹气，不作多言。

除了忍性外，梁隐顺对于工作的执着认真，可说是一丝不苟。他为了教好地理，亲自制作模型，标好颜色，让孩子们能记忆清晰。不管在档案馆还是在学校，他没有职称也没有文凭，却也从不讲究这些。在外人看来，有随遇而安的能力，应该足够得个安稳的工作。他跳出档案馆后，突然发现，做地理老师有大量的时间，他在档案馆了解和掌握的那些隐秘的历史，一下变得生动和鲜活起来了。当然也是为了打发漫长的时日，他把业余喜好都投向了中国近现代史的研究。

他所在城市，有丰富的历史资料，民国馆藏丰厚。因为在档案馆工作的经历，了解全市各个馆的馆藏资料，他便利用放假和休息时间，一头扎进这些故纸堆中。这完全是凭兴趣开始，哪知越研究越深入，每年还发表不少文章和论文。他自然也会关注这个领域的学术研究，如果有不同意见，便会去信与作者讨论。当时在重点刊物发表文章的，不是学者，就是学富五车之士，如果被人指出不足，多是因资料欠缺的缘故，因此对他的来信，很是高看一眼。这些权威先生后来得知，指出他们不足者，只是一位默默无闻的中学老师。梁隐顺就这样结识了当时近现代史研究最有影响的张教授，很快得到这位教授的赏识——张教授是在长江中游一座城市的大学里任教，尽管两个城市都处在长江之滨，那时交通十分不便。即使有大航船可通，从梁隐顺这个城市过来，要逆水走上四十二个小时；如果要乘火车，也没有直达的，要转两次车。那时多是大巴车，北方路段经河南处，基本是土路，摇摇晃晃要走上十几个小时。从南方路段经过安徽地界，路同样难行。因为学问相通，距离不是问题，路难行也不是问题。

梁隐顺当上中学教师时，已经进入大龄青年之列。用现在的话说，即是剩男剩女吧。经人撮合，他与一位同龄女谈了对象。但一见面，对方就以一种压倒性的气势把他盘问了一番。梁隐顺与女人打交道甚少，更谈不上什么经验，一下被她颐指气使压倒了，便臣服了。临走时，她还把他的衣着数落了一番，介绍人见了，喜上眉梢，认为这下有戏。梁隐顺确实就是她的一盘下饭菜，他们眼对眼、气顺气，不用几个回合，加上年纪都不小了，很快就走入婚姻殿堂。

婚后第一年，便生下女儿梁一真。妻子是街道的小公务员，整天处理一些余家长李家短的事情，不知是什么环境让她产生了高人一等的优越感。本来这两人也算门当户对、十分般配的一对夫妻，可过了三年不到，家庭味道全变，她每天一见到梁隐顺就横挑鼻子竖挑眼，把他说得一钱不值。梁隐顺倒也能忍，做到了打不还手、骂不还口。妻子闹到最后，更不成名堂，亲口告诉丈夫她劈腿于人，他不离也没用了。在此之前，他们从未涉及离婚这个问题，做妻子的如此坦白，大大伤了他的自尊心，他狠狠地打了妻子一个耳光，婚姻便终结了。离婚后，女儿和爷爷奶奶住了一阵，他在学校教书的味道完全变了，甚而成了一种煎熬。

他们除女儿外没多少家当。学校原本给他们分了套五十多平方米的两室加上一小厅的房子，在他看来，既然女儿跟了他，房子家具就用不着要了，净身出门。这时回到家来，哥姐他们的住房本来就小，父母的一点住处已经容不下多的人，他只好把女儿安顿在父母处，自己在外租个单间过渡。那段时间，梁隐顺过得非常凄凉，他性情古怪，他人实在不好与之交流，别人讲一大堆，他也只回答一个“是”或是“不是”，搞得别人和他讲话没脾气。亲人对他摇头叹气，这种性格，女人怎么能跟他处得长呢?

好在天无绝人之路。

105. 声名显赫，只是路人皆曰可杀

后来看这段日子，甚至可以说，这是他梁某人跌落谷底后的一次人生大反弹。梁隐顺攀上了重量级人物张教授，他的教授职称含

金量特别高，是二级教授。尽管他只是历史系主任，但影响是全国性乃至世界性的，可以随时找校长汇报工作。张教授当然不会知晓他看重的年轻学子正面临窘迫之境，他只是看重这个人才，便从山顶拿出了类似猪八戒九尺钉耙那样的耙子，抓着梁隐顺的后背，就这么一扒拉，轻易把他提了上来。对于梁隐顺来说，他进入了更高的人生境界。那个时代，这类默默埋头专注做一件事者，获得丰厚回报的人远不止梁隐顺——尽管文化遭受过重创，但总有一些不屈不挠者用各种方式维系着一个民族的文脉，使之能薪火相传。在张教授倾力促成下，他攻读了硕士学位。他人生中最值得炫耀之事，便是没有读本科的经历，直接读了硕士研究生，毕业后便留校任教和兼读博士，这一切都要归功于他的业余爱好。

他逃也似的来到这座陌生城市，惊魂未定。这座城市是个水都，气候却与他成长的地方相差无几——这座城市过去是国际通商口岸，处在长江中游，谓之九省通衢，过人的中枢血脉，使它四通八达，在我国城市中除了大上海外，就属它以“大”字开头的头衔最多。这座城市之人多以码头为产业链来维系生存之需，便有一种火暴脾气的码头味儿。他也很快喜欢上了这座城市，他年轻时很羡慕这座城市的人，穿着一双泡沫拖鞋，上身随便套一件黄渍斑斑的汗衫，下身穿一个大裤衩，随意而散漫地行走，手里拿一把大蒲扇，呼呼地扇着：“个抱马，真是热死个人。”直到现在，他也没弄清这口头禅是何意思，是不是如他的故乡之城，开口便说：“呃，要辣油啊。”羡慕归羡慕，他无法学得来。

为了适应这座城市，他曾努力过。在真儿幼年时，他们还买了一只小巧的凉床，晚间时，煮好稀饭，做一点咸菜，到一楼树荫下纳凉、吃晚饭，真儿在凉床阵中撒着脚丫一顿乱跑，欢快极了——只是那凉床搬上搬下不方便，放在楼道中，被人顺手牵羊拿走了，他们父女俩才终止了与这座城市同步的节奏。

他的命运转机，让全家人惊喜若狂，那一阵子皆以他为荣。真儿失去妈妈之后，受了不少委屈，她尚未随父来到另一座城市时，也能得到亲友们的悉心照顾。稍微安定一点，他便让女儿来到这座城市，往事却也并不如烟。

梁隐顺在大学里熬了几年，女儿过来随父，他又是名教授的得意门生，在张教授的干预之下，学校给他分了八十多平方米的老房子——外墙是红砖，民国时代建造的，做得很精致，因有些年头了，故而显示出厚重的历史感来，他喜爱这类房子。搞历史的人，总会喜欢旧一点的物事吧，这是他自己的解释。房子没有电梯，走廊路灯昏暗，每家都堆些杂物在外，显得很是拥挤。他们住在四楼，进得房子来，有窗大开，就变得明亮。这是个小三间，一间最大的房子做书房，这是梁隐顺最希望的，一个小房间是女儿的卧室，另一间半大不大的就是他的卧室了。

他的前妻第二次婚姻十分短暂，对方在她离婚后与她结婚，婚后发现这个女人有碎嘴的毛病，半年之后抡起巴掌打了她。那男人这一打开了头，便收不住手了，性烈的女人，哪里受得住，便把家暴搬到电视台上。她居然在摄像机面前一五一十把身上的疤痕生动细致地展示给大众看。她还当着前夫和女儿，把它作为炫耀的资料。梁教授是何心态，真儿自然是不知道的，因为他像个闷葫芦，似没听见一般。问题是作为女儿的真儿，渐渐懂事，小大人似的，一种难言的不适占住心胸多日，想来就难堪。她庆幸自己早早地来到了另一个城市，否则她的同学和朋友看了，不知作何观感。真儿认为，这人生都有不足和软肋的，而她呢，就是有这样一个妈。真儿不敢想象，如果跟着她长大，自己不知会变成什么样子呢！

前妻以看女儿为名，来到他的大学。见到如此宽敞的房子，如此好的大学环境，便不肯走了，对着单身的梁老师千娇百媚地展开攻势，想要复婚。她来，梁隐顺不吝惜钱，给她买东西，请她上馆子，当然也会让她带女儿去游玩，但有一条，坚决不让她在这个家过夜。有一次前妻赖着不肯去为她安排的小招待所，梁隐顺当即把她的提包扔到大门外，大喊一声："滚!"前妻终于通过触碰底线而探知，复合是不可能的，从而死了心。以后她偶尔与女儿联系下，真儿发现她似乎不再与爸爸来往。后来真儿想，这个女人未必是有自尊心，而是一种复杂的好胜之心，更贴切地说，打落的牙齿和血吞。

中国近现代史研究在改革开放后成为显学，正所谓厚积薄发，早年的梁教授因为积累丰厚，每年都有新著问世。他在这一领域优势明显，涉足较早，利用的档案资料多，又甘愿坐冷板凳，故能声名鹊起。

梁教授是个敦厚温和之人，从不动怒，与大众格格不入，鲜少加入同事和朋友的聚会，有的找他背书站台，他不给人面子，当然会遭明讽暗讥。最初有些学术会议，他尚碍于情面去参加几次，后来渐渐发现这些学术会议都是一种商业化运作，特别是一些学者自卖自夸令人作呕，有些主办方吹得天花乱坠他也不肯出面，从此选择不再参加。有两次，有人打着他的旗号，搞出一个什么"梁隐顺教授学术研讨会"，他亦不肯出面。这在某些人看来，就是给脸不要脸。还有，你梁某人不是清高，出淤泥而不染吗？这些人要试试他身上有多干净。不知什么时候起，他身上贴满了标签。对他的攻击基本上是一波接一波，甚至有时一个新的学人要出山，也来找他垫背，现在他已经是全网上"国人皆曰可杀"的头一名，似乎近现代史中一切谬论皆以他为源头。

总之，围绕他的一切围攻谩骂，大都变了味道。因而梁教授这个人，在浑然无知中，成了风云人物，谁都可以拿他来说事。但他还真不愧为梁隐顺，这个极有定力之人，即使在台风眼的中心仍安静地生活，安静地教学，安静地著书立说，他还坚持给学生上大课。他上课很有特点，学生形容说他“作狮子吼”。他一走进教室，站上讲台，便大吼一声：“上课!”教室即刻安静。他开始滔滔不绝讲起来，一堂课讲二十分钟，多一分也不肯讲。停讲时，便大吼一声“下课”，有些初听课者，以为真的下了课，往往会走出教室，这就会闹笑话。他教学生其实有一套，在开课之初，会列选答题让学生回答，很快掌握学生的知识积累情况，并为他们制定方向。学生经过一段时间努力，极容易出成果，所以，在学校搞什么末位淘汰教学制度的当下，他把自己的饭碗端得牢牢的。

他上课很有特点，学生会向他提问，他认真听完，如果是一些网上的观点，不值得他批驳的，他便挥挥手，说：“不谈这个。”如果是学术方面的问题，他回答说，请找拙作某某章第多少页看，这里有明确的回答。这也算是一种变相推销自己著作的方法。

按理说，声名显赫的他，观点一定会有许多争议处，让同事不太明白的是，他鲜少遭投诉和举报，后来同学和老师明白了一点，他的课之所以入座率高，是因为他绝不炒剩饭，他总是会旁征博引大量的资料和例证，每堂课信息量大，学生获取的知识多。

106. 名教授与名教授的爱情斗法与较量

梁隐顺在情感方面，应该是失败的，至今依然孤身一人，没再续娶。当然可以认为第一段婚姻对他伤害太大，还可以说，他一心一意投入学术研究，根本就没有半点时间去考虑个人问题。以他现在的条件，拥有的名气，以及这些年的版税收入，他不难找一位可心的人儿。婚姻成了他的禁忌，具体说不清楚，似乎他最为亲近的朋友也不能在他面前提及此事。早些年父母尚在之时，对他这方面是极操心的，毕竟分隔在两个城市，讲多了，被他顶了回去。幸好他有个真儿在，父女俩一起生活相得益彰，周围的人便渐渐不提这话了。

尽管梁教授的样貌看上去有些大于实际年龄，但在熟悉他的人看来，他似乎不曾老过。他因缺少女人照顾，本人还有些不修边幅，粗看有些邋遢，但此人往讲台上一站，那精气神十足，足够吸引异性。其实这些年来，不乏女学生追求者，但他丝毫不为所动。倒是结识了一位女教授，其学术观点标新立异，属于心无旁骛、坦坦荡荡、敢说话的那种类型，很得他的认可。他俩有些英雄相惜，梁教授是从她的著作接触起，有阵在讲课时常会拿出来引用，微露欣赏之意。女教授至今本也孤身一人，有些好事的学生，便传话说某教授讲课好引用她的一些观点，女教授读过他的好几本书，虽不得说互为知己，但她以为他们性情是相契的。先通过学生，女教授以学术讨论之名，与梁某切磋，后又多次主动拜访过他，一时谈得还算投缘。女教授对他感觉不错，动了心，自然暗暗用了一番心思。她是怎样认识真儿的，我们不得而知，或者说是真儿主动找她亦未可知，她和真儿之间互生好感，甚至真儿一度认为，有这样一位后妈，也不枉一世为人。

后来，梁一真与尹志红谈起过她父亲的情感生活，谈到这位女教授。她列举的几大特点，一是学者的气质和风度，这是她妈无法与之比较的；二是长相不俗，颇有几分风韵，学问和相貌相结合，具有内涵之美，这是一种难得的美，知性女性特有的美感；三是这两人至少是志同道合的，就是说，除了生活方面外，多了学术方面的交流，在一起比一般夫妻共同话题更多，也多了几分情调；四是性格互补，女教授比较活跃，她在的场合，往往会欢声笑语、热热闹闹的，正好可以化解梁教授的闷。尹志红听了，笑道："如此后妈，你应该拼全力帮忙拖进家门才是。"

梁一真有些沮丧地说："我用过气力，也许还用力过猛了。"

尹志红有几分好奇地问："你爸难道不动一点心？"

真儿说："我分析过，他自然是动了心的。"

这两个人初次接触还是和颜悦色的。因为女教授过来，总是打着请教和讨论学术问题的名义，总之，他们对话必须从学术讨论开始。这开头，在真儿看来，是个巧妙的借口，花三分之一的时间讨论就够了，其他时间谈点风花雪月，来点花前月下才好，这至少是谈恋爱必经的过程吧。

"你说，这谈恋爱，是男人主导还是女性主导的？"真儿问。

尹志红想也不用想："当然是女人主导，除非情场老手，大多数男人在这方面都有点傻的，你爸应该是更傻的那种。"

真儿笑了："我当然与你的想法是一样的。"

可是这两人，不谈学术问题还好，一谈起来，便会争得面红耳赤，到了分秒必争、寸土不让的地步。"我曾与我这位准后妈讨论过，我说：'你们至于吗？'她说：'这是必须争的，关乎今后生活质量。'我这个准后妈，八字还没得一撇，便想得太多太远了，有时她的一些言辞甚至搞得教授暴跳如雷。"

因为互不相让，自然他们总是不欢而散。有一次，梁一真用尽了办法，让他们到湖边绕圈，换个环境，有树影，有微风，有鸟鸣，还有花香，湖波拍岸，还可以驻足眺望磨山，湖山风情尽收眼底。梁一真不远不近地跟在后边，见他们已经融入湖光美景，暗自有几分得意，哪知他俩又开始了争吵。因为湖边嘈杂之声甚重，他们吵起来更是无所顾忌了，搞得教授十分不快，抛下这位女教授，转身回学校去了，气得女教授跺脚，直掉眼泪。

真儿那次问女教授：“难道除了学术问题外，你们没有别的可谈？”

哪知女教授听了，一脸正气：“探讨学术问题，是我们关系的基础，难道你不知道，我对你父亲的好感，就是从学术方面来的吗？如果这方面我们不能统一认识，今后就没有基础可言。”

梁一真说：“这完全是两个频道的对话，根本无法转换和对接。”她认真地问尹志红，“如果透过表象来看本质，你说，这位准后妈在谈恋爱时，为什么死咬学术观点不放松呢？”她把“在谈恋爱时”咬得很重。

尹志红分析道，这位女教授至今没有步入过婚姻，却又是个面相姣好之人，年轻时不乏追求者，可见她的意志力有多强大。她选择的标准是什么？是怎样对待这些追求者的？一下子难以讲清，但可以肯定的一点是，她一定会用自己的强大意志，从追求者这里索取她需要的东西。尹解释说，她找不到对应的词来描述，她说的索取是一种精神方面的，女教授像游戏练级那样，打通了无数的关口，把自己送进了教授级别这个门槛。以这位女教授的心性，她是视钱财如粪土的，她对梁教授的做法，是想以自己的意志力来打败他，再决定把他收入彀中，她一路走来，打败了无数追求者，同样把自己也弄成了一个孤独的斗士。

“可是，我感到她确实对教授动了真心的。”真儿说。

尹志红若有所思地道：“动真心是一回事，行动又是另一回事。”她突然大笑起来，就是用她自己那种特有的笑，每当真儿听到，就会开心，这笑极有感染力。

“其实，我当时也是这样的，尽管我没文化，我对老洋人的做法，与这大差不差。初见这个土里土气的老洋人，我很快就把他与我看中的一块地联系起来。尽管我想得不太清楚，但我知道他对我有用，大用小用一时想不明白。为了生存，我的一切行为和精神生活都出自实用主义的原则，包括我们第一次上床。我只是说，我们不要太潦草，便去了个星级宾馆。”尹志红叹了口气：“我当时生存状况太过艰难，根本没有一丝一毫谈恋爱的心思，要把周身一切看得见摸得着的东西为我所用。”

这是尹志红第一次敞开心扉谈她的情感生活，真儿最喜欢谈情爱之事，这是年轻女性共有的特点。尹志红这样说，让真儿有点诧异，她以前问过老洋人关于他与尹女的情感，却不知怎么没有去问尹女。倒是两位教授的情事，引出了她的话头来。

尹志红一旦敞开心扉，也就无所顾忌了：“后来，他的这张脸，被这座城市复制太多，已经没有一点用处，他便黏上那只大公猫，整日无所事事的样子，我就看轻了他，烦了他。但是我根本不知道的是，其实，这时爱情已经在我心中悄悄地发芽和生根了，我们经历了一次残酷的检验，就是我轻率地赶走了他。”

说了这些话，她反问真儿：“我们可以类比吗?”

真儿很是犯迷糊，老实答：“一下讲不清楚。”

“当时我料定来恩已经离不开我，不出三日，就会像狗一样地爬回来求我的，可如果他真回来了，也许我这辈子，就难以体会到爱情的滋味了。人人都想拥有爱情，爱这种东西，用了很多词来说明，比较贴切点说是‘发乎情，止乎礼’，就是说，是干净的，不掺杂旁的东西。”

真儿随着尹志红的思绪想到自己与李如寄的情爱生活，他们更像下一代人的生活，相见，有好感，就相爱，不复杂，应是纯粹的那种，是青少年们都要经历的阶段性的生活方式。

“那时老洋人离开了，我的爱情才开始在心灵中生长。”

真儿似有所悟，说：“你是说教授的情感生活如果能够开始，一定要有个特别的方式把它冲开。”

尹志红说：“你这样想，也是对的，因为他俩已经打了死结。”

“你想过与老爸的情感是以什么为基础吗？”

“用‘基础’这个词，太过沉重，也不确切，两个极不安稳的灵魂，碰在一起，就会产生一种依赖，由依赖再产生恋情。”尹志红说她自己无法再深入地想下去，比如有人说，恋人之间会产生一种两人特有的气味，她说的这种不安定感，就是他们之间的气味吧。

“深刻！”真儿不免感叹道。她马上想到自己与李如寄之间的气味又是什么：“难不成是我们骨子里那种难以言喻的安稳感吗？这种感觉，自己甚至比尹志红和老爸还要强烈一些。”这是她掩藏在心灵深处的秘密，是不想给任何人拿出来分享的。

不出尹志红所料，梁父与那位女教授的恋情无疾而终。

后来，真儿告知父亲，女教授骂他就是个“半吊子”，不知是指他的学术，还是指他的行为方式。梁教授是不是有点沮丧，他的女儿一时难以看出来。毕竟这是梁父自从离婚以后，经历的第一段感情生活，也许将成为他生命中的绝唱了。他亦如对学术纷争的定力一般，对一些爱情之类，也是八风吹不动的架势，此生似任何女性也难令他心动了。

107. 入礼仪培训，参与“威廉计划”

关于老洋人与教授的关系怎么定位，两个年轻人进行了严肃而深入的探讨。李如寄笑笑，打趣道：“你总不会怀疑，他们间有啥意思吧？”

梁一真说：“老爸没了，把教授的魂魄带走了。”她又反问一句：“你不觉得奇怪吗？”

有些事，真儿原本没有打算告诉李如寄的，他的这个呆子幼年贫寒，自尊心特别强，人又很敏感，但现在老洋人走了，梁教授这样子，她想和李如寄找找原因。梁教授笔耕很勤，著作颇丰，他和女儿没有太多的花销，女儿和李如寄结婚时，他给他们俩送了一辆十多万元的车，这在当时青年人中，已经是上点档次的了。父亲手里的钱，他看得很紧，做女儿的从来不知情。梁一真自己认为这是父亲挣的钱，她不应该过问，她要花钱，自己挣才是。

父亲一直在资助老洋人，这些事是瞒不了真儿的。具体时间她不知道，梁一真以为是从李如寄读大学起，老洋人以陪读的名义来到这座城市，认识了梁教授，教授便想着法子资助他。

那个时候，她和李如寄尚不认识，更谈不上建立任何关系。为了照顾老洋人的自尊心，教授还巧立名目，说是学校有个“中华裔融合寻根问祖基金会”给他出的资，这话除了老洋人坚信以外——

因为这是从知名教授口中讲出的，那还有假？——谁也不会相信。再说，就算有这个基金会，也不会支持到与学校八竿子打不到边的李来恩身上，他的身份是什么？他以什么形式来工作？梁一真为此在学校网上搜寻过，如她所料，连个影子都没有。

教授甚至找这个城市定制西服的老裁缝，为老洋人做过春冬两季西装各一套，价格不菲，也是打着这个名号送的。主要是学校有什么讲座或者公共场所，穿得要正规讲究一些，这样好让老洋人收得心安理得，而教授自己从来不舍得穿这么好的衣服料子。教授认为，他已经大大有名了，就无须去讲究什么，反正人家都认他的，或者说，他对穿着打扮从没有兴趣。

最初更让梁一真不解的是，教授给李来恩列了基础的学习计划，在学校怎么听讲座，有哪些教授的课可以旁听，他会亲自打招呼。最麻烦是英语这一关，一所大学不可能有从 ABC 教起的补习班，教授要求他必须学好英语，这是万万少不得的。单看老洋人这张脸，再得知他此时才从 ABC 学起英语来，让人有点大跌眼镜。老洋人先去老年大学报名学了几天，路途遥远不说，学习的效果也不理想。市里幼儿英语班倒是极多，容易找，于是和幼儿班的小朋友们一起学习，老洋人一点也不难为情，但是教的老师不好意思，不知这个假洋人打的什么主意。这样折腾了前后半年，进展不大。教授急了，亲自帮他在网上选普及教材，让他一遍遍地跟着网络学。教授对他的学习成果，每周检查一次，这更让梁一真大大吃惊——就是她本人小时的学习，教授也从未这样仔细认真过。

住所的问题，教授对老洋人比对梁一真还上心，为他可是操碎了心。为了让老洋人有更好的学习环境，教授第一次动用手中的权力，给李来恩在图书馆谋了个职位，收发和登记图书。还指定一位管理员，教给他使用电脑的基本常识。图书馆地下一层原本有个放杂物处，后改成休息室，特批给李来恩住着。“这样性情古怪之人，突然这么关心和爱护一个人，是不是极不正常呢?”梁一真和李如寄讨论过这个问题。

另一件让梁一真觉得有趣之事，是教授让老洋人报礼仪之类的培训班。这是要他仪表堂堂，培养一种自信心，更要有一种高雅的气质。老洋人对教授的建议言听计从，报了一个三个月的短训班，哪知这个“皇冠明珠”礼仪培训中心的别主任，提出与他通力合作，不仅可以免费培训他，还免费供应他午餐，一套礼仪课程学完之后，让他在这里担任礼仪老师，会给他支付一笔经理级别的薪水。

学了不到一周，别主任请他到办公室喝茶，这次谈得更深入。“皇冠明珠”需要形象代言人，可以在他学习期间，给他半个职位的薪水，先做他们的形象代言人。别主任说，为了与他们礼仪中心相配，已开了董事长办公会议，形成决议，希望他扮演德国皇室或英国王室王子一类的角色，以提升“皇冠明珠”的品牌形象。办公会议认为英国王室太有影响力，现阶段暂时不需要这样的影响力来为中心背书，先让他委屈一下，暂时出任德国皇室成员。

别主任谈话第二天，中心组织了专门小组，命名为“威廉计划”，主要是对他进行包装。小组由五人组成，负责查资料，收集皇室照片、描述皇帝的影视作品，主要找的是皇室的纪录片。不得不敬佩这些年轻人的想象力，别主任再次下了动员令：“礼仪经济，是近年来经济领域的桥头堡、领头羊，要高歌猛进，成为全国服务领域的标杆，今年我们要做到一个亿，明年两个亿，每年翻番。”

老洋人是农民出身，他从小只认一条死理，就是地里长庄稼，要耕种要收割，才有饭吃。过去做了些什么麻片生意、建材生意，尽管有投机倒把之嫌，仍是以实物换钱。即使在尤老总那里搞迎宾，把客人引到房间入住，也有现实收入。与尹志红搞餐馆更是实打实的经济行为。然而现在这个礼仪行业，随口一开就创造亿万收益，他实在犯迷糊，想破脑袋也弄不灵清这种经济的模式。

他一时不会想那么多，孤身一人，光棍汉，难不成光脚的还怕穿鞋子的。中心给他一包装，他摇身一变，成了德国最后一任皇帝弗里德里希·威廉·维克托·阿尔贝特·冯·普鲁士的孙子，即威廉小王子，民国时期来中国寻求支持，帮他恢复身份——因为两国政府关系错综复杂，对他的要求民国政府不置可否，以致他流落民间。这番说辞他听懂了，专门小组要他在一段时间内，必须恶补德国历史，特别是德国几位皇帝的生平要死记硬背下来，以便和人侃侃而谈时，能信手拈来。

培训中心对他进行了全方位包装，可他们恰恰忘了一件非常重要的事情，就是这个德国皇室成员，至少会讲一口地道的德语才是。专门小组的一位成员意识到了这件事，突然“啊”地叫起来，说“德国人怎么会讲英语”。别主任正好在，他说：“德国人不是也讲英语吗？外国人不是都讲英语吗？”别主任如此一说，压下了所有反对的声音。

专门小组给他制定了一系列行为规范和准则，他的行为举止要一板一眼，言谈则应慢条斯理，总之，要呈现出极高贵极优雅的皇家气派。可培训中心谁也没有和皇族打过交道，他们只好看一些描写皇族和贵族的电影，边学边探讨。老洋人被这一套迷住了，他很投入，极其入戏，穿着教授给他定做的西服，甚至在教授面前摆起谱来。不久，“皇冠明珠”中心拿出一个八页纸加十页纸附件的合同来，要与他签约。

幸好老洋人留了一手，他打算给教授看看这些合同。并不是他有多么聪明，而是他往日做生意时，吃了不少亏。先说这个麻片，人家说仓库有存货，要他多少付点押金，他找到过去屠宰厂的弟子冯杆子，一煽动，两人一同做起了发财梦，冯杆子还串通一些亲友，让他们资助了万余元，交给他做押金。哪知钱交了没几日，对方就没有影子了。他交了押金，以为这货万无一失，与下家签好合同，如果逾期交不出货，就要支付赔偿金，现在上家没了，他还差点把自己家人拖进去了。那几年他像个骗子，拆东墙补西墙，到处躲债，狼狈不堪，挤在一个老姘头处过活，真是惨得可以。幸好尤老总认为他可以靠脸吃饭，给了他一个安身之所。

老洋人把合同拿给教授看。梁一真先是听到这两人嘀嘀咕咕，后来教授的声音越来越大，梁一真认为父亲发了天大的脾气，他质问："你的肖像对方有永久使用权，是什么意思你懂吗?"

老洋人老实答道："不晓得的。"

教授又加大声音量："你把自己的权利无偿卖给对方了。"

老洋人吃惊不小，他从小到大，从来不知自己有多少权利。

教授气愤地对着那些被称为合同的纸张，用食指戳一戳说："你知道吗？你的手指头印卖了，连这脚趾头印也被对方收了去。这脚趾头印有什么用吗？对方就是先买下来再说，你真是奇货可居呀。"教授似无奈地说："我之所以支持你，是因为知道你有使命感的，现在社会上骗子如此之多，给你一点诱饵，你就上钩了。"

在教授的全力干预下，老洋人与礼仪中心的"合作"算是无果而终。

108. 近在咫尺，她却满世界寻找爱情

教授并不知道，之于老洋人，还有一个人，起了至关重要的作用。

尹志红一直难以忘记老洋人，她没有线索去查找，陷入深深的思念之中不能自拔。她把餐馆卖掉了，正好有一段无所事事的好时光，她想，如果老洋人在，他们俩一起去环游世界，去欧洲、非洲和美国看看，开阔眼界，也补偿这些年来因为没日没夜打拼而造成的对自己人生的亏欠。可是，他却如空气一样地消失了，除了在她心里外，没有任何地方显现一点老洋人的痕迹，连她的父母，从不曾提及他一个字来。因为失去了他，尹志红慵懒之极，什么也不想干，对什么也提不起兴趣，她整日宅在家里，像抽掉了筋截断了魂魄的人。如果她想要外出，就是去追忆，会去餐馆的原址看看，那里已经面目全非，看了一次，再也不想去了。再想去的地方，就是那个促成她发迹的大学后门口，在那里她得到老洋人送来的人生中第一朵情爱之花，想到这里，她不免滴下泪水。这个大学后门，老洋人离开后，她把此处判定为伤心之地，总之，老洋人走后，她性情大变，敏感、多疑，还患了偏头痛，怕风，见光眼睛就流泪。

然而有一天，她突然决定到大学后门去走一走，这里是她发迹的福地，不能因为过于思念老洋人，而对福地进行无端的损毁。她

来到这里，老洋人的影子在眼前晃来晃去，赶也赶不走。

她心里“格登”一响，冒出一个念头，认为老洋人就在学校里。可是在哪儿？她走进学校，在校园中漫无边际地转了一圈。直觉告诉她，他会在图书馆里，因为他在这里认识了一位教授。她要进去碰碰运气，便踏步进了图书馆，在三楼的一间阅览室见到了这个熟悉到有点陌生的身影。这时，老洋人心有感应似的抬起头来，看到了尹志红在大门口盯着他。尹志红发现这个男人大半年不见，很有几分书卷气了。他见了她，便不由自主地走了出来。尹志红随即下了楼，他们来到图书馆的台阶下。尹志红不管不顾地扑了过来，扑到他的怀里，为了抑制哭声，狠狠地咬住老洋人的肩膀，又怕他跑掉似的半天不肯松口。

尹志红怎么也无法明白，这个现在被她拥在怀中的男人，说穿了就是云梦泽的一个土老帽般的土鳖，他智商高吗？看不出来。起初，尹志红为了让他融入家庭，留了点心眼，怕他被父母所欺，把餐馆的财政大权交由他来管理，他是总经理，没有财权，怎么支配员工呢？这时尹母自愿去做班头，她说闲不住，与餐馆的服务员，这些年轻人在一起热闹，时间容易过去。尹母其实有备而来，每次服务员拿一个结算清单过来，不管她在哪里，马上用一脸监视的神情，看着结算和收银的人员。打烊之前，她便站在一旁，辅助结算，怕服务员算错了，或是怕服务员心中有个小九九打夹账。尹母甚至有几次有意给老洋人出难题，说这几笔加起来，她犯了迷糊，要老洋人算一算，而这老洋人的智商一试就清楚了。他结结巴巴地说，从前他杀猪时倒是学会了一手抓的本领，对这一连串蛤蟆秧子的阿拉伯数字，就是弄不灵清。尹母通过几次运作，三下五除二，便接管了财政大权。老洋人还一副落得个清闲的样子，让尹志红万分不爽，表面只能装着没事人似的。

再说他的情商。这也是让尹父感到老洋人一无是处的方面。起先让他接待一些有头有脸的人物，他一出现，便引起这些人的好奇，甚至大有结交的意愿。那个时候，一副洋面孔，真是一个硬通货，他也显示出几分志得意满来，说话故意夹杂几个外文单词，显示他的土洋结合的能力。尹父本是帮他打下手，每个重要客户，皆由尹父端茶送水，完事了悄悄退出。不知什么时候主次便颠倒了，尹父坐在上首，端茶送水的成了老洋人。过上一阵，尹父干脆说："这儿不差你了，你有事先去忙吧。"

他的两大权力便这样丢失了。有一阵尹志红甚至认为不能对他有半点指望。一个情商智商皆不怎么样的人，至少哄老婆有一手才好吧，好像这方面，他更缺根筋。初次认识时，他送了一张卡片，确实让她大大感动了一阵子。尹志红同样认为，人生要有情调，必须由仪式感来表达。当然，老洋人最初试图做过。有一次她的生日，他特别着正装，送了一捧红玫瑰。当时尹志红不知为何事心烦意乱的，把手一挥，厉声说："去去去，你给我走远点。"当时餐馆还有客人和服务员在，这便把老洋人"呛"住了，被晾到一边的样子十分可怜，他当时恨不能有个地缝钻进去。这以后，尹志红便与玫瑰无缘了。尹志红心情好时，也曾向他讨要过花花朵朵，老洋人就是不从，固执得很。

他出走这一阵子，尹志红有时彻夜无眠地想着，他是怎么深入到她的骨髓之中——就是那种温暖的目光，一潭秋水注满深情地望着她，既有女性的温柔又有男性的执拗。有时，她会调侃地对他说："你宵到一边去。"被老洋人解读为"滚一边去"。他像只可怜的小狗被人踢了一脚，汪汪地几声，便退下去无助沮丧地站着，一脸无辜的样子。这样子，让她心尖战栗。其实李来恩不知道，尹志红有时只是需要他的关注，就要他在一旁静静地坐着，看着她，眼里像有一潭秋水似的望着。只要有他在旁，她的举手投足充满了精气神和魅力，就连她的声调也变得有一种磁性。

他被她赶走了，尹志红的魂魄同时也被牵走了，用成语怎么说来着，就是魂牵梦绕。过去尹志红认为，她长得有几分人样子，做事有章法，还挣得到银子，往那里一站，不费气力就能有一个排由她挑。现在她的看法完全变了，爱情一定是有一种神秘力量操控着，这并不是一种人为之举吧！

这时，老洋人很平和地站着，他倒成了征服者。其实，尹志红何曾不知道，他表面的平静下，远远不是有一点感慨，怕是同样百感交集吧！

这半年多来，他所思所想完全变了，他有了一个更大的目标。他忘记了尹志红吗？这个曾给她温情的女人，自然不可能忘掉，他快刀斩乱麻般换掉手机号码，主要是切断自己的念想。因为这个女子，她成了富婆，心态就完全变了，找个借口把他打发掉了。他还将就什么呢？如果要断就断彻底一些，他当时下定决心，一直坚持着没有动摇。这里当然有一股新的力量，即他被教授为他建立的世界所深深吸引住了，需要专心做件更大的事情。现在，待他心态趋向平和之时，尹志红却像幽灵一样飘了过来，在他的心里激起了一阵涟漪。当她扑进他的怀抱时，他一样的百感交集，五味杂陈。

过了许久，图书馆来往同学很多，对他们相拥皆视而不见。老洋人摸了摸尹志红的头发，问出他们分手后的第一句话：“你一切都好吗？”

尹志红边哭边说：“我再也不会让你离开我半步了。”

第二十章　遗落的战争弃儿和洋和尚的私生子

109. 鳏夫与樱花相恋，女儿想找出缘由

梁教授有一个隐秘的行为，任何人不会知晓。

不知什么时候起，是不是因为与女教授相处以后，这点真儿无从判定。真儿思考过这个问题，尽管梁父对自己与女教授的情感表现得不露声色，但她知道，梁教授肯定是遭受了打击的，而且这个打击未必小。从此，教授关闭了对异性的情感大门，也许让自己的情感生活进一步升华，进入了精神层面。

年轻人有年轻人的判断，但我们每个人不都这样吗？都会对人生做某种误判——对自己的人生误判，更是对他人的人生误判。这原本也不可悲，可悲的是还自以为是。

每至校园樱花盛开之时，梁父便痴迷其中。这也是他万分迷恋这个校园的缘故。作为女儿，她自然会细心观察父亲，否则怎么只有她发现了父亲的古怪之处。每至樱花开放，他待夜深人静之时，便会独自一人穿梭于樱花树下，像个幽灵，迈着奇怪的步子快速地游走，脸上呈现出半梦半醒的沉醉样子来。

梁一真初次发现时，着实很吃惊，认为父亲得了极其严重的癔症，她悄悄地跟踪几次，希望唤醒他。可她在网上查了资料，有各种说法，综合起来得出的一点是：对梦游症者，千万不可唤醒，否则就有生命危险。这说法尽管有点耸人听闻，但不能不让真儿万分

谨慎。梁一真仔细琢磨梁教授的一举一动，并从父亲的症状来判断，又觉得他似乎不像梦游病人，而更像一个与樱花仙子约会的翩翩少年，脸颊绯红，一副无法抑制的兴奋之状。他在樱花下，时而歌唱——要知梁教授从不曾唱歌，连女儿也不曾听过；时而喃喃自语，似有说不完的情话，还会情不自禁地手舞足蹈；更令真儿惊讶的是，他竟然唱的是纯正的赞美樱花的彼国歌曲。

他凌晨出门来到樱花树下，便开始沉醉其间，每天如此，至少持续一月有余。到了樱花渐渐飘落时，他会平躺在树下，双手枕在脑后，微闭双眼，似乎与樱花做深度交流。梁一真就这样跟踪一阵子，毕竟在校园内，并没人在意他或者惊扰他，当然人们不会像真儿这样用心，自然并不一定认为这是一种怪异的行为。

事实证实梁父似乎独对樱花有深情。在这座城市的东边，有个巨大的梅苑，梅花盛开之时，那种怒放的姿态，在真儿和李如寄看来，更胜于樱花，且它开放得要更早些。教授竟然不知这么大一片梅林，被女儿女婿忽悠过去，本来他就嘀嘀咕咕一脸不开心，声明转上一会儿就回去，有许多事等着他去做。那日他见了梅林，却忍不住多待了半日，这个很少拍照之人，还倚着梅树照了相。细心的真儿，观察其父脸部变化，希望从中发现他如同在樱花树下的那种沉醉。然而，在教授脸上找不到半点迷恋的表情，他只是发了几句莫名其妙的议论。

她确实承受着父亲这种怪异行为给她造成的精神压力，希望李如寄为她分担一些。当梁一真把梁教授这种行为告诉了丈夫，李如寄却说，他希望亲眼见见，并与真儿夜半跟踪过几次。可李如寄在情感方面，甚至连他老子也不如的，梁一真认为他更是个“半吊子”，不通情理。

李如寄一口咬定，梁教授有梦游症的毛病。他甚至还举了一个自以为类似的例子，是他本人在幼年时某个秋冬时节。那时沟渠半干，四周水草芦苇枯黄，水浅清澈见底，有些如黑鱼之类的鱼类，把身子深深埋在污泥之中，只露出一个鼻孔呼吸。它呼吸的四周，泥是新鲜的青色，乡人捉鱼谓之“看青”。李如寄见了，知道藏有一条不小的货，便记住了沟渠的位置，打算隔天拿鱼篓来捉回去。哪知到了第二天醒来，他双腿沾满污泥，且已经干在腿上，连脸上手上也满是污泥，忙起身跳起，惊得查看鱼篓，一条两斤重的黑鱼半躺在鱼篓之中。至于这整个捉鱼的过程，怎样从家出发的，出了湾台，又是怎样走到野外，怎样下沟渠捉鱼，再怎样返回家中，他竟全然不知。他慌忙大叫起来，让其妈知晓了，她并不惊慌，请了精通法术的有道之人，画了几个符贴在房子的前后门楣上，还做了双保险，又画了几张符咒，绕屋子烧了，从那以后李如寄再未出现类似的梦游症。

“可请我的娘亲来帮泰山大人治一治。”李如寄如是说。

“此非彼！”真儿心细，随即否定了他。“你这个不通情理的半吊子，”梁一真骂道，“老父已经把樱花当成伴侣了，他们一年内相遇相知相爱一个月。”梁一真看似高明地解开了梁教授不再续婚的真正缘由。

由此，真儿不由得万分同情其父，他活得太可怜了。

一个人竟然爱上樱花，对人间女子是多么的失望，才把情爱投射到樱花上来。

真儿突然有个奇怪的念头，她的父亲，尽管对自己生母无比冷漠，却还是把她留在他的情感深处，依然对她是在意的。她一时也不能明白，自己怎么滋生出如此想法来。生母在真儿看来，是个不作不可活的人物，她不仅写了“我要到非洲去”这样热情洋溢的诗，还果真去了非洲，只是她去了，等着她的却是另一番景象。她深爱着的非洲裔教授，是个酋长的儿子，拥有十八个大小老婆。幸好临行前，她学了一些当地的土言土语，尚可与这群老婆们交流，否则会更惨。自从踏上那片土地，她就被迫变成了劳作的奴隶，不仅把自己晒得黑如煤炭，还必须听命于大老婆的指挥调度，爬上高高的非洲大树采摘果实。不仅这样，她还摊上了一个冒险的活儿，就是从蜂窝里采集蜂蜜，尽管把自己蒙得严严实实，也摆脱不了蜂群对她发动的群体攻击，采撷过程中的艰险，当然是难以言表。

梁一真是怎样发现父亲对生母依然牵挂这一秘密的？因为梁父使用电脑并不熟练，只限于写写文字、收发信件之类。有一次她应父亲的要求，帮他处理电脑软件的故障，她发现了从非洲某国使馆发出的一封求救信。真儿听了太多国人在这片土地的遭遇的传言，认为这未必是真的，何况离得太过遥远，又并不关己，只是高高挂起的。但真儿的生母是怎样逃走的，又是怎样找到使馆求救的，只有她本人知道了。真儿只是惊讶于生母的第一呼救对象，是她的第一任丈夫，生母甚至有十分的把握——这人是会真正帮助她的。单从这点来做分析，他们其实一直并未中断过联系。

要偷看父亲的信函太容易了。真儿从心底厌恶她的生母，以梁父这种人生态度，怎么可能容忍这位前妻呢？太令真儿费解了。总之，前后一个多月，梁父用尽气力，把她从非洲解救回来了，这一过程，绝对不轻松，教授瞒着女儿，像没事人一样。

真儿后来总会想，父亲内心世界到底是怎样的？他去解救前妻，难道仅仅出于同情？还有这胡作非为的女人，怎么这么有把握认定他会去救她？

梁父在真儿这里便种下了两大人生谜团，一是与她的生母之间，二是与她的公公之间。

女儿对父亲的感情并不纯粹，他俩一直相依为命走到今天，真儿更是知道，同事老师和一些人认为教授有大定力，与其说是什么定力，还不如说他一直处在风口浪尖之中而不自知吧。

110. 教授居然对江洋大盗充满兴趣

梁教授与李如寄之间，仅限于一种亲情的交流。

有时两家人在一块聚，一般是他们这对小夫妻和老洋人，加上梁教授。尹志红很少参与，这场合让她不太舒服，偶尔参加，也往往会中途离开。她凭直觉认为除了李如寄不太接受外，梁教授也从不拿正眼瞧她，她知趣地离开，大家就都轻松一些。有尹志红在时，梁一真表现得分外活跃，叽叽喳喳说个不停，真儿心思活泛，意欲把整个聚会的氛围调节一下。但她的努力往往产生不了效果。只要尹志红离开，梁一真便会表现得十分沉静，并做出一副乖乖女的样子来。

李如寄和教授之间，并无多少交流。谈教授的领域，教授是学者，别搞得贻笑大方；去套岳父女婿之间的近乎，他那一副严肃的面孔，什么亲情都无法发挥出来；再谈其他，根本就找不到话题。但也有一点，李如寄还是有把握的，感受到了教授对他有温情在。老洋人从小到大，只会叫他姓名，温和点时叫“如寄”，生气时，只会叫他“李如寄”。梁教授却一直会叫他“寄儿”，只有姆妈和奶奶、族叔李光宗会这样叫的。梁一真常会亲昵地这样叫，因为他们是夫妻，自是不同。教授这样称呼李如寄，传达的信息非常明确，是表示高度认同他，每次听到，他的心弦皆会产生战栗感。

这种场合，老洋人和梁教授话并不多。基本上涉及的是一些日常事务，教授也会讲讲他学术领域里的一些新观点，他只能讲这些，扯扯而已。老洋人这时则像个恭敬的小学生，双手插进两腿之间，微低着头，一副认真听讲的样子。

这次教授要撇开女儿，主动提出与李如寄单独交流。这让他一时转不过弯来，他求助似的望着梁一真，意思说，这怎么谈呢？谈些什么？

梁一真鼓励他："这也许是好事哩，肯定涉及老爸，也可化解教授的心结。"

按约李如寄来到教授家，见到他时，他正坐在书桌旁，书桌上有个撂书的架子，他低头过久、颈脖劳损时便用书架撂书，调整一下看书的姿势。书桌角落处，放一个笔记本电脑，再无他物。为了见李如寄，他穿得规整一点，不像他女儿在时，他有时只穿睡衣，比较随便的那种。

见李如寄来，他点点头，轻声说："坐！"他准备了一张椅子，放在对面："寄儿是喝点咖啡还是红茶？我的经验是，上午喝咖啡提神醒脑，下午喝茶养胃。"李如寄听了，心说，老爷子并不死板，还会养生。其实李如寄哪里知道，这说法是教授有意为之，他希望与寄儿谈话时，有个轻松的氛围，让寄儿说得更流畅一些。

书房的一面墙上全部做了书架，装满了书，最下一层是大厚本的书籍。有架小梯子，靠在书架边上，随时打开用来拿顶上的书。有时教授翻找时，看书入了迷，忘了自己在梯子上，梁一真多次提过她父亲的这一不良习惯，怕他一头栽下来，弄成个半身不遂。教授会说，用心看书时，是不讲究什么坐姿的，这样看书的效果会更好。书架上有一幅教授青年时代的照片，长长的头发，刘海搭在左眉毛下，粗看有几分年轻人的傲慢，瞅近看时，照片上的年轻人则满含羞涩。这长长的头发，说明教授本人也曾年轻过，一样拥有一颗时尚之心。

家里和书房是红木地板，家具皆是与地板相统一的风格，以显示一种厚重感。真儿不太喜欢这种样子，她的小房间，就放满了玩具。她有了小家之后，这里依然原模原样保持着，教授有时会悄悄地走进来坐坐，回忆与女儿在她童年、少年和青年的时光。

书房墙角处有个三角形的小茶儿，下一格放着红茶和咖啡。教授正待下一步行动，这时梁一真进家来了。教授微皱一下眉头，神情有点不悦，他以为自己营造的与寄儿讲话的氛围被真儿冲淡了，一时场面有点尴尬。梁一真说："我马上有事出去，给你们先泡一杯咖啡，提提神。"她知道教授有胃寒的毛病，只喝红茶。梁一真匆匆烧开水，用个简易咖啡器冲泡了两杯浓咖啡，另用一个紫砂壶装好红茶，洗了洗茶，叮嘱说："喝完咖啡后，你们自己倒开水。"好像她不来安置下，这两个老少男人喝不了咖啡和茶似的。安排好后，她便匆匆出门："下午你们如果愿意在家吃饭，我就买菜回来，我现在最喜欢用瓦罐吊子熬汤了。"

李如寄马上讨好地说："我一下子闻到香味了。"教授温和地笑了笑。

梁一真自然是聪明的，她是怕李如寄紧张，发挥不出来，她来这样调剂一下，家里的氛围果然宽松了许多。

转入正题，教授沉思了一会儿，看着李如寄，低声诉说："寄儿，你父亲离开，没想到对我的打击竟如此之大。"

李如寄深有同感，他说："我也没想到，他离开之后，给我留下了太多的空白，要我来填补。"

他自然很想知道，是什么秘密事促成他们两人之间的紧密合作。教授很主动，希望把这事和李如寄谈透，他缓缓谈了起来。

应该是在李如寄入学的第二个学期，梁教授兼任学校图书馆馆长时。学校要求名教授负责一定的行政事务，以提升行政事务的知名度。老洋人属于窜访的一类人，有点冒失地出现在图书馆里，对管理员说，要找一找讲三十年代云梦泽一带湖匪的书。管理员要他拿借书证，他说没有。管理员见他没证件，年纪又大，说着方言，穿着土气，不再搭理他。老洋人一时不知如何进退。就在场面有点微妙时，正好梁教授要出图书馆，见到眼前这一幕，看了看他，觉得这人要的这类书籍，正好是自己研究的范畴，便多了几分好奇。教授看他一眼，认定这是少数民族的人，对方开口却是地道本地话。老洋人一见是个教授模样的人，马上就贴了上来，教授边问他边往外走，他就随教授出门，两人就这样开始交谈。那天教授急着去办事，但已经被他的话题吸引住。老洋人说，他的老头子，从前是这云梦泽水帮大当家的，就是总瓢把子，就是土匪头子哩。他的外号叫李屠户，也就是那个李钩胡子，在这一带大大有名，土匪被剿灭之后，只有他活不见人，死不见尸，如同空气那样消失了。

李屠户这人，教授肯定是知道的。眼前这个人与此人还有渊源，引起他强烈的好奇之心。他驻足在台阶下，仔细盯着老洋人，脸上露出惊讶的表情："难道说，李屠户是个洋土匪？"他觉得这太不可思议了。

哪知这人竟说："土匪头子是良湾李家台本地人，我小时得过白化病，搞得相貌像个外国人。"这是当时老洋人的解释，他确实对白化病的说法一直信以为真，在此之前，他对自己的身世，不曾有过多的怀疑，土改工作人员对他的保护，确实起到了很好的作用。

这次，老洋人在校园里闲逛，见到学校图书馆，不知是一时兴起，或是因无处可去，想进来找找往日李屠户的资料——他最多做些吹牛的谈资用。从他的描述中，教授已经感知到他对自己的土匪头子父亲有几分自豪感，或者他没什么资本可以炫耀，便拿这个话题来做谈资。总之，老洋人在合适的时间、合适的地点遇到了一个非常合适的对他的故事有兴趣的人，这种千万分之一的事，可以解释为一种宿命。就像他年少时受到区长盘得头赏识是一种千载难逢的机遇。人生一辈子，会遇到各种各样的人，也会遇到贵人，就是改变自己命运之人，这种人当然难以遇见。所谓贵人，就是不图半点回报，极力帮衬他的人。只是盘老爹还是不同，他与自己娘老子都有渊源的。

当时的教授，只要老洋人说出“李屠户”三个字，就会对他咬着不放，何况李屠户与他还有如此亲密的关系。教授有急事要走，便把他领回图书馆前台，吩咐管理员给他办一个借书证，他们就这样相识了。

第二次相见，应是一个月以后，也是在图书馆相遇的。这之前，教授来过两次，还问了前台，有没有过一个相貌像外国人的年纪四十多岁的人来借过书，他办借书证时，应留有联系方式，显然他没有电话也没有 BP 机。教授有点懊恼，当时太匆忙，应该约个时间才对。

第二次见到他，他坐在图书馆阅读大厅里，旁边还有一位女子相陪，一副亲昵的样子。教授轻手轻脚地走过去，拍拍他的肩膀。他一抬头，见是教授，忙“啊”的一声打招呼，教授连忙摆摆手，表示这里需要安静，不要打扰读者，便让他出来。老洋人走出来，教授带他上楼梯时，他便问：“可以带女朋友一起来吗?”教授有点错愕，就说这次先让我们两人说说话吧。其间，身边的女孩，一直望着他，老洋人给他的女朋友做了个等他的手势。他们就一前一后上了楼，到了教授在图书馆的办公室。

这次交流中，教授首先介绍了自己研究的领域，并告知对李屠户这人很熟悉，想不到见到了他的后人，愿意与老洋人进一步探讨。老洋人很兴奋，因为时代的原因，其实他对李屠户的认知并不多，这不免让教授有点失望，谈话一度陷入僵局。老洋人看出了教授的失望之意，他觉得这个绝佳的机会——尽管是什么机会，他不一定知道——他一定要抓住。他介绍说自己的儿子是这个学校的大学生，他吹嘘说是跟过来陪读的，教授便问他儿子在什么院系，他支吾其词，不肯回答，只是说他不愿意打扰孩子的学习。他还是接着讲刚才的话题，说他的老娘还在，这倒是个重要信息，引起教授进一步的兴趣。教授认为从她那里应该可以挖出许多当时的内幕来，教授问他娘是不是过去在湖泊里一块讨生活的。

老洋人急迫地点点头："她的名头叫三娘，响动闹得绝不比老头子小，她绑架洋和尚，要了八万大洋作为赎金，了不得吧！"

教授细细打量了一番老洋人，这个话题更深地抓住了他。教授判断，老洋人他妈绝非像他所说的那么简单，教授提出，如果有机会，愿意登门拜访。老洋人赶忙摆手拒绝，他说，他的姆妈在大运动中挨过很多次整，戴"坏分子"的帽子都戴了许多年。她现在已是风烛残年，半痴半傻的她生命之光即将要熄灭，有什么问题可以问他，他答不了的，可以由他去代问，恐怕暂时只能如此了。

这次见面没有太多实质性的东西。因为老洋人还带了女朋友，让教授对他的印象颇为不佳，临别时，教授对他说："这里可不是你谈恋爱的地方。"老洋人当时带尹志红过来，见了教授的表情，就知道做错了事，他后来再与教授交往，自然不会带她来了。尹志红其时处在事业上升期，她自然难以注意老洋人与教授还有什么交往。

第二次在图书馆见面后，他们也中断了一段时间联系，其间，老洋人配合尹志红一同打拼。他们处在热恋之中，在那样一种状态下，别的什么都会撂到一边。

111. 李屠户是个诡异的形象

令李如寄惊讶的是，教授所了解的李屠户，是从另一个角度看的，是一个与之打过交道的彼国军官所记述的。

彼国军官对李屠户的描述，一是奇诡无比。所谓奇诡，他记载李屠户手下有个支队，就是一干人马，瞬间便消失在芦苇荡中，他甚至认为这伙水帮人马有水遁之法。这伙人身子油光水滑，犹如一群在沼泽地里钻来钻去的水猫，灵巧无比，从水里上得岸来，摇摆一下身子，身体上不沾一滴水珠。人人长着透视眼，可以看到水里的任何物体，腰间有个芦苇秆，这是做什么用的，只能猜测，不知是不是衔在口里作呼吸用。他们在水里运行，无论是用什么方法，都无法计算他们的快捷。

二是奇诈无比。这个奇诈，是指他们屡次假装同意收编，骗了太多枪炮钱财，人马越来越壮大，要他们离开湖荡，那却比登天还难。当然他表面上也曾配合过东洋人，打击和扫荡过抗日势力，李屠户十分擅长包饺子战术，因为对湖泊地形熟悉，抓对手一抓一个准，确实可以发挥一些作用。彼国人通过他，可以把这些反日势力包抄甚至抓捕，对方也似爽快地向李屠户缴械。可过不久，似乎几股势力依然能相安无事，这些水帮的强人本性狡诈，这叫“日哄日本人的”，这句话，直到现在也依然是云梦泽地区的口头禅。

彼国人的策略是，让中国的各种势力之间产生隔膜与仇恨，不让他们暗通款曲，以便将他们各个击破。芦苇荡太过复杂，只有用“以华制华，以华养华”的法子，来钳制和掌控各种势力。李屠户却精于利用这种反制的方式，周旋在各种势力之间，表面上是拿了东洋人的枪炮钱财，要听命于他们，其实暗地里，与其他势力联合演一场戏给彼国人看，弄得彼国人又气又恨却又无可奈何。

对李屠户的外形描述，根据彼国人的记录，完全是一个渔民形象，这种说法很难说得上有多客观，或说更独特一些。李如寄这段时间听过的关于李屠户形象的说法，不下十余种。很多都是神乎其神，令人难以置信，却也由不得不相信。

这个彼国人——直接与李屠户打过交道者——记载的，却是这个样子：李屠户剃着一个大光头，赤裸上身，只穿一条长短裤，光着双脚，完全是一头巨型水猫形象，浑身上下黝黑。对其皮肤的描述应是很真实的。在湖泊里，对着大太阳暴晒，经常下水，如此反复，几乎所有渔民的肤色都是黝黑的，他出口讲话之时，总会习惯性地一瞪眼珠，以显示自己的威势。

最让李如寄惊讶之处，应是李屠户脖子上戴一个银圈。这个银圈，是老家人为宝贝儿子打制的一个“万年圈”，意思是保佑宝贝儿子无病无灾，一般来说，男孩子戴到十岁就会取下来，李屠户怎么会一直戴着这种“万年圈”，确实令人不解。彼国人认为这是一种避水设备，据说他在湖泊里有地下宫殿，藏有很多金银财宝，他下到湖底时，能靠这个银圈分出水路来。

彼国人描述过他随身携带的武器，是渔民常用的鱼叉，有三股钢叉、五股钢叉和七股钢叉三种形式。李屠户手执七股钢叉，只是叉身比一般渔民用的要长，鱼叉打制得更沉更锋利，每股钢叉上都有倒刺。彼国人分析过这种原始武器，认为这同样是一种伪装，七股钢叉是一个发射装置，只要用力一捏，那个类似篙身的长管，便可以三用——利器、枪弹、喷射烟幕。

这样的描述，让李如寄近乎无语。这样一个强壮渔民的化身，暗藏了太多的诡异。这是李屠户的真身吗？难不成，李屠户还有替身？

教授说，但要想骗过东洋人也未必那么容易。

彼国人认为要辨识李屠户也并非困难，他身边有一支百十人的盒子炮队，清一色的德国盒子炮，个个枪法精湛，武术高强。

李如寄奶奶三娘出现在湖泊并兴风作浪之时，许是彼国人正在向南开进，留下许多伪军和维持会而已，不久他们随着彼国人的溃败就星散了，自然不曾有三娘的记录。

那么李屠户豢养地龙之事，彼国人有记载吗？李如寄对这个话题有十足的兴趣，教授反问他："你相信这个？"

李如寄回答："我是在这块土地上长大的，听多了听惯了，也就相信的。"他继续这个话题："我们老家老人讲过，说是彼国人愿意给他一个马队，为的是能看一眼地龙，李屠户想也不想便拒绝了，在水乡泽国，养马来作战，是可笑的，这只能做做样子和摆设，而彼国人要看地龙，则是有目标的，这是这个地方的神物，他们从异国他乡远道而来，想要在这里落脚，就要拜见神物，取得它们的认可，以求在这里扎根。"

李如寄笑着讲到这些："他们真扎了根，就没爷爷什么事了，他便想也不想地拒绝了。"

教授微微摇了摇头，教导他说："你也是要做学问的人，今后千万不要以这种态度做学问。"他又温和地说："我掌握的资料上全然没有这方面的记录。"教授似感到话有些重了，余下的话，怕寄儿受到干扰，便委婉地说关于龙存在与否，不是他的研究范畴，他不愿意发表这方面的观点。教授清楚，如果他进入了玄幻的领域，他的研究成果将会蒙上虚无的阴影。

他想了想，这类传说历史上有，现在依然不绝于耳。关于彼国人将云梦泽最后腹地的汈汊湖作为龙之渊，倒有不少记录的，他们对龙的存在深信不疑。直到现在，还有历史学家、生物学家、博物学家、玄学家与教授联系，他们甚至煞有介事地说，通过美国人的卫星监测到了，这个奇异湖泊的上空，有一股泛着紫色的空气，这肯定是大型生物种群呼出的气体，他们希望能来采集空气样本。

他们从上古记录里查找过，查找到了云梦泽这千里沼泽之地，即使是二十世纪之初，对龙出没的记载依然不绝于典籍。远古时记录成一种紫色祥云，据说是由于某种大型生物腹腔幽深，其中的气体与体内的血液交汇而成，后来人们慢慢地发现龙的踪迹，才把两者结合起来。因此作为龙渊之地的汈汊湖，有紫色祥云之气，是很正常的。

教授讲完，说这与我的学术精神不符，不可外传也。教授感叹，许多做学问的人，到了晚年，往往会陷入迷信之中。李如寄却不管这个，毕竟是故乡最后一块湖地，他异常兴奋。说如果外界学者要来考察，他来当向导。

龙，关乎国运，也关乎民族精神和文化。

教授结束这个话题："这是玄幻之事，不谈也罢。"

112. 告诉老洋人血统真相之人浮出水面

“我不杀来恩，来恩因我而死。”教授面对李如寄如是说。

李如寄当时见教授痛哭时连说了许多遍，一直不解，自然也不好问，现在教授又这样说了。

“老爸那是天灾人祸，与您扯不上半点关系。”

教授说：“关系很大，如果他没有遇到我，自然不会对自己的身世产生怀疑，也不会到处去寻根问底，调查研究，就不会坐飞机出事了。”

教授学术眼光高超，有基本的学识，看出老洋人完全不是什么白化病。要让他清醒，一点也不难，当时为了否定其关于白化病的判断，他带老洋人到中南医院做了鉴定，就是做一个脱氧核糖核酸（DNA）检测，这类检查并不难，但一般人不会意识到去检查。结果证明，用非医学的说法，他有二分之一的外国血统，就是说，要么他妈是外人，要么他爸是外人。

这结果让老洋人吃惊不小。他跌跌撞撞从医院出来后，走到双湖桥边上，脸朝东边。此桥可眺望最远处的湖面，有如大海之辽阔。他曾多次在这里眺望，浮想联翩，现在望着这个他迷恋的城中大湖，突然蹲在地上一顿哇哇大哭。

心中积攒了太多东西，老洋人就这样爆发了。他一时很难知道自己在哭什么，当时教授见他如此，知道什么安慰的话也不起作用，站在一旁默不作声看着他发泄。

双湖桥上行人来往匆匆，一个垂头倔哭的老男人，引不起他们多少关注，所有的人都太忙碌了，特别是这座城市的人们。偶有几个稍作迟疑，见旁边有个教授模样的人不断推着自己的眼镜架，好似伤感地陪着，双湖桥每日不间断地有许多摄影爱好者，拿着大炮筒子拍湖景，用这种思维把他们和湖景关联在一块儿，就误认是在拍电影。

老洋人哭了一阵子，哭声小一些了，说：“他们对我的判断一点都不冤枉我了。”他想到过去的一个公案，自己是造反派红“司令”时，当时的革委会把他作为敌特分子和间谍抓起来，他以为就是这副洋人面孔害了自己。他怎么能相信，做了湖匪的老娘会和她绑架来的洋和尚搞在一起生下了他。他被关押时，当局找不到他的罪状，便让李光宗做说服工作。他想到可以吃独食关小号，还可作反面教材变相旅游，便认可以他的洋面孔臆造罪名了。他作为敌特间谍案中的首犯轰动一时，在当时产生的影响甚大，代价是使他不明不白被关了若干年，最后才放出。

这个谜，只有他的老娘可以为他解开了。老洋人对教授说：“我要问问姆妈这到底是怎么回事。”

教授点点头，认为这是必要的。更重要的是，他应该由此去寻根，教授认为他本身就是一部历史，而且是一部信史。

老洋人这么多年第一次迫不及待想要回家一趟。他再见到教授，已经是半月以后，他从得知身份真相的惊慌失措之中，终于平和下来。关于他的父亲到底是土匪头子还是洋和尚，他做了盘算。如果他的父亲是土匪头子，那只是一个吹牛的谈资而已，然而如果是洋和尚、有外国血统，却有着现实意义，他要有这方面的考虑。

他必须抓住这一途径和契机。

而教授最为关心的是，他们母子俩的谈话。

老洋人说，他只提出了这个话题，老娘马上就承认了，好像一直等他提这问题似的。老洋人责怪姆妈："为什么不早点告诉我?"

"你又没问我这事儿。"三娘如此回答。

老洋人心里多少还是有点生气的："难道我会怀疑自己不是老头子生的吗?"是的，怀疑自己不是父亲生的，一般人通常不会往这边思考吧。

三娘是这样开头的。她已经是大半截子埋在土里的人了，有些事并不想带到棺材里去，她早已把这事告诉他的堂客，她和洋和尚的那点事，其实也没有什么大不了的。湖荡里讨生活嘛，吃了上顿，下顿脑袋还在不在，谁也不去管，也不用知道，为所欲为，敢作敢当，就是湖荡水帮人的特点。只是对方是个洋和尚，生出了他，才留有明显的记号而已。三娘重复这个观念，一群在湖荡里讨生活，脑袋挎在裤腰带上玩儿的人，今朝有酒今朝醉，谁还会管明天会怎样。三娘在这里厮混，学起土匪的样子，比那些强人都要快，且女人坏起来，突破一个死守的底线后，就无所顾忌了。在芦苇荡里，不管是谁都要抽烟和喝酒的，三娘很快就成了这副模样。

当时湖泊里的营地，已经混乱不堪了，整个水帮群龙无首。李屠户半年前曾发布秘密指令，再后来就音信全无。水帮弟兄说，他乘龙上天入地了，上天，西边有天门可上，或入地，他有自己的水宫。分舵主们星散到各地，各寻出路，自是保命要紧。北方的大军已经逼得很近，他们的当地队伍在芦苇荡与李屠户一伙人共同存在着，水乡泽国就是他们最为熟悉的场合。水帮许多人被他们游说过去，真正留下的人，都是受洋和尚故事吸引的。这时的三娘没有能耐与李屠户骑他的母地龙，而入他的水宫，要她自己寻去，也找不到入口，她已无处可走。她做了一阵子名义上的压寨夫人，建立了威信，却把自己悬在高处，上不上、下不下，卡在中间。现在时局一天一个变化，李屠户如同消失在空气里一般，兵荒马乱之时，这个名头几乎无人再提及了。

洋和尚的故事迷倒了一批弟兄。他确有一套办法，把水帮一部分弟兄的心收拢住，留下来的人自然成了他的弟子，帮洋和尚组织自救队。只要你肯努力，在湖泊里是绝不会饿肚子的，水帮留下了大量的捕捞工具，靠这些工具洋和尚带领剩下的人自食其力。

当然在那种情形下，前途渺茫，谁也不知下一步会是怎么样的。如果死了，洋和尚超度他们，这有很大的吸引力。人毕竟都是怕死的动物，如果能活下去，还是活着比较好，最后时光，弟兄们很苦闷，自在情理之中。洋和尚提出，把他们带出湖泊。

三娘对洋和尚的心态，应是从恨而生爱的。尽管他从未加害她，但关于他的洋教的传言太多，她在洋庙掌灯的经历就像心灵上的一道疤痕，被人三番五次扒开来还撒上盐末。还有那句对她的专骂“被洋人弄过的”，更是她心中的大痛。是她主导绑架了洋人，但后边的发展完全出乎她的意料，在时局变化之时，是洋和尚暂时化解了危机，这时她对这个洋人便开始另眼相看。女人都会崇拜有力量的男人，这就是三娘的心态，洋和尚无枪无炮无钱，没歃血为盟，更从未杀过一个人，却在强人之中，拉起来一个山头，这批杆子还做到了生死相依。她再看他时，越看越喜欢。洋和尚原本滴酒不沾，而在水帮中要建立地位和威信，没有满湖春做媒介是难以达到的，洋和尚便尝试喝一点，这种叫“满湖春”的土烧酒度数很高，他往往不胜酒力。

三娘坦陈，那次趁他醉酒之时，她到了他的蜗居里。就这样，在自然而然之中，她让洋和尚破了戒。三娘说：“男女之情，就像一层窗户纸一样。”她与洋和尚的那点事，就是一个芦苇篱笆，一推即倒。

老洋人自然要追问这名洋和尚的下落，这个冷不丁做了他父亲的人。

三娘说：“兵荒马乱的，一个洋人目标太大，何况他已经拉起了自己的杆子，就有力量了。他是被冷弹还是被流弹击中而亡的，谁也难以讲清楚，有人怀疑是盘得彪打的冷枪。”她当然有自己的判断，认定是被其他帮派暗害了，一个不弄枪不舞棒的洋和尚，身边围了几百人，这本身就是十分危险的。何况，他疏于防范，特别反感手下兄弟对他的保护，洋和尚天真地以为，不可能有谁会加害他的。

“有人说，盘得头不是游击队潜伏在水帮的人吗？”老洋人问起这件事。新中国成立后，编撰过一本叫《汈汊湖火种》的图书，有过明白的记载。如果盘得头打过洋和尚的冷枪，这应该是件值得大书特书之事，但盘老爹没露一点口风，就说明洋和尚怎么死于非命的，被云梦泽的人完全遗忘了。

三娘摇摇手：“当时游击队不是和我们一样么，甚至比我们境况还差，要钱没钱，要枪没枪。两边的人马，都是你中有我，我中有你。那时节，许多游击队的人都往我们这边跑，我们一样派饭的，盘得彪本身也是你老子捡回来的饿得半死的流浪儿，他后来又回来了，到底是你老子派遣的还是游击队派来的，谁也讲不清白哩。”

“那怎么传言他打了洋和尚的冷枪？”老洋人揪住这个话题不断提问，这个问题是他现在关注的重点。

“这些年，我一直搁在心里，反复琢磨过，但也没有结果。按他拆散水帮，自己拉山头子，以你老子的脾气，他挨冷枪应是你老子的指使。”三娘看了看老洋人，又眺望大门外，似要透过时空看到过去那一幕，“洋和尚的死，就是个不清不白的谜。”

“你亲眼见他死了吗?”老洋人似乎还不死心，他想是不是找盘老爹聊聊这个话题，可是盘得头已经老糊涂了，问不出一个究竟来。

三娘说，这就不要再存幻想，他当时被枪弹击中时，倒在芦苇堆上。他当时很安详，看着自己的弟兄，带着笑容说的最后一句话是：“我真的很快乐。”

他与她的这点事弟兄们心知肚明，他的一些遗物，弟兄们都带给她了。

113. 不过是称霸世界野心的产物

真正促成他计划完成这一使命的，自然是教授本人了。

教授和老洋人讨论下一步怎么办。

教授说：“人到了一定年纪，都有种寻根的趋向，我是从哪里来的，又到哪里去，来恩表现得更强烈一些，也许他过去过得浑浑噩噩，现在有了方向和努力的目标，他学外语，模仿外国人的穿着打扮，到处寻访这位德国人的足迹，自是可以理解的。”

李如寄对自己的身世，早已做出了判断。他心说，我为什么不去配合父亲寻根问底，因为太虚无缥缈了，他认为自己就不会起心动念。教授认为，他过了四十岁再看看，话不要说得太早。

李如寄说他绝对不会。他问岳父大人：“圣人之心也烦恼，你怎样看待王阳明的‘此心光明，亦复何言’?”又说：“我不会背着一个自己制造的重重的壳，在这个世界上游走的。就拿我们老家来说，那里本也是贫穷的代名词，现在许多人在国外，在沿海一带，在经济发达地区都安下了家。还有，每年我们这个国度的人口流动，快接近一半了，春节期间，人流呈井喷奔涌之势。这些人都在异域他乡，他们的心又是怎样安的呢?”李如寄突然发现自己竟用如此口吻，对这位一向让自己惶恐不安的名教授讲话，心生了一些不安，又有点窃喜，他心底一直希望可以平视这位岳父大人，现在这位大教授露出软肋，被他抓住了。

“是呀，我也知道，但总是无法解脱。”教授并不与他眼神交流，略带沉思地说，“中国传统文人中，你知道我最推崇谁吗?”他自问自答地说：“苏东坡。他奔波一生，拥有常人难以企及的格局和眼界，他也有同样的话，‘此心安处是吾乡’。他的那种豁达，我是无法学来的。”

两人在书房沉默了，过了好一阵，教授不开口，李如寄也不主动讲话。

教授终于说道：“今天我俩说话，你知道我为什么不让真儿来吗?”

是的，李如寄觉得这些事真儿听听没什么的，可能正如妻子所言，教授如此热心支持老洋人对自己的身世调查，有更深层的原因。

教授似在重复说，当时第一次见到老洋人，就认为此人身世一定不简单，他的身世就像是写在自己的洋面孔上。

教授站起来，在书房里踱了几步，又看了一眼李如寄，似下定决心一样；见岳父大人站起来，李如寄不好意思再坐，也站了起来。他目光平视寄儿，用有点哽咽的语气说："真儿的爷爷奶奶是我的养父母，我是战争遗留的弃儿。"

李如寄张着大嘴，一时发不出声来，他怎么想，也难以想到这一层，书桌上方墙上挂一只小闹钟，此刻可以听到"嘀嗒"声响。

过了半晌，李如寄用嘶哑的声音问："就是说，您也不是中国人?"李如寄如此问，有几分暴露出了自己一点隐秘的心事。他小时与同学们打架，皆因被同学说是"小洋人"，他对一些陌生人投来异样的目光很是不自在，在大学里，他异样的长相倒没有得到过多关注，这让他多少有点感激，还有庆幸，认为自己一心一意努力上大学，还是好事一桩。但他从来不认为自己就是外人，主要是别人把一个标签硬生生地往他身上贴来。

现在倒好，有一个完全与周围的面孔一模一样的人，告诉他，自己是战争遗存者，原本不属于这块土地，面对这种突如其来的问题，他实在不知如何作答。

话头一开，就没有什么好隐瞒的了，教授说："我当然是中国人，我在这里出生、长大，成名成家，生儿育女。我的父母不是中国人，战争结束后，他们把我寄养在自己的佣人家。"

教授缓缓地说，战前，他的父亲是一名大学教授，彼国人多信奉神道，他父亲也不例外。他父亲认为自己的神是救世神，是拯救全人类的"天照大神"。在他父亲看来，甲午海战、日俄战争，两个大国相继倒在彼国人脚下，一个小小的岛国有如此力量，这完全归功天照大神的威灵之力。

出于对"天照大神"的无比推崇，他父亲进而提出"天下归心"的思想，在"神"和"心"的作用下，提出了一个"归属感"的理论。在教授现在看来，这应该是神道和王阳明心学的一种杂糅混合体，这个理论总称为“归属感体系”。为了论证自己的理论，教授的父亲皓首穷经，写出洋洋洒洒百万字的学术专著。往后的论述更加系统化，建立了点、线、面体系，到后来复杂到连他本人也难以讲清楚。与中国全面开战后，彼国狂热的战争机器开足马力，征服的地方越多，越难以管理，他认定归属感理论可以大派用场，因此报名参军，成为彼国轰动一时的新闻。他为了表示自己的决心，拖家带口来到中国，开始了他理论的实践。他在大人物中游走，通过多次来回实践，对他这套理论半信半疑的军方高层逐渐接受了。

然而在李屠户这里，他却遭到了挫折。为什么这个李屠户如此油盐不进，他父亲分析过诸多原因，主要一点是，云梦泽的土匪大字不识几个，他们难以安静地接受他的理论。这是他应对军方斥责他无能时的表面言辞。但他清楚，这套理论，在他循循善诱之时，李屠户及他的水帮弟兄们，听得津津有味。还说东洋人的东西，确实与他们兰巫婆所宣讲的几乎没有差异——万事万物，都是由神、仙、灵、精和人组成的。可见，两国同文、同种、同宗、同神灵，从东洋人嘴里讲出，似乎得到了证明。教授的父亲起初感到十分欣慰，但是他们一转身，便把他的知行合一和直指人心的“归属感”还给他了。

教授的父亲深深受挫，出于好奇，想探个究竟，对水乡泽国神秘之地的组织力量进行了研究。他发现了本地的神灵人物，一个矮小的妇人。突然见了一群穿高帮皮靴、着当时最为威严制服的东洋人，她吓得走路直哆嗦，这人就是兰巫婆。可就在她城关镇一个民宅里，供奉着云梦泽里如此多的神、仙、灵、精，这是个水乡湖泊大字不识只会鬼画符的巫婆，水帮李屠户这等强人竟将她与他的学问体系画等号。

他要见识这个女巫的真功夫。当神灵附上兰巫婆时，她双目炯炯有光，这个云梦泽的女巫，开始用许多奇怪言辞和密语与各类神灵交流，然后通过她的二神扶马，转告他说："回去吧，回到你们的祖居之地。"用手指点了他一下："你们的神掌管的地盘太小，你们要横玩蛮也进不来的，因为你们扎不下，如果耽搁晚了，还回不去的。"身旁有个军官，对老太婆如此扰乱人心十分愤怒，抽出佩刀，想试试她的神灵厉害还是他的宝刀厉害，哪知这老太婆根本不惧，还加大声音说："昨天我知会过你们的大神，她是被你们架过来的，也要退回东洋去，因为那里才是她的安身之处。"

这让他感到震惊和不安。

这老太婆不知用了什么神力，使坚定自信的他，不禁怀疑起自己的理论来，或者说，这个兰巫婆与他们的神道对垒，使他的理论基础失去了作用。

114. 战争弃儿再次被弃

尽管教授的父亲有深陷沼泽之中的感觉，但要随便认输，那可不是他的性情。

教授的父亲对李屠户脖子上项圈的作用做过多种推测。除了避水外，他觉得李屠户可化解他的"归属感"体系，是不是与他戴的这个项圈有关？一段时间，他收集过云梦泽的很多项圈，不只脖子上的，还有手圈、脚圈、腰圈，还有一种扣在男人下身的微型小圈，难道世上还有针对男人的贞节圈？当年教授的父亲没把这个微型圈太放在心上，这倒成了一个难以解释的谜团。

教授说，他父亲这套东西，也许时过境迁，显得复杂而神秘，甚至不着边际。战争期间，人们的认知观念与和平时期大相径庭，人性狂热的一面被发挥得淋漓尽致。在他看来，这套理论过于接近神秘主义，且被好弄玄虚之人大加利用，是经不住岁月的检验的。

李如寄听教授介绍时想，当时这个文职军人，把他的理论到处传播，遇到李屠户，也未必没有可能。李屠户人马众多，占据云梦泽，影响甚大，是各方势力争取的力量。

而他的岳父大人，又是如何发现这些秘密的？什么时间了解到自己身世的？对老洋人的支持是出自何种因素？这是他更想知道的。

战争结束时，教授的父亲住在伪政权的“首都”，教授上有两个哥哥和一个姐姐，他尚在襁褓之中。几百万人回国，带着一个婴儿，不仅会拖累一家人，能否成活都不一定，他们决定把他留下来寄养在佣人家。养父母是他们刚到中国来就认识的，因为父亲是知识分子，对下人从不出恶声，因此双方建立了良好的信任关系。养父母没有犹豫便答应了。他们留下一些钱财和金银首饰，算作哺育费用。有些资料和书籍自然难以带走，这些资料里，保留了有关李屠户的一些记录，只是有点奇怪的是，大多是别人的记录，可以推断的是，当时彼国人对李屠户“招安”后，派有特派代表入驻，也可以认为派了特务打入其中，对这伙湖匪做过深入观察。

这也是教授第一次听到老洋人口中吐出“李屠户”三个字时，无比震惊的原因。

养父临终时告诉他这一切，当时他心里并未起多大的波澜，他是不是与李如寄的心态相仿？亦不尽然。了解这件事后几年，他留校任教，有了一定的名气和地位。“没想太多，当时各种身份证件需要填报，有‘籍贯’这一栏，我就填个籍贯而已，只是这个籍贯在海那边。”教授心思单纯。

他并没有过于贸然行事。出于何种心理，李如寄一时无法去询问他。当时李如寄被父逼见那个德国人时，尽管将被人监督，他也试图瞒过所有人，这是不是与教授心意相通？彼国之国，在国人眼里，是有旧恨新仇的，恩怨太多。教授是个心思缜密之人，这点自然会想得到，故连女儿也不曾告诉，当时女儿还小。不过李如寄对教授的“籍贯”说辞并不认同。

岛国有这种寻找战争遗孤的专门机构，通过他们的媒体发广告，找到这家人并不难。发布广告，让教授颇费踌躇，后来改为信函登记和电话询问，教授本人自学日语半年，许是基因的缘故，沟通和交流完全没有问题。

据说，那些只是在襁褓中见过的兄姐，已经拥有庞大的家族产业。教授当时有过疑虑，对方会不会认为他有不良企图，自己求上门去，自然被矮化了。但他很快就自我否决，毕竟是亲情啊！

专门机构很快通知双方，约好见面。对方爽快地答应了，因为这个，见面前，他设想过很多种可能，兄弟们一起抱头痛哭，也许父母尚在，对他几十年后找回家乡来，充满了内疚和慈爱。当脚踏上岛国土地时，他兴奋异常。他克制着，只在心里呼唤，环顾四周，这里更现代，更先进，节奏更快，他甚至自信是可以融入其中的。

那时他认定这是一件很重要的事情。这是他的心灵归宿之地，期许之地，他心里是满满的憧憬。

然而他的这些美好的思绪，在一瞬间便被击得粉碎。

他们见面是在一个豪华大厅里进行的。

他见到了他的两位兄长和那位姐姐，双方在履行礼节时，皆细细地打量了对方。开始气氛尚显平和。此刻有几分忐忑的教授认为来的三人在外形上很相似。专门机构的人本打算拍几张见面照，那位女士毫不客气地挥了挥手，他们不想把这次见面发布到报纸上。

最后，似乎对方对他做了某种评估，其中一位兄长，对另两人嘀咕了几句什么，显现出有点拿不定主意的样子。

待双方坐下，他觉得有一种短兵相接的沉默，一时无话，氛围显得尴尬起来。

最先开口的是那位姐姐，她一开口，感觉完全不对了。她先前还是和颜悦色的样子，但话中的内涵令人一时难以捉摸，对方明知故问："你是干什么工作的？家里还过得去吗？我听说，你们的国家处在饥饿的状态，你和你的家人可以吃得饱饭吗？"他早就想过这个问题，担心认亲时被人看作是为金钱而来，他特别在自己的认亲书上写过三不原则："不找麻烦，不为钱财，不会回来。"尽管是写给专门机构的，他们三人肯定也看到过。

他生性内向，不善于应付这种场合，现在被人逼问，"通"地一下涨红了脸，结结巴巴说不出话来，同时，他的自尊心受到了直接伤害。

此刻他又窘又羞，还不知怎么应对。显然对方以为他的老底被揭穿了，因此无以应对，那两位兄长连连冷笑，似乎认为洞穿了眼前的这个骗子。

而那女子更以为得手，连珠炮似的说道："其实，一开始我们就看穿了你，你的故事编得不错，我们是有个遗弃在你们国家的弟弟，几年前我们找到了，并与他的养父母见过面，他的养父母告诉我，还在不足四周岁时，他在春天得了猩红热，早就死了。你是怎么探知此事的？还有，你手中怎么会有这些材料，我们不得而知。但你不远千里而来，也是异常辛苦的，耗费了许多心力，这也很是难得。我们可以认了，希望你提出一个价码来，现在你们国家设计这种骗术的人异常多，并屡屡得手，刺激了很多游手好闲之徒依此行事。说吧！我们这个家族走到今天十分不易，是一步一个血印走出来的，绝对不会让外人染指掺和，不说你是一个冒牌货，就算是真实的弟弟来认亲，我们也不会让他坐享其成的。”

不能说教授完全没有心理准备，可千算万算，他也没有算到会面临这样一串连珠炮。显然这些想法，被人看作是有更大胃口。说自己寻亲只为亲情没有别的目的，无利可图，却要起个大早赶来，这是为何？对方根本不相信。

教授见如此，尽管十分震惊，但突然想到自己是心底无私天地宽。他稳了稳心神，尽量用平和的语气回敬道：“既然你们如此说，此生我们不必再相见了。”他对着那位姐姐说：“我提最后一个要求，希望可以见见两位老人。”

这位姐姐说：“很遗憾，他们已经不在了。”如果是这样，他更明白了，因为两位老人都不在了，认亲的意义更是不存在了。

教授化被动为主动：“我们的会面可以结束了。”其间，那两位兄长一直冷漠地看着虚空，一言不发。

这位姐姐从小坤包中拿出一张支票，终于露出了一些笑容：“知道你们国家还不富裕，你来一趟不容易，这点钱聊表一下心意。”他这时愤怒了，一字一顿地说：“请你收回去。”

三人起身离开，只听那姐姐说：“此人应该是我们的弟兄，可惜他的运气不好。”

专门机构的人看这见面如此短暂，迎过来想问个究竟，教授平静告知对方：“他们不是我的亲人，误会了。”

返回途中，教授百般滋味涌上心头，理不清半点头绪。是十分失望？好像不是，倒是有一种热脸贴上人家冷屁股的羞耻感，他在对方眼里简直就是一个骗子。还有，自己的国家很穷，更被人认定是一个乞讨者，对于“发展就是硬道理”，他有了深刻的体会。

他返回机场，很快更改了机票日期。这时他才回过神来，感到这个世界又流动起来了，这样的国际机场，人流似潮，所有人等皆行色匆匆，奔赴世界各地。教授在想，这些人中，有人会如他那样搞什么愚蠢的认亲吗？

回到国内，正值春节前的一段时间。教授被这汹涌如潮的人流裹挟着前行，想到自己出发之时，也应如这般人流吧，只是当时他一肚子认亲的心事，对周遭环境视而不见。世界是流动的，自己的国家不也是快速流动的吗？

这么多的人，就像一颗颗种子，撒在世界各地，播下去，就会生根发芽。教授因此有些顿悟，人真要做到随遇而安，就是达到了一种至高的人生境界。

教授自此以后就封存了这段记忆。

“再没有过任何联系吗？”李如寄小心翼翼地问。

“前不久，他们其中一位来过信，大意是随着年龄老去，许多想法有了变化，他们含糊地说，希望我帮忙找一找中国的弟弟。这倒是一个对方以为很巧妙的说法，既对过去不置可否，又可以重新开始。”

“对方主动寻来，确实是一个重新开始的机会。”

教授平淡地说：“我明白无误地告知他们，你们的弟弟在四岁时的一个春日里得猩红热而亡。”教授说完这些，凝重的脸色慢慢地放松了。李如寄从他脸上见到了一种温和的笑容，教授突然说道：“从前我不相信宿命的，现在我也相信了。”

李如寄注目倾听。只听教授说，偶尔因为写作劳累，胡乱翻看电视节目，调剂一下身心而已，居然看到了一个海外电视节目转播，有位女士接受访谈。尽管那位女士已经老态龙钟，他一眼便认出，是他在彼国见过的女士，她已经印刻在教授的心灵深处了。那女士说他们遗失了一个弟弟，同时也丢失了半辈子的人生。

李如寄问："他们有忏悔的意思？"

教授说："这样理解，会流于肤浅吧。"就算当时双方都认了对方，也有无形的一堵墙，阻止他们团聚，也许后来的日子，他们为此付出了一种难以言说的代价。教授琢磨到一个合适的比喻："他们也许背上了思想包袱吧。"

李如寄觉得教授终于撑到完胜，时间确是一把杀猪刀，杀人于无形之间。但他马上又觉得自己的理解是肤浅的，于是评论道："这个结果不会再令双方留遗憾了。"

李如寄想到，在他妻子梁一真的表述中，她的父亲是想尽办法逼她去岛国留学的，可有如此公案，他还有心情逼自己孩子去吗？

教授刚才讲述这一段，对于见面的羞愤之情溢于言表，尽管事情已经过去很久了，可见他受到的伤害之深，教授那次短暂去过一趟后，从此再没有踏进彼国一步。

教授似乎摸准了李如寄的心事："我要真儿过去留学，情感上复杂得很，有一点，绝对不是为了亲情而去。真儿不肯去，我心里同时是释然的，并不存在逼迫。"

李如寄突然问："这些我父亲知道吗？"他问了马上又后悔，因为他的真儿一无所知，那他的父亲更不可能知道。

教授说："这块土地待我不薄，我却总有飘忽之感。我以为有根的地方，却根本没办法扎下根去。"

第二十一章　失约的德国人
穆勒难道是至亲

115. 怎样阐释“我不杀来恩，来恩因我而死”

那次李如寄和教授单独交流后回家，像不认识梁一真似的，对她左看右看，上看下看，仔细地打量来又打量去。

“怎么？单独见了一次泰山老大人，就不认识你老婆了？是教授告诉你什么绝密事了吗?”真儿装作什么也不知道似的问他。

本来那天下午，梁一真要回家给老少两位爷们煨汤的。但是教授和李如寄都没了胃口。试想，两个同床共寝之人，他们谈恋爱时，有说不完的废话，恨不能把自己的前世今生一股脑地倒给对方。就像小时捏泥人，捏个男孩再捏个女孩，再把俩打得粉碎，又合在一起，揉呀揉，再捏一个你，再捏一个我，这就成了“你中有我，我中有你”。现在李如寄大有受骗之感。当然他知道，真儿是无辜的，她不了解这些。

“真儿当然不知道她的前世今生，也不会涉及这些事。”李如寄反复为真儿辩解，李如寄认为还是不应该告诉真儿，让她单纯快乐地生活下去。李如寄更感到沉重起来，父亲走后，留下了许多疑点，尚未来得及解开，现在又多了一个更难解之事。李如寄觉得获知了一些秘密，把自己搞得更加沉重，真是很累。

他回到家里，就想躺下来睡觉，身体像突然被抽空了一般，浑身没有气力。

李如寄对自己的身世，一直有抗拒心理。对于被别人以异类对待，他与父亲的做法完全不一样，父亲一辈子被人叫“老洋人”，以至忘了自己的真正姓名，连家里人也这样称呼，父亲并不太在意。李如寄绝对不让别人称他外号，上小学时，同学们便开始这样叫他，因为他爸是老洋人，他是小洋人乃情理之中，只要谁这样叫，他便冲过去开打，打得赢也打，打不赢也打，缠斗到对方不再叫此诨名才罢休。

这一做法，延续到他上大学时。老洋人把他送到学校来时，同寝室的同学一下愣住了，大家看着他们清理床铺、整理被子，皆默不作声。过了好一阵子，有同学问：“你们没搞错?”怎么还有个老外同学和他们同寝室呢？但这两人，开口讲的是老家方言，同寝室的同学实在难以适应这一反差。到了晚上，同寝室同学安顿下来，有位被指定的室长说：“各位同学，做下自我介绍吧。”待到李如寄时，他这样介绍自己：“我是云梦泽良湾李家台的人，在那里出生、长大，读小学、中学、高中，是土生土长的乡下人。”他觉得有必要说下自己的相貌：“我父亲幼年时得过白化病，弄得我也被遗传。”本来他可以用“返祖”之说来解释的，但这样解释太玄乎，他最重要的是下句话：“我最不欢喜有人叫我‘假洋人’‘土洋人’‘小洋人’来取乐，如果有谁叫上三次，我必翻脸。”最后一句话是带煞气说出的：“为这事，不惜和人打破过头。”在辅导员召集全班同学开会时，他也是这样讲的，事先声明和警告，各位同学不要撞他这“红线”。俗话说癞子头就会护头（短），同学们了解李如寄这一痛点，很少有人会对他以“洋人”相称。当然大学生素质高，不会把人与人之间关系搞得过于庸俗的，李如寄也就放下心来，老师和同学没对他以貌取人。

对父亲满世界寻根问祖的行为，李如寄实在不以为然。他们这一代人，从小就开始学英语，现在上大学只是增加英语的阅读量，外语交流早已是平常之事，今后进出国门越来越平常，他已经具备了国际视野。现在不是倡导什么今后的发展趋势——“地球是一个村”吗？对比宇宙来说，地球只是沧海一粟啊，人则更渺小，越往后一个个微不足道的个体越会被忽略。而老洋人如此寻根问祖就是白费气力，也无必要，李如寄认为父亲读书太少，视野太过狭窄。

可是，教授又是什么心理？他可是学富五车之人。他向李如寄谈到自己的身世之时，身体一次次地发抖，语音颤抖，泪光闪闪。他一直把这事藏于心底，一直被这件事压得喘不过气，他向李如寄倒出自己的秘密，尽管有明显的轻松感，但这又使教授本人感到难堪。

李如寄明白了自己的父亲与教授那种令任何人难以捉摸的关系。当教授发现一个土生土长的人长着一副洋面孔时，他震惊了，首先会感到同病相怜，这让他们关系更紧密。尽管老洋人至死也无法知晓教授的身世，但教授明白此人与他一样，也有复杂的背景故事。他的外形与国人无异，尚可以隐掩，而此人的面孔却无法隐瞒。他把老洋人带到医院做鉴定后，一直支持他寻找身世，教授这种心态，是自己寻找身世的继续。

李如寄想到教授的彼国兄长主动找来，是良心发现，还是亲情难舍？或是明白了对方不是为窥视他们的财产而来，或是教授著作等身、名声显赫，与他们拥有同等的财富？

那教授拒绝他们是出于何种心理呢？是一种报复的心态？因为第一次相见时受到的那种羞辱，作为教授这种性格的人，是难以释怀的。还有他又极重承诺，一辈子不会相见，这也是他明确表达过的。这分析也许过于简单了些，他是老洋人寻亲的重要推手，给予老洋人支持，不做深入了解是难以理解的。在这寻亲过程中，还有缺乏理智地“逼”老洋人寻亲的举措，是不是在某种程度上折射了他内心深处的隐秘心事？甚至可以把使用这种寻亲方式的老洋人看成另一个“梁教授”？他被深深地压抑着，在支持老洋人寻亲时，内心世界的执着暴露无遗。

如果是这样，那彼国的兄长主动找上门来，他却又毫不犹豫地拒绝，这似乎与他支持老洋人寻亲的行为十分矛盾。就是说，在支持的过程中，他也在关注、思考、反省，特别是老洋人为此送掉性命，是不是使他达到一种彻悟？李如寄觉得这两个身处“他乡”的人，陷入了一种悖论而无法自拔。

从这点来看，教授和父亲李来恩是没有两样的，完全无关文化水平高低和视野开阔等因素。李如寄痛苦地感觉到，自从父亲离世起，人与人之间变得难以捉摸。还有，同一代人之间因为成长经历不同，思想观念和行为意识大有不同。有时，他自我安慰似的想，他们作为隔了一代的人，对认祖归宗之类的向往相对弱一些。

他又想，如果真儿知道自己的身世，是不是同样淡漠？尽管他有点告诉真儿的冲动，但更不想打破真儿宁静的生活。

当然，现在李如寄也暗自感叹，牵挂的事多了，他就无法如过去那般坦然生活，心已经被搅得纷乱了。

他又想到教授的心态更要复杂得多。

教授平生第一次把自己的秘密，告诉了一个人，就是自己的女婿。他之所以这么做，并不是因为李如寄是亲属，而是因为教授认为李如寄是他唯一说得上话的人。李如寄的身世同梁一真的一样，是不明确的，当然也无法超然物外。心同此理，老洋人的死，对李如寄的触动很大，作为儿子不得不接下父亲未尽之事，要把身世弄得清楚明白。

可是教授呢？对梁一真是否留学自己的母国这事，他一方面积极联系，自己名望在，别人也乐意接受；另一方面，他心里充满矛盾。比如真儿了解了她的身世，会是什么反应？特别是对方把她的父亲拒之门外之事，难保不会激起她的不满。还有，如果他们父女俩的身世大白于天下，以他的知名度和影响力，会招致更多的解读，遇上一些别有用心之人，他能承受得住吗？

真儿不去，也许是对他们父女最大的解脱。

许多夜晚，教授大睁双眼，望着黑夜，沉思默想，那位女士代表自己两个弟兄说的那番话从脑海中冒出。他们担心什么？家族有巨额家财怕被他分割？或者，他们幼年在离开这个国家时一路惊险，噩梦不断，受过很重的伤害。还有他们真正担心的，也许是因为成长环境不一样，思维模式、习惯乃至文化等诸多因素难以调和，而在今后相处过程中，会不断地产生冲突。也许真如他们所说，在初期寻亲过程中，太多骗子掺和其中，牟取暴利。

总之，基于种种原因，干脆一开始就把麻烦的源头斩断，这样一了百了。

这个父女组成的家庭中，有个最大忌讳，就是父亲提及女儿的母亲而女儿提及父亲的前妻，可是有一次，真儿装着无意，却是极用心思地提及生母，女儿淡淡地问：“那个女人真的嫁到了非洲？”

这句问话一开口，就深深刺痛了他。尽管她有万种不是，毕竟是她的生母，“那个女人”的称呼，可见女儿是极端厌恶他的前妻了。教授无法表达任何立场，只是想到这个太爱折腾的前妻时，就有一种刺痛之感。在他们的婚姻破裂之前，她在教授眼里，是一个很能干又极有主见之人，她会把他们的这个小家安排妥帖，常对他说话：“嗯呢，家里有我，你要忙出一番事业来，就是出人头地。”那时，他们真的很温馨。家里一张很小的书桌，有一个被火烫过的橘黄色的小小台灯，他便端坐在书桌前，见她睡了，他会用纸板遮盖一半，尽量不影响她休息。最让他感动的是，她有时也好奇，端坐在家里另一只小小塑料凳上，用手支着下巴，静静看着他，问他每天读读写写的，都是一些什么东西。他描述了一大篇，其实她听不懂，或者根本没用心去听，应该说，主要是一种精神支持，她要他坚持下来，肯定会做成一件事。

前妻出轨后，被赶了出去，他依然对他的父母为她辩解："她遇到了坏人，被坏人带了去。"后来，前妻有回头之意，他过了一阵很是纠结的日子，最后硬是咬紧牙关拒绝了她。为什么会这样？因为她的背叛，因为他的面子，因为覆水难收。总之，心情复杂，难以厘清。她再次作死，越来越作，并把自己的"作死"毫无保留地告诉他，尽管他多次请求过，过去的一切都过去了，请她不要打搅他们父女的生活。这当然没有起任何作用，她可以与女儿失去联系，却一直与他保持联系，一次次让他的心提到嗓子眼，觉得是自己把她推进深渊去了。她居然远嫁非洲，这是教授有九个脑袋也无法想清楚之事，还做了十八分之一的老婆，每日攀爬到参天大树上采摘果实，她的心路历程是怎样的，令他难以想象。也许她在本国自学的当地土语救了她，使她能够逃进使馆求救。他打电话到使馆时，她冲着电话大声号哭："我要回家。"声嘶力竭地反复呐喊着这四个字。

他把前妻从他乡解救回来了。

可是，他的故乡又在哪里？他确实认为是这块土地生养了自己，在这里，他感到踏实却又飘忽，他感到别无选择却又觉得自己如无根豆芽菜一般。

彼国的兄姐似有回头之意，可真去见了他们，又能滋生何种意义呢？

116. 完成父志，再赴德国之时，用何种方式与德国人相见

梁一真见老少爷们要单独谈谈时，便猜测到他们会谈什么。

有时她想，教授确实是个老天真呀！他的女儿绝对是那种精灵古怪的人儿，父亲一介书生，埋头于书本之中，做学问还行，处理个人事务，从来都一塌糊涂。幸好梁教授住在学校，一年到头吃教工食堂，否则他的生活不知怎样维系呢。父亲和她一起相依为命，他给人感觉性情古怪，不好接触和理解接受，可在她这里什么也不掩饰，也掩饰不了。

关于教授受到那次重大打击，她清晰记得事情经过。父亲短暂出国了一趟，走时兴致勃勃，笑容满面，告知她，回来后，肯定有重要消息向女儿发布。回来时，他却像被倒春寒打击过的刚冒上枝头的嫩芽，甚至生病了。在她的记忆中，父亲难得生病，这次生病，恢复期长达一个多月，这绝对不只是身体之病，而是一种心灵受到重创后留下的伤痛。他还有个自己不知晓的毛病，心中有事吐不出，睡觉时会断断续续地讲着些梦话，把自己的一点隐秘之事抖搂出来。

教授不想让真儿知道。真儿早已知晓了，只好假装不知道。这些年，她就像与父亲捉迷藏一样。现在李如寄从教授那里回来，躺

在床上，一声不吭，她知道他肯定也不想告诉她。

于是，现在她与父亲、与丈夫都要去捉迷藏，当然，随着时间推移，她也许会淡忘这一切。

其实，梁一真准备了两种方案，如果李如寄告诉她真相，她应该作何反应，她一定要表现出吃惊，如果不震惊，反而会让李如寄无所适从，只有这样才合情理，她还必须反问李如寄，他们该怎么面对；如果李如寄不告诉她，她只好把这个盖子继续捂着，没有必要揭开，以免弄不好会纠缠不休，影响他们今后的生活。

梁一真未必有太多的想法。她认为生活其实是简单的，如果复杂，就是人为的粉饰引起的。本来李如寄也是简单的，但他现在心中被迫装了许多过去的东西，便开始琢磨，变得烦躁起来。他们小夫妻俩一直崇尚简单而快乐的生活，她从心里赞赏李如寄对老洋人寻根的排斥，只是她不会表露出来罢了。在她看来，她只要是在什么土地上发芽生长的，她就是哪里的人，这应该是个铁定的规律。她在幼儿园时，就交上了朋友，邻居家有小女孩与她一般大，她们能玩到一起——过家家拉钩钩，学着大人的样子，一起淘气一起躲猫猫。慢慢长大了，有一起读书的同学，还有笔友、网友，都是随着成长建立的圈子。最重要的是，小时候，她就喜欢和奶奶一起睡，拱到奶奶的怀里去吃她的奶头子，被奶奶笑骂着打巴掌。她的伯伯叔叔们，还有大哥哥大姐姐，一大群亲友，与这些人的亲情都是小时候一点点建立的。她还在这块土地上，有过初恋——爱上了她的语文老师，每次只要上他的课，她就兴奋异常，语文成绩总是第一，做了语文课代表。这种青涩的初恋尽管随着时间推移，自会消散而去，可是却会永驻心灵深处。这些难忘的经历，是无法在一块陌生的土地上产生的——哪怕这土地是自己的故土。真儿心如明镜一般，她这种经历的性质，用尹志红的话来表达，就是一种扎根，把根扎深了，就是起风了，落雨了，也不会随风摇动的，就是遇到狂风暴雨了，也不会被连根拔出的。

她明白却又不能理解父亲遭遇的这种苦楚，还要生一场大病来摧残自己，值得吗?

关于学德语去德国留学这事，原本很简单，就因为老洋人热衷寻根，才把她拉扯了进去，搅成一锅粥。真实的原因，是出于一个动机，她学习日语，了解彼国文化，某一天积累的知识告知她，还有另一个国家与这个国家近似。可拿一件事来列举——二战之后，两国皆被炸成废墟，不久又重回到世界强国之林，这样的国家，是什么力量使它们愈挫愈强？它们恢复国际地位的用时都很短，这引起她的联想和好奇，意欲做这两个国家的对比研究，让自己开阔思路的同时，学习起来也更有趣味一些。人皆有性情，她从小离开生养自己的城市，随父来到一个新的地方，很难一下建立起自己的人脉关系，那时她还只是一个小屁伢而已，一时难以找到玩伴，只有父亲相陪。而父亲简直是个书虫，真儿习惯安静读书，也是受父亲影响甚大。如此一本本地读下去，就是与书中的智者交流，这比现实中的人有趣多了。她性情喜静和读书，自然成长为一个学霸级女孩，这一点不奇怪。

她想要读在职硕士，自然要选一个方向，对比三国来进行研究，就是一个现成的方向。至于她学习两门语言，在学校青年教师之中，本来就是很普通之事。这并不要求什么语言天赋，只要集中精力，最初入门需要习惯一阵子，原本并不怎么难的。教授因为研究近现代历史，总以为尊重史实，讲话不肯艺术点，太过直白。梁一真对她父亲的学问，不敢说旁观者清，但有一点，她始终坚持认为，父亲多少是有些偏狭的。这源于他的教育背景，他对自己没上过大学直接读研甚为得意，但那使他的学习地基打得并不牢固。而真儿则要开阔思路，这也是她学习德语的思想基础。还有一点，教授英文基础薄弱，这也是他越过本科直接读研的代价。尽管直接读研能显示他的历史学专业水准，却失去了打英文基础的机会；再因为研究领域为中国近现代史的缘故，外语不会常涉及，教授视野便有一定的局限性。真儿对父亲的这些分析，自然不会让她老子知道的，也不愿意与李如寄讨论；而真儿似乎抓住这一点暗暗用力，要与教授一比高下。有两次她对一些问题的分析，使她的父亲听了很是惊讶，多次打量这个从自己怀抱中长大的小东西，怎么会如此伶牙俐齿，说得头头是道，还颇有见地。

这些对教授的判断，如果真儿直截了当地说给教授听，教授也不会反驳，还认为女儿是了解他的。教授认定当今世界上，只有做学问才是最值得干的事情，才最有意义，所以，他愿意天下人都来做学问。教授如果知道她如此用心用功，一定会喜上眉梢的，还会感到自己的衣钵终有传人，弄不好还会对她热情过度，用力过猛，给她一大堆建议，直到让她失去兴趣为止。而如果让李如寄这个傻子知道了，他就不用花心思对爱妻去蒙去猜去琢磨了，这样生活就会缺少了情调，日子久了家里平静如水，也就没有意思了，女孩子家家的，还是要一点遮遮掩掩的才好玩吧。

论文开题报告，她明确方向，做中德日三角关系研究，导师认为这个题目宽泛，应集中一点，定位外交中的三角关系。中德日三国关系，德日是两个盟国，初看起来很简单，稍加深入，就发现非常复杂，许多头绪难以厘清。拿陶德曼调停这件事来说，就扑朔迷离，读历史专业的人，懂德语的少。当时中国最高当局与德国之间，有大量的电文往来，都藏于德国国家档案馆和军事档案馆里，这些作为历史研究的宝贵资料，鲜有人去查询，这让梁一真占了先。她的硕士生导师为她争取了一个校际交流的访问学者名额，时间为九个月，其间，给她介绍了一位德国的历史学者作为指导老师。

如果李来恩在，他不知会有多么高兴，他知道儿媳肯定会尽力帮助他，会与德国人穆勒接上头，不至于像李如寄那样对他敷衍了事。李如寄从德国回来后，老洋人便迫不及待赶过来，却因为李如寄未与对方接上头，生了一肚子闷气，便不肯和他讲任何事情，弄得他一头雾水，只给老洋人看了短信。李如寄确也只收到这个信息。老洋人当时死死地盯着那几个字看了半小时之久，再把双手插进头发，半天不吭声。

半晌，老洋人像是自问或问李如寄："他拒绝见面，是怕什么吗?"

李如寄出了一趟国，境界似乎提高了："千万不要用我们的思维去套老外的思维。"他半打趣半嘲弄地对父亲说："你居然还想要他几根头发，这太异想天开了。"

得知梁一真要做访问学者，还没等李如寄开口，有个人先讲了这事，当然就是尹志红，她说："拜托你这件事。"她从此与梁一真没了欢快的笑，讲话时显得平淡和冷静。"希望你见见德国人穆勒，因为你待的时间长些，筹划见面的效果会更好一些的。"显然她也知道李如寄上次找人家被拒绝。

梁一真正在接受出国前的一些基本指导，领到了两本红皮小册子，需要通读和记忆。她自然有自己的留学圈子，同学之中像她这么安静生活的还真不多，特别是外文系的许多同学一直在周游世界，许多人出国、回国，来来往往，活得十分精彩而浮躁。

她已经了解到，真正到外国过上一阵子，有些传教之人不知从哪里得知中国人的信息，很快就上门传教，这对她找德国人穆勒，肯定是个机会。她们俩再也不能像从前那样随意说话了，梁一真觉得除了尹志红受到打击产生变化之外，还有她们之间隔了一层半透明的膜，再看对方总是模模糊糊的。

梁一真本来想说，也许传教的人会找上门来的，但她不能这样说了，她只是说："放心，我一定尽力。"

李如寄这边，一直不提这事，梁一真耐心等着，但李如寄就是不开口。尹志红讲了这件事后，梁一真主动向李如寄提了尹志红所托之事，李如寄想了好一会儿，才缓缓开口说："这事儿，我一直也在纠结中哩，有这个必要见吗？"

他又沉思似的说："见了讲什么呢？谈亲情？把过去他叔叔这个传教士的经历讲给对方听吗？"在李如寄想来，他们要觍上脸去认什么亲，估计结局比教授与兄姐的见面还会惨一些。

117. 德国，这样的异国他乡适合定居吗？

梁一真眼里的德国，与李如寄介绍的有很大不同。百闻不如一见，在网络和媒体如此发达的时代，依然是真理。

她从慕尼黑下飞机，再转火车，两个多小时可以到她要去的大学城。提着两个大箱子，在机场辗转到火车站，费了她不少气力，路线都是提前规划好的。德国人的时间观念很强，每个环节皆设计得严丝合缝，下飞机再上轻轨，乘轻轨四十多分钟，再转上火车，掐算得很准。因为第一次出国，眼之所涉都是陌生的环境，四顾茫然。她在机场不禁有些惶恐，几乎有放弃乘轻轨的想法，想改乘的士，确实不是怕花钱，而是一个单身女子从万里之遥来到这个陌生城市，独自去乘的士，未必安全。但上下车，行李提上提下，以她小小个子实在很吃力。但她发现这担心纯属多余，有位戴披肩的女士顺手就帮她提上了车，很轻松的样子，还向她友好地笑笑，把箱子放到车厢里，便头也不回地找座位去了。她还没明白过来，另一个箱子，有位男士帮她在箱后托着，很轻松上得车来，这小小举动，让她感觉似有一股暖流涌上心头来，这使她对德国有了良好的第一印象。待下轻轨，她本来提前站在车门前，下车的人没和她打招呼便帮助把行李提下车来。刚上轻轨时，见有人主动给她提行李，她还有过短暂的惊慌，待此刻下车时，别人主动帮助，她便心安理得地接受了。本来这趟旅行，她规划路线时，还请教过一些留德的人，大家告知这没有问题，她心里还是没有一点底。特别是中途要转车一趟，间隔只有几分钟的时间，尽管是从站台这边转到另一站台的列车上，但如此短的时间，稍有意外就会误车，这让她一路上都是提心吊胆，现在看来这个担心却是多余的。经过这两次转车，别人的帮助，让她放下心来，到了关键转车处，依然有人为她搭把手。是两个同行的小伙子，一同随她下车，主动问了她一声："是上这辆车吗?"她点头，对方很快接过了她的行李，把她送上车，其中有一位还下车换乘其他车了。

这让梁一真很受冲击，德国人的时间观念是世界公认的，守时就是守信，具体怎么守时，从公共交通的时间表安排，她就能看出端倪来。她每次只需花两分钟，从宿舍冲出去，到达大巴站台，大巴每次都能准时迎面过来，刚好停在站口，无一例外。

首次旅行，她经过两个小时的行程，因为陌生人帮她解决了上下车的难题，不踏实之感随即没有了，她便目不转睛地一路看着这个陌生的国度。德国城乡几乎看不到差别，她一路上看不到类似国内那种乡村的影子，一片绿荫闪过后，皆是一些极精致的小镇或别墅式的房子，清洁、整齐、规划错落有致，入得眼帘的皆是风景，外表绝无凌乱之感。

她突然想到德国人老穆勒，在动荡的岁月去自己国家，舍弃的东西真是太多了，不知他是如何做到的。她今天来到这里，去研究中德日这三个国家的历史，去寻找它们的前世今生，去寻找一种人类共通处，在这个今后的地球村庄里，多建立一些沟通和交流，这又是什么精神？显然就是一种“共产主义精神”，她这样想，便情不自禁笑了。

人有时要自我陶醉一点，这是梁一真的心理调节之法。

到后不久，尹志红的电话便追过来了，她心态变了一些，情绪也慢慢高涨了，总不能永远陷在对死人的思念里。她俩因为换了环境，也要调节一下情绪和节奏，便要说些闲话。

不知怎么扯上了尹师的儿子李亦德，应是梁一真顺便问一下：“德儿还在坚持学德语吗？”

尹志红说：“是他老子的意思哩，现在更加不敢违背了。”又说：“你去探探路，我们在德国安个窝吧。”

梁一真不知怎么回答：“好的呀。”她只得含糊其词。

尹志红却想咬着这个话题不放。真儿觉得这位尹师到底是迷失了方向，现在便要到处探路。只听尹志红说：“我和德儿都迷上了德国的足球，我想德儿长大后，去德国留学是第一选择，这点我们先定下来，不至于今后无头绪忙乱。”

显然尹师为自己的想法激动起来了。真儿心说：“早着呢。”

“你说，德国这个国家哪儿合适定居？”

“这个我还没有留意，上次李如寄回来，不是说与那个导游混得很熟么？他说法兰克福很合适定居，但当不得真的。”真儿说，“你这是打国际长途呀，要电话费的。”

尹师说：“哎呀，刚讲了个开头，别这样掐了兴头。”

“你是富婆，那就继续吧。”真儿感叹一下，只好接着说，“当时记得傻子讲这些时，你也在场的。”尹师坚定地说：“当时我自然是不会关心，现在却不得不关心了。”

“我记得他是这样说的，法兰克福人口不足七十万，又是典型的国际大都市，还是国际金融中心、全球会展中心、转运中心，这座城市最可贵的是分布在四周的大小集镇和村庄，与整个城市没有一点隔膜，紧密相连。在这里工作的人，开车不到半小时，便可以到达城郊的别墅，居住和饮食非常方便，当然工作机会也很多。”

尹师听了，迫不及待地说：“是不是可以托人打听打听，怎样购买房子什么的。”

真儿已经不快了，便说：“你的动作太快了点吧。”

尹师听了，觉察到梁一真的不快，便说：“还是谈谈你的观感吧，不怕我烦的话，我还是想定期听听。”

118. 遇到一对永远“在路上”的老年夫妻

安顿下来一段时间，她便想到尹志红所托之事。李如寄虽然把那个陌生的电话号码给她了，却反复告诫，没有必要以什么认亲的形式相见，那会非常丢脸的，特别不要让别人以为是在觊觎什么东西，那比丢脸更糟。

梁一真的理论一向是，如果自己不这样想，别人肯定不这么看。但真要与这人电话联系，她不禁颇犯踌躇。她不曾有直接与外国人打交道的经验，如此冒失地给人打电话，讲的理由又如此荒唐，她觉得效果恐适得其反。这位穆勒先生传教几十年，应该有不少文章或著作发表，不如先找来看看。主意不错，梁一真找到教会网站，查一下，果真穆勒先生笔耕不辍，写了不少文章。她安静地看了一些，并给对方留言，很快得到对方的回应，对方主动与她攀谈。他说自己在中国台湾传教许多年，有许多好朋友，现在年纪大了，身体有些毛病，才被召回国。梁一真见了，做出了两个判断：一是应该还有可能到大陆去；二是从他称呼“中国台湾”这个细节可见，他对中国没有偏见。她回复说：“方便时，欢迎到中国大陆去旅行。”李如寄和她小有讨论：“未必。”梁一真有时很烦李如寄的较真，便懒得理他了。

在真儿看来，这打动了对方，对方便与她笔谈起来，穆勒先生说：“非常想去中国大陆，我叔叔曾去过那里。”他又解释说，按中国传统讲应是大伯，是他父亲的兄长。

中国与德国时差七小时，到了国内晚上，梁一真与尹志红通了网络电话。尽管网络时断时续，话音传导慢，讲下一句时，上一句回复才传递过来，她依然掩饰不住兴奋。尹志红找她要房间座机号码，说打电话过来，这样会讲得畅快一些。

两个女人，本来相处亲密无间。尹志红见梁一真主动打电话给自己，凭直觉意识到，与德国人穆勒接触之事有了眉目，梁一真对这事很上心，尹志红从话语中能感受到她的兴奋，这毕竟是老公一直想要的结果，由自己和梁一真来促成，将会给老洋人很大的安慰。

她们都没有急于直奔主题，尹志红这两年间，去东南亚几个国家旅游过，随着人群，走马观花的那种。不过她倒是到泰国去过两次，对泰国一个养生项目很有兴趣。尹志红自然要问问梁一真德国的感觉。“干净、整洁，这个一点也不假，李如寄说他躺在人家的广场上，身上沾不到灰，我过去认为他是夸大其词，现在我相信了。比如说我这皮鞋，穿上一个月不沾灰，不用擦，这是真的。因为干净，大家就不随手扔垃圾。”尹志红听了，表现出羡慕的样子：“你最好还是留学吧，在那里多待几年，我们就可以过去的。”

真儿打趣道：“你又来了，迷上德国了?”

“我现在想得很开，看得很穿，人生短暂，生命有限！哪里的黄土不埋人哪，既然老洋人死活要往那里去，我就去给他看看。”尹志红顿了一下，又说，“平时多给我谈谈德国的观感，让我加深印象。”

真儿笑道：“我做你的探路器。”自与尹志红接触以来，梁一真了解到她身上有种韧劲，那是一种摧不垮的精神，她现在一心一意想到德国来，是不是要接着像老洋人那样去寻根问到底，她会不会如她老公那样像个偏执狂似的追寻下去?

尹志红在电话那头说：“发什么愣，还是掉线了?”

梁一真说：“我现在学业不紧，有心情放松，到处乱逛，这阵子去过跳市、亚超，还有市镇广场临时集市、会议报告厅、学生食堂、各种人多的场合，一点都不嘈杂的，不像我们那里闹哄哄，像个大集市。”她还不嫌够：“街上一般行人少，车开得很快，这点让我不习惯。”她好像终于找到了一个缺点似的。

谈了一些对德国的观感。梁一真若有所思地把话锋一转说：“我参加了几次学生会的活动，大学城有二百多个中国留学生。”她说出这话后，沉默了，似有点后悔，不该提起这个话题。她几次都见到坐在旁席一对老年的中国夫妇，听凭留学生玩乐表演，全程一声不吭，当然也没有一个留学生去打搅他们。她多少有点好奇，第二次见时，便与他们打下招呼。显然老人早就注意到她，便问："你刚来不久吧？"这么多留学生在一起，他却能分辨出刚来的留学人员。从交流中得知他是生物学博士，妻子也是一位硕士，在这大学城生活几十年了。老人声音不大，又有点急切，生怕打断后她会中止了交谈，便以略带询问的语气说："国内变化大吧？"不等回答又说道："我关注挺多，现在媒体发达，变化很大，过去腿脚方便时，还回去过两趟，年轻人不认识，认识的人把我们当成回来看看的客人。"真儿听了，看看一直默不作声的老年妇人，甚至看到她有些麻木，便有几分心疼问道："阿姨身体好吗？"还是生物学博士代为回答："我们身体都还没有太大的毛病，只是在外乡生活，孤独得很啦。"梁一真不甚明白："你们在这里生活了几十年，应该有一些朋友吧？"老人有些沉闷地回答："德国人不习惯我们交朋友的方式，我们也不习惯德国人交流的方式，总是难合心意，就这样，弄得我们两边都不搭。"这个"两边都不搭"的说辞让真儿很是吃惊，一时无法体会。她似沉思又似有几分惊讶，让老人看出来了："我们这些年就好像在路上，一直在路上，也说不出是何种滋味的。"这个对话有点沉重，难怪他们参加留学生的活动，年轻人都不大和他们打招呼，也许大家都感到累。真儿马上想，如果有一天他们老了，会不会与这对老人一样，如果这样，实在是说不出的可怜。真儿忙转移话题："你们欢喜参加学生会的活动？"老人有几分开心地说："一次也不落地来看看，与你们这些从国内来的年轻人在一块儿，这里真好。"

真儿突然想与尹志红讲这件事，她原本觉得这事对她触动很大，应该与尹师讨论下，可是话到嘴边，又觉得不妥，只好改口说：“留学生大集会，蛮热闹的。”

经过世事，但谈不上沧桑的尹志红略有所思地说：“老洋人义无反顾要回自己以为的故乡，把命也搭上了，我们返回了属于自己的城市，又能怎么样？现在不都是满满的失望。有时我会想，人是不是出了娘胎，就是到了他乡？有的人终其一生在故乡他乡里打转转，看来这不是有智慧之人，只有随遇而安的人才是高人吧。”

尹志红突然觉得梁一真讲此事，有针对她的嫌疑，便重复说：“我不敢说，我走到哪里都不会想家，但我一定努力做到随遇而安。反正我现在财务自由了，如果德儿早点去德国求学，我就去陪读，这与死鬼寻根完全是两码事。”

“不过，人有些根深蒂固的东西是难以除掉的。”尹志红突然“扑哧”一笑，说她最近又遇到了一个古怪之事，使她很是矛盾：“这一阵子一直打不起精神来，肩膀和腰部像被扭伤了一样疼痛，找西医拍片看不出毛病，找中医看又说是肌肉拉伤，针灸、拔火罐、吃中药，没得好。身上像背了个重物，压得人喘不过气。”

梁一真不便讲什么，既然老洋人已经信了洋教，应该以西洋的方式来安妥他的灵魂才好。尹志红因为没了丈夫，心态变化很大，难免会胡思乱想。尹志红好像有很多话要和梁一真讲，她说前几天和一些生意人谈起老洋人，也谈自己的身体状况。大家出主意说，他的死法不祥，灵魂不安，就来骚扰她，是不是要到正规的寺庙里给他烧香和做做法事。她是病急乱投医，便去归元寺烧了一炷大香。佛堂里正好有一群和尚做法事，有一群人跪着，这群跪着的人，估计是他们花钱请的，她不知怎么的，顺势跪了半小时。第一次跪这么久，腿也没麻木过，她终究退出了法事，这是人家请的，她跑来沾光，心里有点胆怯。后在寺院转了下，寺院处在市中心，空间不大，这个寺院不知什么时候，立了一尊观音菩萨的巨型雕像，四周空间有限，隔得近，只能仰视，菩萨眉眼慈祥，让人更有崇敬感。她双手合十，对观音菩萨祈祷一会儿，不由得把老洋人生前生后的事情暗暗讲了一遍，求菩萨超度，她当时做这些，都是情不自禁。这时，她好像与神灵有某种感应，突然有人从背后推了她一把，一个趔趄，差点摔倒。就这么一杯茶的工夫，她的腰也不疼了，肩膀也没有重压感，这事还真讲不清楚，到底是哪门子事。

119. 要把亲情路线扼杀在摇篮里，不与对方打亲情牌了

尹志红又谈了一些琐事，再次叮嘱梁一真："这事交给你来办，我是放心的。"

梁一真听出，她认为李如寄不会像她这样上心，至少找了很好的方法让对方接受。反正还有时间，一步步地来。

梁一真听了，有点犯迷糊，不知她指要在法兰克福买房，还是找德国人，应付着说："我会进一步努力。"但还是忍不住问："老爸当时是怎么与这个德国人接触的呢？太过直截了当？让人反感？"

尹志红说："我也问过他呢，他告诉人家，了解他叔叔的事情。"

尹志红告诉梁一真，老洋人做事毛糙得很，联系上后只顾自说

自话，一股脑把一切都告诉别人，不去判断人家的反应，也不想对方至少要有个接受过程。他们有几次通话，尹志红也在场，他滔滔不绝，给人家讲了很多人家叔叔的故事。对方偶尔回复一句，说与教会的文件记录完全不一样，没做太多评论。老洋人表现得过于热情和幼稚，还在电话里，动情地叫对方亲人，给人轻佻之感。这么一来，弄得别人疑虑重重吧，肯定认定他想来诈骗钱财。

对方拒绝与李如寄见面后，老洋人像发了疯，又打电话又发信，但电话再也打不通，发的信亦被退回。后来尹志红分析过这事，不应该太怪德国人穆勒先生无情无义，是老洋人做事缺少章法和过于急切。别人不再与老洋人来往的那段日子，他像着了魔发了疯，又像被风霜打了的庄稼，整个人都怏弹（duǒ）了。有时夜半睡不着，上楼下楼，还在客厅里走趟趟，有次还把尹志红的父母惊动了，以为是强盗上门来偷东西。

在尹志红的叙述中，李来恩是个无甚经验的大男孩。梁一真心想，结了婚有了孩子的女人，母性就会泛滥，把丈夫当成大男孩来养。她眼里的李如寄，现在还没被她看成大男孩，只觉得他是个半吊子，有点呆傻，是开不了窍的那种大男生。有时与他走在大街上，挽着他的臂膀，收到许多女性羡慕的眼神，这让她充满了幸福感。李如寄却是很难接收到其他女性发来的“X 射线”，这让她很是放心。梁一真自信地认定，李如寄的爱情之花只为她开放。

她记得他们第一次相见的情景。她正好拿着一副球拍，要和同学去打羽毛球，匆匆忙忙冲下楼去，只见教授和一大一小两洋人说着话。见她过来，梁教授有个奇怪的举动，他把女儿顺势拉一把，介绍说：“这位是李叔叔，这位是你的校友小李同学。”他当时显然连李如寄的大名尚未弄清楚，他从不会主动介绍自己的朋友给女儿的，那天却主动介绍了。这让梁一真觉得父亲在下意识里，认可了李如寄。她记得李如寄两道目光“刷”地扫过来，使她浑身有被电到的麻酥之感，一时迈不动脚。这李如寄目光黏着似的再也不肯离开梁一真娇小的身影，这目光温暖而有后劲，能穿透到心底里，对女生确有一种强大的吸引力。以梁一真后来对李如寄的观察，他对别的女性从未如此。李如寄也回忆过当时的情景，他说初见梁一真，见她一身淡绿色的运动装，连脚上的运动鞋也是淡绿与白色相间，头发在脑后缠成一个下垂的鬏鬏，身体曲线流溢，青春活力四射。他当时便想，如此严谨刻板的教授怎么会生出这种女儿来的。梁一真不相信他的鬼话，拧着他的耳朵，连声说：“不准说假话。”因为她感受到了当时他的带电目光，这是从心灵最深处发出来的。李如寄老实回答：“第一次相见，懂了一见钟情是怎么回事。”

见梁一真有点走神，尹志红敏感地问：“触动了你什么心思?”

梁一真老实地回答：“你说老爸像个大男孩。”尹志红说：“这是判断一个男人爱不爱你的标准，如果他爱你，那么他在你这里，完全是一种天性的流露，不掩饰不鬼作，就像个大男生。”

梁一真很敬佩尹志红，她的经验来源于生活实践，还善于归纳，有些事，她用几句话，便给你摆得明白，可惜这种聪慧的女子，命运多舛。

与尹志红说了这些闲话，梁一真再次转入正题，说：“你说老爸和德国人穆勒已经联系很密切，为什么要李如寄去相见呢?”

尹志红觉得梁一真这问题很幼稚，加大嗓音：“老洋人很有把握地认定，只要他们见了面，从相貌上对对眼子，就十分清楚了，他们相貌上不可能没有相似之处。”

梁一真明白了老洋人要她的丈夫去见面的真实意图，这着棋应该是高明的，只是老洋人性情急躁，把事弄砸了，人家根本不来见面。

梁一真有了想见德国人穆勒的动机，她一见穆勒先生，也许会判断出，李如寄和他们是不是有血缘关系。

她与尹志红结束通话后，和李如寄讲了同样的事。李如寄称赞说："你做事奉行简单的原则，确有实效，借口向他请教《圣经》问题，是个好办法。"

梁一真问李如寄一个现实的问题。"你愿意见这个德国叔叔吗?"

李如寄反说："说真话假话?"

梁一真说："你这不是废话吗?"

李如寄说："你不跳脚就骂，我讲真话，压根儿都不想见的。"

梁一真说："这个由不得你，如果你不想来探亲见，就可以不见，实在说，我已想见他了。"

李如寄多少有点如释重负："这事是你自己揽去的，到时搞得不美气，不要跳脚骂人就是。"

梁一真有了充分的自信。

这以后，梁一真有空便读读德国人穆勒的文章，她觉得不应像老爸那样操之过急。对他来中国的叔叔没有主动涉及，反过来，对方倒是主动讲了两次，她觉得这是底牌，总是拿出来晃，是会起到相反的效果和作用的。

德国人穆勒似乎对梁一真表现出很大耐心，丝毫找不出半点刻意向她传教的样子，他们多谈的是《圣经》，告知这其实是一本日常生活用书，是西方人的百科全书，读懂它便会了解西方文化。穆勒先生加重语气说："它还是全球发行量最大的世界名著。"这评价是中肯的，也是名副其实的。

德国人穆勒在与她交流的过程中，表现出长者风范来，温和而睿智。梁一真认为，"这应该是我们自己的家人啊"。只有自家的人，才有如此高尚的素养。李如寄劝她千万不要这样套瓷。“我们家的人性格千差万别，你看如皋、如鹤什么样，姆妈又是什么样？老洋人和尹师只是半吊子信教的，我们自己都互相不了解，何谈外人呢。”李如寄要把真儿的亲情路线扼杀在摇篮里，不敢让她再与对方打亲情牌。

其实，梁一真是有自己的见识的，在这点上绝不会一时受人左右。德国人穆勒心如明镜似的，似乎洞穿了她的心思。总之，梁一真说，与有丰富人生经历的人交流，是一种享受，有此心态，便让梁一真对与德国人穆勒交流，变得更自在了。

涉及他的伯父，四十年代在中国奔走的老穆勒先生，梁一真还是忍不住希望进一步了解的，这是一个扣子，要解开，不应该再次成为死结。

第二十二章　在雕像前献上一束鲜花

120. 大小两兄弟，遇见卖酥麻糖的人

梁一真住在大学城的近郊——如此讲来，不甚准确。大学城的学生宿舍，分布在城市的四周，从宿舍到大巴站，乘上七站地，便可以到大学城中心广场。来后不久，她便喜欢上这里的环境。与她的宿舍楼只有一楼之隔，便是一个农庄，巨大的田地如同旷野。她回过良湾李家台，走在乡村小路上，那些田地被分割成许多细小的方格，种上水稻、棉花、黄豆之类的庄稼，看起来很精致，皆是农人手工操作。从前走合作化道路，田地尚能连成一片，现在分开单干，家家户户一点土地，便切成了豆腐块。梁一真原以为德国国土狭小，土地资源有限，想不到目之所及，都是旷野一般的土地，这也源于这个国家强大的机械化作业。

她叽里呱啦向李如寄描述着，至少在一个多月中所见到的都是令她感到兴奋的。她周末或晚上散步，会走上一圈，需要一个多小时，田头乡间马路旁栽种有梨树、苹果树、桃树之类的果树，长在枝头无人采摘，落在地上无人捡起，任凭它们土生土长、自生自灭。这些果树显然是人工栽种的，大概德国人欣赏盛开之花的兴趣，更甚于去享受它们的果实吧。

她走进农庄，偶尔遇到行人，他们会友好地冲她点头微笑打打招呼。旷野式的农庄旁，还有一块偌大的次生林——之所以称为次

生林，是因为原始森林加上人工栽种，森林茂密，有些高大的树种，显示出几十年上百年的历史。这里早晚有人跑步，有些跑者喜欢头上捆根丝带，像怕在奔跑时脑汁摇晃一般。

这些人一样也会冲着她打招呼。从这些小细节来看，德国是个友善的民族，是个友好的国家，梁一真实在不太明白，这样的国度居然能发起两次世界大战。

她继续与德国人穆勒交往着，先是带着任务，因为先前接触受阻，她感到一种压力。但与对方交往后，她又感到人家是个仁慈长者，给人温和而亲切之感。再后来，她甚至觉察到只要是她来信息，对方便会放下手中的活计，与她交流，这感觉让她很不好意思。

这位上了年纪之人，丝毫没有觉察到她有什么其他用心，他们的交流随意而自然，就像是一对忘年交的好朋友。在这件事上，李如寄一直扮演着泼冷水的角色，提醒她注意，这种泛泛而交，不要轻易下结论做判断，他讲了上次来德旅行，那个全陪告诉他叔叔定居的例子。李如寄其实是用各种方式，提醒她不要过早露出尾巴，以免遭德国人的反感。

其间，尹志红主动打电话过来，她一般选在周末和晚上，会先发个短信。她其实是想了解与德国人接触的进展，对购房之类的话只字不提，她是个聪明人，觉察了真儿的不悦。再说真儿也是一个初临陌生环境之人，有个适应阶段，事情不应急于求成，要一件一件办才妥当。这次，尹志红卖了个关子："昨天在街上碰到了一个人，你知道是谁吗？"

真儿自然说不知道，尹志红说："与你有关系的呀。"

"你说那个傻子？"

尹志红忍不住很高兴地承认，是碰到了她的先生，他很主动打招呼，叫她尹师。她当时与德儿在一起，德儿正闹着要屙㞎㞎(bǎ)，她前一刻火急火燎找厕所，见了李如寄，她便让德儿叫他大哥哥。德儿后退了两步，站定，仰着脸细细看了他好一会儿，尹师与李如寄耐心等着这孩子的反应。

“大哥哥，我认得你。”德儿说。他居然忘记了屙㞎㞎的事，尹志红评价说，这点小鬼头，懒屎懒尿就是多。

李如寄听了，一把抓过德儿来，举过了头顶，正对他的脸说：“你长大了，要记得的，你大哥哥抱过你!”尹师讲述到这里有哽咽之声，在她的记忆里，李如寄对德儿是冷漠的，她记得好像他从未抱过德儿。真儿也在回想，觉得确实没有抱过，她不好承认，只好沉默以对——李如寄这样一抱，让尹师感觉自己被认可了，产生了一种幸福感。

尹师继续说，他们旁边正好有个骑电动摩托的人，后座上放着一个小簸箕，有一大块黄澄澄蜂窝状块的酥麻糖。这东西现在很少见，应该是用李如寄他们幼年时流行的土法制作的美食。李如寄一指那摊子，卖酥麻糖的人会意地把车推过来说：“敲一块吧。”李如寄听了便说好，德儿听了，知是给自己买的，连说：“不要，我不喜欢。”

李如寄横蛮地说：“不行，要吃，这是你大哥哥小时候吃过的，好得很!”

德儿见说，只好不吭声。卖酥麻糖的人用一个小铲子和一个小钉锤，敲了一块。李如寄说：“分两袋，我们一人一袋。”尹师见了，笑得身子直发抖，卖酥麻糖的人一一放在一杆微型小秤称，李如寄见了，从秤盘里掰出一点来，放在口里：“嗯，好吃，还是小时候的味儿。”

德儿见了，说：“我也要。”

尹师见了，估计到德儿不会喜欢，又怕扫了李如寄兴，让他只给德儿一丁点儿就好，操起老家的方言土语说：“给他一丟尕（dí gā）就够了。”

李如寄忙揪了一小块，他装着舍不得的样子，从这一小块处又掰了一半，把剩下的送入德儿口中。德儿自然从未吃过，这东西入口即化，甜得腻人，还有点糊焦味儿，初尝有不适感，做了一个拱嘴的样子，似要吐出。尹师见了，怕他吐，刚要制止，德儿很聪明，咽了下去。此时正在付钱的李如寄没注意这个细节，见德儿吃了，便说：“好吃吧？”

那卖酥麻糖的人正要离开，李如寄突然想到什么似的：“快回来，再买一袋。”他忘了给尹师买，尹师只好说，我们娘俩共吃一袋。

真儿说：“这是傻子不是？”

尹志红讲完这些，吁了口气，真儿敏锐地感受到，她有种归家的如释重负之感。

这次闲话说得有点长，说完后，她静静地待在那里。她在等真儿开口，自己不肯主动讲出来，但又不想绕开这个话题。尹志红这阵子正在查看老洋人对这位传教士的各种记录，许多说法不仅自相矛盾，往往一件事情有多种说法；更多的说法因为年代久远而显得模糊和混乱。老穆勒成为渔民之后，成了城关镇里最吸引眼球之人。当地人主动找他要洋烟抽和洋酒喝，当地人抽洋烟，不是一人一支地抽，而是用一支每人吸一口，轮流着抽，边抽边要把这种口味评论一番。他们对洋酒更没有好感，认为像牛尿马尿，本地人如此评论，难不成他们都喝过动物尿吗？洋酒没有劲头，不如他们土烧的“满湖春”来得有劲。他们会提出一些奇怪的问题，认为洋人一个个都体型高大，什么叫“洋”，就有大的意思，居然喝这种提不起劲道的酒。

他们对洋和尚不肯与他们同醉，是相当有意见的，认定他一直把他们不当朋友。他为这件事把《圣经》翻出来，告诉他们这是上帝不能容忍的事情。当地人认为这是对他们在自己洋国的信众提出的限制。然而这里是水乡泽国，湿气重，经常下水作业，如果不用酒来舒筋活血，会得风湿病，一旦湿寒入了骨，双腿就会瘫痪。水乡许多人到了晚年，背驼到行走时与膝平齐，几乎无法走路，就是风湿病害的。特别有一种类风湿，更是长期下湖惹的祸，那种疼痛非一般人可以忍得住的。在这点上他倒是同意这种说法的。他们发誓赌咒说，洋和尚同样与他们在水里劳作，再过几年，腿上腰上都会染上风湿病。

最初教洋和尚撒网的信众，已经和他成为无话不说的好朋友，但那人认为洋教限制太多，不让中国人拜自己的祖宗，人就没了根，断了根，不让水乡的人喝酒驱寒。这件事是城关镇的一个老人回忆的，当时他已经很老了，是德国人勒穆的见证者之一，他很是得意地说，是他打动了德国人，德国人至少跟大家在一起时会喝点酒，不会像过去那样死活不喝。

两个女人还讨论过一个话题，就是德国人是怎样与三娘交往的，在这种环境下是谁主动的。这两个女人在家族里身份不同，谈起这个话题，一起会心地哈哈大笑，估计这笑里有几层意思，无端讨论上辈人的隐私，这是犯了大不敬之罪。还有，涉及颠覆家族血脉和传宗接代的大事，让她们难以启齿。毕竟是现代人，事实上这话题一启动，两人便获得了某种犯罪的快感来。

两个女人分析后，梁一真说："我认为环境是第一因素，恶劣的生存条件下，在强人中间就会产生一种豪情来。再加上对性的渴求，就像歌中唱的：'我承认都是月亮惹的祸，那样的夜色太美你太温柔，才会在刹那之间，只想和你一起到白头。’”梁一真分析时，还把这首歌清唱了几句。尹志红提出了自己的判断：“应该是由恨生爱，三娘首先对他是恨的。恨这种事，也是把人牢牢记在心里，到了洋和尚成了三娘的下饭菜时，视角一变，再看洋和尚，心底油然生出一种征服的快感来。”尹志红从老洋人出事后，第一次对梁一真发出了欢快的笑声，当然也有李如寄对她和德儿认可后的欣慰之感。她却又像记起什么，心中一痛，让自己的笑声戛然而止。

梁一真显然没有注意这个细节，她继续追问：“你说，是奶奶主动发起进攻的？”

尹志红继续分析：“奶奶是什么人？云梦泽总瓢把子的压寨夫人，这叫芝麻不晒炸裂开来，谁个倒得出呀？一定是三娘看中了洋和尚。”

梁一真说：“这不尽然。李如寄说这个德国人是多血质的性格，属于冲动型的，他作为神父不可能结婚，然而离开德国时还有未婚妻，就是说他是慢慢走上这条道后，信念才坚定起来的。”梁一真强调“性格说”，打破了尹志红的“主动说”：“在这种条件下，两颗孤独的心，碰擦出了火花，要知道不管女人怎么想，男人如果没有反应，这事成吗？”

尹志红叹了口气说：“人性的弱点是强大的，人类永远突破不了自己的弱点，不管信念多么坚定，在人性的弱点面前依然不堪一击。”

梁一真见尹志红把话题越说越沉重，小女人的心性便发作了。

她提高声量：“缘分，嘿，缘分，不可能吗？”

尹志红笑了：“千里姻缘一线牵，这应是万里姻缘一线牵！不管从哪个角度，我都认为三娘是个了不起的女性，特别是在那个时代。”

梁一真说：“离经叛道，敢做响马的女人，自然也敢看上洋人的。”

两个女人讨论了一会儿，似乎谁也说服不了谁。

尹志红突然笑道：“江湖儿女，不拘小节！还有，人在江湖，身不由己！芦苇荡里，蒹葭之情，对这些条条框框，哪还有什么讲究呢?”她这么笑起来，让梁一真想到她与老洋人的爱情，就是先相拥后相爱的。

“德国人懂中国的江湖?”真儿不以为然地问。

“德国人未必懂中国江湖，但他陷进了中国的江湖之中，这可是事实。”

她俩皆认为时代久远、时过境迁，如此揣度，未必接近真相。总之，这位了不起的三娘做的这件事情，让她的后人全部卷入其中，并付出了高昂代价，这是不争的事实。

真儿小心思活泛，她有时也会琢磨，她见到李如寄那一刻，便被打动，从深层次想来，他们因为受父辈祖辈身世的影响，难道没有一种相同的气场，从而产生一种相同的心态，便形成了他们所谓一见钟爱的情爱基础吗?

小女子认定扯得有点远，但她又无法控制自己往这方面想。

回到真儿与之接触的德国人穆勒先生，人有点小心思时，做事就无法坦然了。这是梁一真对自己与这位穆勒先生交流时的评价。她这阵子试着提他的伯父在中国的奇遇，一涉及这话题，就有心怀鬼胎之感，萌生出一种欺骗对方的不安来，在他们的交流中，她明显带有目的。

她有时也冒出责怪德国人穆勒的心思。如果他当时见了李如寄，也许老爸不会去鄂西那个小城，乘那种年底就要淘汰的小飞机，就不会遇到这种空难。可是，生活有“如果”吗？她决定永远也不要告诉他，那位曾与他热切认亲的人，那位寻根之人，以一种惨烈的方式结束生命。她想到这些，心里便隐隐作痛。她与公爹接触，最早受教授的影响，慢慢产生好感，她凭借女性的直觉，认为他确有一种与众不同之处，她绝无崇洋媚外的心理。

她认为老爸这人热情，一点就燃，像一团火，让人暖和。他在她父亲的启发下，萌发了上进之心，给人充满生机之感。他的自学精神尤为可嘉，学了一门英语，尚未熟练掌握，还想要学一门德语，每天把时间安排得十分紧凑。

可惜，天不假年啦。

121. 相见原本是为了认亲，双方却准备了许多火药味的理论

关于传教士的资料，梁一真悉数转给了李如寄和尹志红。李如寄不知是反应慢还是遇到了什么难题，没有就这个话题作出任何回答。梁一真也并不希望他很快作答，男人要有个男人的样子，做事要从容，决断也要从容，这样才能给女人安全感。因为她去德国，李如寄对这个国家萌发了很大的兴趣，正在读《德意志的变迁史》和《第三帝国》之类的书，他们小夫妻之间，是会互相影响的。梁一真搞的课题是中德日三角关系研究，李如寄自然也会找到彼国从

明治维新以来的书籍阅读，夫妻之间，确实需要多建立一些共同的话题，他希望夫妻老了也是有话可说的。他惊讶地注意到德意志这个民族的一种智慧，或可称“强国之智”，往往以小博大，游走于大国之间，德国人在统一前后，在俄罗斯和法国还有英国之间利用其利益冲突和矛盾，为自己牟利，往往善于静观其变，待到时机最有利于自己时，便会扑上去下叉子，猛咬一口，每次绝不落空。如果不是这样，几十上百个小公国，怎么可能走上统一。最强有力的例子是，德意志统一之初，把几十个小国串联起来，亦如同现在搞的经贸体制，用阴招把当时强大的奥地利排除在外。李如寄因此作出判断，欧盟在德国人的领导下走向统一是不用怀疑的，只是时间长短问题，这是历史的必然。还有一点，欧盟统一与英国人无关，英国人无论被逼走，还是他们自断手臂，跟德国人毫无关系。李如寄对梁一真断言，别看美国人在德国等欧盟国家驻军闹得欢，美国同样会被赶走，这也是历史的必然。

梁一真嘿嘿一笑，对李如寄说：“幼稚，你以为国际关系，可以像算命先生那样去算吗?”其实，梁一真很喜欢李如寄这类总结式的思考，但男人这种动物，给点颜色便去开染行，对他要时时敲打，让他戒骄戒躁，让他取得一个又一个成绩，积累起来，再成就人生一番大事业。

尹志红看了梁一真提供的资料，反应比较快。她有点大惊小怪地说：“老洋人做事从来都是毛毛糙糙，一锅端，还没搞清楚别人要什么，是什么事，便把自己毫无保留地送出去了。”

梁一真听出了尹志红的失望之意。“尹师，别轻易下结论，别让我的努力前功尽弃好不好?”梁一真认为，西方人对人性的弱点，比国人看得更清楚。

尹志红听了一时无语，过一会儿才说：“他们写的事迹，与我们了解的差距不小。”

梁一真对此已经有一定的思想准备。她这样认为：“当时信息闭塞，导致道听途说误传之事很多，快有一个世纪的时间，所有事情即使能流传下来，也已经变成传说，我认为双方都没有必要把时间花到辨析事迹的真假上来。”

尹志红吸口气说：“我当然认同你的观点，但对方会有与你一样的观点吗？”

是的，梁一真对这位先生，确实不摸底。按照常理，有一个八竿子打不着的人，远在万里之遥，跑到你面前，与你认亲，这让谁一时都难以接受。还有，你的父辈是一位被颂扬的圣贤之人，突然冒出一个私生子来认亲，这更加难以接受吧！梁一真不想这事拖得过久，她就要捅穿这层窗户纸，当然，还是等李如寄来探亲时一起见见面再说。

对李如寄的到来，梁一真是期待的。不管扯不扯这件事，他们都想来一次自由行，欧洲确实不大，大多是申根国家，一个签证管上十几个国家，一个多小时就可以出国，一天至少到三个国家没有问题，有些国中之国的感觉。李如寄却说可以多在德国转转，与其泛泛而玩，还不如把一个国家看透一点。这个男人，自以为有主见，其实并不是那回事，玩一国也是泛泛，玩多国也是走马观花。商量路线后，李如寄对照了所选的城市，没有发表意见，他知道，他说了也等于白说，但对第一站见这位德国先生，还是最后一站去见，他们产生了分歧，李如寄说，第一站就去见吧，免得这事搁在心里一直不舒服。

他这样说，让梁一真冒了火。她质问似的说：“难怪老爸和尹师认定你不把这事当回事的，我明白了，把资料传给你后，你连个屁都不放，你根本不在乎。”

李如寄说："两码事呀。我当然认真看了资料，对比我们掌握的资料，完全是大相径庭，我甚至认为这种见面没有多大意义。"

梁一真听后，愤怒地挂了他的电话。不过冷静下来，她也认为李如寄讲得不无道理。不管怎么说，在李如寄到来前，她需要做些铺垫工作，与德国人的交流便更加频繁了。

梁一真告诉这位德国人，因为他的叔叔曾在大陆奔走，就在她丈夫老家一带，故感到亲切，看了他在中国的事迹，也十分感动。对方听说，语气中颇带有几分兴奋感，显然愿意与她交流这方面信息。

"您对您叔叔有印象吗?"梁一真单刀直入地发问，"他离开时，您有印象吗?"对方"呵呵"一笑："那时我还没有出生呢。"他的印象来自两方面。一是他的祖父母，他们会谈谈他们这个喜欢冒险的孩子何等优秀——人类往往是这样的，不孝之子在眼前，孝子贤孙在远方，思念往往会把对方神化。祖母在他离开后，大病一场，后来谈起他来，总会哭哭啼啼诉说一番，说他幼年就有历险的能力，有次一个人单独去后山历险，迷了路，在山间穿行一天一夜，才找回家来，身上有伤，衣服被划破了，遇到野兽，躲进山洞才得以逃生。只要说到她这个大儿子，什么都行，运动是健将，学习是学霸，弹钢琴、拉手风琴都是一把好手。她这样唠唠叨叨，往往会引起自己父亲的反感，为这位去中国的叔叔，父亲和奶奶争吵过许多次。另外他小时候见过一位待他十分亲密的阿姨，后来成了修女，他当然也知道，这位就是远赴中国的叔叔的未婚妻，她一直未嫁，独守一身，当她得知心上人已经"殉道"，哭得昏死过去。故乡为他举办了一些纪念活动，在一座教堂的对面竖了一尊雕像。梁一真如获至宝地问："现在还在吗?"

对方回答："还在的，我们有时间会去献花。"这是一个新发现，作为一个殉道圣人，有尊雕像在情理之中。

梁一真显然对那位独身的阿姨更好奇，从这里或许可以找到他与三娘爱情的密码。

她说：“我想向您问个问题，传教士与未婚妻的爱情问题……”

对方又是一笑：“这是女孩子们比较关心的问题。可是，我一时无法回答，爱情是个非常奇妙的事情，用一般的逻辑思维难以做出判断。比如伟大的歌德，在八十岁时还向十九的少女玛丽娅求婚，被她拒绝。可是这位少女在八十岁去世时，墓碑上依然是少女身份，就是说，爱情连当事者自己也难以搞清楚，我们这些后来者的猜想，更是无从讲起的。”

梁一真忍不住问：“真爱是不是一种得不到的爱？”

对方依旧说：“爱情是奇妙的，很难言说。这位阿姨，成为修女，后来到过非洲，同样做过许多伟大的事迹。”他补充说：“可她晚年还是得回到故乡。不管什么样的人，年轻时心都在远方，晚年还是要回归故土的吧！”

这话应该是讲他自己，他在他乡很多年，现在依然回来了。希望落叶归根，这应是人类的共性吧。

梁一真顺便告诉他，她的先生要过来探亲，他们已经规划欧洲自由行的路线，希望第一站就来拜访穆勒先生。她本来反对第一站就来见他，现在却不由自主地认同第一站来拜访他，显然她也是迫不及待地要卸下这个难以摆脱的包袱和心理负担吧。

对方几乎没有半点犹豫，简短地说：“非常欢迎。”

122. 就像仇人相见，两眼通红

穆勒先生显然很重视这次见面，他找了一个中餐馆，中午和晚间可以点菜，结合德国人有时会点一支啤酒坐上大半天的特点，其他时间段泡茶吧，以这种中西结合的方式来接待李如寄梁一真这对小夫妻。这餐馆有个很有意思的名字——“相忘于江湖”，它坐落在一个水塘旁边，掩在树丛之中，室里有几对窃窃私语的客人。

李如寄梁一真找到这里，他们在门外往里看，见一人独坐在窗边，便认定此人就是穆勒先生。而此时的穆勒先生见两个年轻人出现，双双背着双肩包走来，知道是自己的客人，特别是那个女子，直觉告诉他那是与自己相约之人，他即刻站了起来，微笑着与他们打招呼。穆勒先生显然是这里的常客，轻车熟路，一副主人的样子。真儿忙领头而进，径直向他走过来，对他称呼一声，他忙点头说：“我是大中华台湾人穆勒。”穆勒先生并没有急于向李如寄打招呼，而是以一种十分温和的态度，与梁一真讲了几句闲话，譬如怎么过来的，顺利吗。他似有意把李如寄晾到一边，让李如寄滋生出一些不满来。这样闲话过后，他依然对真儿说：“你先生是从国内来的吗?”真儿看了一眼李如寄，见丈夫一脸淡然，便调和地说：“是呀，探亲手续办起来不容易，本来可以提前一个月过来的。”

这时，穆勒先生才把目光对着李如寄，向他点点头，似是故作姿态地笑一笑，顺便问一句："先生是中国人吗?"这时才主动伸出手来，李如寄有意迟疑了一下，两人这才用力握了握。梁一真似乎感到他们之间如此握手，似有些较量的意味在，还有，他们握手时，认真打量了对方，也可以认为是行注目礼吧。真儿一时没想许多，只是对德国人自称"大中华台湾人穆勒"有点不适，她不明白这是一种幽默还是表明某种身份。

梁一真认为自己所要做的，就是打量这两个人，找到他们的相似之处。她稍稍把身子往后仰了仰，还小小地退了两步，希望对两个人的身形进行完整观察。李如寄和对方年龄差距比较大，穆勒先生已经是满头银发，梁一真首先注意到这两个人的喉结，他们吞咽的节奏，十分地一致。穆勒先生蓄着胡子，这让她的辨认有了一定难度。穆勒先生与李如寄相握之手放开后，转过来看了看梁一真，他又一次发问，这次是问梁一真："你先生是中国人?"他的中国话里有明显的台北腔，这是一个奇怪的问题，李如寄刚才没回答，这次却没等梁一真回答，自己就抢先答道："我是土生土长云梦泽地区的人。"穆勒先生"哦"了一声，满含意味地拖了个长腔。

待三人一起入座，真儿正好可以看到面前那口水塘，有几只白天鹅在水塘里悠闲地划着，水塘旁边还有一些野鸭正在觅食，有些行人走过来，惊飞了一群鸽子。李如寄客气地表达感谢："这里非常好，很幽静啦。"

落好座后，侍者过来，询问他们所需的饮品，这位来者显然是老板。老板认识这个德国人，估计他经常来，他们用中文对话。老板直接开问："三位喝点什么?"穆勒先生认为这次是他请客，便先问梁一真。"卡布奇诺。"她简单回答。

李如寄说："我还是喝点云南普洱。"

穆勒先生为了表达对中国文化的熟悉和热爱，自己点了一壶碧螺春。

这时梁一真还在完成尹志红交给她的任务，她侧面装着不经意间，看着两位靠窗而坐的老少男人，她发现这两个男人投射到窗口的剪影，十分相近。当然，她过去从未用过对比剪影这种方法来做判断，自然有点拿不准，心里不免沮丧，疑惑这样对比能否得出正确的结果。

她问："可以为你们来张合影吗？"得到穆勒先生的同意后，她用手机拍了一张，主要是想尽快发给尹志红看看，因为她知道尹志红现在心急火燎地等着。收到相片的尹志红很快有反应："这人蓄着一脸胡子，像在掩盖什么。"女性直觉往往是很准的，梁一真似乎有点同意她的判断。尹志红提了个奇怪的建议，她留言道，是不是可以给他们拍一张完整照，让她看看两人的轮廓。梁一真见了，只好假装上洗手间的样子离开一会儿，她从洗手间出来，侧身给他们连照了好几张，一并发给尹志红。

穆勒先生首先用称赞的口吻说："中国是个伟大的国家，我不是随意赞美的，我在台湾地区生活了几十年。"他表达的意思是自己有资格做出这种评论。

李如寄说："哦，谢谢！我想向您请教一个问题，二十世纪五六十年代，台湾地区有过一次大论战，持续了好几年的时间，您对这个有印象吗？"

穆勒先生笑笑说："我当时尚不在台北，倒是对这次论战做过了解，查看过一些资料。我认为台湾依然是一个流行泛神论的地区。"

梁一真觉得李如寄有点不正常，刚相见，有点火药味，便掐了他一把。

李如寄不管梁一真的反应，他接着说："我这也是一种说法。

这场大论战后，台湾产生了四大佛教丛林。这是我比较困惑的，台湾在日据时代，被植入神道，后来西方宗教在台湾地区发展迅速，可六十年代以后，依然被佛教、道教等中国本土文化的宗教所替代。”

穆勒先生觉得面前的这个年轻人，与他讨论这类问题，让他没有一点思想准备。这个话题，他一时不知如何与之交流，脸上呈现出尴尬之色来。这好像正是李如寄所希望看到的：“您表达的是一种文化上的差异，我向您请教的是另一个问题，比如中国大陆，现在信仰自由，连我的老家新堰一个小小的镇，也有西方宗教的场所，皈依的多是年轻人。我曾应朋友之约去过教堂，也曾与一些信众做过交流，他们似乎把信洋教当成一种时尚，连基本教义也没搞清楚。”

穆勒先生听后笑道：“您这样说，让我产生了使命感，我愿意与这些年轻人交流。”

李如寄话锋一转：“还想请问您另一个问题，不知您怎么看科学技术?”

穆勒先生摇了摇头：“我不喜欢科学，它是很了不起，把卫星送到太空，把人类送到月球，把几千吨的钢铁送到天空飞来飞去，但我们为了这些进步，已经付出的代价实在太大了——气候变化，空气、水源、土地污染实在太严重了。这只是一个方面，最重要的是，发明的各类武器，可以摧毁我们这个地球家园无数次，科学技术发展到如此地步，是一步步把人类往毁灭的路上引。科学表面上看起来是先进的，但它恰恰是致命的，康德论述的二律悖反很深刻地揭示了这一点。”

梁一真想阻止由李如寄发起的这个话题：“这话是太沉重了，我们谈点别的好不好。”

穆勒先生向她眨眨眼，幽默地说："这是男人们的话题。"

李如寄也笑笑说："我们的国家受了西方两百多年的气，现在发展状况更为激进，不管不顾，先搞起来再说。"他又盯着穆勒先生问："您觉得信仰可以拯救人类吗？"

穆勒先生用不容置疑的口吻说："这是一定的，我们有大量的数据证明这一点。"

李如寄说："中国人更接受西方的科学技术。"

穆勒先生有点疑惑地看着他："您刚才说到，您的故乡小镇都有教堂，那又是怎么回事？"

李如寄深呼吸一下："我以中国历史上的几个时代为例来回答。"梁一真听了，几乎要昏过去了，她第一次感到对自己的男人失去了掌控力，他正事不谈，专扯这些貌似有学问的东西。但在这个场合下，她又无法发作。

听了李如寄的回答后，穆勒先生沉重地点点头，一时无法发表任何意见。

梁一真听出一些意味了。这家伙为了这次见面，练足了功夫，做足了功课，铆足了气力，对她也打了马虎眼，从未听他谈过这些。他一见到对方，就像仇人相见，两眼通红，展开攻势，抓住话题，发起进攻，让穆勒先生有点无力招架。梁一真隐约感到李如寄是在报上次不与他见面的一箭之仇，梁一真尽管表面沉静，心中不禁有点暗喜，这个男人经历了一些世事，开始学会用心，也就成熟起来。她便放下心来，放任他自由发挥了。

李如寄沉默了一会儿："相信一个时间段有可能重构。还有一点值得说的，宗教里的一些教义，被科学证实了——有一句名言，科学家经过艰难跋涉，到达山顶，宗教大师已在那里等候多时。"

穆勒先生脸呈愠色："我很反感把科学与宗教结合起来，它们完全是两码事，宗教可以永存于这个世上，而科学只是一时的，几百年而已。”

“如此说来，科学让我们没了退路。”李如寄抬头望着水塘上无法振翅高飞只能踏水而行的白天鹅缓缓地说。

123. 西教中的龙是魔鬼，道教中的龙是祥瑞

梁一真招呼这两位明争暗斗的老少男人，说：“喝茶，喝茶。”

她又冲着李如寄说：“换篇换篇。”

穆勒先生显然不懂夫妻之间的暗语：“换篇？”

梁一真接过来说：“这次来，我们想向十分敬仰的老穆勒先生雕像献花。”

李如寄似乎依然沉浸在刚才的语意之中不能自拔，见梁一真如此，说：“欢迎穆勒先生到大陆去访问，更欢迎到我的老家云梦泽去访问，这对您有意义，这里是您的叔叔的殉道之地。”他有意把“您的叔叔”四个字咬得很重。

梁一真明白他的心意。

穆勒先生诚恳地点点头：“大陆我会去的，云梦泽这里，因为今天见到你们，我产生了很深的向往。”

李如寄说：“云梦泽是个远古的水泽，有千里之阔，老穆勒神父传播福音之时，这个水乡泽国依然处在原始状况之中，近几十年

来，它才产生了巨变。”

穆勒先生有点惊讶地望了望李如寄，他似乎对这话题更有兴趣。

“这里成了一个大平原，值得欣慰的一点是，我的老家，是云梦泽的腹地，还存留有一块湖泽之地，可以让我们回想过去，老穆勒先生曾在这里传播福音。”李如寄说。

“这就太好了！我叔叔在这个湖里留过足迹？它叫什么名字？”

“汈汊湖。”穆勒先生重复了几遍，他显然想记住这个名字，“它有什么含义吗？”

“中国人喜欢造字，‘汈’字只用于这个湖名，同时也是个通假字，通‘渊’，被誉为‘龙渊之泽’，不然如此广阔的云梦泽已经枯竭，而汈汊湖怎么会依然存在。它比渊还要深。汊，其意是密布，这里虽然是湖，但沼泽河湖密布，深港水汊，芦苇草荡，进入这里，便像进入了诸葛亮的迷魂八卦阵那般。”

穆勒听了，十分惊讶：“如此神奇。”

李如寄煞有介事地说：“云梦泽是龙的繁衍之地，老穆勒先生曾与渔民到过这个腹地，见过龙蛋，比恐龙蛋要大二至三倍哩。”

梁一真实在忍不住，笑得花枝乱颤：“他给您讲传说哩，这只是传说。”

穆勒先生表情认真，他随口便背诵了《圣经》：“‘大龙就是那古蛇，名叫魔鬼，又叫撒旦，是迷惑普天下的。它被摔在地上，它的使者也一同被摔下去。’我认为不一定是传说，更应是真实的存在。”穆勒先生说：“这龙在你们老家，代表什么？象征什么？”

“利用得好，便会与人类和平相处；利用不好，就会激起惊涛骇浪摧毁人类。对它，要因时而论，不要一概而论。”李如寄突然笑了笑，“现在我们想重建生态平衡，我们老家的这个城市，现在的广告词就是‘龙兴之地’，民间热心谣讲，要修造龙王庙以安龙魂。”

穆勒先生说：“龙王是道教神祇，对吧？”穆勒先生显示出对中国宗教有过接触，又说：“就是说云梦泽的腹地，依然藏龙卧虎。”家乡关于龙的传说最盛，李如寄对龙的归属自然有过接触，他不想在这方面输，更有几分炫耀地说：“道教《太上洞渊神咒经》卷上说，‘是时，四众闻此演说，欢喜无量，八万四千龙王，一时踊跃，天地振动，神龙俱会，大雨洪流，普救众生，一切天人，同时称善，稽首奉行’。”

“是可以这样说。”梁一真插话道。她听了李如寄看似随意一说，实则精心准备的这些杂学，心想，这呆子原本也是好斗的，这次让他临场大大地发挥了一次，心中很是欢畅。她心花怒放，觉得丈夫应是一个可造之才。

穆勒先生显然被李如寄的旁征博引打动了，静静地看着他，若有所思后，欲言又止，突然转移话题问：“你们对老穆勒神父熟悉吗？”他在不知不觉中，把“您”改成“你”，他们之间的距离拉近了，也许他突然想到过去与老洋人的接触，以及老洋人对他的那些说辞亦未可知。李如寄觉得他们之间的谈话，本来是由这位老穆勒而起，但双方皆在掩饰这个话题，一方不多问，一方不多说。

见穆勒先生问起，梁一真怕这个难得的话题，又被这个好斗又有几分呆气的总是天马行空地讲话的二货搅黄了，忙抢着回答：“他同样是我们心中的圣者。”

李如寄显然又把这种亲近感推开了：“一个德国人，奔赴当时处在水深火热之中的中国，历经磨难，深入他乡，尽力救苦救难，单凭这一点，他就是一个伟大贤者、开拓者。”

穆勒先生很感安慰地点点头，嚅动几下嘴唇，想再说点什么，终没出口，只是一副十分赞同他的神情。

梁一真明白，李如寄是打定主意不会来认亲的，通过这次对话，她也觉得未必要去认这个什么亲了。

见面的时间已经过了两个小时。梁一真轻轻地捏了一下李如寄的臂膀，李如寄领会她的暗示，便对穆勒先生说："我们打算去拜一拜圣者雕像。"他本打算说去"看一看"，开口时却改成了"拜一拜"，这两个词之不同，这个曾赴台湾地区的德国人甚是明白其分量的。

穆勒先生客气地问："需要我陪同吗?"现在他倒客气了，确实想与他们一同去。

梁一真提前把这个雕像的地址搜寻好了。同时跟他打个招呼，表示不需要陪同。当然他们已经知道，穆勒先生要了一壶碧螺春，应该是想单独在这里再坐上一会儿。

穆勒先生起身把他们送到大门口，他们转身而去时，他张了张嘴，似在告别又像有话要说，但最终还是咽了回去。他回到座位上，默默喝茶。

别了穆勒先生，走出来时，真儿挽着丈夫，感受到他的身子一直绷得很紧，还有些微微发抖，似经过一阵紧张的战斗，额头上沁出细密的汗水。出了门他才长吁了一口气，走了好一会儿，身子才慢慢得以平复。真儿心中甚为满意，觉得这个男人这次的对话，可以给他打上满分了。可是她有点不太明白，按李如寄这无心无肝的性格，应该很是得意开心才对，现在他却显得更为沉重，是不是想到了自己父亲，一直要促成见面的老洋人。他们见到了，然而依然没遂老洋人的愿。

真儿一时也不知作何感想，但她以自己的方式，也同样以某种创造的方式，完成了这一重要使命。他们为了调节情绪，慢慢地走了一条长街，其间，谁也没有说话。因为怎么说，说什么，好像一时无从说起。

这样过了约莫四十分钟，他们终于见到了雕像——老穆勒穿着一件风衣，手拿着一本《圣经》，目视远方，显得庄重肃穆。李如寄看着他，心里默默地说："我代表我的父亲和亲人们来拜拜你。"李如寄对着雕像看得十分仔细，似乎想把自己这一段时间，对他进入水乡泽国传教的一切行动做的了解，对这个祖父级的人做一次完整的汇报，也似乎想来聆听他的话语。

梁一真用手机环拍了一个视频发给尹志红，尹师收到后，把老洋人的遗像移到沙发上，用手机转到宽大的电视屏幕上，放给老洋人看了许多遍。她此刻哭得不能自禁，尽管悲伤，但同时又是欣喜的，他们终于帮他找到了亲人，并希望他们在冥冥之中能够相见。

这时发生了一件奇怪的事，家里的电话突然响了，从来电显示来看是国际区号。此刻李如寄梁一真在雕像面前，即使不在，他们轻易不会打国际长途电话来，那么打这个电话的人是谁？尹志红敏锐地感觉到，应是那个德国人穆勒，也许他与这对小夫妻对话后略有所悟，要打电话来与老洋人求证亦未可知，或者他已经认可了老洋人的寻亲吗？

可是，他打得太晚了……尹志红一阵揪心之痛，泪水涌出。她无力去接听这个电话，而电话却是有耐心地响着，直到自动断掉为止。

此刻，梁一真弯腰放下一束花，双手合十，微闭双眼，她心潮澎湃，泪水无声地挂在腮边。

过了许久。泪流满面的李如寄，用嘶哑的声音，更像是对老穆勒说："我们走了。"

本作构思于 2008 年 8 月 10 日星期日

初稿完成于 2020 年 9 月 20 日星期日　法兰克福总领事馆宿舍莱茵河畔

初次修订 2021 年 3 月 3 日星期三　汉川白鹤墩汉江边上

二次修订 2021 年 9 月 30 日星期五　武昌翠柳街东湖之滨

三次修订 2022 年 10 月 30 日星期日　南京童卫路中山陵下